納賽爾丁
阿凡提傳

Nasreddin Efcndi

列昂尼德・瓦西里耶維奇・索洛維耶夫◎著

邱曉倫　楊冰皓◎譯

序

　　阿凡提的故事在中國新疆和中亞、西亞甚至更遠的地方長期以民間口傳文學形式廣為流傳，深受廣大讀者的喜愛。

　　以往我們讀過的有關阿凡提的故事，多是搜集散見於民間的劇情片段。在這些片段中，阿凡提的形象是多樣化的，時而智勇兼備，時而大智若愚，在有些故事中還表現得有些荒唐，有些不可理喻。

　　在《納賽爾丁阿凡提傳》這部書裡，阿凡提自始至終都是一個行俠仗義、好打抱不平的俠士。他風塵僕僕四處流浪，是路人甲乙丙丁中的一個。他有世俗的一面，有時也希望過安居樂業、獨善其身的生活，但平靜的生活又往往使他感到不安。像是上天賦予他的使命，他注定要在不斷的流浪和兼濟天下的行為中才能感受到內心的安寧。他走在路上，陶醉在親切的人們揚起的塵土味道中，隨時都在準備著為遇到的任何一件不平事而聲張正義，那跟隨著他征戰多年的小毛驢似乎也感染了他的靈氣，時時刻刻準備著為他的仗義行為推波助瀾。他是一位勇猛無懼的鬥士，不管對手是昏庸無能的艾米爾、貪得無厭的高利貸主，抑或窮凶極惡的地方霸主，只要開始戰鬥了，就勇往直前，絕不退縮。勇氣是他行俠仗義的最大支柱。而他的勇氣又不是獨斷獨行的，總是與他的智慧相為謀，智慧火花在他所到之處時時鏗然作響。他總是善於察言觀色、揣摩對手心理，以對方性格中的弱點為突破口，迅速擊潰對手；他又是那麼善於審時度勢，常常於看似無路可走的絕境中尋出一個生機，將局勢來一個急轉彎。而在智勇與愚懦的輾轉較量中，他始終以泰然自若、以逸待勞的姿態出現在敵人面前，笑迎一切，時時刻刻流溢幽默大師的光彩。

　　蘇俄著名作家、文學家列昂尼德・瓦西里耶維奇・索洛維耶夫，自上個世紀二〇年代開始深入民間，對流傳在中亞、西亞各民族中，民間的口傳文學〈納賽爾丁阿凡提的故事〉素材進行收集、整理、考證、改寫、創作、再創作，付出大量艱辛而又卓有成效的心血，最終為我們呈現出這部經典鉅著《納賽爾丁阿凡提

傳》，使這一民間口傳文學成爲一部最早、最全面的傳記體文學著作，從而讓我們認識到這樣一個有血有肉、鮮活生動的阿凡提形象，並讀到迂迴迭起、險象環生的精彩故事。

作者以其深厚的中亞文化知識功底，細緻深入的觀察、思考，豐富的想像力和精湛的表現手法，賦予了整個作品濃郁的中亞文化氣息，生動活潑地把幾個世紀前的生活場景擺在廣大讀者面前，再現了烏茲別克以及中亞一帶的民俗、民居、民情、服裝、音樂、舞蹈、生產、飲食、宗教、經濟、文化，以及千姿百態的社會現象，產生了強烈的戲劇性效果和感染力，客觀的揭示了人性中的美與醜、善與惡、眞與假、堅強與懦弱；作者又在書中恰到好處的介紹並引用了古代波斯、阿拉伯等歷史上有過重大影響的文學家、詩人、哲學家、醫學家等的著作、論述、警句、格言等，在作品中形成了一個又一個閃亮的知識站，賦予整部作品相當高的文化內涵；作者還透過寫實手法對布哈拉的商業貿易市場做了生動精彩的描繪，使讀者有如身臨其境般的看到、聽到甚至聞到市面上那繁華興旺、熱鬧多采的景象，活生生的再現了中亞在歷史上作爲東西方商品集散重地和必經之路上的實況——來自世界各地的商旅駝隊帶來了五湖四海琳琅滿目的商品、來自各國的形狀各異的貨幣和來自世界各地的人們的面孔，人們操著不同國度、不同地區、不同民族的語言等等。

書中還有對中亞的大自然風光做了非常生動的描繪，以豐富的想像和貼切的語言，把故事中的阿凡提在人生旅途中所經過的秀美綺麗的高山大川、河流湖泊、森林草原，甚至宇宙、星系的鏡頭都拉得很近，似乎就擺在讀者面前。

該書原著出版半個世紀以來，在蘇俄，尤其是在中亞突厥語系各國廣受各民族、各階層人士歡迎，現今各圖書館珍藏的原版本極少，且大多都已比較破舊。爲了幫助廣大讀者更加全面了解具有地域性、民族性更具有世界性的阿凡提故事在世界各地的流傳情況，使「阿凡提」這一世界各國民眾都喜聞樂見的文化現象得以發揚光大，我們引進出版了這部鉅著，將阿凡提故事以一種新鮮元素介紹給廣大讀者。相信，當你打開這部鉅著時，必定能和我們一樣感受到它不同凡響的魅力。

韓全學

目 次
CONTENTS

＊

N A S R E D D I N E F C N D I

*

　　在一個叫做那乃的礦山小村裡，我佇立在那位於1930年4月18日死於卑鄙的敵人的一顆子彈的我永遠難忘的朋友——穆敏‧阿迪羅夫那潔整的紀念碑前，向他致敬，並把這本書敬獻在他的紀念碑上。

　　這本書中的納賽爾丁阿凡提，具有一心一意熱愛民眾、勇敢、機智、真誠、高尚而又智慧等諸多品德。在寫這本書時，我感覺到，在那一個個寂靜的深夜中，似乎他的身影時而在我的椅子後邊，使我手中的筆走上了正確的道路。

　　他安葬在卡尼巴達姆。不久前我瞻仰了他的墓地：在那萌發著春天的綠草和鮮花盛開的山巒周圍，孩子們在遊戲，但是，他卻永遠長眠在那裡，沒有回答心靈的呼喚……

納賽爾丁阿凡提傳

第 一 部

破壞安寧的人

КНИГА

1

我對他說：「為了世界上與我一道生存的人們的快樂，我要寫書，別讓時代的寒風吹進它的篇頁，但願我那詩篇中的明媚之春永遠不要變成無限憂傷、肅颯冷清的秋！……」還有——看啊！——花園裡的玫瑰花兒還沒有凋謝，我依然無須拄拐杖就可以行走，然而，《花園》這本書我已將它完成，而且你也正在讀著它……

薩　迪[①]

註①薩迪——(1203-1292)即謝依赫‧薩迪，設拉子，古代波斯詩人，生於設拉子，後在敘利亞、埃及、歐洲等地流浪二十多年，經受了很多苦難，五十多歲時返回故鄉。其中「設拉子」是加在人名之後的地名。主要著作有《綠洲》、《花園》(有的譯為《玫瑰花園》)等。其詩文語言簡明流暢、自然樸實，流傳甚廣。

這個故事是由艾布‧奧瑪爾‧艾合麥德‧伊本‧穆罕默德講述給我們的。他的根據是穆罕默德‧伊本‧艾力‧伊本‧麗發艾的口述。口述人又引艾力‧伊本‧阿布都勒‧艾則孜為證。艾力‧伊本‧阿布都勒‧艾則孜又引艾布‧吾拜依岱‧艾勒海斯麥‧伊本‧賽拉姆為證。艾布‧吾拜依岱‧艾勒海斯麥‧伊本‧賽拉姆則又是根據自己老祖宗的老祖宗的老祖宗的口頭流傳。他們的最後傳人輪到了奧瑪爾‧伊本‧艾勒海塔莆和他的兒子阿布都拉，但願阿拉[②]對這兩人都還算滿意！

伊本‧海孜姆《美女的項鍊》

註②阿拉——伊斯蘭教所崇拜之神，即真主，又稱「胡大」等。

第 一 編

一個忠厚的人，牽著一匹與自己形影不離的驢子，朝前方走來。

謝赫里扎德[1]的第三百八十八夜

---
*

納賽爾丁阿凡提傳

第 一 章

納賽爾丁阿凡提在旅途上迎來了自己生命的第三十五個年頭。

十多年來，他一直過著顛沛流離的生活，走遍了一座又一座城市，從一個國家到另一個國家，穿越了許多海洋和沙漠。在所到之處，他隨意風餐露宿，在牧羊人微弱的篝火旁，在曠野地裡，在陰暗、充滿塵土、駱駝們直到天明都不斷發出呼哧呼哧的喘氣聲、互相用牙齒搔撓對方的脊背，而使一個個駝鈴發出沉悶的叮噹聲的一家又一家窄小的商旅客棧裡過夜，在冒著嗆人的濃煙、到處都熏黑了的茶館裡胡亂伸開軀體睡覺，或是在那些天剛濛濛亮就用此起彼落的尖叫聲，充滿整個城市所有大街小巷的賣水人、乞丐、傭工和其他各種窮苦人之中熬夜。不知怎的，這會兒他卻在一個伊朗大官人的後宮裡，躺在那柔軟的絲綢枕頭上。就在這個夜裡，那位官人正在帶領衛隊，為了要把四處遊蕩的叛逆納賽爾丁阿凡提處以楔刑[2]，而在所有的茶館和商旅客棧裡搜尋著他──透過雕花格窗，可以看到天空狹窄的一部分，天上的星星變得越來越模糊。輕輕的晨風吹得樹葉沙沙作響。雕花格窗下，頑皮的鴿子們開始咕咕地叫，梳理著羽毛。而納賽爾丁阿凡提正在親吻著那無精打采的美人兒，說：

「時間到了，多保重，舉世無雙的寶貝兒，可別把我忘了。」

「等等！」那美人回答著，一邊還交叉起兩隻漂亮手臂，摟著他的脖子。「你想乾脆一走了之？為什麼？聽著，今天傍晚天黑時，我還要派老媽子去叫你。」

「不，連著兩晚上在一家過夜的日子我早就忘記了。該上路了，我很急。」

「你說你要上路？你在別的城市有什麼不可耽擱的事？你打算往哪邊兒走？」

「我也不知道，但是現在天漸漸亮了，城門已經打開，最早的商隊已經啓程，你聽見沒有，駝鈴的響聲越來越大！那聲音一傳到我的耳朵裡，我的兩腳就覺得好像被魔鬼纏住了似的，不由得就要走。」

「那你就走吧！」美人生氣的說，覺得沒有必要掩飾那長長的睫毛上亮晶晶的淚珠。「但是，最起碼的，在分手之前你總該告訴我你的名字吧！」

「妳想知道我的名字？聽著：妳這個晚上是和納賽爾丁阿凡提在一起度過的！我是一個破壞安寧、到處散布糾紛的人。宣令官們每天都在所有場地和大街小巷喊著用高額獎金懸賞要我的腦袋，我就是那個納賽爾丁阿凡提。昨天的賞金已經達到了三千萬。所以，甚至連我自己都想主動去把我的腦袋賣給這個好價錢。妳還笑呢，我的明星，那麼，就快點兒用妳那小嘴唇最後再吻我一次吧！如果有可能的話，我會贈送一塊祖母綠寶石給妳，不過我沒有祖母綠寶石，把這塊普通的白石頭拿去作爲我的紀念吧！」

他穿著那件又破又舊、在旅途的篝火旁被火星燒得到處都是洞的大衣，輕輕的向外走去。門後邊，被派來守衛宮殿裡最重要的金庫的呆子更夫——偷懶、遲頓、頭上裹著長白布、腳上穿著向上翹尖的軟鞋的宮廷僕人大聲的打鼾。在他的那邊，衛兵們在地毯、毛氈上橫七豎八地躺著，頭枕著各自出了鞘的大刀寶劍，此起彼落的發出陣陣鼾聲。納賽爾丁阿凡提總能躡手躡腳、如同隱身人一般平安無事的從他們身邊閃過，然後消失得無影無蹤。

這時你再看，他那毛驢兒的四蹄疾馳，輕快的敲著白石條路面，發出悅耳的蹄聲，打著響鼻，捲起陣陣塵土。大地上空，碧藍色的天宇裡，太陽放射著耀眼的光芒，納賽爾丁阿凡提不用瞇縫眼睛就能直視太陽。綴滿露珠的田野和落滿沙塵的駱駝骷髏，青翠的果園和寸草不生、白茫茫的戈壁灘，座座小橋下浪花翻騰的溪流和荒山禿嶺，還有那綠油油的草原，都曾經傾聽過納賽爾丁阿凡提的歌聲。他義無反顧，從不回頭，毫不憐惜自己所留下的一切，也毫不懼怕前面將要迎來的一切，越走越遠。

在那些被他拋在身後的一座又一座城市裡，留下了關於他的一個又一個永久的傳說。

官員的和毛拉[③]們一聽到他的名字就都氣得面色蒼白。那些運水工、傭工、紡織工和銅匠、鞍匠們一到傍晚就聚集在一個個茶館裡，互相傳說著關於他總是出奇制勝、令人捧腹大笑的故事；兩眼癡迷的美人在自己的閨閣裡，不時地欣賞著那塊白石頭，每當聽到自己男人的腳步聲時，就把它藏在貝殼盒子下邊。

「哎呀！」大胖子官員一邊氣喘吁吁、呼哧呼哧的脫下錦緞大衣一邊說：「我們都讓

那個該詛咒的叛逆納賽爾丁害得焦頭爛額，他把全國都搞得一塌糊塗，亂成一團糟！今天我收到了我的老朋友——霍拉桑專區的米赫泰來木專員的信。讓人不可思議的是，大逆不道的納賽爾丁在他那個城市裡一出現，鐵匠們就拒絕交捐納稅，飯館主人們則不願意再免費給衛兵們提供飯食。這還嫌不夠，那個玷污了伊斯蘭教的天生的孽種、狡猾的賊傢伙竟敢闖入霍拉桑專員的後宮裡，玷污了他那親愛的老婆！說真的，這個世界上還沒有見過這樣的罪犯！不過，這個令人作嘔的破爛布衣沒有膽敢闖進我的後宮裡來。否則的話，他的腦袋早就被懸掛在中心廣場中央的高杆子上了！」

美人沒有吭聲，神祕的微笑著。這件事對她來說既可笑，又可悲。但是那毛驢兒的四蹄仍在路上發出清脆的響聲。毛驢兒照舊打著聲聲響鼻，吹起陣陣塵土。納賽爾丁阿凡提的歌聲依然嘹亮。十年之中，他去過了所有的地方：巴格達、伊斯坦堡、德黑蘭、巴合琪薩拉依、伊奇麥迪珍和第比利斯、大馬士革和特拉匹尊……他了解這些城市，也了解很多其他城市。所到之處，他都留下了關於自己的傳說。

現在他回到了自己出生並長大的城市布哈拉依謝里夫——親愛的布哈拉，打算在這裡改名換姓，過隱居生活，結束那沒有盡頭的流浪生涯，希望能夠得到一點安定。

註①謝赫里扎德——《一千零一夜》故事中的主人公之一。
②楔刑——中亞一帶古代的一種刑罰，是一種把尖利的長木楔固定在地上，讓犯人坐在楔尖上，使楔子從肛門穿透被懲罰者腹胸而置人於死地的刑罰。
③毛拉——伊斯蘭教中對有學問的人的稱呼；學者。

第 二 章

納賽爾丁阿凡提加入了大商隊，通過了布哈拉邊境，在旅途的第八天，他看到了聳立在遠方，隱隱約約出現於昏暗的暴土之中的這座偉大、光榮的城市的一座座熟悉的寺塔。

受盡乾渴和炎熱煎熬的商隊行旅們一齊用沙啞的嗓音喊叫了起來，駱駝們也越走越快，太陽快要落山了，在城門關閉之前，應該加快腳步進入布哈拉城。納賽爾丁阿凡提走在商隊的最後，迎著濃烈的飛塵向前走來。這是他可愛的而又神聖的飛塵，他感覺這裡的飛塵似乎比其他遠處的飛塵更馨香。他打著噴嚏、咳嗽著對自己的毛驢兒說：

「看，我們終於到家了，我敢向眞主發願，成功和幸福在這裡等待著我們。」

商隊恰好在衛兵們正在關閉城門時趕到城牆下。「眞主英明，請等一下！」駝隊頭領喊著，遠遠地出示了一個金幣。但城門已經嚴實的關上，門閂哐哐噹噹的落了下去。巡哨們來到了城樓上的一尊尊大砲旁站起崗來。涼爽的風開始颳起來了，塵土飛揚的天上飄著粉紅色的晚霞，那細嫩的新月彎芽兒開始顯露出來了。在黃昏的寂靜中，無數座寺塔上所有宣禮人①呼喚穆民②們做晚禮拜的高亢的、冗長的、悲淒的喊聲此起彼伏，遙相呼應。

商人和駝夫們跪在地上，開始禱告。但是納賽爾丁阿凡提卻牽著他的毛驢兒，悄悄地走到了一邊。

「這些商人們應該向眞主表示感謝，因爲他們今天中午吃了飯，現在又在準備吃晚飯，但是你——我忠實的毛驢兒和我，中午沒有吃飯，晚飯也將什麼都不吃。如果無比偉大的阿拉能感受到我們對祂的謝意，那就應該賜給我一盤抓飯③，賜給你一捆苜蓿草。」

他把驢子拴在路旁的樹上，自己頭枕著石頭，在毛驢旁邊的地上躺了下來。靛黑色的天空中閃爍著的片片群星展現在他的眼前，這每一星座對他來說都不陌生，因爲十年來他經常在這種景況觀看頭頂上那開闊的天空！他經常想：這樣超脫一切、靜觀環宇的時刻，使我成爲最富有的人們中的富豪，儘管富人可用金盤子吃飯，但他們無疑要躺在屋子裡睡覺，對他們來說，他們沒有雅福，可以享受在這深夜裡、在萬籟俱寂的時刻躺在大地上那清涼的飛塵之中，面對浩瀚天宇任自己飛翔的感覺。

這時候，緊挨著上面帶有垛口的城牆外側的一個個商旅客棧和茶館裡，一口口大鐵鍋下的火苗呼呼地冒著，被牽來等待宰殺的一隻隻羊兒開始悲慘地「咩咩」叫起來。經驗豐富的納賽爾丁阿凡提爲了不讓飯菜的氣味刺激自己的鼻子和避免煩惱，來到了上風口的地方躺了下來。因爲他知道布哈拉的規矩，所以決定還是把剩下的最後一點錢留著用於次日清晨所要交的進城稅。

他躺在那裡翻來覆去的久久不能入睡。他睡不著的原因不完全是由於飢餓。憂傷的思緒常常壓在他的心頭，折磨著他。就連繁星點點的夜空今天也沒能使他開心。

他熱愛自己的祖國。下巴上留著山羊式的鬍鬚、淡黑又帶點古銅色的面龐、明亮的眸子中閃爍著智慧的光芒、機智而又多謀的他認爲，在這個世界上除了祖國之外沒有什麼更可愛的了。他身穿到處都是補丁的舊大衣，戴著滿是油垢的小花帽，腳蹬一雙破靴子，在距離布哈拉越遠的地方流浪，就越加深情地熱愛和懷念布哈拉。在周遊列國的旅途中，在馬車向前行進之時，他經常刻意留心的把馬車兩邊擠滿了土牆的條條小巷銘記

在心裡，把在早上和傍晚照耀在座座拱形圓頂上酷似烈火燃燒一般的陽光，把那些雕刻著花紋圖案、有著拱形尖頂的高高的宣禮塔，把那些枝幹上築有很大的紅頂鶴巢穴的一棵棵古老、高大而神聖的榆樹印在腦海裡；把那些坐落在潺潺流水的渠邊、沙沙作響的楊樹綠蔭下一個個煙熏火燎的茶館、油汽升騰的飯館、街市上紛繁雜亂的色彩和擁擠不堪的情景留在記憶裡，把自己祖國的山山水水，每一個鄉村、田野、渠道、草原和戈壁沙漠刻在心中……在巴格達或是在大馬士革，每當遇到自己的同鄉，從他們頭上小花帽的花紋圖案和縫製特殊的大衣上認出他們時，他的心臟幾乎停止跳動，哽咽不已。

他回來之後，看到了自己的祖國比他離開時更加不幸。原來的艾米爾④早已入土。新艾米爾在短短八年時間裡登峰造極，使國家瀕臨衰亡。納賽爾丁阿凡提一路上見到的是破損廢棄了的座座橋樑，沒有收成的片片大麥、小麥田和在炎熱中連底兒都已乾涸龜裂了的管道。田園變成荒野，長滿了荒草和荊棘。一座座果園因乾旱而成為廢墟，農民們沒有吃的，一貧如洗。乞丐們成群結隊的坐在道路兩旁，向和他們自己差不多窮的人乞求施捨。新的艾米爾在所有鄉村都部署了衛兵隊，命令農民們無償地養活他們，還大肆修建清真寺，挖出地基後命令農民們接下去修建並使其竣工。這個新艾米爾是一個非常虔誠的信徒，每年都要兩次去朝拜至高無上的先聖謝依赫‧巴哈維丁的陵墓，這位先聖的陵墓就高高聳立在布哈拉城的邊上。在原有的四種賦稅之上，他又增加了三種收費，每過一座橋還要繳過橋費，並且提高了貿易稅和訴訟稅的稅額，發行了假銀元，致使手工業蕭條，商業貿易開始受到破壞。也就是說，納賽爾丁阿凡提可愛的祖國就用這些不愉快的事迎接他……

清晨，隨著宣禮塔上傳來宣禮人的吶喊聲，城門打開了，在叮鈴咚隆的駝鈴聲中，商隊開始緩慢地進城了。

駝隊在城門口外停了下來，守城的衛兵們擋住了去路。他們有很多人，有的穿著鞋，有的光腳，有的身上穿著衣服，有的給艾米爾效勞還沒有來得及掙到錢因而還光著上半身。他們推推扯扯、大喊大叫、你搶我奪的分爭著還沒有到手的戰利品。最後由茶館中走出來了一個肥胖的稅官，他滿臉睡意，穿著袖子上滿是油污的綢子大衣，沒有穿襪子的兩隻腳踩在一雙套鞋⑤裡，那胖得發腫、滿臉橫肉的相貌裡帶著放肆、敗壞的表情。他用那一對貪婪的眼睛盯著商人們說：

「精明的商人哪，歡迎你們，祝你們商機無限。聽著，國王有令，誰要是隱瞞、哪怕是最小的一部分財產，都要把他亂棍子打死！」

陷入一片恐怖之中的商人們一聲不吭，捋著那染過的鬍鬚。稅官不耐煩地把臉轉向那些早已按捺不住、躍躍欲試的衛兵們，晃動了一下肥胖的手指。這是一個暗號，衛兵

們歪七扭八、大喊大叫地衝向駝隊，迫不及待地用大刀割斷鬃毛繩，撕開行李包和一個個袋子，然後不住的把裝著錦緞、艾提勒斯綢®、金絲絨、胡椒、茶葉和麝香的箱子以及裝有珍貴的紅花油和藏藥的罐子扔到路上。

　　商人們由於懼怕而一句話都不敢說，兩分鐘後貨物檢查完畢，衛兵們列隊站在那個當官兒的身後，此時他們穿在身上的大衣都變得鼓鼓囊囊的了。接著，開始收貨物稅和進城費了。納賽爾丁阿凡提沒有貨物，對他只應收進城費。

　　「你從哪兒來，做什麼的？」那個稅官問道。秘書拿著羽毛製的筆蘸了一下墨水，等著記下納賽爾丁阿凡提的回答。

　　「我從伊斯法罕來，尊貴的大人，我的親戚們住在這裡，在布哈拉。」

　　「是的。」稅官說：「你是到親戚家來作客的，也就是說你要繳作客稅。」

　　「我並不是到親戚家來作客的。」納賽爾丁阿凡提反駁道：「我有重要的事情要辦。」

　　「辦事！」稅官喊了起來，眼睛裡冒著凶光說：「也就是說，你是來作客的同時還要辦事！那樣的話你要同時交作客稅和辦事稅。阿拉保佑你在途中沒有遇上強盜，為此你還要給清真寺的裝修捐繳贊助費！」

　　「阿拉要是現在能保佑我就好了，如果遇上強盜的話我略施小計就可脫身。」納賽爾丁阿凡提心裡想著，但是他沒有吭聲。他心裡算計著，如果這樣繼續下去，這段對話的每一句對他來說都得掏十多個銀元。他解開了腰帶，在衛兵們虎視眈眈的目光下，開始數著進城稅、作客稅、辦事稅和清真寺裝修捐助費。秘書趴在本子上，用筆喀嚓喀嚓地快速記著。

　　納賽爾丁阿凡提繳完稅款和捐助費後，正準備離開，但是那個稅官兒看見納賽爾丁阿凡提的腰帶裡還有幾個銀元。

　　「站住。」他把納賽爾丁阿凡提叫住：「嗯，誰來為你的驢子上稅呢？如果你來親戚家作客的話，那麼你的驢子也是來你親戚家作客的嘍？」

　　「你說得對，英明的閣下。」納賽爾丁阿凡提禮貌的回答著，並且又開始解開腰帶。「的確，我的驢子在布哈拉是有非常多的親戚，否則的話，我們的艾米爾早就下台了。而你呢，我尊敬的閣下，由於你的貪婪，你也早就被釘在楔子上了。」

　　等稅官定了神明白過來，納賽爾丁阿凡提早已跳上了毛驢，催著驢子飛快地轉入附近的一個小巷裡，不見了蹤影。路上，他對驢子說：「快一點兒啊，快一點兒，加快你的步伐，我忠實的毛驢兒，加快你的步伐，否則你的主人就要再繳一項稅，那就是要繳出腦袋！」

　　納賽爾丁阿凡提的毛驢兒非常聰明，什麼都懂，牠那對長長的耳朵一聽到城門那邊

的喧囂聲、騷亂聲還有衛兵們的尖叫聲，就另擇其道的疾馳，以至於納賽爾丁阿凡提不得不用兩臂抱著牠的脖子、兩腿緊緊夾住牠的身子才能勉強騎在鞍上。他的身後追來一群狗，叫著、咬著。前面遇到他的人們急忙把身子貼在路兩邊的牆上，搖著頭，望著他的背影。

這時候衛兵們正在搜查著聚集在城門前的人們，粗野的翻找著財物。商人們笑著，交頭接耳的說：

「聽聽這個回答，這簡直就是在向納賽爾丁阿凡提致敬！」

到了中午時分，全城的人們都聽說了這個消息。商人們在市場裡竊竊私語的向顧客們講述著，顧客們又傳給另外一些人。人們對此都說：「是啊，這才算得上是納賽爾丁阿凡提式的回答！」

誰也不知道做出這個回答的正是納賽爾丁阿凡提本人，也不知道正是這位名揚四海、天下無敵的阿凡提現在飢腸轆轆、身無分文，正在為了找到一個能給他一點食物充飢和一個棲身之地的親戚或朋友而奔命於這個城市之中。

註① 宣禮人——伊斯蘭教清真寺中負責用喊聲號召信徒們做祈禱和禮拜的人。
② 穆民——伊斯蘭教教徒。
③ 抓飯——一種用羊肉、大米、羊脂、清油、洋蔥、胡蘿蔔、鹽等烹煮而成的飯食，味道甜美而又富於營養；通常用手捏成小撮抓食，故稱抓飯。抓飯在中亞、西亞甚至阿拉伯、北非及中國新疆一帶少數民族飲食文化中占有重要地位，是待客、餐宴中必不可少的美食。
④ 艾米爾——一些伊斯蘭國家君主的稱呼，有的也用作地方官名。
⑤ 套鞋——中亞一帶人們套在軟底靴外面的一種矮幫鞋。稅官沒有穿軟靴而把套鞋當拖鞋穿，反映出他的懶和邋遢。
⑥ 艾提勒斯綢——產於中國新疆喀什、和闐一帶的一種維吾爾族民間道統絲綢織品，質地優良，色澤鮮豔。在養蠶繰絲技術由中國南方傳入新疆之後，艾提勒斯綢在歷史上逐漸成為中亞，甚至更遠地區上層社會身分的一種標誌，也成為絲綢之路上開出的一朵豔麗的奇葩。

第 三 章

在布哈拉，納賽爾丁阿凡提既沒有找到親戚，也沒有找到舊時的朋友，甚至連父親留下的那曾經是他出生並長大的自家房屋和果園都沒有找到。在那果園中，孩提時代的他，曾經在裡面奔來跑去的玩耍。在爽朗的秋日裡，片片金黃色的樹葉在微風中沙沙作

響，很遠的地方都可以聽見那熟透了的果實墜落時發出的沉悶的「噗噗」聲；鳥兒們用那細嫩的嗓音快樂地歌唱；夾雜著點點陽光的樹影在芳香四溢的草地上跳動；勤勞的蜜蜂嗡嗡地飛來飛去，從那已經開始凋謝了的花朵中吮吸著最後的蜜汁，再去給孩子們講那永遠講不完、別人聽不懂的故事……然而現在這裡卻是滿目瘡痍！眼前只有土堆、土坑、飛蓬刺草、熏黑了的磚台、殘牆斷壁和已經霉爛了的草蓆碎片。納賽爾丁阿凡提在這裡連一隻小鳥兒、一隻蜜蜂也沒有見到，只有一條從那絆腳的石頭下突然鑽出來的油呼呼、長長的東西，在陽光下閃著暗淡的寒光，然後又鑽進石頭下面，躲了起來。那是完全被人類拋棄而荒蕪了的房院裡孤獨、可怕的生靈——蛇。

納賽爾丁阿凡提低著頭，久久無聲的愣著。痛苦在擠壓著他的心。

突然，他聽見身後傳來了一陣喘著粗氣的咳嗽聲，於是趕忙轉身看去。

在那穿過這片廢墟的羊腸小道上，有一個被貧窮和愁苦壓彎了腰的老人正朝這邊走來。納賽爾丁阿凡提把他叫住，說：

「願真主保佑您，老伯伯，願真主再賜給您更多年壽命，賜給您健康和安寧，請告訴我，這座廢墟裡的房院原來是誰的家。」

「這裡原來是製鞍人謝爾·穆罕默德的家。」老人家回答道：「從前我很了解他。這個謝爾·穆罕默德就是那個大名鼎鼎的納賽爾丁阿凡提的父親。關於他的事，也許你這行路人已經聽到不少了。」

「是的，我有所耳聞，請告訴我，那個大名鼎鼎的納賽爾丁阿凡提的父親——製鞍人謝爾·穆罕默德到哪裡去了，他的家人都到哪裡去了？」

「小聲點兒，我的孩子，布哈拉有成千上萬個間諜，他們可能會聽見我們的話，那時我們就永遠擺脫不了災禍了。你可能從遠處來，並不知道我們這個城市裡嚴格禁止提起納賽爾丁阿凡提這個名字，否則為此會被關入大牢。走近一點兒，把耳朵貼過來，我講給你聽。」

納賽爾丁阿凡提抑制住心中的激動，縮著腰靠近到老人身旁。

「這件事發生在老艾米爾時期。」老人開始說道：「納賽爾丁阿凡提被流放一年半後，街市上就傳聞說他好像回來了，說他就隱藏在布哈拉，並且還編了不少嘲諷艾米爾的民謠。這個消息傳到了艾米爾的宮裡，衛兵們到處搜尋納賽爾丁阿凡提，但是沒能找到。後來艾米爾下令把納賽爾丁阿凡提的父親、兩個哥哥、叔叔，以及所有的親戚和朋友都抓了起來，對他們施以重刑，直到他們交代出納賽爾丁阿凡提的去處。感謝阿拉，老天賜給他們那麼多堅毅的力量，他們都忍受住了嚴刑拷打，守口如瓶，這樣我們的納賽爾丁阿凡提才沒有落到艾米爾的手裡。但是，他的父親，製鞍人謝爾·穆罕默德由於

受不了酷刑的折磨而病倒了，不久就離開了人世。他的親戚和朋友們都很無奈也很氣憤於艾米爾的作爲，紛紛離開了布哈拉，現在誰也不知道他們在那裡。從那之後，艾米爾爲了把納賽爾丁阿凡提從布哈拉人們的記憶中徹底連根刨除，甚至下令把他的家園都夷爲平地。」

「爲什麼要折磨他們？」納賽爾丁阿凡提喊了起來。他的臉上淌下了熱淚，但由於老人家的眼睛不好，沒有看出他在掉淚。「爲什麼折磨他們？那時納賽爾丁阿凡提不在布哈拉，這我是最清楚的了。」

「誰也不知道！」老人回答說：「納賽爾丁阿凡高興在哪兒，就在哪兒出現，想什麼時候離去，就什麼時候消失。我們天下無敵的納賽爾丁阿凡提無時不在、處處都有！」

說完這段話，老人又嗚——呼呼、嗚——呼呼的咳嗽著走遠了。納賽爾丁阿凡提用雙手摀著臉，來到毛驢兒跟前。

他抱住毛驢兒，把滿是淚水的臉貼在牠那又熱、氣味又很重的脖子上說：「你都看見了，我的善良、忠實的朋友，我的親人一個都沒剩，只有你，在我的流浪生涯中成爲我相依爲命的多年的夥伴。」那毛驢兒好像懂得主人的苦惱，一動不動、不出聲的站在那裡，甚至停止了咀嚼那掛在嘴唇裡的刺草。

但是，過了一個小時後，納賽爾丁阿凡提勸著自己，臉上的淚水也乾了。「沒有什麼了不起的！」他喊道，然後狠狠的拍了一下毛驢兒背脊說：「沒什麼了不起的！布哈拉人沒有忘記我，布哈拉人了解我、懷念我，我們會在這裡找到朋友！現在我要給艾米爾編民謠，氣得他在台上肚皮爆炸，讓他那發臭了的壞心腸都貼在宮殿裡漂亮的牆上！前進，我忠實的驢子，前進！」

第 四 章

這正是下午悶熱而又寧靜的時分。路上的塵土、石頭、乾打壘的土牆和用泥團糊起來的泥牆熱得像火一樣。納賽爾丁阿凡提臉上的汗沒等擦去就蒸發掉了。

納賽爾丁阿凡提心情激動地從熟悉的一條條街道、一間間茶館和一座座宣禮塔前走過。十年來，布哈拉的一切都沒有變——那些掉了毛並且滿身癩疥的狗，仍像以前那樣

躺在水塘邊兒打盹兒；身段優美的女人彎下腰去，伸出一隻用鳳仙花染過指甲、略帶黑黃色的手拉著面紗，另一隻手把窄頸的水罐按倒在清澈的水裡汲水；著名的米爾阿拉伯經文學校的大門仍像原來一樣緊閉著，在那一座座沉重的拱形屋頂下的房間裡，早已忘記了春天的綠葉、忘記了陽光裡的芳香、忘記了嬉戲而過歡快流淌的溪水，霧眼矇矇的經學家、學者和講經師們，在那裡寫著一本又一本論述著，應該把不信仰伊斯蘭教的人們的第七代後人，乃至他們的祖先都徹底消滅的必要性，以及歌頌真主至高無上的厚厚的書。納賽爾丁阿凡提一邊從這個恐怖的地方走過，一邊用腳磕著胯下的毛驢兒。

到底要去哪裡才能填飽肚子呢？納賽爾丁阿凡提從昨天到現在已經第三次勒緊腰帶了。

「應該想辦法找到一點什麼。」他說：「等等，我忠實的小毛驢兒，開動開動腦筋。嘿，這不，我們真幸運，連茶館都有了。」

他給驢解下了嚼環，把牠放開並讓牠到拴馬樁下，任牠去撿食撒在地上的碎苜蓿草，然後自己把大衣的下襬往腰裡一披，坐在了咕嘟咕嘟的打著漩渦、冒著沫子、淌著混濁泥水的渠旁。「這渠水流向哪裡，又從哪裡流淌而來，水不知道這一切，也不會想這些。」納賽爾丁阿凡提憂愁地想著。「我也不知道我自己的路在哪裡，該在哪裡休息，哪裡是我的家。我為什麼要到布哈拉來？明天早上到哪兒去，並且為了填飽肚子上哪裡去找到半個銀元呢？難道還要再餓一頓？那個稅官真該死，他把我搜括得一乾二淨，竟然還厚顏無恥的對我說關於別的強盜的話，哼！」

正在這時，他恰好看見了那個使自己落到這個不幸地步的罪魁禍首——那稅官騎著馬來到了茶館前。兩個衛兵緊緊地抓著，那匹黑溜溜的兩眼像火焰一般閃亮的棗紅色阿拉伯駿馬的韁繩走了過來。那匹駿馬似乎對這個胖稅官騎在自己的背上感到厭惡而不住地彎動著脖子，細長的四腿不停地跺著地面。衛兵們必恭必敬的伺候著自己的主子從馬上下來。稅官走進了茶館。見到他進來而被嚇得直哆嗦的燒茶人，請他在艾提萊絲綢縫製的又大又軟的枕頭上坐下來，拿出最上等的茶葉為他沏好茶，並用中國細瓷碗端上。納賽爾丁阿凡提心裡想：「這還不是用我的錢來款待他！」

稅官兒喝了茶，不一會兒就靠在枕頭上鼾聲大作、嘴唇啪嗒啪嗒、一張一合的打起盹兒來。其他茶客們為了不影響他打盹，都小聲的說話。衛兵們一個坐在他左邊，一個坐在他右邊，在稅官兒熟睡之前，不時用小樹枝給他驅趕那些糾纏不休的蒼蠅。過了一會兒，他倆互相擠了擠眼睛，來到外面並從那馬的嘴裡取出嚼環，扔給牠一捆苜蓿草，然後拿出水煙鍋兒，走進茶館裡面一個黑暗的地方。過了一分鐘之後，納賽爾丁阿凡提的鼻子裡飄進了一股麻煙①的香味兒：衛兵們一有空兒就做這種壞事。

「嗯，現在到我該消失的時候了！」納賽爾丁阿凡提心中做出決定。他想起早上城門前的景象，擔心萬一倒楣被衛兵們認出來。「但是，說來說去，這半個銀元到哪兒去找呢？曾多次拯救過納賽爾丁阿凡提的偉大的蒼天啊，快快把那仁慈的目光投向他吧！」

正在這時，突然他聽見有一個人向他喊話：「喂，穿破衣裳的！」他回頭一看，路上停著一輛上面有篷子、裝飾得非常漂亮的馬車，車裡坐著一個頭上纏繞著很多層白頭布、穿著昂貴大衣的人，只見他掀起簾子，向這邊望著。

富商或者是大官兒的這個人在說下面這番話之前，納賽爾丁阿凡提就明白了自己呼喚幸福的心聲不會沒有回應──幸福，像往常一樣，總是在他困難的時刻把目光投向他。

「我看上這匹駿馬了。」富人傲慢、居高臨下的說著，一邊還興致勃勃地欣賞著那匹棗紅色的阿拉伯大洋馬。「回答我，這匹洋馬賣不賣？」

「世界上哪兒有不賣的馬呀！」納賽爾丁阿凡提猶豫地回答道。

「你的口袋裡，可能沒有多少錢。」富人繼續說道：「給我注意聽著，我不知道這匹洋馬是誰的、牠從哪兒來和以前曾經屬於誰的，關於這些我也不問你什麼。看看你那落滿了塵土的衣裳，就足以讓我知道你是從遠處來到布哈拉的，這些對我就足夠了，你明白了沒有？」

既高興又激動的納賽爾丁阿凡提點了點頭，他馬上明白了一切，甚至比富人所要對他說的明白得還要多。他只擔心一件事，那就是千萬不要有一隻愚蠢的蒼蠅在這時鑽進那個稅官的鼻孔或喉頭裡把他弄醒。對那兩個侍從，他並不多擔心，因為他們繼續在那裡專心地做著壞事，對此，從那黑暗的角落裡飄出來濃濃的綠色煙團就可以作證。

「但是你自己明白。」傲慢、目空一切的富人繼續說：「你的破衣裳配不上騎這樣的馬，這對你甚至會有危險。因為所有的人都會問這個窮光蛋是從哪兒弄來的這麼漂亮的駿馬，而且你很容易被關進大牢。」

「您說的是真的，尊貴的大人！」納賽爾丁阿凡提禮貌地回答道：「的確，這馬對我來說是奢侈的。我穿著這一身破衣服，一輩子只配騎驢，騎這樣的馬對我來說連想都不敢想。」

他的回答正中富人下懷。

「對你自己那副窮酸樣子，你不說大話倒也還算好。窮人應該有禮貌和謙虛，因為美麗的花朵屬於寶貴的巴達姆樹而不屬於荒漠中的荊棘。現在回我的話，你願意不願意要這錢袋子？這裡面有整整三百銀元。」

「怎能不願意呢？」納賽爾丁阿凡提大聲說著，心中卻打著冷顫。因為那些猖狂的蒼

蠅直往那稅官的鼻子裡鑽，他打著噴嚏，動彈了一下。「怎能不願意呢？得到三百銀元誰能拒絕呢？這不等於在路上撿到一個錢袋子一樣嘛！」

「那麼，就算你在路上意外撿到了另一件東西。」富人高傲的微笑著說：「但是我願意用銀子換你路上撿來的那個東西。來吧，把你這三百銀元拿去。」

富人把一個沉甸甸的錢袋子遞了出來，然後一邊用鞭桿在脖子上搔著癢，一邊向靜靜地聽著這番對話的僕人做了個手勢。僕人向駿馬這邊走來。納賽爾丁阿凡提看見那僕人扁平而且滿是麻子的臉上在笑，眼睛裡冒著賊光，心裡揣摩著他一定是個與他的主子十分匹配、壞透頂了的騙子、滑頭。「三個滑頭在一條道上相遇是常有的事，不過其中一個該走的時候到了。」他暗自決定著。他一邊稱揚著富人對真主的虔誠和慷慨，一邊跳上了驢背，並用兩腳狠狠的踢著牠，以至於那懶洋洋的毛驢兒立即跨著大步跑了起來。

當納賽爾丁阿凡提回頭向後望去時，看見那個麻子僕人正在將那棗紅色的阿拉伯洋馬往馬車上拴著。

後來當他再次回頭望去時，他看見那個富人和那個稅官正在互相揪著對方的鬍鬚扭打，衛兵們使勁兒的拉開兩人，但都無濟於事。

有頭腦的人不摻和別人的爭執。納賽爾丁阿凡提還沒有感覺到自己的危險，在曲裡拐彎兒的街巷裡跑了一會兒，於是拉了一下韁繩，讓毛驢跑慢一點。

「站住吧，站住。」他開始說道：「現在著急對我們已經沒有用了！」

但就在這時，他突然聽見附近傳來了急促的馬蹄聲。

「快前進，我忠實的毛驢兒，前進，趕快逃離這場災禍。」納賽爾丁阿凡提大聲喊著，但已為時太晚，十字路口那邊有一個騎馬的人衝了過來。

這是那麻子僕人。他騎在從馬車上卸下來的光背馬向這邊奔來，不住地晃動著兩腿從納賽爾丁阿凡提身邊衝過，然後把馬勒住，橫擋在唯一的去路上。

「讓我過去，聰明的人兒。」納賽爾丁阿凡提和氣的說道：「在這樣窄小的巷子裡不應該橫著走，而應順著走。」

「你還顧得上說這些！」僕人用發狠的語調說：「好吧，現在看你怎麼逃過地牢這一關，那個稅官——洋馬的主人把我主人的半邊鬍子都揪掉了，而我的主人把他的鼻子都打出了血來，你知道嗎？明天就把你送去交給艾米爾的法庭。唉，你呀，真是太不幸了！」

「你這是在說些什麼？」納賽爾丁阿凡提大聲說道：「這些尊貴的大人們為什麼打得這麼凶？再者，你為什麼要擋住我的去路，我又不能為他們的爭鬥當判官②還是讓他們自

己想辦法解決爭執去吧！」

「夠了，別裝蒜了！」僕人說：「給我轉回去，你必須說清楚那匹洋馬的事。」

「什麼樣的洋馬？」

「虧你問得出口？讓你從我家主人手中拿走一袋銀元的洋馬呀！」

「千真萬確的阿拉呀，你搞錯了！」納賽爾丁阿凡提回答說：「這與洋馬沒有絲毫關係，你自己想想看，所有的話你不是都聽見了嗎？由於你那樂善好施、忠於阿拉的主人想幫助窮人而問我說願意不願意要這三百銀元，我回答說當然願意，結果他才給了我三百銀元，願真主保佑他長壽，但是他先考查了我的謙虛和恭敬，並確信我配得上受用這些獎金，於是才對我說『我不想問這洋馬是誰的和牠是從哪來的』。這是他想考查一下我是否會冒稱自己是馬的主人，但是我並沒有吭聲。對我的這種謙虛，那位慷慨而又虔誠的商人也是滿意的。然後他又說這樣的馬對我來說是多餘的。我完全贊成他的話，他對我說的話也表示滿意。然後他又對我說『你在路上撿到了能換銀子的東西』，他對我在流浪生涯中因朝覲了許多偉大的聖地，培養出的對伊斯蘭教的忠誠和堅定，也表示了讚賞並當即給予了獎勵。他這樣行善積德，是為了在他一旦要經過《古蘭經》上所寫的通往天堂的那座比鬢毛還細、比刀刃還鋒利的斷魂橋[3]時，能夠過得更快一點、更容易些。我在第

一次祈禱中就把你主人對我的施捨做了彙報，祈求英明無比的阿拉為他早點在這座橋上修上欄杆。」

僕人想了想，然後衝著納賽爾丁阿凡提露出一副敗壞、狡猾的笑容，說：

「你說得對，嘿，行路人，我怎麼一時沒有弄明白，我家主人的話題竟然充滿慈善味兒！你好心要幫助我的主人渡過斷魂橋，但是到那時橋的兩邊要是都有欄杆會更好些，那樣會更結實可靠。為了讓英明無比的阿拉在另一邊也修上欄杆，我也要全心全意的為我的主人做祈禱。」

「那就儘管去祈禱吧！」納賽爾丁阿凡提大聲說道：「誰阻擋你了？這甚至是你該盡

的義務。《古蘭經》上不是要求僕人和奴才們每天為自己的主人祈禱，並且不能為此而另外要求獎錢嗎？」

「把驢子轉過去！」僕人粗野的說著並且催著馬，把納賽爾丁阿凡提往牆上擠去。「嘿，快一點，別讓我浪費時間！」

「等等。」納賽爾丁阿凡提趕忙打斷他的話：「我的話還沒有說完。按照我拿到的那個錢數，我要念三百句經文來為他祈禱。但是現在我想我念到二百五十句時就夠了。那樣只不過是我這邊的欄杆稍微細一點、短一點罷了。你呢，念上五十句，偉大的阿拉在那橋上，也會在你那邊修上欄杆。」

「這怎麼行？」僕人反對說：「也就是說，我的欄杆和你的欄杆比起來只是五裡有一啊，這不行！」

「但是那些欄杆都在最危險的地方！」納賽爾丁阿凡提隨機應變地補充說道。

「不，這樣短的欄杆我可不滿意！」僕人堅決的說：「也就是說橋的一部分會沒有欄杆，一想到我的主人會遇到那麼可怕的危險，我就面無血色，渾身直冒冷汗，我覺得為了讓橋兩邊的欄杆相同，我們兩人應該各做一百五十句祈禱。儘管欄杆會細一點，卻能保持兩面平衡。你要是不同意的話，那我就認為你對我的主人有野心，也就是說你願意讓他從橋上栽跟頭掉下去。那我馬上就喊人來，而你則會直接走上通往地獄之路。」

「細欄杆！」納賽爾丁阿凡提憤怒的吼了起來。他似乎感覺到自己腰裡的錢袋子在微微地動彈。「你是說，在這座橋上用嫩樹枝擋一擋就可以了！這已經很明白了，那另一邊的欄杆就必然要結實一點。因為那掌櫃的假如栽倒了的話，總該有個能抓住的東西！」

「你的話很正確！」僕人高興的大聲說道：「好吧，那就讓我這邊的欄杆更結實一些。我不惜勞苦，讓我為他做二百祈禱。」

「你願不願意祈禱三百句？」納賽爾丁阿凡提話裡帶毒的說。

他們在路上長時間的討價還價。路上的行人一句半句的聽到他們的對話，都以為納賽爾丁阿凡提和那麻子僕人是剛剛朝觀過聖地而歸的朝觀者④，因而紛紛向他們致敬。

當他們分手告別的時候，納賽爾丁阿凡提的錢袋子輕了一半。他倆決定應該讓那位富商的通往天堂之橋兩邊的欄杆都一樣長、一樣結實。

「再見，行路人。」僕人說：「今天，你和我——我們都做了一件善事。」

「再見，為了保護自己主人的靈魂而費盡苦心、忠實而又樂於助人的僕人。我還要說的是，在討價還價方面，你說不定甚至能勝過納賽爾丁阿凡提。」

「為什麼你會想起他來？」僕人懷疑了起來。

「不過是隨口說說。」納賽爾丁阿凡提一邊說著，一邊心裡想：「哎呀，壞了！這個

人可是非同一般！」

「也許你是他的一個遠房親戚？」那僕人問道：「或許你認識他的親戚？」

「不，我從來沒有見到過他，也不認識他的任何親戚。」

「你聽著。」僕人坐在鞍子上向這邊歪著身子說：「我是納賽爾丁阿凡提的親戚，我們是堂兄弟，我們的童年時代是在一起度過的。」

納賽爾丁阿凡提深信自己對他的懷疑，沒有做任何回答。僕人轉過身子，用另一邊歪向納賽爾丁阿凡提，說：

「他的父親、兩個哥哥和叔叔都死了。你可能聽說了吧，行路人？」

納賽爾丁阿凡提一聲不吭。

「艾米爾真是太殘暴了！」僕人用奸詐的口吻大聲說道。

但是納賽爾丁阿凡提仍然什麼話都不說。

「布哈拉的所有宰相、大臣們都是笨蛋！」僕人突然又說道。由於按捺不住心中的貪婪，他甚至在發抖，因為要是逮住不信伊斯蘭教的人，國庫會給以重獎。

但是納賽爾丁阿凡提還是沒有吭聲。

「我們那威震四海的艾米爾也不過是個笨蛋！」僕人說：「天上到底是有阿拉還是根本沒有，誰知道呢？」

那辛辣的回答早已到了納賽爾丁阿凡提的嘴邊，但是他仍然保持沉默。被自己野心沖昏了頭腦的僕人咒罵著，還用鞭子抽了一下馬。馬向前踹了兩下，在拐彎的地方消失了，一切都靜了下來，只有被馬蹄揚起的塵土在令人難熬的陽光下，飄懸在空中，泛著金色的光。

「不管怎麼說，總算找到親戚了。」納賽爾丁阿凡提不無自嘲地想。那位老人說的沒錯，布哈拉的奸細比蒼蠅還多，所以必須非常謹慎才是，那句老話不是說了嗎？舌頭犯了罪，腦袋也會跟著一起被砍掉。

他這樣想著，走了很久，一想到那空了一半兒的錢袋子就不由得生起氣來，然而一想到那個稅官和那傲慢的富人扭打成一團的樣子，又禁不住笑了起來。

註 ① 麻煙——主要在中亞一帶盛行的一種民間土製的麻醉品，又稱大麻酚。
　　② 判官——這裡指伊斯蘭教內的宗教法官。阿拉伯語稱「哈孜」。
　　③ 斷魂橋——伊斯蘭教中所稱架於火獄上方之橋。按照伊斯蘭教的解釋，平生行善積德者死後過此橋時可以順利通過並到達天堂，但作惡多端者將會墜入火獄之中，受到相應的煎熬和折磨；伊斯蘭教號召教民們在世時多做好事、善事，不做壞事、惡事，以免死後受到火獄之苦。
　　④ 朝覲者——伊斯蘭教徒中朝拜過伊斯蘭教聖地參加天房者才可獲得的稱號。

第 五 章

　　來到城市邊緣時他停了下來，把驢子交給茶館照料，自己則毫不耽擱的向飯館走去。

　　那裡狹窄不堪，柴禾煙氣和油煙味四溢，一片熙熙攘攘、喧鬧沸騰。爐灶裡時而向外冒著火焰，閃爍著的火光不時地照亮一個個滿頭大汗、光著上半身的廚子。他們忙碌著、呼喚著、你推我擠，還不時吹鬍子瞪眼睛的朝在飯館裡跑來竄去、互相推擠、吵鬧喊叫的徒弟娃娃們的脖子上打上一拳。蓋在鐵鍋上的木製大圓盤在「咕嘟咕嘟」滾開的鍋上不住的跳動，從那些飯啊菜啊裡面冒出的熱氣，直升騰到爬著無數隻「哄哄嗡嗡」的蒼蠅的天花板上，越積越濃。鍋裡正在燒煉著的油脂冒著煙，油脂伴隨著猛烈的「吱吱」聲四處飛濺；烤肉爐的邊沿被燒得通紅，烤肉籤上被燒化了的油脂滴在燒紅的煤塊上，變成嗆人的藍色火苗。這裡做好的有抓飯、烤肉、雜碎；用圓蔥、胡椒、羊肉和羊尾脂做成的包子已經貼在烤坑壁上，包子裡的肥肉被烤得化成了油，脹破了面皮，向外冒著泡。納賽爾丁阿凡提好不容易才找到一個地方，硬是擠著坐了下來，背後和兩邊的人們都被搔癢得「咯咯」笑了起來，但是誰也沒有發火，也沒有對納賽爾丁阿凡提說一句話。對他來說也沒有必要生氣，他喜歡街市上飯館裡的這種熱鬧、擁擠、雜亂和喧嘩，喜歡那些幽默的俏皮話和隨之而起的陣陣笑聲、喊聲，以及在擁擠中人們發出的「呼哧呼哧」的喘氣聲，還有那些整天幹著重活甚至都顧不得品嘗飯食味道的成百人在一起發出的那些咀嚼聲和叭嗒嘴聲。一張張強有力的嘴可以把筋和軟骨都磨得粉碎，飢餓的胃腸對吃進來的一切東西概所不拒，只要更多、更便宜就行！納賽爾丁阿凡提也懂得要把肚子吃得飽飽的——他一連氣兒吃了三碗湯麵、三碗抓飯，最後又強撐下了二十個烤包子。付完錢之後，他又按照自己的習慣，讓碗裡絲毫不剩。

　　然後他開始向外面運動，他使出了全身力氣，兩個胳膊肘使勁撥動著，最後，當他來到了外面、來到了自由的空氣中時，全身的汗水都在向外冒著熱氣兒，好像進到了蒸氣浴池並且被給人搓澡的壯漢照料過而渾身發軟。由於吃了飯、再加上熱，他邁著沉重的步伐，拖著兩條腿，急忙來到了茶館。他給自己叫了茶，並且舒舒服服地在毛氈上舒展開身子，閉上了眼睛。但這時他的腦海裡卻飄進了一幕幕安詳、甜美的想像：現在我有很多錢，我要是自己開一個作坊就好了——陶器作坊或是製鞍作坊，因為我有這方面的手藝。現在，流浪生涯也該夠了。難道我比別人差，比別人愚笨？難道我不應該有一個美麗賢慧的妻子、懷中抱著我自己的兒子嗎？我發誓，這個愛喊愛叫的孩子將成為最

出類拔萃的人才，而我，當然要努力把我的才智傳授給他！是的，這樣就大功告成了。我——納賽爾丁阿凡提現在要改變自己遊蕩不安的生活，重張旗鼓，我應該買下一個陶器作坊或是製鞍作坊。

他算起了帳來。一個好的作坊至少需要三百銀元，但他只有一百五十個銀元。他越想越是詛咒那個麻子僕人：讓眞主把這個強盜變成瞎子，開張所需的那筆錢的整整一半被那個傢伙搶去了！

運氣又一次幫助了他。

「二十銀元！」突然，不知是誰喊了一聲。緊接著納賽爾丁阿凡提聽見銅托盤中扔進骰子的「噹啷啷」的聲音。板炕①的邊上，拴著驢子的木樁下，圍坐著一大群人。茶館老闆站在人群邊上從他們頭頂上向人群中間望著。

「賭博！」納賽爾丁阿凡提斷定。他用胳膊肘撑起身子，伸長脖子向那邊望去。「不妨站在遠處看一看，我自己，當然不會去賭：我才不那麼傻呢？嗯，智者看看蠢人們的熱鬧又有什麼呢？」

他站起身，來到了正在賭博的人群邊上。

「一群鼠目寸光的蠢貨。」他低聲對茶館老闆說：「他們爲了贏到更多的錢，結果輸得分文不剩。難道先知穆罕默德沒有對穆民們玩賭錢的遊戲加以禁止嗎？感謝眞主，我沒有染上這種讓人墮落的嗜好。但是，你看看，那個賭棍眞是時來運轉，他竟然連著贏了四把。看呀，看呀，他又贏了第五把。傻瓜！他命中注定是個窮鬼，但他已被這泡沫一樣的財富迷了心竅。什麼？他又贏了第六把！一個人這麼走運，我還從來沒見過。快看呀，他又在下注了，天下多蠢的人都有，他不可能這樣輕而易舉的贏下去！人們總是相信這種虛假的幸福，並且就這樣走向毀滅！應該教訓一下這個賭棍，看他還能贏第七把。我雖然打心眼裡憎惡任何賭錢的把戲，我要是艾米爾的話早就予以取締了，但是無論如何，這回我要下一次注來收拾他一頓。」

賭棍又擲出了骰子並贏了第七把。

納賽爾丁阿凡提果斷的邁著步子走向前去，擠進賭博的人群並坐在正中間。

「我要和你賭一把。」他一邊對那個時來運轉的賭棍說著，一邊把骰子抓在手裡，同時用敏銳、老練的目光把周遭的人掃視了一遍。

「多少？」賭棍用沙啞的聲音問道。他由於急不可待的想乘著走運之時多撈一些，渾身在微微地顫抖。

針對他的問話，納賽爾丁阿凡提掏出了自己的錢袋子，爲了以防萬一，他拿出了二十五個銀元裝進衣兜裡，剩下的全都倒在了盤子裡。賭徒們用一陣輕聲而又激動的喝采

歡迎他下注，一場巨賭開始了。

那個賭棍抓起骰子，但沒敢扔出手，久久搖晃著。眾人屏住了呼吸，甚至連驢子都伸長了嘴，豎起了兩個耳朵。除了那個賭徒扣在手裡的骰子被晃得「嘩啦嘩啦」的響聲之外，周遭一片鴉雀無聲。這長時間的搖晃發出的枯燥的「嘩啦」聲使納賽爾丁阿凡提的心裡甚至兩腳都感到一陣陣乏力。但是那個賭棍始終揪著大衣的袖子，不停地搖著，不敢把骰子扔出手。

最後他終於扔出了骰子。賭徒們同時向前擁了上來，然後又一下子全都退了回去，異口同聲地驚嘆起來。那個賭棍的臉色一下子變得蒼白，緊咬著牙，開始難過起來。

骰子擲出的是三點，這是必輸無疑的標誌，因為兩點也像十二點一樣是絕少遇到的，其他的點數對納賽爾丁阿凡提都是有利的。

納賽爾丁阿凡提把骰子握在拳頭中搖得「嘩啦嘩啦」響，心中在向今天賜給了他這麼多恩澤的命運表示感謝。但是他忘記了命運是那麼固執和捉摸不定，如果過多的麻煩它，它就很容易翻臉。命運決定教訓一下對自己篤信不疑的納賽爾丁阿凡提，於是便選擇了那隻毛驢，更準確的說，是選擇了牠那尖兒上粘滿刺草的驢尾巴作為武器。這時驢子把屁股轉向正賭博的人們，甩了一下尾巴，牠的尾巴正好打在自己主人的手上，骰子一下子從他手中撒在了地上，就在這同時，那個賭棍發出了短促、嘶啞的狂叫，一下子趴在盤子上，把錢都壓在了自己身下。

納賽爾丁阿凡提拋出的骰子是兩點。

他像一尊石頭人兒一樣愣住了，嘴唇無聲的抖動著，所有的東西都在他那呆滯的眼前晃動、飄浮，耳朵裡也響起了一種怪聲音。

他一下子從地上跳了起來，抓起一根棍子，圍著拴馬樁追著那驢子，用棍子打著牠。

「該死的傢伙，冒臭味的齷齪鬼，嗨，讓天下所有生靈丟臉的驢！」納賽爾丁阿凡提喊道：「你還嫌你主人賭的錢太少，而且還給我弄輸了！讓老天剝掉你那張醜陋的皮，讓偉大的真主在路上挖個坑把你的腿摔斷；什麼時候你暴死橫屍，不再讓我看見你那張令人惡心的嘴？」

驢子叫了起來，賭徒們哈哈大笑著，對自己的福運深信不疑的那個賭棍比誰都笑得厲害。

「再玩一把。」他在納賽爾丁阿凡提累得氣喘吁吁並且扔掉棍子之後說：「再玩一把，你不是還有二十五個銀元嗎？」

說完這句話，他把左腿向前一伸，做出一副沒有把納賽爾丁阿凡提放在眼裡的樣

子，開始搖晃起腳來。

「好，玩就玩！」納賽爾丁阿凡提回答道。反正一百二十個銀元都輸掉了，心疼這二十五個銀元又有什麼用，他心裡決定道。

他連看都不看一眼，把骰子胡亂擲了出去，並且贏了。

「全都賭上！」那個賭棍提議道，並且把所贏到的錢都扔進了盤子裡。

納賽爾丁阿凡提又贏了。

但是那個賭棍不相信福運已經背向而去、不再鍾情於他。

「全都賭上！」

就這樣他連著下了七次注，連輸了七把，盤子裡堆著滿滿的錢。賭徒們全都驚呆了，他們的眼睛裡冒著的星火告訴人們，有一種火苗在燒著他們的心。

「如果魔鬼不給你幫忙，你不會連著贏！」那個賭棍大聲喊了起來。「不管怎麼說，你也該輸一次！這盤子裡裝著你的一千六百個銀元！你願不願意再賭一次，把你的錢全都賭上？你看，這些錢，是明天早上給我的店裡進貨準備的，我把這些錢都用來和你賭。」他從懷裡掏出了一個裝滿金幣的小錢包。

「把你的金幣放在盤子裡！」納賽爾丁阿凡提興奮的喊道。

這個茶館裡還從來沒有下過這樣巨額的賭注。茶館老闆把那一個個燒得滾開的茶壺早已忘得一乾二淨，賭徒們大聲地倒吸著氣兒。第一個扔下骰子的是那個賭棍，但他立刻閉上了眼睛，不敢再看。

「十一點！」所有的人一下子都喊了起來。這時納賽爾丁阿凡提明白自己已經死定了——只有十二點才能救他的命。

「十一點！十一點！」賭棍非常高興的反覆喊著：「我的是十一點，你看見沒有！你輸了！你已經輸啦！」

納賽爾丁阿凡提心中顫抖著拿起了骰子，準備拋出手，但又停了下來。

「把你的屁股轉過來！」他對驢子說道：「你會在三點上輸給別人，現在你也應該學會遇到十一點時怎麼贏，不然我要活活地剝開你的皮，然後把麥草塞進去！」

他左手抓住驢子的尾巴，然後用那尾巴尖兒抽打撺著骰子的右手。

一片惋惜、感嘆之聲震撼了整個茶館，茶館老闆捂著自己的胸口，一下子癱軟在地上。

骰子顯示的是十二點。

那個賭棍的臉色頓時變得蠟黃，兩個眼珠子都快要從眼眶裡蹦出來了，好像是兩個玻璃球一樣僵硬。他一邊慢慢地站起身來，一邊拚命喊著：「啊，我真命苦呀！哎呀，

我好命苦啊！」一邊趔趔趄趄的走出了茶館。

　　從那以後，那個賭棍再也沒有在這座城市裡出現過。據說他躲進了荒漠裡，頭髮和鬍子長得很長，蓬頭垢面，整天在沙漠中、在長滿荊棘的灌木叢裡不住地跑著、喊著：「哎呀，我真命苦呀！哎呀，我太不走運了！」直到被豺狼吃掉，他一直都在痛苦的哀號之中度過，沒有人為他而感到難過，因為他殘忍、貪婪，他贏的都是那些善良人的錢財，給人們帶來了許多許多災難。

　　納賽爾丁阿凡提把贏來的錢裝進布袋裡，擁抱著自己的毛驢兒，狠狠地親了一下牠那熱呼呼的嘴唇，並給牠餵了一塊香甜的軟饢②。毛驢兒面對這樣的情況愣了好半天，因為這和僅僅五分鐘前從主人那裡得到的待遇大不相同。

註① 板炕——中亞及中國新疆一帶民間習慣挨著房屋外的正面或側面牆壁修架固定的半露天的木板炕，上方有寬廊簷與房屋的頂部相接，除冬天外，人們大多在這個區域進餐、娛樂、接待客人、睡覺等；這也是中亞、中國新疆一帶民居建築的一種特色。
　② 軟饢——一種源於阿拉伯、波斯一帶的麵製食品，通常用小麥粉和水發酵後，在烤坑中用灌木、柴禾等燃燒後的餘火烤製而成。這種食品早先由約西元七世紀沿絲綢之路來中國僑居的阿拉伯人、波斯人傳入中國新疆甚至內地，其加工中不添加任何發酵劑和鹼等，是一種營養豐富而又安全的食品。它的製作方法簡便，味道甜美，易於旅行、遷徙攜帶，可以較長時間保存，在西亞、中亞及中國新疆等地的飲食文化中占有非常重要的地位，也是歷來上自皇宮貴族、下至民間百姓每天飲食中必不可少的重要食品。

第　六　章

　　納賽爾丁阿凡提牢記「要遠離那些知道你的錢放在哪裡的人」這句警言，沒敢在茶館裡久留，騎上小毛驢兒，向市集走去。他擔心身後有人跟蹤，於是不時地向後面看去，因為那些賭徒們和那茶館主的臉上沒有一絲善意。

　　踏上旅途，對他來說是一件非常高興的事。現在他可以購買兩個甚至三個不論什麼作坊，於是他就這樣決定了：「我要買下四個作坊，一個陶器作坊、一個製鞍作坊、一個裁縫作坊和一個靴鞋作坊，每個作坊雇兩個匠人；我自己呢，只管收錢。兩年之後我就可以發財了。我要買一個帶有噴泉的房院，裡面到處都掛上金製的鳥籠，籠子裡有各

種鳥兒唱著甜蜜的歌，我要有兩個甚至三個老婆，她們每人給我生三個兒子……」

他一下子做起了美夢來。這時候他的毛驢兒發現韁繩鬆開了，於是就利用主人正在做著黃粱美夢的機會，耍起了驢脾氣：路上明明有橋不過，卻偏要向路邊猛拐，並且一邊跑一邊從很寬的渠上跳了過去。這時納賽爾丁阿凡提正在想著：「等到我的孩子們長大時，我要把他們召集起來，對他們這樣說……可是這會兒我怎麼在空中飄起來了呢？奇怪，難道是英明的真主把我變成了天使，給我插上了翅膀？」

就在這時納賽爾丁阿凡提的眼睛裡冒起了一陣金星，這證明了他沒有翅膀。他從鞍子上飛了出來，摔在毛驢兒前面五六步開外的地上。

他「哎喲——哎喲」地呻吟著。當他渾身沾滿了土，從地上站起來時，毛驢和藹地搖著耳朵，做出一副無辜的樣子，好像是在邀請他騎到自己的鞍子上而來到了他身邊。

「哎，你呀，你這被派來懲罰我和我爸爸、我爺爺、我祖爺爺的罪過的冤家。我要用伊斯蘭教的正義發誓，僅僅為了一個人的過錯就這樣嚴厲的懲罰是不公正的！」納賽爾丁阿凡提用氣得發抖的聲調開始罵了起來。「你，集蜘蛛和妖精的惡毒於一身的你……」

但是，就在這時候，他看見稍遠一點的那邊，在一片一半坍塌了的牆的陰影裡坐著一些什麼人，不由得停下來。

咒罵的話已到了納賽爾丁阿凡提嘴邊，但是沒有說出來。

　　因為他知道，在眾人面前跌入可笑和威信掃地的境遇中的人應該比別人笑得更厲害。

　　納賽爾丁阿凡提朝著坐在那裡的人們擠了擠眼睛，並齜露著牙齒都笑了起來。

　　「唉──呀！」他用調皮的語調大聲說：「看我飛得多漂亮啊！你們說說看，我翻了幾個筋斗，我自己都沒有來得及數一數。哎，不聽話的冒失鬼！」他雖然繼續說著，但是他那已準備狠狠地用鞭子抽打驢子的手卻收了回來。然後他善意的用手掌拍著毛驢兒的脊背說：「哎，你這個頑皮的冒失鬼！我的毛驢兒向來就是這樣，你稍有點失神，牠當然就會調皮起來！」

　　納賽爾丁阿凡提高興的笑了起來，但是當他發現並沒有人跟著他笑時，他覺得很奇怪。這些人都低著頭，面帶愁容地坐在那裡。手中抱著小孩的女人們在低聲哭泣。

　　「這兒一定出什麼事了。」納賽爾丁阿凡提自言自語的說著並且走近了些。

　　「請問，老伯伯。」他開口問其中一位愁容滿面的白鬍子老人。「能不能告訴我出什麼事了？這裡為什麼見不到笑容，聽不見笑聲，為什麼女人們都在哭？為什麼你們都坐在這酷熱的路上，與其如此，坐在涼快的屋裡不是更好嗎？」

　　「有自己房子的人，坐在自己的屋裡當然是好了。」老人悲傷的回答道：「唉，行路人，你還是不要問了，我們大難當頭，反正你也幫不了忙。你看我，已是老弱無力，風燭殘年，現在我要請求真主早點派死神來把我領走。」

「說這些話有什麼用？」納賽爾丁阿凡提反問道：「人生在世不能盡考慮這些，請把你們的苦處講給我聽聽，請您老人家不要只看我的外表，也許我能幫助你們。」

「我的故事很短。僅僅在一小時前，高利貸主傑帕爾帶著兩個艾米爾的衛兵來過了。我欠傑帕爾錢，明天早上我欠的高利貸就要到期了。現在我從我住了一輩子的房子裡被他們趕了出來，從今後我將無家可歸，甚至連個棲身之地都沒有……我的所有財產——我的房子、園子、牲畜和葡萄園明天早上將要被傑帕爾賣掉。」

老人的眼裡閃著淚花，聲音在顫抖。

「您欠他很多錢嗎？」納賽爾丁阿凡提問道。

「太多了，行路人，我欠他二百五十銀元。」

「二百五十銀元，是嗎？」納賽爾丁阿凡提大聲說道：「為了二百五十銀元就要逼死人命！吁——吁，別動！」他對驢子大叫，邊說著邊解開了布袋口兒。「這給您，尊敬的老伯伯，二百五十銀元，拿去還給那個高利貸主，然後把他從您的院子裡轟出去，過一個安穩幸福的晚年吧！」

聽到了銀子的碰撞聲，所有的人都不寒而慄，那老伯感動得連話都說不來了，只有用閃光的滿眼熱淚向納賽爾丁阿凡提表示感謝之情。

「您看，您剛才還不願意把您的苦處告訴我。」納賽爾丁阿凡提說著數完最後一個銀元，同時心中想著：沒有關係，那就從八個匠人的崗位改雇用七個，對我來說也夠了！

坐在老人身邊的婦人突然跪在納賽爾丁阿凡提的腳下，大聲哭著把自己的孩子舉了上來。

「看看吧！」婦人一邊哭一邊說：「孩子生病了，他的嘴唇都燒乾了，臉蛋兒就像火一樣燙。現在，我可憐的兒子只有在這路上等死了！因為我也被從自己的家裡趕了出來。」

納賽爾丁阿凡提的目光落在孩子那消瘦的小臉和毫無血色的小手上。然後他巡視了一遍坐在那裡的每一個人的面容。看著這一張張由於飽經磨難而布滿皺紋的臉，以及一對對由於哭得太久而朦朧了的眼睛，他的胸腔裡就像插進燒紅了的匕首，感到心裡喘不過氣來，渾身的熱血湧到了臉上，於是他把臉轉了過去。

「我是一個寡婦人家。」婦人說：「我丈夫死去已有半年了，他欠高利貸主二百銀元，按照法律規定，那筆欠款落在了我的頭上。」

「孩子的確是病了。」納賽爾丁阿凡提說：「不能抱著他坐在太陽裡，因為陽光會像阿布·阿里·伊本·西拿①！所說的那樣使血脈中的血液濃稠起來，這當然對孩子是不利的。這是給你的二百銀元，趕快回家給孩子額頭上敷上一塊濕布，再給你五十銀元，去

請一個大夫，買些藥。」

這時他心中還想著：「六個師傅也能把事情辦好。」

但是寬肩膀、長鬍子的泥瓦匠也一下子跪在了他的腳下。因爲他欠高利貸主傑帕爾四百銀元，明天早上他的家人和他都將被賣作奴隸。「五個師傅，當然會差一些啦！」納賽爾丁阿凡提心裡想著並再次解開了布袋。他還沒有來得及把布袋的口兒綁上，又有兩個婦人跪在他的面前。她們的訴說也都是那麼悽慘，以至於納賽爾丁阿凡提毫不猶豫的分給了她們足夠的錢，讓她們去還債，擺脫債主子。他算著剩下的錢剛剛能夠雇三個師傅，這樣就不能開作坊了，於是開始把剩下的錢慷慨地分給其他欠高利貸主傑帕爾債的人。他的布袋裡只剩五百銀元了，這時納賽爾丁阿凡提看見了坐在一邊的另一個人。雖然那人也是滿面愁容，但是他並沒有要求幫助。

「哎，那邊的那個人，請轉過臉來！」納賽爾丁阿凡提叫著他。「你坐在這裡做什麼？你沒有欠高利貸主的債嗎？」

「我因爲欠了他的錢——」那人用沙啞的聲音回答道：「明天早上就要戴上手銬腳鐐被送到奴隸市場上去賣掉了。」

「那你爲什麼直到現在還不吭聲的坐在那裡？」

「唉，慷慨而又仁慈的行路人，我不知道你是誰。難道你就是從自己陵墓裡來到人間幫助窮人的神仙——偉大的巴哈維丁聖人？要不你就是訶倫·拉西德②眞人顯現？我不明白。我沒有向你提出要求的原因是，除我之外你已經破費了很多，但是我欠的錢比誰都多，有五百個銀元。我怕你給了我之後，給那些老者和婦人們的錢就不夠了。」

「原來你是一個高尚、通情達理和有良心的人。」納賽爾丁阿凡提感動地說：「但我也是高尚、通情達理和有良心的人。我發誓，明天早上你不會戴上手銬腳鐐去奴隸市場。掀起你的衣襟接著！」

他一個銀元都不剩的把布袋裡的錢全都倒給了那個人。那人用左手揪著衣襟，右手擁抱著納賽爾丁阿凡提，兩眼淚水如注，把頭依偎在納賽爾丁阿凡提的懷裡。

納賽爾丁阿凡提把這些從災難中被解救出來的人們一一巡視了一番，他們的臉上露出了微笑，泛著紅潤，眼睛裡閃爍著光芒。

「你從那頭毛驢兒的背上翻了好幾個筋斗摔了下來。」寬肩膀、長鬍子的泥瓦匠說著一下子哈哈大笑了起來。然後坐在那裡的所有人——男人們、女人們用粗嗓音和細嗓音「哈哈哈」的跟著笑了起來。孩子們也都微笑著向納賽爾丁阿凡提伸出自己的小手，而納賽爾丁阿凡提此時比誰笑得都響。

「哎呀！」他笑得喘不過氣的說著：「你們還不知道這是一頭什麼樣的驢，這是一頭

非常可惡的毛驢兒！」

「不！」手中抱著病孩子的婦人打斷了他的話。「不要那樣說您的毛驢兒，這是一頭最聰明、最高尚、世界上最珍貴的毛驢兒，能比得上牠的毛驢兒還沒見過，今後也不會有。讓我一輩子照料牠，餵牠最好吃的飼料，永遠不讓牠做重活，用刷子給牠刷身子，用梳子給牠梳尾巴我都願意。如果沒有這頭舉世無雙、像綻放的玫瑰花一樣、內裡充滿善良的毛驢從水渠上跳過並且把您從鞍子上摔下來的話，像黑暗中升起的一輪紅日般的您，就不會出現在我們的面前，而是從我們身邊走過，看不見我們，那時我們也不敢叫您停下！」

「這位婦人的話說得對。」老伯伯寓意深長的說：「我們得到拯救的同時就欠下了這頭小毛驢兒數不清的債，這真是一頭給世界上增添光彩的毛驢兒，是驢中之寶。」

人們都開始大聲誇獎這頭毛驢並且爭先恐後的往牠嘴裡餵玉米花、杏乾和桃乾。驢子用尾巴驅趕著糾纏不休的蒼蠅，毫不客氣、理所當然的享用起美餐來。可是當牠看到納賽爾丁阿凡提偷偷的露給牠看的鞭子時，就不由得眨起眼睛來。

但是時間還是照著老規矩走著，影子變得越來越長，紅腿鸛群發出「咯咯」的叫聲，拍打著翅膀落在自己的巢裡，那裡的雛鸛們貪婪的伸長脖子、張開大嘴叫喚著。

納賽爾丁阿凡提開始和人們告別。

所有的人都向他鞠躬致謝：

「謝謝您，您了解我們的苦衷。」

「怎能不了解呢？」他回答說：「就像今天這樣，我已經讓有八個最精煉的工匠的四個作坊和噴著泉水、林蔭裡到處掛著金鳥籠、籠裡有鳥兒在歌唱的房子和園子化為烏有，我不了解誰了解！」

老伯伯抿著那沒有牙齒的嘴唇說：

「行路人，我沒有什麼東西來表達對你的謝意，我離開家園時帶上的唯一一件物品就是這本《古蘭經》，一本神聖的書，你把它帶上，讓我的神明成為你人生海洋中指引航向之光。」

納賽爾丁阿凡提接過了《古蘭經》，把它放進布袋裡，然後一下子跳上毛驢兒，騎在了驢背上。

「留下你的名字！」

「告訴我們你的名字！」

人們異口同聲的喊著：「把你的名字告訴我們吧，好讓我們在做祈禱時知道該向誰表示感謝。」

「知道我的名字對你們來說有什麼用處呢？真正的善心和好意是不需要美名的。至於祈禱的問題，英明的上天有很多天使給他彙報關於人間行善積德之類的事，但是如果天使們撒懶和怠慢，不去記載天下所有的善與惡，而是躺在那柔軟的雲彩上睡大覺，那時你們的祈禱同樣還是無濟於事。為什麼呢，如果無比英明的上天僅僅相信人們所說的，而不要求他那些可靠的代表們去明斷善惡，那也是徒勞。」

女人們中間有一個不由得低聲說了一聲「哎呀！」接著又有第二個人做出同樣的回應，然後是老伯伯很吃驚的睜大眼睛望著納賽爾丁阿凡提。但是納賽爾丁阿凡提卻由於忙著和其他人告別，而沒有感覺到什麼。

「那麼，再見了，祝你們的生活太平安詳。」

被祈禱和祝願聲送走了的納賽爾丁阿凡提在道路的拐彎處消失了。

人們靜靜地站在原地，所有人的腦子裡只有一個念頭。

老伯伯打破了沉靜，他發自內心、莊嚴的說道：

「全世界只有一個人能做出這樣的事，世界上只有一個人懂得說這樣的話，人世間只有一個人具有這麼善良的心腸，他的光和熱可以溫暖一切不幸和苦難中的可憐的人們。這個人是我們的……」

「閉嘴！」另一個人立刻打斷了他的話。「難道你忘了『牆上長眼，石頭上有耳』這句話了嗎？難道你願意讓一大群狗循著他的蹤跡去追他？」

「你說得對。」第三個人補充說：「我們應該保持沉默，因為現在他就像走在細繩上一樣，要想置他於死地，只要稍微推他一下就足夠了。」

「今後不管在那裡，他的名字要是公開從我口中說出去，那我寧願先割掉自己的舌頭！」手中抱著病孩子的婦人說。

「我也絕不走露風聲！」又一個婦人大聲說道：「要是因為我不留神給他脖子上套上絞索，那我情願早點死去！」

除了長鬍子、寬肩膀的泥瓦匠之外，所有的人都這樣說著。原來他是一個頭腦不很靈活的人，所以雖然他眼睜睜地聽著上面的這些話，卻怎麼也不明白為什麼那個行路人既不是賣肉的也不是賣雜碎的，群狗卻要追蹤他的足跡；如果這個行路人是高空走繩[3]的，那為什麼又要禁止公開提起他的名字？為什麼那個女人說要是把壘土牆行業那麼需要的繩子贈送給他的救星的話，自己甘願早點死去？想到這裡，泥瓦匠徹底糊塗了。他大聲地喘了一口粗氣，然後又深深地吸了一口氣，由於害怕自己成為瘋子，於是決定不再多費腦筋。

這時候納賽爾丁阿凡提已經走遠了，但是那些窮苦人疲憊、枯萎的面容仍然在他的

眼前晃動。他回憶著那個病孩子和他臉上的瘧疾紅，以及在炎熱中乾裂了的嘴唇，回憶著那失去家園、白髮蒼蒼、鬍鬚如雪的老人，不由得心底裡怒不可遏。

他在鞍子上坐不住了，於是跳下了驢背，踢開那些絆腳的石頭，與毛驢兒並排走著。

「好吧，等著瞧，高利貸主，等著瞧！」他嘴裡念叨著。他那雙烏黑的眸子裡燃燒著怒火。「我們總會相遇的，你不會有好下場的，艾米爾，你也一樣！」他說著：「我也會讓你有哆哆嗦嗦、惶惶不可終日的那一天。艾米爾，因為我——納賽爾丁在布哈拉！哎，我那不幸的百姓的吸血鬼，可惡的寄生蟲！哎，貪婪的鬣狗，臭氣熏天的豺狼，快樂和幸福不會永遠屬於你們，民眾也不會永遠忍受苦難！但是，你高利貸主傑帕爾，對你給窮人們帶來的種種苦難，我都要讓你惡有惡報，否則就讓我的名字永遠蒙上恥辱！」

註① 阿布‧阿里‧伊本‧西拿——（980-1037）阿拉伯醫學家、哲學家、自然科學家、文學家；塔吉克人，生於古代波斯布哈拉城附近的伊菲森鄉。他的成就是多方面的：在醫學上豐富了內科知識，治療上採用了許多新藥物，並重視住宅、衣服和營養衛生，他的貢獻對中亞和其他國家的醫學發展有不少影響，故有「醫聖」之稱。主要著作有《醫典》，共五卷；還著有包含多種學科的《治愚書》等。
② 訶倫‧拉西德——（763-809）阿拉伯帝國阿巴斯王朝的哈里發。他在位時(786-809)，王朝勢力達到極盛，西與查理曼帝國維持友好關係，共謀抵制東羅馬帝國；東與中國（唐朝）建立聯繫。其宮廷一度成為移民世界的科學與藝術中心。
③ 高空走繩——相當於走鋼絲，是中亞及新疆一帶的一種民間傳統體育運動，尤其是維吾爾民間，有不少傳承了這項體育運動的世家；也有人將其歸為雜技類。又稱「達瓦孜」。

第 七 章

對一生經歷了許多事情的納賽爾丁阿凡提來說，今天——回到自己祖國的第一天，也算是一個充滿憂愁和多事的日子了。納賽爾丁阿凡提已經很累了，無論如何要找一個僻靜的地方，隱蔽起來休息一下。

「不！」他深深的嘆了一口氣，這時他看見遠處的一個水塘邊聚集了很多人。「今天休息好像跟我無緣！那邊似乎又出什麼事了！」

那水塘坐落在大路邊上，納賽爾丁阿凡提完全可以繞過那個地方一過了之。但是，

我們的納賽爾丁阿凡提不是那種甘於放過各種行俠仗義機會的人。

多年來深知自己主人脾氣的毛驢兒，此時沒有等主人下命令就向水塘那邊跑去。

「出什麼事了？誰被殺死了？誰被搶了？」納賽爾丁阿凡提一邊喊著一邊讓毛驢兒衝向人群最密集的地方。「哎，我說讓路！閃開！閃開！」

他穿過人群，來到了漂滿綠色水藻的池塘邊，這時他看到一個奇怪的現象：距離岸邊三步之外，一個人掉落池塘中，他一會兒升到水面，過一會兒又沉入水中，水下不時地向上「咕嚕咕嚕」地冒出大水泡。

岸上有很多人慌張地跑來跑去，他們想抓住溺水者的外衣，向他伸著手，但是他們的手總是差半尺[①]。

「把你的手伸給我！給我呀！」他們喊著。

正在下沉的人似乎沒有聽見，有節奏地向水下沉去。過了一會兒，他的頭向上露了一下，但是並不把手伸給他們，然後又慢慢沉下去。隨著他載浮載沉的動作，水面上懶洋洋的波紋在水塘裡擴散著，輕輕的拍打著岸邊，發出「嘩嘩」的響聲。

「真是一件怪事！」納賽爾丁阿凡提觀望著。「簡直是怪事一樁！他可能是有什麼原因吧？他為什麼不伸手呢？也許他是一個技藝高超的潛水者，正在練習潛水。那樣的話，為什麼要穿著長外衣呢？」

納賽爾丁阿凡提思忖著。就在他思忖的時間，潛在水裡的人又冒出了三四次，而且每次在水底下待的時間越來越長。

「這豈不是怪事嗎！」納賽爾丁阿凡提一邊重複說著，一邊從驢子背上跳了下來。「你在這裡等著。」他對驢子說：「我走近一點去看一看。」

就在這時，潛水者已經沉入水底深處，很長時間沒有露出水面了，以至於岸上有的人們開始給他做起禱告來。但這時他一下子又把頭探出了水面。「把你的手伸給我！伸給我！給我呀！」人們喊著，向他伸著手。但是，他用那黑眼球已經翻向腦後的白眼珠子看了一下，並沒有伸手，然後無聲的划向水裡。

「哎，無知的蠢人們呀，看看你們！」納賽爾丁阿凡提說：「難道你們從他那值錢的外衣和纏頭布上沒有看出這個人是一個毛拉或是一個有錢的官人，直到現在你們還不了解毛拉和這些當官的人們的本性，不知道應該用什麼方法把他從水裡救出來？」

「如果你知道的話，就快點把他拉出來！」人們喊著。「把他救上來，他又浮出水面了，把他拉出來呀！」

「等一等。」納賽爾丁阿凡提回答道：「我的話還沒有說完，我正在問你們話呢，不管在哪兒，也不論什麼時候，你們到底誰見過哪個毛拉或是哪個當官的給過別人一點什

麼東西？你們記住，嗨，愚蠢的人們：毛拉和當官的任何時候都不給予別人任何東西，他們只有索取。應該用適合於他們秉性的方法把他救出來。你們看著吧！」

「但是你已經晚了！」人們喊著說：「他再也不會露出水面了！」

「你們以爲水神姑娘會那麼容易就收留一個毛拉或是當官的嗎？你們錯了，水神姑娘會使出全身力氣，努力擺脫他。」

納賽爾丁阿凡提跪著坐了下來，望著從水底「咕嚕咕嚕」冒出來又被微風輕輕吹著漂到岸邊的水泡，開始耐心地等待著。

終於，一個淺黑色的東西不知怎地開始向上面升起。沉入水中的人又一次露出了水面。

「給你！」納賽爾丁阿凡提向他伸出手去。「給你，抓住！」

水中的人這才哆哆嗦嗦地抓住伸過來的手。納賽爾丁阿凡提的手都被拽疼了，他緊繃著臉拉著那人。

那人被拉到岸上之後，納賽爾丁阿凡提的手仍然被他緊緊地抓著，擺脫不開。

那人一動不動地在地上躺了好幾分鐘，他渾身上下纏滿了水草，發著腥臭味兒的浮萍遮住了他的臉，他的嘴裡、鼻子裡、耳朵裡咕嚕嚕的直往外冒水。

「錢袋子！我的錢袋子在哪兒？」他呻吟著說，直到摸著腰間那還有點熱熱的錢袋子時才安靜下來。然後他抖掉沾在身

上的水草，用衣襟擦去臉上的浮萍。這時的納賽爾丁阿凡提被嚇得向後退了好幾步：那人眼眶倒長著、爛鼻子又扁又塌和被一層白膜蒙著右眼的一張臉是那麼的醜陋，而且——他還是個駝背。

「是誰救了我？」他用尖細的嗓音問道，並用那一隻獨眼把圍著他的人看了一遍。

「就是他！」人們嚷嚷著把納賽爾丁阿凡提推到了前面。

「到我跟前來，我要獎賞你。」被救上來的人把手伸進還在流著水的錢袋子裡，抓出一把濕漉漉的銀元。「我要說，你把我從水塘裡拉出來並沒有什麼特別和驚人的功勞，我自己也能從水裡游出來。」他嘟噥著說。

就在他說話的時候，他拿著銀元的手指不知是由於筋疲力盡還是由於別的什麼原因張了開來，錢幣開始慢慢的從手指縫間掉回錢袋子裡。最後他手中只剩下一枚錢幣——半個銀元。他「唉」的長嘆了一口氣，把那個錢幣遞給納賽爾丁阿凡提，說：

「這個錢給你，到街上去買一碗抓飯吃吧！」

「這點兒錢不夠買一盤抓飯。」納賽爾丁阿凡提說。

「沒有關係，沒有關係，你可以買一盤素抓飯。」

「現在你們明白了吧！」納賽爾丁阿凡提看著大家說：「我真是用符合他本性的方法把他從水中救了出來。」

他向自己的驢子那邊走去。

路上有一個高個子的人把他叫住了。這個人稍微有點兒瘦，滿面愁容，表情冷淡，雙手沾滿了煤灰和煙黑，腰間別著一把鐵鉗。

「你想說什麼，鐵匠？」納賽爾丁阿凡提問道。

「你知道不知道剛才你救的是誰？」鐵匠一邊說，一邊用厭惡的目光把納賽爾丁阿凡提從頭到腳打量了一遍。「你知不知道如果你不救他，別人誰都沒有打算真的救他出來？你知不知道現在由於你所做的事，會使多少人淚流成河，會有多少人失去家園、喪失耕地、喪失自己的葡萄園並被送到奴隸市場，然後被戴上手銬腳鐐送上去希佤[*]的路？」

納賽爾丁阿凡提吃驚地望著他，說：

「我不明白你的話，鐵匠！對掉在水裡的人不去伸手拉一把，卻從一旁走過了之，還算得上穆民嗎？」

「照你這麼說在毒蛇、鬣狗和所有惡毒的人快要死去時都應該去救他？」鐵匠突然放大嗓門兒說，但是好像又悟出什麼似的問道：「你是這兒的人嗎？」

「不，我從遠道而來。」

「也就是說，你並不知道你所救的人是一個凶殘的吸血鬼，布哈拉的百姓中有三分之一的人的命運握在他的手心裡，被他折磨不堪而痛苦哀號！」

納賽爾丁阿凡提的腦海裡浮現出一個可怕的疑問。

「鐵匠！」他的聲音在顫抖，不敢相信自己的猜測。「我所救的人叫什麼名字？」

「你救的是高利貸主傑帕爾，讓這個世界和那個世界[3]裡的詛咒像雨點一樣落在他的頭上，讓他的十四代子孫全都身長膿瘡、毒流遍體！」鐵匠滿腔怒火地回答道。

「什麼！」納賽爾丁阿凡提喊了起來。「你在說什麼，鐵匠！哎呀，我好命苦呀，怎麼讓我遇到了這個破爛貨！真的是我親手把這條毒蛇從水裡救出來了？哎呀！這真是不可饒恕的罪過！啊，太醜惡了，太不幸了！」

他的悔恨使鐵匠很吃驚，鐵匠的心有點軟了。

「靜一靜，行路人，現在一切都已無法挽回了。」

「你說說，你怎麼恰恰就在這個時候趕到水塘邊上呢？你的驢子怎麼不在一個什麼地方耍一會兒脾氣停下來呢，唉！那樣的話高利貸主不就沉底兒了嘛！」

「如果這條驢！」納賽爾丁阿凡提說：「要是在路上停下，那也只是為了把我布袋裡的錢抖露出去，因為馱上裝著錢的布袋行路，牠會嫌重；但要是遇到把高利貸主從水裡救出來這樣壞我名聲的事兒，那毫無疑問，這條驢會準時把我送到必要的地方！」

「是的！」鐵匠說：「但是你所做的事已無可挽回。現在你要想把高利貸主重新推到水塘裡已經是不可能的了！」

納賽爾丁阿凡提受到很大的震撼。

「我做了件壞事，但是我要把它糾正過來！聽著，鐵匠！我發誓，我要親自把高利貸主傑帕爾沉到水裡。我要在我父親的尊嚴面前發誓，我一定要把高利貸主就沉入這個水塘裡！記住我的誓言，鐵匠！我從來沒有說過假話，高利貸主一定會被淹死，當你在街市上聽到這個消息時，你會知道我已在布哈拉依謝力莆的眾人面前洗清了我的罪過！」

註①尺——這裡指俄尺，一俄尺約合0.71公尺。
　②希佤——這裡指希佤汗國，請詳見第十二章註。
　③那個世界——指伊斯蘭教中傳說的人死後所要去的世界。

第 八 章

納賽爾丁阿凡提來到市集上時夜幕已經降臨了。

各處茶館外的爐火都已點燃了起來。很快，場地周遭布滿了一堆堆篝火。明天將是這裡的大集日。接踵而至的一個個商旅駝隊邁著碎步走過，然後消失在夜幕之中，但是空氣中還在不斷傳來他們那憂愁的「叮叮咚咚」的駝鈴聲。遠去的駝鈴聲剛剛弱下來，緊接著走進場地的另一個駝隊的鈴聲又哀傷的響起來。這聲音此起彼伏，無休無止，好像這塊場地上的黑暗都快要被這來自天下四面八方的聲音充斥而撕裂，慢慢地這聲音越來越大，開始顫抖。這黑暗中有來自印度、阿富汗、阿拉伯、伊朗和埃及的一支支看不見的駝隊發出的各種悲淒的駝鈴聲。納賽爾丁阿凡提不住地傾聽著這些駝鈴聲。旁邊一個茶館裡傳出來了一陣手鼓聲，還有都塔爾琴在伴奏。有一個看不見的歌手扯開嗓門大聲唱著歌，他的聲音很高，似乎星星們都可以聽見那歌聲。他唱的是一首情歌，向自己的心上人悲訴著愛的情懷。

就在這歌聲中，納賽爾丁阿凡提在尋找著自己的棲身之地。

「我和毛驢兒，我們倆只有半個銀元。」他對茶館老闆說。

「半個銀元可以在毛氈上睡覺。」茶館主人回答道：「但不給褥子和枕頭。」

「那我的毛驢兒綁在什麼地方呢？」

「說什麼呢，還要我照料你的驢子？」茶館主人反問道。

茶館邊上沒有拴牲口的樁子。納賽爾丁阿凡提看見板炕下露出的一個鐵環子。他也不管這個鐵環子是安在什麼東西上的，把毛驢兒往那鐵環上一拴，就走進茶館躺了下來，因為他已經太累了。

他正在打盹的時候，隱隱約約聽見有人說著自己的名字，於是他慢慢的睜開了眼睛。

是趕集來的一些人——傭工、牧人還有兩個手藝人在稍遠的地方圍成一圈坐在那裡，喝著茶。他們中有一個人壓低聲音說著：

「關於納賽爾丁阿凡提還有這樣的傳說：有一天他正走在巴格達的大街上，突然聽見一個飯館中的吵鬧聲。我們的納賽爾丁阿凡提呢，你們知道，由於他是一個對一切事情都感興趣的人，所以他走進了茶館。他一看，一個胖胖的紅臉的廚子不知為什麼正抓著一個乞丐的衣領，推扯著，好像是在要錢，但乞丐好像不同意給錢。

「『吵什麼？』納賽爾丁阿凡提上前問道：『你們有什麼不滿足的？』

「『這個混小子！』廚子大喊大叫的回答說：『這個可恨的破爛布衣賊人剛才進到我的飯館裡來，讓老天把他的所有腸子和心肝都燒焦，他從懷裡掏出一個饢來，長時間地放在我的烤肉爐上，直到烤肉的香味滲透到饢裡，比原來好吃了兩倍，這時這個叫花子才把饢吃了，現在他卻不願意付錢，我的天啊，讓他所有的牙都掉光，全身的皮都脫光。』

「『那是真的嗎？』我們的納賽爾丁阿凡提用嚴肅的語調問道。由於害怕而一句話都說不出來，那乞丐只是用點頭來回答。

「『不好。』納賽爾丁阿凡提說：『無償利用他人的東西是非常不好的。』

「『嗨，窮光蛋，這個可敬的人對你說什麼你聽見沒有！』廚子高興地說。

「『你有沒有錢？』納賽爾丁阿凡提問，乞丐不言不語的把最後的幾分錢從衣兜兒裡掏了出來。廚子伸出一隻粗胖的手去接錢。

「『別著急，令人尊敬的窮苦人！』納賽爾丁阿凡提說：『先把你的耳朵側過來。』

「他把錢扣在兩手中，長時間地貼在廚子耳邊搖晃並讓錢發出『叮噹』的響聲，然後又把錢還給了乞丐，說：

「『現在你放心地走吧，窮苦人。』

「『什麼！』廚子喊了起來，『可是我還沒有收到我該收的錢呢！』

「『他已經付給了你足夠的錢，你們互不相欠。』納賽爾丁阿凡提回答道：『他聞了你的烤肉的味，而你呢，你聽了他的錢的響聲。』」

茶館裡的人一下子都大笑了起來，他們中有一個趕忙警告說：

「輕點聲，不然的話人們會聽見我們在談論納賽爾丁阿凡提。」

「這件事他們是從哪裡知道的？」納賽爾丁阿凡提暗自笑道：「這件事是真的，但並不是發生在巴格達，而是在伊斯坦堡，可他們到底是怎樣知道的呢？」

另一個人，頭上圍著彩色長裹頭布而標誌著自己是百岱合香①人的牧羊人開始低聲講了起來：

「傳說有一天，納賽爾丁阿凡提從一個毛拉的菜園旁邊路過，毛拉那時正在把南瓜往口袋裡裝。他很貪婪，所以裝了滿滿一布袋，結果不要說背起布袋就連站都站不起來。毛拉停了下來，心想怎樣才能把袋子搬回家呢？這時他看見一個行路人，於是高興的說：

「『喂，我的兒子，幫我把這個布袋背回家行嗎？』

「這時正是納賽爾丁阿凡提需要錢的時候。

「『那您給我多少搬運錢呢？』他向毛拉問道。

「『唉——我的兒子，錢對你有什麼用呢？在你扛著南瓜走的時候，我給你講三句格言，這些格言會帶給你終生幸福的。』毛拉說。

「『真有趣！毛拉想給我說什麼格言？』我們的納賽爾丁阿凡提心裡想。

「他很感興趣，然後就把袋子扛在肩上走了起來。道路很陡，正好要從一個懸崖邊走過，在納賽爾丁阿凡提停下來歇腳的時候，毛拉神祕而又故作優雅的說：

「『聽著我的第一句格言，比這更有哲理性的格言自從亞當誕生的時代開始，世界上還從來沒有過，如果你能真正理解它的實質，這就和弄懂我們的先聖和導師穆罕默德先知用來給《古蘭經》第二章開講的『艾力甫』、『拉姆』、『萊』這幾個字母的深奧內容具有相同的意義。注意聽著，如果有人對你說與其騎著牲畜行路，還不如步行好一點兒，那你不要相信他的話。記住我的這句話並且不分白天黑夜不斷地去想，那你才能理解它的哲理性。但是——這句格言與第二句相比，就算不上什麼了，等到了前邊那棵樹下我再說給你聽。你看見沒有，就在你前方！』

「『好吧。』納賽爾丁阿凡提心想，然後說：『別著急，毛拉！』

「他汗流浹背地把口袋扛到了那棵樹下。

「毛拉抬起手來說：『豎起你的耳朵聽著，這第二句格言包括了《古蘭經》的全部教法以及教規的一半，還有教道[2]的四分之一。理解了這句格言實質的人任何時候都不會迷失正道，不會背離正義。唉——我的兒子，你應該為弄懂這句格言而努力，為你能無償地聽到這句話而高興。第二句格言是這麼說的，如果一個人對你說比起富人來窮人過日子更好過，那你不要相信那種人的話。但是與第三句格言相比，這第二句格言又算不了什麼。它的光明只有那耀眼的太陽、深邃的大海能相媲美，這第三句格言我要在到了我家大門口時再講給你聽。我們快點走吧，因為我已經休息好了。』

「『請不要著急，我的毛拉！』我們的納賽爾丁阿凡提回答說：『我已經事先知道您的第三句格言了，您準備在到了您家大門口時對我說：有智慧的人能經常讓無智慧的傻瓜白白地為他扛運南瓜口袋。』

「毛拉大吃一驚向後退了一步。納賽爾丁阿凡提把他的第三句『格言』不偏不差的說了出來。

「『現在嘛，我的毛拉，請您也聽一聽我唯一的一句格言，它能頂您那三句格言。』納賽爾丁阿凡提繼續說道：『因為我的格言，我要以穆罕默德先聖的名義發誓，它是那麼耀眼奪目，那麼深奧莫測，他包括伊斯蘭教全部的《古蘭經》教法、教規、教道和全部其他書籍，所有佛教、所有猶太教及所有基督教所散布的錯誤觀點在內。不，哎——

我的毛拉，比我現在要對你說的更有效力、更可靠的格言還從來都沒有過，並且今後也不會有，但是為了不讓這句格言使您太吃驚，請您有個準備。為什麼呢，因為您可能很容易會為此而昏過去。因為它是那樣令人吃驚、光芒四射和寓意無邊。我的毛拉，現在請把您的智慧和精氣神都集中起來，仔細聽著——如果有人對您說這些南瓜沒有摔碎的話，那您就向他臉上吐口水，說他是騙子並把他從家裡趕出去！』

「說完這些話，納賽爾丁阿凡提把布袋高高舉起，從懸崖向下扔了出去。南瓜從布袋中散落出來，一個個滾著蹦著，在一塊又一塊石頭上碰撞，撲通撲通摔得稀巴爛。」

「毛拉見狀大喊：『哎呀——我真命苦呀！唉——我吃虧了，啊——全都完了！』他呻吟號叫，開始用手抓著自己的臉，他的那副表情活像一個瘋子。」

「『這不，您都看見了！』納賽爾丁阿凡提以勸告的口吻說：『我不是警告過您，聽了我的格言，您很容易就會昏過去嗎？』」

聽了這故事的人們都被逗得笑了起來。

納賽爾丁阿凡提躺在一個角落裡滿是灰塵、盡是跳蚤的毛氈上，心裡想：這件事他們也聽說了，可他們是從哪兒聽來的呢？山崖上只有我們兩人，我沒有對任何人講過呀！或許是毛拉自己，後來他才琢磨過來給他扛南瓜的人是誰，並且對別人說了。

第三個人開始講了起來：

「有一天納賽爾丁阿凡提從城裡返回他當時所住的土耳其鄉間時，因為走累了，就躺在一個水渠邊上休息。在春天充滿芳香的和風中，他不知不覺地睡著了，並且他夢見自己死了。『如果我要是已經死了的話，』我們的納賽爾丁阿凡提想，『那我就不應該再動彈並且也不應該睜開眼睛。』就這樣，他躺在那柔軟的草地上，好久沒有動彈，同時他想：死亡也並不是那麼糟的事，可以拋開這濁腐世界之中形影不離的煩惱和憂愁，毫無憂慮地躺著。這時路上的行人們看見了納賽爾丁阿凡提。

「『你們看啊！』有一個人說：『這是一個穆民。』

「『他死了。』另一個說。

「『應該按規矩給他做洗禮並把他抬到附近的一個鄉裡埋葬。』第三個人建議著，並且正巧說出了納賽爾丁阿凡提所要去的鄉村的名字。

「過路的人們砍了幾棵嫩樹枝，做成一個擔架把納賽爾丁阿凡提抬了上去。他們抬著他走了好半天。他呢，則做出一副靈魂已在叩響天堂之門的屍體的樣子，緊閉著眼睛，一動不動地躺著。

「突然，人們都停了下來，開始爭論渡口在哪裡。有一個人說應該向右轉，另一個人說應該向左，第三個人則建議逕自涉水過河。

「納賽爾丁阿凡提微微睜開一隻眼看了一下，抬著他的人們正好來到大河最深、水流最急、最危險的地方，曾有很多人在這裡不慎落入激流。『我並不爲我自己擔憂。』納賽爾丁阿凡提想著。『我已經是個死人了，對我來說躺在那裡都一樣——躺在墳地裡或是躺在河底裡沒有什麼區別。但是儘管如此，無論如何，應該向那些過路人發出警告，他們善意關心我，如果因此遭遇不測，那就是我不講良心了。』

「他從擔架上坐起身來，用手指著渡口的方向，用微弱的聲音說：『哎，過路的人們，在我活著的時候，經常從那楊樹下邊渡過。』

「他又閉上了眼睛躺下。過路人紛紛感謝納賽爾丁阿凡提給他們指路。他們念叨著他的靈魂，大聲地爲他做禱告，抬著擔架向遠處走去。」

在聽故事的人和講故事的人都哈哈大笑、互相用胳膊肘子搗著對方的時候，納賽爾丁阿凡提感到不滿地低聲嘟噥起來：「全都給添枝加葉了：第一，我沒有夢見我自己死去。我並不是那種連自己是死是活都分不清的笨蛋。甚至於當時跳蚤在不斷叮咬我、不讓我休息、叫我很想撓一撓的細節，我都記得清清楚楚。這難道不能充分證明我的確是活著的嗎？第二，我由於很累而不願走路，那些過路人都是健壯的年輕人，他們在路上繞些彎子，把我送到鄉裡又有什麼呢？但是在他們要從有三個人深的地方渡河時，我並不是爲我自己的家庭，因爲我沒有家，而是爲他們的家庭擔憂，才把他們叫住的。我就是因爲當時沒有考慮自己，所以自食了苦果：由於我及時向他們發出了警告，他們不但沒有向我表示感謝，反而把我從擔架上拋了下來，還掄著拳頭來追我，要不是我的兩條腿跑得快，也許，他們會狠狠揍我一頓，把我砸扁了！對過去的事，人們這樣歪曲事實地傳說，我眞感到吃驚。」

這時候第四個人又講起了關於他的故事。

「關於納賽爾丁阿凡提，人們還這樣傳說：納賽爾丁阿凡提在一個鄉村住了半年，由於能解答很多問題和足智多謀，在鄉民中很有名氣。」

納賽爾丁阿凡提警覺了起來。這略帶鼻音、雖然低弱但是很清楚的話音好像在那裡聽見過？就是最近！也許，甚至就是在今天，但是無論他怎樣努力，就是想不起來了。

講故事的人繼續說道：

「有一天，那個地區的專員，從自己的象群裡挑了一頭公象送到了納賽爾丁阿凡提所在的村子裡，讓鄉裡的人們出錢給他餵養。那頭大象非常貪食，牠一晝夜就能吃掉五十培特曼[3]大麥、五十培特曼白玉米、五十培特曼黃玉米和一百捆新鮮苜蓿。兩個星期內全村居民儲存的所有飼料都被大象吃光了，人們傾家蕩產，陷入愁苦之中。後來他們打算派納賽爾丁阿凡提去找專員請求他把大象從村裡弄走。

「這樣他們來到了納賽爾丁阿凡提面前，向他提出了請求。他同意了，並給驢子備了鞍。全天下都知道，驢子的拗勁兒、壞脾氣和懶惰就像豺狼、奎蛇和癩蛤蟆的總合。他備好鞍子之後就向專員家走去，但是他忘了事先與村民們說好辦這件事的價錢。結果由於他定了那麼高的價錢，以至於很多人被迫賣掉了自己的房子，被他弄得變成了窮光蛋。」

角落處有人發出了「哼！」的一聲，這是納賽爾丁阿凡提。他躺在毛氈上，反過來調過去地翻著身、跺著腳，好容易才壓住心頭的怒火。

講故事的人繼續說：

「納賽爾丁阿凡提來到專員官邸，長時間的在僕人和下屬們中間等待那威嚴、猶如太陽一般強大、光芒四射，可以對一些人賜與幸福，也可以送另一些人走向死亡的專員閣下賞臉接見。在人群的簇擁下，猶如稀星中的皓月放著光芒，或者說好像是聳立在低矮的灌木叢中雄偉高碩、芳香四溢的檜柏一般的專員陛下，終於賜福予納賽爾丁阿凡提，當他用那副高貴、英明，就像把寶石和鑽石合鑲在一枚戒指上般的尊容面對納賽爾丁阿凡提時，見到這壯麗的場面，既害怕又驚奇的納賽爾丁阿凡提的兩膝哆嗦得就像豺狼的尾巴一樣，血管裡的血液越流越慢，全身上下大汗淋漓，就像剛從水裡撈出來的一樣，臉上像白灰一樣沒有血色。」

角落裡又發出了「嗯！」的一聲。但講故事的人沒有注意，並且繼續說道：

「『有什麼要求？』專員大人用雄獅般宏偉的聲音問道。

「納賽爾丁阿凡提由於害怕，好容易才說出話來，他的聲音就像急了的鬣狗一樣哇啦哇啦的。

「『啊，皇恩浩蕩！』納賽爾丁阿凡提說：『啊，我們專區的明燈、紅太陽和明月，賜給生活在我們地區所有人幸福和快樂的大恩人，請聽那些用自己的鬍鬚給您宮殿掃門檻都不配的奴隸們的一點請求。閣下大人，承蒙您的恩惠，您把您的那頭大象派給我們村餵養，這我們有一點不滿意。』

「專員閣下嚴屬的皺起了眉頭，他的面容上升起一片烏雲，納賽爾丁阿凡提在他的面前就像被大風吹彎了的嫩樹枝，頭都挨到了地上。

「『對什麼不滿？』專員問道：『快點說！要不就是你的舌頭粘在你那骯髒卑鄙的喉嚨上了！』

「『啊……哇……哇……』膽小鬼納賽爾丁阿凡提的舌頭變得笨拙起來！『啊，尊貴的主宰，我們的不滿是，一頭大象很寂寞，那可憐的生靈實在吃得太胖了。村民們看到牠那憂傷的樣子，心中難過得不得了！因此，派我再一次請求您——光芒照耀大地、高

貴者中的貴人再降恩澤，再分派一支母象讓我們村民供養。』

「專員對這一請求很是滿意並且下令立即辦理，同時還恩准納賽爾丁阿凡提過來親吻他的靴子，納賽爾丁阿凡提立刻受寵若驚的接受了這一恩賜。親吻過後專員的靴子都變黃了，納賽爾丁阿凡提的嘴唇都蹭黑了。」

但是，就在這時，講故事者的話音被納賽爾丁阿凡提雷鳴般的吼聲打斷了。

「你在撒謊！」納賽爾丁阿凡提喊道：「無恥的傢伙！豺狼、奎蛇和癩蛤蟆合胎變出來的騙子！你這個癩皮狗，是你舔了專員的靴子才黑了嘴唇、黑了舌頭和五臟六腑，但是納賽爾丁阿凡提還從來沒有在統治者面前低過頭，你在誣蔑納賽爾丁阿凡提！穆民們，不要聽他的話，把這個黑白顛倒的騙子趕出去，讓他成爲永遠被人們憎惡的魔鬼！穆民們，你們要打心眼兒裡看透他！」

納賽爾丁阿凡提想親手揍那個傢伙，但這時他認出了那張扁平、有麻子的面孔和一對不住賊溜亂轉的黃眼睛，一下子停了下來。這正是曾在那條窄巷子裡與他爭論通往那個世界的斷魂橋上護欄長短的麻子僕人。

「哎——嘿！」納賽爾丁阿凡提喊道：「我認出你來了，忠於自己的主子並且貌似廉潔的僕人，現在我知道了你的另一個主子而且你還對他的名字守密！說，你爲了誣蔑、詆毀納賽爾丁阿凡提而在所有的茶館密探暗訪，艾米爾給了你多少錢？你告密傳遞消息得了多少錢？經你手被捕、被處死、被投入地牢、戴上手銬腳鐐賣作奴隸的每個人的人頭上你得到了多少好處？我算認識你了，艾米爾的奸細、密探！」

一直坐在那裡沒有作聲、用畏懼的目光望著納賽爾丁阿凡提的特務拍了一下手，發出了信號，並用尖細的嗓音喊道：

「衛兵們，快到這邊兒來！」

納賽爾丁阿凡提聽到黑暗中衛兵們的跑步聲、長矛的嘩啦聲和盾牌的叮噹聲。他不失時機地將擋住了去路的麻子密探打倒在地，向外奔去。

但是，在這裡他聽見了場地另一邊衛兵們正在跑來的腳步聲。

他不管往哪邊跑，四面八方都有衛兵，這時他已意識到，這一次自己沒有救了。

「哎，太不幸了！我要被捕了！」他絕望地喊道：「別了，我忠實的毛驢兒！」

可是這時發生了一件讓人出乎意料的事，這件事直到現在還在布哈拉的人們中間繪聲繪影的流傳著，並將永遠流傳下去，因爲布哈拉民眾當時受到了很大的驚動，整個城市也被整得一片凌亂狼藉。

毛驢聽見了自己主人的哀號聲，於是向他奔去，但牠的身後卻拖出了板炕下的大納格拉鼓。那是由於納賽爾丁阿凡提在黑暗中沒有注意而將毛驢拴在了納格拉鼓的鐵環子

上。這個鼓是茶館在重大節日裡招徠顧客時才敲的。納格拉鼓由於碰撞在石頭上而發出了「咚咚」巨響，毛驢兒越是轉過身來向後看，這鼓的碰撞聲就越大。也許毛驢兒把那些人當成不僅要抓住納賽爾丁阿凡提並且也要剝掉自己的一身灰皮的妖魔，嚇得大叫起來並且豎起尾巴在場地裡亂跑亂跳。

「該死的！我的納格拉鼓！」燒茶的人扯開喉嚨大喊大叫罵著並追趕著驢子，但是毫無用處，白費勁！驢子風馳電掣般地奔逃著，牠跑得越快，身後的納格拉鼓在石頭上就碰得越重，也就發出更猛烈的撞擊聲。附近一個個茶館裡的人們聽到這聲音頓時陷入一片恐慌，不安的互相詢問著納格拉鼓在這時敲了起來的原因。

正巧在這時，馱著鍋碗盆罐和銅板的最後五十峰駱駝走進場地來。在黑暗中看到向著自己邊踢邊叫、瘋狂奔來的驢子和朝自己滾過來的叮叮咔咔作響的圓咕隆咚的可怕的東西，一隻隻駱駝被嚇得失魂喪膽，開始把背上馱著的鍋碗盆罐和稀里嘩啦響的銅板到處亂摔。

一分鐘後，整個場地和周圍的各條街道都陷入一片驚慌和從未有過的混亂之中：驢子的驚叫聲、驚恐的馬嘶聲、駱駝的怒鳴聲、狂猛的犬吠聲和人們的尖叫聲、哭聲、喊聲、怨聲、罵聲，還夾雜著其他各種嘈雜的聲音匯成一片，哐哐啷啷、叮叮咣咣、轟轟隆隆、嘩嘩啦啦，噼噼啪啪、咔喀嚓喳……一時間場地變成了人間地獄，人們誰也不知道到底出了什麼事；幾百隻駱駝、馬、驢從馬樁上掙脫，在黑暗中四處亂跑，踩著散落

在地上的銅板發出震耳欲聾的轟響，僕人們揮舞著火把，怨聲載道、叫苦連連，一會兒跑到東，一會兒又追到西；市民們被這巨大的喧鬧聲吵醒，從床上跳起來，半光著身子，不知該向哪裡逃，互相碰撞著、尋找著，惶恐的東奔西跑，絕望、痛苦的號叫聲充滿了整個黑夜，因為他們以為世界末日已經到來。連公雞也都振著翅膀鳴叫起來。驚恐和慌亂不斷擴大，波及到了這座大城市最遠的邊緣：城牆上的一門門大砲也轟隆隆地開了火，因為城牆上的衛兵以為敵人入侵了布哈拉；艾米爾宮殿周遭的所有大砲一時間也跟著「轟隆轟隆」地開火，因為他們以為城防部隊造反了；無數個清真寺、經學院的宣禮台上也傳出了宣禮人們充滿憂慮的呼喚聲。一切變得亂七八糟，沒有人知道應該往哪兒跑，應該做什麼？納賽爾丁阿凡提從最混亂的地方、從嚇得失魂落魄了的馬和駱駝的蹄下機靈的逃了出來，循著「咚咚」的納格拉鼓聲，跟在自己驢子後面跑去，直到那繩子斷了，納格拉鼓蹦到駱駝蹄下「咕咚」作響時才抓住毛驢兒。那些受驚嚇的駱駝見到納格拉鼓就更加狂奔亂跑，「噼哩喀嚓」的撞毀廊簷、客棧、茶館和店舖，並拖著什麼東西，拚命逃竄。

要不是納賽爾丁阿凡提趕巧與他的驢子嘴碰嘴地相撞，那他要費很多時間才能找到他的毛驢兒。毛驢兒口裡吐著沫子，不住地哆嗦著。

「走，走，快點離開這裡，這兒對我們來說太吵鬧了。」納賽爾丁阿凡提牽著驢子邊走邊說：「真是怪事，如果你給這小小的毛驢兒綁上一個納格拉鼓的話，牠竟然能在這麼大的一座城市裡造成一場騷亂，看看你做了些什麼！你倒是把我從衛兵手裡救了出來。但是對可憐的布哈拉居民們，不管怎麼說，我很內疚，這下子他們直到天亮都不得安寧。我們該到哪兒找一個安寧、偏僻的地方呢？」

納賽爾丁阿凡提嚴肅的想著，無論如何不要再出什麼亂子了，死屍反正不會到處亂跑，不會吵也不會鬧，更不會揮舞火把，於是他決定到墳地裡去睡覺。

破壞安定、製造糾紛和騷亂的人——納賽爾丁阿凡提回到自己出生並長大的這個城市的第一天，就這樣與他的稱號十分匹配地度過了。他把驢子拴在一個墳頭邊的一塊石頭上，自己舒坦的躺在墳邊，很快就睡著了。然而城市裡的騷亂還在繼續著，驚叫聲、叮噹聲、噼啪聲和轟隆隆的大砲聲仍然不斷傳來。

註①百岱合香——地名。

②教道——係伊斯蘭教蘇菲派的一種主張。該派不重視表面宗教儀式，認為現象世界以阿拉為主體，人們透過虔修默禱即可與阿拉合而為一。

③培特曼——當時中亞一帶的一種重量單位，各地的標準不一。

第 九 章

　　隨著黎明的到來，星星變得稀疏，一切東西開始從黑暗中變得清楚可見，街市上出現了成百上千的清道夫、木匠和泥瓦匠。他們齊心協力的工作著：支起那些坍塌了的廊簷、修好損壞了的橋樑、修補倒塌了的牆壁、收集所有垃圾和損壞了的東西……在太陽的晨暉普照大地之前，夜裡發生在布哈拉的動亂已經安然平息。

　　市集開始了。

　　在墳頭邊的石頭陰涼裡睡了一夜好覺之後，納賽爾丁阿凡提騎上毛驢回到城裡時，市集上人頭攢動，操著各種語言、屬於不同部落、各種各樣的人群已經使市場沸騰起來，人們激動而又活躍地奔忙著。「讓路！讓路！」納賽爾丁阿凡提喊著。在成千上萬的各種其他聲音裡，他自己也只能勉強聽見自己的聲音，因為所有人都在喊著：商販、傭工、運水工、理髮師傅、流浪漢、苦行僧、乞丐，還有拿著自己行業用的滿是鏽跡、令人望而生畏的工具並把它弄得嘩啦嘩啦響的街頭拔牙草地醫生們都在喊著。到處都陳列著五顏六色的衣裝、裹頭布、罩單、地毯。人們說著漢語、阿拉伯語、印度語、蒙古語和很多其他語言，這些話語匯成一股巨大的轟鳴，震撼著市場。飛揚起來的塵土，使天空都變得昏暗了。市場上人流不斷，成百成百新來的人在湧向市集。他們攤開自己的貨物，用自己的叫賣聲加入這喧鬧的浪潮：陶器商販們用樹枝敲著瓦罐、瓦缸，拉著過往人們的衣襟，讓人們聽那瓦罐、瓦缸的聲音，勸他們購買；在銅匠店舖行列裡，各種銅具閃爍著奪目的光芒，讓人睜不開眼睛，小鐵錘的噹噹聲音鏗鏘有力，銅匠們用這小鐵錘往銅盤子和銅製洗手壺上敲著花紋，他們大喊大叫地誇耀自己的工藝，貶低著鄰舖的手藝；首飾匠們在小紅爐上化著銀子、拉著金絲，在用皮革做的圓箍上給昂貴的印度史丹寶石加裝飾座，微風不時把鄰近店舖行列裡的玫瑰花油、龍涎香、麝香和其他各種香料的濃郁的香氣吹過來；地毯市場行列一溜順著擺去，看不到盡頭兒地延伸著——這裡有品種多樣、五顏六色、圖案各異的伊朗、大馬士革、土庫曼地毯、喀什噶里綿絨毯，以及分別給普通馬和良種馬用的低價的和昂貴的花罩單。

　　然後納賽爾丁阿凡提穿過絲綢市場、鞍具市場、武器市場、染料市場，還有奴隸市場，又從彈毛作坊樓邊走過，這些只是市場的開頭，在場地的裡面還有上百種各式各樣的店攤行列，一眼望不到邊。納賽爾丁阿凡提騎著毛驢兒越往人群中走，周遭就越是擁擠，人們在喊著、叫著、爭著、吵著、買著、賣著。這正是著名的、首屈一指的布哈拉

大巴扎^①。與這個城市規模相仿的大馬士革、巴格達也沒有這樣規模的市場。

現在一行行的市場店舖拋在了身後，展現在納賽爾丁阿凡提眼前的是，被高碩的垜口城牆包圍著的艾米爾宮殿。城牆拐角上的四座塔樓上有各種顏色、各式各樣的圖案，精雕細琢，這些雕花是由阿拉伯、伊朗工匠們花費了很多年的勞作才雕出來的。

宮殿大門前方，形形色色、成千上萬流浪的茨岡人^②就待在這裡，坍塌不堪的片片廊簷下的陰涼裡，坐在、躺在葦席上的人們由於悶熱而無精打采。他們中有的隻身一人，有的拖家帶口。女人們搖晃著嬰兒，在鍋裡煮著飯，補著破衣服和被褥；半裸著身子的孩子們到處跑來跑去，他們喊著叫著、打著逗著、滾著爬著，把自己身體上的重要部位戲謔的朝向宮殿；男人們在睡覺，或是從事各種家務，或是聚在一起過癮地喝茶聊天。

「唔——喝！這些人看來已經在這裡生活很久了！」納賽爾丁阿凡提想。

有兩個人——一個長鬍子和一個禿子引起了他的注意，他們互相背靠著背地在各自屋簷下的地上躺著。他們中間有一隻掉了毛、瘦得骨頭快要穿透皮子的白山羊在木樁上綁著。牠憂愁的「咩咩」叫著，不住地啃嚼著已經啃剩半截了的木樁子。

「你們好，布哈拉依謝力夫的居民們！請告訴我，你們加入茨岡人行列是不是已經很久了？」 納賽爾丁阿凡提非常好奇地說。

「不要嘲笑我們，行路人！」長鬍子回答說：「我們不是茨岡人，我們也和你一樣是穆民良民。」

「如果你們是穆民良民，那麼為什麼不坐在家裡？坐在這宮殿前等什麼？」

「我們在等待恩德浩蕩、遮天閉日的偉大的主宰艾米爾那公正而又仁慈的判決。」

「是嗎？」納賽爾丁阿凡提不加掩飾的譏諷說：「等待你們恩德浩蕩、遮天閉日的那偉大的主宰艾米爾的公正而又仁慈的判決已經為時很久了嗎？」

「我們已經等了六個星期了，行路人！」禿子開始插話說：「就是這個長鬍子原告，天上的阿拉應該懲罰他，讓魔鬼在夜裡去折磨他！這個長鬍子原告是我的哥哥。我們的爸爸去世後給我們留下了很少一點的遺產。除了這隻山羊外，其餘的財產我們都分完了，輪到這隻山羊時分不下去了，我們正在等待艾米爾的判決，讓艾米爾判明這隻山羊到底應該歸誰。」

「留給你們的其他遺產在哪兒？」

「我們把它都變賣成錢了，因為給代寫狀子的先生、受理狀子的秘書、衛兵和其他人都要付錢。」

禿子一下子跳了起來，向一個頭上戴著尖形僧帽、身邊掛著一個黑呼呼的葫蘆、光著背、骯髒不堪的苦行僧跑去：

「爲我做個祈禱吧，先生！祈求判決對我有利！」

僧人收了錢，開始祈禱起來。每當僧人祈禱完畢時，禿子總是向他的葫蘆裡扔上一個分幣，令他再做一遍祈禱。

長鬍子不安地從地上翻起身來，急忙向人群中張望。找了一段時間，看見了一個更髒、衣裳更破爛，也就是說更偉大的僧人。這個僧人做禱告要價更高。長鬍子開始討價還價，但是僧人把僧帽拿下來掏了掏，從中掏出了一把大虱子。看見這一切的長鬍子，這才相信他的偉大，同意了他的要價。他得意地看著自己的弟弟，把錢數給了僧人。僧人跪坐下來，放開嗓門兒，用壓過第一個僧人的聲音開始做起祈禱來。看見這一切的禿子陷入恐懼之中，趕忙給自己的僧人加了錢，於是長鬍子也給自己的僧人加了錢。兩個僧人都想努力超過對方，於是都那樣大聲地喊了起來，吵成一片，以至於無比英明的阿拉害怕被吵成聾子，都要下令讓天使們去關上天宮的窗扇。而那隻山羊呢，還在啃著木椿子、用憂傷和長長的「咩咩」聲不住地慘叫。

禿子給牠扔了半捆苜蓿，但長鬍子看見卻喊了起來：

「把你那又髒又臭的苜蓿從我的山羊前拿走！」

他把苜蓿踢到遠處，然後往山羊面前放了一缸子麩皮。

「不！」禿子怒吼起來。「我的山羊不吃你的麩皮！」

「缸子飛到了比苜蓿更遠的地方，摔碎了，麩皮撒在路上的土裡；兄弟二人互相掐著對方的脖子，在地上打著滾，拳頭和咒罵像雨點般地飛向對方。」

「兩個傻子在打架，兩個騙子在祈禱，但是這中間的山羊卻被餓死了。」納賽爾丁阿凡提搖著頭說：「嗨，樂善好施並且難捨難分的兄弟倆，你們快往這邊看一眼，無比英明的阿拉已經按照自己的意願給你們的糾紛做出了判決，並且要了山羊的命！」

滿臉血跡的兄弟倆定了定神，互相放開了對方的衣領，長時間地望著那沒有來得及宰殺[3]而死去了的山羊。最後，禿子說：

「我應該把皮子剝下來。」

「我要剝下牠的皮子！」長鬍子說道。

「爲什麼讓你剝？」禿子的禿頂都氣得發紅了。

「山羊是我的，所以羊皮子也屬於我！」

「不，是我的！」

納賽爾丁阿凡提還沒有來得及插話，兄弟倆又在地上滾打了起來，酣戰中的兩人扭成一團，分不出誰是誰。只見有一隻抓著一把黑毛的髒拳頭從下面露了出來。據此，納賽爾丁阿凡提揣摩著，可能是那個哥哥的一大把鬍鬚被揪掉了。

納賽爾丁阿凡提失望的甩了一下手，騎上毛驢走了。

這時他遇到了腰間別著鉗子、昨天和他在水塘邊上說過話的那個鐵匠。

「你好，我的鐵匠師傅！」納賽爾丁阿凡提高興的喊道：「我雖然還沒有來得及實現我的誓言，不過我們又見面了。你在這裡做什麼，我的鐵匠師傅，難道你也是來請艾米爾判官司的？」

「這樣的審判會有什麼好處呢，誰知道？」鐵匠皺著眉頭回答道：「我是為鐵匠行業來告狀的。給我們派來了十五個衛兵讓我們養活三個月，但是整整一年過去了，我們還在養活他們，這使我們受到了很大的損失。」

「我來自印染行業。」手上沾著染料顏色、每天起早貪黑、由於吸入了太多有毒的蒸氣而面色發綠的一個人插話說：「我也和他一樣是來告狀的，他們派了二十五個衛兵讓我們養活，我們的生意都垮了，收入越來越少。如果艾米爾發慈悲的話，也許會把我們從這難以忍受的困苦中解救出來。」

「為什麼你們要起來反抗這些可憐的衛兵呢？」納賽爾丁阿凡提大聲說道：「他們在布哈拉居民中並不是那些壞傢伙和貪得無厭的人，你們毫無怨言地養活艾米爾和他的所有宰相、大臣們，養活兩千個毛拉和六千僧人，怎麼就應該讓不幸的衛兵們挨餓？你們難道不懂得『一隻豺狼找到食物的地方會引來十隻豺狼』的諺語嗎？嗨，鐵匠和印染工，我無法理解你們的不滿！」

「小聲點！」鐵匠說著向四周掃視了一番。

印染匠用責備的眼光看著納賽爾丁阿凡提說道：

「你是個危險人物，你的話也不懷好意；但是我們的艾米爾是英明和大慈大悲的……」

他沒能把話講完，因為喇叭聲和納格拉鼓聲從宮廷那邊傳了出來，形形色色、成千上萬的穆民一下子都轟動了起來，宮殿的兩扇包銅的大門沉重地打開了。

「艾米爾！艾米爾！」的喊聲頓時響成一片。民眾為了看到自己的艾米爾，從四面八方向宮殿這邊湧來。

納賽爾丁阿凡提占據了第一排最方便的位置。

從宮殿裡首先跑出來了幾個宣令官，他們大聲喊著：

「讓開、讓開，給艾米爾讓路！給艾米爾陛下讓路！給虔誠的國王讓路！」在他們之後衛兵們跑了出來，他們的棍棒頓時雨點般地向從道路左右兩側擠得太近的那些人的頭上、臉上和背上打去；人群中讓開了一條很寬的路，後邊跟著走出來手持納格拉鼓、嗩吶、手鼓和長喇叭的樂隊；在他們之後走過來的是提著用絲綢和金子包飾、柄上鑲嵌著

寶石的彎月大刀的貼身侍衛隊；再往後則是頭上豎著好幾條高高的穗子的兩頭大象；最後才是裝飾豪華的轎子抬了出來，轎子裡頭，厚厚的錦緞鋪墊上倚臥著艾米爾。

　　人們一見到艾米爾，頓時發出一陣哄動和喧嘩，好像沿著整個廣場掃過一陣狂風般。民眾就像艾米爾的法令中要求的那樣，立即撲跪在地，頂禮膜拜。那法令還規定忠誠的臣民要順從無言、自下而上地瞻仰自己的主宰。轎子的前面，僕人們跑來跑去地忙著往地上續鋪著長地毯；轎子的右側跟著出來了肩上扛著用馬鬃製成的扇子的宮殿趕蒼蠅侍從；左側跟著手中拿著各種金製水煙鍋、大搖大擺的邁著沉重腳步的水煙鍋侍從；這些人的後面跟出來的是頭上戴著高帽，手中拿著盾牌、長矛、有架子的套索④和出了鞘的大刀、寶劍的衛兵們；最後出來的是被衛兵們拖著的兩門小炮。正午的太陽在寶石上泛著耀眼的光芒，在金銀飾物上激起火花，在銅盾牌和銅帽子上冒著火光，在出了鞘的大刀、寶劍的白刃上閃著寒光。但是那些成千上萬的正跪地頂禮膜拜的人們中沒有寶石、沒有金銀甚至連銅也沒有，也就是說，沒有任何可以讓人賞心悅目、能在陽光下閃亮的東西，只有破爛衣裳、貧窮和飢餓。艾米爾那盛大的儀仗隊在這骯髒、愚昧、被壓榨和衣衫襤褸的人海裡走過時，這個場面看起來就好像在一片破爛不堪的衣服上用一根很細的金線穿過似的。

　　艾米爾用來對忠於自己的臣民們賜降恩德、鋪著地毯的高高的王台，早就被衛兵們從四面八方團團圍了起來；台下的劊子手們為了執行艾米爾的聖旨而緊張的準備著：試著抽打犯人用的枝條彎不彎、打人的棍子結不結實；把用生皮革製成的割出很多豁齒的鞭子泡在水盆裡；豎著絞刑架，磨著彎月斧，在地上固定著頭上削得特別尖的大木楔子。以極其凶狠殘暴而聞名於布哈拉遠近的宮廷侍衛隊長阿爾斯蘭別克在不斷地下著命令，他是一個紅臉兒、身體肥胖、黑頭髮、鬍子蓋住整個胸口並挨到肚子上的人，他說話的聲音就像駱駝啼鳴。

　　他平時毫不吝惜的搧別人耳光，踢別人的屁股。但這時他卻突然把腰彎到了底兒，一邊做出一副獻媚取寵的樣子，一邊還在不住地哆嗦。

　　轎子平穩地、慢悠悠地抬上了王台，艾米爾掀開簾子，向民眾露出了自己的尊容。

註　①巴扎──集貿市場。在俄語、英語、阿拉伯語、波斯語、突厥語等語言中都使用這一詞語表示市集的意思。有學人認為這一詞語最早源於波斯語，後來被多種語言借入形成借詞。
　　②茨岡人──即吉卜賽人。
　　③沒有來得及宰殺──按伊斯蘭教的說法，只有經禱告後宰殺的牲畜才能食用，未經禱告宰殺並放血的牲畜屬不潔淨、不能食用。
　　④有架子的套索──一種古代兵器。

第 十 章

　　恩德浩蕩的艾米爾看起來並不那麼漂亮。宮廷詩人們在自己的詩句中經常比作銀子和明月的他那張臉，使人油然想起熟過火了的薏甜瓜。被宰相們攙著胳膊的艾米爾，為了要坐到鍍金的寶座上去而從轎子中出來的時候，納賽爾丁阿凡提親眼見到他的體態絕對不像宮廷詩人們異口同聲所描繪的像挺拔的檜柏一樣——艾米爾的身體肥胖而且沉重，兩隻胳膊又粗又短，兩隻腳歪得很厲害，甚至連長長的皇袍都沒能掩蓋住。

　　宰相們從右側就位，學人和官員們立在左側，站成一排的深鞠著躬；秘書官們拿著紀錄本和墨水站在台下；宮廷詩人們站在寶座後邊圍成半圓形，用忠誠的目光呆呆地望著艾米爾的背影；宮廷趕蒼蠅侍從在搖著扇子；水煙鍋侍從把金製的煙嘴子塞進主子的嘴裡；王台周遭的人們連氣兒都不敢喘地站著；納賽爾丁阿凡提從鞍子上站起來，伸長脖子開始注意聽著。

　　艾米爾昏昏欲睡地點著頭。衛兵們開出了一條路，禿子和長鬍子終於被傳了過來。兄弟二人跪著爬向王台，用嘴親吻著垂在地下的地毯。

　　「起來！」宰相艾占木·拜合提亞爾喝令道。兄弟二人沒敢拍去外衣上的土，從地上站了起來，由於害怕，他們的舌頭都不聽使喚了，上言不搭下語，言辭混亂，讓人聽不懂。但是由於拜合提亞爾是一個有經驗的宰相，只聽了一半就明白了他們的目的。

　　「你們的山羊在哪兒？」他不耐煩的打斷他們的話問道。

　　「山羊已經死了。」禿子回答道：「啊，尊貴的艾占木宰相！無比英明的真主已經把山羊的魂兒領走了，但是現在羊皮應歸誰呢？」

　　拜合提亞爾向艾米爾轉過身去：

　　「啊，天下所有艾米爾中最英明的艾米爾，聖上的判決是？」

　　艾米爾長時間地打著呵欠，然後毫不在意地閉上了眼睛。拜合提亞爾那纏著很重的白布的頭深深地低了下去鞠躬表示敬意。

　　「我從聖上的表情已經知道了聖上的判決，啊，偉大的艾米爾！聽著。」他衝著兄弟二人說。他兩人慌忙對艾米爾的英明、公正和仁慈謝恩，爭先恐後地跪了下來。拜合提亞爾公布了判決。秘書官們用蘆葦做的筆「喀嚓喀嚓」地把他的話往厚厚的本子上記著。

「普天下穆民臣民們的艾米爾是照亮全世界的紅太陽，讓上天在他的頭頂上爲他展開祥和的翅膀，他的判決是這樣的：如果山羊的魂已被無比英明的眞主領走了的話，那麼牠的皮子，公正的說，應該屬於眞主在世的助手，也就是偉大的艾米爾，所以必須把山羊皮剝下來、晾乾並且加工出來，然後送到宮裡，上交國庫。」

兄弟二人聽罷，面面相覷地傻了眼。人們低聲議論著。拜合提亞爾繼續一字一句地大聲說道：「除此之外，兩個當事人還要交二百銀元的公堂費、一百五十銀元的宮廷攤派捐和付給秘書官們的五十銀元差役費以及清眞寺裝修贊助捐，這些都要立即收取他們的現金或是衣物，或是值錢的財產。」

他還沒有說完，衛兵們已按阿爾斯蘭別克的手勢衝向兄弟二人，把他們拉到邊上，開始解他們的腰帶，把他們的衣兜翻了個底兒朝天，脫下了他們的外衣和靴子，只給他們留了一塊勉強能遮住羞處的破布，讓他們半光著身子、打著赤腳，又朝他們的脖子上打了幾拳，把他們趕跑了。

這些僅在半分鐘之內就結束了。判決剛一結束，宮廷詩人們就立即行動，開始用各種聲調吟誦起讚美詩來，一時間讚美聲響徹雲霄：

「啊，艾米爾——英明，啊，你是英明者中的英明者，啊，在英明者中你又出類拔萃，啊，比英明還英明的艾米爾！」

就這樣，他們長時間地把脖子伸向艾米爾，大聲喊著；他們每一個人都在力求使自己的聲音區別於其他人，讓艾米爾能分辨出來。

圍在王台周遭的平民百姓都難過的看著那兄弟二人，不敢作聲。

「你們看見沒有。」納賽爾丁阿凡提看著互相抱頭嚎啕大哭、可憐而又不幸的兄弟倆，故作虔誠的說：「你們在這廣場上坐了六個星期，不管怎麼說沒有白坐。你們終於得到了公正的恩典。因爲人們都知道世界上沒有第二個像我們的艾米爾這樣英明和仁慈的人，如果有誰對此懷疑——」他向周遭的人們掃視了一下接著說：「那時叫衛兵來並不困難，他們會把他交給殺人不眨眼的劊子手。對劊子手們來說，讓他明白自己所犯的錯誤完全是輕而易舉。你們還是平平安安的回家去吧！如果今後你們之間有爲一隻雞而產生的爭執的話，那就再到艾米爾的法庭上來，但是在上路之前，不要忘了先把你們的房院、葡萄園和土地都賣掉，否則的話你們無法付清那些捐稅。」

「哎！最好讓我們也和山羊一起死去！」兄弟二人哭得眼淚叭嗒叭嗒地直往下掉。

「你們是不是以爲天上的傻瓜並不多？」納賽爾丁阿凡提回答道：「據有威望的人士對我講，現在不管是地獄還是天堂裡都擠滿了傻瓜，那裡再也不接收任何人了。我有話在先，你們是死不了的。朋友，趕快離開這兒，因爲衛兵們已經開始不住地往我們這邊

張望，我和你們一樣也不敢期望永遠不死。」

兄弟二人嗚嗚地大聲哭著，抓著自己的臉，把路上的黃土朝自己頭上撒著離去了。

鐵匠走上了艾米爾的法庭。他用沙啞、憂愁的聲音陳述了自己的狀詞。宰相艾占木‧拜合提亞爾轉過去面向著艾米爾。

「聖上的判決將會是怎樣的呢？啊，偉大的主宰！」

艾米爾半張著嘴，還一邊打著呼嚕睡著了。但是拜合提亞爾對此絲毫沒有感到尷尬的說：

「啊，我們的主宰！陛下對此的判決我已從您的表情上看出來了！」

他轉過身來，鄭重其事地大聲宣布：

「以阿拉的名義，全天下穆民臣民們的紅太陽、我們偉大的艾米爾陛下歷來關懷自己的百姓並賜與慈愛和恩典，讓他們自願的養活那些為艾米爾效勞的士兵們，同時還讓布哈拉依謝力夫的居民們對自己的艾米爾的每天、每時、每刻都能感恩戴德，而我們鄰國的民眾就不能從自己的艾米爾那得到這樣的恩典。但是鐵匠們卻不知好歹，大逆不道，鐵匠尤素莆忘記了那個世界的煎熬和有罪之人要過的那座斷魂橋，竟敢信口雌黃，向德望之高可羞天閉日的我們的艾米爾，和艾米爾陛下的朝廷提出那些不知恩禮的無理要求。對此事經商議，我們的艾米爾陛下為了讓鐵匠尤素莆告解，並讓他相信否則等待地獄大門的敞開對他來說是痛苦的，決定賜給他二百鞭子。還有，我們的艾米爾陛下為了給所有鐵匠再降恩愛和仁慈，下令增派去二十個士兵由鐵匠們養活，以使鐵匠們時時刻刻都可以高興的稱揚艾米爾陛下的英明和仁愛。艾米爾陛下的判決就是這些，我的真主，忠實的臣民們的福運，願阿拉保佑他萬壽無疆！」

宮廷獻媚者們又一次行動了起來，他們歌頌著艾米爾，又開始用各種腔調發出了哼哼——嗡嗡的聲音，這時候衛兵們已把鐵匠尤素莆抓住，送往刑場。在那裡，劊子手們令人憎恨、嗜血成性的笑著，手中緊握著重重的皮鞭。

鐵匠趴在席子上，鞭子颼颼——啪啪的打在他身上。鮮血染紅了鐵匠的脊背。

劊子手們無情地抽打著鐵匠，鐵匠的脊背已經皮開肉綻，被撕開的肉下露出了骨頭，鐵匠不但沒有哀叫，就連哼都沒哼一聲，他從地上站起來時，人們見到他嘴上冒著黑色的口沫——在打他的時候，他為了不喊出聲來而咬住了地上的土。

「這個鐵匠不是愛忘事的人。」納賽爾丁阿凡提說：「現在，他會永生永世的牢記艾米爾的慈祥。染料工，還看什麼？趕快過去，輪到你了。」

染料工啐了一口唾沫，毫不回頭地從人群中走了出去。

宰相艾占木很快地又處理了幾起狀子，從每起狀子中他都堅決的使艾米爾的金庫得

到收益。他以這種行徑在其他的官員中聞名。

劊子手們在刑場上不停忙著。那裡不斷傳出哀叫聲、呻吟聲。宰相艾占木不時給劊子手們派去新的罪犯；劊子手們輪流接待著，久久不肯罷手。被送去的人裡面有老人、婦女，甚至有在艾米爾宮前因不懂世事尿濕地面而失了禮的十歲的小孩子。他哆嗦著、哭著，眼淚從小臉蛋兒上撲簌簌的直往下落。納賽爾丁阿凡提憐憫的看著他，不由得心中怒火燃燒。

「這個孩子看來眞像是一個危險的罪犯！」納賽爾丁阿凡提大聲地議論著說：「要想充分讚頌艾米爾面對這樣的敵人所保持的對自己王位的謹愼是不可能的，因爲他們特別危險的地方就在於，他們的意見中的疑點往往由於年齡小而被忽視。就在今天，我看到一個比這更加嚴重而且凶險的罪犯，對這個罪犯你們可能怎麼認爲？他端端在宮殿牆根下弄濕了更大一片！對這種無禮的任何懲罰都微不足道，我不知道，對他處以楔刑怎樣。我所擔心的是，這個罪犯坐在楔子上之後會從這頭兒穿到那一頭兒，就像烤肉叉子穿透雛雞的身體一樣，因爲那個罪犯才只有四歲。但是，當然，就像我說過的一樣，對此想辯護是無濟於事的。」

他努力做出毛拉宣傳宗教的樣子說著，他的語調和話聽起來都是善意的，但是只有「長了耳朵」的人才能聽出來，才能明白並且按捺住那隱藏在鬍子下的神祕和諷刺意味的笑。

第 十 一 章

納賽爾丁阿凡提突然看到人群稀疏了起來，人們都急忙散開並離去，甚至是在逃跑。「衛兵們發現了我並且衝著我來了還是怎麼的？」他不安的想著。當他看見越來越向他走近的高利貸主傑帕爾時，一下子全明白了。高利貸主身後，在衛兵們的包圍下，押著一個長大衣被泥巴弄髒了的白鬍子老人和一個身裹白紗長衫的女人走來——更準確一點說，納賽爾丁阿凡提那雙有經驗的眼睛從她走路的身姿中一眼就看出，她還是一個年輕的姑娘。

「扎柯爾、居來、穆罕默德還有薩狄克在哪兒？」高利貸主一邊用「唧唧喳喳」的嗓

音喊著，一邊用那唯一的一隻眼睛向人群掃視著；那另一隻被白膜蒙著的眼珠子鼓鼓囊囊的，一動不動。「他們剛才還在這兒，我在遠處就看見他們了。他們欠我的債馬上就要到期了，我不會讓他們就這樣白白地跑掉的，躲起來也沒用，必要的話我一定會找到他們。」

他一瘸一拐地拖著那駝背的身體，向遠處走去。

「快點看呀，快看呀，那個毒蜘蛛把製罐人尼亞孜和他的女兒拉上了艾米爾的法庭！」

「他甚至連一天期限都沒有給製罐人寬延！」

「讓真主去詛咒這高利貸主，兩個星期後我欠他的錢也要到期了！」

「你們看，他就像得了麻瘋或瘟疫一樣，所有的人都躲著他，一見他就藏起來！」

「這個高利貸主，比麻病還壞！」

納賽爾丁阿凡提被氣憤和懊悔折磨著。

他一遍又一遍重複著「我一定要把他淹死在那個水塘裡」的誓言。

阿爾斯蘭別克沒有讓高利貸主排隊就把他傳上了法庭。高利貸主的身後，製罐人和他的女兒被帶到王台前。父女二人跪了下來，親吻著地毯穗子。

「讓真主保佑你，尊敬的傑帕爾！」宰相艾占木面帶微笑的問道：「請問有何貴事呢？跪在艾米爾大人的腳下陳述你的狀子吧！」

「啊，偉大的主宰，高貴的陛下！」傑帕爾開始對艾米爾稟求著。艾米爾呢，半打著盹兒地點了一下頭，然後又開始打起鼾來，鼻子裡發出「呼嚕呼嚕」的聲音。

「我是為了請求陛下主持公道而來的。這個人，名叫尼亞孜，職業是製罐人，欠我一百銀元，還欠我這筆錢的利息三百銀元。雖然今天早上他的還債期限已到，但是製罐人沒有還給我任何東西，懇求您過目我的訴狀，啊，普照天下的英明的紅太陽——艾米爾陛下！」

秘書官兒們把高利貸主的控訴往紀錄本上寫著。然後宰相艾占木問製罐人說：

「製罐人，偉大的艾米爾正在垂問你。你承認不承認這一筆債？也許你對這筆債的期限到幾號、幾點有什麼爭議的地方？」

「不。」製罐人用微弱的聲音回答道。他那滿是銀絲的頭低了下來。「不，英明而又公正的宰相大人，對這一切、對我的欠款、還款日期，甚至到幾點幾分我都沒有爭議，我只乞求把期限延長一個月，乞求我們的艾米爾陛下賜予我大恩大德和仁慈。」

「啊，艾米爾陛下，我從您的表情中已經知道了您的判決，請允許我予以公布！」拜合提亞爾說：「以真主的名義，按照法律，如果有誰不按期歸還別人的債，那他的全家就要被歸為受債主支配的奴隸，直到還清欠款以及被強制收為奴隸期間的利息為止。」

製罐人的頭越來越往下低，跟著哆嗦了起來，人群中有很多人暗自嘆息，扭過臉去。他的女兒向前縮著肩：她蒙在白紗長衫裡哭著。納賽爾丁阿凡提在心中不下一百遍地念著：「這個殘害窮人的惡魔早晚要被淹死在那個水塘裡！」

「但是我們艾米爾陛下的仁慈和恩德是無邊的！」這時拜合提亞爾繼續大聲地說著。人群靜了下來。老製罐人抬起了頭，他的面容上流露出滿懷希望的表情。

「雖然還債期限已過，但艾米爾陛下給製罐人一個小時的延期，如果這一小時後製罐人尼亞孜無視我們宗教的規矩，不歸還欠款及其利息，就將按上述法律辦事。去吧，製罐人，我的真主保佑，讓艾米爾陛下的恩德在你的命運中永駐。」

拜合提亞爾的話停了下來，王位後面圍立著的宮廷獻媚人們立即又行動起來，發出了一片「哄哄嗡嗡」的聲音：

「啊，是您的公正使公正感到了羞愧，啊，英明而又賢德、慈濟萬民的艾米爾呀！啊，我們萬物紛繁的大地和無邊無垠的蒼天——我們的艾米爾陛下！」

這次獻媚者們是那樣誇張、那樣拚命的讚頌著艾米爾，以至於把艾米爾都吵醒了。他不高興的沉下臉來，命令他們安靜下來。於是他們都悄悄地不敢再出聲，廣場上的所有眾人也都靜了下來，頓時四處一片鴉雀無聲。就在這靜下來的時刻，突然響起了一陣經久不息、震耳欲聾的驢叫聲。

　　這叫喚的正是納賽爾丁阿凡提的毛驢兒。不知是因爲總是站在一處感到很厭煩，還是看見什麼地方有自己的長耳朵朋友而要向牠致敬，牠一個勁兒地翹著尾巴並且伸長嘴唇，齜露著一顆顆黃黃的牙齒，不停地大聲叫著。如果說牠的叫聲有片刻停頓的話，那只是爲了喘一口氣兒，然後把嘴張得更大、叫得更響和要把響鼻打得更有勁兒。艾米爾趕快捂住了自己的耳朵，衛兵們向人群衝了過來，但是納賽爾丁阿凡提早就跑遠了。他拉著那頭拗驢，讓人們都能聽見地罵著牠。

　　「什麼事情讓你這麼高興，該詛咒的驢？難道你不懂得小聲點讚美艾米爾的慈祥和英明，難道你相信你這樣賣勁兒就可以當宮廷首席獻媚官了？」

　　人群用一陣陣大笑來歡迎他的話，給他讓開一條路，而在衛兵們來到的時候又合攏起來。這樣，衛兵們沒有能夠追上並抓住納賽爾丁阿凡提，也沒有能夠因爲他無禮地破壞了安靜而鞭打他，更沒有能夠把驢子上繳艾米爾的國庫使用。

第　十　二　章

　　「審判結束了，現在我要永遠成爲你們兩人的主人了。」高利貸主傑帕爾對製罐人尼亞孜和他的女兒古力健的審判也已宣告完畢，他們三人從法場上走下來時，高利貸主說：「美麗的姑娘，自從那次偶然遇見妳以來，我連覺都睡不著，失去了安寧。把妳的臉蛋兒露出來讓我看一看，就在今天，再過整整一小時後妳就要進我的家門了，如果妳順從我的話，那我讓妳爸爸做輕活，給他好飯吃；如果妳固執的話，那我只好用我眼睛裡的光來發誓，我要餵他生豆子吃，讓他去搬運石頭，把他賣給希伍人①，他們對奴隸的凶殘無情是眾所皆知。別固執，讓我看一看，啊，美麗的古力健！」

　　他下流的用變了形的指頭掀開姑娘的面紗，向裡面望去。姑娘憤怒的一把推開了他的手。古力健的面容只露出了一瞬間，但這對正巧騎著毛驢路過這裡並看到了她那面容的納賽爾丁阿凡提來說已經足夠了。姑娘的美麗是那樣非凡和超群，以至於納賽爾丁阿凡提都差一點昏過去，世界在他的眼睛裡變得黑暗了，他的心臟也似乎停止了跳動，他臉色發白，在鞍子上搖搖欲墜，激動不已，並用手掌蒙住了自己的眼睛。愛情之火就像閃電一般在他的心中燃燒了起來。

等他定下神兒來，已經過了好一會兒。

「就是這個瘸子、駝背老猴子，竟然敢在世界上還從沒有過的這樣漂亮的美人兒身上打主意，哼！」納賽爾丁阿凡提大聲說著。「我為什麼，到底為什麼要在昨天把他從水裡救出來？我做的事現在使我自食其果！但是，咱們走著瞧，走著瞧，骯髒的高利貸主！現在你還沒有成為製罐人和他女兒的主人，他們還有整整一個小時的自由期限，但是納賽爾丁阿凡提在這一小時內可以做完的事，別人一年都做不完！」

這期間，高利貸主從袋子裡取出了木製的日晷，然後定好了時間：

「就在這個樹下等著我，製罐人，我一個小時後回來。但是別想躲起來，你就是躲藏到海底去我也能把你撈出來，那時我就要像對待逃跑的奴隸一樣對待你。而妳呢，美麗的古力健，考慮考慮我的話，你爸爸的命運就掌握在妳手裡，就看妳怎樣謝我了。」

他歪著那張醜臉，盛氣凌人的微笑了一下，於是為了給新的情人買首飾而向首飾店舖行列走去了。

悲痛、哀傷的佝僂著腰的製罐人和他的女兒坐在路邊的樹蔭下。納賽爾丁阿凡提來到了他們身邊。

「製罐人，剛才的判決我都聽到了，您遇到災難了，我也許能幫助您。」

「不，好心人。」製罐人用絕望的聲調回答說：「從你那滿是補丁的大衣上可以看出你不是個有錢財的人。我必須找到四百銀元才行！我沒有那麼有錢的熟人，我的朋友都是窮人，他們都被沉重的苛捐雜稅逼得破產倒閉了。」

「我在布哈拉也沒有有錢的朋友，但我會想方設法找到錢來。」納賽爾丁阿凡提說。

「一個小時內找到四百銀元，唉！」老人家苦笑著，搖著那蒼白的頭。「你也許是在挖苦我，行路人！這樣的事就算納賽爾丁阿凡提來能否辦到都很難說。」

「行路人，救救我們吧，救救我們吧！」古力健摟著爸爸大聲說。

納賽爾丁阿凡提向她望去，看見她的手指是那樣的豐潤、完美。姑娘用長時間的目視乞求著他。他從面紗的縫隙中看到了姑娘那一對因為乞求和充滿期望而濕潤了的眼睛。納賽爾丁阿凡提沸騰的熱血就像烈火一樣在全身流淌著，他對古力健的愛慕之心更加強烈。他對製罐人說：「老人家，您就坐在這裡等著我，如果我在高利貸主回來之前找不到四百銀元，那就讓我當最可恨的人和最壞的人！」

他跳上毛驢，走進街道裡的人群之中，在眾人的目光中消失了。

註①希佤人——中亞一帶的民族，曾建立希佤封建汗國（1551-1920）。

第 十 三 章

　　這會兒的市場裡比起人人都害怕錯過運氣而忙碌、喊叫、奔跑、沸騰並且買賣熱烈的清晨時刻要安靜得多，寬敞得多。正午快到了，人們安穩的坐著，為了算計賺了多少、賠了多少而紛紛走進茶館，躲避炎陽。太陽把自己那熾熱的光芒灑向這片大地，影子很短，看起來好像是刻在堅硬的地面上一般。所有陰涼地方都擠滿了乞丐，麻雀在他們周遭啄食著饢渣子，唧唧喳喳地叫著，跳來跳去。

　　「看在阿拉的份上，施捨一點吧，好心人！」他們哀求著向納賽爾丁阿凡提露出肢體殘障和長著瘡的部位。

　　「把你的手縮回去，我也不比你們富，我也正在尋找誰能給我四百銀元呢！」納賽爾丁阿凡提回答說。

　　乞丐們把這些話當成譏諷他們的話，於是對納賽爾丁阿凡提也以咒罵相回敬。納賽爾丁阿凡提陷入思考中，也不答話。

　　他走進了茶館行列中最大的、擠滿了人的一個茶館，那裡既沒有昂貴的地毯，也沒有綢子枕頭。納賽爾丁阿凡提走進茶館裡，不但沒有把毛驢兒綁在拴牲口樁上，反而把驢子也牽在自己身後拉上了台階，向裡面走去。

　　人們用驚奇的眼光靜靜打量著納賽爾丁阿凡提，但是他卻一點也不尷尬，並且把一本書從布袋裡取出來翻開，放在驢子的面前。

　　好像這一切就應該這樣做似的，他不慌不忙、穩穩當當、絲毫不笑的做著。

　　茶館裡的人們開始面面相覷。

　　這時毛驢用蹄子在板床上「咚」地敲了一下。

　　「馬上開始——嗯？」納賽爾丁阿凡提說著把書翻開。「你已經取得顯著的進步。」

　　這時大肚子、愛討好的茶館老闆站起身來，朝納賽爾丁阿凡提走來。

　　「嘿，我說，好心人，這是停放驢子的地方嗎？再者，你為什麼把這本書放在牠的面前？」

　　「我正在給這隻驢子上課。」納賽爾丁阿凡提毫不客氣地回答道：「我們已經快要講完一段，並且馬上就要開始另一段了。」

　　茶館裡的人們一下子都議論起來，很多人為了看得更清楚一點而站了起來。

茶館老闆一時瞠目結舌。他這輩子還從沒見過這樣的怪事。這時毛驢又用蹄子敲了一下。

「好。」納賽爾丁阿凡提誇獎道並且翻了一頁。

「非常好！再努力吧，你就可以到學校裡去當首席教師了。只是牠不會自己翻書，需要幫助牠。雖然無比英明的上天給予牠機敏而智慧的頭腦，但是忘了造就手指給牠。」納賽爾丁阿凡提又補充著對茶館老闆說道。

茶館裡的人們紛紛放下手中的茶壺，向這邊圍了過來，不到一分鐘，納賽爾丁阿凡提周遭就圍滿了人。

「這頭毛驢不是一般的驢子！」納賽爾丁阿凡提說：「牠只屬於艾米爾。有一天艾米爾把我叫去並問我：『你能不能教會我喜愛的那頭毛驢，使牠懂得的學問跟我所懂得的一般多？』並且讓我看了這頭小毛驢兒。我考查了牠的能力後，回稟艾米爾說：『啊，艾米爾陛下！這是一頭非常好的驢，牠的智慧敏捷不亞於您的那些宰相，甚至不亞於您自己，我隨時準備給牠教授各種學問，您知道多少，讓牠也能知道多少，甚至更多些，但是這需要二十年的時間。』艾米爾於是下令從金庫裡撥給我五千金幣，對我說：『把這頭驢帶去教牠學習吧，但是如果二十年後牠還是達不到我所期望的要求的話，千真萬確的阿拉，我要砍掉你的腦袋！』」

「真是那樣的話，你可以先和你的腦袋說再見了！」茶館老闆大聲說著。「哪裡見過驢子能夠學會各種學問的！」

「這樣的驢子，在布哈拉並不少。」納賽爾丁阿凡提回答說：「得到五千金幣再加上一頭可以用來創業的好驢子這樣的運氣不會天天都來，你可以不必為我的頭擔憂，因為在二十年的時間裡我們之中或者是我，或者是艾米爾，或是這頭驢，不論是誰必然都會死去，到那時誰去驗證我們三者之中誰的學問更多呢！」

茶館差一點被一陣哄堂大笑聲震塌，茶館老闆笑得上氣不接下氣，在毛氈上直打滾兒，滿眼滿臉都是淚水。這個茶館老闆是個喜歡逗樂、愛說愛笑的人。

「你們聽見沒有！」他笑得都發出了鼻酣聲，哽哽噎噎的說：「還想到那時驗證他們三個中哪一個的學問更多！」如果他不是突然想到一個疑點的話，也許他連肚子也會笑破的。

「等一等！大家等一等！」他招著手讓大家注意。「喂，給自己驢子教授學問的人，你自己是什麼人，從哪兒來？你不會是納賽爾丁阿凡提吧？」

「這有什麼好奇怪的呢？你猜對了，老闆！我就是納賽爾丁阿凡提，你們大家都還好嗎？布哈拉依謝力夫的市民們！」

　　所有的人一下都愣住了，這個場面持續了好一陣子。後來，不知是誰突然用高興的喊聲打破了寂靜：「納賽爾丁阿凡提！」

　　「納賽爾丁阿凡提！」第二個人跟著喊了起來，接著第三個人、第四個人一起喊了起來。一時間這個名字連成一片在茶館中震天轟鳴，並且很快傳到其他茶館和整個街道。

　　不一會兒工夫，街道裡四處都響起了這個名字的轟鳴聲，不斷重複著、迴盪著。

　　「納賽爾丁阿凡提！納賽爾丁阿凡提！」

　　四面八方的人們——烏茲別克人、塔吉克人、伊朗人、土庫曼人、阿拉伯人、土耳其人、喬治亞人、亞美尼亞人、韃靼人都向這個茶館跑來。他們來到之後便一齊大聲呼喊著，向自己所愛戴的大名鼎鼎的「智者」和幽默大師——納賽爾丁阿凡提表示祝賀。

　　人群越聚越多。

　　驢子前面不知哪兒來的一兜兒燕麥、一捆苜蓿、一桶清涼的水。

　　「你好，納賽爾丁阿凡提！」的喊聲響徹雲霄。「你都在哪些地方周遊，說給我們聽啊！」

　　他站到了板炕邊上，彎下腰來向大家鞠了個躬：

　　「祝賀你們，布哈拉人！我和你們分別了十年，現在能和你們再次見面，我心裡都樂開花了，你們說讓我給你們說點兒什麼，最好我還是給你們唱一首歌兒吧！」

　　他拿起了一個大瓦罐，把裡面的水潑掉，拿在手裡像打手鼓一樣敲著，大聲的編著民謠唱了起來：

　　　　　　　　放開歌喉盡情歌唱吧我的瓦罐，
　　　　　　　　唱出你心中深埋的理想和夙願。
　　　　　　　　對艾米爾那威名遠揚的恩德，
　　　　　　　　把它展現於世不要隱藏我的瓦罐！
　　　　　　　　現在我的瓦罐叮咚響聲宏亮，
　　　　　　　　那是憤怒的傾訴歌聲激盪！
　　　　　　　　瓦罐的聲音又變得沙啞沉悶，
　　　　　　　　那是它在呼喚四方的民眾！
　　　　　　　　請你們仔細傾聽這悲慘的故事：
　　　　　　　　有一個製罐老人名叫尼亞孜，
　　　　　　　　他把土和成泥製出的瓦罐精美絕倫。
　　　　　　　　他，當然，從來就是一個窮苦命，

一生製過多少瓦罐到頭來卻分文無存。
但是傑帕爾這個羅鍋算盡機關，
大的瓦罐他都愛不釋手橫加搶占。
我們偉大的艾米爾所有的金庫，
早已裝滿了黃金珍寶耀眼奪目。
宮廷衛兵們為此不敢睡覺打盹兒，
是那些大瓦罐中盡放著金銀財富。
災難來臨像小偷一樣不勝提防，
尼亞孜老人的家園不幸遭了殃。
他老人家被抓又無情的被拖走，
無可奈何被拉到艾米爾的法庭上。
後邊還跟著上來了一個凶神惡魔，
傑帕爾羅鍋拖著瘸腿妖怪般醜惡！
對謊言欺騙我們還要忍耐到何時？
快快說吧瓦罐別再讓我們等待著！
瓦罐啊，請你快把真話講，
老人家到底犯了什麼罪，如此遭殃？
歌唱吧瓦罐，放開喉嚨啊我的瓦罐，
說出那是非曲直大膽把真理講。
老人家的「罪過」歸根結蒂就在於──
無可奈何落入了那張吃人的大網裡。
蜘蛛網把老人家纏住不肯罷休，
狠勒老人家的脖子要將他窒息！
老人來到法庭上奈何淚流如注，
跪下雙膝面向艾米爾揮淚傾訴。
他說：「全天下都知道艾米爾的恩澤，
只是乞盼艾米爾大人能賜給我寬恕。
您的慈愛和恩澤就像陽光一樣偉大，
讓您的溫暖和關懷在我的心中永駐。」
艾米爾對他說：「不要哭，尼亞孜，
我要賜給你的是，把期限放寬一點點！」

天下人都知曉恩典不會白白從天降，
得到艾米爾的恩賜那才是難上加難！
對待這樣美麗的謊言和漂亮的欺騙，
善良的人們還要再忍耐到何月何年？
快快說吧瓦罐，不要再讓我們等待！
瓦罐啊瓦罐，請你快快把真話明言，
歌唱吧瓦罐，放開喉嚨啊我的瓦罐，
說出那是非梗概來大膽直言：
誰相信艾米爾並期望他主持正義，
那他就是一個道道地地傻瓜。
艾米爾賜恩典實是耍手腕虛情假心，
自古君王一言堂，豈容他人出聲音！
君主是什麼？一個骯髒的罩子，
是兩個肩膀上插著的一個葫蘆！
快快說吧瓦罐，不要再讓我們等待，
對艾米爾的忍耐要更待何時何處？
百般遭受欺凌肆虐的國人大眾百姓，
何時才能直起腰來得到幸福和安寧？
歌唱吧瓦罐，放開喉嚨我的瓦罐，
說出那是非曲直大膽把真理表明：
威嚴強大不可動搖的艾米爾王國啊，
終有一天他也會聽見死神的腳步，
悲痛憂傷的日子總有一天會結束，
日來月轉年復一年天輪哪能永駐，
到那時奈何你劫數難逃粉身碎骨，
——就像這瓦罐一樣！

　　納賽爾丁阿凡提把瓦罐高高舉過頭，然後狠狠的摔在地上，瓦罐一聲巨響摔得粉碎。他使勁喊著，努力讓自己的聲音蓋過眾人的喧嘩聲：

　　「來呀，讓我們大家一道把製罐人尼亞孜從高利貸主和艾米爾陛下的恩澤之中拯救出來！你們了解納賽爾丁阿凡提，借給他的錢不會永遠白借！誰能暫借給我四百銀元？」

光著腳的運水工來到了他跟前，說：

「納賽爾丁阿凡提，你說說看，我們哪裡能有錢？因為我們要支付很多苛捐雜稅和各種攤派。不過這裡我有一條腰帶，還是新的，可以拿去換點什麼。」

他把腰帶擱在納賽爾丁阿凡提的腳下。人群中出現了一陣喧嘩並且接著都行動了起來，納賽爾丁阿凡提腳下瞬間落滿小花帽、鞋、腰帶、頭巾甚至衣服。每一個人都覺得能為納賽爾丁阿凡提做點事光榮。茶館胖老闆把兩個最漂亮的茶壺和銅盤子也拿來了，還自豪地看著別人，因為他贈送得最慷慨。東西越堆越多，納賽爾丁阿凡提可著嗓門兒大聲喊道：

「行了，行了，夠了！慷慨的布哈拉人。製鞍人，把你的鞍子拿回去吧，我不是說夠了嗎？難道你們要把納賽爾丁阿凡提變成收購舊貨的人？我現在要開始賣了！這是運水工的腰帶，買了它的人任何時候都不會缺水喝！靠近點兒，賤賣了！這些是舊的、打了補丁的靴子，它們說不定還去過麥加一兩次呢，誰要是買去穿上它，就和朝覲回來的人一樣了！這兒還有匕首、花帽、衣服、鞋！快來買呀，便宜賣了，不討價不還價，因為時間對我來說比什麼都寶貴！」

但是，偉大的拜合提亞爾對忠誠的居民們是那樣警惕的「關心」，給布哈拉製定了那樣嚴屬的法規，以至於居民們的口袋裡竟然找不到一分錢。因為居民們的口袋裡不沉重，走起路來方便又輕鬆，這樣才能一有錢就立即讓它進到艾米爾的金庫。納賽爾丁阿凡提挎著物品，這一切都無濟於事，因為沒有人買。

第 十 四 章

這時，就在附近一個地方，高利貸主傑帕爾正路過這裡。他的錢袋子被剛從首飾店裡給古力健買來的金銀首飾壓得沉甸甸的。

定了時的日晷正在走向終點。色迷心竅、迫不及待的高利貸主雖然忙著往回趕，但是一聽見納賽爾丁阿凡提「賤賣了」的喊聲，他那貪婪之心便攀升了。

高利貸主走近了，人們看見了他。人群很快就變得稀疏起來，因為這裡的人們中有三分之一都欠他的債。

高利貸主認出了納賽爾丁阿凡提：

「喂，你是不是昨天把我從水裡拉出來的那個人？但是你從哪裡弄到了這麼多貨物？」

「你昨天不是給了我半個銀元嗎，尊敬的傑帕爾。」納賽爾丁阿凡提回答道：「我就用那個錢作為本錢周轉並且時來運轉了。」

「你一上午就能做這麼多東西的買賣？」高利貸主驚奇的大聲喊道：「是我的錢給你帶來了紅利，這一堆貨物你要多少錢？」

「六百個銀元。」

「你簡直是瘋了！對給過你好處的人要這麼高的價錢難道不害臊！你過了安穩的日子這難道不應該感謝我？二百銀元——這是我出的價。」

「五百。」納賽爾丁阿凡提回答說：「出於對你的尊重，五百銀元，尊敬的傑帕爾！」

「你真是不懂得別人的好心！我再說一遍，你能過上安心的日子難道不該感謝我？」

「你呢，高利貸主，你難道就不應該用你的生命來感謝我？」納賽爾丁阿凡提忍無可忍地回答道：「真的，我救了你一條命，你總共才給了我半個銀元，但是你的那條命也並不比它貴，對此我並不生氣，如果你想要這些貨物的話，你就說個合適的價！」

「三百！」

納賽爾丁阿凡提沒有吭聲。

高利貸主用經驗豐富的眼光估著價，長時間把東西翻來翻去，覺得所有這些衣服、鞋和花帽至少也可換得七百銀元時，才決定把價格往上抬一點。

「三百五。」

「四百。」

「三百七十五。」

「四百。」

納賽爾丁阿凡提堅持著。高利貸主踱來踱去，一元一元的加著碼，但最後還是同意了納賽爾丁阿凡提的價碼。他們互相滿意的對拍了一下手掌。高利貸主開始一邊心疼地叫著苦，一邊數著錢，並且說：

「千真萬確的阿拉，對這些貨我付給了你雙倍的錢，但是怎麼辦呢！我這個人的脾氣就是這樣，我經常因為自己的慷慨而吃大虧。」

「這是假幣！」納賽爾丁阿凡提打斷了他的話，並且把銀元退了回去。「這不是四百，只有三百八十，你的眼睛看不清，尊敬的傑帕爾。」

高利貸主不得不再添上二十銀元，並收回了假幣。然後他用四分之一銀元的錢雇了

一個搬運工，命他把包袱背上，跟在自己身後。那可憐的搬運工由於包袱太重，被壓得彎成三節兒，幾乎快要倒下，還不得不一邊邁著步子跟上去。

「我們走的是同一條路。」納賽爾丁阿凡提說。他爲了快一點見到古力健，不斷地加快步伐，而瘸腿兒的高利貸主落在了後面。

「你這麼忙著要往哪兒去？」高利貸主用袖子擦著汗問道。

「你要去哪兒，我就去哪兒。」納賽爾丁阿凡提回答道。他那烏黑的眼睛裡閃爍著慧點的火花。「你和我，尊敬的傑帕爾，要去的是同一個地方而且爲了同一件事。」

「但是你並不知道我的事情呀。」高利貸主說：「如果你要是知道的話，那你會饞得流口水的！」

這些話的寓意對納賽爾丁阿凡提來說一清二楚，所以他調皮的笑著回答道：

「但是如果你，高利貸主，知道了我的事情的話，你的那個饞勁兒會超過我的十倍！」

高利貸主緊繃著臉，他感覺到了納賽爾丁阿凡提的回答中有不禮貌之處。

「你真是不懂得讓你的舌頭收斂一點，像你這種人與我這樣的人說話時應該發抖，能讓我感興趣的人在布哈拉絕少見到。我富有，我的慾望無邊。我看上了布哈拉最漂亮的姑娘，並且這個美人今天就將成爲我的了。」

這時正好有一個頭上頂著一大木盤櫻桃的水果販子走了過來，納賽爾丁阿凡提從他身邊走過時，從木盤中拿起一個帶長把兒的櫻桃，給高利貸主看著，並且說：

「你聽著，尊敬的傑帕爾，傳說有一隻豺，有一天牠看見高高的樹枝上掛著一顆櫻桃，就自言自語地說：『不管怎樣，我要吃掉這個櫻桃。』於是牠就開始往樹上爬，牠爬了兩個小時才爬到樹上，渾身上下都被樹枝刮破了。

「豺張開大嘴正要品嘗那櫻桃的時候，不知從哪兒飛來一隻兔鷹，一爪子就把櫻桃搶去並飛跑了。豺又用了兩個小時從樹上下來，身上更是被刮得傷痕累累，於是牠流著酸楚的眼淚說：『爲什麼我要爲了櫻桃而上樹呢？樹上的櫻桃不是爲豺而生長的，這誰都知道啊？』」

「你真傻！」高利貸主自高自大地說：「我從你的故事裡沒有聽出任何意思。」

「深刻的含意不可能一下子就明白。」納賽爾丁阿凡提回答道。

那顆櫻桃就掛在他的耳朵下邊，櫻桃的柄別在他的花帽裡。

來到拐彎的地方了，拐過去稍遠一點，製罐人和他的女兒就坐在石頭上。

製罐人站起身來，剛才他眼裡的一絲希望之光已經熄滅了。他以爲這個行路人沒能找到錢。古力健急促的抽搭著哀號了起來，把臉轉了過去。

「爸爸，我們完了！」女兒說。她的語調充滿憂傷、悲哀，甚至連石頭都會爲她傷心掉淚。但是高利貸主的心比任何石頭都硬，在他開口說話時的表情裡，除了凶殘的慶賀和色迷迷的慾望之外，沒有別的東西。

「製罐人，時間到了，從現在開始你就是我的奴隸，你的女兒就是我的奴隸加情人了。」

他想羞辱和貶低納賽爾丁阿凡提，擺出一副統治者和奴隸主的架式，過去揭開了姑娘的面紗，說：「看呀，這是一個大美人！我今天就要和她睡覺啦。現在你說說看，誰應該被饞得流口水？」

「這位姑娘的確很漂亮！」納賽爾丁阿凡提說：「但是你那兒有沒有製罐人的字據？」

「當然有。錢的事情沒有字據就給，可能嗎？人們都是無賴和賊。這就是字據，上面既寫著欠債的錢數，又有還款期限。製罐人在字據的下款處還按了手印呢！」他把字據遞給了納賽爾丁阿凡提。

「字據是對的。」納賽爾丁阿凡提肯定的說：「那樣的話，就按字據把你的錢收回去吧！」

「請稍等一下，尊敬的人們，你們給做個證吧！」納賽爾丁阿凡提要求路上的行人們說。

他把字據從中間撕開，又疊了四下並撕碎，然後把碎紙屑撒在風中吹走。接著他把腰帶解開，把剛剛從高利貸主那兒賺來的錢又全都還給了他。

製罐人和他的女兒被這意外的驚喜僵住了，高利貸主這時在痛苦和憤怒中呆若木雞。證人們見到自己憎恨的高利貸主出了糗，都高興的互相擠著眼睛。

納賽爾丁阿凡提把櫻桃拿下來吃到嘴裡，朝高利貸主也擠了一下眼睛，大聲的咂著嘴。

高利貸主殘障的身體慢慢的顫抖起來，他兩手發燙，變成鉤子狀，那唯一的一隻眼睛憤怒的眨著，脊背駝得更厲害了。

「行路人啊，爲了弄清我們到底要向誰的恩德做祈禱，請把你的名字告訴我們！」製罐人和古力健向納賽爾丁阿凡提請求道。

「哎——是呀！」高利貸主口水四濺的補充著說：「爲了讓我知道應該詛咒誰，道出你的姓名來！」

納賽爾丁阿凡提的臉上放著光芒，他大聲而又堅定的回答道：

「在巴格達、在德黑蘭、在伊斯蘭馬巴德並且在布哈拉——在所有的地方，人們都叫我納賽爾丁阿凡提！」

高利貸主向後退了幾步，面色蒼白的說：

「納賽爾丁阿凡提！」

慌亂之中的傑帕爾依著搬運工的脊背走遠了。

其餘的人都慶賀的喊了起來：

「納賽爾丁阿凡提！納賽爾丁阿凡提！」

古力健面紗裡的兩眼閃著亮光，但是老製罐人還沒有明白過來，似乎不相信自己已被解救而且還站在那裡，攤著雙手說著什麼。

第 十 五 章

艾米爾的審判還在繼續進行著。劊子手們換了一批又一批，接受棍棒懲罰的人越來越多，判了死刑的兩個人已被按著坐在了楔子上，還在扭動著軀體做垂死掙扎，被砍了頭的一個人躺在被血染黑了的地上。但是受刑者的慘叫聲、人群中發出的驚慟聲，以及蓋過了宮廷獻媚人們上氣不接下氣的大合唱聲，都沒有能夠鑽進正在打盹的艾米爾的耳

朵裡。宮廷專事獻媚的人們認為必須防備各種可能，所以應該對所有人都要加以奉承才「公平」，對一些人出於對自己有好處，對另一些人則為了不會遭到他們的傷害，所以他們歌頌著艾占木宰相和其他宰相，也沒有忘記歌頌阿爾斯蘭別克，同時還歌頌著宮廷趕蒼蠅侍從和宮廷水煙鍋侍從。

阿爾斯蘭別克對從遠處傳來的奇怪的議論聲早就不安地注意傾聽著。

他叫來了最精明、最有經驗的兩個密探，說：

「為什麼人們騷亂了起來，你們去了解一下，馬上回來報告。」

兩個密探走了，他們一個人穿著乞丐的破爛衣裳，另一個穿著周遊世界的僧人的衣裳。

但是，在兩個密探回來之前，捲著大衣下襬、臉色蒼白的高利貸主跌跌撞撞的跑了過來。

「出什麼事了，尊敬的傑帕爾？」阿爾斯蘭別克吃驚地問道。

「不好啦！」高利貸主嘴唇不住地哆嗦著回答說：「哎呀，尊敬的阿爾斯蘭別克大人，大事不好了，納賽爾丁阿凡提在我們城市裡出現了，就在剛才我還看見了他並和他說過話。」

阿爾斯蘭別克聽了這話，一下子眼珠子都快蹦出來了，驚詫不已。由於身體太重，所以他弓著腰跑上了王台，在打著盹兒的艾米爾耳邊躬下了身子。

艾米爾好像後背讓人扎了一錐子似的，在王位上猛地跳得老高。

「你撒謊！」他大喊道。由於恐懼和憤怒，他的臉色都變了。「這不可能的！巴格達的哈里發最近還寫信說他已把納賽爾丁阿凡提的頭砍下來！土耳其的蘇丹也寫信說他已把納賽爾丁阿凡提處以楔刑，伊朗國王稱已把納賽爾丁送上絞刑架的親筆信也還在。希伍汗王去年才宣稱已將納賽爾丁的皮剝下來。這個該詛咒的傢伙從四個國王手中逃之夭夭，可能嗎？」

宰相們和大官們聽見了納賽爾丁阿凡提的名字，霎時一個個臉色發白；宮廷趕蒼蠅的侍從嚇得手上的扇子都掉在了地上；宮廷水煙鍋侍從則被煙嗆得直咳嗽；詩人們那獻媚的舌頭都被嚇得粘在了牙齒上。

「他是在這兒！」阿爾斯蘭別克重複說著。

「你在撒謊！」艾米爾大聲吼著並且用那高貴的尊手狠狠地搧了阿爾斯蘭別克一耳光。「撒謊！如果他真的在這個地方，那他是怎麼進入布哈拉的？你那所有衛兵都是做什麼的？也就是說，昨天夜裡街市上出現的那個轟動、全城的亂子原來就是他製造出來的！他想煽動民眾反對我，而你卻在睡大覺，什麼都沒有聽見！」

艾米爾又搧了阿爾斯蘭別克一耳光。

　阿爾斯蘭別克仍然彎著腰必恭必敬的站著，並且在揮打過來的艾米爾的手掌上「啪」地親了一口。

　「啊，陛下，他就在這個地方，在布哈拉，或許您還沒有聽清？」

　遠處長時間的轟鳴聲好像無數個滾雷從天而降，越來越大。夾雜著眾人百姓的喧嘩聲，法場上也開始了轟鳴。起初這轟鳴聲還是嘈雜不一的，現在已變得越來越一致有力，以至於艾米爾能感覺到王台和自己那包金的御座都在顫動。這時，匯成一體的巨大的轟鳴聲中喊出了一個獨一無二的人名，並且不斷地重複，在四周無數次的迴盪著：

　「納賽爾丁阿凡提！」

　「納賽爾丁阿凡提！」

　衛兵們拿著點著了的火把往大砲那邊跑去，艾米爾失魂落魄，愁容上布滿皺紋。

　「趕快收場！」艾米爾大喊道：「回宮！」

　艾米爾兩手提著錦緞皇袍的前襟，慌忙向皇宮跑去。在他的身後，奴僕們在肩上扛著空轎子，慌慌張張的跑著。驚慌失措的宰相們、劊子手們、宮廷獻媚人們、樂師們、衛兵們、趕蒼蠅侍從和水煙鍋侍從們爭先恐後、你推我擠的踩著倒在地上的人們的身體跑去，有人想撿回被踩掉的鞋子，可是人流不分前後的拚命亂跑，不讓路給他們。只有大象群還是先前那副派頭，不疾不徐的邁著步子離開，因為儘管牠們也算是艾米爾的侍從，但是牠們沒有任何害怕民眾的理由。

　宮廷那沉重的銅製大門，讓艾米爾和他的奴僕們進去之後便立即緊緊關上了。但是擠滿了人群的街道和廣場上仍然人聲鼎沸，喊聲此起彼落、一片激奮，陣陣喊聲重複呼喚著納賽爾丁阿凡提的名字。

第 二 編

這些非常有趣的事件，其中一部分是我親自經歷過的，還有一部分呢，都是我信任的人們講給我的。

奧薩瑪·伊本·蒙克孜《勸誡卷》

*

納賽爾丁阿凡提傳

第 十 六 章

　　自古以來，布哈拉的製陶人就在布哈拉東城門外邊的高碩的黏土坡周遭建立了自己的家園。對他們來說，沒有比這更好的地方了：黏土就在他們身邊，從城牆邊流淌而過的渠水給他們提供了豐富的水源。從製陶人們的爺爺輩、祖爺爺輩等先輩們開始，到今天已經把這山坡上一半的土用完了。他們用這土來建房，用這土燒製各種瓦罐、瓦缸，死去之後則在親人們哀號的告別聲中躺入這泥土裡。就這樣年復一年，陶工們要先製出一個個甕、罐子或是罈子的坯，把它們放在陽光下曬乾，再送進窯裡，然後燒出的陶罐發出那從未有過的清脆悅耳的響聲讓人們歎服。在這久遠的年代裡，一代又一代的父輩、祖輩們關心著下一代人生活的幸福，期望著他們的製品能賣得好一點，從未想到摻上一些石渣什麼的就能使土質更好，使成品可發出甚至像純銀器一樣亮麗的聲響。

　　就在這裡，在這大渠上方的那棵大榆樹下，住著製罐人尼亞孜。樹葉在熱風中沙沙作響，渠水潺潺流淌，小小的園子裡從早到晚都能聽到美麗的古力健的歌聲。

　　納賽爾丁阿凡提沒有答應搬到尼亞孜家裡來。

　　「他們可能在您家裡把我抓住，尼亞孜老伯，我在這附近找到了一個安全的住處，白天我來這裡幫您做事！」

　　他正是這樣做的，每天天亮前趕到尼亞孜家，和老人同坐在製坯的輪盤前。世界上

沒有納賽爾丁阿凡提不懂的手藝。他精通製罐，他製出的瓦罐瓦缸敲起來聲音清脆，表面光滑細膩，就是在最炎熱的夏天，瓦缸裡的水也能保持冰涼。在後來的年月裡，眼睛越來越模糊的老人原先每天勉勉強強能製作五、六個瓦罐，現在每天卻可做三、四十個，有時甚至還能有五十個罐坯沿著牆邊擺開在太陽下晾曬著。在有市集的日子裡，老人的錢包裡能裝著滿滿的錢回來，黃昏來到時，他家裡那肉抓飯的香味兒，甚至飄散到整個小巷。

鄰居們都為老人家高興，並且說：

「尼亞孜老人終於時來運轉，擺脫了貧窮的磨難，願上天保佑他這福分長久！」

「聽說他雇了一個幫工，這個幫工非常精通製罐手藝。有一天為了要看看尼亞孜的幫工，我故意走進了他的院子，但是我才剛剛進門，這個幫工就站起身來走開了，再也沒露面。」

「老人家對這個幫工還遮遮掩掩的，也許害怕我們出個什麼點子把這能工巧匠給拉走。」

「哎呀，瞧你說的！難道我們製陶人把良心都丟了，我們怎麼會破壞老人家來之不易的安寧生活呢？」

鄰居們就是這麼認為的，誰也沒有想到，幫尼亞孜老人工作的就是納賽爾丁阿凡提，但是人們毫無疑問地相信納賽爾丁阿凡提早就不在布哈拉了──他為了欺騙奸細們和減少他們的偵探行動而故意散布了這些消息並且達到了目的──十天後各處城門上增加的守兵都撤防了，同時衛兵們也不再徹夜舉著火把、用叮叮噹噹的刀槍聲騷擾布哈拉市民了。

有一天，尼亞孜老人看著納賽爾丁阿凡提，不住地清著嗓子，慚愧的說：

「你把我從奴隸的厄運中拯救了出來，納賽爾丁阿凡提，使我女兒免受災害。你又和我一起工作，做得比我多十倍。自從你來幫忙後，我賣陶罐賺的錢已有三百五十銀元，你把這些錢拿去吧，這些錢是屬於你的。」

納賽爾丁阿凡提停下了輪盤，驚訝的看著老人說：

「您好像是病了，尊敬的尼亞孜老伯！您說的話讓人不明白，在這裡您是主人，而我呢，是您的幫工，如果能把收入的十分之一，也就是三十五個銀元給我，那我就非常滿意了。」

他把尼亞孜老人那舊錢包拿到手裡，從中數了三十五個銀元裝進衣袋裡，其餘的都退給了老人家。但是老人家堅持不要，說：「這樣做就不好了，納賽爾丁阿凡提！這些錢應該歸你，如果你不同意都要的話，至少拿去一半吧！」

　　納賽爾丁阿凡提故意生氣的說：「尊敬的尼亞孜老伯，把您的錢包裝進您的衣兜兒裡吧，請您開開恩，別把世上的規矩搞亂了。如果所有的主人都把自己的利潤與幫工平分的話，那樣天下會變成什麼樣子您知道嗎？那時天下就沒有主人也沒有僕人、沒有富人也沒有窮人、沒有艾米爾也沒有衛兵了。請您想一想，無比英明的真主會忍受人世間的規矩這樣亂起來嗎？請您把錢包拿去藏在遠一點的地方，否則的話，您自己那不理智的行為會惹起阿拉發怒，同時還會使世上的人們斷子絕孫！」

　　納賽爾丁阿凡提說完這些話，開始用腳轉動起那扁圓形的製坯輪盤來。

　　「這泥巴可以製出很好的陶罐。」他用手掌拍著濕泥說：「製出的陶罐會像我們艾米爾的腦袋一樣噹噹響，這個罈子看來要送到皇宮裡去，如果需要把艾米爾的頭砍下來的話，在那裡有可能會派上用場。」

　　「小心一點，納賽爾丁阿凡提，說這樣的話也許有一天你會為此掉腦袋！」

　　「唷——喝！您是不是在想砍掉納賽爾丁阿凡提的頭是非常容易的事？」

> 我是納賽爾丁阿凡提，我的主人是自己，
> 此生只講真話不講假，任何時候死不了！
> 哪怕布哈拉的艾米爾，虛張聲勢來宣告，
> 不管稱我造謠或是賊，哪怕砍斧已備好。
> 我是納賽爾丁阿凡提，我的主人是自己，
> 此生只講真話不講假，任何時候死不了！
> 我要活著要歌唱，還要得到明媚的陽光，
> 我要向全世界來宣告：定把艾米爾來打倒！
> 蘇丹早就在號叫，說要用利斧斷我腰，
> 伊朗王要送我上絞架，希低汗要把我燒焦。
> 但我是納賽爾丁阿凡提，我的主人是自己，
> 此生只講真話不講假，任何時候死不了！
> 我是一個窮光棍，愛說愛笑四處流浪，
> 我要活著要歌唱，每天清晨笑迎陽光。
> 天生我才劫數定，民眾喜歡的好兒男，
> 蘇丹艾米爾和汗王，譏笑嘲諷隨我便！
> 我是納賽爾丁阿凡提，我的主人是自己，
> 此生只講真話不講假，任何時候死不了。

　　尼亞孜老伯身後的葡萄架下，茂密的綠葉中露出了古力健那笑盈盈的臉蛋兒。納賽爾丁阿凡提停下了自己的歌聲，開始和古力健打著那調皮而又神祕的啞謎。

　　「你在往哪兒看呢？你看見那裡有什麼？」尼亞孜老人問道。

　　「我在看天堂鳥，天下沒有比她更漂亮的了。」

　　老人家清著嗓子，站了起來。但是古力健早就藏進了綠葉叢中，只有她那像銀子一樣清脆的笑聲從遠處傳來。老人好一陣子瞇著模糊的眼睛，用手掌遮住耀眼的陽光望去，但除了椽子上蹦蹦跳跳的麻雀外，什麼都沒有看見。

　　「好好定一定你的眼神，納賽爾丁阿凡提！你在哪兒看見天堂鳥了？那不過是一隻普通的麻雀呀！」

　　納賽爾丁阿凡提笑了起來，尼亞孜老人還是不明白這種歡樂的原因，只是不住的搖著頭。

　　黃昏，晚飯後，老人送走納賽爾丁阿凡提，來到屋頂上，然後在親切溫柔的晚風中躺在那裡入睡了，並且不一會兒就開始打起呼嚕，時而還帶著鼻音。就在這時，那矮牆的後邊傳出了輕聲的咳嗽，這是納賽爾丁阿凡提又回來了。「他老人家已經睡著了。」古力健低聲回答說，然後輕輕一跳就來到了牆外。

　　他們一起來到了湖邊。在那裡，白楊林在自己綠色的斗篷之中，靜靜的打著盹兒。他們在林中坐了下來。清澈的穹蒼裡，懸掛在空中的一輪明月不住的把自己那格外嬌柔的光芒灑向寰宇，四處一片碧藍；渠中的流水一會兒在月光下閃爍，一會兒又在河谷裡消失，傳來陣陣輕柔的潺潺水聲。

　　在那月光的輝映之下，面容宛如皓月一般、身段優美的古力健，顯得那麼靈巧而又明快，一股股長辮子繞在腰間。她坐在納賽爾丁阿凡提的跟前，納賽爾丁阿凡提低聲對她說：

　　「我愛妳，妳是我心中的公主，是我的第一個情人，也是我惟一的情人。我就是妳的奴僕，在這個世界上我會用我的生命去換來妳所要的一切！我的全部生命就是為了等待和妳相遇。現在我見到了妳，今後任何時候我都不會忘記妳，沒有妳，我將活不下去！」

　　「您，也許，不是第一次說這些話。」姑娘不無醋意地說。

　　「我！」他急了。「看妳想到了些什麼？」

　　他的聲音是那樣的親切，古力健相信了，變得柔和起來並來到他身邊的土台子上坐了下來。他吻著古力健的嘴唇，吻得長長久久，以至於古力健都喘不過氣來了。

　　「聽著，」姑娘又說：「親吻了姑娘後按規矩應該送給她們一個東西作為禮物，但是您已有一個多星期了，每天晚上親了就親了，連一個別針都沒有給我送過。」

「我沒有錢。」他回答說：「但是我今天從你爸爸那兒拿到了工資並且明天，親愛的古力健，我就去給妳買一個珍貴的禮物。妳想要什麼？是項鍊還是頭紗？或者，也許是祖母綠寶石戒指？」

「對我都一樣。」姑娘低聲說：「對我來說，尊敬的納賽爾丁阿凡提，只要那個禮物是從您手中拿到的就行。」

渠中碧綠的流水淙淙作響，群星躲在透明的夜空裡靜悄悄地眨著眼睛。納賽爾丁阿凡提向古力健身邊挪近了一點，把手伸向她的胸口，他的手掌感到一陣豐滿充盈。但是，猛地，他的眼睛裡突然冒起了金花，狠狠的一記耳光使他的臉感到在燃燒。爲了防備萬一，他用胳膊肘兒護著自己，向後退去。古力健站起身來，氣得連氣兒都喘不出來了。

「我好像聽見了耳光的聲音。」納賽爾丁阿凡提羞怯的說：「有可能使用語言的地方，無言的耳光怎麼可以派上用場呢？」

「使用語言！」古力健打斷他的話。「我已經把一切羞恥都忘掉，總嫌在您的面前揭開面紗太少，但您卻把您那長長的手伸到了不該伸的地方。」

「手可以伸向哪個方向，不可以伸向哪個方向，這誰曾想過呢？」納賽爾丁阿凡提反對地說著，並顯得非常尷尬和驚慌失措。「如果妳讀過最偉大的伊本·圖菲依勒[1]的書……」

「感謝阿拉！」姑娘怒氣未消的又打斷他的話說：「我沒有讀過那些下流的書，作爲一個有良知的姑娘，我保持了我的貞操，這我要感謝真主！」

古力健轉身離去，在她那輕盈的腳下，梯子在「咯吱咯吱」響，過了一會兒，房頂上的小屋的天窗縫隙中透出了亮光。

「我惹她生氣了。」納賽爾丁阿凡提心裡想著。「我怎麼會犯錯誤了呢？算了，沒什麼，現在我領教了她的脾氣，她既然可以搧我的耳光，也就是說，她也會搧其他任何人的耳光，將來會是一個可靠的老婆，直到我與她結婚，我甘願再挨上她的十次耳光，但是當我們結婚之後，她對別人也這樣慷慨的搧耳光的話，那我就心滿意足了！」

他踮起腳，來到小屋窗前的台階上。

「古力健！」他輕輕叫了一聲。

古力健沒有回答。

「古力健！」

充滿芳香的黑夜裡，四處一片寂靜，納賽爾丁阿凡提心中一陣傷感。爲了不吵醒老人家，他壓低嗓音唱了起來：

是妳的睫毛啊，偷去了我的心，

冤枉了我啊，那美麗的睫毛卻眨個不停。

它占據了我的心，卻還索要報償？

天下哪裡見過啊，這樣的怪事情？

是誰，在哪裡，曾給小偷付過報酬？

最好，妳還是，再贈給我兩三個吻！

哦——不，這對我，實在太少太少！

這熱吻中暗藏著辛辣的酒，

我喝得越多，對妳的渴望就越深。

你在我面前『噹』的一聲關上了門，

與其這樣，不如讓我死去以表我心。

今後哪能再有啊，酣睡甜息和安寧？

也許只有妳，才能告訴我該怎樣做！

妳那雙美麗的眼睛似利刃，刺透了我的心，

妳那烏黑的滿頭秀髮又點燃了我的心。

古力健雖然沒有露面，也沒有回答，但是他知道她在注意聽，而且知道任何一個女人聽了這樣的話都會於心不忍。他沒有錯，天窗的葉扇斜著打開了一條縫。

「進來！」古力健小聲地在上面說：「輕點兒進來，可別把我爸爸吵醒了。」

他順著梯子來到上面，又坐在古力健的身邊，熔煉過的羊脂中浸泡著的燈芯「呲呲」地燃到了天明——他們一直聊到清晨，好像還有許多說不完的話。總之，一切該怎麼樣就怎麼樣了，這正像古賢哲艾布・穆罕默德・艾力・伊本・海孜姆[2]在《美女的項鍊》一書中〈論愛的天性〉那個章節裡所說的那樣：

「愛情——讓我的真主推崇愛而把它高高舉起——開始如同兒戲，但是到了後來就會成為一件重要的事。要想用其廣博的內蘊去描繪它的特性，那將是非常細膩的。要想毫不費力地揭示它的實質是不可能的。如果愛情大多數情況下產生於外表上漂亮的容貌，那麼愛美，對一切美的向往，追求完美的形象，是完全可以理解的。如果你的心看上了其中某一個，就會開始用眼睛去注視她（他），同時，如果能找出那外表中與自己相仿的一點什麼的話，你就會同意，其結果，真正的、堅貞的愛情就會產生。的確，外表用一種非常奇特的方法連接著，心靈中激發出來的那些可以永存的無數微小的顆粒。」

註①伊本‧圖菲依勒──（?-1185）阿拉伯作家、哲學家、醫生。主要作品有哲理小說《哈伊的故事》，描寫自幼
　流落到無人孤島的哈伊，透過內在精神的修養，終於認識了阿拉。其作品中不乏描寫現實、歌頌生活的內容
　和浪漫色彩。
　②艾布‧穆罕默德‧艾力‧伊本‧海孜姆──即引言中出現的伊本‧海孜姆。

第　十　七　章

　　老人在屋頂上呻吟著翻了個身，並且開始咳嗽起來，用睡意朦朧和沙啞的聲音喊著古力健，說要喝一口清涼的水。古力健把納賽爾丁阿凡提推到門那邊。納賽爾丁阿凡提兩腳沒有踩梯子的橫檔順著梯子滑了下來，又從矮牆上跳過去，過了一會兒，在附近的小水渠裡洗了個臉，並用大衣襟把臉擦乾，然後從街道那邊繞到了院子的大門前，開始敲門。

　　「早安，納賽爾丁阿凡提！」老人在屋頂上向他問候著說：「這些日子你起得特別早。你什麼時候才能好好睡一覺？現在我們喝早茶去吧！然後呢，以眞主的名義祈禱，我們就開始工作。」

　　中午時分，納賽爾丁阿凡提離開老人，去到市場上給古力健買禮物。爲了謹愼起

見，他通常頭上纏繞著彩色的百岱合香裹頭布，下巴上粘著假鬍子。這種面貌別人是不可能認出來的，所以他並不害怕密探，自由自在地在市場、在茶館裡遊逛。

　　他挑選了一條能使他想起自己心上人嘴唇顏色的項鍊。首飾匠是個好說話的人，所以經過約莫一個小時的嚷嚷和討價還價，項鍊以三十銀元的價錢到了納賽爾丁阿凡提的手裡。

　　納賽爾丁阿凡提在返回的路上，看

見在街道清眞寺旁圍著一大群人，人們向前擁擠著，都恨不得站在別人肩上。他走到跟前，聽見一陣刺耳的尖叫聲：

「哎，穆民們，親眼看一看，眼見爲憑啦！這個人得癱瘓病躺著不能動彈已經十年了，他的全身都像冰一樣涼而且毫無力氣，你們看，他連眼皮都睜不開。他從遠離我們這個城市的地方來，好心的親戚朋友們把他帶到這裡來想最後試一試。一個星期後，在偉大的、天下無敵的謝依赫‧巴哈維丁的紀念日裡，這個病人將被停放在他那座陵墓的台階上。多少瞎子、瘸子和癱瘓的人都曾用這種方法嘗到了除病祛災的神效，醫好了各種疾病。穆民們，來呀，讓我們共同祈禱偉大的謝依赫大發慈悲，賜給他康復的神效吧！」

人們開始祈禱了起來。接著又傳來了那個尖嗓音：

「你們親眼看一看，穆民們，他得癱瘓病不能動彈已經躺了十年了……」

納賽爾丁阿凡提擠進人群，踮起腳來，看見了一個高個子、瘦得只剩一身骨頭、眼睛裡放著毒光、鬍鬚稀疏的毛拉。他用手指著他腳下躺在擔架上的癱瘓病患喊著：

「都來看啊，都來瞧，穆民們，這個人是多麼可憐和不幸啊！但是一星期之後先聖巴哈維丁將賜予他治病的神力，這個人將重新回到生活的懷抱！」

癱子閉著眼睛，面容上帶著悲傷和可憐的神情躺在那裡。納賽爾丁阿凡提見到這個場面時暗自「啊」地驚嘆了一聲。對這塌鼻子、麻子臉，納賽爾丁阿凡提可以從成千上萬人之中一眼就認出來。毫無疑問，那個麻子僕人看上去就像一個得了癱瘓很久的人，由於躺的時間太久和不動彈，他的臉蛋已經胖得很厲害了。

從那以後，納賽爾丁阿凡提每次路過這個清眞寺，總能看見那個毛拉和做出一副可憐相、臉蛋一天比一天被脂肪撐胖了的癱瘓麻子。

拜謁偉大的先聖謝依赫陵墓的節日來到了。據說，聖人當年在五月一個晴朗的中午去世，雖然空中一絲雲彩都沒有，但在他去世的那一刻，天上突然烏雲密布，發生了大地震，很多有罪過的人們的房屋都倒塌了，他們都被壓在廢墟下死去。毛拉們在清眞寺裡之所以這樣說，是要勸穆民們不要背叛和不要跟上面說過的那些有罪之人到地獄去做伴兒，而應該到謝依赫陵園去瞻仰他的墓地。

前來瞻仰的人們天還沒亮就開始上路了。日出的時候，墓地周遭的廣場上，從那邊到這邊早就擠滿了人，但路上的人潮仍不見減少；所有的人都按自古流傳下來的習慣光著腳走來。他們中有遠道而來的人，也有非常虔誠和犯有大罪過、今天來乞求饒恕的人。丈夫們領著不育的妻子、母親們抱著生病的孩子向這裡走來；上了年紀的老人無論如何也要拄著彎彎曲曲的肩拐來到這裡；得了麻瘋病的人們聚集在遠一點的地方，在那

裡滿懷期望地遙望著那墓室白色的拱形圓頂。

禮拜遲遲不能開始，因為人們在等待艾米爾的到來。熾熱的陽光下，身貼身地擠在一起的人們不敢坐下。人們的眼睛裡燃燒著永不滿足、永不疲倦的火焰。從世界的幸福中回到信仰裡來的這些人們今天在等待著奇蹟的出現，對稍微大一點的說話聲音都感到不安。由於受不了這樣的等待，兩個僧人中暑倒地，口吐白沫，號叫著、啃著土地。突然，人群中出現了一陣騷動和激奮，還夾雜著哭喊聲和女人們的尖叫聲，同時，成千上萬人的「艾米爾！艾米爾！」的喊聲在空中震盪了起來。

宮廷衛兵們使出了渾身解數，用棍子在人群中開出了一條路。在這寬寬的鋪著地毯的路上，已經沉入聖潔的意念之中、對全世界的吶喊聲都已聽不見了的艾米爾低著頭、光著腳，為了拜謁聖人的墓地而向這邊走來。他的後面，侍從們亦步亦趨靜靜地跟著走來，僕人們則忙著捲起後面的地毯，然後再把它重新鋪在前面。

廣場上的人群中很多人非常感動，淚流如注。

艾米爾來到了緊挨著墓牆的土坡上，僕人們忙給他鋪上了禮拜毯。他在宰相們的攙扶下跪了下來。白衣裹身的毛拉們圍成半圓形排列，向著那在熾熱之中已經變得昏暗的天空，抬起雙手做起祈禱來，禮拜儀式開始了。

禱告、膜拜、說教和勸誡無休止地輪番進行著。納賽爾丁阿凡提從人群中毫不驚動別人向在邊上的一間小破屋走去。在這裡，那些期望得到神效的瞎子、瘸子、癱子們在等待治好自己的病。

破屋的門敞開著，愛湊熱鬧的人們不時把頭伸進來向裡面張望，並且議論著。等在這裡的毛拉們為了收斂施捨，手裡端著大銅盤。毛拉中的一個老者繼續講著他的故事：

「……並且從那時起，在布哈拉依謝力夫和它那紅太陽般的艾米爾的上空，神聖的謝依赫‧巴哈維丁的法諦海①將永遠存在。聖人巴哈維丁在每年今天的這個日子裡，將給我們、給阿拉的馴服的奴僕們以創造奇蹟的力量。這些瞎子、瘸子、拐子、瘋子和癱子都在等待那能治病的神效。我們乞求先聖巴哈維丁保佑這些可憐的人，把他們從苦難中拯救出來！」

就好像是對他的這番話做出的回答一樣，屋裡有人頓時大哭了起來，有的在埋怨，有的在叫苦，有的把牙咬得「咯咯」響。接著老毛拉提高嗓門繼續說道：

「為了裝修清真寺你們趕快捐錢吧，穆民們，讓阿拉接受你們的慷慨！」

納賽爾丁阿凡提向屋裡伸了伸腦袋，看了一下。門裡邊的擔架上躺著胖臉麻子僕人，他身後的半黑暗裡有拄著肩拐的，有躺在擔架上的，還有包紮著的很多人。這時突然傳來了墓地那邊剛剛結束布教的最年老的依禪②的話語聲：

「把瞎子！把瞎子領到我跟前來！」

毛拉把納賽爾丁阿凡提向旁邊推了一下，進到又悶又暗的破屋子裡。一分鐘後，他把衣衫破爛不堪的瞎子帶了出去。瞎子用手摸索著，兩腳碰著石頭走去。

他來到了老依裡跟前，撲倒在地上，用嘴唇親吻著墓地的台階。老依裡把手放在他的頭上摸了一下，瞎子的眼睛立刻就被治好了。

「我能看見東西了！我能看見東西了！」他用顫抖的聲音大叫著。「神聖的巴哈維丁啊，我能看見了，我能看見一切了！從未見過的神效，啊，偉大的奇蹟！」

一群瞻仰者來到他周遭喊了起來，很多人湊到他跟前問：「你說，我舉起來的是哪隻手，是右手還是左手？」他準確無誤地回答了。所有人都相信他的眼睛真的治好了。這時手中端著銅盤子的一群毛拉向人群走來。

「穆民們，這奇蹟你們都親眼看見了，給清真寺裝修施捨錢吧！」他們喊著。

艾米爾第一個向盤子裡扔了一把金幣，隨之所有的宰相、大臣每人扔了一個金幣，然後就是民眾開始慷慨的向盤子裡傾倒銀元和銅分幣。盤子裡裝滿了，毛拉們已經換了三次盤子了。

布施少下來的時候，從破屋子裡又領出一個瘸子，他也用嘴一挨到墓地的台階就立即康復了起來，扔掉了腋下的肩拐，他高高地踢著腿，開始跳起舞來。毛拉們再一次拿著盤子走進人群收取布施：「快點給施捨呀，穆民們！」他們不住的喊著。

望著那破屋子的牆壁，正在專思索的納賽爾丁阿凡提的身邊走過來一個花白鬍子的毛拉。

「穆民！偉大的奇蹟你都看見了，給布施吧，阿拉會接納你的慷慨！」

納賽爾丁阿凡提為了讓周遭的人都能聽見，放開嗓門兒回答說：

「你把這說成是奇蹟向我要錢，第一我沒有錢，第二我自己就是一個偉大的聖人，能創造出更大的奇蹟，這你們可能還不知道，我的毛拉！」

「你是個叛教者！」毛拉怒不可遏地喊了起來。「不要聽他的話，穆民們，魔鬼附了他的體，在用他的嘴說話！」

納賽爾丁阿凡提面向眾人說：

「看來毛拉不相信我能創造奇蹟！好，我現在當場就可以證明！這破屋裡聚集的這些瞎子、瘸子、拐子、癱子，我一會兒就能把他們全都治好，並且連摸他們一下都不用。我只需要說兩句話就能給他們全都治好，他們會向四面八方飛快地奔跑，甚至連最好的阿拉伯駿馬都趕不上他們。」

破屋的泥牆很薄，牆上有很多大裂縫。納賽爾丁阿凡提選了一處四面都已裂開了的

地方，用肩膀使勁兒一頂，那牆上的碎土塊兒開始往下掉了起來，發出了可怕的喀嚓聲，牆壁在晃動著。這時他更加用力地推了起來，牆壁的一大片轟隆一聲倒在屋內，一團塵土從那黑呼呼的大洞中冒了出去。

「地震了，趕快逃命！」納賽爾丁阿凡提用嚇人的嗓音喊著，又推下了一大塊兒牆體。

破屋裡經過一剎那短暫的寂靜之後，突然發出一片驚叫和騷亂聲，那個麻子僕人第一個跑到了門口，但是他的擔架被門卡住，瘸子、拐子、瞎子、癱子都被擋在了裡面，他們哇哩哇啦地嚷著叫著，用胳膊護著頭，瞇著眼睛向後躲著。但是，當納賽爾丁阿凡提推倒第三塊牆體時，在眾人猛烈的衝擊下，癱瘓麻子夾雜在人群中與門和門框一齊都被衝擠出來，這時他們都忘記了自己的「殘障」，各自奪路逃命。

人群喊了起來，有的打著口哨，有的哈哈大笑，有的起著鬨，場地裡一片混亂。納賽爾丁阿凡提用壓過眾人的聲音說：

「你們看見了沒有，穆民們，我說過我可以用一句話就把他們的病都治好，我說的是真話吧！」

人們不再聽從說教和勸誡，愛看熱鬧的人們紛紛跑了過來，知道所發生的一切之後都笑得摀著肚子倒在地上，並把找到這靈丹妙藥的故事講給別人聽，這件事立即傳得人人皆知。在依襌中的長老號召人們靜下來而又一次舉起雙手時，民眾用怒罵聲、喊叫聲和口哨聲來回答他。同時，就像在那個廣場上的時候一樣，人群中喊出了一個名字，並且越來越響亮，最後形成了霹靂般的轟鳴：

「納賽爾丁阿凡提！他回來了！我們的納賽爾丁阿凡提就在這兒！」

受到戲弄和嘲諷的毛拉們嚇得扔掉了盤子，從人群中溜掉了。

這時納賽爾丁阿凡提已經離開這裡很遠了，他把彩色裹頭布和假鬍鬚塞進了大衣裡——現在沒有必要再擔心遇到密探了，因為密探們這時都在墓地周遭忙得一團糟。

但是他沒有注意到瘸子高利貸主傑帕爾不時地在街道十字路口、在路旁的樹蔭裡賊頭賊腦地跟蹤而來。

在沒有人影、光線昏暗的窄巷裡，納賽爾丁阿凡提來到了牆根下，用手扒住牆，慢慢地咳嗽了一下。跟著傳來一陣輕盈的腳步聲，一個女人問道：

「是你嗎，我親愛的！」

藏在樹林隱蔽處的高利貸主不費勁就聽出了這是古力健的聲音，跟著他又聽見了竊竊私語聲、壓低的笑聲和親嘴兒的聲音。「原來是你想得到她，所以才從我手裡把她奪走！」高利貸主醋勁兒大發，怒不可遏。

　　與古力健告別後，納賽爾丁阿凡提向遠處急步走去，高利貸主在後面沒能跟上他，過了一會兒他就消失在曲折蜿蜒的小巷裡。「這下子那筆抓住他的懸賞錢就拿不到了！」傑帕爾生氣地想著。「但是儘管如此……小心點！納賽爾丁阿凡提，我已做好復仇的準備，讓你嘗嘗我的厲害！」

第 十 八 章

　　艾米爾的金庫受到了巨大的損失。聖人巴哈維丁墓地參拜活動的收入不足往年的十分之一。除此之外無神主義的種子又重新在民眾中傳播開來。據奸細們的情報，墓地周遭出現動亂的消息已傳到這個國家最邊遠的角落，由於這些消息而醒悟了的三個鄉的居民不願意再修建清真寺，第四個鄉的居民則大逆不道地把自己的毛拉趕走了。

　　艾米爾命令宰相艾占木‧拜合提亞爾召開大國民協商會議。參加會議的人雲集宮廷花園。這是世界上最豪華、最美麗的花園之一。這裡花香蝶舞、樹繁葉茂，結著各種千奇百怪的果實。有樟樹、巴達姆樹、霍拉桑杏樹、櫻桃樹、無花果樹、酸橙子樹和其他各種果樹，要想一一叫出它們的名字是不可能的；玫瑰花、牡丹花、菊花、北京花、爬山虎、文珠蘭、吐魯番花和其他各種花卉遍地皆是，片片相連，空氣中充滿了天堂的芳香。甘菊花在微笑，水仙花似情人般地望著人們，噴泉的水直飛向空中，金魚成群地在大理石鑲砌的湖裡追逐嬉戲，到處都懸掛著銀製的鳥籠，籠子裡有從世界各地運來的鳥兒在用各種悅耳的嗓音引吭高歌。但是宰相們、官員們、聖賢們、詩人們從它們旁邊走過時卻毫不理睬，並沒有被這大自然的美所陶醉。他們視而不見、聽而不聞地一過了之，因為他們所有的思緒都陷入在期待個人官位升遷、防備政敵的打擊陷害和輪到自己得手之時也行打擊陷害他人之類的憂愁之中。他們那堅硬、乾涸了的心裡已經再也容納不下其他任何東西，就是全天下所有的花兒突然一齊凋謝，全世界所有的鳥兒一齊停止

歌唱，由於他們沉陷在名利、虛榮和貪婪的慾望之中，他們也不會發現。眼睛裡的光已經熄滅、抿著那沒有血色的嘴唇的這群人，拖著腳下又大又笨的軟鞋，從鋪著沙子的小路上走過，進到了布滿紅花綠葉、光線昏暗的亭閣裡，把那一個個藍寶石鑲嵌的手仗靠在牆上，然後臥在用絲綢縫製的大枕頭上。他們那裹了很多層白布的腦袋由於太重而低垂著，不言不語地等待著艾米爾的到來。

當艾米爾邁著沉重的腳步、對誰都不屑一顧、臉上的表情告訴人們他正在想著那可怕的事件走來時，所有人全體起立，頭快要挨到地面地鞠著躬，直到艾米爾揮手示意前，他們都要這樣僵硬地恭候，不敢抬頭。然後他們按照宮廷規矩的要求，雙手按著地毯跪在一邊。他們每一個人都在努力猜測著今天艾米爾的怒氣會降臨到誰的頭上，然後自己會撈到什麼好處。

宮廷詩人圍成半圈兒在艾米爾身後按順序排列，他們清理著喉嚨，輕聲的咳嗽著。在他們之中，一個被授有「詩聖」職稱的造詣最深的詩人，為了在艾米爾面前用那矯揉造作的表情朗誦今天早上才新編的詩歌而在反覆練習著、背誦著。

宮廷趕蒼蠅侍從和宮廷水煙鍋侍從按規定各就各位。

「布哈拉的艾米爾是誰？」艾米爾用令每一個人都不寒而慄的慢條斯理的語調問道：「布哈拉的艾米爾是誰，我在問你們。是我還是那個該詛咒的納賽爾丁阿凡提？」說著他被一口氣噎住了。他強壓住怒火，然後凶狠地把話說完：

「艾米爾的耳朵在你們那裡？你們說話呀！」

他的頭頂上，用馬鬃做的扇子在搧動著，恐懼中的僕人們靜悄悄地站在一邊。宰相們暗地裡互相用胳膊肘搗著對方。

「他把全國都攪得一塌糊塗！」艾米爾又開始說了起來。「他在我的首都製造了三次動亂，破壞安定，讓我不能休息、不能安睡，使我的金庫得不到合法收入，他公開號召民眾騷亂暴動，對這樣的罪犯我們應該怎麼辦？我在問你們！」

宰相們、大臣們還有聖人們異口同聲地回答說：

「毫無疑問，對他應處以最殘忍的極刑，啊，世界的擎天柱，我們子孫萬代的庇護神！」

「為什麼到現在他還活著到處亂跑？」艾米爾又問道：「提到我的名字的時候你們應該顫抖並且跪在地下頂禮膜拜。然而，由於你們懶惰、無禮和散漫而沒有照辦，我再重複一遍，由於你們遊手好閒、花天酒地和盡在深宮貴閣裡行壞勾當，只有在領官餉的日子你們才想起來我交給你們的任務。難道還要我親自到大街上去把他抓來不成？你怎麼向我解釋，拜合提亞爾？」

聽到拜合提亞爾的名字後，其他人都鬆了一口氣。與拜合提亞爾素有舊怨的阿爾斯蘭別克的嘴角上流露出一絲陰險的微笑。拜合提亞爾雙手交叉捂著胸口，頭低到了地面，向艾米爾鞠著躬，說：

「阿拉保佑偉大的艾米爾陛下免災去難、安詳永駐！」他開口說：「艾米爾萬丈光芒之中的一粒塵埃——您的卑奴——我的忠心和犬馬之勞艾米爾大人是知道的。在我被任命爲宰相這一要職之前，國庫常常是空的。但是上任之後，我規定了許多賦稅，停發了雇傭金，在布哈拉對一切東西都徵捐收稅，現在任何一個居民如果不給國庫納稅甚至連噴嚏都不敢打。除此之外，我還削減了所有下層官員、士卒、衛兵們的一半薪餉，還把養活他們吃飽肚子的負擔分派給了布哈拉的市民，這樣才使陛下您的金庫中有了很多錢財。艾米爾大人陛下，但是我還沒有把我所做的工作都講完——由於我的努力，在神聖的謝依赫·巴哈維丁墓前才重新又出現了奇蹟，這種情況吸引了成千上萬的朝拜者，這使天下其他國家與之相比是望塵莫及啊，我們艾米爾的金庫幾乎每年都被上繳的施捨錢撐破，收入一再翻番……」

「哪些收入呢？」艾米爾打斷了他的話。「那些收入讓納賽爾丁阿凡提從我們手中奪去了，我沒有問你立了什麼功勞，因爲這我已經聽過很多遍了。現在我關心的是怎樣才能抓到納賽爾丁，你還不趕快說這件事！」

「啊，艾米爾陛下！」拜合提亞爾回答道：「緝拿罪犯不屬卑奴職內之事。這類事在我國屬於宮廷衛隊和軍隊統帥——尊敬的阿爾斯蘭別克的職責。」

說畢，他又把頭低到了地面，向艾米爾鞠躬，並暗自慶幸、不懷好意的瞟了阿爾斯蘭別克一眼。

「開口呀！」艾米爾命令道。

阿爾斯蘭別克用憤怒的眼光瞪了拜合提亞爾一眼，站了起來。他吸了一大口氣，灰黑的鬍子在肚子上顫抖著。

「阿拉保佑我們威震四海的艾米爾陛下吉祥平安、貴體康泰，我的功勞艾米爾陛下是知道的，希佤汗國向布哈拉發動戰爭時，我向世界之棟樑、真主在今世的化身艾米爾陛下您——主動請戰，率兵迎敵。我運籌帷幄，結果滴血未流就擊潰了敵人的進攻，大獲全勝，一切都按照我們的利益解決了。比如：從希佤汗國邊界到我國內地，許多天路程的疆域內的城市和鄉村在我的命令之下被夷爲平地，莊稼和果園化爲烏有，道路和橋樑破壞殆盡。因而希佤人侵入我國領土後，看到那些沒有果園、沒有綠洲、沒有生命的戈壁荒灘時對自己人說：『我們別去布哈拉了，因爲那裡沒有什麼可吃的和可繳獲的戰利品。』他們受到諷刺和羞辱退兵而去，我們的艾米爾陛下當時認爲用我們自己的士兵毀

壞我們的國家是非常英明和大有裨益的，同時還命令不要去治理，就用那些被破壞了的城市、鄉村、莊稼地以及道路的瘡痍狼藉面貌來嚇唬那些外族部落，使他們不敢入侵我們的領土。我就用這種方法戰勝了希伍人，另外我在布哈拉還組織了上千人的密探……」

「住嘴，自賣自誇！」艾米爾大聲呵斥道：「為什麼你的密探至今沒能抓住納賽爾丁？」

阿爾斯蘭別克驚慌失措地半天不敢吭聲，最後承認：

「啊，尊敬的陛下大人，雖然用盡了各種辦法和措施，但我的智慧鬥不過這個凶惡的叛徒，我想，或許艾米爾陛下向聖人們諮詢一下是不是會更好？」

「我要在我的祖爺爺們面前發誓，所有你們這些人都只配絞死在城樓上的絞刑架裡。」艾米爾發起了脾氣，正好在這時走到他御手之下的水煙鍋侍從狠狠地挨了他一記響亮的耳光。「說話呀！」他朝著那位因留著能在腰上繞兩圈的長鬍子而聞名的最老的聖人命令道。

聖人站了起來，先做了祈禱，然後捋著那出了名的長鬍子。這個動作他不是一下就做完，而是慢條斯理的用右手拉著，再用左手的幾個手指穿進去梳理。

「願阿拉為了民眾的福祉而保佑光芒萬丈的艾米爾萬壽無疆！」他開始說道：「上面提到的那個窮凶極惡的破壞分子阿凡提，因為他畢竟是人，可以斷言，他的身體也和其他人的身體一樣，也就是說由二百四十塊骨頭和主管肺、肝、心、脾、膽的三百六十根血管組成。所有血脈的基礎，聖人們告訴我們，是心血管，其他所有血管都是由它延伸出來的。這一神聖、不朽的真理，是針對敢於提出人的生命的基礎是肺血管的謬論的無神主義者阿布·依斯哈克的與宗教信仰根本相反的理論而提出的，是攻克不破的真理。與聖人阿布·阿里·伊本·西拿、忠誠的信徒穆罕默德·艾勒·拉蘇爾、古希臘醫聖基波克拉特和克爾多瓦人阿維爾·羅伊斯的書中的觀點相符的這些意見和研究成果，我們至今都在享用。同樣，也符合艾勒·坎迪、艾勒·菲爾比和阿布·拜斯爾·伊本·圖菲依勒的學說。我要說並且也敢於證實，無比英明的真主用四種物質的混合體，也就是用水、土、火和空氣創造了人。其中賦予黃色火焰以自然屬性，我們也的確看到了，因為它熾熱而且乾燥；而黑色火焰的屬性源於土，因為它屬涼性而且乾燥；口水本身就屬於水，因為它涼並且濕潤；血的屬性是空氣，因為它濕熱。如果剝奪了人體裡這些物質中的一種，人必然會死去。根據這一點，我這樣考慮，啊，尊貴的艾米爾陛下，對這個叛徒、破壞分子阿凡提應該如何除掉他呢？最好是讓他來個身首分離，因為與流出的血液一道，人體中的魂靈也就會流出並且不會再鑽進去。我的建議就是這些，世界的柱石和靠山、尊貴的艾米爾陛下！」

　　艾米爾仔細聽了這段話，什麼也沒有回答，只是眉毛微微動了一下，然後向第二個聖人做了暗示。這位聖賢雖然鬍子長度不如前者，但他腦袋上裹頭布的圈數和漂亮程度顯然超過了前者——這裹頭布特別重，多少年來已把他的脖子壓得歪向一邊，連腦袋都被壓得向下垂；所以他經常不得不自下而上、好像從一道窄縫中看人一樣地斜著腦袋。他向艾米爾鞠過躬後說：

　　「啊，您那面容上的光芒就像太陽一樣的偉大的艾米爾陛下，我對擺脫阿凡提的這個措施表示不服，因為大家知道，人不僅需要血液，而且還需要空氣。如果用繩子把一個人的咽喉勒住，不讓空氣通過並進入到肺裡的話，那麼毫無疑問，人必然會死去，而且以後也絕不會再活過來……」

　　「是的！」艾米爾輕聲地說：「你們說得絕對正確，啊，英明者中的英明者們，對你們的主意我真是如獲至寶。可不是嘛，如果沒有你們這些寶貴的建議，我們怎樣才能擺脫納賽爾丁阿凡提呢？」

　　他實在按捺不住心中的憤怒，停下來不再說什麼；但是他臉上的肉在抽搐，鼻孔在一張一合地翕動著，眼睛中冒著火焰。可是呈半圓形佇立在艾米爾身後的宮廷獻媚人、哲學家和詩人們由於沒有看見他們的艾米爾那凶狠的表情，因而沒有聽出他對聖人們的這番話中的憤怒和諷刺，對這些話信以為真，認為聖人們真的在艾米爾面前立了功，受到艾米爾的寵愛並將得到更多的獎賞和恩賜，出於將來自己能獲取更多好處的動機，立即決定要向他們湊近，把他們拉攏過來。

　　「啊，英明者中的英明者，你們是我們艾米爾大人皇冠上鑲嵌的寶石，啊，你們的英明超過了英明本身，閃耀輝黃如鑽石的英明者啊！」

　　他們文謅謅、一個勁兒的想超越別人的拚命稱揚著，沒有發現艾米爾瞪著眼睛向他們轉過臉來並氣得直發抖，周遭已是鴉雀無聲，這些宮廷詩人繼續把讚歌唱得震天響。

　　「啊，你們是知識和學問的光明火炬、智慧的聚寶盆。」他們繼續稱揚著，渾然忘我的閉著眼睛，奴才般地竭盡阿諛奉承之能事，樂此不疲地唱著。但是那個詩聖突然看見了艾米爾的眼神，好像一下子把自己那專事阿諛奉承的舌頭吞了下去似的，嚇得向後退了好幾步，然後其他人也都靜了下來，明白由於自己過分的獻媚和表現慾望而弄巧成拙，於是一個個像打擺子一樣的顫抖了起來。

　　「無賴的騙子！」艾米爾怒斥道：「砍掉人頭或是用繩子勒住喉嚨他就再也活不過來，這難道我不懂！但是在這之前首先要把人抓到，然而你們呢，哼！懶漢、騙子、笨蛋們！對於應該如何抓住他，你們怎麼隻字不提。在這裡，我宣布：對所有的宰相、官員、聖人和詩人們，在抓到納賽爾丁之前一律停發官餉；對抓到他的人獎勵三千銀元，

我還要警告你們，由於我知道你們的懶惰、愚蠢和軟弱，我已經從巴格達招募了一個叫胡笙‧侯斯利耶的新聖人，他直到今天還在爲我的朋友——巴格達的哈里發效勞。他已經上路了，不久即將到來。到那時像你們這樣沒用的廢物、包藏禍心、就知道往你們那無底洞般的口袋兒裡裝錢的人們就會大難臨頭！」他繼續說著，並且越說火兒越大。「把他們給我轟出去！」他對侍衛們咆哮著。「把他們全都從這裡趕走，用拳頭朝他們的脖子上打，把他們轟出去！」

侍衛們朝著目瞪口呆的宮廷專家、學人們奔去，並且絲毫不留情面和尊嚴地拉著他們，向門外拖去，也不看台階，從那裡把他們直接推下。下面的侍衛則又把他們抓住，朝脖子上掄著拳頭，向面頰上搧著巴掌，勒著他們的兩肋，踢著他們的屁股，把他們轟走了。宮廷專家學人們爭先恐後的逃竄著；花白鬍子的聖人被自己的長鬍子絆倒在地，他又把另一個聖人絆了個大跟頭。這個聖人的腦袋正巧鑽進了刺玫花的花叢裡，由於跌倒，他暈頭轉向的扭著脖子和重重的腦袋，酷似正在從一道窄縫裡自下而上地張望著，長時間的愣著不能動彈。

第 十 九 章

艾米爾直到晚上都怒氣未消。黑夜過去了，膽戰心驚的宮廷僕人們一大早就又一次看見了他臉上的喪氣和怒容。

爲了討他歡心所做的一切努力——在芳香的煙氣裡舞妓們手裡拿著手鼓，舞動著那豐滿的大腿，像珍珠一樣的牙齒閃著白光，隱隱約約的裸露出自己的胸口，在艾米爾面前扭動著軀體跳著舞，這些都引不起艾米爾的興趣。他沒有抬起那沉重的眼皮，他的臉在控制不住地哆嗦，這種狀況使宮廷專家學人們也跟著心驚肉跳。所有的丑角、翻筋斗的藝妓、魔術師和吹著竹笛可以使蛇站立不動的印度要蛇人的一切花招和心計也都無濟於事。

宮廷專家學人們相互議論著說：

「唉，這該詛咒的阿凡提，這可惡的傢伙！爲了他，我們已經受了多少窩囊氣，唉！」

人們都把希望的目光投向阿爾斯蘭別克。

阿爾斯蘭別克把所有最精幹的密探們都召集到了哨樓裡，其中也有被納賽爾丁阿凡提用那奇特的方法治癒了的「癱瘓病患」——麻子密探。

「聽著！」阿爾斯蘭別克說：「按照你們尊貴的艾米爾陛下的命令，在抓到罪犯納賽爾丁之前，你們的餉金已被停發。如果你們找不到他，那時不僅僅是餉金的問題，連你們的腦袋也要搬家，這一點毫無疑問。反之，使出你們全身本領抓到納賽爾丁的人則可以得到三千銀元的獎賞，除此之外，還能得到提升，被任命為總探長。」

奸細們立即化裝成僧人、乞丐、賣水人、商人，各自領命而去，由於狡猾而高人一等的麻子密探則拿著一塊禮拜毯、占卜用石子兒、念珠和一些舊書向街市裡走去。他在賣金飾品和賣麝香的店舖行列之間的十字路口處坐了下來，裝成一個算命者，打算向女人們探聽。

約莫一個小時後，成百個宣話人來到街市上，向所有的穆民們喊起話來，要求人們注意聽他的話。他們宣布了艾米爾的法令。納賽爾丁阿凡提被宣布為艾米爾的敵人和玷污了宗教的人，禁止居民們與他有任何來往，特別禁止窩藏他，否則將被立即判處死刑，並許諾誰要是抓住他並把他交給艾米爾的衛兵們，獎勵三千銀元和其他東西。

茶館老闆、銅匠、鐵匠、運水工和傭工們交頭接耳地說：

「哼，走著瞧，艾米爾你就慢慢等著去吧！」

「我們的納賽爾丁阿凡提不是那種可以隨便讓你們抓住的人！」

「我們布哈拉依謝力夫人不是那種錢迷心竅到要出賣自己的納賽爾丁阿凡提的叛徒！」

但是像往常一樣在街上閒晃、到處逼債的高利貸主傑帕爾今天卻另有想法。「三千銀元，哎呀！」他嘆息著。「昨天這筆錢就等於已經進了我的口袋兒裡了，納賽爾丁阿凡提肯定還要到那個姑娘那兒去，但是我隻身一人捉不到他，如果去告訴別人的話呢，那我就會得不到獎金，不，我應該想個其他辦法！」

他向宮廷方向走去。

他長時間的敲著大門，但是沒人給他開門，衛兵們聽不見，因為他們正在熱烈的討論著如何捉住納賽爾丁阿凡提的各種計畫。

「哎，勇敢的士兵們，你們難道在那裡睡著了嗎？」他用失望的語調大聲喊著，把門上的鐵環敲得噹噹直響。過了一會兒，他聽到了腳步聲和門閂落下的聲音。又過了好久，皇宮的側門才被打開。

阿爾斯蘭別克聽完高利貸主的話，搖著腦袋，說：

「尊敬的傑帕爾，我今天不能讓你拜見艾米爾。因爲他特別惱怒，正在大發雷霆。」

「我有使他高興的良藥。」高利貸主反對說：「啊，國王的擎天柱，敵人的剋星，尊敬的阿爾斯蘭別克，我的事情是不能耽誤的。煩請您去稟奏艾米爾，就說我是來給他解憂愁的。」

艾米爾很不高興的接見了高利貸主：

「快說，傑帕爾。如果你的新消息不能使我高興的話，那時你就在這兒吃上二百棍子。」

「啊，您的威望和光明能使過去、現在和將來所有國王黯然失色的偉大的艾米爾陛下！」高利貸主說：「我——不值一提的奴才，知道在我們的這個城市裡有一個姑娘，我敢向天保證，她是所有美人兒中最漂亮的美人兒。」

艾米爾頓時來了精神，抬起頭來。

「啊，艾米爾陛下！」他壯著膽子繼續說著。「要想充分讚揚她的美貌，我的語言都不夠用了。她的身材窈窕，體態婀娜，纖細輕柔，容貌皓麗，前額明亮，眼睛就像黃羊的眼睛①一樣又黑又亮，她的眉毛又細又彎，就像夜空中的月芽兒！她的臉蛋兒像花兒一樣的嫩紅，她的小嘴兒就像阿月渾子果，嘴唇的顏色猶如紅珊瑚，牙齒酷似一顆顆白珍珠，她的胸口呢，就像被兩顆櫻桃點綴了的白玉，而她那雙肩……」

艾米爾打斷了他的美言，說：

「如果姑娘眞的像你說的那樣，應該讓她在我的後宮裡有一席之地。那個姑娘是誰？」

「姑娘身世平平，並非出自高貴人家。艾米爾陛下，她是一個製罐人的女兒，我不敢說出她那很不像樣的名字，怕玷污聖上的耳朵，我可以指出她的住處，但是艾米爾陛下能否恩賜給您忠實的奴才我賞金？」

艾咪爾用頭向拜合提亞爾示意後，高利貸主腳下落下了一個錢袋子。貪婪的高利貸主頃刻臉色都變了，趕忙把錢袋子攢在了手裡。

「如果姑娘眞的像你所誇耀的那樣，那你還可得到這麼多錢。」艾米爾說。

「我們艾米爾大人的慷慨令人臣服！」高利貸主大聲謝道：「但是尊貴的聖上必須趕快行動，因爲奴才清楚這隻黃羊身後有獵手！」

艾米爾皺起眉頭，前額上出現了很深的一道道皺紋。

「是誰？」

「納賽爾丁阿凡提！」高利貸主回說。

「又是阿凡提！這個納賽爾丁阿凡提到處流竄，但是你們呢？」艾米爾搖了搖御座的

扶手，氣急敗壞的向宰相們轉過臉去說：「你們總是落在後面，什麼也不做，使我威信掃地。哎，阿爾斯蘭別克！馬上給我把那個姑娘帶到這兒來——我的宮裡來，如果你要是不能把她帶到這兒來，在你回來的路上等待你的將是劊子手！」

不到五分鐘，身著錦緞斗篷、掛著象徵自己力量和統治地位的包金標牌的阿爾斯蘭別克帶領著衛兵隊，伴隨著叮叮噹噹的武器聲，拿著在陽光下閃閃發光的盾牌，從宮殿大門口出發了。

一瘸一拐、幸災樂禍的高利貸主在一邊跟著。他不時地落在衛兵們的後面，又顛顛簸簸地跑著趕上去。路上的行人們都急忙避開，揣摩著他一定又想出了什麼新的壞點子，在他背後用鄙視的眼光看著他。

註① 就像黃羊的眼睛一樣——中亞及中國新疆一帶操突厥語的各民族，習慣把山中野黃羊的眼睛比作最美麗的眼睛。如中國新疆伊犁地區著名的維吾爾族民歌〈黑眼睛的姑娘〉的第一句就是「我那像羊兒一樣烏黑眼睛的姑娘，我要把我的生命獻給妳……」但人們在翻譯這首歌時因為考慮各民族語言中的比喻習慣不同和力求歌詞簡練等原因，往往只譯成「烏黑眼睛的姑娘」。

第 二 十 章

納賽爾丁阿凡提剛做出第九個罐坯，把它放在陽光下，又挖了一大塊泥，準備做第十個。

突然響起了猛烈、急促的敲門聲，平時來尼亞孜老人家借一個蔥頭或一撮辣椒的鄰居們是不會這樣敲門的。納賽爾丁阿凡提和尼亞孜老人不安的互相看了一眼。但是大門在狠命的撞擊下發出了喀嚓喀嚓的巨響，這次納賽爾丁阿凡提那敏銳的耳朵聽見了鐵器、銅器的碰撞聲。「是衛兵！」他對尼亞孜老人低聲說。「快跑！」尼亞孜老人回答道。納賽爾丁阿凡提跳過了牆，向街道方向跑去。尼亞孜老人為了讓他有時間跑得更遠一點，在門前不知做什麼的拖延時間。最後他把門閂拿了下來，與此同時，葡萄架裡的一隻隻黑鵝鳥撲撲啪啪的向四處驚飛。只是尼亞孜老人沒有翅膀，無法飛逃。他臉色蒼白，不住地哆嗦，在阿爾斯蘭別克面前鞠了躬。

「你的家裡，製罐人，有大喜了。」阿爾斯蘭別克說：「普天下穆民們偉大的艾米爾大人，阿拉在今世的化身，我們高貴的艾米爾陛下，我的阿拉保佑他盛世萬年，偉大的艾米爾陛下親自提到了你那不值一提的名字，聖上聽說你的園子裡有一朵非常漂亮的玫瑰花，他願意用這朵玫瑰花來裝飾自己的宮殿，你女兒在哪兒？」

製罐人那蒼白的頭在震顫著，光明的世界在他的眼前變成了一片黑暗，他聽見了女兒那急促的、像臨死前的號叫一般撕人心肺的呼聲，衛兵們把姑娘從屋裡拖到院裡，老人的雙膝跪在了地上，咕咚一聲倒了下去，什麼也看不見、聽不見了。

「他由於大福降臨而昏過去了。」阿爾斯蘭別克對衛兵們解釋說：「別管他，等他醒過來之後再讓他到宮裡來向艾米爾謝恩，走，我們走！」

納賽爾丁阿凡提這時候轉著圈子，從另一頭又跑回那條巷子。他鑽進灌木叢中藏了起來。從這兒他可以看見尼亞孜的院門以及門前的兩個衛兵和另一個人，他仔細一看，認出了那個人就是那個高利貸主。「這隻瘸狗！原來是為了抓我，你才把衛兵們帶到這兒來的。」他心裡想著，但還不知道事情的緣由。「好，可以，我讓你們空手而歸！」

「不，他們沒有空手而歸！」在這一片恐怖之中，渾身變得冰涼的納賽爾丁阿凡提看見了他們是如何把自己的心上人從門口拖走的。姑娘企圖掙脫衛兵們的手，聲嘶力竭的哭喊著。衛兵們用兩層盾牌把她團團圍住，守得嚴嚴實實。

正是六月的中午時分，酷熱難忍，但是納賽爾丁阿凡提卻不住的發抖。衛兵們越走

越近了，那條道路就從納賽爾丁阿凡提隱藏著的灌木叢邊穿過，他的智慧和知覺變得昏沉了。他從刀鞘中拔出了小彎刀，趴在地上。阿爾斯蘭別克炫耀著自己那包金的標牌向前走來。納賽爾丁阿凡提本來可以用這匕首猛撲過去刺進他那鬍子下堆滿了肉的脖子裡，但不知是誰的一隻手重重的落在了他的肩上，並且用力把他壓在地上。他嚇了一跳，向後退了一下並舉起了手中的匕首，但他看見的卻是鐵匠那熏黑了的熟悉的面龐。

「悄悄的趴著！」鐵匠低聲說：「趴著，別蠻幹！你瘋了，他們有二十個人全副武裝，你隻身一人，沒有武器，這樣蠻幹不但自己會白白送命，還救不了姑娘。趴下，聽見沒有！」

他按住納賽爾丁阿凡提，直到衛兵們押著古力健在道路的拐彎處消失。

「為什麼，你到底為什麼阻擋我！」納賽爾丁阿凡提大聲喊道：「我藏在這兒還不如死去了好！」

「對獅子和砍刀動拳頭不是智者之舉。」鐵匠嚴肅地回答說：「我跟在衛兵們之後，從大街上一直就在觀察，為了防止你莽撞才及時趕到這裡。你不能為姑娘去死，而應該戰鬥，應該把她救出來，這雖然是很難的事，但畢竟是下策中的上策。與其把時間浪費在悲痛上，不如去採取行動。他們雖然有大刀、盾牌和長矛，但我的真主賦予了你更強大的武器——勇敢和智慧，他們之中沒有人能與你相匹敵。」

說這些話時，他的神情嚴肅豪邁，就像他這一輩子所打的鐵那樣堅強。納賽爾丁阿凡提那撲通撲通跳著的心，也被這番話說得像鋼鐵一樣堅定。

「謝謝你，鐵匠！」他說：「我還從來沒遇到過比這更難過的日子，但是消沉並不屬於我，我走了，鐵匠，我向你保證，我要用我的武器像勇士般地去戰鬥。」

他從草叢中向路上邁開大步走去。正在這時，高利貸主從跟前的一間屋裡走了出來，他為了到一個製罐人家裡去催債而沒能跟上衛兵們。

他們鼻子碰鼻子地撞了個正著。高利貸主面色蒼白，眨眼之間逃向後並鑽進那間屋裡，把門閂上了。

「毒蠍崽子傑帕爾，你災難臨頭了！」納賽爾丁阿凡提說：「我全都看見、全都聽見、全都知道了！」

一陣寂靜之後，屋裡傳出了高利貸主答話的聲音：

「櫻桃沒有落到豺狼嘴裡，也沒有落到兔鷹嘴裡，而是被獅子占有啦！」

「我們走著瞧！」納賽爾丁阿凡提說：「但是你，傑帕爾，記住我的話：我雖然把你從水中救了出來，但我發誓，我要把你就沉入那個水塘裡，讓你那令人作嘔的身上沾滿浮萍，讓水草纏住你，把你淹死！」

　　他沒有等傑帕爾答話就向一邊走了。他怕高利貸主跟蹤，便從尼亞孜老人家外邊走過。納賽爾丁阿凡提在巷子裡拐了個彎，確認沒有任何人跟蹤後，便從長滿蒿草的荒地裡快步跑過來，跳牆進入了尼亞孜老人的家。

　　老人趴在地上。阿爾斯蘭別克扔下的幾枚銀幣在老人身邊泛著黯淡的光。老人哭成了淚人，臉上的淚水沾滿泥土，向納賽爾丁阿凡提抬了抬頭。他微微張口，想說什麼，又沒能說出來。但是目光一落在女兒掉在地上的頭巾上，就又開始在地上撞著自己的頭，揪著自己的鬍子哭了起來。

　　納賽爾丁阿凡提勸了他好一陣子，最後扶著老人坐在板凳上。

　　「您聽著，老伯伯！」他說：「不僅僅是您一個人心裡難過。您知道不知道我喜歡您的女兒，您的女兒也喜歡我？我們倆已商定好要結婚，只是要等到我多攢些錢，給您多送來一些聘禮，這您知道不知道？」

　　「聘禮對我有什麼用？」老人邊哭邊回答說：「我沒能給我那寶貝女兒做點什麼。但是這一切我們再說也都爲時已晚，全都完了，她一旦進宮裡，就是艾米爾的人了！我好命苦啊！這太卑鄙了！」他哭喊著。「我要到宮裡去，跪在艾米爾的腳下，哭著懇求他，只要他胸膛裡的那顆心不是石頭做的話……」

　　他跟跟蹌蹌的站起身來，左搖右晃的邁著步子，朝街門走去。

　　「等一等！」納賽爾丁阿凡提說：「您忘記了艾米爾他們和其他人不一樣，他們完全沒有良心，懇求他們是沒有用的。應該把古力健從他們手中奪回來，我是納賽爾丁阿凡提，聽到沒有，老人家！我要把古力健從他手中奪回來！」

　　「他那麼強大，有成千上萬個士兵、衛兵和密探，你又能做什麼呢？」

　　「我能做些什麼我自己也不知道，但是我知道一點：艾米爾今晚不會到古力健那兒去。他明天、後天晚上也都不會到她那兒去！他永遠都不會到她那兒去，也占有不了她，這就像從布哈拉到巴格達的所有地方都稱我是納賽爾丁阿凡提這個眞理一樣，您別再流淚了，老人家，您別再在我耳邊哭喊了，讓我好好想想，請您不要影響我！」

　　納賽爾丁阿凡提沒有考慮多久，說：「老伯伯，您去世了的老伴的衣服放在哪裡？」

　　「就在那邊的箱子裡。」

　　納賽爾丁阿凡提拿著鑰匙，進了屋裡，不一會兒穿著女人的衣服走了出來，臉被用黑馬鬃編織的厚面紗蒙著。

　　「您等著我，老伯，但是您自己不要採取任何行動！」

　　他從棚圈裡拉出毛驢，備上鞍，離開了尼亞孜老人的家。這一去，成爲了一次久別。

第 二 十 一 章

　　古力健被帶到了宮殿花園裡，在艾米爾召見她之前，阿爾斯蘭別克為了能使艾米爾見到姑娘完美無缺、無可挑剔的體態和容貌而賞心悅目，特命幾個老媽子給古力健梳裝打扮。老媽子們立即投入了已經習慣了的工作。她們用溫水給古力健清洗那哭腫了的臉龐，給她穿上輕柔的絲綢長衫，給她的眉毛和睫毛上塗上了染眉膏，往她臉上撲上了香粉、擦上了胭脂，給她頭髮上抹上了髮油，往她手指上塗上了紅色的鳳仙花汁液。後宮裡開始傳喚艾米爾的心腹人物——後宮總管。這個後宮總管，一度以放蕩而聞名於整個布哈拉，由於他對風流之事無所不知和富有經驗而被艾米爾召進後宮裡做侍從，由宮廷御醫給他做了閹割，然後被任命為國家最高級的宦官之一。他的任務是要高度清醒警覺的監督艾米爾的一百六十個妃子，使他們的面貌能經常吸引人並且能夠喚醒艾米爾的春心。這個任務一年比一年艱巨，因為艾米爾越來越老，體力也在減弱。總管有多少次，一大早不但得不到獎金，反而被抽打十來鞭子，但這對後宮總管還算不上什麼懲罰，因為他每次準備把最漂亮的妃子送到艾米爾跟前時比這要痛苦得多。這就很像傳說中為放蕩的人所準備的地獄一樣，在那裡要判他們被鐵鏈捆在柱子上，剝光衣服，接受蒸氣熏蒸的折磨。

　　總管看到古力健的同時被她的美貌驚呆了，不由得向後退了好幾步。

　　「這姑娘果真非常漂亮！」他用那尖細的嗓音叫苦連連。「把她帶到艾米爾那兒去，別再讓我看見她！」他急步向後退去，用頭撞著牆，把牙咬得「咯咯」直響，大聲的嘆息著說：「啊，忍受這種折磨，對我來說是多麼痛苦、多麼悲哀呀！」

　　「真是好的標致。」老媽子們說：「也就是說我們的艾米爾會滿意。」

　　可憐的古力健沉默無言的被帶進了宮廷花園裡。

　　艾米爾站起身來，走到她的跟前，斜著掀開面紗，往裡面看去。

　　所有的宰相、大臣和聖人們都趕快用大衣袖子遮住自己的眼睛。

　　艾米爾的眼睛好長時間沒能離開姑娘漂亮的臉蛋兒。

　　「高利貸主沒有騙我！」他高聲的說：「按照許諾的錢數加三倍予以獎賞。」

　　古力健被帶走了，艾米爾很開心。

「這會兒他高興了，開心了。他心中的百靈鳥已撲向姑娘的玫瑰花！」宮廷僕人們交頭接耳地說：「明天早上他會更高興。感謝阿拉，我們頭頂上的烏雲、雷鳴和閃電總算沒有落在我們頭上，煙消雲散了。」

宮廷詩人們壯著膽子，向前湊著，搖唇鼓舌的開始讚美起艾米爾來。他們在詩中把艾米爾的臉蛋兒比作一輪明月，把他的身體比作矯健的檜柏，把他的時代比作圓月。結果，「詩聖」終於得到了做出一副帶著親切表情的樣子，吟唱從昨天早上開始就掛在嘴邊的那些自己新編的詩歌的機會。

艾米爾向他扔過去一把碎銀元，詩聖在地毯上爬了過去，沒有忘記用嘴挨著艾米爾的鞋子親吻，然後把銀元收集起來。

艾米爾欣慰地笑了一下，說：

我的腦子裡現在也出現了一首詩：

> 昨日黃昏我來到了花園，
> 只見皓月羞怯遮住了臉，
> 幸有烏雲飛至躲進其間，
> 百鳥停止歌唱輕風不言。
> 偉大戰無不勝光榮的我啊，
> 就像太陽一樣威力無邊……

詩人們聽罷「唰」地一下子全都跪倒在地下，一齊大聲讚歎道：

「啊，偉大呀！這甚至蓋過了魯達基①！」有的人好像昏過去一樣，趴在了地毯上，不再動彈。

大廳裡又上來了舞妓們，在他們之後又跟著上來了滑稽演員、雜耍演員、舞台小丑，艾米爾對他們都慷慨的賜給了獎金。

「我唯一感到難過的是——」他說：「我無法統治太陽，否則的話，我今天要命令它早點下山！」

宮廷僕人們報以一片奴才們所特有的諂媚的笑聲。

註① 魯達基——即阿布・阿不都拉・加帕爾・伊本・穆罕默德・魯達基(858-941)，波斯詩人，波斯語古典文學的代表作家。生於撒瑪爾罕附近的魯達基，故名之。八歲時開始寫詩。傳說詩作極多，但遺留下來的只有一千多言雙行詩和長詩〈卡里來和笛木乃〉的片段。其作品歌頌大自然景色、歡樂的生活和英勇的行為，反對不平等的社會現象，對波斯文學的發展影響很大。

第 二 十 二 章

　　市場在轟鳴，人聲鼎沸，這正是生意紅火的時刻，人們在買著、賣著、交換著貨物。但是太陽越升越高，把人們都趕到了一排排店舖中間氣味很濃、上面有遮掩的陰涼處。從用蘆葦修築的一間間茅屋頂上的圓形天窗中，正午刺眼的陽光直射而入，充滿飛塵的光柱在移動著。在這陽光裡，錦緞在閃著光，光滑的絲綢在發亮，金絲絨的光亮就像神祕的火焰。到處都陳列著裹頭布、大衣、染過的假鬍鬚，十分顯眼。裝飾精美的銅製器具閃爍著耀眼的光芒，與之爭奇鬥艷、更引人注目的是擺在金銀商們面前、倒在皮墊子上的那些成色最純的昂貴的黃金。

　　納賽爾丁阿凡提把驢子停在一個月以前他曾經號召布哈拉居民們，把尼亞孜老人從艾米爾的恩典中解救出來的茶館旁。那件事過去雖然時間不長，但是心地善良和正直可靠的大肚子茶館老闆——阿里已經和納賽爾丁阿凡提成了親密的朋友。

　　他瞅了個機會，喊了一聲：

　　「阿里！」

　　茶館老闆轉過身去看了一眼，他臉上露出不解的表情，叫他的聲音是男人的，但他面前的卻是一個女人。

　　「是我，阿里！」納賽爾丁阿凡提沒有揭開面紗說：「你認出我來沒有？我的真主啊，睜大你的眼睛，難道你忘了那些奸細們！」

　　阿里向四周看了看，把他帶進了存放柴禾和備用茶壺的小黑屋裡，這屋裡又潮濕又涼快，隱隱約約的可以聽到市面上的喧鬧聲。

　　「阿里，把我的驢子照看好，」納賽爾丁阿凡提說：「把牠餵好並且時刻做好準備，牠隨時都可能對我有用。不要對任何人提起我。」

　　「你怎麼穿上女人的衣裳了，納賽爾丁阿凡提？」茶館老闆把門關得更嚴。「你要到哪兒去？」

　　「我要去宮殿。」

　　「你瘋了！」茶館老闆喊了起來。「你是不是想把你的腦袋往老虎嘴裡餵？」

　　「必須得這樣，阿里。到底為什麼你很快就會知道。過來，一切不測都可能發生，我

們互相告個別吧，我此去凶多吉少。」

他們用力的擁抱著。心軟的茶館老闆不禁一陣心酸，熱淚從他那紅紅的圓臉蛋兒上滾下。他送走了納賽爾丁阿凡提，心裡很難過，沉重的嘆息著向客人們走去。

憂慮壓在阿里的心頭，他因擔心而不能集中精神，接二連三的在客人面前把茶壺蓋弄得叮噹響。他們不得不提醒他口渴要續茶。而阿里的心卻在那裡——與在宮廷外邊心急如焚的朋友在一起。

衛兵們沒有讓納賽爾丁阿凡提進宮。

「我帶來了最昂貴的麝香、龍涎香和玫瑰花油！」納賽爾丁阿凡提裝成女人的聲音說道：「讓我進宮去吧，勇敢的士兵們，我把貨賣掉後賺的錢與你們分紅！」

「滾開！滾開！滾遠一點，嘿！老太婆，把妳的貨拿到市場上去賣！」衛兵們粗暴的回答道。

納賽爾丁阿凡提的計畫遇到了挫折，愁眉不展的思考著。他的時間緊迫，太陽已經過了正午。納賽爾丁阿凡提在城牆周遭轉了一圈。堅固的城牆上連一個洞、一條縫隙都找不到，水渠的進口處也都有粗鐵欄柵擋著。

「我應該進到宮裡去！」他自言自語地說：「我必須要這樣做，我一定能夠做到，艾米爾可以把我的心上人從我的生命中奪走，為什麼命運不能讓我進宮並把她奪回來呢？甚至我心中已經感覺到在一個什麼地方命運已經為我做出了安排！」

他向街市上走去。他相信如果一個人的心願堅定並且始終不渝、勇敢的去追求，那命運常會幫助他。在成千上萬次的相遇、交談和衝突中，總會有這樣一次相遇、交談和衝突，它們會帶來有利的機遇。如果善於利用它，實現人生目標之旅的一切障礙都可以一掃而光，同時也就可以實現自己人生旅途的目標。在這街市的一個什麼地方，就有這樣的一個機遇正在等待著納賽爾丁阿凡提。由於納賽爾丁阿凡提對此堅信不移，他踏上了尋找它的旅途。

什麼東西都不能逃過納賽爾丁阿凡提的眼睛，這千千萬萬人的喧囂中的每一句話、每一個面龐都不例外。他的智慧、他的耳朵和眼睛越發敏銳，已經達到了那樣的地步：在這種時刻能輕而易舉的越過大自然在他旅途上設置的任何界線，並且理所當然的取得勝利，因為他的冤家對頭也正是在這時把自己最起碼的人性喪失殆盡。

在金銀首飾匠和麝香、龍涎香店舖行列之間的十字路口上，納賽爾丁阿凡提在眾人喧嘩的嘈雜聲中聽見了一個假裡假氣的聲音：

「妳們剛才說妳們的男人不喜歡妳們，並且不跟妳們在一起睡覺，我可以幫助妳們排憂解難，但我為此要先和我的納賽爾丁阿凡提商量一下。妳當然可能聽說他就在我們這

座城市裡；妳打聽打聽他藏在哪裡，然後來告訴我，那時我們倆可以讓妳們的男人回到妳們身邊。」

納賽爾丁阿凡提湊到跟前，看見了密探——麻子算命人，他的面前蹲著一個手拿著銀元的女人。算命人把石子往鋪在地上的禮拜布上一撒，然後翻開一本舊書。

「如果妳找不到納賽爾丁阿凡提，」他說：「那時妳們就大難臨頭啦，妳的男人就會永遠拋棄妳！」

納賽爾丁阿凡提決心教訓一下這個算命人，於是他蹲在了禮拜布前說：

「給我卜一卦吧，可以給人指點命運的聖人。」

算命人撒出石子，開始算了起來。

「嗨，老太婆！」他突然喊道，還做出一副煞有介事的凶險樣子。「妳大難臨頭了，老太婆！死神已在妳頭上向妳伸出了黑手。」這時周遭有幾個看熱鬧的人湊了過來。

「我有可能幫助妳避災除邪，但對這事我一個人勢單力薄。」算命人繼續說著。「我必須與納賽爾丁阿凡提商量一下，如果妳知道他藏在哪兒並且告訴我，那妳的命還可以保住。」

「好，我把納賽爾丁阿凡提帶來。」

「妳把他帶來！」算命人高興得打了個寒噤。「什麼時候？」

「現在我就可以把他領來，他就在附近。」

「在哪裡？」

「就在你跟前，距你兩步遠的地方。」

算命人的眼睛裡冒出了貪婪的火焰。

「我怎麼看不見！」

「虧你還算是個巫師呢，你真的琢磨不出來？我就是他！」他「唰」地一下子把面紗掀了起來，算命人看見了納賽爾丁阿凡提的面容，驚恐的倒向後邊。

「我就是他！」納賽爾丁阿凡提重複著。「你想商量什麼，你經常說假話，你不是算命人，你是艾米爾的奸細！你們不要相信他，穆民們，他在騙你們！他坐在這裡是為了探聽納賽爾丁阿凡提的消息！」

算命人急忙向四周看了一下，用眼睛東尋西找。但周遭一個衛兵也沒有。他急得眼眶裡淚水模糊，牙齒咬得「咯咯」響，卻只能眼睜睜地看著納賽爾丁阿凡提揚長而去。

周遭的眾人都非常氣憤地罵道：

「艾米爾的奸細！狼心狗肺！」

算命人戰戰兢兢的捲起禮拜布，拚命向宮殿那邊跑去。

第 二 十 三 章

哨所的塔樓裡面很髒，塵土飛揚，充滿臭味和煙氣。衛兵們一邊坐在變成了跳蚤窩的毛氈上撓癢，一邊做著抓住納賽爾丁阿凡提的美夢。

「三千銀元！」他們說：「想起來都讓你吃驚。三千銀元和總探長職務──唉呀！」

「這個鴻福反正會落到一個幸運兒的頭上！」

「唉，讓這福分降臨在我身上吧！」懶惰並且比誰都笨的胖衛兵嘆息著說。他之所以至今未被開除，就是因為他學會了能把一個生雞蛋囫圇吞下肚而不弄碎蛋殼的本領，有時能惹艾米爾開心而多少得到一點恩賜，但是儘管如此，他還是沒有少吃苦頭。

麻子密探旋風般的跑進了哨所，說：

「他就在這兒！納賽爾丁就在街市上，他男扮女裝了！」

衛兵們拿著武器鏗鄉鏘鄉的向大門口衝去。

麻子特務跟在他們之後邊跑邊喊道：

「獎金是我的，你們聽見沒有，是我第一個看見他的，獎金是我的！」

眾人一見到衛兵們衝出來都向四面避開，街道上開始出現擁擠，市面上頓時亂了起來。衛兵們在人群中橫衝直撞，他們當中一個跑在最前面、勁頭最足的衛兵抓住了一個女人，在眾人面前把她的面紗扯了下來。

那個女人立即大叫起來，接著又聽見另一個女人的尖叫聲與此相呼應似的傳了過來，被揪下了面紗的第三個、第四個、第五個女人的叫聲怨聲也接連傳來 兩分鐘後，整個街道上充滿了人們的叫聲、怨聲、哭聲和喊聲。

驚愕和不知是怎麼回事的眾人一時不知所措，人們受到這樣的侮辱和欺凌在布哈拉還從來沒有過。有人氣得臉色蒼白，有人怒不可遏、滿臉通紅。一時間，街巷裡到處人心惶惶。衛兵們肆無忌憚的繼續糾纏著婦女們和姑娘們，拉著、扯著、打著，把她們推得東倒西歪。

「救命啊！救命啊！」女人們大叫著。

人群中傳來了鐵匠尤素莆的高喊聲：

「穆民們，你們還等什麼？你們還嫌衛兵們對我們掠奪得太少，甘願讓他們在光天化日之下踐踏我們的妻子和女兒嗎？」

「救命啊！」女人們在喊著。「救命啊！」

眾人「轟」地一下子動了起來。有一個運水工聽到了自己妻子的喊聲，便忙朝她跑去，衛兵們把他推倒在一邊，但是有兩個紡織工、三個銅匠跑過來幫助他，把衛兵們打倒在地。人們開始動起拳頭來。

動亂很快就擴大了起來。衛兵們拔出大刀、抽出寶劍，但從四面八方向他們砸過來的都是罐子、銅盤子、砂鍋、茶壺、馬蹄鐵、木頭等，讓衛兵們招架不住。整個街市上到處都在打鬥，一片殘敗狼藉。

艾米爾這時正在自己的宮裡甜蜜的睡著大覺。

突然，他從床上跳了起來，跑到窗戶邊上，打開窗戶向外看去。他即刻被嚇得傻了眼，又趕快把窗戶關上了。

面無血色、上牙敲下牙顫抖著的拜合提亞爾跑了進來。

「這是怎麼回事？」艾米爾驚詫的問道：「廣場上出了什麼亂子？大砲在哪兒？阿爾斯蘭別克在哪裡？」

這時阿爾斯蘭別克也跑了進來，一頭跪在地上，說：

「請艾米爾陛下下令砍掉小人的頭吧！」

「這是怎麼回事？廣場上出了什麼亂子？」

阿爾斯蘭別克仍跪在地上答道：

「唉呀，艾米爾陛下，我們的光明，能使太陽羞澀的……」

「住嘴！」艾米爾憤怒的跺著腳。「其他話回頭再說，廣場上出了什麼亂子？」

「納賽爾丁阿凡提男扮女裝。這都是他——納賽爾丁造成的！下令吧，尊貴的陛下，砍了奴才的頭吧！」

艾米爾這會兒哪還顧得上這些呢？

第 二 十 四 章

今天納賽爾丁阿凡提必須節約每一分鐘時間，馬不停蹄。一路上，他一會兒突然把一個衛兵的下頜骨打碎，一會兒又把另一個衛兵的牙齒打得撒落在地上，接著又突然把

第三個衛兵的鼻子打扁，然後安然無恙的回到了自己的朋友阿里的茶館兒。在後面的小屋裡他脫下女裝，頭上裹好了彩色百岱合香裹頭布，戴上了假鬍子，並且就這樣來到茶館的最高處坐了下來，因爲坐在這裡看那些打架的人很方便。

四面八方擁來的眾人百姓憤怒的反抗著行凶作惡的衛兵們。一群人開始在緊挨著茶館兒的旁邊——就在納賽爾丁阿凡提的腳下拳腳相向的扭打起來。他按捺不住心中的怒火，猛地把壺中的茶水倒在一個衛兵的頭上。他的動作是那麼俐落，滾開的茶水正好倒在了那個能囫圇生吞雞蛋的胖衛兵的脖子裡，胖衛兵拚命喊叫著倒在了地上，不住地伸著胳膊蹬著腿兒。納賽爾丁阿凡提連看都沒看他一眼，又沉入了思索中。

這時他聽見一個老人的顫抖的話語聲：

「讓我過去！讓我過去！無比公正的阿拉呀，這裡出什麼事了？」

就在離茶館稍微遠一點、人們打得最熱鬧的地方，一個騎著駱駝、長著鷹鉤鼻子的白鬍子老頭兒高高地坐在駱駝背上，從他的外表和衣著可以看出他是阿拉伯人。他的裹頭布上打了三個結子，這代表著他是一個學人。嚇得要死的老頭兒越來越狠命的抱住駝峰，他周遭的人們扭打成一片，不可開交。不知是誰，有一個人抱住老頭兒的腳，向下拉去，也不顧老頭兒拚命蹬著腳想掙脫，就是不肯放手。到處都是恐怖的哭聲、喊聲、呻吟聲、呼哧呼哧的喘氣兒聲和哀叫聲。

老頭兒爲了找到一個比較安全的地方，好不容易來到了茶館前，他瞪著大眼睛看著眼前的場景，戰戰兢兢的把駱駝綁在了納賽爾丁阿凡提的毛驢的旁邊，自己來到了板炕上。

「眞主英明，你們的布哈拉發生什麼事了？」

「市集。」納賽爾丁阿凡提簡單的回答說。

「你們的布哈拉經常有這樣的市集嗎？我怎樣才能從這打鬥的人群中到達皇宮呢？」

聽到老人說「皇宮」那句話的一瞬間，納賽爾丁阿凡提立即明白這個相遇正是他所期待的那種絕無僅有的奇遇，借助他可以達到自己心中的目的——進到艾米爾的宮殿裡把古力健解救出來。

但是人人皆知，急躁就像魔鬼，會使人欲速而不達。而且聖人謝依赫·薩迪·設拉子的「忍者事竟成，急躁必自焚」的詩句納賽爾丁阿凡提都還記得。他克制住躁急心情，穩住了自己。

「噢，威力無比的眞主，信徒們的守護神！」老人嘆息著說：「現在我怎樣才能進宮去呢？」

「在這裡等到明天。」納賽爾丁阿凡提說。

「這太耽擱時間了！」老人喊著。「人家在宮裡等著我呢！」

納賽爾丁阿凡提笑了一下，說：

「啊，尊敬的白鬍子老人家，我不知道您的名字，也不知道您的尊位，但是您好像覺得直到明天早上宮廷裡沒有您就辦不成事啊？很多有威望的人在我們布哈拉一等就是一個星期都進不了宮，為什麼您認為會給您讓路呢？」

「你應該知道。」老頭兒聽了納賽爾丁阿凡提的話後，擺出一副生氣卻不失溫文的樣子說：「我是著名的聖人、星相學家和醫生，應艾米爾的邀請，從巴格達來為他效勞，幫助他治理國家。」

「原來如此！」納賽爾丁阿凡提尊敬地向他敬了個禮。「您好老聖人，我去過巴格達，我知道那裡的聖人，能把您的尊姓大名告訴我嗎？」

「如果你去過巴格達的話，你可能就會聽說過我和我為哈里發所立過的功勛。我曾把哈里發的愛子從死亡線上救活，關於這，曾在全國宣告過，人們都稱呼我為胡笙·侯斯利耶。」

「胡笙·侯斯利耶！」納賽爾丁阿凡提大聲說著。「您真的是胡笙·侯斯利耶本人！」

老人沒能夠掩蓋住，因自己的威望從巴格達傳到這麼遠的地方而產生的自滿的微笑。

「你為什麼這麼驚奇呢？」老人繼續說道：「是呀，我就是那個大名鼎鼎的——在學問淵博方面、在觀星卜命方面、在治療疾病的技藝方面都無與倫比的偉大的聖人胡笙·侯斯利耶。但我又是一個完全超脫了驕傲自大和自負清高的人。你看見沒有，我與你這一個微不足道的小人物竟然這樣心平氣和地交談。」

老頭兒把枕頭往跟前拉了一下，為了把自己的恩德更多地賜給自己的談話夥伴，並更加詳細的講述自己的英明而靠在了枕頭上。他為了讓自己的談話對象，今後能驕傲的在大街小巷吹噓自己有幸和大名鼎鼎的聖人胡笙·侯斯利耶相遇，把他的英明吹得像天一樣高，並借機抬高自己得到上等人士恩德的人通常都那樣做，與此同時也就能使作為聖人的他更加受到尊敬，便開始侃侃而談。「這樣有利於我的聲望在民眾之中更高、更加牢固。」胡笙·侯斯利耶心裡想著。「當然，這多多益善，一般百姓中的傳言會由奸細和密探的口中傳到艾米爾的耳朵裡，那樣我的英明就會得到他的認可，因為旁人的認可是最有力的，最終我比他們都能得到更多的好處。」

聖人為了讓自己的談話對象相信自己比別人更高明，舉起越來越多古代大聖人們的例子，講解他們的星座和位置。

納賽爾丁阿凡提專心的聽著，努力記憶著他的每一句話。

「不！」納賽爾丁阿凡提最後說：「我無論如何不能相信，您怎麼能就是胡笙‧侯斯利耶呢——唉！」

「當然是！」老人喊了起來。「這有什麼可奇怪的？」

納賽爾丁阿凡提裝出一副害怕的樣子，然後用擔心而又悲傷的語調大聲說道：

「嗨，太不幸了！您都快人頭落地了！」

茶水嗆進了老人的氣管，小茶碗從他手中掉了下去。這正像象棋遊戲一樣，在這種遊戲中很少有人能與納賽爾丁阿凡提抗衡。

老人的一切傲慢和自大一下子變得無影無蹤。

「什麼？怎麼了？為什麼？」他害怕的問道。

納賽爾丁阿凡提指著那還沒有完全停下來的打鬥場面說：

「這些動亂全都是由於您所造成的，您還不知道？您從巴格達出發時，在大庭廣眾面前宣稱要進入艾米爾的後宮、踐踏艾米爾妻外家貞潔的誓言傳到了艾米爾陛下的耳朵裡，嗨，您已經大禍臨頭了，胡笙‧侯斯利耶！」

聽了這番話，聖人的下巴頦兒頓時耷拉了下來，他的黑眼球直向後抽搐，還由於害怕而不住地打起嗝兒來……

「我？」他詫異的說著。「我——要闖入後宮……？」

「您向真主發過誓。宣話人今天就是這樣宣告的，我們的艾米爾下令只要您一進城就把您抓住，並且立即砍頭示眾。」

聖人聽了這番話已軟癱成一堆，連連叫苦。他無論如何弄不清楚到底是哪個政敵用這種方法打擊他。他沒有想到別的方面，因為他在宮廷裡的勾心鬥角中有多少次就是用這種手段擊潰自己的對手，然後欣賞他們那掛在杆子上的頭顱的。

「是啊，就是今天。」納賽爾丁阿凡提繼續說道：「奸細們已向艾米爾報告說您來了，他就下令捉拿您，衛兵們衝到街上，在到處搜查您，已開始搜查店舖，於是生意買賣和安寧也都被搞亂了。他們抓住了一個和您很像的人，急忙把他的頭砍了下來，沒想到他原來是一個虔誠的、做了很多善事而出了名的毛拉，這激起了他所主持的清真寺教民們的憤怒，衛兵們被打敗了，現在您看，由於您的原因，布哈拉鬧成了什麼樣子！」

「唉呀，我真命苦啊！」聖人恐懼、絕望的喊了起來。

他開始悲哀、沮喪、叫苦和悔恨。納賽爾丁阿凡提心裡想現在已經達到目的了。

打鬥這時已蔓延到了宮殿大門口，被打傷的、丟掉武器的士兵們一個、接一個的逃進宮門裡。街道上在沸騰，群情激奮，但比初起時稍有平息。

「回巴格達！」聖人大叫道：「必須返回巴格達！」

「但是在城門口他們會抓住您！」納賽爾丁阿凡提反對道。

「哎呀，我真命苦，哎呀，天大的災難，阿拉呀，都看見了，我是無辜的，我在任何時候對任何人都沒有發過這樣無禮和昧良心的誓，是我的仇敵在艾米爾面前誣陷了我，你要是好穆民的話，請你幫幫我！」

納賽爾丁阿凡提等的就是這句話，因為他不能露出馬腳，所以他不願首先向聖人提出幫助他。

「幫助？」他說：「我怎能幫助您呢？我作為一個對自己的艾米爾忠實而又虔誠的奴僕，應該把您交給那些衛兵，這我就不說了。」

聖人不住的打著嗝，渾身顫抖著，納賽爾丁阿凡提投以乞求的目光。

「但是您剛才說您被冤枉誣陷了。」納賽爾丁阿凡提趕快使他安靜下來。「我相信您，因為像您這樣的年高德劭，在宮廷裡已是沒有什麼用了。」

「你說得太對了！」老人喊了起來。「但是我還沒有一條逃命之策呢？」

「總可以找到的。」納賽爾丁阿凡提一邊這樣回答著，一邊把老人領進了後面的黑屋子裡，把裡面裝著女人衣服的包裹交給了他，說：「這是今天我給我老婆買的衣裳，如果您願意的話，我可以用來換您的外衣和裹頭布。您只有藏在蓋頭下才能蒙混過奸細和衛兵們。」

老頭兒高興的表示感謝，接過女裝，並且穿上了。納賽爾丁阿凡提也把老頭兒的白大衣穿上，裹上打了三個節的裹頭布，把印有星星標誌的寬皮帶也綁在了自己的腰上。老頭兒還提出用自己的駱駝來換納賽爾丁阿凡提的小毛驢兒，但是納賽爾丁阿凡提不願意離開自己那忠實的朋友。

納賽爾丁阿凡提幫助老頭兒騎上駱駝並說：

「願阿拉保佑您啊，聖人！無論對任何人，都不要忘記應該用女人一樣的細嗓音說話。」

老頭吆喝著駱駝走了。

納賽爾丁阿凡提的眼睛裡閃爍出一道亮光。通向宮殿的路打開了！……

第 二 十 五 章

　　艾米爾看到廣場上的打鬥快要平息下來了，於是決定到有宮廷學人們的大廳裡去。為了不讓宮廷學人們突然感覺到艾米爾那高貴的心靈也有害怕的時候，他臉上雖有喪氣，但仍做出了平靜的樣子。

　　他走了進來。宮廷專家學人們心裡想：我們知道艾米爾對我們的眼神和表情的真正感覺，這一點也許艾米爾還沒有揣摩到吧，想到這裡，他們瑟縮的發抖著。

　　艾米爾閉口不言，宮廷學人們也不敢出聲音；難奈的寂靜在延續著。

　　最後由艾米爾打破了寂靜：

　　「你們對我有什麼可說的和可建議的？關於這個，我問你們不止一次了！」

　　誰都不敢抬頭，沒有人敢回話。突然一個閃電，使艾米爾的臉色變得慘白。如果今天這些有裹頭布和白鬍子裝飾的腦袋都被砍下來，那些獻媚的舌頭在苟延殘喘中被咬得稀爛，並在那青紫了的嘴中垂吊著，就像是在諷刺活人一般地證明他們的安寧完全是空想，使他們的追求、慾望和企圖全都化為烏有，這種寂靜才將會是永遠的！

　　但是所有的這些腦袋都還在肩膀上，所有的舌頭都還各就各位地隨時準備去獻媚取寵，因為宮廷監察大臣已經進來並且稟報說：

　　「光榮和美譽屬於世界的擎天柱！宮殿前來了一個不明身分的人，他自稱是從巴格達來的聖人胡笙‧侯斯利耶，說有要事求見，必須立即面奏艾米爾大人。」

　　「胡笙‧侯斯利耶！」艾米爾興奮的大聲說道：「放他進來！宣他進宮！」

　　聖人不是慢慢地走進來，而是穿著沾滿塵土的軟鞋跑進宮來，在皇帝面前跪了下來。

　　「我要祝賀世界的太陽和明月——威嚴、慈祥、光榮、偉大的艾米爾陛下！我為了稟告偉大的艾米爾陛下有一個重大凶險而不分晝夜地急忙趕路，艾米爾陛下能否告知我，今天您是否還沒有到女人跟前去。請求艾米爾陛下向您的卑奴明示，我向高貴的陛下請賜……」

　　「到女人跟前？」艾米爾驚奇地反覆問：「今天嗎？……沒有……我做了準備，但還

沒有去。」

　　聖人站了起來。他的臉色已經變得刷白，他非常激動地等待著的就是這個回答。一口深深的長吁，使他的胸肺輕鬆了許多，紅色慢慢地恢復並開始在他的臉上散布開來。

　　「感謝威力無比的真主！」他大聲說道：「真主沒有讓英明和仁慈的火炬熄滅！願偉大的艾米爾陛下慧聞，昨天晚上行星和恆星對聖上呈現出凶相。微不足道的我——只配瞻仰艾米爾大人腳下飛塵的奴才透過卜算行星的排列看出，直到它們與吉時良辰結合之前，艾米爾陛下不能去碰女人，否則的話就會有滅頂之災。感謝阿拉，我及時趕到了！」

　　「等等，胡笙·侯斯利耶。」艾米爾打斷了他的話。「你怎麼盡說一些讓人聽不懂的話……」

　　「感謝阿拉，我及時趕到！」「聖人」大聲說著（這當然是納賽爾丁阿凡提）。「現在我為我在這一生中能阻止艾米爾陛下在今天去碰女人，沒有讓世界成為孤兒而無比自豪！」

　　他是那樣高興和熱情地大聲說著，以至於艾米爾不得不相信他。

　　「像我這樣一個不值一提、螻蟻之輩的不齒卑名能被您提及，就像一個窮人得到陛下溫暖的陽光照耀，當我接到陛下要我來布哈拉為您效勞的聖旨時，感覺就好像沉浸在無限幸福和甜蜜的海洋之中。對這個聖旨我絲毫沒敢耽擱地立即執行，即刻啓程上路。這期間只因為艾米爾陛下算命耽誤了幾天，因為我一邊趕路，一邊觀察影響陛下命運的行星和恆星，就已經開始為尊貴的聖上效勞了。昨天晚上我觀看天空，發現星相對艾米爾陛下大為不祥，凶多吉少：代表毒刺的天箭星直衝代表心臟的盾牌星；在它的另一邊，我還看見了代表女人白紗長衫的三顆仙女星、代表王冠的兩顆獅子星和表示犄角的兩顆金牛星。這些天相在星期二有火星的日子裡出現了，這一天與星期四正好相對，是偉人壽終的先兆，對艾米爾是非常不吉利的。把這些兆頭都進行了比較之後，微不足道的我——作為一個星相學家知道，如果頭戴皇冠的人的手接觸到女人的白紗長衫的話，毒刺就會刺向他的心臟。為了提醒頭戴皇冠的人，我日夜兼程，路上累死了兩匹駱駝，最後步行趕到了布哈拉來。」

　　「啊，無比強大的阿拉！」艾米爾說：「真的會有極大凶險的災難降臨於我嗎？也許，你失算了，胡笙·侯斯利耶！」

　　「陛下是說我失算了？」聖人大聲說道：「願艾米爾陛下明察，從巴格達到布哈拉，在英明或者是占卜星相方面，抑或是診疾治病方面沒有能與我相提並論的人！我不可能失算。好吧，那就請宇宙之心臟和主宰——偉大的艾米爾陛下問一問自己的聖人們，我對星相卜算得如何，對星相布局的分析是否精確。」

歪脖子聖人應著艾米爾的手勢，來到了艾米爾跟前，說：

「在英明方面舉世無雙的我的同行胡笙・侯斯利耶對一系列星座的稱呼是正確的，這證明他是個有學問的人，對此任何人都毋庸置疑。」這個聖人說道。納賽爾丁阿凡提從他的聲音中聽出了他的狡詐。「為什麼最英明的胡笙・侯斯利耶在偉大的艾米爾面前沒有說出月亮的第十六次停頓和與這次停頓相遇的那些星座呢？因為在見不到這些標誌的星期二──火星日的那天夜裡要想清楚地證明偉人，以及頭戴皇冠的人的死亡是沒有根據的。因為火星作為群星之一，一表家園，二表上風，三表下風，四表傷害，火星具有這四種預示之相。但是尊敬的聖人胡笙・侯斯利耶對我們連其中一種都沒有道出。」

聖人停頓下來，但他的嘴唇上卻流露出狠毒的微笑。宮廷學人們對新來的人的狼狽處境感到高興，他們附和著聖人的話，交頭接耳的議論著。他們總是想方設法地維護自己的高官厚祿，不容任何外來人進宮，並力圖鏟除每一個危險的新競爭對手。

但是無論任何事，只要納賽爾丁阿凡提決心去做了，那他絕不會退怯的。除此之外，對那些聖人、對宮廷學人們、對艾米爾本人的心理他都看得一清二楚。他毫不膽怯、老練沉著的回答說：

「也許我那尊敬的聖人同行，在科學知識的其他某一方面比我高明，但是在星相問題上，他的話表明他完全沒有聽到過聖人之上的聖人伊本・巴哲[1]的學說。伊本・巴哲曾認為，並非火星在獵戶星座和天蠍星座出現時表示家園，在魔羯星座出現時表示上風，在巨蟹星座出現時表示下風，在天秤星座出現時表示傷害；它始終只屬於星期二，只對頭戴皇冠者的滅亡之日發生效力。」

納賽爾丁阿凡提回答著，一點也不擔心由於不懂而露出馬腳，因為他深知在這種辯論中，誰的三寸不爛之舌鋒利誰就能取勝，這方面誰要想與納賽爾丁阿凡提相匹敵，是非常難的。

他等待著那個聖人的反駁，並做好了進行各種答辯的準備。但是那個聖人沒有接受辯論挑戰，不再吭聲。雖然他非常懷疑納賽爾丁阿凡提是個騙子而且沒有學問，但懷疑並不能代替確信，那樣可能會搞錯。可是對他的腹中空空、虛張聲勢、外強中乾、非常無知，新來的聖人卻已經看得一清二楚，也明白所以他才不敢再進行較量。這樣，他那想把新來的聖人置於狼狽不堪境地的企圖起到了反面作用。這時宮廷學人們望著那聖人又嘰嘰咕咕的議論起來，並用眼神暗示不能與這個新對手公開對抗，他看樣子是一個非常危險的人物。

這一切，當然都沒有能夠逃脫納賽爾丁阿凡提的眼睛。「好，等著瞧！」他心裡想著。「你們會認識我的！」

　　艾米爾陷入了沉思，由於害怕打擾他，所有人都一動不動地佇立在原地。

　　「如果你，胡笙·侯斯利耶，對所有星相的名稱說得都正確的話，」艾米爾說道：「那證明你的解釋的確是對的，我唯一不明白的就是為什麼我的星譜裡出現了代表犄角的兩顆金牛星？你的確來得正是時候，胡笙·侯斯利耶！在今天早上才剛剛帶來了一個姑娘進後宮，我準備……」

　　納賽爾丁阿凡提假裝恐怖的搖起手來。

　　「尊貴的艾米爾陛下，忘記那個姑娘吧，把她從您的念頭中打消吧！」他大聲說了起來。他好像忘記了這事不能自己正面要求，只可以站在圈外，以旁人的身分去勸說一樣。他做出了一副精神受到強烈刺激的樣子，好像由於對艾米爾的忠誠和對他生命的擔憂而有失體統──忘記了按高低貴賤等級說話，而是大逆不道地提升嗓門和用感情的親切勁兒來證明，從而提升自己在艾米爾心目中的地位。

　　其實他是為了自己，即「胡笙·侯斯利耶」今後不致淚流成河、披上悲哀憂傷的黑色挽服而那樣誠懇的乞求艾米爾不要去碰那個姑娘，以至於艾米爾都傷心了起來。

　　「好啦，靜下來吧，放心，胡笙·侯斯利耶，我不是肯讓自己的人民成為孤兒、讓他們陷入悲哀的人民的敵人。我保證我會關心自己的寶貴生命，不到那個姑娘身邊去，直到星象改變，並且在你告訴我之前不進後宮。靠近一點。」

　　說完這些話，他對自己的水煙鍋侍從打了一個手勢，並親手把水煙鍋的金煙嘴兒遞給了這個新來的聖人。這是巨大的厚愛和恩賜的標誌。聖人跪下來，眼睛向下的接受了這一恩賜。這時「聖人」的全身都哆嗦了起來。「他這是由於過度高興所致！」胸懷狹窄、忌妒之火頓時燃起的宮廷學人們心裡想著。

　　「我要宣布對英明的胡笙·侯斯利耶給予恩賜和獎賞。」艾米爾說：「我任命他為我國第一大聖人，因為他學識淵博、智慧超群，以及他對我的高度忠誠無可比擬。」

　　為了讓艾米爾的偉大今後永世都不致變得昏暗（艾米爾對此特別關心），擔負著稱揚並記錄他所有行為和每一句話的宮廷編年史專家們用蘆葦做的筆在「喀嚓喀嚓」的記錄著。

　　「對你們呢？」艾米爾朝著宮廷學人們繼續說道：「相反，我要說說我對你們的不滿，因為你們對你們的艾米爾，除了納賽爾丁給他製造的一切麻煩之外，甚至死神已在向他招手，但對此你們竟然無動於衷、袖手旁觀！看一看他們吧，胡笙·侯斯利耶，看看這些葫蘆一般的腦袋！他們那一個個像驢一樣的長相！的確，從來沒有哪個皇帝有過這麼多愚蠢、懶惰的臣子！」

　　「德望無邊的艾米爾說得千真萬確！」納賽爾丁阿凡提看了靜靜地站在一邊的宮廷學

人們一眼，好像要給他們以第一次打擊而正在瞄準他們。「從這些人的外表看來，我看不出有什麼聖人之相。」

「確實如此！」艾米爾高興了起來。「的確真是沒有聖人之相！」

「我還要說，」納賽爾丁阿凡提繼續說道：「同時我也沒有看到這裡有什麼正直和有良心的面孔。」

「都是些賊人！」艾米爾很自信地大聲喊著。「全都是賊！一個也不例外，你信不信，胡笙·侯斯利耶，他們日夜都在掠奪著我！連宮廷的每一件小事我都不得不親自予以監視。每次檢查宮廷財產時都可發現短少一些什麼。剛剛，在今天早上我把一條絲綢腰帶放在花園裡，但是半個小時後這個腰帶就不見了蹤影，他們其中不知是誰，竟然……，你明白嗎，胡笙·侯斯利耶？」

聽了這番話，那個歪脖子聖人頓時臉上呈現出一副恐懼相，臉上的肉都墜了下來，兩眼直盯著地面。在其他時候這個動作不會引起人們注意，但是今天納賽爾丁阿凡提的一切感覺都變得非常敏銳，他注視著一切，並能立即揣摩出其所以然。

他充滿信心的來到那位聖人身邊，突然用手向那聖人的懷裡伸去，並從裡面掏出一塊上面有很漂亮的刺繡的絲綢腰帶。

「這是不是偉大的艾米爾陛下心愛的腰帶？」

　　宮廷學人們都大爲吃驚，頓時人人自危。新聖人眞的是一個非常危險的對手，第一個與他較量的人現在已被他擊潰，一敗塗地。同時很多聖人、詩人、大官和宰相的心也都「怦怦」地跳了起來。

　　「千眞萬確的阿拉呀，這就是那個腰帶！」艾米爾喊了起來。「胡笙·侯斯利耶，你眞是一位天下無敵的聖人！」艾米爾用得意的表情看著宮廷學人們，他的臉上流露出從未有過的發自內心的喜悅。「到底還是被抓住了！現在你們連一根線都偷不成了，對你們的偷竊行爲我已經忍耐夠了！對無禮偷竊我的腰帶的這個可惡的賊，快把他頭上的頭髮、嘴上和下巴上的長短鬍子還有全身的毛都給我揪下來，然後朝他腳心上打一百棍子，脫光他的衣服，讓他倒騎毛驢，在城市裡遊街示眾，在各處宣告他是一個賊！」

　　隨著阿爾斯蘭別克的手勢，劊子手們過來向那聖人動起手來，把他推向門口。在那裡，就在門檻前，出現了很有趣的場面：兩分鐘後，劊子手們把那位聖人脫了個光溜溜，從頭髮、鬍鬚到全身的毛都揪得淨光，把他以不可見人的醜態又推到大廳裡。平時被長鬍子和巨大的裹頭布所掩蓋著的那智能低下和滿臉病斑的他，就是這麼一個醜陋的騙子和小偷，直至今日才算原形畢露。

　　艾米爾緊繃著臉，說：「把他趕出去！」

　　劊子手們把那聖人拖了出去。不一會兒，窗外傳來了棍子落在腳掌上的「啪啪」聲，還伴有他不住叫喊的告饒聲和痛苦的呻吟聲。

　　然後他又被赤裸裸地臉朝後倒按在驢背上，在扯破嗓門兒的喇叭聲和「咚咚」的鼓聲中被駄著拉向廣場。

　　艾米爾和新來的聖人進行了長時間的交談。宮廷學人們一動不動的站在那裡，這種場面對他們來說是非常痛苦的——天越來越熱，他們那大衣下面冒著汗的身體無法忍受地發起癢來。宰相艾占木·拜合提亞爾比誰都懼怕新聖人而拉攏著宮廷學者們，做著靠他們的幫助擊潰新對手的美夢；而宮廷學者們呢，早就從各種兆頭中猜測到了鬥爭的結局，盤算著如何在關鍵時刻用比較有利的手段抓住拜合提亞爾的把柄並且出賣他，同時取得新聖人的信任和恩惠。

　　但是艾米爾總是向新來的聖人問起哈里發的健康狀況、巴格達的新聞和他在路上所見到的一切。納賽爾丁阿凡提總是想方設法地巧妙周旋著。一切都比較順利的應付了過去，交談中感到疲勞了的艾米爾令人給他鋪床。這時從打開著的一排窗子後面突然傳來了一陣不知是誰發出的哀叫聲。

　　宮廷監察大臣快步走了進來，他面帶笑容、興高釆烈的稟告說：

　　「啓奏偉大的艾米爾陛下，大逆不道、破壞安寧的納賽爾丁已被抓到並帶進宮來

了。」

話音剛落，兩扇核桃木雕花巨門大大地敞開了，衛兵們雄赳氣昂的把武器碰得「叮噹」作響，把穿著一身女裝、鷹鉤兒鼻子、白鬍子的老頭兒帶了進來，扔在了御座前的地毯上。

納賽爾丁阿凡提這時全身一下子變得冰涼，宮廷的牆在他眼裡似乎搖搖欲墜，宮廷學人們的臉上好像蒙上了一層綠色的煙霧。

註① 伊本·巴哲——（?-1138）出生於伊斯蘭教統治時期的西班牙哲學家、數學家、天文學家、音樂家。他對亞里士多德的很多自然科學著作寫出了註解，並把法拉比的哲學介紹到了西方。在哲學上，他追隨法拉比的學說，承認外部世界的物質存在，但又認為物質的形式是精神（理性），物質的運動是由永恆的靈魂等精神原則所推展的。主要著作有《索居指南》、《告別論》等。

第 二 十 六 章

巴格達來的聖人——真正的胡笙·侯斯利耶在城門前被抓住了。他透過自己的面紗，看見田野和通向四面八方的道路，那每條道路似乎都在呼喚著他逃離可怕的死亡。但這時把守城門的衛兵們喝問道：

「妳要到那裡去，嘿，妳這個老太婆？」

聖人用好像剛學會打鳴的小公雞似的嗓音回答說：

「我正在趕著回家，去見我的丈夫，放我過去，勇敢的士兵們。」

衛兵們互相看了一下，感到這聲音有些可疑，他們中一人拉住了駱駝的韁繩並問：

「妳家住在哪兒？」

「就住在這個附近，不遠。」聖人用更細的嗓音回答說。同時由於喉嚨裡憋了太多的氣，猛地激發起一陣哮喘和咳嗽。

這時衛兵們扯下了他的面紗，然後他們便得意忘形的高興了起來。

「這就是他！就是他！」他們喊著。「快綁起來！別讓他跑了！」

然後他們把老頭兒押往宮裡，一路上他們談論著如何把他處死和用他的頭能換來的

那三千銀元。衛兵們的每一句話都像燒紅了的炭火煎熬著老頭兒的心。

他一頭跪在皇位前的地上央求恕罪，大聲的哭著。

「讓他站起來！」艾米爾下令說。

衛兵們把老頭兒拉了起來，阿爾斯蘭別克從宮廷學人們中站了出來：

「啓奏艾米爾陛下，能否垂聽您的忠實奴僕進一微言。這個人不是納賽爾丁，他完全是另外一個人：納賽爾丁的年齡還不到四十，而這是一個很老的人。」

衛兵們騷動了起來，獎金正在從他們的手中失去，其他人都驚愕不語。

「爲什麼你要穿一身女人的衣裳？」艾米爾用嚴厲的口氣問著。

「我正走在前往您——偉大的艾米爾陛下皇宮的路上。」老頭戰戰兢兢的回答說：「但是我與一個素不相識的人相遇，他告訴我說艾米爾在我到達布哈拉之前已下令砍掉我的腦袋，我因害怕就穿上了女人的衣服，想逃命。」

艾米爾敏銳的咧嘴笑了一下：

「你遇到了一個素不相識的人……並且你立即就相信了他？這眞是一件怪事，我爲什麼要砍你的頭？」

「因爲我當著所有眾人的面曾經發誓要到艾米爾的後宮裡來……但是，有阿拉作證，我從來沒有任何野心，我是一個老年人，體弱無力，甚至早就連我自己的閨室內外家都放棄了……」

「到我的後宮裡來？」艾米爾的嘴唇垂吊著又問了一遍。他的面容上帶著對老頭兒更加懷疑的表情。「你是什麼人，從哪裡來？」

「我是巴格達的聖人、星相學家和醫學家胡笙‧侯斯利耶，是領艾米爾大人的聖旨特趕到布哈拉來的！」

「也就是說你的名字叫胡笙‧侯斯利耶！我看你在撒謊，可惡的老傢伙！」艾米爾是大聲地怒斥著，以至於那個詩聖完全不必要地一下子跪在了地上。「你撒謊！胡笙‧侯斯利耶在這兒！」

納賽爾丁阿凡提隨著艾米爾的手勢，輕步走到老頭兒面前，勇敢的盯著他的眼睛。

老頭兒驚愕地向後退了幾步，但立即認出他來，並且大聲地喊道：

「哎——此人正是那個在街上與我相遇並說艾米爾要砍我的頭的那個人！」

「他在說什麼？胡笙‧侯斯利耶！」艾米爾吃驚地大聲問道。

「他怎麼會是胡笙‧侯斯利耶呢？」老頭兒哀嘆的號叫著。「我才是胡笙‧侯斯利耶呢，他只不過是一個騙子，他冒名頂替。」

納賽爾丁阿凡提向艾米爾鞠了個躬，說：

「請偉大的艾米爾陛下恕我進一言，這個老頭兒眞是太不知羞恥了！他說我是假冒他的名字，說不定他還會說我的這件大衣也是他的呢！」

「當然是！」老頭喊了起來。「那就是我的大衣。」

「也許這裏頭布也是你的了？」納賽爾丁阿凡提用嘲弄的語調問。

「是呀，那是我的裏頭布，你用女式衣服換去了我的大衣和裏頭布。」

「是的！」納賽爾丁阿凡提用更加嘲笑的語調說：「那這條腰帶怎麼不是你的呢？」

「腰帶也是我的！」老頭兒氣急敗壞地回答道。

納賽爾丁阿凡提向皇位方向轉過身去，說：

「威震四海的艾米爾陛下，在您面前的是誰，您都看清楚了。今天這個騙子、可惡的老頭兒說我假冒了他的名字，說這大衣是他的，裏頭布是他的，腰帶也是他的，明天他也許還會說這個宮殿是他的，整個國家也是他的，甚至還要說坐在我們面前皇帝御座上的眞正的布哈拉的艾米爾也不是我們偉大的紅太陽艾米爾陛下，而是他自己。這個騙子、可憎的老頭兒，他是抱著把艾米爾陛下的後宮變成自己宮宅的野心來到布哈拉的！」

「你說得對，胡笙·侯斯利耶！」艾米爾說：「我相信，這個老頭兒是個可疑而又危險的人物，他滿腦子野心，我認爲必須立即讓他的腦袋和軀體分家。」

老頭兒號叫著跪了下來，用兩隻手遮住自己的臉。

他是一個宮廷聖人，必然是依靠自己的狡詐而騎在無數人的頭上，但是納賽爾丁阿凡提不願因自己的緣故，而且是因爲一個莫須有的罪名而將他置於死地。

於是，納賽爾丁阿凡提向艾米爾鞠了個躬，說：

「請偉大的艾米爾陛下降恩，容我啓奏：砍掉他的頭，什麼時候都不晚。還是應該先弄清楚他的眞實姓名和他到布哈拉來的眞正目的、有沒有同夥，以及他是不是企圖趁著凶險的星相收集艾米爾腳下的飛塵，並把這些飛塵與蝙蝠的腦漿混合在一起，然後爲了毒害艾米爾陛下而把這混合物放進艾米爾陛下的水煙鍋裡的狠毒的巫師。請艾米爾陛下暫且留他一條命，把他交給我，因爲對一般的獄監他會施弄妖術加以蒙騙，但對於我的英明來說他的妖術則只不過是雕蟲小技而已。爲什麼要這樣說呢，因爲對挫敗各種巫法邪術、陰謀詭計的招數我全都非常精通。我把這個老頭兒關在屋裡，不讓他念咒語打開鎖子，鎖子用只有我一人知道的善言咒語鎖住，然後讓他在這無情的折磨中交代出一切來！」

「也好，就這樣吧！」艾米爾回答道：「你的話挺在理的，胡笙·侯斯利耶，你把他帶去，想怎麼處置就怎麼處置，但要留神別讓他跑了。」

「我用我的腦袋向艾米爾大人作擔保。」

　　半小時後納賽爾丁阿凡提，也就是首席聖人、艾米爾的星相大師向宮廷城堡裡的一個樓宇中已準備好的新住處走去。在他的後邊，在衛兵們的押解之下，滿面愁容的「罪犯」、真正的胡笙‧侯斯利耶低著頭跟著走來。

　　樓上，在納賽爾丁阿凡提臥室的上層，有一間帶有生鐵雕花格窗的圓形小屋。納賽爾丁阿凡提用一把大鑰匙把滿是綠鏽的銅鎖打開，然後把用鐵皮包著的門推開，衛兵們把老頭兒推進去，又給他扔進去了一小捆麥草。納賽爾丁阿凡提關上鐵門，對著銅鎖長時間地念著些什麼，他是存心讓別人聽不懂而嘟噥得很快，所以衛兵們除了一會兒一個「阿拉」之外，什麼也聽不清！

　　納賽爾丁阿凡提對自己的住所感到非常滿意。艾米爾賜給了他十二套被褥、八個枕頭還有許多家具，還從自己的餐毯上劃給了他一大木盤子新烤製的白麵饢、一瓦罐蜂蜜和很多食物。納賽爾丁阿凡提感到非常疲倦和飢餓，但在坐下來吃飯之前，他拿出了六套被褥和四個枕頭，並把它們送到了樓上自己的俘虜那裡。

　　老頭兒坐在牆角的麥草堆上，就像一隻發怒的貓，只見黑暗中兩隻眼睛在發著光。

　　「有什麼可說的呢，胡笙‧侯斯利耶。」納賽爾丁阿凡提用友好的口氣說：「我和你要在這裡安家了——我在低一點的地方，你呢，針對你的年齡和英明，住在高一點的地方。這裡塵土太多了，我馬上就打掃。」

　　納賽爾丁阿凡提來到樓下，拿上來一罐水和一把掃帚，把石頭地面掃得乾乾淨淨，鋪好被褥，擺好枕頭，然後又來到樓下，拿上來了饢、蜂蜜、哈勒瓦[1]和阿月渾子果，當著自己俘虜的面，誠心誠意地與他平均分享。

　　「你不會被餓死的，胡笙‧侯斯利耶。」他說：「我們兩人會找到吃的。這不，我給你拿來的水煙鍋和煙，就放在這兒。」

　　納賽爾丁阿凡提把這間小屋在各方面都安頓得比樓下更舒適一點，然後出來並鎖上了門。

　　老頭兒一人留在屋裡並且完全被弄糊塗了。他踱來踱去揣測著，良久思考著，對所發生的一切百思而不得其解。被褥軟綿綿的，枕頭也很舒服，饢和蜂蜜還有煙葉都是無毒的……在今天的慌亂中觸及了靈魂的老頭兒決定把自己今後的命運交給了真主，躺下來睡覺了。

　　給他帶來這一切不幸的納賽爾丁阿凡提這會兒正在樓下屋裡的窗前，看著黃昏中的黑暗逐漸降臨，想著自己那充滿朝氣的一生和雖然近在咫尺，但卻毫無音信的心上人。窗外吹進來一陣涼爽的空氣，城市上空，四處的宣禮人們那大聲、憂鬱的呼喚就像纏繞在一起的銀絲一樣，聽起來亂哄哄的；黑暗的穹蒼裡，星星在眨著眼睛，酷似點點晶瑩

的冷火在顫動閃爍。那裡既有代表心臟的盾牌星，也有代表姑娘白紗長衫的三顆仙女星，還有代表犄角的兩顆金牛星，唯獨表示死亡的毒刺——那可怕的天箭星沒有出現在深藍色的夜空裡……

註①哈勒瓦——用羊脂、白麵和白糖水等製成的糊狀甜食。

第 三 編

無論是誰，只要他不死，光榮就屬於他！

摘自《一千零一夜》

---
*

納賽爾丁阿凡提傳

第 二 十 七 章

納賽爾丁阿凡提得到了艾米爾的信任和恩賜，成了他一切事務最親密的參謀。每天，納賽爾丁阿凡提處理著一切事務，艾米爾一個又一個地簽著自己的名字，宰相艾占木·拜合提亞爾只是在一個接一個地蓋著銅雕大印。「唉，偉大的阿拉，我們這個國家到底怎麼了！」他讀完關於取消苛捐雜稅、無償使用道路和橋樑，以及減少市場各項苛捐雜稅的法令之後，心裡在咆哮著。「照這樣下去，國庫徹底虧空的日子屈指可數了，這個新聖人，我的眞主啊，讓他的五臟六腑全都爛掉，我十多年來費盡九牛二虎之力所得來的財富在一個星期之內全被糟踐得一乾二淨！」

有一天，他壯著膽子把自己的想法對艾米爾說了。艾米爾說：

「你知道什麼，懂得什麼，奴才，對這些使國庫虧空的法令我比你更心疼，但是我的星相既然是這樣，又有什麼辦法呢！放心吧，拜合提亞爾，這種情況只是暫時的，很快星相就會好轉。胡笙·侯斯利耶，你向他解釋解釋。」

納賽爾丁阿凡提把宰相艾占木帶到一邊，讓他坐在大枕頭上，並長時間地向他解釋爲什麼要立即取消鐵匠、銅匠和武器製造工們的附加稅。

「妖魔座的天妖星和射手座的天弓星正好相衝於寶瓶座的天啓星。」納賽爾丁阿凡提說道：「您明白嗎，尊敬的威名遠揚的艾占木宰相，它們現在針鋒相對，要等它們互相

交合，還需要很久時間。」

「它們針鋒相對又有什麼了不起的呢？」拜合提亞爾反對著。「他們原來也是針鋒相對的，但這對我們收取各種捐稅沒有產生過任何影響呀！」

「可是您忘記了還有耕牛星座的天犁星。」納賽爾丁阿凡提喊了起來。「啊，艾占木宰相，看一看天空吧，那時你就會相信的！」

「我看天空有什麼必要！」執拗的宰相回答說：「我的職責就是監督國庫的安全並保證庫存的增多；自你在宮廷出現那天起，我就看到國庫的收入不斷減少，各種捐稅源流日漸萎縮。當前正值收取城市各行各工匠捐稅的時節，你解釋一下爲什麼我們不予以收取？」

「您還在問爲什麼！」納賽爾丁阿凡提大聲說道：「關於這，我已向你解釋有一個小時了！這半天時間你難道還沒有明白，月亮在二又三分之一點上停頓時將同時面對黃道十二個凶兆的每一個！」

「但是我必須要收取捐稅！」宰相又岔開話題。「你明白沒有，捐稅！」

「請您等一等。」納賽爾丁阿凡提攔住他的話說：「我還沒有給您解釋巨蟹星座和章魚星群……」

在這裡，納賽爾丁阿凡提長時間含糊其詞地解釋著，以至於宰相艾占木的腦袋裡都嗡嗡直響，眼前一陣陣眩暈。他站起身來，搖搖晃晃的走了。納賽爾丁阿凡提又來到艾米爾的身邊，說：

「啊，艾米爾陛下！雖然光陰已使他滿頭銀髮，但這僅僅使他的外表富麗堂皇，沒能使他腦袋裡邊的東西變成金子。他沒能把我的英明裝進他的腦袋裡，什麼也沒有弄明白，艾米爾陛下。唉，如果他要是有像艾米爾陛下那樣，能使古代聖人洛克曼老先生都驚嘆不已的智慧的千分之一的話也就好了。」

艾米爾得意、傲慢的笑了一下。這些日子裡納賽爾丁阿凡提努力使艾米爾相信自己那天下無敵的英明，並取得了一次又一次的成功。現在每當他給艾米爾論證什麼事情的時候，艾米爾總是做出一副學識淵博的樣子傾聽著，並且害怕暴露出自己知識膚淺而不敢加以反對。

第二天，拜合提亞爾在宮廷學人們中說：

「這個叫胡笙·侯斯利耶的聖人要把我們都搞破產才算了事！我們只有在收捐斂稅的日子裡，才能從滔滔不斷的流向艾米爾金庫的財寶之河裡撈到好處，並得以發財。現在我們撈取油水的時機又到了。但是這個胡笙·侯斯利耶卻在搗亂，他總以星相爲藉口，可是誰在什麼時候聽說過由眞主所管轄的星群能預示貴人天子的凶吉，會在一個什麼時

刻對那些可惡的工匠們呈現出有利的星相？我相信這些工匠，他們正在把自己掙來的錢無恥的吃喝揮霍，而這些錢本應該上繳給我們！這種星相誰又在什麼時候聽說過？書上也從來沒有說過，這種書就是出現的話，也早就被銷毀得一乾二淨了，寫這種書的人，也會像最凶惡的叛教者、無神主義者和惡毒的人們那樣被千咒萬罵並處以死刑了。

宮廷學人們還沒有弄明白應該倒向拜合提亞爾一邊更有利，還是倒向新來的聖人更有利，故而沒有吭聲。

「當前捐稅收入日趨減少。」拜合提亞爾繼續說道：「國庫虧空，像我們這樣作為艾米爾的親信的人日漸破產，用不了多久，本該穿錦緞大衣的人，只能穿粗布外衣，本該有二十個老婆的人只得滿足於兩個，本應用銀盤子吃飯的人只能用土陶盤子吃飯，本應吃嫩羊羔肉抓飯的人只能吃狗和工匠才配吃的用硬牛肉做的飯！新聖人胡笙‧侯斯利耶給我們準備的就是這些。誰要對這一切視而不見的話，那他就是個瞎子，不會有好日子過了。」

他極力煽動宮廷學人們反對新聖人，並且繼續說著。

但這些都是白費力氣。

胡笙‧侯斯利耶在抬高自己身價方面不斷取得成功。特別是在「讚頌日」到來時，他更是大顯身手。按照自古流傳下來的習慣，所有宰相、大臣、聖人、詩人們每月都要在艾米爾面前進行一次稱揚艾米爾的競賽，獲勝者可得到獎賞。

所有人都唱完了自己的讚歌，但艾米爾仍然不滿。

「這些讚頌之詞你們在上次就已重複過了。」艾米爾說道：「我發現你們在唱讚歌時不努力。你們在這方面沒有刻苦鑽研，但今天我要讓你們出點力氣。我要向你們提問，你們在回答中要把讚頌與真理相結合。——如果我，布哈拉偉大的艾米爾正如你們所論證的那樣強大和戰無不勝的話，那麼為什麼鄰近的穆民國家的國王們至今不派使者進貢很多禮品給我這無比強大、戰無不勝的主宰，以表歸順呢？」艾米爾說著就提問了。

「我在等待你們的回答！」

宮廷學人們一時間都感到惶恐不安，他們想方設法迴避自己一竅不通的這個問題，一時議論了起來，只有納賽爾丁阿凡提保持大膽和沉著。當輪到他時，他說：

「願我們偉大的艾米爾陛下能垂聽我的卑微之言，要想回答我們艾米爾陛下的問題並不難。統治我們鄰國的各國皇帝面對我們艾米爾陛下的高度強大總是惶惶不可終日，聞之而喪膽，他們會這樣商計：如果我們向偉大、威震四海和無比強盛的布哈拉艾米爾過多的進納貢品，那時他們會以為我們的國土很富有並且對此越來越感興趣，於是便派兵來占領我們的領土；反之，如我們向他們進納較少的貢品，那時他們就會認為受到了我

們的藐視，還是要派兵進犯；布哈拉的艾米爾偉大、威震天下並且強盛，所以最好不要讓他知道我們的一切。鄰國的君王們必然會這樣想。他們之所以不派使者送來更多的貢品，應從他們面對著我們威力無比的艾米爾陛下而惶恐不安的顫抖中去尋找。」

「說得好！」艾米爾大聲喊了起來，他對納賽爾丁阿凡提的回答非常滿意。「對艾米爾的問題就應該如此回答！你們聽見沒有，學著點兒，嗨，木棉疙瘩一樣的葫蘆腦袋們。的確，胡笙‧侯斯利耶的英明超過了你們這些人的十倍還要多，我要給予恩賜。」

宮廷廚師立即跑到納賽爾丁阿凡提跟前，給他塞了滿嘴的哈勒瓦和冰糖。納賽爾丁阿凡提的兩個腮幫子都吃得鼓鼓的，連氣兒都喘不出來了。濃濃的甜口水順著他的下巴直往下流。

艾米爾又提出了幾個類似的狡猾的問題，納賽爾丁阿凡提的回答每次都是最精彩的。

「宮廷僕人們最好的任務是什麼？」艾米爾又問道。

納賽爾丁阿凡提回答說：

「啊，偉大而又光榮的艾米爾陛下！宮廷僕人們最好的任務就是爲了使自己的椎骨能彎曲自如而天天苦練。否則的話，宮廷僕人就不能很好地表示自己對艾米爾陛下的忠誠和崇敬。宮廷僕人們的椎骨應該能區別於那些僵硬，甚至連好好鞠躬都不會的普通鄉下佬的椎骨，並且應具有能像四面八方轉動的功能。」

「恰恰如此！」大爲高興的艾米爾又喊了起來。「是的，每天練習彎轉椎骨，我要再一次賞賜聖人胡笙‧侯斯利耶！」

納賽爾丁阿凡提的嘴裡第二次塞滿了哈勒瓦和冰糖。

這一天，宮廷學人們中有不少人從拜合提亞爾那邊站到了納賽爾丁阿凡提一邊。

傍晚，拜合提亞爾派人請來了阿爾斯蘭別克。新來的聖人對他們二人帶來了同等的威脅，爲了消滅他，他們二人決定暫時把過去的舊矛盾忘在腦後。

「給他的抓飯裡撒一點什麼就好了。」擅長做這種事的阿爾斯蘭別克說。

「然後艾米爾會砍掉我們的頭！」拜合提亞爾反對的說：「不，尊貴的阿爾斯蘭別克，應該採取其他的行動，比如：我們用各種方法誇耀胡笙‧侯斯利耶的英明，把他捧上天，使宮廷學者們懷疑在艾米爾心中胡笙‧侯斯利耶已經超過了艾米爾自己的英明，但我們仍然不斷誇耀和吹捧，然後你再看，艾米爾產生忌妒之心的日子就會到來，這一天就是胡笙‧侯斯利耶地位上升的最後一天，也是他開始倒台的第一天！」

但是命運總是關照地保佑著納賽爾丁阿凡提，甚至把他所犯的錯誤都變得對他有利。

　　拜合提亞爾和阿爾斯蘭別克聯合行動，每天都過分的讚揚新來的聖人，然而就在快要達到這一目的，並且艾米爾雖然在掩飾但已開始忌妒的時候發生了一件事——納賽爾丁阿凡提犯了一個錯誤。

　　這一天，他們在花園裡陪同艾米爾散步，欣賞花香鳥語，艾米爾卻一言不發。在這無言之中，納賽爾丁阿凡提感覺到了一個隱蔽的矛頭，但不知道其原因。

　　「你的俘虜，那個老頭兒怎麼樣了？」艾米爾問道：「胡笙‧侯斯利耶，對他到布哈拉來的眞正目的你弄清楚沒有？」

　　納賽爾丁阿凡提這時正在想著古力健，便心不在焉的搪塞著說：

　　「偉大的艾米爾陛下，請原諒您的卑奴。我沒有得到那個老頭的一句口供，他就像嘴裡咬住了一條魚一樣，始終沉默不語。」

　　「但是你給他用刑了沒有？」

　　「啊，艾米爾陛下，還要怎樣呢，我把他的腰背都折斷了，前天我已經扭斷了他的脊梁骨，昨天整日都在用鐵鉗搖動他的牙齒。」

　　「搖動牙齒，這是折磨罪犯的好辦法。」艾米爾說：「他的沉默很有趣。也許，要給你派去精幹、有經驗的劊子手？」

　　「哎呀，不必了，艾米爾陛下不必爲此費心勞累！明天早上我要用新的方法折磨他：用燒紅的錐子扎他的舌頭和牙床。」

　　「等一等，等一等！」艾米爾大聲說著，臉上露出了笑容。「如果你用燒紅的錐子扎他的舌頭，那時他怎樣說出自己的名字呢？你沒有想到這個問題，胡笙‧侯斯利耶，但是我——偉大的艾米爾就想到了並且避免了錯誤的產生。由此可見，你雖然是天下無敵的聖人，但我的英明仍要超過你很多倍，現在對此你也應該信服了。」

　　高興得笑逐顏開的艾米爾立即下令叫來了宮廷隨從，等他們集合起來後，立即對他們宣布今天自己的英明超過了胡笙‧侯斯利耶並且避免了聖人將要犯的錯誤。

　　宮廷編年史專家們爲了下一個世紀的人們都能讚揚艾米爾的每一句聖旨而快速記錄著。

　　從那天後，艾米爾就不再忌妒納賽爾丁阿凡提了。

　　納賽爾丁阿凡提就用這樣出乎意料的錯誤粉碎了敵人的陰謀詭計。

　　但同時他也忍受著一個又一個孤獨夜晚的折磨。一輪明月高高懸掛在布哈拉的夜空，無數個宣禮台上的雕花拱形圓屋頂泛著淡淡的亮光，用石條鋪成的很結實的高台階隱現下天藍色的雲霧裡。屋頂上吹起涼風時，下面仍然是熱風。這裡，地面和牆面在白天被曬得燙手，夜裡仍然涼不下來。周遭的一切——宮殿、清眞寺和破舊的民房都在沉

睡著，只有貓頭鷹的尖叫聲時而掠過夜空，驚擾這座神聖城市的酣睡。納賽爾丁阿凡提坐在敞開的窗子前，他心裡知道古力健這時也沒有入睡而且在想著他，也許他們兩人正在同時看著一個宣禮塔，但是由於圍牆、欄柵、衛兵、宮廷僕人和女傭們把他們分割開來，不能互相見面。納賽爾丁阿凡提知道只有打開宮門才能進去。但是後宮仍像以前一樣緊緊的關閉著，那門只有利用一個機會才能為納賽爾丁阿凡提而開，他想方設法地尋找著這個機會。但都未能奏效，他甚至到今天都絲毫沒有得到一點關於古力健的消息。

他坐在窗子前，吻著吹進來的輕風，並且說：「喔，對你來說不是輕而易舉嘛！等會兒請你再飛進古力健的窗子裡，去吻吻她的嘴唇，把我的吻和我的心裡話帶給她，告訴她我沒有忘記她並且一定會去救她！」風兒朝旁邊吹了過去，納賽爾丁阿凡提又陷入了思念、憂傷和孤寂之中。

天又亮了，同時日常的事務和煩勞又開始了：又要到大殿門口去等待艾米爾的駕到，聽宮廷奴才們的獻媚詞，琢磨拜合提亞爾的詭計和圈套，提防他那口蜜腹劍的觀點。然後就是在艾米爾面前下跪，對艾米爾歌功頌德。跟著就是要長時間地陪他坐著，掩飾心中的厭惡，尊望他那垂吊著的眼袋、臉袋和繃著的面孔，洗耳恭聽他那愚蠢的話語，給他解釋星相的分布。這些都令納賽爾丁阿凡提感到非常討厭、惡心，他甚至不再引用新的證據來論證事物，只用一種星相來解釋一切：如艾米爾的頭痛、農田灌溉用水不夠、小麥價格上漲等。

「天箭星！」他用沮喪的語調說：「正在與盾牌星相衝。這時水星從天蠍星座左側擦肩而過。艾米爾陛下今天沒有睡意，就是這個原因。」

「『天箭星和水星相沖，那樣的話應牢記。』你就重複這些話吧，胡笙‧侯斯利耶！」

偉大的艾米爾已經筋疲力盡了。次日又繼續提起那個話題：

「山區的牲畜遭到屠殺的原因在於，水星與魔羯星相沖的同時，天箭星又與盾牌星相遇。」

「也就是說天箭星！」艾米爾模仿著他的口氣說，「這應該牢牢記住。」

「威力無窮的阿拉啊，難道他就那麼愚蠢！」納賽爾丁阿凡提心中嘆息著。「他比巴格達的哈里發還要笨一些，他是那樣令我作嘔，因此我必須早點擺脫這個地方！」

艾米爾又提出了一個新的話題：

「在我國，胡笙‧侯斯利耶，當前四方太平，安定祥和，甚至那個叛教徒納賽爾丁也已銷聲匿跡。他跑到哪裡去了，為什麼他會安靜下來了呢？這你給我解釋一下，胡笙‧侯斯利耶。」

「啊，世界的擎天柱、強大的艾米爾陛下！天箭星……」納賽爾丁阿凡提用沮喪的、

拉著長音的語調又一遍重複著已經說過很多次的那一套話。「除此之外，艾米爾陛下，這個叛教徒納賽爾丁在巴格達也待過。他當然聽說過我的英明。聽說我到布哈拉來之後，可能由於懼怕和惶恐，他藏匿了起來，因為他知道抓住他對我來說輕而易舉。」

「抓住！這當然很好嘍！但是你怎樣才能抓住他呢？」

「為此我正在等待天箭星和太歲星配伍呈現吉祥之兆。」

「與太歲星！」艾米爾重複著。「這應該記住。你知道不知道今晚我的腦子裡產生了一個英明的想法，胡笙·侯斯利耶？我考慮把拜合提亞爾從他的職位上趕下去，任命你為宰相。」

「應該跪在艾米爾面前稱揚他，並向他三呼萬歲謝恩，然後解釋現在不能調換宰相——因為天箭星處於逆相。應該趕快、盡早離開這裡！」納賽爾丁阿凡提的心裡在咆哮。

納賽爾丁阿凡提就這樣等待著機會，在宮廷裡過著並不舒適、充滿愁煩的日子。他的心把他拉向街市、拉向人群、拉向茶館和煙霧升騰的飯館。他寧願用艾米爾賜給他的珍饈佳肴去換一木碗普通的蔥頭雜碎湯，去換街市上那賤價抓飯裡的幾條軟骨和筋；與其聽這些讚美和稱揚之詞，不如去聽聽那些樸實無詐的話語和善良而又發自內心的笑聲，用自己綾羅綢緞的大衣去換那破舊的衣裳穿。

但是命運仍然在考驗著納賽爾丁阿凡提。他在尋找著有利的時機。這期間，艾米爾時常問起星相到底什麼時候才能允許他那御手去揭開新來的妃子的面紗。

第 二 十 八 章

有一天，在一個不適宜的時刻，艾米爾傳喚「巴格達來的聖人」進宮。這時還很早，整個宮廷裡的人都在靜靜的睡夢之中，宮廷花園裡的噴泉水聲淙淙，斑鳩的咕咕叫聲和拍打翅膀聲不時的傳來。「艾米爾什麼事情又用著我了？」納賽爾丁阿凡提感到詫異的一邊走在通向艾米爾寢宮的大理石台階上一邊想著。

拜合提亞爾好像影子一樣一言不發的從寢宮中走了出來，和他打了個照面，他們互

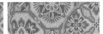

相問候而過。納賽爾丁阿凡提第六感到有一個什麼陰謀，並加以警惕。

　　寢宮裡，納賽爾丁阿凡提見到了後宮總管，他狼狽不堪地向前蜷著身子，在艾米爾的御褥前的地上跪著，斷成好幾節的鑲金棗木拐杖散落在地毯上。

　　寢宮牆上沉重的金絲絨落地窗簾擋住了早上清爽的晨風，也擋住了陽光和鳥兒們的歌聲。寢宮裡點著昏暗的油燈，那燈雖然是金子做的，但冒出的嗆人黑煙比用陶土製的油燈也絲毫不見少；雖然拐角上的香爐裡冒著刺鼻的香味兒，煙霧繚繞，但是仍不能蓋過羊油的膻味。寢宮裡仍然那樣臭氣濃烈，以至於納賽爾丁阿凡提的鼻子直發酸，咽喉發癢。

　　艾米爾把他那兩隻毛呼呼的腳丫伸在艾提勒斯綢縫製的被褥外面，坐在那裡；納賽爾丁阿凡提看見艾米爾那雙腳就好像在印度香爐裡熏過的一樣，又黑又黃。

　　「胡笙・侯斯利耶，我感到非常不開心。」艾米爾說：「這，我的後宮總管是罪魁禍首。」

　　「啊，偉大的艾米爾陛下！」納賽爾丁阿凡提喊了起來，身上一下子變得冰涼。「難道，他竟然敢做那壞勾當了？」

　　「沒有，唉！」艾米爾吊著一副臉，甩了一下手。「我以自己獨到的高見，從各個方面考慮，在把他任命為後宮總管之前，對他關心備至，賜予了他優厚待遇，他怎麼敢呢？問題完全在於其他方面。我今天才知道，這個不中用的我的後宮總管，我賜給了他我國最高貴的官位之一，但是他卻忘記了我對他的大恩大德，離經叛道，開始看不起自己的職位，竟敢利用我沒有去看望我的愛妃們的機會，就吸起了麻煙，丟下了後宮三天不管。結果後宮秩序遭到破壞，亂成一團糟。失去了監督的妃子們互相廝打，揪掉了頭髮，把臉都抓傷了，從而毫無疑問地給我——偉大的艾米爾帶來了傷害，因為臉上被抓傷或沒剩幾根頭髮的女人在我的眼裡就算不上是美人了。除此之外，還發生了另一件讓我憂煩和不開心的事——我的新妃子病倒了，而且已有三天沒有吃飯了。」

　　納賽爾丁阿凡提不禁打了個寒顫，但艾米爾用手勢止住了他：

　　「等等，我的話還沒有說完。她病了，她可能會死去。如果我得到過她一次的話呢，那時她再病甚至就是死去我的心也就不那麼痛惜了。但是現在呢，你自己明白，胡笙・侯斯利耶，我非常不開心。所以我決定——」艾米爾提升嗓門繼續說：「為了讓我今後不再煩惱和生氣，我打算對這個不中用的壞傢伙撤銷其職務，免除一切恩賜和待遇，責罰二百鞭，然後趕出宮門。對你呢，胡笙・侯斯利耶，相反，我要賜予你我那浩蕩的御恩，決定任命你繼任空下的那個職務，也就是我的後宮總管！」

　　納賽爾丁阿凡提頓時兩腿發軟，喘不出氣兒來，感覺到一陣透心兒涼。

艾米爾皺起眉頭，凶狠的問道：

「看起來你好像是要抗拒我的旨意，胡笙·侯斯利耶？你好像認爲追求那毫無意義、低級趣味的享樂比爲我這樣高尚的人效勞還要偉大，嗯？如果是那樣的話，快快回我的話！」

納賽爾丁阿凡提趕快鎭住了自己。他向艾米爾鞠了個躬，說：

「讓眞主保佑我們偉大的艾米爾陛下！艾米爾陛下對我這樣一個區區小輩恩德無量。偉大的艾米爾陛下具有能猜出臣下親信們埋藏在心底裡那美好願望的神通，這能使尊貴的陛下對他們不斷賜降恩澤。我多少次曾有頂替這個無用的小人和蠢才的願望，他現在理所當然的受到了拐杖的懲罰，用尖細的嗓音跪在地毯上哀號求饒——我雖多次有此願望，但都未敢向艾米爾啓奏，但現在艾米爾陛下親自……」

「既然是這樣，還有什麼障礙嗎？」於是艾米爾親切、高興的打斷他話說：「現在我就傳喚御醫，讓他把自己的刀子帶上，你就和他一塊到一個偏僻的地方去。我這時候下令拜合提亞爾擬出關於任命你爲後宮總管的聖旨。」艾米爾喊了一聲「哎」，一邊拍了一下手。

「懇請艾米爾陛下垂聽小人一言！」納賽爾丁阿凡提急忙說著，並且膽怯的向門口望去。「我本來可以高高興興並有所準備的與太醫同去偏僻之處，但唯有艾米爾陛下賜予我的優越生活和關心成爲了障礙。這事辦完之後會疼痛很久，需臥床休養，但這期間艾米爾陛下的新妃子可能會死去，並且悲哀的烏雲會蒙住艾米爾陛下的心。一想起這點，我就於心不忍。所以，我想首先要驅除妃子身上的病邪。然後，我再去找太醫做出任後宮總管的準備。」

「咦？」艾米爾滿腹懷疑的看了納賽爾丁阿凡提一眼。

「唉，艾米爾陛下，她都三天沒有吃東西了。」

「咦——？」艾米爾重複一聲，並且看著跪在跟前的後宮總管問：「卑鄙小人，蜘蛛變的種，回我的話，我的新妃子病得很重嗎？眞的要我爲她的生命擔憂嗎？」

納賽爾丁阿凡提感覺到自己頭上冒著冷汗。他擔心、不安的等待著總管的回答。

「啊，偉大的艾米爾陛下，她像剛剛升起的月亮一般面色蒼白而且消瘦，她的膚色蠟黃，手指都已冰涼，老媽子們說這些都是非常不好的兆頭……」總管回答說。

艾米爾陷入沉思。納賽爾丁阿凡提退到陰影裡，多虧那寢宮裡飄浮著的煙霧遮住了他那已經變得蒼白了的面容。

「是的！」艾米爾說：「如果是這樣的話，那時她眞有可能死去並且讓我非常悲哀。主要是我還一次都沒有到她身邊去過，但是你，胡笙·侯斯利耶，你有沒有把握治好她

的病？」

「從布哈拉到巴格達，沒有比我再精通醫術的大夫，這一點艾米爾陛下是知道的。」

「去吧，胡笙‧侯斯利耶，趕快去給她準備藥。」

「艾米爾陛下，我應該先弄清楚她的病情，爲此我要看一看她。」

「看一看？」艾米爾咧著嘴笑了起來。「胡笙‧侯斯利耶，到你出任後宮總管時，那時你就是看個夠也來得及。」

「哦，艾米爾陛下。」納賽爾丁阿凡提頭挨到地面上鞠著躬說：「我——她的……」

「卑鄙的奴才！」艾米爾大喊起來。「如果要是碰巧看上一眼的話，你都會被以酷刑處死，任何人都無權看我的妃子，難道你不知道！你到底知不知道啊？」

「奴才知道，啊，艾米爾陛下！」納賽爾丁阿凡提回答道：「對她的臉，奴才當然不敢多問，不管任何時候也更不敢窺視，我只需看一看她的手就行了，因爲像我這樣精明的大夫只要看一下指甲的顏色就可以診斷出任何疾病來。」

「看手？」艾米爾反覆問著。「你爲什麼不早說，胡笙‧侯斯利耶，讓我無端生氣。手嘛，當然，可以。但我要和你一塊兒去後宮。看妃子的手，對我來說也許不算傷害。」

「看一看她的手，對艾米爾陛下不會有任何傷害。」納賽爾丁阿凡提回答說。

「與古力健單獨見面無論如何是不可能的。如果需要證人監督的話，爲了不讓艾米爾今後產生懷疑，那麼這證人最好就是艾米爾自己。」納賽爾丁阿凡提心裡想著。

第 二 十 九 章

經過許多天無奈的等待，後宮的大門終於在納賽爾丁阿凡提面前打開了。

衛兵們低著頭退了下去，納賽爾丁阿凡提跟在艾米爾後面，走上一層層高高的石階。邁入側門，一座漂亮的花園映入眼簾：玫瑰花簇簇，月季花片片，桔草花點點，處處噴泉起彼有致，用黑色和白色大理石鑲砌的湖岸迂迴婉轉，爭奇鬥艷，湖面上水霧縹緲如夢似幻。花朵、鮮草和綠葉上掛著滴滴晨露，像一顆顆珍珠晶瑩閃爍。

　　一陣白、又一陣紅的臉色在納賽爾丁阿凡提面容上頻繁的交替著，後宮總管推開了核桃木雕花的門扇。陰暗的宮裡飄著令人窒息的龍涎香、麝香和花露水濃烈的香味兒。這裡是艾米爾美麗的俘虜們居住的傷愁之園──後宮。

　　納賽爾丁阿凡提為了在以後的關鍵時刻不迷路，不使自己和古力健遇到滅頂之災，對每一個角落、走廊和拐彎都仔細的觀察著。「向右。」他往心裡印記著。「然後向左，這裡有台階，這裡有女僕輪流值守。現在再向左……」長廊裡，從中國彩色玻璃中透射過來的天藍色、寶石綠、玫瑰紅的光可以微微照亮前方的路。後宮總管走到一個矮門前停了下來，說：「她在這裡，艾米爾大人。」

　　納賽爾丁阿凡提跟在艾米爾後邊，邁進了自己渴望已久的門檻，這是一間鋪著地毯、掛著壁毯的小屋。壁龕中放著一個裡面裝有手鐲、耳環、珍珠項鍊的貝殼製成的小盒子，牆上掛著一面很大的銀鏡。這麼多財富，可憐的古力健在夢裡都沒有見過，納賽爾丁阿凡提看見她那雙拴著珠穗子的小軟鞋，幾乎都驚呆了──她把鞋跟兒都磨光了！為了不暴露出自己的激動，納賽爾丁阿凡提竭盡全力控制住自己。

　　後宮總管用手指了指屋角上掛著的絲綢簾子，古力健就躺在那簾子後面。「她在睡覺。」總管低聲說。

　　納賽爾丁阿凡提不由得微微顫抖了起來，他的心上人就在跟前。「忍住，挺住！」他勸著自己說。

　　但是當他走近簾子時，他聽到了古力健的呼吸聲，看見絲綢垂簾靠她的頭的那一邊在微微顫動，他立刻感到自己的喉嚨好像被一隻鐵手掐住，幾乎快要窒息了。

　　「你為什麼直向後退呢，胡笙·侯斯利耶？」艾米爾問道。

　　「啊，艾米爾陛下，我在傾聽她的呼吸，我正在努力透過這個簾子觀察她的心臟跳動。她叫什麼名字？」

　　「她名叫古力健。」艾米爾回答說。

　　「古力健！」納賽爾丁阿凡提輕喊了一聲。

　　靠著頭頂方向的簾子頓時動彈了一下，但隨即又垂了下來，不再動彈。古力健醒了過來並且聽到了這和藹可親的聲音，但還沒有明白是自己在做夢還是真的，一時茫然。

　　「古力健！」納賽爾丁阿凡提又重複地叫著。姑娘用微弱的聲音喊著什麼。納賽爾丁阿凡提趕忙對她說：「我的名字叫胡笙·侯斯利耶，我是新聖人、星相學家和醫生，是從巴格達到這兒來為艾米爾效勞的。妳明白了嗎，古力健，我是一個名叫胡笙·侯斯利耶的新聖人、星相學家和醫生。」

　　納賽爾丁阿凡提轉過臉來對艾米爾解釋說：

「姑娘不知爲什麼，聽見我的聲音害怕了起來。也許，這個總管僕人趁艾米爾陛下不在時曾經欺負過她。」

艾米爾繃著臉朝總管瞪了一眼，總管在顫抖著，一聲也不敢辯解的向前躬著腰、低著頭。

「古力健，妳正處在危險之中。」納賽爾丁阿凡提說：「我會救妳的，但是妳必須相信我，因爲我的醫術超群。」

他等待著答覆，但得到的只是靜靜的沉默。古力健怎麼會不明白、聽不出來呢？就在這時，他聽到了古力健的話語：

「我在聽你說，從巴格達來的聖人胡笙・侯斯利耶，我知道並且相信你，我是在艾米爾陛下的宮殿裡向你說這些話的，我從簾子下邊可以看到他的腳。」

納賽爾丁阿凡提沒有忘記在艾米爾面前要擺出一副學究和文質彬彬的樣子，於是堅定的說：「我要看妳指甲的顏色診病，請把妳的手伸出來！」

絲綢簾子晃動了一下，微微分了開來。納賽爾丁阿凡提非常小心的抬起她那纖細的手，這時他只能靠捏她的手來傳遞自己的感情，古力健用輕微的動作回答著。他把姑娘的手翻了過來，長時間地觀看著。「她怎麼瘦成這個樣子了！」他心裡難過的想著。艾米爾彎著腰，湊到他的耳邊，呼哧呼哧地喘著氣。納賽爾丁阿凡提向他指著古力健的小拇指的指甲，故作不安的搖著頭。雖然那小拇指的指甲與其他指甲沒有任何區別，艾米爾也不去看，只是認爲已經有了不祥之兆，並且垂著兩片嘴唇望著納賽爾丁阿凡提，表示已經明白。

「妳哪裡不舒服？」納賽爾丁阿凡提問。

「我的心！」她立即回答說：「我的心因痛苦和悲傷而感到疼痛。」

「疼痛的原因是什麼？」

「我失去了我心愛的人。」

納賽爾丁阿凡提對艾米爾低聲說：

「她是因爲離開了艾米爾陛下才病倒的。」

艾米爾的臉上頓時露出了笑容，然後又稍微大聲一點的笑了起來。

「我離開了我所愛的人。」古力健說：「現在我感覺我的心上人就在這兒，在我的身邊，但我不能擁抱他、親吻他。唉，願他擁抱我、把我摟在懷裡的日子快快到來！」

「無比強大的眞主。」納賽爾丁阿凡提故作驚訝的大聲說著。「艾米爾陛下，在這麼短時間裡您就使她對您產生了這麼深的愛！」

艾米爾聽了非常高興，甚至無法安靜的站在一處，一會兒抬起這隻腳，一會兒抬起

那隻腳，不住的挪動著，並用拳頭摀著自己的嘴，忍不住「噗哧噗哧」一個勁兒地笑了起來。

「古力健！」納賽爾丁阿凡提說：「放心吧，妳所愛的人正在聽妳說話。」

「嗨，是呀！」艾米爾迫不及待的說：「他正在傾聽古力健說話，妳的心上人正在聽妳說話呢！」

簾子裡面傳出了猶如流水般輕快的笑聲。納賽爾丁阿凡提繼續說：

「妳現在有危險，古力健，但是妳不要怕，我是有名的聖人、星相學家和醫生胡笙．侯斯利耶，我一定會拯救妳的！」

「他會拯救妳的！」艾米爾高興的說：「當然他會拯救妳！」

「艾米爾陛下在說什麼妳聽見沒有？」納賽爾丁阿凡提停頓了一下。「妳應該相信我，我會把妳從危險中拯救出來的。妳快樂的日子已經臨近，艾米爾陛下現在還不能到妳身邊來，因為我已提醒他，星相還不允許他去碰女人的面紗。但是現在已經開始斗轉星移，妳明白沒有，古力健！它們很快就會呈現出吉祥之光，那時妳就會投入妳心愛的人的懷抱。我派人給妳送藥來的那天，就會有人給妳報喜。明白嗎？古力健！拿到藥後妳就應該做好準備！」

「謝謝，謝謝你，胡笙．侯斯利耶。」她高興的又是笑，又是哭。「謝謝你，病魔的剋星，天下無敵的聖人。我的愛人就在我身邊，我感覺到我們的心在一起跳動。」

艾米爾和納賽爾丁阿凡提走出屋來。

宮廷總管從側門裡跑著跟了出來。

「啊，艾米爾陛下！」他跪下來大聲喊道：「的確，這樣精明的神醫在這個世界上還不曾有過。三天以來她一直躺著一動不動，但這會兒她一下子從床上蹦起，一邊笑還一邊跳起舞來，甚至在我走到她身旁時，她還賞給了我一個耳光。」

「這我已經領教過了。」納賽爾丁阿凡提心裡想：「我的古力健總是出手很快的！」

早餐時，艾米爾對所有宮廷僕人都賜給了恩惠。他賜給納賽爾丁阿凡提兩個錢袋子：大袋子裝滿了銀子，小袋子裝滿了金子。

「我在她的心裡燃起了多麼熾熱的情愛，嗯！」他笑著說：「說真的，胡笙．侯斯利耶，你可能還沒有遇到過這樣殷切的愛情之火吧？聽聽她的聲音多麼的嬌嫩，她那笑聲和哭聲是多麼動人，等你出任後宮總管時，胡笙．侯斯利耶，那時你會見識到更多的東西！」

低頭鞠躬站在一邊的宮廷僕人們開始交頭接耳的議論起來。拜合提亞爾的臉上露出了惡毒的笑容。納賽爾丁阿凡提這時才明白是誰建議艾米爾把自己定為後宮總管的。

「姑娘現在已經康復了。」艾米爾繼續說道：「現在沒有理由再拖延你上任。這會兒，胡笙・侯斯利耶，我和你一起喝個茶，然後你就可以和太醫一塊兒去偏僻之處了。哎，你！」他向太醫喊著。「去把你的刀具拿來，拜合提亞爾，把寫好的委任狀拿來給我。」

熱茶嗆進納賽爾丁阿凡提的氣管裡，他咳嗽了起來。拜合提亞爾由於報了仇而高興的直哆嗦，手舉著聖旨，走上前來，向艾米爾呈上了筆。艾米爾簽了字，把聖旨退給了拜合提亞爾，拜合提亞爾趕忙蓋上了銅雕大印。

這些僅在一會兒之間就操作完畢。

「也許在你得到這偉大的幸福的時刻連話都不會說了，尊敬的聖人胡笙・侯斯利耶！」拜合提亞爾幸災樂禍地笑著說：「但是按宮廷規矩，你要向艾米爾陛下表示感謝。」

納賽爾丁阿凡提在艾米爾面前跪了下來。

「奴才我的願望終於實現了！」他說：「不過由於要給艾米爾陛下的貴妃配製草藥而仍需有所耽擱，對此卑奴甚感遺憾，因為如果她的病體不用藥來加以鞏固，病魔還會再次附身。」

「配個藥需要那麼長時間嗎？」拜合提亞爾處心積慮的問：「半小時就夠了，不是嗎？」

「嗯，是呀！」艾米爾肯定的說：「半小時綽綽有餘。」

「啊，艾米爾陛下，這完全取決於天箭星。」納賽爾丁阿凡提拿出了自己最有力的武器。「根據它們的配藥結合，我需要兩天到五天時間。」

「五天！」拜合提亞爾喊了起來。「尊敬的胡笙・侯斯利耶，我還沒有聽說過配一劑藥需要五天時間的。」

納賽爾丁阿凡提向艾米爾請求道：

「啊，威震四海的艾米爾陛下，也許，治好您那新貴妃的病體之事，看來今後交給拜合提亞爾宰相也許會更好一些，而不必交給我了。好吧，那就讓他試試看。不過，那時我可就不能確保姑娘的性命了。」

「你這說的是什麼話，你說了些什麼，胡笙・侯斯利耶！」艾米爾擔心起來。「拜合提亞爾對治病一竅不通，也不像人們所說的那麼神通廣大，我當初有意讓你出任宰相的職位時就和你提到過。」

聽了這話，宰相艾占木的全身上下突然不由得輕微地顫抖了一陣，他用仇視的目光瞟了一眼納賽爾丁阿凡提。

「去吧，去準備你的藥！」艾米爾結束了這個話題，停頓了一下然後又說：「但是五天時間太長了，胡笙‧侯斯利耶，也許，你來得及早點兒把事辦完，因為我非常急於讓你出任後宮總管。」

「艾米爾大人，奴才自己也正是迫不及待！」納賽爾丁阿凡提大聲說：「我會努力盡快把事辦完的。」

他一邊向後退去，一邊不住的鞠躬，從大廳裡走了出去。眼看著自己的敵人、競爭對手的威信絲毫沒有受到影響的退了下去，拜合提亞爾只好用掩飾不住的遺憾的目光相送。

「毒蛇，哼，你這個狡猾的鬣狗！」納賽爾丁阿凡提心想著，一邊憤怒的把牙咬得「咯咯」響。「但是你已晚了一步，拜合提亞爾，現在你怎麼也動不了我，因為我想知道的都已經知道了——進、出和經過艾米爾後宮的所有道路我已瞭如指掌啊！我親愛的古力健，妳病得真是時候，妳用這病把納賽爾丁阿凡提從宮廷太醫的小刀下救了出來。而且還有，說真的，也救了妳自己！」

他向自己的塔樓走去。衛兵們坐在下面的陰涼處，正在賭博。其中有一個把所有東西都輸光了的人，為了再下一次注而脫下了自己腳上的靴子。天氣十分炎熱，但是牆壁很厚的塔樓裡面卻潮濕而且陰涼。納賽爾丁阿凡提從很窄的石階向上走去，路過了自己的門口，直接走進樓上的從巴格達來的聖人住的那間小屋裡。

自從變成俘虜以來，老頭兒的頭髮、鬍鬚已經長得很長，酷似一個野人。他的眼睛在垂下來的眉毛裡閃著凶光，並且用咒罵的話語歡迎著納賽爾丁阿凡提：

「你想把我就這樣關下去，骯髒的東西，讓我的真主降下天石，從你的頭頂穿透到你的腳底兒。哼，把我的名字、我的大衣、我的裹頭布和我的腰帶據為己有，無恥下流的騙子，真主會讓墳墓裡的蛆把你活活吃掉，啃光你的五臟六腑！」

納賽爾丁阿凡提由於已經習慣於他的詛咒，一點也沒有生氣的說：

「尊敬的胡笙‧侯斯利耶，我今天找到了折磨你的新方法，也就是用繩子繞在你的頭上，然後用小棍子絞緊繩套。下面坐著一些衛兵，你要喊得讓他們聽見才行。」

老頭兒來到了雕花格窗下，開始用似乎情願又似乎不情願的聲音喊了起來：

「哎呀，無比強大的阿拉呀，別再讓我受這樣的罪了，不要用繩套和棍子勒我的頭啊！與其這樣活受罪，還不如讓我死去吧！」

「等一等，尊敬的胡笙‧侯斯利耶。」納賽爾丁阿凡提打斷了他的喊聲。「你在偷懶，你沒有使勁喊，你不要忘記，衛兵們對這種事特別有經驗。如果他們發現你的喊聲中有假並且告訴阿爾斯蘭別克的話，那時你真的會被交給劊子手們，最好你還是做出必

要的努力，現在我教你如何喊。」

納賽爾丁阿凡提來到格子窗下，憋足了氣，大聲喊了起來，以至於老頭兒趕忙兩手捂住耳朵，倒在一邊。

「嘿，孟凱爾①的崽子！」他大聲斥責道：「我上哪兒去找到那種能讓城外都聽得見的嗓門兒啊？」

「這是能使你從劊子手中得到解救的唯一辦法。」納賽爾丁阿凡提反駁說。

老頭兒只好拚命的喊了起來。他的喊叫聲很悽慘、哀傷，連塔樓下的衛兵們都一時停下了手中的賭博遊戲，認眞的聽了起來。

喊了一會兒之後，老頭兒很長時間都無法控制住自己的咳嗽，也無法正常喘氣兒。

「唉！」他嘆息著說：「給我這副老喉嚨派上了這樣的差事，這對頭嗎？怎麼樣，對我今天的這哀叫聲你總算滿意了吧，你這可惡的破爛裹屍布！我的眞主，讓魔鬼來把你領走！」

「非常滿意。」納賽爾丁阿凡提回答說：「現在，胡笙·侯斯利耶聖人，因爲你賣了力氣，應該得到獎勵。」

他把艾米爾獎給他的錢袋子拿了出來，把錢倒在了盤子裡，平均分成兩份兒。

老頭兒仍然在咒罵和埋怨。

「你爲什麼要咒罵我？」納賽爾丁阿凡提心平氣和的問：「難道我做了什麼玷污胡笙·侯斯利耶名譽的事？或者是我給學人的稱號丟了臉不成？錢就在這兒，這是艾米爾獎給我——星相學家和神醫——胡笙·侯斯利耶的，因爲我治好了後宮妃子的病。」

「你把姑娘治好了嗎？」老頭一時氣得連氣兒都喘不上來了。「你是個膽大妄爲的騙子，打赤腳的泥腿子，你還懂得什麼治病！」

「我雖然在治病方面什麼都不懂，但我知道姑娘的苦處。」納賽爾丁阿凡提回答說：「所以我把艾米爾的獎金平均分成兩份是合理的。你的那一份是給你的學問的，我的這一份是給我的智慧的。除此之外，我還要對你說，胡笙·侯斯利耶，對這個姑娘我還沒有

採取什麼治療措施，而是要先看看星相然後才能治療。昨天我觀看到天蠍座面向天王座移動的同時，還看到了天斧星與天鐮星相沖。」

「什麼？」老頭兒生氣的大叫起來，在小屋裡快步踱來踱去地轉起圈兒來。「嗨，只配趕驢的蠢貨，你甚至連天斧星與天鐮星永遠不會相沖都不知道，因為這兩者同屬一個星座。再有，你怎麼可能在這個季節裡見到天蠍星座呢？昨晚我親自觀看了天相，宇宙中寶座星偏去的同時天啟星和御仗星相遇，你聽見沒有？哎，笨蛋，那裡根本沒有什麼天蠍地蠍的！你全都搞亂了，哎，沒事找事情做的趕驢人，你現在把與天臍座相對的匕首座認成天蠍座了。」

他對納賽爾丁阿凡提怒斥不止，不斷的揭著他的短處，斥責他愚蠢，並且長時間談論著星相的分布。納賽爾丁阿凡提為了避免今後在艾米爾和聖人們面前說錯而用心的聽著並努力記著他的每一句話。

「蠢貨，蠢貨的蠢崽子、蠢孫子！」老頭繼續罵著。「你甚至到現在連天箭星與天盾星相沖，被稱為月亮的第十九次停頓都不知道，人的命運也只有由這個標誌的星星來表示，其他任何星星都不能表示。關於這方面，最偉大的聖人夏哈比丁·馬赫穆德·伊本·喀拉吉的書中說得再清楚不過……」

「夏哈比丁·馬赫穆德·伊本·喀拉吉……」納賽爾丁阿凡提在心裡默記著。「明天我就要在艾米爾高興時，揭露長鬍子聖人不知道這本書，讓他對我的英明心有餘悸。」

註①孟凱爾——伊斯蘭教傳說中在墳墓裡預審死人的兩個神差之一，另一個叫奈科爾；通常這兩個名字連起來使用，即孟凱爾——奈科爾。

第 三 十 章

高利貸主傑帕爾的家裡有裝滿金子並封了口的十二口大缸，可是傑帕爾無論如何總是想把它們變成二十口。但命運為了保護那些淳樸善良，並且相信一切誠實的人們，就像是故意的一樣，給傑帕爾打上了極其狡猾的烙印——對他來說，要想使新的犧牲者落

入他的網裡，必須費很大的力氣，他所得到的總是比不上他所期望的那麼多。「唉，我要是能擺脫這肢體殘障該有多好啊！」他總是這樣希望。「那時人們見到我就不會再躲著我，而是用信任的眼光看我，不會認為我的話裡有詐。那樣我再騙他們就容易多了，我的收入也就會不斷的創下新紀錄。」

艾米爾的新聖人胡笙‧侯斯利耶在治病方面大顯身手的消息在全城傳開後，高利貸主傑帕爾給宮裡的阿爾斯蘭別克送來很多禮品。

阿爾斯蘭別克一見到禮品就表示要全力相助。

「你來得真是時候，尊敬的傑帕爾。今天艾米爾的心情特別高興，我相信，他不會拒絕你的請求。」

艾米爾聽了高利貸主的請求，收下了禮品，也就是——鑲著象牙白邊的金棋盤和象棋，然後下令去叫聖人。

「胡笙‧侯斯利耶！」艾米爾衝著跪在自己面前的納賽爾丁阿凡提說：「這個人就是高利貸主傑帕爾，他為我立過功，是我忠實的奴才……我命令你立即治好他的駝背、白癬風、白眼膜和肢體殘疾。」

艾米爾表示不聽任何解釋，轉過了臉去。對納賽爾丁阿凡提來說，只有鞠躬退下才是。他的身後，就像一隻烏龜一樣的高利貸主跟了出來。

「走，快一點，哎，聖人胡笙‧侯斯利耶！」他沒有認出戴著假鬍子的納賽爾丁阿凡提。「我們快點走，太陽還沒有落山，在天黑之前我還能來得及康復，你都聽見了，艾米爾命令你立即治好我的病！」

納賽爾丁阿凡提心裡埋怨著高利貸主，埋怨著艾米爾，也埋怨自己把自己的英明吹上了天。現在，怎樣才能擺脫這個麻煩？高利貸主催促著納賽爾丁阿凡提加快腳步，拉著他的袖子。街道上的光線很暗，納賽爾丁阿凡提的兩腳踏著熱呼呼的浮土。他一邊走一邊想：現在該如何擺脫這個禍害？他突然停了下來，心裡想：「實現我的諾言的時機這不是來到了嘛！」而且在很短的時間裡他把一切都計算好並估計到了。「嗯，時機到了！嘿，這個無情殘害折磨窮人的高利貸主，今天你要被淹死在水裡了！」他為了不讓高利貸主看見自己那一對閃著怒光的黑亮的眼睛，時而扭過臉去。

他們拐進了塵土飛揚的一條窄巷，高利貸主給納賽爾丁阿凡提打開了自己的院門。院子裡，一座矮牆隔著的那邊是女人們的住所，在牆那邊的樹叢中，納賽爾丁阿凡提看見了一些人在動著，聽見了低聲的議論和笑聲。她們是高利貸主的小妾們，見到有客人來她們都興奮了起來，由於她們是被俘獲而來，所以都被剝奪了透過其他途徑尋歡作樂的可能。高利貸主停下來，凶狠的看了她們一眼，她們立刻靜了下來。「我今天要解放

妳們，美麗的俘虜！」納賽爾丁阿凡提心裡想。

高利貸主把他領進一間沒有窗戶的屋子裡，屋門被三把大鎖鎖著，還被機關只有他自己才知道的門閂閂著。他在門閂落下、門打開之前，把鑰匙和開門的器具弄得「嘩啦嘩啦」響，長時間的忙碌著。那些大缸就在這間屋子的地窖裡存放著，高利貸主平時就在這個地窖口的蓋子上睡覺。

「脫掉你的衣服！」納賽爾丁阿凡提命令他說。高利貸主脫下衣服並扔在一邊。他那裸露的身體醜陋得無法用言語來形容。納賽爾丁阿凡提關上了門，開始念起咒語來。

這期間，傑帕爾的很多親戚都聚集到了他的院子裡，他們中很多人都欠傑帕爾的錢，希望今天在他高興之際能免去他們所欠的債。然而，他們的希望只不過是空想。高利貸主聽著從門外透過來的欠債戶們的聲音，在屋裡狠毒的笑著想：「今天我要對他們說把他們的債全都免掉。但是我不把借據退給他們，借據還留在我手裡。這樣他們就會開始平息下來，回去安心過日子，我什麼也不說，一聲不吭。但是我還要經常偷偷的算賬，每一個銀元的本金上再加上十個銀元的利息，等到這筆債超過借債人現有房屋、土地和葡萄園的價值時，我就把哈孜叫來，推翻我的承諾，出示他們的借據，變賣他們的所有財產，讓他們成為窮光蛋。然後我就可以再裝滿一缸黃金！」貪得無厭、黑心的高利貸主心裡盼望著。

「站起來，穿上衣服！」納賽爾丁阿凡提說：「我們現在到先聖艾赫麥德湖邊去，你要下到那神聖的水裡，這對治好你的病是必不可少的。」

「先聖艾赫麥德湖！」高利貸主害怕的喊了起來。「我已經下過一次了，請您記住，胡笙・侯斯利耶，我不會游泳。」

「你要一邊往水裡走，一邊祈禱。」納賽爾丁阿凡提說：「你在祈禱時不能想你的財產，另外，你要拿上一袋金幣，每遇到一個人都要給他施捨一個金幣。」

雖然高利貸主很不情願地哀嘆、叫苦，但還是執行著每一個命令。對路上遇到的每一個人——工匠和乞丐們他都施捨一個金幣。他身後跟著一大群親戚。納賽爾丁阿凡提為了避免被指控故意把高利貸主沉入水中，特意把他們都叫來觀看。

太陽在房屋背後向下沉去，樹林的影子遮住了湖面，蚊子、蠓蟲在嗡嗡叫著。傑帕爾第二次脫下了衣服，來到水邊。

「這裡太深了！」他叫苦連天。「胡笙・侯斯利耶，你沒有忘記我不會游泳吧！」

他的親戚們都悄悄的在一邊觀望著。傑帕爾用手捂著羞處，膽怯的縮著身子圍著水塘轉了一圈，想找一個淺一點的地方。

然後傑帕爾蹲了下來，抓住水邊倒垂著的灌木枝條，恐懼的把一隻腳伸進水裡。

「水很涼！」他怒氣沖天的說著，並且把眼睛瞪得大大的。

「你太磨蹭了！」納賽爾丁阿凡提回答道。他爲了不讓自己心裡產生不必要的憐憫，努力的不去看他。但是他想起了被傑帕爾逼得家破人亡的窮人們所遭的罪、患病嬰兒那乾裂的嘴唇，還有尼亞孜老人的熱淚，臉上燃起了憤怒的火焰。於是他嚴厲的盯著傑帕爾的眼睛。

「你也太慢了！」他又說道：「如果你希望治好你的病，那就往水裡走！」

高利貸主下到了水裡，但是他往水裡走得很慢，水已沒到他的膝蓋，可是他的肚子還趴在岸上，後來他站了起來。由於水很深，雖然還站在靠岸的地方，但是水已淹到了他的腰部。水裡的植物都翻了上來，像冰一樣刺著他的身體，扎得他發癢。他凍得一邊哆嗦著肩膀，一邊向前邁了一步，並且回過頭來看了一眼。然後他又向前邁了一步，又向後看了一眼。他的眼睛裡流露出了乞求的目光。納賽爾丁阿凡提沒有理會他的乞求。同情高利貸主就是讓成千上萬的窮人今後仍繼續受苦受難。

水沒過了高利貸主的駝背，但是納賽爾丁阿凡提還是鐵了心一般的讓他走得更遠、更深。

「再走遠一點，再遠……讓水沒過你的耳朵，不然的話我就治不好你的病。嗯！大膽的走，尊敬的傑帕爾！大膽一點，再向前！嗯，還要往前走一點！」

這時，只聽高利貸主一下子發出「咕嚕嚕」一陣水泡聲，他的頭已淹進水裡。

剛才那個「咕嚕嚕」聲音又重複了一遍，然後他在水面上露了一下。

「他在往下沉！他沉底了！」他的親戚們喊著，出現了一片喊叫和混亂。他們向高利貸主伸著手，遞著棍子，有些人是真心想幫他，但有些人只是表面上做做樣子而已。

納賽爾丁阿凡提立即看出他們誰欠的債最多。有一個人來來去去比誰都跑得多、喊得多、張羅得厲害：「伸手啊！快點，把手伸給我，尊敬的傑帕爾！你聽見沒有，把你的手伸給我！給我呀！」

「伸手，把手給我！」他的親戚們也都七嘴八舌的喊著。

高利貸主露出水面的時間越來越少，靜靜的繼續往水底沉。要不是不知從哪兒來的一個赤腳的賣水人背著一個空皮囊趕巧來到這裡的話，高利貸主準保在這裡——就在這神聖的湖水裡喪命了。

「哎呀！」賣水人看著沉在水裡的人說：「這不是高利貸主傑帕爾嗎？」

他不加考慮，也顧不及脫衣服就跳進水裡，把手伸了過去，果斷的喊著：「給你！」

高利貸主抓住他的手，平安無事的上了岸。

他躺在湖邊兒上，在他正在恢復的時間，賣水人滔滔不絕的向傑帕爾的親戚們解釋

說：

「你們救他的方法不對，你們喊的是『給我』，對他來說這種時刻應該說『給你』才是！你們知道，當然，有一次，尊敬的傑帕爾就掉進了這個聖湖裡，一個騎著灰色毛驢的過路人把他救了上來。那個人救起高利貸主傑帕爾時就採用的這種方法，這我還記得。今天這個高招又讓我用上了。」

納賽爾丁阿凡提聽了這些話，直咬自己的嘴唇。從這話中他才明白了自己實際上救了高利貸主兩次。第一次是親手救了他，第二次是透過賣水人的手救了他。「不，我無論如何要在這水裡淹死他，爲此，就是在布哈拉再待上一年也在所不惜！」他想著。這時高利貸主已經恢復了過來，開始「哇啦啦」的叫喊。

「胡笙·侯斯利耶，雖然你決心治好我的病，但是你卻差點把我淹死！無比公正的阿拉呀，今後我再也不到這個水塘百步之內的岸邊來，胡笙·侯斯利耶，你不知道如何搭救落水者，算什麼聖人，普通的賣水人都比你聰明。把我的外衣和裹頭布拿來，走，胡笙·侯斯利耶，天快黑了，應該把你已經開始的事爲我做到底。賣水的！」他又補充說著並站起身來。「別忘了你的欠款再過一星期就到期了。但是爲此我準備獎勵你，你的欠款我豁免一半……不，我是說四分之一……哦不不，我豁免十分之一。這樣的獎勵就已經足夠了，因爲沒有你的幫助我也能自己游出水來的。」

「唉，尊敬的傑帕爾。」賣水人膽怯的說：「要是沒有我的幫助你早就沉底了，最起碼也得豁免我那筆債的四分之一吧！」

「唅——喝，原來你是抱著這目的來救我啊！」高利貸主喊了起來。「也就是說，你不是作爲一個善良的穆民來幫助我，而僅僅是貪圖我的錢財！爲此，你——賣水的，應該受到懲罰！你的債一分都不免了！」

賣水人繃著臉走開了。納賽爾丁阿凡提難過的看著他，然後憤恨的看了傑帕爾一眼。

「胡笙·侯斯利耶，快點走！」高利貸主催促著。「你和那個貪心的賣水人嘰咕些什麼？」

「等一等！」納賽爾丁阿凡提回答道：「你難道忘記了每遇到一個人就應該給他一個金幣，爲什麼對賣水人你什麼都沒有給？」

「哎呀，我真命苦呀，讓我破產了！」他喊了起來。「對這個可惡的貪心鬼還要給他錢！」他解開錢袋子，扔出一個金幣。「但願這是最後的了。天已黑了，回家的路上我們千萬別再遇到任何人啦！」

納賽爾丁阿凡提和賣水人沒有白嘰咕。

　　人們順著原路返回。前面走著高利貸主，後面走著納賽爾丁阿凡提，最後是高利貸主的親戚們。他們還沒有走出五十步遠，那個賣水人從一個窄巷子裡走了過來。

　　高利貸主歪著腦袋看了他一眼，準備從他身邊走過去。納賽爾丁阿凡提用嚴厲的語調叫住他，說：

　　「別忘了，傑帕爾，遇到每一個人都要給一個金幣！」

　　黑暗之中傳來了一陣哀號之聲，傑帕爾在解錢包。

　　接過一個金幣，賣水人在黑暗中消失了。但是在走了五十來步之後，賣水人又來到了他們面前。高利貸主面色蒼白，開始發起抖來。

　　「胡笙・侯斯利耶。」他說：「你看呀，這又是那個人！」

　　「遇到的每一個人！」納賽爾丁阿凡提重複著。

　　寧靜的路上又出現了一陣哀號，這說明高利貸主又在解錢袋子了。

　　整個路途上都是這樣。賣水人每隔五十步就在他們面前出現一次，他忙得上氣不接下氣，大口大口的喘吁著，滿臉汗水直流。他對正在發生的事情一點都不明白，但卻一次又一次的拿著錢，並且爲了一分鐘之後再從哪個灌木叢中跑到路上來而忙得不亦樂乎。

　　高利貸主爲了能剩下一些錢，不斷的加快腳步，結果竟然跑了起來。但他是一個瘸子，賽不過那個不顧一切、時而翻牆而出、像旋風一樣跑來跑去的賣水人。賣水人至少跑過來十五次，最後他又從高利貸主家屋頂上的一個什麼地方跳下來，落在大門口正中央，攔住了他的去路。賣水人把最後一枚金幣接了過來，然後有氣無力的倒在了地上。

　　高利貸主慌忙的進了門，納賽爾丁阿凡提跟著走了進來。高利貸主把空錢袋子扔在他的腳下，生氣的喊著：

　　「胡笙・侯斯利耶，治好我的病的代價也太高了吧！我把三千多銀元，都浪費在送禮行善和那個該詛咒的賣水人身上了。」

　　「你放心吧！」納賽爾丁阿凡提回答說：「半小時後就會達到你的心願。在院子中間點上一大堆篝火！」

　　在僕人們把柴禾搬來並點燃之前，納賽爾丁阿凡提心裡想著如何愚弄這個傻瓜，並把治不好他的病的所有責任推到他的身上。他苦思冥想著，但都覺得不合適而加以否定。這時篝火已經燃燒得很旺，在風中輕輕晃動著的紅色火焰竄得很高，把葡萄架上的一片片葡萄葉子都照得很清楚，然後升騰至空中。

　　「傑帕爾，脫掉你的衣服，圍著篝火轉三圈！」納賽爾丁阿凡提說。他仍然沒有想出一個辦法，只是拖延著時間，他的臉上露出了愁容。

　　親戚們都一聲不吭的觀望著。高利貸主就像拴在鏈子上的猴子一樣，揮舞著能夠著膝蓋的兩隻手，在篝火邊轉著圈兒跑著。

　　納賽爾丁阿凡提的臉上這時一下子豁然開朗，他輕輕的吁了一口氣，挺起胸來。

　　「給我拿一條被子來！」他大聲地說道：「傑帕爾和其餘人都到我身邊來！」

　　他把親戚們排成一個圓圈，讓高利貸主坐在中間的地上，然後對他們說：

　　「現在我用這條被子把傑帕爾蒙起來，然後念經。你們大家，包括你——傑帕爾，都把眼閉上，跟著我念。我揭開被子的時候，傑帕爾的病就治好了。但我必須警告你們，有一個特殊條件，如果有哪怕一個人違背這個條件的話，那傑帕爾的病就治不好了，注意聽著並且要背下來。」

　　親戚們都做好了要聽並且背下來的準備，靜靜的等待著。

　　「你們跟著我吟誦經句時——」納賽爾丁阿凡提嚴肅的說：「你們任何人，特別是傑帕爾不要想關於猴子的事！如果你們中有一個人開始想這方面的事或者比這更壞的事，在你們的腦子裡想起猴子的尾巴、猴子那紅紅的屁股、牠那長著滿口黃色獠牙和令人惡心的嘴巴的話，當然，那就不可能產生任何效力，因為做善事的時刻不能去想猴子這種醜陋的生靈。你們明白我的話沒有？」

　　「明白了！」親戚們回答說。

　　「準備好，傑帕爾，閉上你的眼睛！」納賽爾丁阿凡提鄭重其事的說著並用被子把傑帕爾蒙住，然後對親戚們說：「現在你們也都閉上眼睛，記住千萬不要想猴子的模樣！」

　　他煞有其事的誦讀起經文：

　　「啊，拉合曼，啊，凱力姆，啊，拉扎克，請你用艾力莆、拉姆、米姆、萊字母①的神聖力量和那無所不能的意念賜給傑帕爾以治病的神力吧！」

　　「啊，拉合曼，啊，凱力姆……」親戚們用各種聲音跟著念了起來。

　　這時納賽爾丁阿凡提看見他們中有一人的臉上帶有不安和尷尬的表情，接著又有第二個親戚開始咳嗽，第三個人則跟不上背誦，第四個人好像是要努力趕走一個糾纏不休的想法，開始不住地搖著頭。一分鐘後，傑帕爾自己也開始在被子裡不安的動了起來：長著長尾巴和黃獠牙、令人惡心、無法用語言來形容的一隻醜陋的猴子出現在傑帕爾的腦海裡和眼前，怎麼也驅趕不走，並且那猴子一會兒用舌頭、一會兒用那紅紅的圓屁股、一會兒用穆民們認為都在羞辱他，這使傑帕爾很惱火。

　　納賽爾丁阿凡提繼續大聲背誦著經文，但是突然他停頓下來，好像在傾聽著什麼，那些親戚們也都跟著靜了下來。有人甚至向後退去。傑帕爾在被子下面「咯吱咯吱」的咬著牙，因為他腦子裡的猴子已經開始做起醜事來了。

「什麼？」納賽爾丁阿凡提用雷鳴般的聲音大聲喝問：「不知廉恥的人們，叛逆！你們破壞了我的禁條，你們在念經時竟敢想我禁止你們想的事！」他揭開被子，開始罵著高利貸主。「你為什麼叫我來！現在我看透了你是不願意治好你的病，你是在小看我的本領，難道是我的敵人教給你這樣做嗎？傑帕爾，你！小心點！明天一早艾米爾就會知道這一切。我要稟告艾米爾你在念經的時候竟敢倒行逆施，胡思亂想，光想著猴子的醜態，小心點，傑帕爾，你們也留點兒神，你們也必須作出回答，你們也知道叛逆行為應該受到什麼樣的懲罰！」

由於叛逆行為要受到最嚴厲的懲罰，所有的親戚們都害怕得不知所措，高利貸主極力為自己辯解著，開始「哇啦哇啦」的說著什麼。但是納賽爾丁阿凡提毫不理睬，他一下子轉過身去，「砰」的一聲帶上門走了。

過了一會兒，月亮升了起來，在布哈拉的上空拋灑著她那柔美的光。但是在高利貸主的家裡，直到深更半夜，喊叫聲、斥罵聲還在不斷傳出來——他們在那裡追究著是誰第一個想起了那隻老猴子！

註①啊，拉合曼……萊字母——其中拉合曼、凱力姆、拉扎克為阿拉伯語中對真主的不同尊稱，艾力菁、拉姆、米姆和萊字母分別為阿拉伯語字母表中的字母。對前三個字母的註疏很多，眾說紛紜，其中最流行的一種解釋為：「艾力菁」是「阿拉」的略稱；「拉姆」是「哲布列勒」的略稱；「米姆」是「穆罕默德」的略稱。這三個字母連起來表示：《古蘭經》是阿拉透過天使哲布列勒傳示於先知穆罕默德的。伊斯蘭教徒認為誦念這些字母就會得到阿拉的佑助和神力。

第 三 十 一 章

納賽爾丁阿凡提愚弄了高利貸主後，向宮廷方向走去了。

布哈拉城送走了辛勞的白天，沉入在酣睡之中。窄小的街巷裡涼爽而又黑暗，小橋下的溪水「叮叮咚咚」奔流著，地上散發著潮濕的氣味兒。納賽爾丁阿凡提不時踩在泥濘的地方，一滑一拐的走著——這些地方是非常勤勞的灑水人們老實工作的標誌。他們為了不讓晚風吹起的暴塵驚擾勞累了一天之後，在院子裡和屋頂上酣睡的人們，而把道

路淋得濕漉漉的。沉浸在夜幕之中的片片果園把自己那涼爽的香氣時而散出牆外。遠處的群星在穹蒼深處向納賽爾丁阿凡提擠著眼睛，祝他好運。「是的。」他笑著說：「畢竟，這個世界，是為了肩膀上長著頭腦的人，而不是為了那些肩膀上長著一只空瓦罐的傢伙們而造就。」

他在街道上走了一會兒，然後拐向市場那邊過去，這時他看見了自己的好友阿里的茶館中那熱情好客的明亮的火光。納賽爾丁阿凡提繞到茶館後面，敲了一下門。茶館主自己過來給他開了門。他們擁抱相見，然後一起來到了黑暗的小屋裡。薄牆那邊傳來陣陣嘈雜聲、笑聲和茶碗、茶壺的碰撞聲。阿里關上了門，點上了油燈。

「一切都準備好了。」阿里告訴他說：「我在茶館裡等古力健。尤素莆鐵匠已給她準備好了藏身的地方。毛驢日夜都備好鞍待命，牠很健康，胃口好，吃得很肥。」

「謝謝你，阿里，不知什麼時候能有機會謝你。」

「會有的。」茶館主說：「你是納賽爾丁阿凡提，你會得到一切的，現在別說那麼多謝不謝的話。」

他們低聲交談了起來，茶館主人為古力健準備好了男式衣服並為了使她不露出頭髮而準備好了裹頭布。

一切都安排就緒了。在納賽爾丁阿凡提要離開的時候，牆外傳來了一個熟悉的說話聲。納賽爾丁阿凡提把門開了個縫兒看了一下，那是麻子密探的聲音。

身穿昂貴的大衣、頭上纏著裹頭布、戴著假鬍鬚的麻子密探坐在普通百姓人群中賣弄著口舌：

「那個經常在你們面前自稱是納賽爾丁阿凡提的人根本不是納賽爾丁阿凡提，是假冒的，我才是真正的納賽爾丁阿凡提！但是我已覺悟到我在迷途之中所做的一切錯事是毀滅性的和骯髒的，我已經改邪歸正了。我是真正的納賽爾丁阿凡提，你們要以我為榜樣，向我學習，聽我的勸告。現在我才明白伊斯蘭教是唯一真正的宗教，我們最最偉大的紅太陽艾米爾是阿拉在今世的化身，這已被他舉世無雙的英明、虔誠和浩蕩的恩德所證實。這些是我——千真萬確的真正的納賽爾丁阿凡提對你們要說的。」

「好呀！」納賽爾丁阿凡提輕輕的用胳膊肘子搗了一下茶館主。「你看，他們以為我不在這個城市裡所以才敢這樣為非作歹。看來我應該讓他們認識認識我。阿里，暫時把我這假鬍鬚、緞子大衣和裹頭布脫在你這兒，你借給我一件舊衣服。」

茶館主把拿來當作羊皮掃帚用的一件又髒又舊、鑽滿跳蚤的大衣給了他。

「你是不是在養跳蚤啊？」納賽爾丁阿凡提一邊穿著舊衣服一邊說：也許你打算開一個賣跳蚤肉的店舖。但是跳蚤們會先把你吃掉的，阿里。」

144

他一邊說著一邊向街上走去。茶館主不知將會發生什麼事，擔心的去接待客人了。沒等多久，納賽爾丁阿凡提像是行了一天的路而疲憊不堪的人，從小巷裡走進茶館。他進到茶館之後在一個黑暗角落裡坐了下來，要了茶。誰也沒有注意他，因為在布哈拉的大街小巷裡熙來攘往的各種各樣的人真是絡繹不絕。

麻子密探繼續講著：

「我在迷途之中所做的錯事數不盡，但是現在我，納賽爾丁阿凡提已經改邪歸正，並發願今後要做一個本分之人，按伊斯蘭教的宗旨辦事，為艾米爾、為他的宰相們、為他的使者們和衛兵們鞠躬盡瘁。從今以後我要過安樂舒適的日子，我已積攢了很多財富。從前我是一個可惡的浪蕩子，但是現在我已經像所有安分守己的穆民一樣地過日子了。」

腰上別著一根鞭子的一個什麼僕人給麻子密探遞上了一碗茶，說：

「我是從浩罕到布哈拉來的，天下無敵的納賽爾丁阿凡提，對你的英明我如雷貫耳，但是說什麼也沒有想到能和您見面甚至交談，就讓我把我和您相遇的情況，還有您告訴我的那些話講給大家聽聽。」

「好啊！」麻子密探同意的點著頭。「你就把納賽爾丁阿凡提改邪歸正、現在已變成一個虔誠的穆民和偉大的艾米爾的忠實奴僕的事告訴大家。」

「我有個問題先要問你，天下無敵的納賽爾丁阿凡提。」僕人繼續說著：「我是一個虔誠的穆民，擔心不懂法而做壞事，所以我要向您求教的是，如果我在水渠裡洗澡的時候，突然聽見宣禮人號召做禮拜的呼聲時我該怎麼辦，那時我的臉應朝向哪個方向比較合適？」

麻子密探非常高傲的笑了一下。

「當然要朝向麥加方向……」

這時黑暗處突然傳出了一個聲音：

「應該朝著放衣服的方向，為了不光著身子回家，這樣才是最好的。」

在場的人們都不再尊敬的看著麻子密探，而是低下腦袋，偷偷的笑了起來。

麻子密探瞪著眼睛向納賽爾丁阿凡提望去，在黑暗之中沒有認出他來。

「在角落裡說話的是誰？」他傲慢的問道：「嗨，破爛裹屍布，難道你敢賣弄口舌與納賽爾丁阿凡提爭嘴？」

「像我這樣的區區小輩還能待在哪兒呢？」納賽爾丁阿凡提回答著，仍然謙虛的坐在角落裡開始喝起茶來。

有一個農民央求麻子密探說：

「您說一下，虔誠的納賽爾丁阿凡提，在需要參加一個穆民的葬禮時，按伊斯蘭教的

規矩應該站在哪一邊好，是靈架①的前面還是後面？」

麻子密探準備回答問題，傲慢的伸出手指，但角落裡傳出來的聲音又把話搶了過去：

「前面後面沒有任何差別，只要不躺在靈架裡頭就行了。」

愛笑的茶館主笑得摀著肚子倒了下去！其他人也都再也忍耐不住的大笑了起來。坐在角落裡的人毫不示弱地對答著，只要得到機會他似乎可以與這位「納賽爾丁阿凡提」對陣。

麻子密探非常生氣，慢慢扭過頭來，說：

「你，你是誰，依我看你太愛多嘴了，小心別丟掉了你的舌頭！憑我的鐵嘴鋼牙，讓你的舌頭變成廢物不是不可能的！」麻子密探看著坐在周遭的人們說：「但是我們現在正在談論忠於阿拉、勸人為善，這樣的時刻你多嘴多舌，太不知天高地厚了。凡事都有各自的時候，所以對那個破爛裹屍布的話，我讓他得不到回答。穆民們，我——納賽爾丁阿凡提，號召你們要事事以我為榜樣：你們要尊敬毛拉，要服從政府，那時你們的家裡才能福星高照。但最重要的是，千萬不要聽信那些假稱自己是納賽爾丁阿凡提的可疑的無賴們——比如最近在布哈拉造了反的，還有那些一聽說真的納賽爾丁阿凡提來到這座城市就出沒不定的惡棍們的話。你們應該把假稱自己是納賽爾丁阿凡提的人抓起來交給艾米爾的衛兵。」

「是的！」納賽爾丁阿凡提大聲說著，並且從暗處走到亮處。

所有的人一下子全都認出了他來並被這突如其來的情況驚呆了。

密探的臉色「唰」地變得蒼白。納賽爾丁阿凡提來到他的身邊。茶館老闆阿里不露聲色的來到密探的身後，做好了隨時動手把他抓起來的準備。

「也就是說，你就是真正的納賽爾丁阿凡提？」

麻子密探不知所措的向周遭看了一下，他臉上的肉開始抽搐，眼睛裡露出了惶恐不已的神色。但他還是壯著膽子回答說：

「是的，我就是如假包換的納賽爾丁阿凡提，其他的都是假的，也包括你在內。」

「穆民們，你們還看著做什麼！」納賽爾丁阿凡提喊道：「他已經不打自招了，把他抓起來，別讓他跑了，難道你們沒有聽見艾米爾的命令。你們知道不知道應該把『納賽爾丁阿凡提』怎麼辦？把他牢牢的抓住，否則的話你們會被當作窩藏犯議處！」

他一把揪下了麻子密探的假鬍鬚。

茶館裡的人都認出了他那塌鼻子、花白的眼珠子和那張醜陋的麻子臉。

「這可是他自己供認的！」納賽爾丁阿凡提向右邊擠了一下眼睛喊著說：「把『納賽爾丁阿凡提』抓起來！」然後又向左邊擠了一下眼睛。

茶館主阿里第一個把麻子密探攔腰抱住。麻子密探想逃脫而拼命掙扎，但是賣水人、農夫、工匠一起跑了過來，他們好一陣子拳頭像雨點般落下。納賽爾丁阿凡提比誰都用勁的快速掄著拳頭。

「我是在開玩笑！」奸細躬著腰喊著。「哎，穆民們，我是在開玩笑，我不是納賽爾丁阿凡提，放開我！」

「你撒謊！」納賽爾丁阿凡提像是一個在案板上和麵的廚子一樣緊握著拳頭，不斷砸下去。「這可是你自己供認的，我們都聽見了！穆民們，我們這裡的人都是無限忠於艾米爾的，所以我們要堅決執行艾米爾的命令，都來打『納賽爾丁阿凡提』呀！我說穆民們！把他扭送去交給衛兵，拉到宮殿裡去！為了真主的光榮、為了艾米爾的光榮，打呀！」

他們把密探朝宮殿方向拖去，一路上都在狠狠的揍著他。納賽爾丁阿凡提最後用腳朝他的後背踢了一腳，然後返回茶館。

「哎呀！」他擦著臉上的汗水說：「我們也許把他收拾得夠本了！現在人們還在收拾他，你聽見沒有，阿里？」

遠處不斷傳來人們激奮的喊聲和那密探的哀叫聲。這個奸細無惡不作，今天人們借艾米爾的名義，每個人都好好地出了一口氣。

愜意、高興的茶館老闆微笑的摸著肚子說：

「這對他是一個教訓，今後他再也不敢到我的茶館裡來了！」

納賽爾丁阿凡提在小庫房裡換上了衣服，黏上了鬍鬚，又變成了聖人胡笙·侯斯利耶。

他回到宮廷的時候，聽見從哨樓裡傳出來的呻吟聲。他走了進去。

全身都被打腫、只剩下一口氣兒了的麻子密探躺在毛氈上，阿爾斯蘭別克提著一盞燈籠站在他頭頂那邊。

「尊敬的阿爾斯蘭別克，發生什麼事了？」納賽爾丁阿凡提裝作什麼也不知道的問。

「大事不好了，胡笙‧侯斯利耶，那個惡棍納賽爾丁阿凡提又回到我們這座城市裡來了，而且還打了我們最精幹的密探。他是按照我的命令裝扮成納賽爾丁阿凡提到居民中去宣傳安分守己政令，好減少納賽爾丁阿凡提在居民們心目中造成的影響的。但是，竟然被打成了這個樣子，你瞧瞧！」

「哎呀——哎呀！」麻子密探抬起被打得青一塊、紫一塊、腫得像圓球一樣的臉。「今後無論任何時候，我都再也不和那個惡棍打交道了，因為我知道他下次肯定會打死我。我再也不願當密探了。從明天開始我要到一個誰也不認識我的地方去，做一個靠勞動生活的人。」

「我的朋友們真是夠賣勁的！」納賽爾丁阿凡提看著那密探的模樣，甚至在心裡有些可憐他。「如果到宮殿的路再遠二百步的話，他能不能活著回來都值得懷疑。這個教訓對他是否能見效，這還得走著瞧。」他心裡想著。

一大清早，納賽爾丁阿凡提在塔樓上看見麻子密探是手裡提著一個小包袱從宮殿大門口離去的。他一會兒瘸著右腳，一會兒拐著左腳，一陣子捂著胸口，一陣子捂著肩膀，過一會兒又捂著兩肋，一路上不時停下來歇息，東坐一下，西坐一下，在太陽晨暉照亮了的街道上橫越而過，消失在鬧市裡的上面有頂篷的街道之中。黑暗過去了，潔淨、透明、晴朗、沐浴著露水的晨光照耀著大地。鳥兒們有的嘰嘰喳喳叫著，有的發出哨聲般的啼鳴，蝴蝶們為了在黎明的陽光中取暖而飛向高空，蜜蜂落在納賽爾丁阿凡提的窗框上，開始尋找蜂蜜——窗戶上放著的罐子裡飄出陣陣蜂蜜的香味兒。

納賽爾丁阿凡提的敬愛的老朋友——太陽冉冉升起。他們每天早晨見面。納賽爾丁阿凡提每天黎明就像一年都沒有見到太陽一樣高興的迎接日出，眼看著把自己無窮無盡的溫暖公平的賜給每一個人、慷慨大方、橫貫環宇的一輪紅日升向天空。世間萬物興高采烈的迎著朝陽，向它表達自己的感謝之情，在它的光輝中相互媲美！絨毛般的朵朵白雲，座座雕花的寺塔，片片瑩潤的樹葉，竊竊私語的流水，還有鮮花點綴著的綠地在清晨的陽光中顯得格外清新、亮麗，甚至連被大自然遺忘、比什麼都枯燥的堅硬石頭都在歡歡喜喜的迎接著朝陽，用晨光來裝飾自己——石頭碎裂之處折射出的陽光，十分耀眼，好像鋪上了一層碎鑽石一般晶亮。正因為如此，納賽爾丁阿凡提在這些時刻，面對自己光芒四射的朋友怎能不高興呢？陽光下，樹林在輕輕的搖動，納賽爾丁阿凡提也像披上了綠葉一樣，與她們一起隨風輕搖；附近清真寺的塔頂上，一隻隻鴿子有的在「咕

咕」的叫著，有的在用嘴清理著翅膀和尾翼，使得納賽爾丁阿凡提也想清理一下自己的翅膀；兩隻蝴蝶在窗前飛舞嬉戲，看到牠們那輕快的追逐和舞蹈，納賽爾丁阿凡提甚至都想做第三隻蝴蝶了。納賽爾丁阿凡提的眼睛裡閃爍著幸福之光，他想起了麻子密探，希望這晨光能成為他走向潔淨、光明的新生活的開始。但納賽爾丁阿凡提又生氣的想到：畢竟，他的腦子裡已經滲入了那麼多污濁的東西，無法擺脫，一旦躺下來，休息好了，準還會重操舊業。

正如納賽爾丁阿凡提後來聽說的那樣，他的預見沒有錯，因為他非常了解這些人。但是他卻很希望自己能犯一次錯誤。如果麻子密探能從靈魂深處改邪歸正的話，納賽爾丁阿凡提會高興不已的！但是，腐朽了的東西不可能再煥發新生，臭味兒不能變成香味兒，納賽爾丁阿凡提嘆了一口氣。

他的最神聖的祝願，是對天下人的祝願，也就是所有的人都沒有貪婪、沒有陰險、沒有狡詐、沒有殘暴，人人都相互扶持度過危難，視天下之樂為己樂，天下之人皆同胞。然而，在他對世界抱著這樣美好的期望的同時，卻不得不目睹人們敗壞的生活，互相壓榨、奴役和用各種齷齪的東西污染自己的心靈。要弄懂廉潔的人生法則，對人們來說，最終需要多少時間？但是不管到何時，人們終將弄懂這個法則，納賽爾丁阿凡提對此毫不懷疑。他堅信這個世界上，好人比壞人多得多；堅信心靈已從根基上腐朽了的高利貸主傑帕爾和麻子密探這種殘疾的靈魂，可以使善良的人們引以為戒；堅信一切邪惡和謬誤都是從外，通過生活中的錯誤和荒誕的理念侵入人們心靈的；堅信在人們重新造就和純潔人類心靈的那一天到來時，在這高尚的事業中，人們也將滌淨自己心靈中的一切俗陋和污濁！納賽爾丁阿凡提不是用別的，而是用他自己的心，在人們心靈上刻下了印記。對這一點，關於他的很多歷史篇章和我們的這本書就可引以為證。不少人由於野心和陰謀，或是目光短淺，或是懷恨在心，雖然他們極力妄圖誣蔑納賽爾丁阿凡提清白的生平，但都枉費心機，失敗而告終。因為虛假永遠也不能戰勝真誠。這反而把納賽爾丁阿凡提的故事錘鍊得更加純潔，像金剛石一樣珍貴，光照人心，今後也仍將流芳千古。至今，遊人們仍在坐落於現今土耳其境內一個叫做阿克謝霍爾的地方的一座普通墓碑前駐足，用美好的語言講述和追憶出生於布哈拉的遊子、幽默大師——納賽爾丁阿凡提的故事，一遍又一遍的吟誦一位詩人的一段獻詞。這獻詞說：

「他，在自己死後，仍把那怒放在心中如玫瑰花般的芬郁芳香，像吹遍世界的風兒一樣盡灑人間，然而，卻把自己的心交給了大地。世界上，用自己的心刻下印記的生命，並窮畢生之力領略大自然之美的生命，才是最美麗的生命。」

應該說的是，有人認為這墓碑之下並沒有躺著什麼人，是滑稽大師納賽爾丁阿凡提

自己特意把這墓碑立在這裡，並且散布自己已經死去的消息，然後爲了周遊世界而浪跡天涯。到底是與否？不得而知。還是留下一個沒有結果的想像空間吧，我們僅僅要說的是，納賽爾丁阿凡提會笑迎一切的！

註①靈架——穆民教民用來放置和扛送死者屍體的一種擔架。

第 三 十 二 章

早上的時刻已經過去，取而代之的是悶熱的正午。

爲了逃生，一切都已準備就緒。

納賽爾丁阿凡提來到了居留俘虜的小閣樓，說：

「胡笙・侯斯利耶聖人，你當俘虜的期限已滿。今天晚上我要離開宮廷了。我將不鎖你的屋門，但有一個條件，那就是你在兩天之後才能離開這裡，如果你打破這個限制，那免不了你還會在這個宮殿裡與我相遇，那時你自己明白，我會以越獄逃跑之罪把你交給劊子手們。再見了，巴格達的聖人——胡笙・侯斯利耶，滿足吧，我交代給你的事，是把事情的眞相和我的名字告訴艾米爾。注意聽著：我的名字叫納賽爾丁阿凡提！」

「哎——呀！」老頭兒驚叫一聲倒地，什麼都說不出來了。這個名字使他驚恐萬分。門「嘎吱」一聲關上了。納賽爾丁阿凡提的腳步聲在樓下消失了。老頭謹慎的來到門邊，摸了一下，門沒有鎖。老頭伸出頭來看了看，沒有任何人。他把門關緊，又從裡面把門閂上。「不！」他嘟噥著說：「爲了不再與納賽爾丁打交道，還是在這裡再待上一個星期爲妙。」

傍晚，天空呈現出一片深藍，群星剛剛開始眨眼睛，這時納賽爾丁阿凡提抱著一個瓦罐，來到了把守通往艾米爾後宮御道的衛兵附近。

衛兵們沒有發現他走近而繼續談著話。

「看呀，又一顆流星飛過來了！」能生吞雞蛋的懶惰的胖衛兵說：「如果它們像你所說的會落在地上的話，那人們為什麼從未撿到過？」

「它們，也許，會落到大海裡。」另一個衛兵說。

「哎，你們，勇敢的士兵們！」納賽爾丁阿凡提打斷他們的交談。「把後宮總管叫到這兒來，我要把給那個患病的妃子配好的藥交給他。」

總管走過來，尊敬的用雙手接過了罐子，罐子裡面除了用渠裡普通的水溶化了的石膏外，什麼都沒有，聽完如何用藥的解釋後，他回去了。

「啊，聖人胡笙・侯斯利耶！」胖子衛兵諂媚的說：「你知道世界上所有的事，你的知識淵博無量！請告訴我們，星星從天上落下來時都落到了哪裡，為什麼人們撿不到它們呢？」

納賽爾丁阿凡提忍不住開了個玩笑：

「這你們還不知道？」他做出一副很嚴肅的樣子。「星星落下來時會變成很多碎銀幣撒下來，地上的乞丐們可以拾到。據我所知有些人就是這樣發了大財的。」

衛兵們互相看著，愣住了，驚詫的表情無法形容。

納賽爾丁阿凡提一邊譏笑著白癡一般的衛兵，一邊走了。他無論如何也沒有想到這個玩笑過一會兒將給他帶來多麼大的方便。

他在自己的塔樓裡一直坐到半夜。這時，整個城市和這座宮殿裡萬籟俱寂，燈光都已熄滅。不能再遲疑了，夏季的黑夜很快就會過去。納賽爾丁阿凡提來到樓下，選擇隱蔽障礙物，向艾米爾後宮方向走去。「衛兵們也許都睡著了。」他想。

他來到近處，聽見了衛兵們仍在低聲交談，心中感到很沮喪。

「哪怕只有一個星星掉在這裡也算好了！」懶惰的胖衛兵說：「要是撿到很多銀元我們馬上就可以發財了。」

「你知道嗎，我根本不相信星星會變成銀子散落下來。」另一個衛兵說。

「可是巴格達的聖人就是這樣說的呀！」胖衛兵反駁說：「他博學多才，這誰都知道，他當然不會錯。」

「你們這些該詛咒的！」藏在暗處的納賽爾丁阿凡提心裡怒吼著。「唉，為什麼我要跟他們提起星星呢？現在他們會爭論到天亮，難道逃跑的事要耽擱了？」

布哈拉上空那無邊無垠的穹蒼中有成千上萬顆晶瑩剔透、靜靜閃爍著的星星。有一顆小星星一下子像斷了線似的從空中橫著劃過，開始飛快的向下落去。過了一會兒，又有一刻耀眼的流星劃過長空落了下去。這正是仲夏時分，是流星雨出現的季節。

「如果它們真能變成銀元落下來就好了。」另一個衛兵說。

納賽爾丁阿凡提的腦海裡突然想起了一個主意，他急忙掏出身上裝滿銀元的錢袋子。他等了很長時間，星星卻沒有動靜。後來，一個星星終於墜落了下來。這時他向衛兵們腳下扔去了一個銀元，銀元落在石板上發出「噹噹」的聲音。

衛兵們起先還愣了一下，後來互相瞪著眼睛站起身來。

「你聽見沒有？」胖衛兵一副不可置信的樣子問。

「聽見了！」另一個衛兵結結巴巴地回答說。

納賽爾丁阿凡提又扔了一個銀元。銀元在月光下閃閃發光，胖衛兵急促的喊了一聲，然後一下子趴在了銀幣上。

「抓……抓抓……住了沒有？」另一個衛兵用越發不管用了的舌頭問道。

「抓……抓住了！」胖衛兵嘴唇發抖的回答。他站起身來並拿銀元給另一個衛兵看。

天上一下子接連飛過了好幾顆流星，納賽爾丁阿凡提開始一把一把的撒著銀元。在靜靜的深夜裡，一時間到處都是輕微而又親切的錢幣落地的叮噹聲，衛兵們完全喪失了警覺，把長矛扔在一邊，開始在地上搜尋著。

「找到了！」其中一人用沙啞的聲音氣喘吁吁的說：「你看！」

另一個則顧不得說話，只顧著在地上爬來爬去的找著，一會兒抓到了一個銀元，並且高興的叨念起來。

納賽爾丁阿凡提又向他們扔過去一把銀元，然後毫無攔阻的順利進入宮門。

現在對他就容易多了，柔軟的伊朗地毯使走路的人沒有腳步聲。他已把所有道路都記得很熟，太監們都已入睡。

古力健用深深的熱吻歡迎了他，然後瑟縮發抖的撲在了他的懷裡。

「快點！」納賽爾丁阿凡提低聲說。

誰都沒有阻止他們，只有總管打著盹兒動彈了一下，又「哼哼」兩聲睡著了。納賽爾丁阿凡提俯著身子在他的上方停了下來，但對總管來說死期還為時尚早——他啪嗒了一陣嘴唇又開始打起呼嚕來……月亮微弱的光透過彩色玻璃照射進來。

納賽爾丁阿凡提緊靠著側門邊上停了下來，向外面探望了一下。衛兵們在院子中間四腳著地，眼巴巴的望著天空，等待著天上流星的出現。納賽爾丁阿凡提使勁兒掄著胳膊，扔出了一把銀幣，銀幣落在樹林後面一個很遠的地方，衛兵們朝那邊跑去了。他們甚至大意到了眼前什麼都看不見的地步，兩人喘著氣，打著寒顫，低聲喊著叫著，褲子、衣服都被樹枝勾破，也不顧刺人的灌木叢，在裡面鑽來爬去。

這個夜裡，不僅可以從後宮偷走一個妃子，就是把所有的妃子都偷走也不成問題。

「快點！快一些！」納賽爾丁阿凡提拉著古力健快步走著。他們來到納賽爾丁阿凡提

住的塔樓下，接著來到樓上，納賽爾丁阿凡提把早已準備好的繩子從褲子下拿了出來。

「這裡太高……我害怕。」古力健小聲說。納賽爾丁阿凡提著急的對她喊了起來，古力健只好服從了。

納賽爾丁阿凡提把繩子結成活套，把古力健從鋸過了的窗框中送了出去。

古力健坐在了窗台上，窗口離地面太高了，她嚇得直打哆嗦。

「下去！」納賽爾丁阿凡提用命令的口吻說，並且在她的肩上輕輕推一把。

雙眼緊閉的古力健，順著光滑的石牆滑了下去，然後懸在空中。

直到地面古力健才恢復過來。「快跑！快跑！」上面傳來了喊聲。納賽爾丁阿凡提半身鑽出窗戶，搖著手使繩子晃動起來，古力健趕忙解開繩子，向無人的曠野方向跑去。

古力健還不知道，這時宮殿上下已陷入一片混亂和動盪之中。近來剛剛吃過棍棒之苦、特別賣勁兒地為艾米爾效勞的後宮總管三更半夜來到閨閣，發現新妃子的床是空的。於是他跑到艾米爾寢宮，叫醒了他。艾米爾叫來了阿爾斯蘭別克，阿爾斯蘭別克喊醒了宮廷衛兵，他們點燃火炬，到處都開始響起盾牌和長矛的碰撞聲。

派人叫來了巴格達的聖人，艾米爾用大喊大叫的哀號迎接了納賽爾丁阿凡提。

「胡笙·侯斯利耶，我們國家裡的破壞行為竟然達到了這樣的程度，連我——偉大的艾米爾的官邸私宅都讓那個浪蕩惡棍納賽爾丁攪得一塌糊塗。從艾米爾的後宮裡偷走妃子，這種事誰聽說過？」

「啊，艾米爾陛下。」拜合提亞爾壯著膽子插話說：「這不一定是納賽爾丁幹的啊！」

「不是他，又是誰？」艾米爾喊道：「一大早就來報告說他回到布哈拉來了，昨晚他的情人——我的那個妃子就不見了蹤影，不是納賽爾丁別人誰能辦得到？去搜捕他，早點把衛兵派到各處哨所，他可能還沒有來得及跑出宮，阿爾斯蘭別克你記著：你的腦袋已經在肩膀上跳舞了！」

開始搜捕了！衛兵們翻遍了宮廷的每一個角落，甚至把晃動的草都撥開了，火把照得到處一片通明。

搜捕過程中，納賽爾丁阿凡提比誰都賣勁兒。他把地毯都掀起來檢查，用棍子在大理石鑲砌的湖裡探看，跑來跑去，連茶壺、罐子甚至老鼠洞都不放過地一一查看。

他回到了艾米爾的寢室，稟報說：

「艾米爾陛下，納賽爾丁已從宮裡跑出去了。」

「胡笙・侯斯利耶！」艾米爾生氣的回答：「你的智慧跑到那裡去了，這使我感到很吃驚。也許他正躲在什麼地方？也就是說，他可能會鑽進我的寢宮裡，把衛兵們派到這邊來！衛兵們！」艾米爾喊著。說到這裡，艾米爾不由得感到一陣恐慌。

爲了嚇唬神出鬼沒的納賽爾丁阿凡提，外面放起了大砲。

艾米爾鑽進一個角落裡大喊著：「衛兵！叫衛兵們到這邊來！」

直到阿爾斯蘭別克派來三十個衛兵，每個窗前站十個，艾米爾這才算安靜下來。

這時艾米爾從拐角中走出來，狼狽的說：

「你怎麼說，胡笙・侯斯利耶？這個惡棍會不會藏在我寢宮裡的什麼地方？」他問。

「門窗都由衛兵把守著。」納賽爾丁阿凡提回答說：「在這個大廳裡只有我們兩人，納賽爾丁阿凡提從何而來呢？」

「但是他把我的妃子偷走了，不會讓他白偷！」艾米爾喊道。他心裡的恐懼這時變成了憤怒。他的手指尖好像抓住了納賽爾丁阿凡提的喉嚨，兩手就像多爪的鐵錨一樣狠抓了下去。「哎，胡笙・侯斯利耶！」艾米爾繼續說著。「我要是發起怒來那可是沒完沒了的！因爲我還沒有來得及到妃子身邊去過，這個念頭使我這君王之心陷入悲哀。但是這一切，胡笙・侯斯利耶，都是你那些星星的罪過，如果我力所能及的話，早就把那些不吉之星的腦袋全都砍掉了，但是這次納賽爾丁是有翅難逃了，我已向阿爾斯蘭別克發出了命令！對你，胡笙・侯斯利耶，也命你全力以赴去抓住那個浪蕩惡棍！記住，你是否會出任後宮總管之職也將最終取決於你能否勝任這個任務。明天一早，你，胡笙・侯斯利耶，必須離開宮殿，抓不到納賽爾丁阿凡提就別回來。」

納賽爾丁阿凡提慧點而又明亮的眼睛瞇了起來，在艾米爾面前把頭挨到地面深深一鞠躬。

第 三 十 三 章

直到天亮納賽爾丁阿凡提都在向艾米爾講解著他抓捕納賽爾丁阿凡提的計畫。這些計畫都非常陰險，所以艾米爾聽了很滿意。

一大早，他拿上了一袋作為費用的金幣，然後最後一次來到了自己的塔樓上，把錢裹入皮腰帶裡，吁了一口氣，向四周巡視了一番：他突然又感到離開這小屋心中甚是傷感，因為他曾在多少個孤寂的不眠之夜，費盡心血，運籌於這小屋之中，在這不稱心的小屋裡，他把心都操碎了。

他把門緊緊關上，從石階上輕步而下，奔向自由。廣闊的世界又展現在他面前！條條道路、座座山峰、山上彎彎曲曲的羊腸小道都在召喚著他踏上征途；青翠的片片樹林，以綠蔭和鬆軟的樹葉在呼喚他；條條小河裡清涼、沁人肺腑的流水為了給他解渴而期待著他；鳥兒們為了慶賀他的快樂已經準備好了最動聽的歌兒。浪子納賽爾丁阿凡提在鍍金的籠子裡待得太久太久，以至於這個世界因為沒有他都感到寂寞了。

但是，當他來到宮殿門前時，他的心卻受到了一陣猛烈的打擊。

他不由得停了下來，頓時臉色蒼白並且無力的靠在了牆上。

——敞開著的宮殿大門內，在很多衛兵的包圍下，他的朋友們低著頭、手被反綁著站成一排的被押了進來；他看見有製罐老人尼亞孜、茶館老闆阿里、鐵匠尤素莆還有其他許多朋友——凡是曾與他相遇過、與他聊過天、曾經給過他一口水喝或是給他的毛驢餵過一把草的人們都在其中！他們悲哀的向這邊走來，後面有阿爾斯蘭別克押著他們。

納賽爾丁阿凡提好半天沒能恢復過來，等他恢復過來時宮門早已關上，宮殿大院裡沒有留下任何人，因為他們都被趕進了地下監獄。

納賽爾丁阿凡提跑去找阿爾斯蘭別克，說：

「出什麼事了，尊敬的阿爾斯蘭別克？這些人都是從哪裡來的？他們犯了什麼罪？」

「這些都是窩藏了那個該詛咒的納賽爾丁的人和他的同夥！」阿爾斯蘭別克傲慢的說：「我的偵探們探查到他們，如果他們不把納賽爾丁交出來的話，今天要在全體民眾面前被處以可怕的死刑，但是你怎麼面色蒼白呀，胡笙·侯斯利耶！你的氣色怎麼這麼

難看？」

「要不然呢！」納賽爾丁阿凡提回答說：「獎金從我手裡落到你手裡啦！」

納賽爾丁阿凡提不得不留在宮裡。在無辜的人們遇到生命危險的時刻，他怎能袖手旁觀呢？

中午時分，衛兵們把為開庭用的高台裡裡外外圍了三層，從宣話人的通知中聽到將被處以死刑者的人名單後，百姓大眾一片死寂。天氣熱得令人無法忍受。

宮殿大門打開了，按照慣例，宮廷宣令官首先跑了出來，後面跟出了衛兵、樂隊、大象還有各種各樣的僕從們，最後艾米爾的轎子被抬出宮門。人們全體下跪頂禮膜拜——轎子被抬到了王台上。

艾米爾在台上就坐。被判處死刑的人們從大門口一個個被衛兵們拉了出來。百姓們發出一陣騷動聲迎接他們。為了更清楚看到被處死的人們，他們的親戚朋友都爭著擠到頭一排。

劊子手們忙著準備砍斧、楔子、絞索，今天是劊子手們最累的一天，因為他們的任務是要一口氣兒把六十個人都處以死刑。

老尼亞孜是這些不幸的人們中的第一個，劊子手們從腋下架著他的兩隻胳膊，他的右邊是絞架，左邊是砍頭用的木墩，下前方是削得很尖的楔子直立著。

宰相艾占木·拜合提亞爾扯著嗓門滿臉凶相的宣布：

「以真主的名義！布哈拉的蘇丹、世界的紅太陽艾米爾大人，對他的六十名臣民所犯的窩藏那個破壞安定、到處製造動亂和糾紛、離經叛道的無禮敗類納賽爾丁的罪過，在公正的天平上衡量之後，做出如下決定：

「上面提到的浪蕩惡棍納賽爾丁長期窩藏在製罐人尼亞孜家，尼亞孜是主要窩藏犯，故處以身首分離之極刑。其餘罪犯首先處以陪刑，也就是親眼看著尼亞孜被處死。因為對他們來說，更嚴酷可怕的是讓他們感覺死到臨頭的痛苦，然後對他們每一個人的處死方法分別予以公布。」

刑場上是那樣寂靜，以至於拜合提亞爾的每句話，連後排的人們都聽得清清楚楚。

「所有的人都聽著！」他繼續說：「今後凡是窩藏納賽爾丁的人都將被處以這種刑罰，他們一個也逃脫不了劊子手的懲治。如果被宣布判處死刑的人中有人說出這個遊手好閒、好逸惡勞的歹徒的藏匿之處，那不僅他本人可以免於一死、得到艾米爾的獎金、讓蒼天得以安寧，而且其他人也都可以免於死刑，當場釋放。製罐人尼亞孜，如果你說出納賽爾丁在哪裡，那麼你就可以拯救你自己和這些人的性命！」

尼亞孜長時間地低著頭，一言不發。拜合提亞爾重複著自己的提問。

尼亞孜開口回答了：「不，我不知道他藏在哪兒。」

劊子手們把老人家向砍頭用的木墩拖去，人群中不知是誰驚叫了起來。尼亞孜老人跪了下來，伸出脖子，把滿頭銀髮的腦袋擱在了木墩子上。

這時納賽爾丁阿凡提推開身邊的宮廷學人們，走上前去，來到了艾米爾面前。

「艾米爾大人！」為了讓眾人都能聽見，他放大嗓門說著。「稟請艾米爾陛下降旨暫停處死之事，我現在就去把納賽爾丁抓來！」

艾米爾驚異的望著他。刑場上的百姓大眾開始動了起來。劊子手們按照艾米爾的手勢，放下了砍斧。

「啊，艾米爾陛下！」納賽爾丁阿凡提用洪亮的聲音說道：「納賽爾丁在後來的日子裡一直住在自己的家裡，現在仍然如此，除此之外，給他吃、給他喝、給他以獎金，並且對他各方面予以關心的最大的窩藏犯就活生生的待在這裡，卻要處死那些毫不知情的窩藏犯們，這能算是公平嗎？」

「你說得對！」艾米爾傲慢的說：「如果這種窩藏犯在這裡的話，公正的說，那首先應該砍掉他的腦袋。但是你得先把這個窩藏犯給我指出來，胡笙·侯斯利耶！」

人們開始交頭接耳地議論了起來；前邊的人們向後面的人傳達著艾米爾的話。

「但是艾米爾陛下如果不願處死這個大窩藏犯，如果艾米爾要留他一條活命，卻要處死那些窩藏犯們，那不是有失公平了嗎？」納賽爾丁阿凡提問道。

艾米爾更加吃驚的回答道：

「如果我不願處死那個大窩藏犯，那當然就要免除這些小窩藏犯們的死刑了。但是，有一點我不明白，胡笙·侯斯利耶，什麼原因可能使我不願處死那個大窩藏犯？他在哪兒？把他給我指出來，我立即讓他人頭落地！」

納賽爾丁阿凡提面向眾人百姓，向他們問道：

「艾米爾的話你們都聽見沒有？正像布哈拉的艾米爾所說的那樣，如果對我現在當場指出最大的窩藏犯不處以死刑的話，那麼即將被處以死刑的這些窩藏犯們就可免於一死，得以解放回家，是這樣說的吧，艾米爾陛下？」

「你說得對，胡笙·侯斯利耶！」艾米爾肯定的說：「對此我自己有言在先，但是快點把那個大窩藏犯指出來！」

「你們聽見沒有？」納賽爾丁阿凡提轉過身去向百姓們說：「艾米爾已經下了聖旨！」

他深深地吸了一口氣，因為他感覺到有千萬雙眼睛在注視著他。

「最大的窩藏犯——」

他克制自己，向廣場四周巡視了一番；人們看見他臉上露出了臨終前哀傷的表情。

他是在和這親愛的世界、和人們、和太陽做著最後的告別。

「快點呀！」艾米爾迫不及待的大喊著。「快說呀，胡笙・侯斯利耶！」

納賽爾丁阿凡提用洪鐘般的聲音嚴肅的說道：

「最大的窩藏犯就是你——艾米爾！」他猛地摘下裹頭布，撕下假鬍鬚，扔到了一邊。

台下的百姓發出一片驚嘆聲，瞬間又全都屏息以待，廣場上一片寂靜。艾米爾瞪著大眼睛，嘴唇無聲的抖動著。宮廷學人們一個個呆得像石人兒一樣僵硬。

廣場上頓時陷入一片死寂靜默——

「納賽爾丁阿凡提！納賽爾丁阿凡提！」大眾百姓中掀起了震天動地的吶喊聲。

「納賽爾丁！」宮廷學人們交頭接耳地連聲驚嘆著。

「納賽爾丁！」阿爾斯蘭別克大聲驚叫了起來。

最後艾米爾也清醒了過來。他不解的說：

「你是納賽爾丁？！」

「是的，是我！艾米爾你就是最大的窩藏犯，下令砍掉你自己的腦袋吧！我就住在你的宮殿裡，和你在一個盤子裡吃飯，拿了你的獎金，給你的一切事務當最主要、最親近的參謀。你是最大的窩藏犯！艾米爾，下令砍掉你自己的頭呀！」

衛兵們擁上來抓住了納賽爾丁阿凡提，他完全沒有反抗。他喊道：

「艾米爾已保證過要釋放那些被判了死刑的人！這你們都聽見了。」

廣大的群眾開始轟然怒吼，群情激憤。衛兵們的三層防線在人群的擁擠下越來越招架不住了。喊聲、抗議聲越來越大：

「趕快釋放那些死刑犯！艾米爾有話在先！」

「放了他們！」

群眾的怒吼聲不斷高漲，越來越凶。在人們的擁擠下，衛兵行列不斷向後退去。

拜合提亞爾在艾米爾跟前弓著腰說：

「啊，艾米爾陛下，應該趕快釋放他們，否則老百姓要造反了！」

艾米爾點著頭。

「艾米爾信守諾言！」拜合提亞爾大聲喊道。

衛兵們讓開了一條道路，被判了死刑的人們立即消失在人群中。

納賽爾丁阿凡提被押往宮裡，很多人跟在他後面哭著、吶喊著。

「永別了！納賽爾丁阿凡提！永別了！我們親愛的、高尚的納賽爾丁阿凡提！你永遠活在我們的心中！」

他昂首挺胸地向前走著，臉上露出毫不畏懼的表情。他在大門口轉彎處揮手和人們做了最後的告別。大眾百姓用雷鳴般的哀號和慟哭之聲回應著他。

艾米爾慌忙鑽進自己的轎子，宮廷學者們也連忙向後退去。

<h1 align="center">第 三 十 四 章</h1>

在審問納賽爾丁阿凡提時，整個宮廷的人都集合了起來。

當他的手和腳都被綁著、在衛兵們的包圍下走進來時，宮廷學人們都低下頭去，眼睛看著地面——他們羞於與他互相對視。聖人們捋著鬍鬚，板著臉。艾米爾斜著眼睛看著納賽爾丁阿凡提，深深的嘆了一口長氣，然後咳嗽了起來。

但是納賽爾丁阿凡提目光炯炯的凝視著前方。如果不是他的雙手被反綁著的話，那別人會以為被審判的人不是他，而是坐在他面前的那些人。

過了一會兒，被他解放了的真正的巴格達聖人胡笙‧侯斯利耶也與其他宮廷學者們一起來到了審判庭。納賽爾丁阿凡提幽默的向他擠了一下眼睛。巴格達的聖人從座位上跳了起來，氣得呼哧呼哧的直喘。

審問沒有持續很久，納賽爾丁阿凡提被判處死刑。剩下的只是關於處死方法的爭論了。

「艾米爾大人！」阿爾斯蘭別克說：「我的意見，應該讓這個罪犯在極端的痛苦中被折磨死，因此要讓他坐楔子。」

納賽爾丁阿凡提甚至連眉毛都沒有動一下，他面向從大廳上方的天窗中射進來的陽光，微笑著、安詳的佇立著。

「不！」艾米爾果斷的說，「土耳其蘇丹早已對這個惡棍處以過楔刑，他也許知道如何在這種刑罰中脫身，否則的話，他也活不到今天。」

拜合提亞爾提出砍掉納賽爾丁阿凡提的頭。

「是的，這是最輕的處死方法之一。」他又補充說：「但這也是最必然有效的方法。」

「不！」艾米爾說：「巴格達的哈里發已經砍過他的頭，可他還是活了下來！」

官員們紛紛站起來建議把納賽爾丁阿凡提絞死、剝皮……艾米爾拒絕了所有建議，因為他偷偷的觀察著納賽爾丁阿凡提，沒有發現他的臉上露出絲毫恐懼的表情。這無懼的表情被艾米爾認為是所有建議都不夠有力的證據。

宮廷學人們都尷尬的不再作聲，艾米爾開始發起火來。

這時巴格達來的聖人站了起來，準備趁著艾米爾的興致做自己的第一次發言，所以他要顯得比別人都高明——因為他很是經過了一番苦思冥想。

「偉大的皇帝，宇宙的主宰！如果這個罪犯直到如今各種刑罰對他都沒有起作用的話，這難道不證明有妖法的魔力在幫助他嗎？那就是蒙昧和黑暗的幽靈，但是在這裡，在艾米爾高興的時候提到它的名字是很不禮貌的。」

說到這裡，聖人雙手舉在肩頭前念起了咒語，除了納賽爾丁阿凡提外，其他所有的人都跟著舉起雙手念了起來。

「我對這個罪人的一切都做了研究和考證。」聖人繼續說道：「我們偉大的艾米爾，擔心這個邪惡的罪犯再次借助魔法逃脫正義的懲罰，而拒絕了各種處死方法的建議。但是還有一種處死的方法，對此種方法納賽爾丁這個罪犯還從來沒有遇到過，那就是在水裡淹死！」巴格達的聖人高高的抬起頭來，傲慢的環視在座的每一個人。

納賽爾丁阿凡提臉上露出了驚異的神情。

艾米爾看見了他的表情，心裡想：「哎！他的謎底原來是這個！」

納賽爾丁阿凡提這時卻在想：「他們說到魔力的話真是太好了，也就是說對我來說希望還沒有完全破滅！」

「我從聖人流傳下來的故事和書中知道，」聖人繼續說：「布哈拉有一個叫作謝依赫·艾合麥迪的聖湖。很顯然，一切魔力都不敢到這座湖邊上來。所以，艾米爾陛下，應該把罪犯的頭長時間的淹在那神聖的湖水裡，然後他必死無疑。」

「應該給予獎賞，這才算得上是聖人的高見！」艾米爾大叫了起來。

納賽爾丁阿凡提挖苦巴格達的聖人說：

「哎，胡笙·侯斯利耶，你當初落在我手裡的時候，我曾經這樣對待過你嗎？難道你不懂得人間萬事應該以善報善？！」

太陽落山之後，納賽爾丁阿凡提將被投到神聖的謝依赫·艾合麥迪湖中淹死的刑罰已經確定。為了不讓納賽爾丁阿凡提中途逃脫，艾米爾和他的大臣們還決定把納賽爾丁阿凡提裝入皮口袋運到湖邊，再把這裝了人的口袋扔進湖裡。

湖邊一整天斧聲不斷——木匠們在修建王台。他們知道艾米爾修這個台子要做什

麼，但是人人背後都有衛兵監督，他們又能幹些什麼呢？他們繃著臉、敢怒不敢言地工作。他們完工後，誰都沒有要那少得可憐的工錢，低著頭回家了。

王台和周遭的湖岸用地毯裝飾了起來，對面的岸堤是留給百姓的。

密探們傳來的消息說全城都轟動了起來。所以阿爾斯蘭別克向湖邊派來了很多衛兵，還拉來了大砲。由於害怕百姓在途中把納賽爾丁阿凡提搶跑，阿爾斯蘭別克令人準備了裡面裝滿破布的四個大皮口袋：他準備把這些假口袋讓人順著湖邊行人最多的街道公開運往湖邊，與此同時，把裝著納賽爾丁阿凡提的口袋從最暗的街巷運過去。他還用了許多別的詭計。其中包括：對運去的每個假口袋派八名衛兵守護，而對裝著納賽爾丁阿凡提的口袋只派三名衛兵押送。

「我給你們派去跑腿的人到湖邊了。」阿爾斯蘭別克對衛兵們說：「四個假口袋你們相繼運出去，但是裝有罪犯的第五個口袋，要等聚在大門口看熱鬧的所有人都跟著假口袋走後，過一會兒你們再悄悄的扛走。我的話你們仔細聽懂了沒有？不要忘掉，對此你們要用腦袋做擔保。」

標誌著市集打烊、傍晚到來的納格拉鼓在廣場上又「咚咚」的敲了起來。人群從四面八方向湖邊綿延而來，沒過多久，僕人們簇擁著艾米爾也到達湖邊。王台上和周遭到處都點著火把，烈焰在風中嗶剝作響，紅色火焰的倒影在水中不住的跳動。對岸是一片黑暗，從被火炬照亮的王台上看不見那裡的百姓，但是可以清楚的聽見他們那惶恐不安的騷動聲、嘆息聲、腳步聲和驚駭聲在沸騰。那嘈雜聲夾雜在清新的晚風中，不時傳過來。

拜合提亞爾面對黑暗的那一邊，大聲宣讀著判處納賽爾丁阿凡提死刑的聖旨。這時風也停了下來，四周一片靜悄悄的，湖邊是那樣的寂靜，以至於艾米爾渾身上下都顫抖了起來。又起風了，千千萬萬的百姓大眾在這風中深深的吸了一口氣。

「阿爾斯蘭別克！」艾米爾用顫抖的聲音說：「你還等什麼？」

「我已經派出了跑腿的啊，艾米爾陛下。」

突然黑暗處傳來了喊聲和武器碰撞聲，不知那裡開始了打鬥。艾米爾惶恐不已，從王位上跳了起來。過了一會兒，失去了口袋的八個衛兵空手走進了火光照亮的王台前。

「罪犯在哪兒？」艾米爾吼著問道：「他們把他從衛兵手中搶跑了，他逃脫了！你看見沒有？阿爾斯蘭別克！」

「啊，艾米爾陛下！」阿爾斯蘭別克回答道：「奴才我早已把一切都預料到了，那個袋子裡裝的都是破布條。」

另一邊又傳來了打鬥的喧嘩聲。阿爾斯蘭別克趕忙安慰艾米爾說：

「不要緊，讓他們搶去吧。艾米爾陛下，這個口袋裡也是除了破布之外什麼都沒有。」

第一個口袋被茶館老闆阿里和他的朋友們奪去了，第二個袋子被以尤素莆爲首的鐵匠們搶了去，製罐人們劫去了第三個口袋，但是那個口袋裡也是除了破布條之外什麼都沒有，第四個口袋接著輕易的運到了王台前。衛兵們在火把的亮光下，當著所有的百姓面前把口袋舉得高高的，抖了一陣子，爛布條兒都掉了出來。

老百姓們驚詫不已、不知所措。就連老奸巨猾的阿爾斯蘭別克也都沉不住氣了。

到了第五個口袋應該出現的時候了，但是扛口袋的衛兵們不知在哪兒耽擱了，直到現在還沒有把口袋運到湖邊上來。

第 三 十 五 章

衛兵們把納賽爾丁阿凡提從地牢裡提出來時，他說：

「你們要把我扛在你們的背上運到那兒去，我的毛驢不在這兒，這使我很難過，如果牠看見的話，那牠準會笑破肚皮的。」

「閉嘴！很快就是該你哭的時候！」衛兵們狠毒的說。在沒有動用一兵一卒的情況下納賽爾丁阿凡提自己向艾米爾自首了，但他們並不會因此而赦免他。

他們把窄小的口袋撐大，開始把納賽爾丁阿凡提往口袋裡塞著。

「哎，魔鬼的奴才們！」被窩成了三節兒的納賽爾丁阿凡提喊著說：「難道你們連個稍大一點的口袋都沒有嗎？」

「沒有！」衛兵們上氣不接下氣、汗流浹背的說：「你受罪的時間不會太長，要是你鑽不進去的話，我們就把你這惡棍的腳塞進你的肚子裡去！」

動亂越鬧越大，派來的宮廷跑腿奴才們到來了。衛兵們費了九牛二虎之力才把納賽爾丁阿凡提塞進口袋，捆上了袋口。口袋裡又窄、又黑、又臭。納賽爾丁阿凡提的心裡蒙上了一層黑雲；現在他似乎沒有救了。他叨念著那些能拯救他命運和一切的機遇。

「嘿，我的母親——命運！哦——總是像慈父一樣保佑我的機遇！你們到哪裡去了，為什麼不趕快來救助納賽爾丁阿凡提？啊——命運！啊，無比強大的機遇！」

這時候衛兵們已經背著口袋走了一半路程，他們每走二百步就輪流換一次。納賽爾丁阿凡提利用這短暫的停頓，悲傷的計算著已經走了多少路程，還剩下多少路程。

他深深明白，命運和機遇永遠不會幫助那些墜入哀嘆之中的人和懷舊的人。不斷行走的人最終會戰勝道路，即使他已雙腳無力，或是雙腿折斷，也要用雙手、雙膝爬著向前。這時他才能看見黑夜中遠處那烈焰滾滾的篝火，並且一步一步的向前靠近，看見那停下來歇腳的商旅駝隊。這個駝隊，當然，就會成為他的旅伴，也會找到可以騎的駱駝，騎上牠，行路人需要去哪兒，就可以到達哪裡；反之，坐在路上、消沉在失望中的人，他就是再哭、再悲哀，也不能在沒有生命的石頭上呼喚出仁慈。他必將在荒漠中渴死，他的屍體將成為臭名昭著的鬣狗的戰利品，他的骨頭則將被熾熱的黃沙所埋沒。

有多少人，只是因為沒有足夠強烈的生存意識而早夭了！納賽爾丁阿凡提認為，這樣的死，對人類來說是可恥的。

「不！」他對自己說著並且把牙齒咬得咯咯響，憤怒的重複著說：「不！今天我不會死！我不願意死去！」

但是在連動都不能動一下的窄小的口袋裡，他被窩成了三節，又能怎麼辦呢——他感覺到他的膝蓋和胳膊肘就像粘到了身上一樣，只有舌頭還有自由。

「嘿，勇敢的戰士們！」他說：「請停一會兒！為了讓大恩大德的上天允許我的靈魂進入那陽光明媚的天堂，我要在死前做一次告解禱告。」

衛兵們把口袋放了下來。

「趕快做你的禱告吧！但我們不會把你從口袋裡放出來，你就在袋子裡做禱告吧！」

「我們現在在什麼地方？」納賽爾丁阿凡提問：「我之所以問這個，是想讓你們把我的臉朝向最近的一個清真寺。」

「我們現在位於後城門的那一邊，我們無需把你的臉朝向哪一邊，因為這裡的各個方向都有清真寺，快點把你的告解做完，我們可不能久等！」

「謝謝你們，虔誠的士兵們！」納賽爾丁阿凡提在口袋裡用悲哀的語調說。

他自己也不知道應該寄望什麼。「我要拖延時間，說不定，到時候會碰到一個奇蹟！」

他開始一邊注意聽著衛兵們的言談，一邊出聲音做起告解來。

「我們當初怎麼就沒有及時覺察到這個新星相學家就是納賽爾丁呢？」衛兵們沮喪的嘆息著說：「如果我們知道並抓住他的話，那就會得到艾米爾的巨額獎金！」

衛兵們像往常一樣談論著，因為貪婪是他們的天性。

納賽爾丁阿凡提正好利用了這一點。「讓他們不管朝哪邊，就是短短的離開一會兒去辦個什麼事也好，也許這時間對我來說，可以掙斷袋口上的繩子，或許會有人從這裡路過，把我救出來。」

「快點把你的告解做完！」衛兵們用腳踢口袋。「聽見沒有！我們可沒有時間等你！」

「請再稍微等一會兒吧，勇敢的士兵們！只剩下我對阿拉的最後請求了。唉，萬能的、大恩大德的真主啊，請答應我吧，對找到我所埋藏的那一萬銀元的人，讓他從中拿出一千銀元送到清真寺，交給毛拉，並且交代用這筆錢為我祈禱一年⋯⋯」

衛兵們聽到了關於一萬銀元的話，一下子安靜了下來。納賽爾丁阿凡提雖然在袋子裡什麼也看不見，但他清楚知道衛兵們現在是如何互相用眼神暗示著對方，甚至用胳膊肘搗著對方。

「請把我放到遠一點的地方。」納賽爾丁阿凡提緩聲和氣的說：「我把我的生命已經交給真主了。」

衛兵們把他向後拉了過去。

「我們再休息一會兒。」其中一人狡猾的說：「哎，納賽爾丁阿凡提，你可別把我們當成鐵石心腸的壞人了。只不過我們的差使讓我們這樣對你無情；如果我們不是靠艾米爾的薪餉養活家小，當然，我們會立即把你放走，讓你自由⋯⋯」

「你在說什麼？」另一個士兵膽怯的悄聲說：「如果我們放跑了他，那艾米爾會要我們的腦袋。」

「閉嘴！」頭一個士兵低聲呵斥他說：「我們只要把錢拿到手。」

納賽爾丁阿凡提聽不清他們在悄聲說些什麼，但是能猜到他們所嘀咕的內容。

「我對你們沒有什麼不好的看法，唉，士兵們！」他用忠於阿拉的口氣嘆息的說：「不能怨別人，我自己是多有罪過之人。如果無比英明的真主在那個世界能饒恕我的罪過的話，我保證要在他那殿堂的大門前為你們祈禱。你們說如果你們要是不拿艾米爾的薪餉就可以放了我？你們想一想你們說的話！這樣你們就會違抗艾米爾的旨意，犯下天大罪過。不！我不願讓你們受我的牽連而犯欺君之罪。趕快把袋子扛起來，把我送到湖邊，算了吧，還是遵從艾米爾的旨意和阿拉的意願吧！」

衛兵們愣住了，互相看了一眼。他們異口同聲的埋怨納賽爾丁阿凡提此時向阿拉告解為時已晚。

第三個衛兵開了口，他一直在想著一個什麼鬼點子而沒有作聲。

「只是看一看臨死之前告解自己罪過和錯誤的人有什麼大不了的呢？」他對夥伴們擠

了擠眼睛。「不，我不是那種人！我早就開始告解，廉潔度日並且爲時已久了。但是沒有符合眞主旨意的實際行動的廉潔是僵死的空話。」那個衛兵繼續說。他的同伴們這時爲了不至於哈哈笑出聲來，早已用手捂住了嘴，因爲這個衛兵是一個人人皆知的不可救藥的賭徒和做盡壞事的人。「比如，在我簡樸的生活中經常樂善好施，做事清廉，也就是說，我在我出生的鄉裡正在建造一座大清眞寺，爲此甚至我和我的家人把飯錢都省了下來。」

有一個衛兵實在忍不住了，一邊在喉嚨裡憋著發笑，一邊向黑暗處跑去。

「我節約每一分錢，把它攢起來。」做出篤信眞主的樣子的衛兵繼續說著。「儘管如此，清眞寺修建得仍然很慢，這使我心中非常不安。最近又把我的牛賣了，沒關係，哪怕最後把我的靴子也賣掉，我情願光腳走路，只要已開工的清眞寺能早日竣工就行。」

這時納賽爾丁阿凡提不住地抽噎了起來，衛兵們互相看了一下。他們的事情正在向順利的方向發展。他們用胳膊肘搗著自己的那個聰明的夥伴，催促著他。

「唉，要是能有一個願給我捐助八千或一萬銀元的人該多好呀！」他大聲說著。「對那個人，我保證要在五年甚至十年中，每天都爲他做祈禱，讓我那祈禱的芳香圍繞著他的軀體，從這座寺的樓宇之下一直升到眞主殿堂的大門口！」

第一個衛兵又說：

「嘿，虔信眞主的同路人！我沒有一萬銀元，但願你能接受我節省下來的最後五百銀元。請不要拒絕我這微薄的贊助，我也願意參加這件善事。」

「我也願意。」第二個衛兵由於強忍著不笑出聲來而顫抖說：「我有三百銀元。」

「啊，多麼虔誠，多麼忠於阿拉呀！」納賽爾丁阿凡提嗚咽的哭了起來。「我很遺憾不能用嘴去吻你們大衣的下襟。我是一個大罪人，儘管如此，還是請您大發慈悲，不要拒絕我的贊助，我有一萬銀元。我當時以敗類的行徑欺騙了艾米爾，在成爲他的親信時經常成袋成袋的得到金子和銀子，那時我存下了一萬元，準備在我逃跑時帶走而藏在一個地方。由於準備從後城門逃跑，我把那些錢埋在了後城門外墓地中一個舊墳頭的石頭下。」

「後城門外的墓地！」衛兵們喊了起來。「也就是說這些錢就在這附近的一個地方！」

「我們現在在墓地的北頭，是這樣嗎？如果再走……」

「我們現在是在東頭，說呀，你的錢埋在什麼地方？」

「錢藏在墓地的西頭。」納賽爾丁阿凡提說：「但是你，忠於阿拉的衛兵，你必須向我保證要念著我的名字在清眞寺裡爲我祈禱十年。」

「我發誓！」衛兵說著迫不及待的說：「我在眞主和他的聖人穆罕默德面前向你發

誓！好了，快點說呀，你的錢埋在哪裡？」

納賽爾丁阿凡提拖延著時間。心裡想：如果他們先把我送到湖邊，等到明早再去挖錢，那該怎麼辦呢？不，不會那樣。首先，他們已經是貪財心切、焦急如焚；其次，他們害怕有人在自己之前先把錢拿走；第三，他們互不信任。為了讓他們去到遠一點的地方挖錢，應該說個什麼地兒呢？

衛兵們來到了口袋的上方，彎著腰，等待著回答。納賽爾丁阿凡提可以聽到他們好像從遠處剛剛跑來一樣粗聲的喘著氣。

「墓地西頭邊上有三塊擺成三角形的舊墓石。」納賽爾丁阿凡提說：「我在每塊石頭下各埋了三千三百三十三又三分之一銀元。」

「擺成三角形的！」三個衛兵異口同聲的重複著，就像跟著師傅學念《古蘭經》的虔誠的徒弟一樣。「三千三百三十三又三……」

他們商量決定由兩個人去挖錢，一人留下守候。要不是納賽爾丁阿凡提善於分析人的心理、具有未卜先知的本領的話，這種處境早就使他絕望了。他清楚的知道，這第三個衛兵在口袋邊上不會待很長時間。不出他所料，這個衛兵一個人開始焦躁的嘆氣、咳嗽，把武器碰得叮噹響，並且開始在路上踱來踱去。納賽爾丁阿凡提根據這聲響已經知道了他的一切，擔心自己那三千三百三十三又三分之一個銀元的不安的心情在折磨著他。納賽爾丁阿凡提耐心的等待著事情的進展。

「他們在那裡怎麼耽擱這麼久？」衛兵說。

「也許他們正在把錢藏在另一個地方，明天一早你們三人會再拿那些錢。」納賽爾丁阿凡提回答說。

這一箭正中要害。衛兵氣得呼嚕呼嚕直喘，然後開始假裝打呵欠。

「在我死之前，我很想聽到一個什麼慈善的事兒。」納賽爾丁阿凡提在口袋裡說：「也許你能想起來，請講給我聽聽吧，仁慈的衛兵。」

「不！」衛兵生氣的回答說：「我不知道什麼慈善的事。再說我也累了，我要在這草地上躺一會兒。」

但是他沒有注意到自己的腳步聲遠遠的就能被人聽到——開始他還躡手躡腳的，到了後來，納賽爾丁阿凡提聽見一陣快步的跑聲。衛兵已向墓地方向跑去。

到了該採取行動的時刻。但是納賽爾丁阿凡提費盡力氣，在地上翻來滾去，都毫無用處：想掙斷繩子是不可能的。「過路人！」他求救的喊著。「命運啊，快給我派一個過路人來吧！」

這時命運果然給他派來了一個過路人。

——人只要無所畏懼、勇往直前並且戰鬥到底，那命運和機遇總會向他伸出援助之手的。納賽爾丁阿凡提竭盡全力為自己的生命而戰鬥，而且命運這一次對他也依然沒有袖手旁觀。

過路人正在慢慢的走過來；他是個瘸子，納賽爾丁阿凡提從他走路時兩腳著地的聲音中就可以判斷出來，而且這個人不是年輕人，因為他氣喘吁吁。

口袋就在道路的正中間，過路人停了下來，看了好一會兒，然後用拐棍杵了兩下。

「這是個口袋是做什麼的，從哪兒來的？」行路人用唧唧的嗓音說。

真是喜從天降啊，納賽爾丁阿凡提聽出來這是高利貸主傑帕爾的聲音。

現在納賽爾丁阿凡提不再懷疑自己已經有救了，只要衛兵們在那裡多找一會兒！

為了不嚇著傑帕爾，他故意在口袋裡面輕輕的咳嗽了一下。

「哎呀！這裡面有人呢！」傑帕爾不由得退了好遠。

「當然有人！」納賽爾丁阿凡提用假嗓音不慌不忙的說：「但是這有什麼可奇怪的呢？」

「你說有什麼可奇怪的？那你為什麼要鑽進口袋裡去？」

「我鑽了進來，這就是說我必須鑽進來，所以就鑽進來了。你走你的路，不要問那麼多問題讓我討厭！」

納賽爾丁阿凡提知道這時高利貸主的好奇心已達到了極點，而且他是不會就此離開的。

「在路上碰到一個綁著口的袋子，裡面還坐著一個人，這真是一件怪事！」高利貸主說，「也許你是被人強行捆在口袋裡的？」

「強行！」納賽爾丁阿凡提笑了起來。「如果要是強行把我捆在這個袋子裡，我會給他六百銀元！」

「六百銀元！付這麼多錢幹什麼？」

「嗨，行路人，如果你保證聽完這事之後，不再給我添

麻煩而走你的路的話，那我就把一切都告訴你。這個口袋是住在我們布哈拉的一個阿拉伯人的，這個袋子具有治療各種疾病、使生理殘障人康復的神通。它的主人常把它借給別人治病，但不是什麼人都借，要花很多錢才行。我是一個瘸子、駝背，並且一個眼睛是白眼珠，我正準備結婚成家，我要娶的那個姑娘的父親為了不因我的生理殘障而惹姑娘生氣，把我帶到了阿拉伯人家裡，給口袋的主人付了六百銀元，我這才得以借用四個小時。由於這口袋只有在墓地周遭才能發生效力，在日落之後，我和姑娘的父親一道來到了這個後城門外的舊墓地。他把袋子口綁上後走了，因為有外人在場守護會把一切搞糟。口袋主人——那個阿拉伯人警告我說：在你一個人待著的時候，會有三個魔鬼飛過來，並把他們的銅翅膀碰得叮噹響，同時他們還要爭吵。魔鬼們會用人的聲音問你埋在墓地的一萬銀元，那時你就應該用下面這段咒語回答他們：拿著銅盾牌的人的額頭是銅的，貓頭鷹占了隼鷹的窩，嗨，魔鬼們，你們挖的地方本來就沒有埋著錢，為此你們要親一下我那毛驢尾巴根兒下面的那個地方。事情結果真是如此，三個魔鬼跑來問我一萬銀元埋在哪裡。他們聽了我的回答，怒不可遏，開始打我，但是我牢記阿拉伯人的勸告，不斷念著『拿著銅盾牌的人的額頭是銅的，親一下我那毛驢的尾巴根兒』，然後魔鬼們扛著我，也不知到了什麼地方，但是後來怎麼樣我就記不清了。我在兩個小時之後就完全康復了，在原地醒了過來，我的駝背也消失了，腿也直了，眼睛也能看見東西了。我從這個口袋上以前被一個什麼人掏過的一個洞裡看見並且相信了這一切。現在因為已經付過了錢，要不然白給他付錢了。當然，我應該和一個與我相同的生理殘障人商定，我們共同利用這個袋子，每人各在裡面呆坐兩個小時，那不僅可同時治好我們兩人的病，還可以每人只付三百銀元就行了。但是已經給出去的錢要不回來了，沒有關係，最重要的是，不管怎樣，我的病已經治好了。現在，過路人，一切你都知道了，按照你自己的諾言辦事，趕快走你的路吧。我被治好後感覺到很疲勞，無力說話。你已是第十個向我提出這樣問題的人了，真煩得慌，一件事對每個人都要重複一遍，累死人了！」

高利貸主驚奇而又全神貫注地聽著納賽爾丁阿凡提的故事。

「嘿，坐在口袋裡的人，聽著！」高利貸主說：「我們的相遇，可能會給我們兩人都帶來好處，你因為沒有事先和一個與你相同的生理殘障人商量好共同利用這個口袋而感到遺憾，但是現在也為時不晚，因為我正是你所需要的人：我也是個駝背、瘸子並且一隻眼睛全是白眼珠，我想後兩個小時讓我坐在口袋裡，我誠心誠意的付給你三百銀元！」

「你是在挖苦我嗎？」納賽爾丁阿凡提回答說：「與我完全一樣的生理殘障，怎麼可能呢！如果你是在說真話，那你首先要感謝真主賜予你這樣幸運的機遇！我同意，行路人，但我要提醒你，我已事先付了錢，你也要先付錢，我不相信賒賬。」

「我先付錢！」高利貸主一邊解開袋口的繩子一邊說：「別耽擱時間了，因為機遇和時間在不停地流逝，現在它屬於我的了。」

納賽爾丁阿凡提從口袋裡出來以後，總是用袖子把臉遮住，但高利貸主沒有時間打量別人——他一邊心疼著那些已經過去了的時間，一邊趕忙數著錢。

他唉唉呀呀、叫苦連天的鑽進了口袋，低下了頭。

納賽爾丁阿凡提綁好了袋口，迅速跑到了遠處，藏進一片樹叢中。

他趕得正巧，就在這時，從墓地那邊傳來了衛兵們粗暴的咒罵聲。先是他們那長長的影子從墓地那倒塌了的圍牆豁口處投在路上，然後是映著月亮形狀的銅盾牌露了出來，接著衛兵們走了出來。

第 三 十 六 章

「嘿——你這浪蕩惡棍！」衛兵們踢著口袋喊著，同時還把武器碰得叮噹響，這聲音就好像是銅翅膀發出的聲音。「我們把整個墓地都找遍了，沒有找到任何東西，你這個雜碎，趕快說你把那一萬銀元埋在哪兒了？」

高利貸主把那神祕的咒語記得很牢。

「拿著銅盾牌的人的額頭是銅的！」他在口袋裡面回答說：「貓頭鷹占了隼鷹的窩。嗨，魔鬼們，你們挖的地方本來就沒有埋著錢，為此你們要親一下我那毛驢尾巴根兒下面的那個地方。」

衛兵們聽到這些話，怒不可遏。

「你還敢欺騙我們，你這狠毒的惡棍，還罵我們是魔鬼！看呀、快看，他把口袋全都滾上了土，也就是說，他在我們手都挖出了血來、在墓地裡出冤枉力氣的時候企圖逃跑，在路上翻個兒打滾兒！由於你欺騙了我們，你要受到無情的懲罰，臭狐狸！」

他們朝口袋上雨點般的掄著拳頭，但是還嫌不夠，於是又用穿著硬牛皮靴子的腳狠狠的踢起口袋來。高利貸主把納賽爾丁阿凡提的叮囑牢記在心，不住的喊著：「拿著銅盾牌的人的額頭是銅的！……」這使衛兵們更加生氣。他們只恨沒有得到親自處罰他的授權，於是只好把口袋又往湖邊扛去。

　　納賽爾丁阿凡提從自己藏身的地方來到了路上，在渠水裡洗了個臉，解開大衣，在涼爽的夜風裡敞開了自己的胸懷。死神沒有把他帶走，只與他擦肩而過，現在他非常高興，感到格外輕鬆！他走到一邊，脫下大衣鋪在地上，把一塊石頭枕在頭下躺了下來——由於在窄小悶熱的口袋裡蜷縮太久，他已經很累了，要休息一下。風兒在林梢吹動著濃密的樹冠。群星浮在深邃的穹蒼裡泛著金光，渠中的溪水潺潺的流淌。這一切在納賽爾丁阿凡提的感覺裡都比以前親切十倍。

　　「是的，就是天堂再好，我也不願去死，因為人世間有無窮無盡的美好的東西。而在天堂，僅僅在一棵樹下、在一個模樣的美人之中永遠的坐下去，那種寂寞會使人變成瘋子呢？」他躺在群星覆擁下的溫暖大地，用那永不消亡和永遠不打盹的生命和警覺，細聽著、思考著一切。他的心在鏗鏘有力的搏動。深夜中的墓地裡，貓頭鷹在啼叫，有一個什麼東西在灌木叢中小心翼翼的緩步走過，也許，那是一隻刺蝟！枯草的芳香不時隨風飄來。夜，不知怎麼，隱隱約約的、神祕的紛亂了起來，發出莫名其妙的沙沙聲、瑟瑟聲和爬動聲。世界對一切都是寬濃、公平、開放的，她好客的用自己那無限寬廣的胸懷接受著一切，哪怕是螞蟻、鳥兒和人，並且只要求他們一件事——那就是把自己所得到的恩賜和信任不要用到邪惡之處。這活生生的世界在生存、在呼吸。在節日宴會的餐毯上，利用歡樂喜宴趁機掏人家口袋兒的客人，主人會當眾出他的糗，再把他趕走。正像這樣的賊人一樣，卑鄙的高利貸主，從這歡樂、喜慶的世界上就這樣被趕走了。

　　納賽爾丁阿凡提對他絲毫不感到憐憫，由於他的消失可以換來千萬人的安生，怎能對他的死加以憐憫呢？納賽爾丁阿凡提僅僅對一點，即對高利貸主並不是世界上唯一和最後的邪惡之徒感到遺憾。唉，如果有可能把所有的邪惡之徒都裝進一個口袋裡，為了不讓他們喘出來的濁氣熏污樹上和大地上那春天盛開的鮮花，為了不讓金銀的碰撞聲、虛假的宣傳聲還有大刀長矛的撞擊聲扼殺鳥兒們的歌聲，為了不讓他們阻礙人類享受和欣賞這世界的美並當之無愧的完成人類在這個世界上的重任，即永遠、廣泛的創造幸福的高尚事業而把那些人一下子都沉溺到謝依赫·艾合麥迪聖湖裡去的話，那該多好啊！

　　就在這時，衛兵們害怕遲到，越來越快的向前趕著路，後來他們開始跑了起來。高利貸主在口袋裡顛簸搖晃，靜靜的等待著他這奇特旅程的結束。他傾聽著武器碰撞出的叮噹聲、衛兵們腳下的石頭發出的唏唏嗦嗦聲，對力大無窮的魔鬼們沒能騰空飛起，卻像跟在雞群後面的小公雞一樣拖著自己的銅翅膀並且碰著地面奔跑而感到驚奇。但是現在他又聽到了使人聯想起遠處山崩地裂、翻江倒海的轟鳴聲和咆哮聲。高利貸主開始以為魔鬼們把他帶到了一座山上，也許這就是他們所住著的地方——天神的弟弟——魔鬼的山峰。但是過了一會兒他又聽出來一些不同的聲音，並且猜想這是一個有很多人的晚

會。從那喧鬧聲看來，就像市集一樣有成千上萬的人，但從何時起布哈拉有了夜間市集呢？他突然感覺到被抬得很高：哎嗨，也就是說，魔鬼們終於決定升空了——他怎能知道衛兵們正在上台階呢？他們走上王台，把口袋從肩上扔下，袋子翻著個兒地掉在了王台上，把腳下的木板都砸得晃動了起來，發出「喀嚓」的響聲。高利貸主呻吟著，但又噎住了！

「嗨，你們這些魔鬼！」他再也忍耐不住了。「如果你們這樣扔口袋的話，會使我更加殘弱啊，你們應該做的與現在恰恰相反！」

作為對這話的回答，他挨到了一頓腳踢：

「混蛋，你馬上就要到艾合麥迪聖湖的湖底兒去治病了！」

這些話使高利貸主非常驚奇：艾合麥迪聖湖與這裡有什麼相干？如果說開始他只是吃驚的話，現在他又聽見口袋外邊自己的老朋友（他發誓肯定是他）——尊敬的阿爾斯蘭別克——宮廷衛隊統督的聲音，感到非常驚訝。高利貸主的腦子裡怎麼也不能明白阿爾斯蘭別克一下子從哪兒跑到這裡來了，他為什麼要咒罵這些魔鬼在路上耽擱了時間，更不能明白魔鬼們在回答他的問題時為什麼害怕得不得了，邊奉承還邊顫抖，因為阿爾斯蘭別克不可能同時還去兼任牛鬼蛇神的統督啊！現在該怎麼辦呢，是一聲不吭還是喊他呢？由於這方面沒有任何人給他參謀，為了以防萬一，他決定還是不吭聲為好。

這時老百姓那邊的喧鬧聲越來越凶。有一個聲音越來越頻繁的出現，越發震耳欲聾。周遭的所有東西——整個大地、空氣和風中好像都在震盪、縈繞著這個聲音，這聲音在轟鳴，不斷向四面擴散，又不時傳來回音。高利貸主聽到這聲音後驚詫不已，這時他才明白過來。

「納賽爾丁阿凡提！」老百姓用千萬人的齊聲怒吼呼喚著這個名字。「納賽爾丁阿凡提！納賽爾丁阿凡提！」

但是周遭突然一下子又靜了下來。就在這靜下來的時刻，高利貸主聽到了火把「噼

「劈啪啪」的燃燒聲，「颼颼」的風聲還有「嘩嘩」的水聲。他那殘疾的脊背不由得開始抽搐起來，一陣巨大的恐懼感使他全身冰涼，他不時屏住呼吸，然後又趕緊喘幾口氣，他感到一種恐怖氛圍將他團團圍住。

又傳來一個新的聲音，他敢發誓，這是宰相艾占木．拜合提亞爾的聲音：

「以真主的名義！遵照布哈拉依謝力夫的偉大的紅太陽——艾米爾的命令，玷污我們的宗教、破壞安定、到處製造糾紛和動亂的罪犯納賽爾丁將在口袋裡被投入水中淹死！」

不知是誰們的幾雙手一起把口袋高高的舉了起來。高利貸主這時才明白自己陷入了死神的圈套。

「等一等！等一等！」他聲嘶力竭的喊了起來。「你們想把我幹什麼！等一下，我不是納賽爾丁，我是高利貸主傑帕爾！把我放出來，我是高利貸主傑帕爾，我不是納賽爾丁！你們要把我抬到哪裡去？我是高利貸主傑帕爾啊！」

艾米爾和他的隨從們靜聽著他的號叫。離艾米爾最近的巴格達聖人胡笙．侯斯利耶沮喪的搖著腦袋說：

「這個罪犯原來還是一個極端無恥之徒，他先是說自己是巴格達的聖人胡笙．侯斯利耶，現在又說自己是高利貸主傑帕爾，他又在騙我們！」

「他以為我們這裡還有相信他的傻瓜！」阿爾斯蘭別克補充說：「你們聽呀，你們聽呀，他的聲音裝得多像啊！」

「放開我！我不是納賽爾丁，我是傑帕爾！」他拚命地喊著。兩個衛兵來到王台邊沿，準備把口袋往水裡扔，當衛兵們一齊往高空裡懸盪口袋時，他還喊著：「我不是納賽爾丁，你們要我說多少遍才相信！」

但是正在這時，阿爾斯蘭別克揮了一下手，口袋翻著筋斗，重重的落下。湖水發出「撲通」一聲巨響，在火炬那橙色火焰的照耀下，湖面上濺起了高高的水花，湖水吞噬了高利貸主傑帕爾罪惡的軀體和罪惡的靈魂。口袋慢慢往下沉去⋯⋯

黑暗中，老百姓那邊傳來的哀慟之聲直衝雲霄。這聲音持續了一小會兒。緊接著又是一陣可怕的寂靜，然後突然有一個難以形容、極端痛苦的尖聲哀號使所有人都顫抖了起來。

這是古力健，她倒在老父親的懷裡，發出撕人心肺的哭聲。

茶館老闆阿里扭過身去，兩手捂著臉。尤素莆渾身都在微微的、急促的顫抖著⋯⋯

第 三 十 七 章

罪犯被處死後，艾米爾在僕人們的簇擁下返回了宮裡。

阿爾斯蘭別克擔心罪犯在淹死之前會被人救出來，下令把湖包圍起來，不准任何人靠近。激憤中的人群，在衛兵們的驅趕下向後退，頓時變成了一個用生命和軀體築成的無言無語、無比威嚴的陣容，與衛兵們怒目對峙。阿爾斯蘭別克企圖把眾人驅散，但人們只是從一處躲到另一處，或是過一會兒又回到原處，在黑暗中來回奔跑著。

整個宮廷陷入了一片喜慶之中，艾米爾把自己對敵人的勝利當成節日來慶祝：金子銀子在閃著光，所有的大鍋小鍋裡都在沸騰，一個個平底鍋中冒著油煙，手鼓聲叮咚，喇叭聲刺耳，納格拉鼓聲隆隆；在這個日子裡到處都點燃了篝火和火把，就好像整個宮廷就像一團火焰，連艾米爾宮殿上方的天空裡都火光熊熊。

但是宮殿外的整個城市卻沉陷在茫茫的黑暗裡、籠罩在喪禮的極度悲哀之中，全城一片死寂、肅穆。

艾米爾慷慨的頒發著獎金，他周遭的很多人今天都富有起來。詩人們由於不斷的唱讚歌，喉嚨都沙啞了，他們的腰開始緩緩的，卻親切的向前躬著，因為他們一邊唱著讚歌，一邊還要不時的從地上撿起金幣和銀元，為此，他們不得不一次又一次的彎下腰去。

「傳宮廷文部大臣到這兒來！」艾米爾命令道，宮廷文部大臣一路小跑上來，開始迅速的用葦稈筆「吱吱」的記錄起來。

「偉大、恩德浩蕩的布哈拉依謝力夫的蘇丹、可汗[①]、最高統治者艾米爾從布哈拉向希伍汗國偉大、恩德浩蕩的蘇丹、可汗、最高統治者希伍汗王獻上象徵我們問候的玫瑰花和象徵我們友誼的百合。並向您——我們親密、友好、尊貴的老朋友奉告一件特大喜訊，願這個消息能燃起您心中那歡樂之火，讓您心花怒放。今天是回曆二月十七，我——偉大的布哈拉艾米爾向全世界莊嚴宣告本人的神聖業績和不朽的功勛，我已將名為納賽爾丁的罪犯當著眾百姓面前處以死刑了。讓無比偉大的真主和蒼天詛咒他！這個死刑犯被執行的是裝進口袋裡沉入水中淹死的刑罰。由於處死過程是我親臨現場、親眼監督執行的，故我特以我的君口御言向您——尊貴的陛下當面證實，上面提到的那個破壞安寧、玷污了我們的宗教、到處製造動亂、十惡不赦的罪犯已經不在人世。今後，您——

陛下——我們的兄弟並所有世人，都將不再為他那卑劣的惡行所煩惱！」

像這樣的信，他又給巴格達的哈里發、土耳其的蘇丹、伊朗國王、浩罕汗王、阿富汗的艾米爾及很多相鄰、不相鄰國家的國王發出。宰相艾占木‧拜合提亞爾把這些信一一捲起來，蓋上大印，交給快馬信使，令他們立即上路。漆黑的夜裡，布哈拉的十一座城門上的鐵環都「哐哐嘟嘟」的響聲大作，然後「嘎嘎吱吱」的打開，快馬信使們的鞍下四蹄飛奔，碎石飛濺，冒著火星「嗒嗒」作響，向希瓦、德黑蘭、伊斯坦堡、巴格達、喀布爾眾城市的大道飛馳而去。

半夜，也就是死刑執行完畢四小時之後，阿爾斯蘭別克才把衛兵們從湖邊撤走。

「不管他是誰，就算他是個妖怪也不可能在水下四個小時而不死！」阿爾斯蘭別克說：「我們不要自找麻煩再把他撈上來，對他那骯髒的屍體，誰願出力氣誰就去撈吧。」

隨著最後一個衛兵在黑暗中消失，眾人一下圍了過來，吶喊著、怒斥著，發出一片震撼聲，事先準備好並藏在灌木叢中的火把都點燃起來了，女人們開始給納賽爾丁阿凡提服喪，悲哀的嚎哭著。

「要按照對待一個善良的穆民的模式給他送葬！」老尼亞孜說。

古力健依偎在他的肩上，一動不動，靜默不語。

茶館老闆阿里和尤素莆鐵匠帶著長爪鉤下到了水裡。他們摸了好長時間，最後才把口袋掛在鉤上並向岸邊拉過來。當那黑不溜丟、沾滿綠色水草的口袋在火把的亮光下剛剛露出水面時，女人們的哭聲驟然間直衝長空，她們淒楚的哀號聲連成一片，壓過了宮廷裡傳出來的慶賀之聲。

十數雙手一齊把口袋抬了起來。

「抬著口袋跟我走！」尤素莆用火把照著路。

人們把口袋放在了一棵枝繁葉茂的大樹下的草地上，圍過來的眾人鴉雀無聲的等待著。

尤素莆拿出了匕首，從口袋上端割開了繩子，他的目光剛一接觸到屍體的臉，不由得一下子後退了好幾步，並且只是動彈著嘴唇想說什麼卻又說不出來。

茶館主阿里見狀趕忙跑來幫忙，可是阿里也同樣跟著愣住了，他大喊一聲，然後一下子來了個大肚子朝天地向後倒在了地上。

「怎麼啦？」人們開始問著。「讓開點，讓我們也看一看！」

古力健哭著跪了下來，彎下虛弱無力的身子去看那具死屍，這時不知是誰將火把舉到跟前，當看清楚亮光下的屍體時，由於過度恐懼和吃驚，她也向後倒了下去。

這時人們都舉著火把湊到跟前，岸邊一片通明，見到那屍體的人們無不大吃一驚，

異口同聲的喊道：

「這是傑帕爾！」

「是高利貸主傑帕爾啊！」

「他不是納賽爾丁阿凡提！」

人們被驚呆了，個個惶惑不安，不一會兒又都喊了起來，後面的人不停往前擠，潮水般的人群，不停的向前推著擁著，每個人都想親眼目睹，眼見為實。古力健的表情一下子變得非常奇怪，以至於老尼亞孜擔心她因此而精神失常，直把她拉往距離岸邊更遠的地方——她一會兒大哭，一會兒又是大笑，既相信又不相信，總想再看一看。

「是傑帕爾！是傑帕爾！」歡快的喊聲震天動地。宮廷裡傳出的慶賀聲在這歡快的喊聲中消失得無影無蹤。「這是高利貸主傑帕爾，就是他沒錯！」那些欠債人的字據還都在他身上呢！

不知是誰，這時才明白過來，看著大家問道：

「那麼，納賽爾丁阿凡提到哪兒去了？」

過了好一會兒，開始有人四下尋找，人們在喊著他的名字。

「納賽爾丁阿凡提究竟在什麼地方？我們的納賽爾丁阿凡提到哪裡去了？」

「他在這兒，在這兒！」一個熟悉的聲音平靜的回答說。當人們轉過身來時，無不吃驚的見到活生生的、身邊沒有衛兵、打著呵欠、懶洋洋的納賽爾丁阿凡提正伸著懶腰向他們走來。由於他在墓地裡睡著了，所以來到湖邊時已經遲了。

「我在這兒！」他又說：「誰叫我，請走近一點！啊，布哈拉高尚的居民們，你們為什麼聚集在湖邊？這麼晚了還在這裡做什麼？」

「你還問我們為什麼聚集在這裡？」眾人異口同聲的說：「我們是為了與你作最後的告別、為你送葬和弔喪才到這裡來的，納賽爾丁阿凡提！」

「為我？」他問：「弔喪？好心的布哈拉人民，如果你們認為納賽爾丁阿凡提早晚是要死去的話，那你們還不夠了解我，我躺在墓地邊上休息了一會兒，你們卻以為我死了！」

來不及多說什麼了，因為胖茶館老闆和尤素莆邊喊邊向這邊跑過來，納賽爾丁阿凡提在他們熱烈的擁抱中都差一點憋死過去。老尼亞孜小步朝這裡跑過來，但立即被人們擠到了一邊。納賽爾丁阿凡提被眾人圍了起來，每個人都想擁抱他、問候他，但他在和一個又一個人擁抱的同時，竭力向正在努力朝他這邊走來又總被擠在人群中、無能為力的古力健生氣的喊聲方向移去。當他們相遇時，古力健摟住了他的脖子。納賽爾丁阿凡提把她的面紗掀到了一邊，在眾人面前親吻著她。沒有人覺得這不正常，甚至連努力維

護法律和禮教的人們都不認為這一場面是不禮貌的②。

納賽爾丁阿凡提為了使眾人靜下來並叫大家注意而舉起了手。

「你們大家聚在湖邊為我送葬，高尚的布哈拉人，難道你們不知道我是永遠不死的嗎？」

> 「我是納賽爾丁阿凡提，
> 我的命運屬自己，
> 此生只說真話不說假，
> 任何時候死不了。」

一簇簇紅焰火把照亮了他的面龐，人們都和著跟他唱了起來。布哈拉的夜空裡嘹亮的歌聲響徹雲霄，人們的歡樂聲在穹蒼裡久久迴盪著：

> 「可憐的我，一無所有，
> 幽默滑稽，四處奔走。
> 我要活下去，還要唱歌，
> 迎著朝陽，我無比快樂！」

與這歡樂和快活相比，宮廷裡的喜慶就算不上什麼了。

「請你告訴我們！」有人喊了一聲。「你是怎麼偷梁換柱，把高利貸主傑帕爾淹死的？」

「真的？」納賽爾丁阿凡提這才想起來。「尤素莆，還記得我的誓言嗎？」

「記得！」尤素莆回答說：「你實現了你的誓言，納賽爾丁阿凡提！」

「他在哪兒？」納賽爾丁阿凡提問：「高利貸主在哪裡？你們拿了他的錢袋沒有？」

「沒有，我們沒有碰他。」

「哎——呀！」納賽爾丁阿凡提不無奚落的說：「嘿，善良有加而心眼不足的布哈拉人們，如果這個錢袋落在高利貸主的繼承人手上，他們會榨乾你們的血汗，至死不會罷休的讓你們還債，你們難道還不明白？把他的錢袋遞給我！」

十多個人喊著叫著、推著擠著跑去把濕淋淋的錢袋拿過來遞給了納賽爾丁阿凡提。

他敏捷的從錢袋裡拿出了一張借據。

「製鞍人買買提！」他喊道：「誰是製鞍人買買提？」

「我！」一個細弱顫抖的聲音回答。人群中走出了一個穿著非常破舊的花格大衣、只

有三四根鬍子的小老頭兒。

「到明天早上，製鞍人買買提按這個借據應該償還五百銀元的債。但是，納賽爾丁阿凡提已把你從這個債坑中解放了出來，用這些錢去買些有用的東西吧，給你自己買一件新大衣，因為你的破大衣看起來就像一片倒了桿兒的棉田，處處都掛著破棉花！」

納賽爾丁阿凡一邊說著，他一邊把借據撕成碎片。很快的，所有的借據、字據都被撕光了。

最後，納賽爾丁阿凡提甩開雙臂，用力把錢袋子扔向水裡。

「好了，讓這個錢袋永遠永遠的躺在水底去吧！」他大聲說：「今後，不論何時，不論何人，都不要再把這種錢袋掛在脖子上。高尚的布哈拉人，人間再沒有比掛上這樣的錢袋更可恥的事了。你們每一個人，不論是遇到災難，還是發了財，當然，只要我們的紅太陽艾米爾和他那些頭腦清醒的宰相們健在，這種希望是渺茫的，但儘管如此，你們誰要是發了財，為了你們自己，也為了你們直到第十四代子孫都不做醜惡之事，請你們永遠不要掛上那種錢袋！除此之外還要牢記，在這個世界上有一個納賽爾丁阿凡提，和他開玩笑是沒有好下場的。你們都親眼看見了他是如何使高利貸主傑帕爾受到懲罰的！現在，高尚的布哈拉人，我要和你們告別了。我要踏上那遙遠征途的時刻到了！古力健，妳願意和我一起離開這裡嗎？」

「你說到哪裡，我就到哪裡！」古力健說。

布哈拉民眾用自己的模式送別了納賽爾丁阿凡提。商旅客棧老闆們為古力健送來了一隻像棉花一樣潔白的毛驢兒；這毛驢兒的身上沒有一絲黑斑，牠自豪的站在曾與納賽爾丁阿凡提共同浪跡天涯的忠實的老朋友——灰色毛驢兒的身邊。但那灰毛驢兒在這不同尋常的漂亮的鄰居面前一點都不客氣，安穩的咀嚼著綠油油的苜蓿，甚至還用自己的嘴推開白色毛驢兒的嘴，好像是說在顏色方面你白色毛驢兒占了上風，但我灰色毛驢兒卻曾為納賽爾丁阿凡提屢建功勞喔！

鐵匠們把可移動的紅爐搬來，當場給兩隻毛驢都釘上了掌；製鞍人們送來了兩副漂亮的鞍具——給納賽爾丁阿凡提贈送了一副用金絲絨裝飾的鞍具，給古力健贈送了一副用銀子裝飾的鞍具；茶館老闆送來了兩個茶壺和兩個最好的中國瓷碗；武器作坊工匠們怕納賽爾丁阿凡提在路上遇見強盜而送給他用有名的庫爾德鋼製成的刀；製氈人們送來了鞍被；繩匠們送來了鬃毛繩，睡覺的時候用這繩子圍著身子放一圈，毒蛇就不敢親近，因為蛇受到硬鬃毛的刺痛就爬不過去了。

紡織匠、銅匠、裁縫、鞋匠都拿來了自己的禮物。除了毛拉、當官的和財主們之外，整個布哈拉的人們都在準備給納賽爾丁阿凡提送行。

　　製罐人們悲傷的站在一旁，他們沒有什麼可送的東西。有銅匠們送來的銅鍋，泥土燒製的陶瓦鍋對上路的人又有什麼用呢？

　　但是製罐人中有一個從事製罐業時間最長、年逾百歲的白頭老翁大聲開了口：

　　「誰說我們製罐人沒有贈給納賽爾丁阿凡提表達心意的東西？他所要娶的這位美麗的姑娘不就來自享譽八方的布哈拉製罐人階層嗎？」

　　被老人家一席話說得激動不已的製罐人們七嘴八舌的讚揚老人。然後他們囑咐古力健不要忘記自己這個階層的榮譽，終生與納賽爾丁阿凡提相恩相愛、互相忠誠、永遠相伴。

　　「天快亮了！」納賽爾丁阿凡提對眾人說：「一會兒城門就要打開了。我和古力健兩人要不露痕跡的出城上路，如果你們去送我們，那時衛兵們就會以為布哈拉的居民們要棄城而去並緊閉城門，最後誰也出不去。所以，好心的朋友們，你們都各自回家去吧，睡個好覺，願你們免遭災禍、百業興旺，納賽爾丁阿凡提和你們告別了！是長久的分別還是怎麼的，連我自己也都不知道啊！」

　　東方露出了一絲細微的晨光。湖面上升騰著淡淡的水氣，眾人開始散去，人們熄滅了火把，遙遙的喊著向他們告別著：

　　「祝你一路平安，納賽爾丁阿凡提！不要忘了你親愛的布哈拉！」

　　尤素莆鐵匠和茶館老闆阿里，止不住的熱淚奪眶而出，兩個鋼鐵般的漢子就任由淚水濡濕了他們真摯的臉龐。

　　在城門打開之前，納賽爾丁阿凡提待在尼亞孜老人家裡。納賽爾丁阿凡提和古力健在宣禮人第一次大聲而又悲悽的呼喊聲在城市上空一響起時就立即登程上路了。老尼亞孜直把他們送到十字路口，納賽爾丁阿凡提沒再讓他遠送。老人家用淚花花的雙眼目送著他們，直到他們在拐彎處從目光中消失。輕輕的晨風颳地而過，細心的把路上的蹄印掃得不見蹤影，開始在浮土很厚的路上揚起飛塵。

　　尼亞孜老人趕忙跑回家裡，又來到了屋頂上，在那裡可以看見城牆外的遠處。老人家擦著不斷湧出的眼淚，久久的遙望著通向異國他鄉的道路，那灰色的道路漫漫延伸在被烈日曬黑了的高原上。等待了很久，他的心開始不安起來。「納賽爾丁阿凡提和古力健是不是又落到衛兵們的手裡了嗎？」並沒有！老人家翹首遠望，分辨出有兩個東西在移動——一個是灰色的小點兒，一個是白色的小點兒。他們越走越遠，越變越小，後來灰點兒消失在高原之中，白點兒在山溝的低處消失了好半天，然後又出現了。最後，白點兒也在飄浮的飛塵中化為烏有，從視線中消失。白天開始了，炎熱的驕陽荼毒大地。但是老人家沒有感覺到這酷熱，只是陷入在悲痛的思念之中，他坐在房頂上搖晃著雪白

的頭，喉嚨似乎被一個什麼東西哽住了。他沒有向納賽爾丁阿凡提也沒有向自己的女兒表示不滿，而是對他們給予無限的祝福。當想到他自己時，心中只有悲傷和淒涼。因為現在他的小園子裡已經完全人去屋空，再也沒有人用嘹亮的歌聲和清脆的笑聲來陪伴他那孤寂的暮年。火一般的熱風颳了起來，搖動著葡萄架上的片片葡萄葉，形成一股股旋風吹向晾在屋頂上的一個個罐坯，它們也好像在為背井離鄉、歸日無期的古力健而哀傷，在風中時而泣聲陣陣、時而嗚嗚長鳴……

尼亞孜老人突然聽到身後有什麼動靜，這才從沉思中猛醒過來並向後望去。他看見這是一家製罐人的三個兄弟，一個接一個的順著梯子爬了上來。他們都是英俊的青年，三人都是製罐能手。他們來到老人面前，非常尊敬的彎下腰鞠了躬。

「啊，尊敬的尼亞孜老伯！」他們中的老大說：「您的女兒隨納賽爾丁阿凡提走了，但是您不要悲傷、不要難過，因為這世界上永恆的規律就是這樣，世界上的一切生命都是成雙成對的，母兔離不開公兔，雌鹿離不開雄鹿，母牛離不開公牛，母鴨離不開公鴨，甚至連棉花的枝條都是雄雌相配的。女大當嫁，年輕的姑娘沒有忠誠恩愛的丈夫怎能生活呢？但是您，尊敬的尼亞孜老伯，為了您在年邁的日子裡不再遭遇不幸，我們三人想對您說：與納賽爾丁阿凡提是親戚也就與所有的布哈拉人都是親戚，所以您啊，尼亞孜老伯，從現在開始就是我們的親戚了。您知道，去年秋天，我們悲痛萬分的安葬了您的朋友——我們的父親奧斯曼‧阿里。原來他老人家所住的上房正屋裡灶旁的炕席上仍然空著，我們每天尊愛的看著白鬚老人的幸福日子已經一去不復返了，沒有嬰兒咿呀叫聲的家裡多麼空蕩，沒有老人的家裡也同樣是那麼淒涼，因為人只有生活在給了自己生命的白頭老人和自己又給予了生命的搖籃中的嬰兒之間時心情才高興，也才能得到欣慰。所以，尊敬的尼亞孜老伯，我們請求您能傾聽我們的心聲，不要拒絕我們的請求，到我們家來，住在灶堂正屋，做我們三人的父親和我們孩子們的爺爺。」

三兄弟是那樣的懇求，以至於尼亞孜老人無法拒絕。他來到了他們的家裡，並且備受尊敬。這樣，他在老邁之年，得到了作為一個用一生廉潔的代價所換來的一個穆民在這世界上唯一最大的獎賞——他被稱為尼亞孜爺爺，成為一個大家庭的家長。這個家裡有十四個孫子。現在，他的目光不住的從一個吃了桑果、葡萄而染紅了的小臉蛋上移到另一個染得更紅的小臉蛋上，享受著天倫之樂。從那時起他的耳邊再也沒有靜下來過。由於他不習慣這種喧嘩，有時感到勞累。這時他就回到自己的家裡去歇一歇，並且傷感的思念心中那些既親近然而又遙遠的不知漂泊在何方的親人。到了集日，他就來到廣場的集市上，向從世界各地來到布哈拉的駝隊商人們打聽說：「你們在路上遇到了一個騎著一頭灰色毛驢兒的男人，和一個騎著一頭純白色毛驢兒的女人了嗎？」駝隊商人們皺

著那在日光下曬焦了的眉頭說：「沒有，我們在路上沒有遇到那樣的人。」納賽爾丁阿凡提就像在人們完全沒有預料到的情況下突然出現一樣，總是神祕的消失。

第 三 十 八 章

這一章，也許會為一部新書拋磚引玉。

我有七次旅行的經驗，每次旅行都有奇遇，它可以使智者顯得昏昧。

摘自《一千零一夜》

　　納賽爾丁阿凡提來到了連自己都沒有預料到的地方，也就是在伊斯坦堡出現了。

　　蘇丹在接到布哈拉艾米爾的信三天之後，出現了這樣的事：成百個宣話人在美麗的波爾塔寧市城鄉走村串巷，向民眾宣告納賽爾丁阿凡提已死的消息；興高采烈的毛拉們每天兩次──早晚各一次的在一個個清真寺裡宣讀艾米爾的信並向阿拉表示感謝。

　　為此蘇丹正在宮廷花園裡，在噴泉的霧氣繚繞、涼爽怡人的楊樹蔭下興高采烈的舉行聚會。在他周遭，貪得無厭的宰相、聖人、詩人和宮廷其他僕從們前簇後擁。黑奴們端著冒著蒸氣的盤子、水煙鍋和罐子，排著隊走來走去。蘇丹的心情特別愉快，不住的開著玩笑。

　　「為什麼今天這樣酷熱而空氣中卻這樣甜美，清香縷縷？」他狡猾的瞇著眼睛，向聖人們問道：「我的問題你們誰能準確回答？」

　　他們用和藹可親的目光看著蘇丹手中的錢袋，回答說：

「我們皇恩浩蕩的蘇丹呼吐出來的氣兒使空氣中充滿了甜美，不過香氣四溢的原因嘛，那是由於大逆不道的納賽爾丁的那條小命已絕，他那毒化這個世界的薰天臭氣已經消失了的緣故。」

站在一旁的負責維護伊斯坦堡治安和廉政的衛兵統帥向四周巡視著，他跟他在布哈拉的同行阿爾斯蘭別克相比在凶狠和乾瘦方面有過之而無不及，早已在伊斯坦堡的居民中家喻戶曉。居民們每星期從宮廷桑拿搓澡人那裡用擠眉弄眼的方法，詢問衛兵統帥尊體的健康情況。如果消息凶險，住在宮廷附近的所有百姓就藏在自己家裡，沒有十分緊要的事不到下一個桑拿日之前都不出門。這個令人聞風喪膽的統帥守衛在一邊，裹著散蘭①的頭杵在又細又長的脖子上，就好像插在了一根棍兒上支立著，伊斯坦堡的很多人聽到這個比喻就會偷偷的笑起來。

一切都在往好的方向發展，沒有任何事情使聚會掃興，沒有災禍的跡象。但是誰都沒有注意到宮廷總管，他像往常一樣敏捷的穿過宮廷學人們中間，來到衛兵統帥身邊，竊竊私語一陣兒。衛兵統帥感到很震驚，臉色頓時變了樣，邁著慌忙的步子，跟著總管走了出去。過了一會兒，他臉色蒼白、嘴唇發顫著走了進來，推開宮廷學人們來到蘇丹跟前，彎成兩折的鞠躬哈腰說：

「啊，偉大的蘇丹！」

「又有什麼話要說？」蘇丹不高興的問：「你在這樣的日子裡都不能把那些關於刑法和監獄的消息暫且擱在肚子裡嗎？要不，就快點說！」

「啊，恩德無量的偉大的蘇丹，我的舌頭都不聽使喚了……」

蘇丹感到一陣不安，緊皺了一下眉頭。

統帥小聲嘰咕了一陣兒，最後說：

「他就在伊斯坦堡！」

「誰？」蘇丹低聲問道，儘管他立刻明白了統帥說的是誰。

「納──賽──爾──丁！」

衛兵統帥慢慢的輕聲吐出了這個名字，但宮廷學人們的耳朵很敏銳，花園中的人們都開始交頭接耳的議論了起來：

「納賽爾丁！他在伊斯坦堡！納賽爾丁在伊斯坦堡！」

「你是從哪兒知道的？」蘇丹問。他的喉嚨都呼嚕嚕的響了起來。「誰告訴你的？我才剛剛接到布哈拉艾米爾的信。他以他的尊口告訴我納賽爾丁阿凡提已不在人間，並且要我們相信。這個時刻出現這種情況可能嗎？」

衛兵統帥向宮廷總管打了個手勢，他把一個塌鼻子、滿臉麻子、一雙黃眼睛故弄秋

波的人領了進來。

「啊，蘇丹陛下！」衛兵統帥解釋說：「這個人長期以來在布哈拉艾米爾宮廷裡從事密探工作，特別了解納賽爾丁。後來這個人移居到伊斯坦堡，我收他爲密探，他現在爲我們做事。」

「你看見他了嗎？」蘇丹打斷他的話，面向密探問：「你親眼見到他了嗎？」

密探做了肯定的回稟。

「但是，你也許弄錯了？」

密探再次稟告。不可能弄錯，因爲納賽爾丁阿凡提身邊還跟著一個騎著白色毛驢的女人。

「爲什麼你沒有當場把他抓住？」蘇丹大聲喝問：「爲什麼你沒有把他抓住交給衛兵？」

「啊，恩德浩蕩的蘇丹！」密探顫抖著跪在地下回答說：「我在布哈拉有一次落入了納賽爾丁的手裡，如果不是阿拉發慈悲，我早就沒命了。今天我在伊斯坦堡的街道上一見到他，頓時嚇得眼前發黑，等我明白過來時，他已不見了蹤影。」

「你的偵探就是這樣！」蘇丹大怒，向立在一邊卑躬屈膝的衛兵統帥瞪了一眼。「罪犯只不過露了一面，就讓他們像打擺子一樣的發抖！」

他踢了那麻子密探一腳，在列成一長排的僕人們的簇擁下回寢宮去了。

宰相、官員、詩人和聖人們惶惶不安、亂哄哄的離開了花園。五分鐘後，園子裡除了衛兵統帥別無他人。他疲憊的坐在大理石的湖岸上，那無精打采的眼睛望著天空，一個人默默聽著噴泉悅耳的「嘩嘩」水聲發愣。他好像在這一瞬間就變得枯乾瘦瘺了，如果伊斯坦堡的居民看見他現在的樣子，一定會嚇得連鞋掉在街上都顧不上撿而四處逃命。

但是那麻子密探呢，這時正在沸騰的街市裡氣喘吁吁的向海邊跑去。他看見那裡有準備開往阿拉伯去的船。船主毫不懷疑站在自己面前的是一個越獄逃跑的土匪，於是向他索要加倍的船費。密探沒有討價還價，趕忙跑上了船，躲在一個又黑又髒的角落裡。後來，等到伊斯坦堡那一座座又細又高的塔樓隱密在藍色的煙雲裡、清新的海風吹鼓了船帆的時候，他才從角落裡走出來，在船艙裡轉了一遍，窺視每一個人的面孔，直到他確信納賽爾丁阿凡提沒有在船上，才算放下了那顆心。

從那之後，麻子密探的後半生一直在無休止的恐懼中度過。他不論走到哪裡——巴格達、開羅、德黑蘭或是大馬士革，都從未得到過三個月以上的安穩生活，因爲城市裡總會有納賽爾丁阿凡提出現。一想到與納賽爾丁阿凡提的遭遇，這個密探就惶惶不可終

日，越逃越遠。這裡，把納賽爾丁阿凡提比作勁風最恰當不過。這勁風以摧枯拉朽之勢橫掃落葉，把枯葉從草叢中捲走、從洞穴中吸出，毫不留情。麻子密探對人們所做的那些壞事、惡事就這樣受到了應有的懲罰。

第二天，伊斯坦堡就開始發生了一連串奇特的、不同尋常的事件！但是，對未經考證的東西妄加訴說，並且對自己沒有見過的國家加以描述是不妥當的。讓我們用這段話來結束我們本編的最後一章，並讓它成為由天下無敵、舉世無雙、神奇的納賽爾丁阿凡提用他在伊斯坦堡、巴格達、德黑蘭、大馬士革和很多其他光榮的城市的經歷所寫成的新書的開始！

註① 散蘭──伊斯蘭教男教徒纏繞在頭上的布。即裹頭布。

納賽爾丁阿凡提傳

第 二 部

КНИГА

2

陶醉的王子

　　我周遊了世界上許多的國家，在很多人民中間作客，到過一塊又一塊田頭收割；因為，穿著窄鞋瘦衣不如光著腳走路更舒服，與其坐在家裡還不如行路吃苦快活！再說，為了每一個新的春天，應該選擇新的感情——我的朋友，去年的黃曆今天是不能用的！……

薩　迪

　　在過去的那些世紀裡，著書立說的學人、聖賢們為了給現在活著的我們點燃知識的火炬，照亮我們那曲折、危險的人生旅途而給世上留下了很多遺產——書。這些書的所有內容不外乎告訴人們戰爭和地震、奇蹟和神仙；每一頁都無不被謝依赫①、哈里發②、天下無敵的戰士和世界其他各種名人的姓氏所裝飾，但是這些書中只對一個人，即舉世聞名的納賽爾丁阿凡提隻字未提。

　　聖賢們所犯的這種錯誤不足為奇。在早已經流逝的那些年代裡，聖賢們在自己的書中雖然曾經播下了飽蘊財富而又光榮的種子，但是，遺憾的是，他們只不過是給自己惹來了不盡的滅頂之災。正是因為這個原因，聖賢們都非常謹慎的說話和思考。這方面，高度廉潔本分的穆罕默德·拉蘇爾·伊本·滿蘇爾就是一個例子：他移居大馬士革後即投入了《聖賢書》的寫作，當他開始撰寫惡貫滿盈的宰相阿布·伊斯哈克的生涯時，突然得知大馬士革市的阿克木③與這個宰相的生母是親戚，不由得大聲疾呼：「我要感謝讓我及時得知此事的阿拉！」並當即把手中的文稿一連翻過去十頁隻字未改，只注上了「保留」的字樣，同時開始著手撰寫另一個宰相的功德錄。前面提到的那個勢力強大的宰相的親戚，其實只不過住在距大馬士革很遠的地方。由於對自己的未來頗有遠見卓識，這個聖人在大馬士革又活了很多年而未遭劫難，沒有被迫像提著馬燈一樣提著自己的腦袋去邁上那座斷魂橋，甚至於他還盡享晚年，老暮而終。

　　關於納賽爾丁阿凡提，那些書中都隻字未提。在那些年月裡，甚至連提一句納賽爾丁阿凡提的名字都要受到追查。強大的統治者們，即哈里發、蘇丹和帝王們為了在他們自己死後繼續剝奪他的聲譽，甚至是在後來的世紀裡都能報仇雪恨而發布了那樣的命令。但是，我們不妨問一句：他們達到目的沒有？正如斯勒曼·賽維吉所說：「儘管對他災難重重，但他必將贏得榮譽！」那樣，無論在哪一個時代，那些企圖都枉費心機。因為有一本對哈里發們來說鞭長莫及的書——民眾的記載。在這本偉大的著作中，納賽

爾丁阿凡提一直活到現在。

錫爾河岸邊的霍間特市郊外有一片荒地，這裡荒無人煙，更沒有果園田地。因爲河水流到這裡時就改道衝擊河岸，每年都要把這岸邊沖出三、四個河灣；每當河水沖垮一半的荒地時，就沖到一棵孤零零生長在河畔的大榆樹，把它那扎在懸崖峭壁上的一支支的根脈都沖得暴露出來。但是，由於各個方面都能得到充足的水和陽光，這棵大榆樹仍能把自己的枝幹向四面八方伸得很寬、很遠，它那繁茂的綠葉可以遮住鄰近生長在塵土飛揚的大道旁的一片可憐的小樹。由於沒有水，加上炎炎酷暑，小樹們那枯萎了的樹葉發出無力的沙沙響聲，並且像很多可憐的人兒那樣，對那滿有福氣又驕傲的大榆樹投以嫉恨和短視的目光。「等著瞧！」它們想，「大水早晚要把它立足的河岸沖垮，把它捲在浪頭裡沖走，然後大榆樹就不再高傲挺立，而是躺在岸邊的一個什麼淺灘上，可恥的腐爛、被河水沖著翻滾。而我們小樹呢，該要感謝命運讓我們生長在遠離河水的地方，才能維持原貌在這裡活下去。雖然我們不能給行人提供更多的樹蔭，樹葉稀少並且難看，落滿路上的飛塵，乾燥堅硬的土地在擠壓著我們的根，但我們知足，不願到其他地方去，因爲追求本身就是危險，那棵驕傲的大榆樹不就是一個很好的例子嗎？」

他們錯了！大榆樹不會倒在水裡，也不會被沖走。大水可以把周遭小而無力的東西沖走，但對它那扎在大地深處的一支支根脈來說，就力所不及了。大榆樹將在河畔繼續生長下去，衝擊著它的河水又給它帶來了充滿養分的泥土。大榆樹用自己的根脈使河岸更加堅固，那似澆鑄一般的樹冠還將繼續綻放許許多多年代。到那時它周圍的那些小樹早已灰飛煙滅，甚至已被燒光，即便是大榆樹的樹皮掉光，樹幹空枯、停止了水分循環，人們也不會把它砍倒當作柴禾燒掉，而是在其周圍修上漂亮的圍籬，向前去霍間特而路過這裡的人們說：「這就是納賽爾丁阿凡提親手栽種的那棵老榆樹！」

在霍間特市郊區製饢行業的人們聚居的一個叫做拉扎克的街區裡，遊人們還可以聽到老百姓經常提到的一個叫做「納賽爾丁阿凡提大街」的名稱。據說在那個年代裡，納賽爾丁阿凡提曾經住過的房子就坐落在這條街上。霍間特人還常對遊人講起在大山裡面，通往阿西特的路上有一個「納賽爾丁阿凡提湖」，那湖邊有一個叫恰拉克的小村子，這個村子裡有一個「納賽爾丁阿凡提茶館」，茶館的天棚上住著一窩「納賽爾丁阿凡提的燕子」，這些燕子是一隻名燕的後代，這個故事已經就在我們面前等著我們了。那個地方還有一個被稱爲「廉潔的小偷的家園」這樣一個怪名字的山洞。那裡還有「納賽爾丁阿凡提渠」、「納賽爾丁阿凡提橋」。總之，這裡的一切都好像在告訴人們，似乎納賽爾丁阿凡提昨天才騎著小毛驢兒從這裡踏上征途。

穿著勤勉的外衣，挂著耐心的拐杖，我們已經把這些地方都一一造訪。我們曾在很

多人家裡留宿，在一堆又一堆篝火旁取暖，聽過很多人講述關於納賽爾丁阿凡提的故事。對我們的追憶和收集，命運給予了佑助。這樣，我們今天才能翻開關於他生平的又一頁，並可以在聖人中的聖人伊本·圖拜力之後說：「願這個故事成為能閱讀並理解它的有心的人們借鏡。」

註 ① 謝依赫——伊斯蘭教對教內有名望、有地位者及長老的尊稱；有的譯為謝胡。
　　② 哈里發——阿拉伯語；西元632年穆罕默德逝世後，歷史上對伊斯蘭教國家政教合一的領袖的稱謂。
　　③ 阿克木——阿拉伯語；中亞、中國新疆一帶歷史上對地方領主官職的稱呼，相當於現今的縣長、市長、專員等職；現在中國境內的維吾爾語中仍用這一詞語表示縣長、市長和統治者、政權等意思。

第 一 編

　　從那兒以後，商人帶著妻子踏上了遙遠的征途。他們走了很久，在正午烈日當頭或黎明時穿過深山、曠野、沙漠和海洋，長時間地趕路；在路途上，真主保佑著他們，到了第三十天，他們來到了巴士拉城……

摘自《一千零一夜》

納賽爾丁阿凡提傳

第 一 章

　　納賽爾丁阿凡提和他的老婆古力健離開布哈拉後，先是來到了伊斯坦堡，然後又從那裡登上了前往阿拉伯的征途，他先後在巴格達、麥地那、貝魯特和巴士拉「破壞了安寧」。在大馬士革，他製造了前所未有的「混亂」，後來又在途中進入開羅，在那裡又用較短時間當上了開羅的首席判官。他判處了些什麼人？又如何判刑？我們無從得知，我們只知道一件事，那就是納賽爾丁阿凡提周遊了整個埃及，在整整兩年時間裡，偵緝和捉拿他的徒勞從未中斷過。但他總是能逃之夭夭，優游彼樂土。

　　因為他是永遠的遊子，他從不在一地久留。天一亮他就把白毛驢備好鞍交給古力健，給灰毛驢備好鞍自己騎上，總是向著前方，越走越遠。他每天都換一個地方過夜，無休止地周遊，忍受著黎明的寒霜、高山上的風雪，中午被石灘溝壑裡那炎熱酷暑灼乾嘴唇，夜晚則盡情享受谷底裡芳香的空氣、品嘗那混濁的溪水——這就是白天在他翻越山巔時曾經見到的雪嶺上融化而來的雪水。

如果能按照他自己的意願，他將永遠不會停止流浪，並且到處都留下他那毛驢兒的小蹄印，遊遍整個地球。但是有了家的人，就要有孩子，納賽爾丁阿凡提沒能超脫這個法則。在他邁入成家後的第四個年頭裡，他的妻子古力健給他生下了第四個兒子。納賽爾丁阿凡提非常高興，古力健更是歡喜，這名小嬰孩兒的哥哥們也鼓掌慶賀喧鬧著。白毛驢兒大聲叫著向所有天上飛的、地上爬的和水裡游的動物，以及兩條腿和四條腿的動物，園裡的、地底的所有蜂蝶蟲虺宣告新主人的誕生。只有那隻灰毛驢不高興，牠垂喪著臉、搖著耳朵，甚至對周遭那美麗的春色都不理不睬，只是木然的望著地面。

一個月後，古力健騎著自己的白毛驢，納賽爾丁阿凡提騎著那頭灰毛驢又開始在路上馳騁了。在納賽爾丁阿凡提身前，幾乎快要騎到驢脖子上的是他的大兒子；二兒子則坐在他身後，也就是騎在驢屁股上，這個孩子揪住驢尾巴，把牠拉到自己懷裡，費勁的揀著沾在上面的草刺；三兒子坐在納賽爾丁阿凡提右側的布袋裡，四兒子則坐在左側。

「古力健，我的毛驢兒近來不知為什麼似乎感到厭煩了。」納賽爾丁阿凡提對妻子說：「真主保佑不要有什麼災難，我們的毛驢是不是生病了！」

「等到了前面的市場買一條好鞭子，牠馬上就不厭煩了！」古力健提議說。

毛驢聽到這話後，對主人不滿的嘆了一口氣。

一年過去了。春天又來到了，南風吹開了杏花，座座果園好像蒙上了一層用淡粉色的花兒鋪成的紗簾，果園裡充滿了鳥兒啁啾的鳴唱歌聲。渠水開始溢過渠岸，在夜裡像是從巨大的管道裡冒出來一樣咆哮宣洩。一天，在一個地方休息時，灰毛驢正在吃著春天新吐芽的嫩草，這時牠看了一眼古力健，注意到她的肚子又大了起來，當確信了自己的懷疑的時候，牠就大叫起來，掙斷繩子，衝塌灌木叢，向別的地方跑去。

這時納賽爾丁阿凡提才明白這個長耳朵生靈厭煩的原因。

「我美麗的古力健。」他說：「如果把兩個小兒子馱在白毛驢兒身上，妳就做對啦！」

從那天開始，白毛驢兒開始厭煩了，灰毛驢兒卻相反，牠豎著耳朵、甩著尾巴，矯健的邁步向前。

但是又過了兩年，兩隻毛驢都開始厭煩了。

「再買一隻毛驢怎麼樣？」古力健建議說。

「唉，我舉世無雙的紅玫瑰，如果我們照這樣下去的話，要不了多久我們身後就會形成一支商隊！」納賽爾丁阿凡提回答道：「不！我四處流浪的時代已經過去，回憶和思考的日子已經到來。」

「感謝阿拉！」古力健喊了起來。「你終於明白了，有這樣一個大家庭還要像流浪漢一樣在路途上奔波，對你這年齡已經不合適了。我們回布哈拉去，住在我爸爸家……」

「等一等！」納賽爾丁阿凡提打斷了她的話說：「難道妳把布哈拉的那個恩德浩蕩的艾米爾王朝所做的事兒都忘掉了？他恐怕沒有忘記給他當過宮廷星相學家的那個胡笙‧侯斯利耶。與其在那兒，還不如在浩罕或是霍間特安家更爲合適。」

在他們支起帳篷過夜的小山丘下有兩條路：一條是去浩罕的商旅之路，另一條是去霍間特的羊腸小道。去浩罕的路上，駝隊商旅、各種車輛、騎馬的和步行的人們絡繹不絕，塵土飛揚；而去霍間特的路上則是一片寧靜，它上方那高爽的晴空，被淡淡的晚霞染成一片微紅。

「我們到浩罕去吧！」納賽爾丁阿凡提說。

「不，還是去霍間特好一點。」古力健回答說：「我對大城市、對亂哄哄的街市感到厭煩，我想在寧靜的地方休息。」

納賽爾丁阿凡提明白自己錯了：雖然自己想去浩罕，但是既然明知妻子的脾氣就應該建議去霍間特。但如果那樣說，妻子則又會說：「到那麼偏遠的地方！」第二天一早他們就行進在大路上了。糾正錯誤的時機已錯過──爭論甚至是危險的，因爲老人們常說「誰要是和老婆爭嘴，誰就會減短自己的壽命」，這句金玉良言不無道理。

納賽爾丁阿凡提深深嘆了一口氣：

「我從前去過霍間特，霍間特的葡萄的甜味兒還留在我嘴邊。好吧，就按妳說的去霍間特！」

就這樣，他們遷到了霍間特，並在錫爾河岸邊烤饢人聚居的街巷裡安了家。撫養了多少代人的這條偉大河流，從大山裡宣洩而出，奔向谷地，但在來到這裡時卻一改奔騰咆哮的脾氣，在霍間特市邊上輕輕的流淌，無私的奉獻給植物、人和動物；在夜裡衝擊著那丹紅色的河岸，發出溫柔的涓涓聲，像催眠曲一樣哄著納賽爾丁阿凡提的孩子們甜甜入睡。

在這個年代裡，霍間特市曾經有過的繁華和財富已蕩然無存。現在，沉睡中的這個小小的城鎮裡居住著經營小店舖的商人和花匠、菜農，以及無數頭裹長布的老頭兒們──清眞寺裡的毛拉、伊斯蘭教高級講經師、有學問的人和哈孜們。老頭兒們在清眞寺中做禮拜，在茶館裡喝茶；大街小巷和廣場上只有老頭兒們走動，城市裡充滿了他們那虛弱無力的咳嗽聲，還有走路時鞋底發出的拖拉聲。老頭兒們這樣聚集在一個小鎮上是一種怪現象，好像他們都暗地裡商量好了，死後要把自己的屍體交給霍間特的這片黃土地，並且爲此所有穆民學者們都從四面八方趕來聚集在這裡。

被縱橫交錯、水量豐足的水道所包繞、有大山遮擋寒風、不愧爲水果和葡萄之鄉的霍間特鎮，對已經心力交瘁的人來說都是一個眞正的天堂。所以得到了眞主恩賜的霍間

特人才能在這樣的小鎮裡生活，他們日日不倦怠的向阿拉表示感謝。

全城只有一人與眾不同，他就是撒瑪爾罕的原城市督察官烏扎克巴依。也就是說，這個烏扎克巴依平時是一個奇怪而冷漠的人，他經常戴著一副又大又黑的眼鏡，眼鏡遮住了他的半個臉，他不與任何人接近、不與別人說話，從不去任何地方作客，別人也不邀請他。他的鄰居們認為他之所以不與別人來往，是由於他做了很多壞事才使他變成了這樣的硬心腸。孩子們見了他都害怕的躲開，藏在不起眼的角落和牆後，喊著「貓頭鷹，戴眼鏡的貓頭鷹！」而他呢，對這個綽號只是微微苦笑一下，搖搖頭，並不吭聲。

是真的，「烏扎克巴依」面紗下隱藏著的是納賽爾丁阿凡提。他深深的明白，在人們天天都要見面的小鎮裡，如果說錯一句話，做錯一件事，那他的全家都會大禍臨頭！所以他覺得應該用一個大而黑的眼鏡把自己遮住，改名換姓，與人們雖毗鄰而居卻老死不相往來，讓人們對他畏懼三分，透過這種方法把霍間特變成一個沉默的地獄，使自己成為這個世界上一個不幸的、放棄一切權利的可憐之人。

他對流浪有無限的眷戀，又對家庭有割捨不掉的深厚感情，因此他十分憤怒於阿拉竟把這兩種完全對立、敵視的力量一起裝在自己心裡，讓他時時被這兩股力量爭奪著，成為一個忍受割愛之苦的人，特別是他把自己的祕密深深藏在心底，誰也無法理解他心裡的苦楚與憂傷！就是與他恩愛相處的親愛的妻子古力健也不能。因為她畢竟是爭奪他心靈那兩股力量之一。而另有一股力量就是那安靜的打盹、在槽前越來越肥的毛驢。雖然毛驢不能用人類的言語說話，但這不幸而又苦命的生靈也常在夜間用憂傷的叫聲向他傾訴著心中的悲哀。

每個新的一天到來，都和昨天一樣。納賽爾丁阿凡提戴著一副能遮住一切亮光的墨鏡去街市上買生活必需品。從街市上回來後，就在園子裡、棚圈裡找些瑣事做。

但是到了晚上，時間常常又是完全屬於他自己的。晚飯他通常不與家人在一起吃。每逢這時，他就坐在小城邊上那個緊靠錫爾河岸的茶館裡。

這是整個霍間特鎮最小、最髒的茶館──只有乞丐、小偷、流浪漢及各種遊手好閒的人才到這裡來。在這裡納賽爾丁阿凡提感到自己是安全的。

點亮了的羊脂燈冒著濃濃的黑煙。鼻梁被拳頭打歪且鼻孔難看的向上翹著，還兼收購贓物的麻子茶館老闆在沸騰著的一排茶壺前忙得團團轉。不一會兒，客人們開始來了。對這些破衣裳是從哪兒弄來的，就連茨崗人們中的最大的首領都說不清楚。這些特別破爛的衣服臭氣熏人，甚至到了可以熬出油來的帽子下一個個駝背、瘸子、瞎子、斷了筋的、渾身哆嗦的、長滿癲癬和疥瘡的、拄著拐棍的和架著拐子的人們從四面八方匯聚到這個小茶館，喊著罵著、爭著吵著討論著白天發生的事和各自掙錢的順利和挫折。

看著在油燈昏暗的亮光下忙碌著的這些赤貧的人們，納賽爾丁阿凡提悲哀的想：這個大千世界給我留下的東西就是這些！

世界是寬廣的、無限的，四通八達的道路就在他的面前，敞開胸懷伸向各方。晚霞逐漸被吞噬，黑暗越來越濃，寧靜下來的河流向四面散發著清爽而又純潔的空氣。大地順從的進入了黑夜，群星在閃爍著，越來越清晰、越來越明亮，並從那湛藍、清澈的夜幕之後遙遙的、靜靜的向大地投下一道道水晶一般的光柱，這正如哈菲茲①所唱的，那就是「天使的琴弦」。

納賽爾丁阿凡提並不急著回家。客人們中有一半開始在骯髒的地板上橫七豎八的伸開身子睡起覺來，鼾聲大作。茶館主熄滅了茶壺下的炭火，鎮子裡傳來了第一次的雞啼，然而他仍然坐在那裡，沉陷在尋找可以戰勝那互相矛盾著的兩種力量，以及如何擺脫成為這無法忍受的霍間特俘虜的思考中。

就在那時，他還不知道自己當霍間特俘虜的日子即將結束。他的心裡形成一個決定，但為了要合乎理智並且今後能實現，必須等待時機，就像隨時可能發生的雪崩一樣，萬事俱備，只欠東風。

註①哈菲茲——即哈菲茲．設拉子(1300-1389)，古代波斯抒情詩人，生於伊斯法罕，後遷居設拉子，早年十分貧寒。其著作多用波斯語寫成，擅長抒情詩，用歌頌愛情和美酒來反抗統治階級，揭露僧侶階層的虛偽。其詩文充滿激情，語言絢麗貼切，簡練而又犀利，富於感染力。其著作代表了波斯古典文學的頂峰。

第 二 章

由於緣分和命運，使一次偶然的相遇成了這個故事的起因。

每逢傍晚，納賽爾丁阿凡提向茶館走去的路上，總是從已經半坍塌了的舊古哈爾霞特清真寺前的屋簷下走過，那裸露著破蘆葦稈的屋簷下經常跪著一個啞巴乞丐。從外表

上看，他是一個普通的乞丐，與那些在幫助穆民教民們淨化心靈、最重要的是掏空他們的錢袋子的清眞寺、陵墓和其他聖地周遭到處都是、街頭巷尾隨處可見的同行們沒有什麼區別。這個乞丐只有一處讓人不可理解：他爲什麼要選擇一個長期以來沒有人做禱告、誰也不涉足並且對他的行業發展也不適合的地方？他每天得到納賽爾丁阿凡提半個銀元的施捨，並且總是抬起那蒼老的雙眼，泛著早已消失了的兒童一般明亮的目光，親切的向上看一下，接著就不吭聲地低下頭去表示感謝，然後就夾上那滿是破窟窿的褥子，走進瓦礫中的清眞寺裡。也許，他就孤獨的與蝙蝠和夜貓子爲伴，住在那裡。

有一天，這個啞巴乞丐突然說起話來。這是冬末一個下著雨的黃昏，烏雲遮住了傍晚的霞光，雨淅淅瀝瀝的下著，寒風吹過那些光禿禿的樹枝時發出「颼颼」的叫聲，把池塘中混濁的水面吹出波紋，也搖撼著老乞丐賴以庇身的葦稈屋簷。納賽爾丁阿凡提來到他跟前停了下來，準備掏錢而把手伸進了口袋，他還沒有來得及把銀元掏出來，乞丐已經伸出他那又瘦又乾、滿是皺紋的手，親切的對他說：

「放心吧，納賽爾丁阿凡提，很快就可以把你的黑眼鏡摘掉了！」

聽了這話的納賽爾丁阿凡提不由得一愣，他一雙眼睛瞪得大大的，半張著嘴，手還在口袋裡。由於他清楚知道乞丐們的所有奸詐和伎倆，對啞巴開口說話並未感到驚奇，但老人是怎麼知道自己的名字呢？

乞丐已經猜到自己談話夥伴的想法。

「別害怕我，納賽爾丁阿凡提！」他那本已黯然銷魂的眼睛裡閃過了一道亮光。「我想求得你的幫助，多年來我一直期望能和你商量，幾年前我曾見過你好幾次，在布哈拉，在一個湖邊我見到你端著茶碗喝茶，在撒瑪爾罕也見到過你，但後來就再也找不到你的影子了。」

「等一等！」納賽爾丁阿凡提打斷他的話，並且對乞丐說的每句話都感到驚訝。「你怎麼知道、從哪兒知道我曾經在那兒待過的？你把我的心都攪亂了。」

「你心裡不必驚慌！全專區只有我知道你住在這裡。這是沉默者和追隨者或者用另一種說法，就是我們居無定所的遊星僧密友的一員——我的師弟告訴我的。初冬時分，當你從街上走過時，有一個搬著貨物的搬運工不愼與你相撞，在把你的黑眼鏡碰掉了的那一刹那，他看見了並認出你。」

「我還記得！」納賽爾丁阿凡提回答說：「在那麼短的時間裡就能認出我來，說明你的師弟的眼睛非常敏銳。你敢肯定他沒有把他的沉默者、追隨者還有其他偷聽者、偷看者和跟蹤者密友們都帶去嗎？」

「你可不要成爲罪人了！」乞丐神情嚴肅的打斷了他的話。「這是一個善良的朋友，

他的事業對我來說是神聖的，因為他已從這毫無人情的腐敗世界進入了那極善盡美的世界。」

「請原諒，英明的老人！」納賽爾丁阿凡提對這僧人產生了信任感並從心中湧起一股熱流。「現在請你告訴我，為什麼今天才對我開口？」

「按照我們的章法，我一年三百六十三天都要裝聾作啞。」老人回答說：「一年沒有說話之後，第一個和我交談的人就是你。今天我才有權打開我嘴唇上的鎖，但好像已經過去兩天了。拿我們最近的相遇來說吧，要不就是在兩天之前，要不就是不在晚上，所以，那時雖然我的心已飛向你並且心中在哭泣，但是我並沒有說話。」

「你有什麼苦楚，有什麼需要我幫助的，請講給我聽聽！」聽了老人這番話後納賽爾丁阿凡提感動的說：「也許你需要錢，尊敬的老人家？我私自藏在一個地方有一百五十銀元，關於這筆錢我老婆一點兒都不知道。」

「我是一個僧人，在這個世上除了精神食糧外不追求任何物質利益。」老人滿懷敬意的說：「我不是在向你乞討錢，但是在這路邊上、這寒風中也不是談事之地，請跟我來。」

他們走進了清真寺的廢墟之中。

老人把客人帶到地震中倖存下來的一間非常破舊的屋子裡，並用打火石打著了火，點燃了油燈。納賽爾丁阿凡提看見一個角落裡，有一個鋪著一層麥草的睡覺的地方和一個盛著水的瓦罐，罐子口上蓋著一塊已經發黑、又乾又硬、周遭被老鼠咬掉了一圈的饢。屋子裡沒有別的東西，對這個深悟僧訓教條的老人，除了這些以外一切都是沒有用的。

老人拿起了饢，並把老鼠咬過的饢邊兒小心翼翼的掰在手心裡，把碎饢碴撒在牆角的老鼠洞口前鋪開的一小塊布上，然後又把饢從中間掰開，把一半呈給客人，說：

「在詳談之前，我們先吃點兒東西吧！」

外邊的風呼呼地吹著，從四處的縫隙中鑽進小屋裡，搖晃著油捻燈的火焰；隨著火焰的搖動，落在頂棚和牆上的老人那鷹鉤兒鼻子的影子和瘦弱的身影在不住的跳動。

風在憂傷的號叫，雨在淅瀝瀝的下，老鼠「吱吱」叫著，在地上的麥草裡追來跑去，他們就在這搖搖欲墜的小屋裡開始交談了起來。老人走到一個什麼角落的地方，從麥草中拿出了一個小包裹，並且把它打開，把一捧碎銀幣倒在了石頭地上。

「這就是你投在我那碗裡的所有的錢，我一直攢到昨天你給我的那個銀元，拿去吧，加上那個——你老婆不知道的那一百五十銀元。」

「我至今還沒有把我施捨出去的東西再要回來過！」納賽爾丁阿凡提反對的說：「這錢你留著，尊敬的老人家，如果碰上的話，把它送給一個孩子多的窮困人家。現在告訴

我，你需要我幫助什麼？」

老人未作回答，陷入了沉思之中，從他沉重的嘆息中可以看出，他的心已被那愁思壓碎了。過了好一陣子，燈油已經燒盡，發出「吱吱」的響聲並向周遭逬起火星，剩下的微弱火焰勉強的發出一絲亮光。

納賽爾丁阿凡提用小樹枝把燈灰挑掉，油燈一下子又著了起來，照亮了老人的臉龐。

老人抬起了頭來，說：

「納賽爾丁阿凡提，你先回答我的問題：現在你弄懂了你自己的宗教沒有？」

「我自己的宗教？」納賽爾丁阿凡提感到奇怪的問：「我從孩提時代就懂得。伊斯蘭教——這就是我的宗教，但是我必須承認，我往往做一些違反宗教的有罪之事。」

「這是所有人的宗教。」老人說：「不過，對每一個人來說，還另外有一種特別的、專屬於自己的宗教，這只是對個人而言。」

納賽爾丁阿凡提不得不承認還不知道自己那特有的宗教。

「我就是這樣想的。」老人補充說：「然而其中就有解開那些折磨著我們的所有祕密的鑰匙，你要認識你自己的宗教，然後對你來說黑暗就會變成光明，心中的結就會解開，無意義的東西就會變成適宜的東西。納賽爾丁阿凡提！你的生命是充滿活力躍動的，但是早先這只適合它表面的潮流，是一種無欲而剛、滿足於樸實的健康想法，且由於對自己的生命體現而自得安慰。現在進入活動的內部，你要傾聽自己內在的聲音，而且同時，從是非之源頭的布哈拉到爭嘴好辯的伊斯坦堡，再到多猜疑的巴格達和否定一切的大馬士革，你可以去尋找自己的宗教，納賽爾丁阿凡提，如你自己找不到，我可以給你指示。」

「啊，英明的老人，你真是看透了我的心！你對我心中的一切隱祕都瞭如指掌！」

「是的。」老人肯定的說：「你要明白，我的意念可以伴隨著你的所有征途，參與你所有的事。不管你到什麼地方、做什麼，你所說的話每一句我都可以聽見，並為以後能理解，以及形成善念而銘刻在我的記憶之中。你看到我的現狀，就恰似看到了你自己，但是你現在正處在平和與智慧代替風暴和慾望的人生的最後時代。」

「我偉大的上蒼！讓我在路上和這老態龍鍾並乞丐相貌的你相遇，這真是怪事啊！」

納賽爾丁阿凡提的腦袋裡開始嗡嗡作響，因為老人的奇談怪論使他吃驚，也難以理解。

接著，他還聽到了更加奇特的東西。

「尊敬的老人家，到底是什麼東西迫使你這樣要求我？」

老人低下了那蒼白的頭，說：

「我停止呼吸、靜靜躺在靈架上的時刻已經很近、很近了。」他話語中帶著發自內心悲哀的說：「預見到這一時刻的到來，使我不寒而慄。我用我的滿眼熱淚請求你：幫助我！」

「怎麼幫？給你一條命，讓你從靈架上走下來？」

「不，我是在求你幫我避免讓我的靈魂在一個什麼時候墜入深淵。我的靈魂在那無極無終的年月裡經歷了多少變化，爲了達到極悟的境界我付出了多少努力，現在由於我的那顆罪惡浮躁之心，我必須一切重新開始，再次從第一步向那極悟境界做出努力……」

「無比仁慈的阿拉！」納賽爾丁阿凡提搖著頭大聲說：「我一點兒都不明白，一點兒都聽不懂！請你用通俗的語言告訴我：需要我爲你做什麼？」

「拯救我的辦法就在你的手裡！」老人繼續說：「但是看來沉默者和追隨者所能領悟的有些事不向你明說你將絲毫不能領悟。」

「說得好！」納賽爾丁阿凡提肯定的說。因爲他知道用其他辦法不能從老人那裡得到一個明確的答覆。「我時刻洗耳恭聽你的祕密。」

「好，我們言歸正傳！」乞丐用激動的語調說：「但是，請你換個地方坐，因爲我的老鼠們在害怕，到現在都不敢從洞裡出來吃東西。」

納賽爾丁阿凡提換了個地方坐下，老鼠們紛紛從洞裡出來吃東西了。這時老人像祈禱一樣的雙手撫摸著自己的鬍鬚，緩緩的說：

「請賜予我們的交談以高尚和哲理，賜予你悟性，賜予我清楚和深刻的語言。」

他閉上了眼睛，顯得有些傲慢、嚴肅，好像在傾聽著心裡那神祕的聲音，靜坐了幾分鐘。然後，他的表情一展，伸出一根手指來讓客人注意。

關於長老靈魂現世的祕密，納賽爾丁阿凡提在與印度僧人的談話中早就有所了解。但他仍保持禮貌的沉默著。可是慢慢的、慢慢的——他的思路卻飛向了其他地方，飛向了他的家庭、飛向了即將到來的春天。老人那些勸誡的話語聲，就像一個嗚嗚飛轉中輪子的聲音，而他自己的話語聲卻被淹沒了。「一個星期後開始颳南風，道路會翻漿，山峰上的雪將消融。」納賽爾丁阿凡提想著。「再過一個星期商隊也要遠征，游牧的居民們也該趕著一群群的牲畜上路了……」

車輪飛轉似的嗚嗚聲仍在響著……又過了一會兒，小屋中響起了一陣陣從鼻子裡發出的輕微的、甜甜的酣聲。

納賽爾丁阿凡提睡著了。他的嘴稍微張開的趴在雙膝上，壓著左眼，駝著背，肩膀向前垂下著。幸虧他坐在隱蔽處，老人沒有發現他在打瞌睡，而繼續揭開他那巨大的祕

密。

　　仍在打瞌睡的納賽爾丁阿凡提，正做著與世界上任何祕密都相去甚遠的夢。他夢見了道路——自己時刻都在懷念的一條條道路，夢見了那些在他心目中非常親切而又喧鬧的街市，夢見了戈壁沙漠裡的一個個商旅駝隊，夢見了自己和旅伴們正在崇山峻嶺之上，同時還抓住一根長長的大繩，從那潮濕、伸手不見五指的濃雲密霧中，爬過一座座達坂①，夢見了那耀眼、清澈、碧藍色的南海，夢見了高高的船頭沉著的劃破前方海面時微微泛起晶瑩的漣漪，夢見了纏繞在舵軸上吱吱作響的生了鏽的長舵鏈，還有土耳其人已經升起了那小木船的風帆……

　　納賽爾丁阿凡提的小花帽從頭上滑了下來，掉在了膝蓋上，一下子驚醒了。

　　老人仍在勸誡著。

　　「也許有人會問，人過世之後我們的靈魂會變成什麼，生命降生在世界之前又在哪裡呢？你是說那些散布在整個宇宙中的星星？我們是怎樣從一個星星上來到這個世界然後又回到星星上去的？我們是遊星者。納賽爾丁阿凡提！為什麼群星之宿的穹蒼吸引著我的目光，那樣融化著我的心——我要仰望那在我們之上、給了我永恆生命的永恆國度。」

　　納賽爾丁阿凡提覺得該向老人提出一個問題來擺脫使自己打瞌睡的窘迫。

　　「英明的老人，我也應該常看看那些向我飛來的星星，應該如何理解它們的隕落呢？如果我能趕上屬於我那早先軀體的那顆星的隕落的話倒也算好事，但是我將要歸往的我的那顆星要是已經飛跑了，那會怎麼樣呢？我在世界上的存在結束後，我的靈魂應到哪裡去找它呢？要是在宇宙裡找不到它的話，那麼最終我的靈魂會到哪裡去呢？」

　　老人不知所措，並且向後仰著頭，目光中流露出詫異的神色，直盯著納賽爾丁阿凡提。

　　「我正要誇獎你努力傾聽我的勸告，沒有用那些毫無意義、毫無必要的提問來打斷我的話。」他不滿的說：「但是現在時間已過，午夜的雞叫聲已經傳來，並且城上的衛兵已經敲響了讓學人們熄滅爐火的納格拉鼓，平平安安的回家去吧，想想我講給你聽的祕密，明天晚上再來，我們再繼續交談。」

　　納賽爾丁阿凡提站起身來，無聲的向老人行個禮，從小屋中走了出來。夜，用潮濕的風、用靈魂和心智都已懶散不堪的灰暗、用伸手不見五指的一片漆黑迎接了他。但是雨已經停了，烏雲變得稀稀疏疏，西邊的一塊兒晴空中有一顆好像是在哭泣的星隱約可見，它在穹蒼之中，從那潮濕的睫毛縫隙裡驚異的遙望著黑暗和寒冷的大地。但是它的光芒中又充滿了慈祥、和藹，納賽爾丁阿凡提看著感動不已——如果他將來在星際間的漫遊是命運中注定的，他似乎也願意飛到那顆星上去。「啊，那顆美麗的天藍色的星

星，我的時日盡數之時請對我慈祥一點！」他那永恆的靈魂似乎已經開始升向天際而在內心呼喚著。但是就在這一剎那，他那已被判處死刑的軀體從只有兩根橡子架成的舊橋上滑了下去，「撲通」一聲激起一陣浪花，掉在冰冷而且很深的渠水裡。納賽爾丁阿凡提瞬間渾身濕透，頭頂、身上沾滿了稀泥。當他趕進家門時已經全身冰涼、渾身發紫了。

「在這漆黑的夜裡魔鬼把你帶到些什麼地方去了！」古力健把他那濕漉漉的衣服搭在火爐旁時抱怨的說。

納賽爾丁阿凡提對在這黑夜裡倒楣的與這位篤信自己宗教的老人相遇，還有他那迫使天下遊子魂歸星際的勸誡和學說在心裡用最尖刻的語言咒罵著，表面上卻一聲不吭的保持沉默。

但是第二天晚上他又坐在了那間小屋裡，聽著那老人第二次的勸誡。

這次他終於明白了每一個軀體都要有一個專門的法則，為了使我們的軀殼得善終，以及為了我們的靈魂將來能夠達到更高的境界而必須多多修行造化。

「拿我們人世間的軀體來說吧！」老人說：「它的法則是積極的、善良的。你要知道：世界上未來那些歡樂的世紀是屬於積極者的，我把他們叫做戰鬥和創造的僧人，他們應該把這世界上的邪惡徹底消滅……唉，納賽爾丁阿凡提，你就是這創造高尚德行者的同路人。這就是你在世上的一切都那麼富有意義的原因，你應該在我們之後的無數代人中成為典範……」

納賽爾丁阿凡提全神貫注的傾聽著乞丐老人所說，關於世界像天堂一樣的興旺繁榮將在五十萬年以後實現，和他那像聖人一般預言遙遠未來的話語……老人由於堅信自己將是永恆的，所以他使自己以數百年甚至數千年的樸實朋友的姿態出現。但是，這樣的期限使納賽爾丁阿凡提感到非常厭煩。他習慣於不把地球看作是在星際間遊蕩中偶然到達的商旅客棧，而看作是自己的家園，正因為如此，他願意盡快在這個家園中建立秩序。五十萬年，唉！就連他那充滿智慧的目光也會在這無終無極的茫茫之旅中消失……

時間已接近午夜，納賽爾丁阿凡提看出這遊星僧老人要從那抽象的魂遊星際之說中退到大地上，回到自己所要說的話題。

「我感覺我對自己已經有了足夠的悟知，啊，非凡的老人。」納賽爾丁阿凡提盡量表現出尊敬的說：「我是說……我希望你能開恩，恕我無禮，現在我能否知道你希望得到我的什麼幫助？再恕我大膽，現在已經很晚了，時間在流逝，請把你的事情明示。」

老人低下了頭。

「這是非常令人痛心的事……」

「說吧！我會盡力而爲的，除非人類的力量所不能及，否則的話我會責無旁貸。不管怎麼說，就算是超過我能力所及，但不太過分的話，我也會去做的！」

老人沉重的嘆了一口氣，開始講起自己的故事。

「當我對沉默者和追隨者兄弟們還一無所知並且很富有、追求享樂和各種庸俗之事而卑鄙的活著的時候，在沒有想到自己應該縮衣節食，並把一切財產都施捨給窮人的日子裡，除了其他財產外，在費爾干納我還有一座湖。就在那些日子裡，有一天——那是我一生中災難的一天！我把那個湖輸給一個像惡龍一樣凶狠、像毒蜘蛛一樣鐵石心腸的叫作阿卡別克的人。當阿卡別克擁有這個湖之後，他就搬到湖邊住著，並且用從未有過的苛捐雜稅開始壓榨從湖中引水灌溉田園的農民，從那之後，很多農民變得貧困不堪，有的完全破產……」

老人抽噎的哭泣，停頓了許久，他抑制住激動，繼續說道：

「那個人既凶殘又貪婪，每年從春天開始壓榨農民。我心中無比難過，總是淚水如注，悔恨之心折磨著我。但這已經無法挽回。這個凶頑之徒好像壓在我頭上的巨石，我在這世間的旅行結束之後，這種狀況會阻礙我的靈魂升入更高境界；如果一個人在人世間做了壞事而沒有贖罪，那麼他的靈魂就不能算達到了極善境界……」

「明白了，明白了！」納賽爾丁阿凡提接過他的話來，他注意到了老人好像想飛起來而在整理自己的翅膀。「也就是說，我應該從阿卡別克手中奪回那個湖？你是有道理的，非常英明的老人，我要是不事先聽你講述那些勸誡之言，對這種問題我無論如何自己是弄不明白的。聽著：我從來沒有見過那個阿卡別克，儘管如此，我想讓你事先相信，他今年的收入要大有減少。說吧，你的那個湖在什麼地方？」

老人不再說話——納賽爾丁阿凡提在午夜的寂靜中聽見了雄雞破曉的啼鳴。

老人可以開口的最後一天，也是第二天就這樣結束了。

按照誓言，他的嘴要閉著直到來年春天。

「再說一句話！」納賽爾丁阿凡提著急的大聲喊道：「就一句話，那個湖在哪兒？」

老人仍然靜默不語。

納賽爾丁阿凡提忍不住內心的酸楚，說：

「你的時間對別的事都夠，尊敬的老人。那些關於魂歸星天的故事、關於世界的勸誡你都有時間，但是唯獨有一句關於大地上的最重要的話你卻沒有說出來，難道就不能多一秒鐘嗎？」

乞丐老人在無限的哀傷之中無奈的用雙手捂住了布滿皺紋的臉。

強烈的淒楚感撞擊著納賽爾丁阿凡提的心，由於慚愧，他的面頰緋紅。

「請原諒我的責問重重的刺傷了你！」他輕輕的用手撫摸了一下老人的肩頭。「放心吧，我知道：你的那個湖就在費爾干納山中，這就夠了。我要以我今後所要歸往的那個星辰向你發誓，我會找到那個湖，也會找到那個阿卡別克的！等我園子裡的巴達姆樹一開花我就上路。啊，遊星僧老人，放心的修煉你的靈魂，使其更善更美，其餘的請交給我吧！」

黑夜中，納賽爾丁阿凡提在回家的路上深一腳淺一腳的把道路低窪處的積水蹚得「嘩嘩」響，一會兒臉上露出微笑，一會兒又沉入思緒的海洋。「這個乞丐到底是一個冒失鬼還是一個聖人？」他問著自己。夜晚寒冷並且潮濕，但從這清香而又潮濕的風中，從一顆顆明亮而又純潔的星，以及它們那晶瑩的閃爍可以感覺到春天已經臨近了。

納賽爾丁阿凡提轉進了他們居住的那條窄巷。在那裡，巷子邊上有一棵樹皮已經翹起、長滿樹結、樹幹已經裂開的老楊樹高矗在黑暗中。那樹幹與大地、房屋、院牆混為一體，看不清楚，但是它的那些寬寬的伸展開的樹枝，在灑滿星辰的銀白色中又略帶淺灰色的清澈天空裡清楚可見。納賽爾丁阿凡提一跳便拉住了白楊樹最低處的樹枝，並為了不折斷樹枝而小心的把它拉向自己。在一個星期前這些樹枝還猶如死樹，毫無生氣的冬眠著。今天它還沒有流出樹脂，就可以讓人用手指觸摸到那已經拱出並散發著芳香的芽孢。納賽爾丁阿凡提把耳朵貼在那長滿樹結的樹幹上，頓時，他似乎聽見了遠處傳來的一種微微的、琴弦一般的嗡嗡聲。這不知是深夜裡的風聲，還是白楊樹裡的汁液，由樹根順著脈絡向著上面的枝幹竄流而發出的聲音。

註①達坂──道路從險峻的山嶺上通過的地方。如位於中國與阿富汗、巴基斯坦邊界一帶著名的明鐵蓋達坂、中國與巴基斯坦交界地帶的紅其拉莆達坂等。

第 三 章

　　自那次難忘的談話之後，納賽爾丁阿凡提不再向老乞丐的碗裡扔錢，但他每天臨出門時從家裡帶去一個用乾淨的布巾包著的新烤出來的大麥。

　　老乞丐就像先前一樣，對他緘口不語地低下頭，用滿懷希望的目光看一看他，表示謝意。

　　「已經快到了，快了！」納賽爾丁阿凡提回答說：「等到山上稍暖和一點，道路上的泥濘乾了之後我就可啓程去找到那個湖。」

　　天空開始越來越清澈、越高爽、越發翠藍，雲彩也越來越少；中午可以不穿大衣坐在太陽底下了。春天一到就陷入不安之中的納賽爾丁阿凡提變得消瘦了，目光裡閃爍著青年人的敏銳。那些日子裡，他非常警覺並且時常從睡夢中醒來。

　　又一個星期過去了。有一天，納賽爾丁阿凡提由於睡不著而焦慮的來到了自家的小園子裡，大自然的信息令他欣喜若狂：遠處的大地在青紫色的煙雲之中時隱時現，在淡灰色清澈的天空中，天鵝那「咯咯」的呼喚聲、野鴨拍著翅膀在上空劃過時發出的「噗噗」聲此起彼伏，不絕於耳。自由的鳥兒們開始向北方遷徙。雁群在高空中，在繁星側畔集結成一個個「人」字形的長隊，四面八方的大雁們的叫聲彷彿在說：「上路了，上路了！快一點兒，跟上啊！」大雁們一批批、一對對不時的拂過樹梢，匆匆低飛前行。春風徐徐的吹著，在園子裡的地上撒下了一層白色的花瓣，彷彿剛剛下過一場雨；條條管道中春水淅瀝瀝的流淌。躁動和興奮的馬駒在棚中嘶鳴，用蹄子「咚咚」的敲著大地。納賽爾丁阿凡提傾聽著天空通途之中這繁忙而又熱烈的動靜，久久的發愣。

　　黎明時他站在自己那頭毛驢兒的食槽前。

　　「不要生氣，我們愁悶的日子快結束了！」他摟著那長耳朵朋友的脖子說：「一個星期後我和你就要久別此地，出現在大路上和喧鬧的街市裡。但是古力健呢，應該如何安排他們？要不要直接對她說明一切呀？但是你知道她的脾氣，如果她要是突然跳到河裡、溺死在水中，阿拉呀，求你保佑可千萬別發生那樣的災難！那時要找到她的屍體我要向上游而不是向下游奔跑！」

　　他在設想著，一幅幅場景在腦海中像閃電般掠過。但是他把這連篇的浮想都一一排

除了。

「我就這麼傻嗎？你怎麼不吭聲，我忠實的毛驢兒，想一想，幫幫我！」

毛驢喘了一口長氣兒並且用肚子裡嘰裡咕嚕的聲音回答著他。這時朝霞把自己那粉紅色的柔光從門縫中投了進來，落在了槽上，納賽爾丁阿凡提注視著那道霞光，充滿智慧的眸子裡泛起一陣明亮。

「是的！」他大聲說道：「如果我不能離開這個家，那麼這個家爲什麼離不開我呢？」就在那天，從街市上回來後，他對妻子說：

「我今天遇到了一個從布哈拉來的人，他對你爸爸尼亞孜老人很熟悉，他是布哈拉人，是兩個月前離開布哈拉的。現在可能他要跟著前往布哈拉的商隊回布哈拉。他說你爸爸現在很健康並且生活安好，就是很想念你們。我被禁止進入布哈拉，這太不幸了，現在我連去看一看他老人家都不行！」

古力健沒有回答什麼，她兩眼看著手中的擀麵棍，頭低低的。納賽爾丁阿凡提面帶笑容、不無傷感而又關愛的看著她。這個略胖、愛大喊大叫、紅臉蛋兒的妻子就是原來的古力健，這誰又能認出來呢？但是納賽爾丁阿凡提有兩種眼光，他常用自己那心靈的眼光去看妻子，覺得她仍像原先那樣。「啊，我忠實的美人，請原諒我對妳說的這些假話！」他心中在呼喚著。「但是妳知道妳自己的脾氣，說句心裡話，我還能有什麼辦法呢？」

第二天納賽爾丁阿凡提又提起了那個布哈拉人的話題。

「我想請他來作客，但是商隊已經啓程去布哈拉了。」他在吃飯時說著，可是目光卻迴避與古力健相對視而看著牆。因爲說眞的，不論是昨天還是今天，他根本就沒有碰到什麼布哈拉人，這些話從頭到尾都是他編出來的。

「一個星期後他們就抵達布哈拉。」納賽爾丁阿凡提邊想邊說：「他們從你們家房頂上可以看到的南門進城。也許尼亞孜老人在房頂上會看見商隊。然後那個布哈拉人會告訴他我們身體健康安好，住在距離他只有一個星期路程的霍間特市。他也許還會告訴尼亞孜老人託阿拉的福他已經有了七個孫子，雖然他們沒有見過自己的爺爺，但是他們都很喜歡他……」

古力健深深嘆了一口氣，她的睫毛下湧出了淚珠。納賽爾丁阿凡提明白了她的心已經軟了下來，好像自己的狡猾已經使製罐者的輪盤轉動起來——達到目的有希望了。

「應該讓爺爺看看孫子們。」他語調中略帶傷感的說：「讓阿拉把那個強盜一樣的艾米爾變成瞎子和瘋瘋病患去吧，是他害我不能再回到布哈拉去的！我要說，這苦難只屬於我，與妳無關，妳可以帶著孩子們平安無事的回去，一個星期後就可以擁抱他老人

家，然而要到那兒去，我們沒有錢。」

「怎麼會沒有錢呢？」古力健說：「箱子裡裝著那八百銀元的錢袋子呢？」

納賽爾丁阿凡提就是在等妻子說關於錢袋子的話。有經驗的船夫對大河裡的急流、淺灘、急彎、峭壁瞭若指掌，只要聽了開頭的一句話，其餘的則不言而喻。

船夫滿懷信心的繼續向前划行。

「啊呀，不行！」他喊了起來。「這個錢可是不能動的，這是我留給家裡用的錢，是我特意存起來的。」

「你說的是特意？這是什麼意思？」

已經接近險灘了。納賽爾丁阿凡提清楚的聽到了妻子話音中的慍怒，他第二次把槳伸向水裡，從淺灘中把船推向水流湍急的大河中央。

「首先，為了在這大熱天裡孩子們有個游泳的地方，應該在院子裡修一個水池，並且用石頭鑲砌。」

「你完全有理！」古力健諷刺的說：「距離我們園子十步遠的地方就有一條河，園子裡沒有游泳池怎麼行呢，鑲大理石才好……」

船兒在疾馳。現在石頭河床上的急流已經開始沸騰，冒起了白泡。

「游泳池需要花二百銀元。」納賽爾丁阿凡提伸出了兩個手指。「此外還要給園子裡修一個涼亭，裡面要鋪上地毯。木匠們說這要二百銀元，那地毯也要花那麼多錢。」

「這也才用掉六百銀元吧？」古力健計算著。「還剩二百銀元呢？」

「那二百銀元也有它的用處。」納賽爾丁阿凡提急忙說道：「我準備把臨街的木板門換成核桃木雕花門，剩下的錢我想雇人在我們的園子內外種上花草。」

種花草的事只是他腦子裡隨機想出來的而已，他這話一說出口自己就已感到害怕了。

「為什麼外邊也要種？」古力健問。

「為了漂亮。」納賽爾丁阿凡提解釋說。

槳「喀嚓」一聲折斷了，疾馳中的船撞到崖石上，船翻了，浪頭把納賽爾丁阿凡提沖走了。直到傍晚，嚷嚷聲和哭聲不斷傳出。

「去看望我那可憐的老父親沒有錢，在園子裡栽花種草卻有錢！」古力健大喊大叫著說，「屋外種花有什麼用？你傻裡傻氣種上的花下一場雨就全都毀掉了！」

納賽爾丁阿凡提不再吭聲。連續兩天，他接受著妻子劈頭蓋臉的諷刺。到了第三天，院子大門前出現了一個帶涼棚的馬車。由於取得勝利而驕傲不已的古力健為了看望自己的老父親並帶給他最大程度的歡樂，現在準備把所有的孩子都帶上去布哈拉。

「過橋和上坡時注意點兒！」納賽爾丁阿凡提叮嚀著車夫：「別只顧著趕馬啊！」

在太陽下曬得暖呼呼的車夫騎在馬鞍上打著甜甜的盹兒；向前伸著放鬆了一條後腿的豹雜花色騾馬也在打著盹兒。納賽爾丁阿凡提的囑咐是多餘的，因為這匹馬可以奔跑的年齡早已過去。

納賽爾丁阿凡提把鬆軟的稻草鋪在車上，把毯子鋪在稻草上之後，把家裡的大小包袱、籃子、袋子搬了出來；最後，古力健身後七個兒子一個接一個由小到大排成一隊跟了出來。

車夫稍稍清醒的在馬鞍上坐得更牢靠了一些，兩腳用力蹬著車轅，用這些動作表示他都已準備好，接著揮舞了一下鞭子。然而，憑自己的經驗，他知道這時還不到說「真主保佑，現在上路了！」的時候，於是便又打起盹兒來。那騾馬也沒有睜開眼睛，只是換了另一條腿支撐著身體的重量，原地不動。

納賽爾丁阿凡提扶著妻子上了車，然後大聲的吻著每一個孩子，與他們告別，並把他們一個個的遞到她的手裡。馬車上頓時出現了由一片喊叫聲、埋怨聲、一雙雙小手和一個個戴著五顏六色花帽的小腦袋瓜兒組成的一群人，正中間坐著的是酷似一隻抱窩的老母雞一樣四顧不安並且在最後的時刻稍有憂傷的古力健。

「哎，我尊貴的丈夫，我給你交代的事你沒有忘記吧？」

「沒忘，都記住了，我心中的玫瑰花！第一要把漏了洞的銅罐子拿去讓銅匠補上；第

二是打掃煙囪；第三是借給屠戶十六個銀元。」

「還有院牆！」古力健指著大門旁邊牆上朽空了的地方提醒說：「還要把牆修整一下。」

「等我把你們一送走，就動手工作，在布哈拉不要待得太久。我的心肝兒！」

「我們三個月後會回來的！」

又開始了一番告別、擁抱、親吻、喊叫和埋怨。混亂之中納賽爾丁阿凡提記不清親了哪個兒子兩遍，哪個兒子還沒有親到，又開始第十遍挨個再親一遍。

這時候太陽已經升得高高的了。清晨淡淡的影子已經變成了白天的短而清晰的身影，車夫睡夠了，馬也站得不耐煩了，動身的時刻到了。

「真主保佑，現在出發吧！」納賽爾丁阿凡提用顫抖的聲音說。

「偉大的真主！」馬車夫回答。馬車也「咯吱咯吱」的響著，車輪緩緩前行上路了。

納賽爾丁阿凡提在後面跟著。穿過了窄巷，路邊如嫩綠色雲朵般的片片白楊樹林也被拋在了身後。

穿過街心廣場，快到城門了。

古力健對丈夫說：

「如果你想把我們一直送到布哈拉的話，上車來坐在我身邊更好。」

對這個玩笑，他用微笑表示感謝，並且叫馬車停下來，最後一次把妻子和孩子們從頭到尾一個個又親了一遍，然後站在路邊長時間目送著上路的人們。馬車在拐彎處從目光中消失了，那「咯吱咯吱」聲也聽不見了，但他仍然孤獨的站在那裡。

頓時陷入思念的憂傷中的納賽爾丁阿凡提，帶著伊本‧海米哉所說的「離別中的哀傷的四分之三留給了家人，離去的人只帶走了四分之一」這句話，走回家去。

小院子用充滿陽光的寂靜迎接了他，園子裡只有黃鸝鳥清脆又帶點憂傷的叫聲。以往在孩子們那無休止的喧鬧聲、跑來跳去的腳步聲中，納賽爾丁阿凡提都沒有聽到過這鳥叫聲。

他沒有走進空蕩蕩的屋子，而是來到棚圈裡，關上了棚圈的門，慢慢的吹了一聲口哨。黑暗中沒有回答的聲音，他又吹了一聲，這次棚裡傳出了沉悶的噓氣聲和響鼻聲。那已經變得很肥、垂著眼皮、打著盹兒的毛驢兒不喜歡陽光，瞇著眼睛走了過來。牠豎起耳朵，彷彿在好奇的看著周遭。

「有什麼可奇怪的嗎？」納賽爾丁阿凡提說：「是感覺家裡為什麼這麼寂靜？他們都到布哈拉看尼亞孜爺爺去了，現在你我就像鳥兒一樣自由。」

納賽爾丁阿凡提把東西收拾起來裝進布袋裡、又給驢子備鞍。

「哎呀，你簡直就像一隻催肥了的羊呀！」他把韁繩拉了一下。「不過，我發誓，一個星期之後你就會像癩狗一樣瘦！我忠實的夥伴，我們要辦的事很多，可是我們的時間卻很緊。前進！寬廣的大道在等待著我們啊！」

　　他用銅鎖把院門鎖上，用兩根大木閂子從裡面把門頂住，也不操心如何保管家裡其餘的東西，然後從牆上的凹口處翻出，來到了街上。

第　四　章

　　他路過街市，騎著毛驢向古哈爾霞特清真寺方向走去。

　　老乞丐像往常一樣坐在原地，頭稍向後仰著，放眼遠望著藍天。也許他感覺自己將來就會在這給人們帶來光明、無邊無垠的宇宙之中翱翔；他似乎已沉入幻想的長河，而面帶微笑。

　　納賽爾丁阿凡提讓毛驢兒停了下來。

　　「給我做個祈禱吧，賢明的老人！等我三個月後回來。我希望那時我能告訴你關於那個湖和阿卡別克的情況，並且跟你說明白我自己的信仰。」

　　老人的臉上呈現出一片喜悅和欣慰！他站起身來，兩手挨著地面給納賽爾丁阿凡提行了個大禮。他的嘴唇無聲的動彈著——他在祝福納賽爾丁阿凡提一路平安，為他祈禱。

　　出了城門之後，轉向河邊道路。納賽爾丁阿凡提先是從岸邊的一座座林園中間穿過，然後走上小路來到曠野之中。周遭到處都可見到人們在的田地裡忙碌，這正是春耕大忙季節。

　　在一塊稻田裡，一頭體魄高碩的犍牛在沒到膝蓋深的水田裡緩慢的拖著一個很笨重的木犁；木犁後邊，駄著背、脊背被汗水浸濕而發亮了的耕人在扶著犁；他身後跟著的一隻鷗鳥把那肥胖的小腿和紅色的爪子抬得很高，邁著大步從稀泥中捉食著蝌蚪和各種蟲子。這三者排成一行。「願阿拉保佑你們一切順利！」納賽爾丁阿凡提向他們喊道。他們把臉轉向路上的納賽爾丁阿凡提，三者一齊都停了下來，扶犁人抹去額頭上的汗

水，回答說：「謝謝，願阿拉保佑你一路順風！」然後又繼續犁田。

　　這是四月中旬，昨天枝頭彷彿還是葉葉鮮嫩新綠，今天卻已是濃綠茂密連成一片了。春天給樹木送來的豐厚禮物是繁枝盛葉。濃情四溢的春天不論對達官顯貴的大人物、還是對窮人家襁褓裡幼小的生命；不論是對兩條腿的還是對四隻腳的，也不論是對天上飛的還是對地上爬的，都一視同仁，對他們都賜予了同等的生命、幸福和慈愛。在春天的呵護下，鳥兒們歡騰雀躍、盡放歌喉、啼聲啁啾，田野裡的青蛙呱呱的叫著，連蜥蜴都發出細嫩的唧唧聲；螞蟻和各種小昆蟲們，則以辛勤忙碌的爬行勞動來表達自己的喜悅之情。

　　納賽爾丁阿凡提在這樣的春之喜慶中怎能沉默呢？被這春天、被這陽光、被這自由所陶醉了的納賽爾丁阿凡提也放開了自己的歌喉，加入了這歡樂的大合唱之中：

渠裡的水兒為我奔騰，
蜜蜂兒嗡嗡為我彈琴，
園子裡花兒為我怒放，
這一切都因為我是有生命力的人！

歌唱家為我放開歌喉，
手鼓聲叮咚催我前進，
我的心兒啊你在燃燒，
這一切都因為我是有生命力的人！

四周的田野為我鋪展，
毛驢兒為我四蹄奔騰，
條條道路在召喚著我，
這一切都因為我是有生命力的人！

他看到羊群去飲水，於是又唱了起來：
清清的溪水為我閃光，
羊群為我而四處奔走，
歲月沒有能使我蒼老，
這一切都因為我是活生生的人！

在路上看見什麼他就在歌中唱起什麼，因為真主造物時把大地造成圓的，所以大地上的道路是互相交叉的、沒有終點的，就和這道路一樣，納賽爾丁阿凡提的歌聲也是沒有止境的。如果他圍著整個地球轉一圈而從另一邊回到家裡，他將會像剛才那樣唱著歌兒走進家門：

> 大地為我而成圓形，
> 她已是太小到如今，
> 我又回到了我的家，
> 這一切因為我是有生命力的人！
> 古力健盛情款待我，
> 責備我，
> 抱怨我，
> 然後親吻我。
> 這一切都因為我是有生命力的人！

這時小路變得越來越寬，車轍逐漸凹陷下去。路上可以遇到越來越多的馬車和各色各樣的人。

快到中午時，納賽爾丁阿凡提隱隱約約的聽見了遠方瀑布雷鳴般、由各種聲音匯成一體的隆隆聲，他的心頓時「撲通撲通」的跳了起來。

這轟鳴聲來自前方的大路上。

連被這聲音嚇了一跳的毛驢都朝著那邊快步跑去。「前進，前進！」納賽爾丁阿凡提喊著並用靴子的後跟蹬著驢子的肚子。此時毛驢兒已不需要別人催牠，步伐越來越快。眼鏡在納賽爾丁阿凡提的鼻梁上不住的跳動，他把眼鏡一把抓下來，遠遠的扔在路上。眼鏡碰在石頭上立刻摔得粉碎。

半小時後，大路出現在他面前。和往常一樣，暴土飛塵好像黑雲一般籠罩著道路。這飛塵中川流不息的行人和騎著馬、牛、驢、駱駝的人們有的是到浩罕的市場去的，有的是從浩罕出來的。他們在路上互相擁擠、你推我擠，向各自的目標努力挺進著。馬嘶聲、羊叫聲、牛叫聲、駝鳴聲匯成一片，還夾雜著人們那震耳欲聾、令人頭暈目眩的各種喊叫聲。

納賽爾丁阿凡提無所畏懼的向著最擁擠的地方衝去，大路對他敞開懷抱，在路中間他被擠得團團轉。右邊的什麼在頂著他，左邊的又在推著他。不知怎麼，一頭牛的尾巴

正巧重重地打在了他的臉上，然後又打在一隻駱駝的頭上。在擁擠和炎熱中一個失去理智的車夫在納賽爾丁阿凡提耳根下大喊著「讓路！讓路！」納賽爾丁阿凡提剛剛躲開車夫的鞭子，緊接著又無奈的聽著爲了把駝隊按約定期限趕到目的地領取獎錢，而在路上不管遇到什麼、遇到誰都恨不得一掃而光的寬肩膀的商隊頭目的埋怨聲和罵喊聲。

但是，五分鐘後納賽爾丁阿凡提扭轉了剛開始那種不知所措的狀態，按捺住自己的性子，用比車夫還高的嗓門開始大喊「讓路！讓路！」並朝前衝去。現在他自己也在向前擠著，不斷超越別人，和對面擠過來的人們爭吵，從馬車之間靈巧的穿行，大膽的從駝隊拉著的長鏈子下鑽過，騎著毛驢向氣味濃烈並已變成土灰色的羊群裡奔馳。

納賽爾丁阿凡提在路邊的茶館裡過了夜之後，次日一早就上路了。清晨，天邊剛剛被朝霞染紅，路上一片寂靜而且寬鬆，商隊和車馬還在住處沒有動靜。毛驢兒隨心所欲的一會兒往右，一會兒往左奔走著，此時任自己思緒飛翔的納賽爾丁阿凡提沒有去打擾牠，也不去碰韁繩。「再趕一夜的路，明天就該到浩罕了，在那裡，我應該在街市上打聽到那個阿卡別克的情況吧！」想著想著，他的眼前出現了浩罕的廣場、清真寺、街市，還有人們傳說一年到頭除了齋月外每天都要換一個妃子、共有二百三十七個妃子居住的高牆圍抱的御娥宮。當初，納賽爾丁阿凡提曾幾度到過浩罕，給自己留下了不朽的記載。回憶起那裡的八月酷暑、後宮牆上的繩子、宮廷裡的條條道路以及狹窄、悶熱和黑暗的走廊時，他臉上露出了微笑。後來，不知想到了什麼，納賽爾丁阿凡提突然中斷了關於自己的記憶。「啊，我的寶貝兒古力健，我已娶妳爲妻，我要把我對妳的愛，不論何時、何地永久的留在關於我的記憶之中！」想到這裡，他爲自己的高尚品格而高興振奮，心兒好像遇到一股暖流一樣無比欣慰，兩眼中充滿淚花的環伺四周。但這時由於一個出乎預料的場景，他差一點兒從鞍子上飛出去。

前方已經沒有路了，毛驢兒腳下是一片陡坡，山坡上綠草如茵，露珠晶瑩，酷似綠色的絨毯向四方展開，其間只有羊腸小道在蜿蜒迂迴；再往下，山谷裡是白浪翻騰的河流，一個個漩渦滾動而過，浪頭拍打著岸岩，這是一條從山上奔騰而下的急流。旁邊有一片香花綻放的沙棗林，酷似一道綠色的高牆巍然屹立。抬頭望去，雪峰腰間白雲飛渡，一小時前出現在道路右側的山脈，此時已聳立在眼前。

「哎呀，混帳，看你把我帶到了什麼地方？你這頭該死的驢！」納賽爾丁阿凡提說著。「我從來沒有到過這個地方，也不知道這條羊腸小徑通向哪裡。下面這條洶湧的河流叫什麼河？你爲什麼從大路轉到這小徑上來，你的腦子裡到底在想什麼啊？」

他恨不得舉起鞭子狠狠的抽毛驢兒一頓，但是四周是那樣的寂靜——蜜蜂和大聲搧動著翅膀的大黑蜂在沙棗林裡溫柔的嗡嗡唱著，周遭的空氣飄逸著沁人肺腑的野蜂蜜香

味兒，陽光又是那麼親切和煦，高空中的藍天在微笑，所以他收回了手中的鞭子。

「你也許問過我們路上遇到的哪一頭毛驢兒，並且從你的哥兒們那裡知道了那個湖的位置？」納賽爾丁阿凡提問道：「好吧，走哪條路隨你的便吧，現在你當主人，我當僕人，你想走哪條路就走哪條路，我跟著你走。」

這話一出口即成了一件奇聞，誰能想像納賽爾丁阿凡提此時竟然成了小毛驢兒的僕人，而那頭小毛驢兒卻成了大名遠揚、愛挑剔的主人的主人呢？請牢記聖人穆扎帕爾．尤素莆．拉傑莆的格言——不要總是學那些叫喚著想咬住自己尾巴的小狗在原地打轉！那樣會邁不出前進的步伐。納賽爾丁阿凡提接著會遇著一場什麼樣的爭鬥和不愉快的結果呢？

第 五 章

休息了一會兒之後，納賽爾丁阿凡提又坐到鞍子上。他為了讓毛驢兒自己選擇道路而放開了韁繩，又安心的投入到另一條思索的長河中。

通往山上的羊腸小徑越攀越高，河流藏在了深谷之中，雖然看不見，但仍然可聽到那沉沉的水流聲；與其相映的是，一條條細小的山渠裡雪水急流飛奔，和這些管道相接的是架設在山澗上方的一個個長著蘚苔的木頭水槽。從水槽底部不停漏出的水滴閃著亮光，落到深谷之中。走了一會兒，小路鑽進了生長著葉子很小、香氣宜人的沙棗樹和田旋花及野葡萄的灌木林裡。陽光穿過樹葉隙縫，像熱斑一樣的照在納賽爾丁阿凡提的臉上，並且不斷閃過，這正像納賽爾丁阿凡提腦海裡閃現的一瞬即逝的翩翩浮想。

距離最近的村子還有一個半小時的路程。春天的陽光開始越來越熱，納賽爾丁阿凡提脫掉了大衣，不時地擦著臉上的汗水，只穿著襯衣繼續行路。但是，就在這時，坐落在懸崖邊上的一個山村小茶館在清涼的山風中迎接了他。

魁梧的茶館老闆見到新來的客人高興了起來，趕忙跑去把茶壺下的火吹著。費爾干納山裡氣味最宜人的樹——柏樹那帶有松香的芳香味兒立即飄過來。

茶館裡除了納賽爾丁阿凡提之外還有四個人，其中一人是留著老式的灰黃色鬍鬚、灰黃色的眉毛垂掛在眼睛上的老頭兒，他可能是當地的農民；兩個牧羊人用皮條把厚毛

氈在腿上綁成筒狀、紮著腰帶、身披破毛氈斗篷；第四個人的胳膊肘下有一個包裹，他面容消瘦、沒有血色，看來像是一個靴鞋匠或是裁縫——流動的工匠。他們坐得很近，圍成一圈，只用一個茶壺和一個小茶碗輪流喝茶，並且在交頭接耳的說著什麼，可以看出他們膽怯的用眼睛餘光打量著納賽爾丁阿凡提，說著一些被禁止說的事。

納賽爾丁阿凡提為了不打擾他們說話，轉過身來背朝著他們，臉朝著懸崖峭壁那邊坐著。

懸崖下面是鮮花盛開的河谷逶迤延伸，遠方可以見到曠野、果園、村莊；後邊又是一些傾斜交錯的山坡；再往遠看，印度國境內的高山巍峨聳立，在早上的雲霧逐漸散去後，看起來好像遠處的大山被挪到了跟前一樣。納賽爾丁阿凡提可以清楚看見雪線之上橫空出世的銀白色雪峰、紫色陰影中的一個個懸崖和峽谷；在雪線下方，處處可以見到灰色岩石縫裡銀花般的雪水奔瀉而出，成為條條小溪。從那邊吹過來的清新的風兒徐徐拂著他的臉龐。

茶館裡，拐角那邊的竊竊私語越來越熱烈，納賽爾丁阿凡提的後背可以感覺出那四雙眼睛在注視著他。「他們在談論我，馬上就會過來問我一些什麼。」

果然如此！老頭站起身來，走到納賽爾丁阿凡提身邊。

「向光臨我們這個被遺忘的小山村的客人致敬。我們注意到了你靴子上的黃土，我們這裡的道路是石頭路，土是白色的。所以我們認為你是外國人，從山下來的，對嗎？」

「對，我是從山下來的。」納賽爾丁阿凡提端起茶碗用手做了個請他喝茶的姿態。

「那樣的話，請講給我們聽聽，行路人——」老頭兒接過茶碗兒，坐在他對面。「近幾天山下都發生了些什麼不尋常的事兒？也許霍間特烤饢業的人們造反了？或許卡尼巴達姆的榨油工們又抗拒繳納捐稅了，或者烏拉秋別那裡出現什麼亂子了？」

「不，我沒有聽到這類事情。」納賽爾丁阿凡提對這番問話感到奇怪的回答說。

老頭兒意味深長地向同伴們擠了一下眼睛。

「我也沒有聽到什麼，只不過這麼問一下，或許……」他用狡猾的語調說：「我們生活在這黑暗的角落裡，山下很少有人到這裡來，所以我想問一下……」

「您是說或許？」納賽爾丁阿凡提微微笑了一下。「請您聽著，問我『或許』的尊敬的老人，卡尼巴達姆的榨油工們都在按時繳捐納稅。除此之外，『或許』我還要告訴你，霍間特市也依然佇立在那個老地方，土地也沒有丟失，納曼干周遭口噴烈焰的火龍也沒有出現。『或許』您還想再知道一點兒什麼？」

老頭兒明白了這嘲諷的意思，皺起那毛絨絨的眉頭，把眼睛藏在眉毛下不再吭聲。他害怕相信陌生人，但是又按捺不住心裡想問的問題。

　　納賽爾丁阿凡提想幫幫這個老人，於是說：

　　「尊敬的老人，請您好好看看我的臉，看一看我的眼睛深處，我像是奸細嗎？」

　　「你真是鑽到我的肚子裡了。」老頭回答說：「我的確想問一個危險的問題，但是又害怕、猶豫。我想說的是讓阿拉賜予我們那些有德行的統治者們——那些吸血鬼們，也就是說那些公正的火炬們吉祥長壽、恩德浩蕩！」

　　「您可以不必在我的面前費盡苦心讚揚皇帝，老人家，我已對您說了我不是奸細。」

　　「你的表情倒使我產生了信任感，行路人，告訴你我們的一個祕密，我們想向你……」老人壓低嗓音說著，其餘三人互相坐得更緊了一些。「我們想向你打聽的是，你是否知道關於納賽爾丁阿凡提的什麼消息？」納賽爾丁阿凡提雖然做好了各種心理準備，但說什麼也沒有料到他竟然會提到自己的名字。

　　他被茶水嗆著了並咳嗽了起來。

　　「是的，是的，納賽爾丁阿凡提出現了！」年輕的牧羊人急忙接過話題說：「趕著羊群到這兒來的一個牧羊人在霍間特附近親眼見到……」

　　「這個牧羊人原來在布哈拉住過，認識納賽爾丁阿凡提。」高個子、臉色黑紅、鬍子又黑又粗、眉毛下目光敏銳、脾氣躁急的另一個牧羊人補充說。

　　「不僅是牧羊人。」老頭補充說：「就在剛才，在通往浩罕的路上就有一個商隊頭領看見過納賽爾丁阿凡提。」

　　納賽爾丁阿凡提聽了這些話後才想到自己過早扔掉黑眼鏡，而被人們認了出來。他坐在這個小茶館裡，似乎聽到了由於自己的名字而陷入恐慌中的浩罕、安集延和其他地區的街市上越來越多的混亂聲。「這混亂來得真不是時候！」他想：「該制止這些小道消息和流言蜚語！」

　　「你們錯了，善良的人們！」他對這些人說：「商隊頭領和牧羊人都認錯人了，就這些。我清楚知道，納賽爾丁阿凡提此刻正在距離我們很遠的地方。」

　　「可是還有一個流動商販也見到了他！」工匠急著反駁說，他那乾瘦、無血色的臉上由於激動，頓時泛起了紅暈。

　　「還有商販！」納賽爾丁阿凡提在心裡後悔的喊著。「真是魔鬼勾引我讓我把眼鏡扔掉了！」

　　「也就是說在費爾干納有一個跟納賽爾丁阿凡提長得很像的人。」他說：「我再說一遍，真正的納賽爾丁阿凡提根本不可能在這些道路上出現！」

　　「行路人，你根據什麼這樣說？」老頭兒又問。

　　茶館老闆也站在茶壺前插話說：

「如果一個星期前納賽爾丁阿凡提從一個遙遠的國家上路的話,那他今天為什麼不可能在我們這兒出現?」茶館主人來到正在說話的人們身邊,接過空茶壺,灌上了些新茶。「對他來說路途算不了什麼,有一次他才用了四天就從赫拉特趕到了撒馬爾罕!」

「說來說去,問題在於他現在已不會再到處旅遊了。」納賽爾丁阿凡提說:「你們應該知道,善良的人們,原先的納賽爾丁阿凡提已經不復存在,現在他已經成家並有了好幾個孩子了,自己買了房子,忘記了過去那種遊蕩的生活。他那條灰色的毛驢終日吃得肥肥的,而且納賽爾丁阿凡提自己也由於安度時日而大腹便便了,他變得越來越笨、越來越懶,並且不戴黑眼鏡根本不敢出門,害怕人們認出他來。」

「你還想說他現在已經是一個膽小鬼了是嗎?」留鬍子的牧羊人用顫抖的聲音問:「人人皆知,他不論何時都是無所畏懼的!」

「太誇張了!」納賽爾丁阿凡提輕蔑的說:「關於他的故事的四分之三都是編造出來的。」

「編造出來的?」工匠喊了起來。「如果關於納賽爾丁阿凡提的所有故事都是編出來的話,那麼鬧得那些貪官污吏們惶惶不可終日的人是誰?」

牧羊人、茶館老闆和老頭兒互相看了看,擠了一下眼睛。

「不知道,我不知道。」納賽爾丁阿凡提說。他沒有注意到這互相擠眼睛的可怕。「而且我還知道他已改名換姓,他現在名叫吾扎克巴依,現在他……」

還沒等他把話說完,茶館老闆一邊清著嗓子,一邊握起大拳頭,用出所有的力氣朝他的背上狠狠的擊了一拳,同時年輕的牧羊人開始非常靈巧的向他的兩肋間掄起拳頭。老頭則用他那乾瘦的手指捏著自己的鬍子大聲說:

「也就是說,我們的納賽爾丁阿凡提現在已經不再是納賽爾丁阿凡提了,你竟敢這樣胡說八道,該死的密探!」

「別再讓這些狗密探們到處玷污誹謗納賽爾丁阿凡提的名聲!」工匠一邊說著一邊用裡面裝著一些堅硬重物的包裹砸向他。

「等等!」納賽爾丁阿凡提急忙喊道,他一會兒捂著頭,一會兒護著屁股。「你們知不知道打得是誰?你們打的正是他本人!」

他怕骨頭被打斷,準備暴露自己的身分,但是茶館老闆在這時叫住了同伴們,然後用力的一腳把納賽爾丁阿凡提從板炕上踢到了站在大路邊上的毛驢兒腳下。

「給我從這兒滾開吧!可恨的豺狼,你再敢到我們這兒來的話,我發誓,要打斷你所有的肋條!」

納賽爾丁阿凡提一句話都沒有說,以四腳著地的姿勢站了起來,一下子跳到毛驢背

上，每晃一下就呻吟一聲，「哎呀——哦喲」的叫著，打著毛驢兒跑著離開了。他的身後不斷傳來茶館門口那五個人的咒罵聲。

第 六 章

為了自己的名字所發生的一場爭鬥就這樣不愉快的結束了。這對很多人來說都是一個教訓。在這裡，有必要回憶一下那位由於諷刺了大詩人哈菲茲的精彩詩句而在設拉子大街上被眾人痛打一頓的樂天派浪子、酒鬼哈菲茲的那段話：「哎，我那人人皆知的名字，原來你屬於我，現在我卻屬於你，過去我為你能超過我好多天的路程而高興，但現在我卻恨不得給你的腿上綁上秤砣；如今我成了馬，你成了騎在馬上手拿重鞭的無情的人！在這無情無義的世界上，為人之子的人們，自己的光榮稱號都這樣變成了對自己的傷害和負擔……」

在走了還不到一個箭距[1]的五倍的地方，納賽爾丁阿凡提停下了毛驢，從驢背上下來，在路邊的石頭上坐下，長時間的捂著胳膊、腿、脖子和頭，還一邊呻吟著說：「這個凶狠的工匠，真主讓他得上羊癲瘋病！」一邊不住的揉著被打瘀青了的傷痕。「他那該詛咒的包袱裡裝著些什麼——磨刀石、熨斗還是靴子的模具啊？」

他坐在那裡想著這件事，覺得這倒是跟哈菲茲所說的一模一樣，然後順著被曬熱了的石頭路走了。剛才提到的那鮮花盛開的沙棗林中散發著噴香的野蜂蜜味兒，石頭上趴著五顏六色的蜥蜴，伸開軀體曬著太陽。牠們有的是深藍色的，有的是天藍和綠色的，也有的只是灰色的，很普通。但你要是仔細觀察，就會發現牠們的背部非常漂亮，很精美，像是一種裝飾。天空中雲雀在歌唱，山雀啼鳴，陽光下飛來飛去的蜜蜂的翅膀在閃著光，蜻蜓抖動著那玻璃一樣透明的翅膀從身邊飛過。總之，周遭的一切在一小時之前是什麼樣，現在依然如故；納賽爾丁阿凡提的行程中好像什麼都沒有發生過，他好像未曾進過那待客格外凶狠的懸崖邊上的小茶館。

納賽爾丁阿凡提會記住這些，但是如果必要的話，他也會忘記；他的脊背和兩肋裡的疼痛已經減輕了許多，為此他很感謝那件上路時才穿的厚厚的、能擋住拳頭的大衣。

沒過多久他的苦惱就化為烏有——他咧開嘴笑了一下，然後又露出微笑，最後他哈哈大笑了起來，說：

「你聽見沒有，我忠實的毛驢兒，現在我開始要為納賽爾丁阿凡提付出代價；為了納賽爾丁阿凡提，現在只剩把我送上絞刑架了。」

就在這時，他的笑聲突然被一個拖得很長而且很慢的嘶喊聲打斷。毛驢兒打了個響鼻，豎起了耳朵，停下了腳步。

納賽爾丁阿凡提轉過身向右邊望去，看見一個用大衣蓋著頭的人躺在灌木叢中。

「喂，你怎麼了？為什麼要躺在這裡，沒了命似的慘叫？」

「是的，我的命快要完了！」大衣下面的人用悲慘的聲調哀嘆的回答：「我正在乞求阿拉早點要了我的命。因為我再也受不了這病痛的折磨了。」

納賽爾丁阿凡提不得不從驢背上下來。

「這可怕的病這樣折磨你很久了嗎？」他彎著腰向前問道。

「我得這個病已經五年了！」他喊著說：「每年春天的這個時候，這病就像野獸般凶狠的發作，在整整一個月的時間裡比最殘忍的劊子手還厲害的折磨我。為了擺脫這病痛的折磨，每次我都要提前採取治病的辦法。這次我沒能及時做到，所以只好躺在這個誰也看不見和被人遺忘的地方，我需要幫助和同情。」

「請你平靜下來！」納賽爾丁阿凡提說：「現在你遇到了幫助你和同情你的人了。我們兩人馬上就到最近的村子裡去找一個醫生，然後你就可以採取你那治病的辦法了。」

「你說找醫生？這種病找任何醫生都沒用！」

病患抬起頭來，揭開了頭上的大衣。衣服下露出了一張鬍鬚眉毛都已掉光、鼻子又小又瘦、兩隻眼睛顏色不一樣、又寬又凹陷的臉。他的一隻眼球被白肉膜蒙著，泛著紫色，而另一隻眼睛則是黃黃的、圓圓的，那隻眼睛直瞪著人看，以至於納賽爾丁阿凡提一時感到非常不自在。

「請把我帶到村子裡去吧，救命恩人！」病患一邊「唉喲唉喲」的呻吟著，一邊從大衣下鑽了出來。「把我帶走吧！在那裡和人們在一起，也許我的痛苦會減輕一點。」

他掙扎著騎到了鞍子上。毛驢知道病患騎在身上，於是小心翼翼的從山坡上往下走著，遇到渠溝時也不從渠溝上跳過，而是從水淺的地方涉水而過。納賽爾丁阿凡提不時用眼角的餘光觀察著自己的同伴，跟在一旁邊走邊想：「這也可能是一個少見的無賴和騙子，否則的話他的那隻獨眼怎麼黃得那樣凶光閃閃？」

但他又想：「也許我錯了，我是不是在以貌取人而冤枉好人了？」這個病人的兩種面貌使納賽爾丁阿凡提無法斷定這個人是不是一個騙子；另一方面，儘管他努力把這個

同伴當成好人，但是他那隻獨眼裡神祕的閃光又使納賽爾丁阿凡提感到非常驚訝而不舒服。

路一下子轉向低處。他們又轉了兩個彎，納賽爾丁阿凡提看見了山坡下一個小村莊的片片整齊的黃色屋頂，認出了向晴空中冒著裊裊炊煙的茶館，他想起了剛剛經歷過的教訓，無論周遭怎麼議論自己，他發誓絕不再多言。

但是，誰又命中注定一天要挨兩頓打呢？那就是納賽爾丁阿凡提！在一天之中挨了兩頓打——這樣的情況偏偏就讓他遇上了。

到了茶館裡，他要了個被子，把病患安頓著躺下，然後又要求茶館老闆找一位大夫來。

「那需要派人到鄰近的村子去才行。」茶館老闆說。他是一個矮個子的小伙子，腦袋又大又圓，但是額頭卻很窄，有著像屠戶一樣又紅又短的脖子，上面還長著很多毛。「讓病患先喝一點茶，也許情況會好一點兒。」

病患喝了兩壺茶，頭枕在枕頭上，輕聲呻吟著打起盹兒來。

納賽爾丁阿凡提來到其他客人旁邊坐了下來，想打聽關於阿卡別克奪湖壓榨農人的事，而與別人搭訕起來。

「不，這個湖的事我們一點兒都沒有聽說。行路人要找叫阿卡別克的人，是不是那個大前年把自己的瘤牛魚目混珠的賣出了一個好價錢的磨房主？或者是鐵匠阿卡別克？還是他大兒子最近才辦完婚事的那個？」

「謝謝你們，好心的人們，不過我要找的完全是另外一個阿卡別克。」

「另外一個？如果是那樣的話，會不會是去年秋天從那座壞了的橋上與馱著貨物的牛一塊兒掉到河裡的那個人？要不就是釘馬掌的阿卡別克？……」為了幫助納賽爾丁阿凡提，他們說出了十五個阿卡別克，但是他們沒有提到山上那座湖的主人。

「沒關係，我會在別處找到他。」納賽爾丁阿凡提對與他交談的人們沒完沒了的答話感到有點厭煩了。

「願真主能幫助你！」人們由於沒能給他幫上忙而略有些不快的說。

身後邊不知是誰在納賽爾丁阿凡提的肩上輕輕的搗了一下。納賽爾丁阿凡提想這可能是茶館老闆，但是當他轉過身去看時卻一下子愣住了，驚奇的睜大了眼睛。在一小時之前還喊叫著要從這個世界到那個世界（納賽爾丁阿凡提發誓他要去的一定是最壞的人們才去的那個世界！）去的病患，這會兒卻在自己面前高興的咧著嘴笑著。他笑瞇瞇的看著納賽爾丁阿凡提，那張又乾又瘦的大臉上齜露著牙齒，圓圓的眼睛好像一隻貓眼，令人難以忍受的閃著凶光。

「哎，我那遭了罪的夥伴，是你嗎？」

「是呀，是我！」獨眼人用精神飽滿的聲音回答說：「我要說的是，現在我們已經沒有必要再待在這個茶館裡了。」

「是什麼方法治好了你的病？我們在等大夫啊？」

「該做的都做了，這種事兒人多了反倒礙手礙腳的——我常常自己治病，不要醫生。」

納賽爾丁阿凡提對他的病這麼快就能治好感到十分驚奇，他和茶館老闆結了帳，向拴著毛驢兒的地方走去。獨眼人趕到前邊拉住韁繩，納賽爾丁阿凡提心裡想：「這是一個知恩知德的人。」

「現在你要到哪兒去？」他問獨眼人。「也許我們走的是一條道兒，我要到浩罕去。」

「我也要到那兒去，謝謝你，好心人！」獨眼人一邊熱情的說著，一邊不由分說的騎到了鞍上。他順著納賽爾丁阿凡提的話，向有利於自己的方面扯著。也就是說他心裡在想：往後我也要騎著毛驢走，而毛驢的主人則應該步行。

「你現在騎在我的背上會更好些。」納賽爾丁阿凡提說。

被諷刺的獨眼人害羞的辯解說自己只想檢查一下韁繩。「這個人或多或少還懂得一點兒羞恥。」納賽爾丁阿凡提心裡想。

他們又繼續上路了。過了村莊以後，好像在很陡峭的山坡上賽跑似的一座座園子連綿不絕。園子和園子之間用以石頭疊起來的齊腰高的矮牆隔開作為標誌。春天對這裡、對這個山坡來說，好像由於這山路太高、太曲折艱難而到來得晚些——這裡的樹木才剛開始開花。

這是一條人跡罕至的窄石路，偶爾勉強可見到一些車轍印跡，再往前，馬車印子也都沒有了，往山脊那邊是一條只有馱運貨物的牲畜才能走的山路。從雪嶺吹下的山風越來越清新、越來越涼爽；從皚皚雪峰上飛速流下的條條溪水沖進渠裡變成冰涼而又混濁的泥水，不斷匯集起來，越來越洶湧；周遭碧藍色的穹蒼變得越來越寬，天空越顯得清澈。空氣是那麼清潔和稀薄，以至於納賽爾丁阿凡提大口大口的吸著氣都無法填滿胸膛。

獨眼人艱難的呼吸、喘氣，雖然納賽爾丁阿凡提同情他而不斷的拉著韁繩讓毛驢兒慢些走，但他卻絲毫不放慢腳步。

「看來你很著急啊？」納賽爾丁阿凡提問道。

獨眼人沒有回答，只是回頭向後方看了一眼。

「也許這個人不是騙子。」納賽爾丁阿凡提心裡想著。他想努力忘掉獨眼人那像貓眼

一樣凶光閃閃的眼睛。「也許他要幫助自己的家人或是一個朋友而著急趕路？」

這種想法並沒有讓他煩惱太久——

後面遠遠的傳來了「咯嗒咯嗒」的馬蹄聲。

獨眼人步伐更快的走了起來並且不住的向後方張望。

「他們正騎著馬向這邊奔來。」他說。

「沒關係，來就來吧，這條路能容下我們大家一起走的！」納賽爾丁阿凡提無所擔憂的回答說。

又走了十來步後獨眼人說：「我感到非常累。能到離路遠一點的地方休息一下就好了。到石頭後面的背陰地方去吧！」

「為什麼要到離路遠一點的地方去？」納賽爾丁阿凡提反對的說：「在路上我們不是也可以好好休息嗎？」

「但是坐在石頭後面的背陰處會更好一些，風吹不著。」獨眼人不知怎麼奇怪的打起寒顫來，他那一隻黃眼睛睜得圓圓的，那種閃光也不見了。

馬蹄聲越來越近了。那獨眼瞎子有口難言的不知向哪裡躲藏。就在這時，幾個騎馬的人出現在後邊路上的轉彎處——前面是騎在沒有鞍子的光背馬上、晃著兩隻赤腳的茶館老闆，他身後跟來的是剛才交談過的那些茶客。

「站住！」茶館老闆扯著嗓門喊著：「站住，該死的小偷！」

他差一點把納賽爾丁阿凡提撞倒在地，馬蹄在地上掀起的碎石打在納賽爾丁阿凡提的臉上，又箭一般地衝到了前面。然後，他猛地拉住了馬，馬一下子前蹄騰空站立了起來並轉了個身，擋在了路中間。

其他人也跟了上來，他們跳下馬之後就開始揍納賽爾丁阿凡提和他的夥伴。

「你們——」上氣不接下氣的茶館老闆說：「我那用土窯坑鑄製的新銅罐在哪兒？」

他向毛驢那邊奔去，開始搜查布袋。

「這裡有你的銅罐嗎？」納賽爾丁阿凡提驚訝的問：「我的朋友，你的東西在什麼地方你應該清楚知道。你為什麼要搜我的布袋？你的銅罐難道長了腿鑽進我的布袋裡？」

「你還說它長腿了！」茶館老闆氣呼呼的大喊，臉和脖子像火一樣緋紅。「你反倒說它自己跳進了你的布袋裡？可恨的賊人！」

說完這些話，他還沒等驚訝中的納賽爾丁阿凡提回答就從布袋的右兜兒中掏出了閃閃發光的銅罐。

茶館老闆怒不可遏的跳了起來，用拳頭朝納賽爾丁阿凡提的胸口狠擊了一捶。此舉為別人做出了榜樣，納賽爾丁阿凡提和獨眼人在他們劈頭蓋臉的謾罵和雨點般的拳打腳

踢之後，兩人都癱在了路上。納賽爾丁阿凡提應該再次感謝他那件很厚的大衣外套。

「他用尋找阿卡別克的話巧妙的欺騙我們，分散了我們的注意力！」

「另一傢伙則乘機偷東西！」

「你看他病得跟真的一樣啊！」

接著又是一陣拳打腳踢。

最後茶館老闆和他的同伴們打到解恨消氣了才住手。他們渾身是汗、上氣不接下氣的把納賽爾丁阿凡提扔在這個讓他出盡了糗的地上揚長而去。

又是一陣馬蹄敲著石頭路的聲音，這聲音越去越遠，最後靜了下來……

納賽爾丁阿凡提站起身來，他的第一句話是衝著毛驢說的：

「我現在才明白你早上為什麼要拐到這個地方來，哎，壞事做盡的缺德鬼！你是不是看我的大衣上塵土太多？但是你要記住：如果再到一個地方，你忘記讓我脫衣服就讓人家拍打我大衣上的塵土的話，那我就要讓你吃點苦頭了，長耳朵的糞袋子！哪怕前方有一百個箭距的路程我也要走完，但是你要記住，那被血漬鏽蝕了的掛肉的鉤子、用鐮刀打成的剝皮子的彎刀和晾曬驢皮的長榆木樁子到處都可以找到。」

毛驢還是眨著那長有白色睫毛的眼睛，好像這些恐嚇並不是針對牠，做出一副清白無辜、老實的模樣。

獨眼人趴在地上，一動都不動。納賽爾丁阿凡提輕輕的推了推他的肩膀。

獨眼人害怕的抬起了頭，問：

「他們走了嗎？我還以為他們在休息。」他拍拍衣袖上的土說：「還好，他們都光著腳。」

「我不明白，你認為那會有什麼好處？」

「光著腳的話，他們只能用腳後跟踢。」獨眼人解釋說：「腳後跟比腳尖踢得要輕一些。」

「對這你倒知道得很清楚！」納賽爾丁阿凡提沒好氣的說。

「特別是在卡尼巴達姆，皮靴的硬尖踢起人來痛極啦！」獨眼人繼續說：「那裡的製靴人為了讓靴子更漂亮而給靴子尖兒加上堅硬的油性革，一方面好看，另一方面踢人疼……」

「我從來沒有試過卡尼巴達姆靴子踢在我肋條上的滋味！而且也不準備去嘗試。」納賽爾丁阿凡提說：「我的寶貝兒，我看還是在這裡與你告別比較好！」

納賽爾丁阿凡提騎上了毛驢，並在牠的耳邊輕輕的吹了一聲哨子，這是趕快上路的暗號。

但這時獨眼人突然嗚嗚大哭了起來，並且跪在路上擋住了去路。

「請聽我說！」他哀求的喊著。「世上沒有一個人了解我的苦衷！求求你，發發慈悲吧，聽我說，往後有很多東西會使你感到奇怪！」

他發自內心的痛哭，眼淚似乎是從他心裡湧出，他的全身開始劇烈的顫抖起來。

「是的，我是一個小偷！」他抽抽噎噎的哭著並用拳頭向自己的胸口打了一拳。「我是卑鄙的罪人，這我自己也知道！但是陌生人，請相信我，由於我自己的罪過，我比任何人都痛苦，世界上沒有一個人願意理解我！」

這一切讓人出乎意料，甚至令納賽爾丁阿凡提都感到不知所措。

他有些好奇，又有些同情，於是便耐心聽他說話了……

註① 箭距——從箭射出弓到落地的距離為一個箭距，古代被作為一種土地長度單位。

第 七 章

　　他們來到一塊大石頭上坐了下來。獨眼賊開始講起關於自己那非常不幸的命運的故事：

　　「對偷東西感興趣，這早在我的孩提時代就開始了。小時候，有一天我偷了媽媽的銀胸飾。我媽媽爲了找到銀胸飾開始東翻西找的時候，我把這個貴重的『戰利品』藏在了我的被子下面，然後躺在我的搖床上笑著，那時我還沒學會說話。長大一點並學會走路之後，我在我們家裡成了一個禍害。我在家裡見到什麼就拿什麼，錢、布、麵粉、油，只要能到手的都拿。我把偷來的東西都巧妙的藏起來，我父母根本找不到這些丟了的東西，然後我就把偷來的東西拿到塌鼻子駝背二流子那裡。他就住在老墳園塌了的墓坑裡和墓石堆中間，他總是用『啊呀我的蓓蕾一般的兒子，你的小命要是不斷送在絞架上或是劊子手的屠刀下，那我的背上會再長出一個羅鍋來！』這樣的話來歡迎我。我們倆，一個是滿臉肥肉、集一切壞相於一臉的那個老羅鍋，一個是有著稚嫩的紅色小臉蛋兒、純潔無辜、眸子明亮的四歲的孩子，我們之間的遊戲就從賭博開始了。」

　　小偷嗚嗚哭著，回憶著一去不返的金色童年，然後「淅瀝呼嚕」的吸著鼻涕、擦著眼淚繼續說道：

　　「到了五歲時，我已成爲一個賭博的行家。但那時我們的境況很差，媽媽一見我就掉淚，我爸爸則常氣得渾身發抖的說我這樣的敗家子眞該千刀萬剮！但是對我無論是好言相勸還是譏諷挖苦都沒有用，每次狠狠的挨過棍棒之後，稍微恢復一點我就又開始重操舊業。到我滿七歲那天，家裡已經窮困潦倒。但是羅鍋在鎮上開了一個茶館，在地板下有一個祕密賭場和吸麻煙的小屋，家中沒有什麼可偷的了，然後我就把貪婪的目光轉向鄰居，做起壞事，最後我偷走了我們右邊那家製車輪匠埋在他家水井邊的整整一罐子黃金，並且揮霍得一乾二淨，這是他一輩子積攢下來的錢；後來，在兩個月多一點的時間裡我把他家偷得什麼都不剩，使他家一貧如洗。任何大鎖都擋不住我。我的父母忍無可忍，我父親罵著我把我趕出了家門。臨走時我還偷了他的唯一一件外衣和最後的二十六個銀元。那時我才八歲半，我擔心我那遊蕩各國期間的故事會惹你生氣，我只把我在馬地拉斯、赫拉特、喀布爾，甚至巴格達的事兒講給你聽吧！我在所到之處無所不偷，這

是我唯一的行當，我的手腳非常俐落。從那時起我爲了偷光每一個同情我的人，而想出了詐病躺在地上的壞點子。不是誇耀自己，我敢說，在這種騙術上，不僅是費爾干納的小偷，就是全穆民世界也都沒有一個小偷能比得上我！」

「等一等！」納賽爾丁阿凡提攔住了他的話。「那個傳奇大盜是怎麼回事？」

「你是說巴格達的大盜？」獨眼人笑了起來。「你聽著，那個巴格達大盜就是我！」

他看到納賽爾丁阿凡提臉上流露出了驚奇，於是沾沾自喜的安靜了一會兒，然後他那隻黃眼睛又被往事的簾幕遮住了。

「關於我的那些傳說故事大部分的確是假的，但也有眞的。到達處處都是愚蠢透頂的人們和財富遍地、格外美麗的巴格達那年我十八歲。巴格達商人的店舖和箱子就像是我的，我就好像是它們的主人一樣隨心所欲。最後我發展到向哈里發的金庫下手。說眞的，進入那些地方並不是那麼難。金庫由每個都能鬥垮一頭公牛的三個黑人壯漢守護著。所以人們就以爲小偷和竊賊都無能爲力。但我清楚知道這三個黑人中一個是什麼都聽不見的聾子，一個是麻煙鬼，甚至走在路上都要打盹兒，另一個則是天生的膽小鬼，甚至夜裡聽到草叢中青蛙的『咕呱』叫聲都會嚇得渾身發抖。我拿了一個空心的大南瓜，在上面挖三個窟窿——兩個眼睛和一張張開的大嘴，用一根棍子把這南瓜挑起來，在裡面點上蠟燭，我披上雪白的殮衣，並舉著它在漆黑的夜裡從灌木叢中向那個膽小鬼黑人方向走去。他嚇得拚命喊叫，當場倒地斃命。睡著了的黑人沒有醒來，聾子又聽不見，於是我用他們的鑰匙暢通無阻地進入了金庫，盡可能多的偷出了金子。次日關於哈里發的金庫被盜的消息傳遍了全城，後來又傳遍了整個穆民世界，這樣我就成爲了一個名人。」

「傳說巴格達的竊賊後來娶了哈里發的女兒爲妻。」納賽爾丁阿凡提提醒說。

「那都是假話！關於我和什麼公主之間的故事全都是假聞虛傳。我從小開始就討厭女人——感謝眞主！我從來沒有遇見過那個叫做愛情的奇怪的瘋子。」他說到愛情的時候就像是在誇耀自己廉潔，因而用憎恨的語調說著。「除那之外，如果你偷了婦人們一個不值半文錢的東西，她們就會變得那麼凶狠，沒完沒了的喊冤叫屈，做我們這行的人們對她們除了厭惡外，不可能有任何好感。我在這個世界上沒有與任何公主，包括最美麗的公主結過婚！」

「關於與中國或印度公主的故事在沒有想好之前先忍著別說。」納賽爾丁阿凡提補充說：「到那時我要替你說：事情的一半兒已經告成，只剩下讓公主順從了！」

小偷明白了這諷刺的含意和價值。他那蒙著白膜並且被打青了的眼睛裡露出了笑意說：「這樣尖刻和辛辣的回答我想可能是納賽爾丁阿凡提親自教給你的。」

　　納賽爾丁阿凡提聽他說到了自己的名字，立刻警惕了起來並且向四周看了一下。但周遭盡是一片明媚的春光，別無他人。向南邊飄去的雲彩的陰影，從青翠的山坡上的座座園子上空掠過；在充滿陽光的空中，蜻蜓們輕微地震動著翅膀，靜靜地停留在一處；祖母綠寶石般顏色的蜥蜴與納賽爾丁阿凡提排成一排，在曬熱了的石頭上伸展著身體、瞇縫著牠們那有金色眼圈的眼睛，但又不時機靈的睜開那對黑黑的眼睛注視一番，然後又瞇上眼睛開始打起盹兒來。

　　「在你的偷竊和流浪生涯中有沒有遇到過納賽爾丁阿凡提？」

　　「有的，遇到過！」獨眼人回答說：「無知的人和道聽塗說的人都愛把他做的事說成是我做的，把我做的說成是他做的。但是說真的，他和我之間沒有任何相同之處，也不可能有。我與納賽爾丁阿凡提不同，我的一生都只是給這個世界上散布罪孽，從不操心讓我的靈魂登峰造極。然而，據說，要從這腐敗的世界過渡到那博大的境界中去沒有這個是不可能的。由於我的卑劣行徑，我應重新開始我在星際之間的全部歷程。」

　　聽了這話的納賽爾丁阿凡提甚至不敢相信自己的耳朵——獨眼人在說著霍間特城古哈爾霞特清真寺裡的老僧人所說過的話！「難道這個賊也是沉默者和追隨者密友的成員？」納賽爾丁阿凡提心裡想著，但他又把這不合情理的想法當即予以排除。

　　但是不合情理的假設一個接一個的湧進他的腦海。

　　「我就是這麼一個人。」獨眼人用憂愁的語調繼續說著。「只有白癡才可能在一生只為別人做好事、為來世之人做榜樣的納賽爾丁阿凡提與我之間尋找共同點。」

　　最後的顧慮已煙消雲散，獨眼人仍在重複著老乞丐的話。「他還沒有認出我來？」納賽爾丁阿凡提想。他盯著小偷的臉，哪怕是絲毫的假相，他都會發現並俘虜它。

　　「你說說看，你在哪裡遇到過納賽爾丁阿凡提？」納賽爾丁阿凡提問道。

　　謎底沒有戳破。這次獨眼人的心底裡是純潔的——他真的不知道他面前坐在這塊石頭上的人是誰。

　　「我在撒馬爾罕遇到過他。我不得不痛心的承認，就在那唯一的一次相遇時我所做的壞事的目的是惡作劇。那是在一個春季，有一天我在撒馬爾罕的街市裡閒晃時聽到人們在低聲議論著什麼，他們說：『納賽爾丁阿凡提！納賽爾丁阿凡提！』這是兩個工匠在低聲議論。我也向他們望著的方向用我的獨眼看去。我看見了一個外表很平常的中年人在店舖前，手拉著一隻灰色毛驢的韁繩。這個人買了一件長衫，正在準備付錢。我在一剎那之間看到了一點兒他的臉，當時我想：原來這就是有人為他的名字而祈禱，又有人詛咒他的那個破壞安定的大名鼎鼎的納賽爾丁阿凡提。是魔鬼驅使我去偷了他的東西。不是為了獲得『戰利品』，因為當時我有足夠的錢，只是為了滿足我偷的慾望。『我要是

能偷到納賽爾丁阿凡提的東西，還可做一個受人誇獎的世界第一大盜。』我一邊對自己說著，一邊毫不耽擱的開始實現自己的目標。我從後面悄悄的來到那毛驢兒旁邊，用一個滑溜溜的棍子向毛驢尾巴下面的那個地方揣進了一個裡外翻了的很辣的紅辣椒。毛驢感覺到身上某一個部位又燒又辣，無法忍受，開始不住的搖頭擺尾，後來也許牠以為尾巴下被人點燃了一把火，突然驚叫了起來，掙脫了納賽爾丁阿凡提手中的韁繩，撞翻了裝著饢、杏子和李子的一個個籃子、筐子，裡面的水果撒得滿路滿地。納賽爾丁阿凡提緊跟著追去；這時出現了混亂，我乘此機會，毫無阻礙的把櫃台上的長衫拿走了。」

「這麼說原來那就是你呀，你這個孽種，罪惡的崽子！」納賽爾丁阿凡提大叫了起來，眼睛裡好像冒著火焰一般。「千眞萬確的阿拉呀，從來沒有人能對我開這樣的玩笑，你差一點把我和我的毛驢兒弄成了瘋子，等我想起去看看毛驢兒的尾巴下面並把牠拉住不要亂蹦亂跳時，我都累出了一身大汗！嘿，你要是在我的手掌發熱的那個時候遇上我的話，甚至卡尼巴達姆的靴子對你來說都要像天鵝絨枕頭一樣柔軟了。」

他由於氣憤而忘記了自己的身分，露了馬腳，等他意識到這一切時已經晚了。小偷已經意識到命運讓他跟誰相遇了。

這時獨眼人的感覺難以形容。他來到納賽爾丁阿凡提膝前跪了下來，好像聖人謝依赫的朝拜者一樣，開始親吻著他大衣的下襬。

「放開！」納賽爾丁阿凡提大聲說，並拉回自己的衣襬。「爲什麼你們動不動就把我當成聖人？我是這世界上最普通的人，我要跟你們重複多少遍！我不願高高在上，我既不是謝依赫，也不是僧人或奇蹟創造者，更不是什麼遊星者！」

「是眞主的恩賜讓我們在這條路上相遇，願這條道路永遠吉祥！」獨眼人不住的說著：「啊，納賽爾丁阿凡提，請你幫幫我，因爲我的命運就在你手中！」

「放開！」納賽爾丁阿凡提生氣的把大衣使勁一拉，衣襟「嚓」的一聲撕破了。

「誰規定我應該拯救世界上所有危難中的乞丐和小偷？這我倒很想知道，你們誰又能救得了我呢？」

但是，的確命運好像在他生涯的哪一個篇章裡就安排了年過四十的納賽爾丁阿凡提要拯救那些迷途知返的靈魂；這時他不得不回到剛才那塊石頭上坐下來，聽完這個獨眼人的自白。

第 八 章

　　「我這一生中晚些時候的事件都像過眼的煙雲一閃而過。」小偷繼續說著。「我去繁就簡，只挑最重要的部分講。勸誡就像蘇來曼①的鋼印，烙在我的胸口上。在我還沒有遇到一個虔誠的老者之前，我一直在迷途之中，做盡惡事、壞事。這個老者給我講解了我所做的一切罪孽之事是多麼卑鄙，以及洗清這些罪孽的方法，但是我很愚蠢，不懂得利用這方法。我得把事情的原委按順序講給你聽。五年前冬末的一天，我來到了絲綢城馬爾吉蘭。魔鬼讓我掏了阿富汗人的腰包，就在那兒我被抓住了。阿富汗人抓住了我，我掙脫後逃跑了，整個街市上的人們都在追我。我就好像籠子裡的鵪鶉，東奔西逃，那天就好像是我生命的末日降臨。但是當我跑進了一條窄巷時，我聽見一個老人在低聲喊我：「快藏到這兒來！」那是路邊坐著的一個老乞丐。「藏起來！」他又說。我們換穿了對方的衣服後，我坐在了他的地方，為了藏起我的臉來，我低下了頭，乞丐則橫穿過馬路後坐在了對面。追上來的人們衝進窄巷，沒有留神靜坐著的兩個乞丐，從我們身邊跑了過去，搜查著一個個院子。老人利用這個機會把我領出窄巷，帶著我來到了他那極為貧瘠的住所藏了起來。」

　　「等等！」納賽爾丁阿凡提把話攔住。他對一切都明白了。「這個乞丐希望你走上善道，在講解了很久關於我們的靈魂將在星際間遊蕩和五十萬年後世界上的善良將占上風時，已是凌晨雞叫並且停了下來，後來他便一句話都不再說了，是嗎？」

　　「那也是你嗎？」獨眼人膽怯的向距離納賽爾丁阿凡提更遠一點的地方挪著。「我聽說你可以隨意變成什麼模樣，難道是真的嗎？」

　　「繼續講你的故事，你為什麼沒有走上這個老人指出的廉潔之路？」

　　「哎呀，我真命苦呀！」獨眼人痛喊了起來。「你的問題就像毒刺一樣扎著我的心！你應該知道，我並沒有蔑視老人的勸誡。他的話像燃燒的烈火，融化了我那邪惡心靈的鉛幕，在凌晨雞叫前老人就不再開口。我痛哭流涕的告解。我給他磕頭發誓要重新做人並且義無反顧的痛改前非、積德行善。就在那時老人向我提到過你的名字並向我揭示了你的生命在這個世界上的巨大意義。『你看看納賽爾丁阿凡提──』老人說：『他毫不動搖、毫無猶豫的做了許許多多的善事，使這個世界上富有美德，這只是因為他不這樣

做就活不下去，如果你哪怕有一點兒能和他一樣，那你就可以脫胎換骨，在將來成為一個高尚的人而洗清罪過了。』我滿懷希望，像生了雙翅般的從老人的小屋裡走出。我的心靈中充滿了光明！真的，要不是那些喪盡天良的宿敵像妖魔一樣勾引我走上邪路，我早就走上他老人家指出的道路了！為了盡早開始我自己的新生，我迫不及待的決定到浩罕市去。比起別的地方來，那裡認識我的人少。不再有任何罪惡，只有令人陶醉、充滿仁善的生活在召喚著我。我有近四千銀元的錢，我打算在浩罕開一個茶館。茶館裡鋪上地毯，掛上各種鳥籠，裡面裝上會唱歌兒的鳥兒。在噴泉水珠親切的『嘩嘩』落地聲中，在四周一片寂靜的陰涼裡，用那位老人對我所講的真理去照亮茶客們的心，與他們侃談廉潔仁義。我還給自己規定了一種最清苦的生活模式，然後把剩餘的收入都捐給孤寡。把開茶館所必須購買的房屋、鍋盆碗灶、地毯等等的錢都計算好之後，除了聘請用柔和的嗓音頌唱廉潔之歌的歌手，和彈都塔爾琴的樂師們所需要的費用外，我發現我的錢還不夠。還差一點兒，即還差三至四百銀元。但是就在那個地方，勾引人的妖魔又挖下了陷阱，讓我在去浩罕的路上遇到了一個極端卑鄙的賭徒。我自己想：最後再賭一次，我的這一罪惡會被饒恕，因為我要把贏來的錢都用於仁義和慈善之舉——如果我贏的錢有剩餘的話，我要散給窮人。帶著善良動機賭博的人似乎應該得到上天的幫助，但事情並沒有如我想像的那樣！」

「後來的事我都知道。」納賽爾丁阿凡提說：「你們賭了一整夜，到天亮時你口袋裡分文不剩。你的茶館、你的地毯、裝有會唱歌的鳥的鳥籠、噴泉、樂師，還有那侃侃談論廉潔、勸誡、說教的頌歌都裝進了幸運賭徒的口袋裡。這你還嫌少，還把你的靴子、大衣、帽子——甚至，我還記得，除了一條褲子外，你連襯衣都脫下輸給了人家。」

「哎呀，我的先知[2]！」獨眼人大叫了起來。「這是多麼神通的眼力！你甚至連襯衣的事都知道？也就是說，你只要看看別人的眼睛就能知道他的過去和將來，原來這是真的！」

「但從你的那隻獨眼裡我只能說出你的過去，至於你的將來嘛，被你另一隻眼睛上的白膜所掩蓋。繼續說下去！」

「輸了之後我應該做什麼呢？難道應該與我所期望的那種廉潔仁義的日子永遠告別嗎？想到這些，我眼前的世界一片黑暗。不，我做了決定，應堅持自己在積德行善方向所做的努力。魔鬼用它那凶狠的爪子抓住了我那已經露出了邪念的心，勾引著我。與其那樣，不如我最後再犯一次罪過，然後就走那位老人給我指出的道路！我下了這個決心並來到了浩罕，而且還聽到了一件讓人喪失理智的新鮮事。浩罕的新汗王才剛剛登基，就在這時候，原來成為盜賊和惡棍們的樂園的這座城市，現在成了無利可圖的荒漠。新

汗王制定了非常嚴厲的秩序，使得賊人們不是從這個城市逃走，就是要放棄這個行業，別無選擇。汗王把多年來受全浩罕的賊人和小偷們擁戴、在大小清眞寺裡爲他祈禱的城市衛兵統帥毫不留情地趕跑後，換上了拚命效勞、貪圖功名和鐵石心腸的卡米力別克。新頭目爲了得到汗王的恩賞而非常賣力的工作，發誓要把全城的盜賊和小偷連根刨光。當我到達浩罕時，他已完全達到了自己那凶狠的目的，他在全城布滿了非常精明的密探和殘暴的衛兵，在那裡已經什麼都偷不到了，哪怕是從口袋裡偷上一片豆角。被逮住的小偷都被砍掉了右手手指，用燒紅的烙鐵在腦門上燙上了印跡。就是高超一點的賊偷到一個什麼小東西，那他也無處銷贓，因爲購買偷來的贓物的人也會受到同等懲罰，因此人人自危。這樣，我那走廉潔生活之路的理想又遇到了新障礙——他所建立的不仁慈的秩序和這無情的統帥。我不知該做什麼、該從哪兒開始！一連幾天裡我想盡了各種辦法。這時到了五月份，你知道，陵園在浩罕附近的圖拉汗老人的節日再有幾天就要到了。是骯髒的妖魔勾住了我的魂，讓我產生了一個毀滅性的念頭，利用那個節日弄到我將要走上的廉潔之路所需的錢……」

在這裡，讓我們用一小會兒時間把獨眼人和納賽爾丁阿凡提暫且放一放，先說說圖拉汗老人在春天裡的節日，否則，我們後面的故事中會有很多東西無法弄懂。

據說很久以前，圖拉汗在浩罕出生，五歲時父母雙亡，他成了孤兒並且開始了乞討生涯，在大街小巷裡孤苦伶仃，過著沒有盡頭的苦難日子。這種艱難的日子，會使人變得鐵石心腸、無情無義；也會使人從中找到自己的精神力量，從自己的苦難之中看到所有人的苦和難，成爲高尚的仁人志士。圖拉汗正是高尚的一種情況，他長大後對那些無情無義的財主們非常憎恨；而對窮人，特別是對那些還不能照料自己的孩子們特別慈愛。

跟著一支商旅駝隊離開浩罕那年，他才二十五歲，當他回到自己出生的家鄉時已經是四十歲的人了。那時他爲了學習醫學知識還去過印度和西藏，而且在自己的事業上取得了很大的成就，人們傳說甚至他用手稍微碰一下病患就可手到病除。但是給富人治病時他卻毫不客氣的收取很多錢，並且把所有的錢都花在窮人家的孩子們身上。

大大小小的孩子們總是跟在他後面，他手中一有錢就從店舖裡買來一堆堆的玩具、甜食和各種東西分給他的小朋友們。如果在他沒有錢時遇上個什麼無衣無食的孩子，他二話不說的就把那孩子帶到賣衣服、靴子、腰帶和帽子的店舖裡，到那裡他只說一句話，即「行行好吧！」賣東西的人看著他那渴望的神情，常常立即滿足他的請求。然後，圖拉汗老人就給孩子們從頭穿到腳。商人們總是戰戰兢兢的說：「他是那麼嚴肅而又莊重！」由於圖拉汗老人不僅能給人治病，他還有能讓那些鐵石心腸的人患病的神

通，那些人知道這一點，所以從不敢開口跟他要錢。

他去世的時候，成千上萬的年輕人和兒童揮灑熱淚，爲老人送葬。學人、講經師和毛拉們說圖拉汗一不封齋、二不遵守伊斯蘭教法教規，又不盡教義，還說他終生認爲那些活著的窮人比死去的謝依赫更需要錢，從沒有給謝依赫們裝修陵園捐助過一分錢，因而不同意把他當作穆民對待；但是普通百姓們卻打心眼裡認爲他是穆民。他的聲望傳遍浩罕以外很遠的地方和整個東方。以他的名字命名的五月節是孩子們特有的節日。

有迷信者稱：每到以他名字命名的這個節日臨近，圖拉汗老人就來到每家每戶的院子裡，按照孩子們的特點把他給孩子們帶來的禮物放在專門掛在屋外的小帽子裡，然後悄悄離去。孩子們在春季來臨前早早的就開始爲這個節日做準備。早在嚴寒的冬季裡，那時還是冷風刺骨、濃霧遮天、大雪紛飛，一個個園子裡還是一片凋零、黑呼呼的，凍得像冰涼的硬石頭一樣的道路在馬車轍下發出「吱吱」的響聲。就在這個時候，孩子們一大早就跑到屋後或其他避風的地方聚在一起，吸溜著綠色的鼻涕，把頭縮到大衣裡，用手掌摀著耳朵，開始長時間激烈的討論起來。孩子們清楚知道圖拉汗老人因人而異，從他那兒得到禮物並不那麼容易，更不是每個人都能輕易如願以償。他要求他們每逢節前五十天就應做到下面的幾件事兒：一、一次都不能讓父母生氣；二、每天做一件好事，如扶盲人過橋或幫一個老人背運東西；三、在那五十天之中不買攤販們吸引孩子們的甜食，而要爲了買一頂新帽子而攢錢（傳說圖拉汗老人不喜歡沾滿油污的舊帽子，並且除了對最貧窮人家的孩子之外，通常不往舊帽子裡放禮物）。

在那五十天之中，所有的人家裡都安安靜靜、文質彬彬。孩子們說話不爭不吵，墊起腳跟輕輕走路，還唯恐圖拉汗老人生氣而悄聲說話。甚至連最淘氣的孩子在這期間都像綿羊一樣溫馴，聽不見他們的喊聲、叫聲，也見不到他們動手打架、玩石頭、讓大衣兜起風來亂跑、學馬叫或把別人當馬騎。

節日除夕那天到處都呈現一片熱鬧景象，跑來跑去的孩子們越來越多，他們互相探問、竊竊私語，那幼小的心兒開始撲撲通通的跳。原因就在那些毛拉們並不喜歡這個節日，有些地方還全然禁止，這就更激起幼小的崇拜者們對圖拉汗老人的熱愛。在帽子上還必須用三種線縫上標誌：白色——善良的象徵，綠色——春天的象徵，藍色——天空的象徵。到了晚上，孩子們必須悄悄的從屋裡出來，到園子裡或葡萄架下，面向著圖拉汗老人墓地的方向，眼睛望著七勺星，把帽子掛起來。然後把要對圖拉汗老人許的願重複三遍，磕三個頭。做完這些之後才能回去睡覺。絕對不允許半夜起來跑到掛帽子的地方去。正因爲如此，這一夜，對那些沒有耐心的小紳士們來說是很艱難的。

但是，節日那天清晨，這艱難的時刻就被忘得一乾二淨了！那興高采烈的喊聲充斥

了每一個家庭。

　　圖拉汗老人給一些孩子的帽子裡放上了絲綢小外衣，給一些孩子放上了有紅色或綠色穗子的靴子，給一些孩子放上了玩具和糖果，給女孩兒們的帽子裡則放上了軟鞋、小戒指和裙子……圖拉汗就是這樣一位慈祥博愛的老人！然後，在春天那嫩綠色的千樹萬樹的片片帷帳裡，穿著五顏六色衣服的孩子們跑來跑去，那奉獻給呵護他們的人們的歌聲從早到晚不斷地傳出。歌中唱道：

> 南風吹醒李子花，
> 黎明曙光照天下，
> 一輪紅日掛空中，
> 溫暖長空映朝霞。
>
> 鳥兒欣喜把歌唱，
> 撼天動地春雷響，
> 墓中老伯已甦醒，
> 圖拉汗老人多慈祥。
>
> 手裡拿著彩絲線，
> 美麗的色彩多鮮豔，
> 彩線穿行有鋼針，
> 戴上花鏡看得見
>
> 惦念之中不能睡，
> 春天展翅任高飛，
> 男孩喜歡好外衣，
> 女孩喜歡彩裙圍。
>
> 老人忙著送禮物，
> 奔忙各家不停步，
> 糖果哈勒瓦小手帕，
> 各種玩具沒有數。

孩子們夢中看見他，

似五月玉盤掛天邊，

心中的敬仰唱不盡，

尊敬的老人圖拉汗。

抬頭瞻仰那尊容，

闊步向前目光炯，

手中拿著大口袋，

滿裝禮物贈孩童。

禮物雖小暖人心，

歡聲笑語勝黃金，

發自內心道聲謝，

首首歌兒唱給您。

老人聽了我的歌兒，

再去睡覺笑呵呵，

五月的節日真高興，

圖拉汗老人多快樂！

　　現在讓我們再回到納賽爾丁阿凡提和他的獨眼夥伴的故事中來。我們不在的時候這裡沒有發生任何變化——他們仍像剛才那樣坐在石頭上，太陽仍然光芒四射，雲彩的陰影在山腰裡的座座果園上空慢慢飄過，蜻蜓們仍然靜靜的振動著翅膀停在空中不動，蜥蜴們也仍在太陽曬熱的石頭上舒展著身體。

　　獨眼人繼續著自己的故事：

　　「是我被魔鬼迷住了心竅，在圖拉汗老人節日除夕那天，我打算到周遭的院子、園子和葡萄架下去探查而上了路。所到之處，我把所有放了禮物的小帽子都收集了起來，跑了好幾趟送回我所住的一個廢棄的哨所炮台下的地窖裡，然後再背上空袋子去收集我的『戰利品』。到黎明時我已收集到了好幾千頂帽子、很多童裝、有穗子的靴子、裙子、軟鞋、手鐲、項鍊和其他小玩藝兒。看著我收集來的這一堆堆花花綠綠的東西，我想：這些東西足夠我開兩個有樂師的茶館了！並且我可能毫無阻攔的把它們賣掉，誰膽敢從我

這裡認領自己的東西呢？因為在浩罕，圖拉汗老人的節日是不允許過的。既然這樣，誰願意因這些不值錢的小衣服、小鞋子而進監獄呢？你看見沒有，我的腦子裡竟然鑽進了這麼骯髒的東西，經過這個不眠之夜，加上勞累，我不知不覺的睡著了。

「突然，我被一陣可怕的巨響驚醒，整個地窖都顫抖了起來，一種很奇怪的灰白色的光閃來閃去。就在那可怕的光芒中，聖人圖拉汗出現在我的面前！他面帶怒容，眼睛好像可以望穿一切似的瞪著我，聲音就像山上的瀑布一樣轟鳴震盪。『哎，你這喪盡天良的！』他說，『哎，污穢骯髒的惡棍！』他怒斥道，『你竟敢偷走孩子們心中最純潔的快樂，他們那使我心中備感欣慰的歡聲笑語，現在卻變成了一片哭聲和眼淚。你膽大妄為的玷污了我聖潔的名節，使他們不但沒有得到禮物，就連新帽子也不翼而飛，孩子們會說我什麼呢？他們會說：圖拉汗老人是個說假話的騙子和小偷。你聽見沒有，把人間一切醜惡都集於你一身的發臭的無義之蟲！』我被嚇得呆若木雞，靜聽著這位老聖人的怒斥。『哎，齷齪的東西，聽著我對你的審判！』他那洪亮的聲音如雷鳴一般。『從今後，無論何時何地，不管你受得了還是受不了，不准你停止偷，要讓你偷得厭煩，但是儘管如此你還必須繼續偷！每年在我的節日前我要讓你的肚子狠狠的疼一次。對這肚子疼只有一個辦法可以擺脫，那就是偷東西！然後疼痛就停止，但是每偷一次之後你都會受到很殘酷的良心責備。你忍受一年，渴望棄惡從良，甚至可以達到成為一個善人的邊緣，但是到每年底，你在積德行善方面所做的努力都將毀於你的又一次偷竊行為！這樣，直到在我面前贖清你的罪過。可是如何贖罪，你自己想想吧！』圖拉汗說完最後一句話，把地窖震得連根基都顫抖了起來，猶如落雷當頭。不知是什麼，『喀嚓』一聲巨響過後，我身上落滿了土，當時我的眼睛什麼都看不見了，好像一個瘋子一樣跳了起來，東倒西歪的跑了出去。就在那時，埋葬了我所偷之物的哨塔也倒塌了。」

「這是五年前的五月初發生的事。」納賽爾丁阿凡提接著說：「就在那一瞬間出現了從未聽到過的巨大的雷聲，還夾雜著強烈地震，摧毀了浩罕的很多房屋。地震還波及到了霍間特——那裡的老古哈爾霞特清真寺——那個老僧人所住的清真寺也倒塌了……」

說到這裡，納賽爾丁阿凡提為了不讓獨眼人知道自己和那老僧人相識，於是轉移了話鋒。

「這麼說，原來那次地震竟然是由你惹出來的！」

「很遺憾，是我！」獨眼人肯定的說：「後來我才知道圖拉汗老人墓上蓋著的巨石就是在那天斷裂的。那是老人家想教訓我，非常憤怒，從墓中出來時崩裂的。從那天起我一直生活在悲痛和不幸之中，每年的這個時候，在圖拉汗老人的節日到來之前，我就像你所見到的那樣病得非常厲害，受到難以忍受的折磨。除了再去偷東西之外，沒有別的

辦法能使我擺脫這痛苦。現在也許你已經明白我為什麼不要任何神醫妙藥來給我治病，以及銅罐是如何進到你的布袋裡去的了！」

「現在明白了！要是你被抓住，偷來的東西被奪回去，那你的病還會不會發作？」

納賽爾丁阿凡提的發問不是沒有道理的，這是為了以防萬一和著眼將來才問的。

「就不發作了。但是人家要是抓住我，每次都會狠打一頓。今天因為那銅罐就挨了打……」

「我也陪著你一塊兒挨了一頓打！」納賽爾丁阿凡提提醒說。

「一年之前，安集延的衛兵們因我偷了地毯和禮拜毯而教訓了我！」

「後來衛兵們把你放了吧？沒有把你關入地牢嗎？」

「你聽過關於蠢貓的故事沒有？」獨眼人笑了一下。「從前，在一個人家裡，老鼠越來越多。為了擺脫老鼠，這個人不知從哪兒找來一隻迷了路而無家可歸的貓。這隻蠢貓一夜之間把所有的老鼠都咬死了。第二天，主人覺得現在倉庫裡的糧食再也不會受損失，於是就把這隻貓從那有溫暖的小窩、有軟枕墊和碟子裡備有牛奶的寬敞屋子裡趕了出去。衛兵們比貓還算聰明一點兒！」

納賽爾丁阿凡提聽了這個故事笑了起來，並問獨眼人為什麼要到浩罕去，那裡有什麼事在等待著他。小偷說每年他都要到浩罕去拜謁圖拉汗老人的墓地，在墓前用好幾個小時向他告解，請他恕罪，但是，直至今日他的請求都是徒勞的，因為老聖人已說過絕不會饒恕他。

「現在你打算怎麼辦？」

「想等你給我想個辦法。」

納賽爾丁阿凡提陷入了沉思之中，他改變了原來想甩掉獨眼人自己一走了之的打算。這一切似乎都是用一條無形的線把他倆的命運連在一起的霍間特的老僧人造成的。「挽救陷入最壞處境中的一個人或是兩個人，對我來說並沒有多大區別。」納賽爾丁阿凡提在心裡做出了決定。「除此之外，他已經知道了我的名字。所以讓他跟在身邊還會安全一點兒。」

「好，你跟我走。走著瞧吧，也許我倆一起努力會讓圖拉汗老人息怒。但是，你必須發誓，從今以後不經我的允許，不准你採用你所知道的那種治病方法。」納賽爾丁阿凡提對獨眼人說。

獨眼人以生命發了誓，並沒完沒了的說著感謝和奉承的話。

這時，早已落到了地平線上的斜陽，給那布滿皚皚白雪、迤邐連綿的座座山峰披上了一層淡淡的橘紅色浣紗，又給大山背後留下了片片濃郁的青紫色身影。涼風吹起，蜻

蜓和小蚊子都消失了，蜥蜴也都鑽進石縫裡藏了起來。納賽爾丁阿凡提感覺到肚子餓得咕咕叫，除此之外，現在應該考慮一個過夜的地方。

「前進！」他騎在毛驢上說：「我們在這裡浪費的時間太多了，離浩罕還遠得很呢！」

好好休息了一陣子的毛驢兒此時點著頭，甩著尾巴，踏上了征途。

註 ①蘇來曼——伊斯蘭教中傳說的聖人，阿拉的使者之一。
　②先知——即阿拉伯語中的「赫孜爾」，伊斯蘭教中傳說的永遠不死之人。他喝了「生命之泉」的水，並經常幫助陷於貧窮和極度痛苦之中的人；遇見他的人會得到幸福。

第 九 章

在浩罕附近，當時住在城南的人們在種水稻的那片盆地裡都有自己的溫水塘。水來自地下的溫泉。在這裡，春季的到來要比別的地方整整早一個星期，盆地外的園子裡還是光禿禿的，水塘邊就已經開出了鮮花；到了盆地外的地方開始開花時，在這上有烈日、下有溫泉的盆地裡則已是樹木和草地一片翠綠。

由此可以得出結論，圖拉汗老人把自己的墓地選在這裡不是沒有道理的。因為這裡的各種行業，如靴鞋業、裁縫、玩具作坊和糖果業都別處早開業一個星期。他那謙遜的墓門上方的長椽子上只有兩股黑馬尾當作裝飾；周遭生長著黑壓壓的一片老榆樹，低一點的樹枝上綁滿了五顏六色的布條，這是那些前來瞻仰的人們綁上的。那布條之多足以說明圖拉汗老人在穆民民眾心中是永垂不朽的。

納賽爾丁阿凡提來到了陵園前，從毛驢上下來，發自內心的向圖拉汗老人鞠躬致敬。獨眼人遠遠的跟在後邊並且往自己頭上、身上撒著土，跪著、爬著過來，哀慟的喊著說：「啊，寬大仁慈的圖拉汗老人，與天地共存的阿拉，請饒恕我吧！」他那悔恨的喊聲連隔著榆樹林的那邊都可以隱約聽見。

身上穿著破舊衣裳、像晾乾了的杏乾兒一樣滿臉皺紋、黃色面龐，然而一對眸子卻

隱隱閃光的守墓人——一位老者走了出來。被蛀蟲吃空並已發黑的搖搖欲墜的雕花墓門打開了，半黑暗之中飄出了一陣古老的氣味——一種直衝心肺的怪味兒。納賽爾丁阿凡提脫下了靴子，穿上守墓老人表示尊敬而遞上的軟底鞋進入了墓室。雕砌粗糙、凹陷不平、毫無裝飾、連個字都沒有的白石牆支撐著上方兩側各有一扇窄格窗的圓屋頂。從窗戶射進來的兩道細細亮光穿過黑暗的空間照在橫裂開的墓石上。從墓門到墓台有一條約兩肘寬、比地面稍高一些的石鋪墓道，墓道兩邊也落滿了幾個世紀以來積攢下來的灰綠色塵土。按規矩這塵土不能踩上鞋印，應該永世保留，因為在這裡留下腳印等於是一種莫大的侮辱。墓地中是那樣的安靜，以至於納賽爾丁阿凡提都能聽到自己的血液在血管裡的奔流聲。他來到墓台前，躬下腰，親吻了標記在那個年代曾經活在世上、曾經鏗鏘有力跳動過的那顆良善心靈的墓石。

「仁慈的圖拉汗，我的罪過難道永遠不可饒恕嗎？」哭聲越來越近，獨眼人爬了進來。他的頭上撒滿了土，變成灰色，那扁平的臉被指甲抓傷了，流著血。他向前撲倒過去，胸口撞在墓石上，不再出聲。

納賽爾丁阿凡提想讓他和圖拉汗老人單獨待一會兒，於是自己走出了墓室。

一個小時、兩個小時過去了，獨眼人仍沒有從墓室中出來。納賽爾丁阿凡提耐心等待著，在榆樹蔭下的舊毯子上坐了下來，與守墓老人一邊談論著僧人生活模式的好處，一邊等待著。

「人生在世應該一無所有、一無所求、沒有願望、沒有恐懼，更重要的是不應該懼怕軀體之死。」老人說：「虛假充斥，海誓山盟要互相幫助，其實一切只是為了死，而終日忙碌的悲慘世界還可能有什麼別的生活模式？」

「這不是生活，而是沒有軀體的影子。」納賽爾丁阿凡提表示反對。「生活，不是把自己埋葬，而是戰鬥。」

「行路人，對於外部軀體的生命，你的話的確是對的。」老人回答說：「但是人還有內在的精神生命，這是任何人都力所不能及的唯一的財富。人必須在自己生命中的奴性與完全放棄軀體享樂、透過內在的生命之路才能獲得的自由之間做出抉擇。」

「您已做出抉擇了嗎？」

「是的，我已做出了我的抉擇，自從放棄了一切慾念以來，我絕不再說虛假之言，也不像奴才一樣的阿諛奉承，由於我已沒有可被剝奪的任何東西，所以我也不去做走狗。還能把我這條垂老之命奪的，就奪去吧！說真的，我並不那麼害怕。這裡就是圖拉汗的墳墓，毛拉們不喜歡他，衛兵們禁止人們前來瞻仰他。但是我，你都看見了，只是因我的心對他的嚮往，所以我別無它念，公開的為他效勞，無所畏懼。」

「您別無所求，這我從您的衣服上就可看出。」納賽爾丁阿凡提指著老人身上那特別破舊、補丁蓋補丁、酷似用樹上掛著的破布條布帶拼接起來並且前襟上垂著亂線頭的大衣說。

「我對生活沒有更多的要求。」老人繼續說著。「對我來說，有這件破衣服、一口水、一塊大麥饢就可以了。而我的自由永遠和我在一起，因為它在我的心中。」

「對我的話您別往心裡去，尊敬的老人，但是任何一具屍體都比你更自由，因為它不再對生活有所求，甚至連一口水都不需要！但是自由之路就應該是走向死亡之路嗎？」

「你是說死亡之路？我不明白，但是孤獨——當然。」

老人停了一會兒，長嘆了一口氣，最後說：

「我早就是一個孤獨之人了……」

「這話就不對了！」納賽爾丁阿凡提說：「我從您的話裡聽出來您心中還有為世人的憂患，以及對他們的慈善之心。您的慈心善念會在很多人的心中引起迴響，也就是說，您並不孤獨。活著的人永遠不會孤獨。人們都並不只有自己，他們是在一起的，我們之所以一起生活在這世上的深刻哲理就在於此！」

「此是鼓勵人的話！為了保護自己，人們用牆來避寒、避風、避雨，還要用各種方法迴避無情的真理。你也要保護好自己，行路人，保護好自己，因為生活的真理是無情的！」

「不，尊敬的老人，我不需要保護自己，相反我要進攻！不管世界上的醜惡以什麼面貌在我面前出現，也不論何時何地我都會向他們發起攻擊，如果戰鬥中我倒下了，那誰也不能說我逃避戰鬥，我手中的武器就會被別人接過，這倒是我要關心的！」

納賽爾丁阿凡提熱情洋溢的話語被從墓室裡走出來的獨眼人打斷。他的面容嚴肅，毫無血色。在他去水塘洗臉回來之前，老人告訴納賽爾丁阿凡提說：

「每年這個可憐的人都在墓邊的土裡插上一枝玫瑰花的枝條，希望它存活並作為告解的標誌。但至今沒有一枝活下來。看到這個人，我就想掉淚。唉，行路人，你說我對人們有慈善之心，你猜得對！我已擺脫了利慾、虛榮、盲目、貪婪和膽怯，但我卻沒有能夠擺脫仁善之心。真主賜予了我一副軟心腸，這副軟心腸總是不願變成鐵石心腸。」

這時獨眼人正在忙於自己的事，他從身邊掏出用一塊濕布包著的玫瑰花枝條，用匕首把土刨鬆，把它種在墓室前的路旁。

「活不了的！」納賽爾丁阿凡提對老人低聲說：「這花不能這樣種。」

「也許會活下來的。」老人回答說：「這花我會照料的，每天澆三次水。」

納賽爾丁阿凡提看見他的眼眶裡含著淚水。

在墓地要辦的事都辦完了，納賽爾丁阿凡提與老人告別，把圖拉汗老人周遭那片陰涼的榆樹林拋在身後，踏上了征程。

浩罕用乾熱的飛塵，以及城門前的擁擠和混亂歡迎著他們。春季的大巴扎已經開始，城門一時不能進入那麼多人。

城牆外，蓆子搭起的涼棚下、罩馬布單搭起的帳篷裡、飯館和生意興隆的茶館裡到處都是嘈雜紛亂。道路兩旁的低窪處坐著面色像乾土一樣黃、骨瘦如柴的乞丐們。他們看起來好像是剛從這土地裡鑽出來，又好像正在慢慢的向這土地裡走去，彷彿像是用這黃土塑造而成的。在一邊，在令人難以忍受的納格拉鼓劇烈的咚咚聲、銅喇叭的嗚嗚聲還有嗩吶刺耳的尖叫聲中，令人討厭的丑角藝人、演雜耍的、耍蛇的、跳舞的、高空走繩的和吸引著穆民們的其他各種藝人們在各顯神通。講著各種語言的這些人們的頭頂上空——那充滿塵土的灰色天空中飄浮著暗淡無光、扁圓而又熾熱的太陽。到處都是飛塵——在風中飄揚，在牙齒中「咯吱咯吱」作響，往鼻子裡、眼睛裡和耳朵裡亂鑽。

非常喜歡看熱鬧的納賽爾丁阿凡提一隻手拿著饢，另一手托著裡面裝滿李子的小花帽，想要先看雜耍，然後再看其他表演而轉來繞去的走著。他在一個暗紅色面龐、臉上滿是皺紋和鼻梁上有一道紅色部落標誌的老人前停住了腳步。這個印度人的兩個眼皮向下垂掛著，用一支笛子慢慢的吹著傷感的曲子。他的面前是兩條昏昏欲睡的蛇，蛇身已變成紅色、陶醉在笛子樂曲中並隨之搖晃；印度人不把笛子從嘴上拿下來，就把兩條蛇分別裝進兩個蓋子很結實、很深的筐子裡，他那緊緊聚攏在一起的嘴唇這時才稍得放鬆。也在這時候，取代尖細笛聲的是從筐子裡發出的一陣重重的「撲通」聲，以及被激怒了的毒蛇發出的那令人心驚膽裂的「嘶嘶」聲！就在這時，頭頂上方，響起了緩慢的納格拉鼓聲——空中有一根很高很高的長繩子，繩子上站著一個手握長桿、光著上半身、下體穿著又寬又肥並且被風吹鼓了的大紅燈籠褲的矮人在向前移動著；他一會兒蹲下，一會兒彎腰，一會兒把桿子拋向空中，還趁此時敲一下綁在腰前的小納格拉鼓，然後又把桿子接住。下面的人群不時齊聲叫好。地面上牲畜的糞味兒、汗味兒和一個個小餐館裡冒出的嗆人的濃烈油煙味兒飄向空中，只有站在那悠悠盪在細高繩上的高空走繩人，可以感受到空中稍有一絲風與他做伴。

附近一塊地上，舞妓們的一片片帳篷已經發白了。其中最邊上一個帳篷的前面有人正在表演，四處的人們都在向那裡匯集著，納賽爾丁阿凡提也趕忙向那裡走去。

一股股烏黑頭髮披到腰間的兩個寬肩膀東干①男人，從帳篷裡拖出兩個像磨盤一樣大、又扁又圓的納格拉鼓來，然後他們中的一人向後仰著頭，開始吹起了又細又長的喇叭，發出了像蜜蜂飛起時的「嗡嗡」聲和悲哀的旋律。這是古典喀什葛里舞蹈，名為

《壞脾氣的蜜蜂》。喇叭的「嗡嗡」聲一會兒高、一會兒低，持續了很長時間。突然，帳篷下邊的一處掀開了，跳舞的姑娘跑著從帳篷裡出來。

那姑娘剛一跑出來，好像害怕見到人群似的突然又停了下來，兩個尖細而又白嫩的手肘緊緊夾住兩肋，向兩邊伸開手。她的年齡還沒超過十七歲，她那光滑、金色的臉蛋兒上既沒有染眉液、也沒有胭脂和粉——她不需要那些東西。被藍色、黃色、紅色、綠色絲綢裹著的那輕捷的身體在晡禮◎時分的斜陽下閃著光芒，那一道道鮮豔的色彩隨著她的動作連成一片，形成了一道彩虹。跳舞的姑娘用睫毛下瞇縫著的水靈靈的大眼睛瞟了眾人一眼，脫下了鞋子，不用助跑就輕捷的跳到了那張大納格拉鼓上。納格拉鼓在她那雙小腳丫下「咚咚」的響了起來。嗩吶手把喇叭口更加朝天上揚起，使勁的吹起來，臉都憋得通紅；喇叭開始發出嘹亮、高亢的聲音。跳舞的姑娘面容上做出一副害怕的表情，開始不安的向四周張望，因為不知從哪兒飛來的蜜蜂圍著她要螫她了。這個壞脾氣的蜜蜂從各個方面——從側面、從下面、從上面向她發起了進攻。跳舞的姑娘不斷迅速的彎著腰並用雙手的動作轟趕著蜜蜂。她用自己那嬌小的腳後跟兒越來越快、越發熱烈的踏著納格拉鼓，納格拉鼓則用越來越密集和沉悶的「叮咚」聲應和著，呼喚著那姑娘跳得更加熱情、更加激烈奔放。連成一片的聲音在互相催促著，跳舞的姑娘躲著蜜蜂，一會兒猛地用膝蓋跪下去，一會兒突然又跳起來，在衣服的褶縐裡尋找著那壞脾氣的蜜蜂。五顏六色的絲綢在納格拉鼓上不住旋轉，這時她那嬌嫩的身體只稍微被遮住。當姑娘的身體暴露到腰間時，那壞脾氣的蜜蜂突然從下面飛了進去，姑娘發出了尖叫聲，開始在「嘀嘀嗒嗒」、「咕咕咚咚」的納格拉鼓上不住的旋轉起來，隨之她的身體周遭出現了色彩斑斕的旋風。旋轉中最後一片粉紅色的絲綢掉了下來，在眾人面前，姑娘赤裸著身體，一絲不掛。突然，姑娘的全身從頭到腳開始哆嗦起來，頭向後仰，彎著腰，身體不停的顫抖——儘管如此，蜜蜂還是螫著了姑娘！……在人們興致勃勃、著了迷的一片叫好聲中，姑娘跑進了帳篷。緊跟著有一個短腿、體胖、大肚子、黑鬍鬚、身上油膩膩、金魚眼的波斯商人也鑽了進去。

納賽爾丁阿凡提和他的獨眼夥伴在一個很不起眼、跳蚤很多的茶館裡住了下來，次日第一縷陽光投向大地的時候他們就進入了浩罕。

他們越往城裡走，道路上遇到的各種級別的衛兵就越多。衛兵們在大街小巷和各處場地裡巡邏，每一個十字路口都有衛兵把守，浩罕這個地方真是沒有小偷的立足之地了。

「這一群又一群官氣十足的衛兵，對可憐的浩罕人們何時才能善罷甘休？」納賽爾丁阿凡提心裡想著。「在各種小偷遍地、甚至百年之內偷盜氾濫的情況下，也未曾讓老百

姓們負擔過這麼重的開銷！」

　　他們從浩罕的伊斯蘭教守護人的腹地——古經文學堂邊上走過，又過了水量很少但水流很急的低谷中的石橋。他們來到了被城堡高牆所圍抱、高聳入雲的皇宮和皇宮前的廣場。

註①東干人——俄羅斯和突厥歷史文獻中對中國境內回族人的統稱。以十三世紀遷入中國的中亞、波斯、阿拉伯人為主，也包括西元七世紀以來僑居在中國的阿拉伯、波斯人後裔在內。十九世紀七〇年代有部分由中國回邊至中亞一帶，主要聚居在現哈薩克、吉爾吉斯斯坦等國境內，約6.9萬人（1995年）。東干人在後來漫長的歷史進程中沒有形成自己的語言和文字，在中國境內的與漢文化融合，主要採用漢語中的陝甘方言（屬漢藏語系的漢語族）；西遷至中亞一帶的，少部分人在生活上至今仍使用陝甘方言，但大多已採用當地主體民族的語言和文字，尤其在文化教育和社會生活方面：在中亞和中國新疆一帶的人一般都懂得多種語言，有「翻譯民族」之美稱。信仰伊斯蘭教，屬遜尼派。主要從事農業，擅長經商。
　②晡禮—— 按伊斯蘭教規每日所做的第四次祈禱，是在下午四點到五點的這段時間。

第　十　章

　　在很久以前的年代裡，東方的每一個大城市，除了有自己的名稱以外，還有表示其特點的雅號。如：布哈拉的莊嚴稱號為布哈拉依謝力夫①，撒馬爾罕由於繁華和多有作戰取勝的經歷而被稱為伊斯蘭阿瓦提②，浩罕由於到處都是鮮花盛開的山谷且人們的性格無憂無慮，故被譽為浩罕萊提莆③。

　　不久前，這些雅號還足以恰如其分的反映這些地方的真實面貌。他們的節日也很多，人們總是高高興興，日子過得很輕鬆，這方面沒有哪個城市能比得上浩罕。但在後來的一些年代裡，浩罕一蹶不振，在新汗王的殘酷壓榨之下逐漸委靡消沉。

　　節日還是按老習慣照舊的過著，茶館前吹嗩吶的人們還是賣力的吹著，納格拉鼓手們仍然表演著自己的技藝，街市上的丑角們仍舊做著各種怪相，把目光短淺的浩罕人逗得發笑。但是現在的節日卻不如以往，也不那麼熱鬧了。壞消息不斷從皇宮裡傳出來——新汗王把自己的所有時間用在談論宗教上，其他的什麼都不想聽。新的經學堂、新的清真寺在不斷修建，四面八方的毛拉、講經師、神學家們向浩罕擁來，學人雲集。為了

養活這些人們，苛捐雜稅就不斷增加。除此之外唯一能讓汗王開心的事情就是賽馬——他從小就喜歡馬，就連對宗教的崇拜都沒能使他放棄這個愛好。但是在其他一切事情上他都很嚴格，能擺脫一切不利的誘惑。花園裡那從皇帝的寢宮到後宮——御娥宮去的小路變得很荒涼，長滿了很高的野草；以往在半夜裡常在這條路上疲於奔命的後宮總管的喘息聲、慌忙奔跑的腳步聲，已很久不再聽見。汗王要求自己的官員們也要清廉，並要求平民百姓要簡樸。浩罕到處都是衛兵和密探。

這裡不斷有新的警告啓示和禁令公布。就在那時頒布了禁止通姦行爲的法令，這法令規定對背著自己男人做了不軌之事的女人要予以鞭笞，男人犯此類事則要由醫生用刀子處以腐刑。類似的法令還很多，例如生活在浩罕的每一個人身上都拴著無數根帶鈴鐺的線，無論多麼謹慎，你總會碰上哪一根線，結果就會傳出可怕的鈴聲而災難臨頭。

但是，春天那不可戰勝的力量將使得浩罕人忘記了憂愁。在春天明媚的嬌陽下，街市上開始喧嘩起來、活躍起來。素來因爲喜歡鮮花和鳥兒的鳴唱而出了名的浩罕人，仍然熱中於自己的習慣。他們帽子下的耳朵上常常別著一朵鬱金香、茉莉花或者是春季盛開的某一種鮮花。茶館裡鳥籠中一隻隻的鳥兒發出各種不同的叫聲。浩罕人往往在忙完自己的事情之後來到茶館裡，付錢給茶館老闆，然後打開鳥籠的門兒，在眾人的一片讚歎聲、喝采聲中釋放這些鳥兒。車、馬和行人都停下來，向後仰著頭，望著被釋放了的鳥兒在碧澄的天空中自由的飛去。

「圖拉汗老人在等著我們做善事。」納賽爾丁阿凡提對獨眼人說：「還是從鳥兒開始吧！這錢給你。不過你要記住，儘管這裡的傻瓜們的錢袋吸引著你，但是你一分都不能拿。」

「是，先生。」獨眼人回答道。

獨眼人來到最近的一個茶館，買下了那裡所有的鳥。在陽光下，鳥兒們振起雙翅，一隻接一隻的飛向天空。

人們駐足圍觀，擋住了道路，讚揚著獨眼人的慷慨，甚至把他誇上了天。

他打開鳥籠取出鳥兒，先讓牠在手上停一會兒，感受鳥兒身上親切的溫暖和膽怯的心跳。

然後，他把一隻隻鳥兒拋向天空，並對那撲飛而去的小鳥兒道一聲：「一路走好！」

「我們正在飛向空中！謝謝你，好心人，我們要爲你向圖拉汗老人求情！」鳥兒們的啁啾聲彷彿回答著他，然後在人們的目光中消失。獨眼人的臉上泛起了幸福的微笑。

「眞是太奇怪了，以前我爲什麼沒有想到這樣做呢？我也有錢過啊！那時我可以買成千隻鳥兒讓牠們得到自由，我從來都不知道這個連兒童都會做的遊戲能使人這樣愉快。」

「你不懂的事情還很多，現在你也還沒有弄明白。」納賽爾丁阿凡提嘴上這麼說著，心裡卻想著：「看來這個人心中還留有一絲良知，我的作法是正確的。」

「散開！不要站在路上！」突然傳來了一陣凶狠的喊聲和急促的納格拉鼓聲。人群急忙散開了。納賽爾丁阿凡提看見自己面前有一個騎著棕紅色公馬的什麼大官人。長著滿面落腮鬍、臉盤又大又胖又紅的大官人，被手持大刀、長矛、彎月斧和其他可怕的凶器並隨時準備抓人的衛兵們簇擁著。大官人的胸口上掛著無數大小勛章，臉上的兩撇黑鬍子尖兒向上翹著，一副傲慢的神態。兩邊的韁繩被衛兵拉住的公馬搖晃著頭，不時的跳動，那雙淡紅色的大眼睛斜睜著，總是上下搖動脖子，嘴裡還不住地咬著嚼環；馬背上的金色馬鞍在閃著光。

「你們從哪兒來啊？討厭的乞丐。」大官人皺著眉頭，生氣的問道。他說話時似乎只是動彈下邊那片嘴唇。

如果他要是知道自己面前的這個衣裳襤褸、靴子上打了補丁、帽子上滿是油污的人是誰的話，哼……

「我們是到浩罕來的鄉下人。」納賽爾丁阿凡提沉著並且做出滿臉恭敬的樣子回答說：「我們沒有做什麼壞事，只是托偉大的汗王的福和向您表示敬意而到這裡來解放了幾隻鳥兒，我們威力無窮的太陽、尊貴的閣下！」

「為了對汗王表示忠心和對我表示尊敬，除了聚眾圍觀解放幾隻鳥兒之外難道就別無他途了？」當官兒的發怒的問道。他對「解放」這個詞很生氣。「現在就是革除讓我們這座城市丟臉的這種『解放』的蠢俗陋習的時候。」他怒不可遏的咧著嘴。「看來你們是有多餘的錢了，為了表示尊敬，把這些錢拿出來上交國庫，這才是表示忠心的最好方法！但是你們卻把這些錢在大街上白白花掉，搜！」當官兒的向衛兵們命令道。

衛兵們把納賽爾丁阿凡提和獨眼人抓住，連拉帶扯的解開了他們的腰帶、大衣和襯衣。

衛兵們得意的把裝滿銀幣和銅幣的錢袋子交給了大官，大官對自己的智慧感到滿意的笑了一下。

「我就知道會這樣，收下！」他向衛兵隊長命令道：「交給我入庫！」

一名衛兵把錢袋子裝進了紅褲子的無底口袋裡。然後，在納格拉鼓聲中，凶神惡煞般的這群人馬往別處走去——最前邊是騎著馬的大官，他的後邊是穿著紅褲子、腳蹬帶馬刺的靴子的衛兵，最後才是也穿著紅褲子、卻打著赤腳的納格拉鼓手們。因為按級別規定，國庫不該給他們配備靴子。在街市裡，他們所到之處，歡樂和喧嘩就立刻停止，茶館兒都變得空空如也；被納格拉鼓聲嚇壞了的鳥兒們也都靜悄悄的；被大官人那冰冷

的目光盯住的地方連生命都會僵化停止，所剩下的只是他的一道道禁令和威嚇。但是只要他們一走開，那些不願聽見什麼禁令，永遠年輕、永遠微笑、永不停步的生命就會重新綻放異彩，發出各自的心聲。那大官人把這些生命視爲敵人，視爲異己。然而，他雖然可以一時阻擋生命的潮流，卻不能使她屈服；在這生命的潮流之中，他沒有絲毫立足之地，因爲春天的每一朵花都是偉大的生命之聲，她們是不可抗拒！

納賽爾丁阿凡提看著離去了的那隊人馬說：「世界上當官兒的按其害人程度可分爲三種：即小官、中官和大官。我們的口袋裡一分錢也不剩了，這也要謝天謝地，否則我們還可能掉腦袋，因爲這個當官兒的是一個大官……」

「我想偷回已經裝進衛兵口袋裡的我們的錢包，我的兩手在發癢。」獨眼人承認說：「但還沒有得到您的允許。」

「你也應該要靈光一點！」納賽爾丁阿凡提惱火的回答：「在應該讓錢包回到自己眞正主人手裡的時候還要什麼特別允許啊？」

獨眼人一邊說一邊從懷裡把錢包拿了出來。「他的衣兜裡還有兩個手鐲，從重量看，可能是黃金的，但是我沒有碰那些。」他們由於錢袋失而復得，高興的走進了最近的一個飯館，開心慶賀的大吃了一頓。飯館老闆給這兩位慷慨的客人不停的端上阿富汗式的燙嘴的、放了各種酸辣調料的飯菜，累得上氣不接下氣。他們從飯館中出來，走進了茶館，從茶館出來又走進了賣蜂蜜雪花冰的冷凍飲料攤子，最後又來到了賣哈勒瓦的攤子上，開心的吃了一頓才心滿意足。

　　然後，他們穿過市場而去。在那個年代，浩罕的市場是那樣的大，就連走得最快的人也無法一下子把整個市場全都逛完。僅僅一個賣絲綢的市場就有兩箭地寬。賣瓦罐、草蓆、靴子、武器、衣服的市場只比絲綢市場略小一點。走進馬市和大畜市場，一眼望不到邊，這裡從這頭到那頭都擠滿了人，沸騰喧囂。納賽爾丁阿凡提和獨眼人只好不斷的從人群邊上勉強向前擠過去。

　　櫃架、蓆子、地毯上擺著的各種貨物琳琅滿目，無奇不有，難以描述。所有能夠稱得上是東方財富的東西這裡全都有！這裡從最普通的毛坯靴底到用黃金和寶石裝飾了的無數種伊斯坦堡商品，無所不包，有專為那些令人痴迷的美女準備的印度銀鏡，有以艷麗花色和優美圖案吸引著人們目光的波斯地毯，有像太陽一樣泛射著光澤的絲綢，使晚霞都為之傾倒、顏色討喜的天鵝絨，各種盤子、手鐲、耳環、鞍具、小刀，還有皮靴、大衣、帽子、腰帶、瓦罐、龍涎香、麝香、玫瑰花油……再多的言語都無法形容浩罕市集的繁華盛況。

　　充滿各種顏色、各種聲音和各種氣味的集日很快就過去了，夕陽不斷垂向天邊。高空中雲彩的邊緣顯得很整齊，泛出火紅的光。休息的時刻到了，人們都紛紛回到自己的家裡，從外地來的人們則都走進了茶館。但是宣告市集結束的納格拉鼓還沒有敲響，很多店舖裡的交易還在進行著。

　　就在這些店舖行列裡，有一個在浩罕出了名的叫作拉黑木巴依的大財主開的銀號。這個拉黑木巴依有著雙層下巴，身寬體肥，臉蛋兒又胖又圓，脖子上的肥肉都從衣領子裡墜了出來，短粗的手指上戴著很多個戒指。這時他正微微瞇著肉泡眼，坐在擺著一排排金幣、銀幣和銅錢的櫃台前。這裡有印度盧比、中國的四角幣、韃靼人在金帳汗國時代遺留下來的金幣、印有豎起毛髮的雄獅圖案的波斯圖曼幣、阿拉伯迪納爾以及當時在東方流通的各種錢幣，還有來自遙遠的拜偶像教國家的錢幣，如克尼幣、多比蘭幣，印有手持大刀、胸前掛著十字架的罪人福郎克·克羅里圖案的梵爾特尼格幣。

　　在銀號店主快要把一天的利潤算完時，納賽爾丁阿凡提和獨眼人來到了這個銀號前。銀號主那黑呼呼的鬍鬚裡紅紅的厚嘴唇向前噘著，若有所思的正在把錢從櫃台上收起來。錢幣從他那又胖又粗的手指縫裡滑出來時，就像一條條金魚、紙魚一樣落入口袋，發出悅耳的響聲，但是對那些討厭的銅幣，他連數都不數，用手掌向下一掃，它們就像敲在石頭上一樣，發出單調和沈悶的聲音落入袋子。

　　納賽爾丁阿凡提用眼睛的餘光，觀察著獨眼賊的那隻好眼睛中是否又閃起了那種黃色的火焰，但是他沒有見到。獨眼賊用平靜的目光看著那些金子，他的表情告訴人們他的腦子裡完全在想著別的事。

「今天黎明前我做了一個夢，好像我所插的花條活了並開出了花朵。」他說：「這個夢可信還是不可信？圖拉汗難道還不原諒我，是不是一年之後我還要舊病復發，還要被迫採取那種治病的辦法？」

就在這時，聰明的納賽爾丁阿凡提已經掌握了夥伴的脾性，了解他的想法，知道他的病根所在，於是心裡產生了一個良善的念頭。醫學之父阿布‧阿里‧伊本‧西拿曾經在自己的著作中說，人們健康身體的任何病變都會立即影響人的精神並使其走向反面。納賽爾丁阿凡提受到了醫學之父智慧之泉的澆灌，並將他的教誨用於獨眼賊，取得了成效。

「夢是可以得到應驗的。」納賽爾丁阿凡提的語調盡可能模仿著阿布‧阿里‧伊本‧西拿那種誨人不倦、充滿信任的語氣回答說：「夢是可以得到驗證的。你記住，我有證據相信這次圖拉汗對你發了慈悲並且會原諒你。」

他們的談話被一個外衣袖子手肘處縫有藍邊標誌的寡婦的到來所打斷。她手肘上的藍邊是新的，但外衣是很舊的。據此，納賽爾丁阿凡提斷定她最近才死了丈夫，並且連買一件喪服的錢都沒有。

「啊，仁慈而又高尚的店主，求您救救我的孩子。」婦人向銀號店主央求著說。

「走開，我不施捨。」店主連眼皮抬都沒抬的看著錢嘟囔著說。

「我並沒有求您施捨，而是乞求對您也有好處的幫助。」

銀號店主抬起頭來看了寡婦一眼。

「在日子好過的時候我存下了一些貴重物品，我丈夫死後這一點財產正可以在遇到困難的時候花用。」說著婦人從自己長衫裡掏出了一個小皮革袋子。「現在我的困難日子真的到來了！家裡三個孩子都生了病。」說著她已流下了淚。「我把這貴重物品拿到好幾個商人那兒去賣過，按照最近的法令，不經城市衛兵統督審查誰都不願收買。但是您知道，尊敬的店主，經他審查後我將會錢財兩空、分文不剩。衛兵統督當然會以這些物品是偷來的為藉口將其統統收繳國庫。」

「哼！」銀號店主笑了一下，用手指梳理著鬍鬚。「不管是進國庫還是進到哪裡，反正毫無疑問要被沒收。再則，不經衛兵統督過目，從不知根底的人手中收購是非常危險的。法令中稱為此要挨一百大板和坐牢。但是出於對妳的同情，拿出來看看，妳有些什麼東西？」

婦人把自己那皮革袋子遞了上去。銀號店主解開袋子，把裡面的東西倒在了櫃台上——裡面有象徵婚姻牢固而由丈夫贈送給妻子的份量很重的金鐲子、鑲著大塊祖母綠寶石的一個個金戒指、寶石項鍊、金鍊和一些小件的金飾品。

「這些東西妳想換什麼？」

「兩千銀元。」婦人膽怯的說。

獨眼人用手肘抵了一下納賽爾丁阿凡提，說：「這個婦人只要了這些物品價值的三分之一。我從這兒就可看出，那是印度寶石。」

銀號店主不情願的噘起了厚厚的嘴唇。

「金子是假的，寶石是最便宜的喀什噶爾寶石。」

「他撒謊！」獨眼人嘟噥著說。

「只是因為我同情妳。」店主繼續說：「好吧，總共給妳一千銀元。」

獨眼人的臉色都氣白了，他那黃眼珠裡怒火在燃燒；他向前走去，但是納賽爾丁阿凡提及時把他拉住了。

寡婦在心裡計算著說：「我丈夫說這一塊寶石就花了一千多銀元才買來的。」

「我不知道他對妳怎麼說，但貴重物品也可能是偷來的，這妳可要記住。好吧，再給妳加上二百銀元！一千二百，再多一分錢都不值！」

可憐的寡婦又能怎麼辦呢？她只好同意了。

銀號店主若無其事的把貴重物品放入袋子裡，遞給她一把錢幣。

「強盜！」獨眼人氣得發抖的低聲說：「我自己是一個賊，和賊人打了一輩子交道，但是還沒有見過這樣的吸血鬼！」

可是事情並沒有就此了結，婦人把錢數完之後大聲說：「您給錯了，尊敬的店主，這裡只有六百五十銀元！」

「滾開，滾遠一點！」店主喊了起來，臉紅得更厲害。「要不然我把妳和妳偷來的東西一起交給衛兵！」

「幫幫我！他搶了我的東西！好心的人們幫幫我呀！」婦人眼淚撲簌簌的落下大聲喊著。

獨眼人怒氣沖天，不知這次納賽爾丁阿凡提能否攔住他，但這時正好十字路口上敲起了納格拉鼓。

銀號店舖前出現了帶著一群衛兵的那個大官，他們在市裡巡查完畢，正在打道回府。

婦人一下子閉上嘴，向後退了幾步。

店主合起前臂，向那官人深深鞠了個躬。

那大官人坐在馬上漫不經心的點了點頭說：「向給我們這座城市的商人階層帶來光彩的拉黑木巴依致敬！您的店舖前出現了喊叫聲。」

　　「是的，就是這個女人！」他指著寡婦說：「她在耍賴，大膽破壞秩序，向我要錢，說是有些貴重物品要賣……」

　　「貴重物品？」大官一邊說著一邊笑逐顏開，冰冷的眼裡閃過一道邪光，與之相比，站在一旁的獨眼人的目光卻顯得如同孩子般無邪和膽怯。「趕快把那婦人帶到我面前來！」

　　但那寡婦卻不見了蹤影，因為她為了保住最後的一點兒錢，早已從小巷裡跑了。

　　「這就是一個例子，對待老百姓壓榨有多重，那些惡棍就有多富。」納賽爾丁阿凡提說：「偷竊倒是見不到了，私商面紗下，光天化日裡的劫掠卻大有發展。你去跟著那女人，看看她住在哪兒。」

　　獨眼人也消失在目光中。他還有一個本事，那就是能像在你周遭的空氣中融化了一樣悄然消失，然後又突然在你不知不覺中出現。

　　為了不吸引衛兵們的注意，納賽爾丁阿凡提躲在水渠兩側鑲砌渠幫而堆放的石頭堆後，從這裡可以清楚看見和聽見銀號裡所發生的一切。

　　大官人高興的接受了銀號店主的邀請去喝茶。他倆友好地談論起汗王將要親自光臨賽馬會的事。

　　「除了你之外，我不怕任何對手，尊敬的拉黑木巴依。」大官人用手把鬍鬚朝一邊捋著，一邊說：「我聽說你為了參加這次賽馬會，專門從阿拉伯買進了兩匹駿馬。但直到今天我還沒有親眼見到呢，因為你想來個藏而不露，甚至連你的老婆都沒讓看。那些馬從海上運來，傳說加上運費你一共花了四萬個銀元，甚至連一等獎的獎金也不如你花的錢多。」

　　「是五萬兩千！」說著銀號店主流露出了自豪的表情。「但只要能讓我們偉大的汗王

賞心悅目，錢則不值一提！」

「這是值得稱揚的事，我要把你的這片心意稟告汗王。但是如果我的那些土庫曼馬搶了頭獎，那時你可別生氣。阿拉伯馬，當然不錯，但是儘管如此，我覺得世界上最好的馬還是土庫曼馬。」

大官把各個品種的馬的優點誇大的說了一番。銀號店主洗耳恭聽，用手指摳著大肚子，神祕的笑了一下。

突然，空氣中飄來了一陣芳香——銀號店主的老婆走了出來。這是一位細高個兒、身段優美的女人。透過很薄的面紗，可以看見她那臉蛋兒上的紅胭脂、香粉、睫毛上的睫毛油、眉毛上的蘇里瑪③和嘴唇上的中國口紅。

大官站起身來，說：「向我最親近的朋友之妻——可敬之人中的可敬者、美人中的美人阿爾孜比薇致敬！」

女人低著頭，微笑的還過禮。銀號店主按捺不住的向那大官人誇耀著自己的富有和慷慨，他從袋子裡拿出了那些貴重物品，當場贈給了自己的老婆，並撒謊說是一小時之前在店裡用八千銀元收購來的。他老婆用最好聽的詞語向他表示感謝；她的話是說給自己丈夫聽的，可是眼神卻不住的瞟向大官。沾沾自喜的銀號店主什麼都沒有發現，仍然在一遍遍地談論著什麼買了珍寶的八千、買阿拉伯良馬所付的五萬二和一些什麼其他的成千上萬的錢數。大官人用手捻著那非常漂亮的小鬍子，掩蓋住自己臉上的厭煩和傲慢，假作微笑的聽著。這種微笑是那樣有趣，以至於很多浩罕人都喜愛模仿，然而他卻不容別人對自己露出這種微笑，否則就要用匕首或讒言加以消滅。

「您佩戴上這些珠寶就更漂亮了啊，美麗的阿爾孜比薇。」大官說：「遺憾的是，這些珍寶所飾之天使般的美貌只有您丈夫才有福欣賞。」

「阿爾孜比薇，如果妳把這些耳環和項鍊佩戴上，向我那最親近的朋友——高貴的卡米力別克亮一下妳的容貌這該不算是過錯吧！」銀號店主恭維的把話接過來說，露出一副沾沾自喜的傻勁兒！

女人二話不說把項鍊戴在脖子上，然後揭開了面紗。

大官一下子倒向後邊，啊——地驚歎一聲，好像在這耀眼的美人面前暈了過去一般，用手捂住了自己的臉。

店主自以為是的「噗哧」一聲笑了起來，然後又「嘿嘿」的笑了一陣，直到笑得上氣不接下氣。

納賽爾丁阿凡提從石縫間看到了這一切，搖著頭，心裡想：「你這個黃鼠狼，你有什麼可高興的，你需要從阿拉伯才能買來良馬，但你老婆卻從近處就可得到！」

　　獨眼人回來了，就像是從天上掉下來一樣突然出現在眼前，說：

　　「寡婦的家就在附近。她的確有三個孩子，三個孩子都病了。六百五十銀元還不夠她還帳呢！這個可惡的黑心吸血鬼，害得她到明天一分錢都不剩下！」

　　「你記住這個店舖的位置，也記住那個寡婦的家，這些不久對我們會有用處。」納賽爾丁阿凡提說：「但是現在我們該走了！」他們丟下這官員、丟下了這喜好自賣自誇的銀號店主、他的老婆和他那所有關於成千上萬的金錢、珍寶、阿拉伯良馬和醜惡而又神祕的談話走了。他們所住的茶館位於街道的另一頭，於是他們橫穿過光線暗淡的廣場，從已經打了烊的一排排店舖前路過之後又走了好一陣子。燃燒著的橘紅色晚霞的傍晚格外耀眼，柔美的霞光灑向廣袤的大地。在這金色的晚霞中，一個個塔樓、一座座大清眞寺好像失去了重量，變得暗淡，向天空升騰，準備在那純潔的、靜靜的火焰裡融化。

　　註①謝力夫——偉大、神聖之意。
　　　②阿瓦提——興旺之意。
　　　③萊提莆——美好之意。
　　　④蘇里瑪——中亞及中國新疆一帶民間婦女染眉用的墨綠色染料，一般由松藍的葉子自製而成。

第 十 一 章

　　納賽爾丁阿凡提向街市上所有的人——農民、流動手藝人、街頭丑角們和演雜耍的都問遍了「山上的那個湖」！但是沒有結果，他們根本沒聽說過。「那個湖到底會在哪兒呢？」納賽爾丁阿凡提心裡想，「也許老僧人對木星或是土星早先在這大地上的化身曾經擁有過的一個什麼湖泊，現在由於老糊塗而把它與記憶中的事顛倒混淆，派我在這世界上疲於奔命的到處尋找！」

　　關於爲了讓圖拉汗老人消氣的第二件事也使他很不安。「距節日只剩一個星期了。」納賽爾丁阿凡提心裡又想，「這至少需要六千來塊錢，這些錢從哪兒拿來呢？」

　　有關需要錢的事不能明說，但必須要獨眼人去想辦法。

　　「以前的那些年月裡，在浩罕我隨便可以找到六千塊錢。」獨眼人說：「可是現在浩

罕的人們都變得一貧如洗，那麼重的一袋子錢去哪兒找呢？從那個銀號店主那兒嗎？」

「你還在用你那罪人的頭腦思考事情？」納賽爾丁阿凡提責備他說：「不要什麼都是想當然的就應該去偷，沒有別的辦法了嗎？」

「或是靠賭博去贏來？」

「但是你也可能輸，我們應該選擇一個不會輸的辦法。」

納賽爾丁阿凡提的腦子裡冒出了一個想法，雖然現在還很渺茫，但是他已感覺到了能取得好結果的兆頭。

「就是你、我和那個惡貫滿盈的胖店主三個人之間的遊戲。但是怎樣才能讓他對我們的遊戲感興趣呢？」

「胖銀號店主是孤兒寡母們的吸血鬼！」獨眼人喊了起來。「讓他對遊戲感興趣？與之相比，倒不如讓一隻駱駝穿過針眼還比較容易！」

「要是能直接從他手裡拿到錢就好了。」納賽爾丁阿凡提繼續說道：「讓他心甘情願！當然嘍，自願拿出的話，那個銀號店主到壽終正寢進入另一個世界時就可以好過一點。」

「讓那個吸血鬼自願拿出六千塊！」獨眼人哈哈大笑起來。「剛數到一百個銀元時他就活不下去了！你看他把那錢袋抓得多麼緊，無論如何你都奪不到手的！」

在這小茶館裡的談話直到很晚，臨近午夜的時候還在繼續著。城市在沉睡，街市裡的燈光已經熄滅，只有哨樓上座座炮台旁的一堆堆篝火在燃燒，新月在一座座寺塔琉璃瓦的圓頂上拋灑著冰冷的銀光，並在一座座塔頂上孤獨、憂傷、緩慢的下沉著。空氣很涼，四周一片寂靜。白天，這城市裡是夏天，又熱又悶，塵土飛揚，然而到了天黑的時候，滿天星斗的空中揚起的風卻清爽得出奇，還有那開始變短的夜，這些還都屬於春天。獨眼人鑽進了被窩裡，打著呼嚕睡著了。納賽爾丁阿凡提卻睜著兩眼躺著，眼前展現出一幕幕場景：無邊無垠的高原、遙遠而又模糊的遼闊原野、從天而降的煙雲……

打更的納格拉鼓聲「咚咚」敲了起來，告訴人們現在是午夜時分。這鼓聲使納賽爾丁阿凡提回到了現實——如何拿到胖店主和他的錢袋！旺盛的意志力使他擺脫了那些僥倖的想法。「快點想辦法，我的智慧，想出個辦法來！銀號店主必須完全自願的拿出六千銀元來，他會給的，而且完全是自願的，我是這樣想的，也必然會做到的！」

就在這個時候，胖銀號店主什麼都沒有發現，也沒有感覺到任何不安，鼻子一個勁兒的「呼哧呼哧」響，嘴唇上掛著哈喇子，躺在漂亮的老婆身邊。然而他老婆卻沒有睡著，躺在絲綢的被窩裡面，憎惡的看著他那鼓鼓的、時起時伏的大肚子，回憶著那大官人痴迷迷的目光和那特別漂亮的八字鬍。由於窗外的木板關得很嚴，加之油燈上已滿是

煙灰，臥室裡很悶，空氣非常污濁。「卡米力別克，你可真帥啊。」美人想著。「你的懷抱對我來說是那樣舒適，而身邊這個胖傻瓜那軟綿綿的接觸卻是那樣令人惡心……」女人淫心亂動的這樣想著，眼前還不時的閃現出那漂亮的小鬍子的主人，相信那個大官也在徹夜如此相思，想著想著她慢慢的睡著了。

但是她錯了，在這深夜時分，那個大官正在皇帝的寢宮裡，向國王會報著當天發生的事件，並且總是極盡阿諛奉承之能事，心所思及的卻是：如何讓自己升官晉級、又該如何得到更多的獎金，以及如何擊敗自己的對手……。

汗王的規矩就是這樣，別人可能以為他白天的時間不夠用，實際上並非如此。他只是害怕夜間一人孤獨，因為他長久以來得了氣喘病。這個病使他十分痛苦，宮廷太醫們異口同聲的稟告這個病會一天比一天好起來，不久就會康復，但卻始終不見有所好轉。太醫們是在撒謊，他們不敢直言這病將帶著汗王離開這個世界！

此時汗王靠在好幾個大枕頭上，把頭支起來仰臉躺著，把厚厚的被子揭開，掀在一邊，那薄薄的絲綢襯衣下骨瘦如柴的胸口裡發出「呼呼嚕嚕」的哮喘聲，艱難的呼吸著。雖然寢室的窗戶是開著的，香爐裡也冒著香味，但他還是感到空氣不夠用。

「市場關閉之後，」那個大官人匯報說：「卑臣看到全城已經平安無事，於是為了親自視察下一次賽馬會的準備情況而來到了賽馬場。」

「你去年也是親自去視察過的。」汗王打斷他的話說：「但是儘管如此，還是把一匹良種馬的腿折斷了。如果這次再有個坑坑窪窪的話，我拿你是問！」

「這次卑臣用腦袋向陛下做保證。」大官人彎著腰卑微的說：「我希望我的土庫曼馬會讓我們的汗王賞心悅目。」

「我聽說你的那些土庫曼馬已經有了對手。有一個店主，名字我忘記了，聽說他花了五萬多銀元從阿拉伯買來了良種馬，那些馬你見過沒有？」

「汗王陛下，卑臣見過。」那大官在睜著眼說瞎話。「那些馬是沒得說的，但是要想與我的那些善跑的馬相提並論，還差之甚遠。我還要補充一點，那店主把價錢吹抬得太過高了，那些馬，據卑臣的密探們的可靠消息，只付了兩萬多一點。」

「兩萬塊？兩萬塊錢買來兩匹馬算是什麼好馬？他不會把長了癩的馬拉到我面前吧！」

「那店主是個下等出身的人，他哪裡懂得高尚的禮節。」那個大官隨機說了一句。

大官人把自己未來在賽馬場上的對手——胖銀號店主詆毀了一番，然後又接著轉向貶低宮裡的其他對手。他還用懷疑的語氣對花了很多錢請了八十多位客人的金庫大臣、主管稅賦的宰相以及他們的同夥、還有嗜來嘎迪[1]麻煙如命的後宮總管加以指責。

　　然後，那個大官爲了向自己最大的對手發起進攻而放慢了速度。他所做的這些進攻準備，就好像是一個精明的園藝師在花房裡悉心培育出的昂貴的樹苗。這個對手就是曾經率領浩罕騎兵取得多次勝利、身上留有多處敵人刀痕劍跡的光榮戰士──綽號「大無畏」的亞第凱爾別克。馬屁精、膽小鬼和下賤之徒們往往看不到這些偉大、勇敢者們高尚的心靈；那個大官人嫉妒亞第凱爾別克說話直截了當，特別是普通百姓喜歡他、打心眼裡尊重他，對此他也恨之入骨。

　　亞第凱爾別克體魄高碩、神情嚴肅，已經有些蒼老，蓄著黑白相間的鬍鬚，只是把能標明他擁有軍權的唯一一枚羽狀金牌別在普通的裹頭布上。他總是穿著手肘已經油污發亮的舊絲綢大衣，腳上蹬著底兒和尖兒已經在馬鐙上磨舊、筒子在馬絨毛上摩擦得發黃了的靴子，帶著從年輕時就侍奉他、至今已經衰老無力、快要瞎了的唯一一名隨身衛兵。亞第凱爾別克略向前駝著背的騎在自己那被滿身刀痕所裝飾的老公馬上，當他從街道上走過時，人們就安靜下來，尊敬的低聲議論這位戰士，站到兩邊給他讓路。但是他以前的一些戰友，與他一樣花白鬍鬚、臉上也有一些眞正的戰鬥痕跡的人們則坐在茶館裡，對他說：「讓眞主賜予您平安，大無畏！什麼時候出征您可別把我們忘了，我們還有力氣戰鬥！」每年一度在宮殿裡露面時，這個老戰士總是一言不發，並且對自己的英雄事蹟隻字不提。但是他臉上的那些刀痕劍跡，卻總使人回憶起過去那一場場戰鬥中催人奮進的軍號聲、大刀寶劍的「嗖嗖」聲、戰馬的怒嘶聲、盾牌的「叮噹」聲和聲點整齊、殺氣騰騰、震天動地的納格拉戰鼓聲。

　　從未參加過戰鬥、沒有見到過敵人閃光的大刀在自己頭上飛舞的大官人，豈能那麼輕易的忍受這一切？不讓這個對手一敗塗地、低下頭、綁住他的雙手、讓兩個衛兵壓住他的脖子和雙腳，卡米力別克這一輩子也就沒有上戰場的機會。

　　「嗯，又是什麼事？」國王問道，並且大聲打了個呵欠。好一陣子了，他雖然感覺到自己那腫脹的眼皮越來越沉重，但是香甜的睡意卻總是遲遲不到。

　　大官人躬著腰，低下身體，從頭到腳都在發抖。這就是他長久以來所等待的時機！

　　「尊貴的國王大人，卑臣有一句肺腑之言。」

　　「說啊！」

　　「我擔心說出來，會給強大無比的國王那偉大的心靈上增添煩惱而有所顧慮。」

　　「快說吧！」

　　「是關於軍隊統帥亞第凱爾別克的事。」

　　「亞第凱爾別克嗎？他做了什麼？」

　　大官人稍稍咳了一下，但他還是壯著膽子、克制住心中的衝動，振振有詞的說：

「我有一次正好碰上他在做壞事！」

「你是說亞第凱爾別克做壞事，是嗎？」國王格外詫異的大聲問：「你瘋了！如果是其他人我可能相信，但是亞第凱爾別克絕不可能！」

「確實是他做壞事啊！」大官人重複了一遍，堅決的回答說：「這件事有不可爭辯的證據，是在六年前他老婆過世之後所發生的。」

「我知道！」

「這個色鬼亞第凱爾別克，不願按照法律和真主規定的規矩結婚，兩年來卻和一個叫夏拉法特的波斯女人廝混。」

「我知道。」汗王打斷了他的話。「這個女人不是沒有丈夫嗎？他男人五年前帶著自己的商隊在去印度的路上的一個不知名地方死去了。」

「國王大人，請垂聽小人一言，法令公布已有兩個月了，亞第凱爾別克與這個女人的來往仍然沒有中斷，也就是說他是有罪的並且應該依法懲處。」

「我再說一遍，如果她沒有男人，有什麼必要讓他們中斷來往呢？」汗王提高嗓門，話語中帶著不耐煩的怒氣。「你不能跑到這裡來執法，這裡誰都無罪，你囉唆什麼！」

他到底是一個大王朝的皇帝，他為了不讓別人一意孤行並使自己的王朝毀於一旦，格外小心的關注法律的正確和全面的執行。

「國王大人，您是在垂問執行法令的可能性？」那大官人像野獸般的把鬍鬚動了一下，還不停喘著氣。「但是，如果那個女人還沒有成為寡婦，婚姻關係也還沒有依法解除呢？如果她的男人還活著呢？」

「你說他還活著？那這五年裡他跑到哪兒去了？」

「他還活著，在印度的陣夏瓦爾市淪為奴隸。卑臣的監獄裡關著兩名陣夏瓦爾犯人，去年因發現他們在街市裡施弄巫術，有反對偉大的汗王——您的野心，才把他們關進大牢的。他們在一審中就供認自己的罪行了。按照法律卑臣判了他們徒刑，最近在更審中，他們提到這個女人的丈夫已經成了一個悲慘而又可憐的奴隸。他給他老婆帶了三次口信，求她帶錢去把他贖出來，但是他老婆，我把握十足的說，已經和亞第凱爾別克相處甚密，沒有給她丈夫回信。就是這樣，國王大人，陣夏瓦爾人在審訊時供認的情況就這些。我還要說的是，這二人所供情況一致。」

「在你審訊時那二人口供互相吻合。」汗王垂著眼皮微笑著說：「如果亞第凱爾別克因為這樣一個可笑的原因被關押起來，那我的臣民百姓們會如何想？士兵們會怎麼說？我完全可以看出，你在撒一個瞞天大謊！」

由於那大官人太厚顏無恥，而他先斬後奏的審判以及他那兩撇小黑鬍子不住的亂

動，引得國王生氣。這他還嫌不夠，又讓國王爲自己喉嚨裡那憋死過去的病復發而擔心。正因爲如此，汗王的話把他噎得喘個不停，並且話裡帶毒。

「我說你在撒謊！陴夏瓦爾人一年半之前就被關起來了，但是關於他們看到這個女人的丈夫的事才剛剛供出來，爲什麼這麼長時間他們沒有說出來？」

「他們拒絕交代，抗拒，直到現在才交代。」

「你說他們抗拒交代？」汗王臉上的笑容更加明顯。「你剛才不是說，他們因施行巫術罪而在第一次審問中就供出了這一切嗎，但是關於對他們來說沒有任何危險的女人的丈夫的事卻抗拒交代達一年半之久，是不是？這種情況出現在你的獄中、你的手裡？這難道不有一點奇怪嗎？」

大官人明白自己選擇了一個不利的時機。在汗王情緒不好的時候，他會不分青紅皂白，碰上誰就對誰發一頓狠毒。今天晚上，大官人應該借故有病而不進宮見駕，並且絲毫不露馬腳的派另外一個人到國王那裡去挨罵。但是他錯了，那些專事阿諛奉承而又別有用心的人往往容易犯這樣的錯誤——第一個開口的人要挨第一個耳光。

「啊，宇宙的心臟——我們偉大的汗王，卑臣對亞第凱爾別克好色貪淫之事早就有所察覺。如果說以前這方面卑臣沒敢向陛下稟報，那只是考慮到這樣的壞消息對您的龍體不利。」大官人開了口，他一邊想扭轉局面，達到自己的目的，一邊深深的鞠躬，做出搖頭擺尾的姿態。

事情並不如他所期望的那樣，這是他的一個不幸之夜！

「你說你對亞第凱爾別克的淫蕩行爲早有察覺？」汗王問道：「在哪裡？你又沒和他在一起，你怎麼知道？他還和誰，難道和自己的戰刀做壞事？現在我反而察覺到另外一個人，這種癖好在另外一個人身上，爲了做這種事只要一有力氣和時間就把鬍鬚梳理得高高的，並且穿上這種洋高跟鞋，走起路來就像中國太太。這敗壞的跡象還要到哪兒去找呢？我不擔心，要找到這些證據並不需要很長時間。」

大官人感到腳下的地都在搖晃，鞋跟像斷了似的，汗王是在詐我呢？還是得到消息了？也許他都知道了，甚至就連阿爾孜比薇的名字都知道？也許，他在像抓住了老鼠的貓一樣不慌不忙？這些想法就猶如可以把蜜棗樹都連根拔起的阿拉伯旋風一樣，在那官人的頭頂上旋轉並「呼呼」作響。

現在他的陰謀落空了，他必須馬上擺脫這自己設下的圈套！

他感覺到自己面色蒼白，於是躲開了燈光，清著自己的喉嚨，長時間的咳嗽著。

他不能轉身背對汗王退下，而應伺機狡猾的退出，這大官人本來就是個膽小鬼，於是他一轉口吻，說：

「偉大的汗王陛下永遠正確！」他帶著過分的熱情大聲說道：「是您史無前例的英明，揭開了那蒙住我雙眼的簾幕。現在我才明白，那兩個陣夏瓦爾人是在貶低高尚的亞第凱爾別克、貶低他的英勇和榮譽，進而達到詆毀浩罕王朝的光輝的卑劣目的，他們居心叵測。明天我就重新審問這兩個陣夏瓦爾人。」

汗王一言不發的坐在那裡聽著，他那薄薄的嘴唇上慢慢的露出了一絲微笑，並且眨著眼睛。這種微笑意味著什麼，在這微笑的背後隱藏著什麼，有些話一旦從汗王嘴裡說出之後會帶來什麼災難？那大官人努力避開這些話題，結結巴巴，狼狽不堪，臉色越來越紅。

「今天晚上是多麼不平凡呀！」他大聲說著。「由於我們國王的無比英明，罪惡才被揭穿，冤情得以昭雪！現在卑臣的心可以安下來了，卑臣眼界大開，靈魂得到了淨化，恕卑臣就此告退了。」

大官人的每句話都如同海誓山盟般，一邊還躬著腰退向那救命的門檻。這寢宮很大，他沒有能夠邁出離開那門檻的最後一步——雖然他的右腳已經邁出門檻，但他還一邊鞠著躬，一邊抬起左腳。再過一秒鐘他就可以走出去得救了，可就在這時，仇恨之箭射中了他。

「等等。」汗王說：「嗯，到我跟前來!」

大官人被叫了回來，用無光的眼神看著國王那慢慢召喚他的手指頭，就好像有一條無形的繩子套在脖子上，被牽著從他剛剛退出來的路上又走上前去，但這回來時的每一步在他心裡都伴隨著劇烈的震顫。

「他們，你的那些陣夏瓦爾人此刻在哪裡？」汗王問道。

「稟汗王陛下，他們在牢房裡。」

「我要親自審問他們！」

大官人頓時感到眼前一陣發黑，頭發暈。但是他的舌頭卻甩開了腦袋裡的智慧，還在照常動彈的說：

「汗王陛下，等天一亮他們就會被押進宮來。」

「不必等天亮，現在就去。」汗王說：「反正我也睡不著，和他們弄個水落石出！」

「他們還沒有做好進宮的準備。」那大官人喃喃的說：「他們衣服襤褸不堪、頭髮和鬍鬚長得很長、蓬頭垢面。」

「沒有關係，實在不行的話，我們可以命人把理髮師叫醒。」

「他們臭不可聞，令人作嘔……」

「我會讓他們站遠一點兒，站在打開的窗前。我要仔細審問他們關於那個女人的丈夫

之事——他是怎麼到陣夏瓦爾去的，誰使他成為奴隸？以及他們二人入獄之前的施行巫術之事。我還記得，那時因你表現得很賣勁兒而得到一萬或者甚至是一萬五千銀元的賞金。我要親自聽聽他們的口供。為了讓他們感到自由一點兒，你先出去，當然，我一聽就全都會明白的。來人啊，哨兵！」

汗王用一個小錘子敲了一下掛在燈架上的小圓銅鑼。

宮廷衛隊長走了進來。

「你先暫時待在那裡。」國王對那大官人說：「你帶四個衛兵，到牢房裡去把那……」

但恰恰就在這時，汗王的氣喘病發作了，他的喉嚨和胸口裡就如同塞滿了剪碎的馬鬃毛一般堵得慌，開始用自己那無情的手卡住自己的喉嚨。汗王搖晃著身體，臉色脹得發紅，一會兒又變得發紫；乾咳使他那皮包骨頭的全身上下都不住的發抖、震顫，他瞪著眼睛、舌頭向外伸著。端著盆子、拿著毛巾和罐子的夜間太醫們跑了進來，慌亂開始了。

大官人自己也不知道是如何從宮裡出來的。

要不是氣喘病發作讓國王昏厥過去，那麼這天晚上就會是那官人好日子的最後一個夜晚。

大官人來到了廣場上，在清爽的夜風中才算清醒過來。

危險遠去了，但是並沒有徹底擺脫——汗王恢復過來之後還會想起那兩個陣夏瓦爾人的事並把他們傳到宮裡。

應該馬上採取行動，讓那兩個陣夏瓦爾人在日出之前變得無影無蹤。

但是用什麼辦法呢？

大官人不知該怎麼辦才好。

如果他昨天把這兩個人祕密處死的話還來得及，而且這方面誰也說不出什麼來。但是這種慣用了的伎倆現在已不能再用，搞不好除了這兩個陣夏瓦爾人的腦袋之外，還要賠上自己的腦袋啊！

大官人只剩下一個從來都沒用過的招兒了——讓他們逃跑。

就這麼定了，那官人忙向自己的衛府走去。那裡有不需多問就可辦妥一切事宜、事後又守口如瓶並且隨時準備為他效勞的忠實奴僕們。

那天晚上引起汗王注意的巫師——兩個陣夏瓦爾人，原來是一起來到浩罕工作掙錢的普通石匠。已經年紀不小了的這些人這輩子從來沒有沾過什麼巫術的邊，都是那個大官人為了升官發財而編出來的謊言。

為了給在監獄裡坐了一年半牢的陣夏瓦爾人教會這最新的供詞，必須要把他們叫到

刑塔上去一會兒，這些新供詞與頭一回所教給他們的一樣亂七八糟：什麼一個女人、和誰在什麼地方、在什麼時候因施行什麼巫術被貶爲奴隸，他丈夫不願花錢去把她贖出，或是一個成了奴隸的人的老婆不願出錢去贖他的丈夫，或者他們兩人都成了奴隸；要不就是對哪個老軍隊統帥施行巫術魔法，把他變成了名叫夏拉帕特的波斯女人。總之，這些陴夏瓦爾人已經暈頭轉向，他們憎恨監獄；現在他們相信第二次審問後他們將無法擺脫死刑，來日無望！

天還沒亮，三個獄卒來到大牢裡，打開了鐵鎖鏈；那兩個陴夏瓦爾人絕望地等待著他們。

兩個獄卒爲了達到預謀而保持著必要的平靜，並與陴夏瓦爾人一塊兒上去了，第三個獄卒則留下來收拾鐵鏈。

一切都按大官人的事先安排進展順利，但是突然出現了沒有預料到的麻煩——堅信自己就要上刑場的兩個陴夏瓦爾人要求請一個毛拉②，由於他們篤信宗教，不願沒有洗清自己的罪過就去見阿拉。

無論怎樣說服解釋都沒能奏效。

獄卒們又把他倆分開，用假裡假氣的語調小聲告訴他們說你們將走向自由，並努力使他們相信。

陴夏瓦爾人不敢相信，並且更加堅決的要求派一個毛拉來。

寶貴的時間一分鐘一分鐘的流逝，黎明越來越臨近，要實施他們的陰謀已是刻不容緩。

把陴夏瓦爾人強行拉出監獄的計畫沒有取得成功，因爲他們大喊大叫，監獄裡的其他犯人也都隨之大聲呼應起來。

監獄距皇宮很近，這聲音可能傳到那裡。

爲了謹慎起見，他們必須向等在牢房外不遠的大官人回報。

大官人沒有爲此安排可靠的毛拉，他雖然老奸巨猾，機關算盡，但是卻忘記了這兩個陴夏瓦爾人是伊斯蘭教的忠實信徒。

要是從外邊叫來毛拉，那樣會洩密。

大官人在心裡不住的咒罵、埋怨，命令一個衛兵穿上毛拉式的白大褂、裹上白頭布並讓他到陴夏瓦爾人那兒去。

出現的毛拉裝出一副假相，來到陴夏瓦爾人面前正準備念經，但這時他嘴裡卻開始出現連自己也沒想到的多年來已說慣了的壞話，這被陴夏瓦爾人看了出來。

衛兵的這個錯誤成了敗壞整個計畫的罪魁禍首。

　　被剝奪了臨死前祈禱權利的抗議聲越來越強烈，看到在自己生命的臨終時刻、在這最重要的事情上都要被蒙騙的陣夏瓦爾人，比原先更加大聲的喊叫起來，其他犯人們也都隨之怒吼不止，那聲音大得就像地震時發出的巨大的隆隆聲，開始從下邊傳出。

　　衛兵們又向那官人做了回報。

　　大官人急得咬牙切齒，因為東方透出的白色晨光已經在他臉上投下了一絲暗影。

　　時間在流逝。

　　黎明在逼近。

　　計畫正在走向破產。

　　陰謀詭計面臨敗露。

　　恐慌不已的大官人決定採取最後的辦法。

　　他下令報告囚犯越獄逃跑，並且命令宣話人喊話，吹起喇叭，敲起納格拉鼓，狠狠的撞擊盾牌、搖晃火把，還讓人們一起拚命吶喊。

　　然後他命令在這嘈雜和混亂之中把這兩個陣夏瓦爾人綁起來，用破布堵住他們的嘴，不讓他們亂喊亂叫，再裝入厚厚的布袋裡，用快馬馱著，派四個可靠的衛兵從南大門送出。

　　他還命令追拿逃犯的人們向北面的城門跑去。

　　這些都照辦了。

　　喇叭聲在號叫，納格拉鼓聲震天響，火把通明，到處是一片「抓住，追呀，抓住他們……」的喊聲。

　　大官人騎在一匹鐵青色的馬上，拔出大刀，翹動著鬍子，好像聽到了喊聲才剛剛趕到監獄前一樣，在火光下策馬奔來跑去，他用粗大的嗓門下著命令。

　　「向北城門那邊追！」

　　衛兵們朝北城門奔去，跑在最前面的就是騎著鐵青馬、在頭頂上揮舞著大刀的大官人。

　　那兩個陣夏瓦爾人在大布袋裡憋得喘不出氣來，被那快馬馱著直向南面奔去。

　　不住的奔走了兩個小時之後，衛兵們在到達了位於稠密的蘆葦地和山林間的廢棄墳地時才停住腳步。

　　陣夏瓦爾人被衛兵們從布袋裡放了出來，他們都快喘不過氣來了。

　　黎明的陽光、清新的晨風、還有淋在他們頭上的渠水起了作用。

　　陣夏瓦爾人清醒了過來，能聽出人們的話音了。

　　雖然他們所聽到的話十之有九是壞話，但總歸陣夏瓦爾人明白自己的確已經被釋放

了，於是對使他們在必死無疑的命運中這麼容易就獲救了的阿拉不住地磕頭感謝。

衛兵們命令他們繼續向前穿過國界，今後不得再次踏上浩罕的土地。

兩人得到了五十銀元，這是大官人爲了買通邊境哨兵所指定錢數的一半。

另一半錢已被衛兵們私分了。然後他們跳上馬向浩罕方向奔去。

兩個陣夏瓦爾人被留在原地，他們首先要做的就是長久在牢房裡被剝奪了的淨身③之事。

然後，他們把大衣鋪在地上，讓那消瘦的臉向著神聖的麥加方向開始做起祈禱。

他們對這奇蹟的出現，用長時間的祈禱做了報答。

做完祈禱之後，他們心中唯一的渴望就是今後靠勤奮的勞動生活，以一個普通人之心自食其力，安分守己。

他們把得到的錢各分二十五塊，並且爲了等到在沒有收入的困難日子裡返回家鄉所用，而把錢藏在了自己身上。

但是直到後來，他們都沒有弄明白自己怎麼又得到了這陽光、這綠葉還有這鳥兒的歌聲並爲之欣喜，也沒能明白在一年半前他們由於什麼原因被抓並關入大牢，今晚爲什麼又出乎意料的從獄中被人拉出來扔在這野外。他們一邊談論著自己的囚徒經歷，一邊艱難的離去了。

他們驚嘆眞主的無比英明、人世間命運的跌宕，還有在別人看來既普通而又不可理解的許多神祕的事情，不住的搖著腦袋。

第二天他們毫無阻擋的只付了二十五個銀元中的十元就從浩罕的南部邊界通過，並且當晚就爲一個新建的清眞寺敲鑿石料，開始勞動。

他們這樣邊走邊找工作的慢慢向自己的家鄉走去，並且終於迎來了高興的日子，平平安安的與家人團聚了。

他們未來的命運不可得知，但他們今後再也不會落入那私欲氾濫的渠水推動著的狡猾水車，以及貪婪的浪潮驅動著的、專事讒言誹謗的齒輪和看不見的磨盤碾軋著假穀子的大名鼎鼎的「水磨房」的圈套……

圍繞陣夏瓦爾人捲起的狂風沒有吹進納賽爾丁阿凡提和獨眼賊所住的茶館，這裡只能聽到監獄那邊傳來的隱隱約約報信的納格拉鼓聲和喇叭聲，還有向北城門「喀喀噠噠」奔去的馬蹄聲；後來，到天亮前，一切都靜了下來。

月亮隱入天邊，藍色的煙霧代替了黎明前的黑暗。可是納賽爾丁阿凡提的思緒還繞著那個胖銀號店主和他的錢袋子，睜著眼睛躺在那裡。

爲了能騙到銀號店主的六千銀元，他的頭腦中閃過了上百種狡猾的辦法，然後又一

個個地都否定了。「用假利來吸引他上鉤？」納賽爾丁阿凡提想：「要不然用敲詐的辦法？」

突然，有一個主意像一道閃電似的使他從頭到腳都激動了起來，這不就是讓店主打開錢袋子的最好辦法嗎？一切都好像在這道白熾的閃電下被照得清清楚楚。疑團消失了！

這道光的力量是如此強大，以至於從納賽爾丁阿凡提身邊閃過，波及到城市的另一邊，即銀號店主家。銀號店主在被窩裡不安的翻來覆去，喘著氣，哈喇子從他那肥厚的嘴唇邊滴溜著。他用手捂著肚皮的左邊，也就是不論何時都綁著錢袋子的那一邊。

「唉！」他嘆了一口氣，用手肘搗了一下他老婆說：「我剛才做了個噩夢，夢見我被絆了個跟頭，從台階上摔了下來，跌進一個布滿燕麥的坑裡，我的錢袋和我都被一條灰色毛驢吃進了肚子裡。後來驢子拉屎時把我和驢屎一塊拉了出來，但錢袋卻不見了，被留在驢肚子裡了。」

「安靜，別趕跑我的瞌睡。」他老婆生氣的回答說，但她心裡卻在想：「漂亮的卡米力別克絕不會做這樣不像樣的、丟臉的夢！」女人望著透進來一絲晨光，對自己、對這店主、對卡米力別克來說都充滿麻煩的窗戶，想入非非。

註 ①來嘎迪——地名。這裡指產於來嘎迪的麻煙。
②要求請一個毛拉——按伊斯蘭教習俗，處死犯人前和下葬時要由毛拉念經祈禱。
③淨身——按照伊斯蘭教教規，教徒們做祈禱和誦讀《古蘭經》前要用水洗淨臉、手、腳和其他器官，也稱小淨；在乾旱少水的環境中也可以沙代水，象徵性的代淨。

第 十 二 章

天終於大亮，這個早上給納賽爾丁阿凡提帶來的卻是從未有過的艱難和煩亂。

納賽爾丁阿凡提讓獨眼人留在茶館裡，太陽一升起，他自己就向市場上賣舊衣服的最邊遠的那頭兒走去。在那裡他廉價購買了舊地毯、舀水的葫蘆瓢、一本舊漢文書、鍍了銀的鏡子、一串項珠和一些七零八碎的小東西。然後沿著河岸來到了一座名為斷頭橋

的橋邊。

這座橋的名稱這樣令人心生畏懼的原因是，早先被砍下的人頭都用橛子尖兒扎上挑起來立在橋上；現在按照汗王的命令，為了讓宮殿裡的人們能直接看到這挑著的人頭而把那個橛子立到廣場中央去了，但這座橋至今仍然保留著那可怕的名稱，歸巫師和占卜先生們管轄。

能預卜人們命運、無事不通的這些奇人們平常至少有五十多人坐在這裡。他們之中威望高一點兒的，常坐在橋頭上用石頭砌疊的洞窟裡；還沒有達到這個級別的，則把自己的毯子放在石窟附近，然後自己坐在上面；三等的巫師，也就是最小的嘍囉們則隨地而坐。每一個巫師前的毯子上都擺放著巫術用具——豇豆顆粒、褐鼠的骨頭、盛著神奇的古力庫郁耐爾①泉水的葫蘆瓢、烏龜殼、西藏草籽，還有很多為了預卜未來之謎所需要的其他東西。因造詣較深而能數得上的幾名巫師面前，擺放著已經很破舊、頁面由於時日太久而發黃了的厚厚的書，這可以用來嚇唬那些看不懂的人們，使人們害怕得發抖，因為那些書裡印有各種神符和咒語。巫師頭目則必須在得到其他所有人的允許後，才可以在自己面前擺上那令人好奇而又害怕的東西——死人的骷髏頭。

根據所卜之卦的不同，巫師們又嚴格的分為幾個種類：有的占卜姻緣和離婚，有的占卜生死和遺產繼承，有的占卜愛情，有的占卜生意，有的占卜出門旅行，有的占卜病禍。他們各司其職，不能嫌收入少。從早到晚，這斷頭橋上總是吸引很多人來，到太陽落山前，這些巫師們的錢包裡都裝滿碎銀子和銅分幣，沉甸甸的。

納賽爾丁阿凡提來到首席巫師那最大的石窟前，這首席巫師是一個又乾又瘦、滿臉皺紋、皮包骨頭的老者，他身上的衣服就像架在木頭棍兒上一樣，他面前放著的人頭骨恰似他自己的頭從肩膀上摘下來擺在那裡一樣。納賽爾丁阿凡提做出一副順從的樣子，請求他指給一塊可以放小毯子的地方。

「你想替人占卜哪方面的事？」老頭兒用呻吟一般的話音問。

其他巫師想聽他們的對話，紛紛從各自的石窟裡把頭伸出來，他們的目光中充滿了惡意。

「又來了一個。」左面的胖巫師說。

「我們在橋上的人已經夠多了。」另一個人補充說。他臉向前突，像黃鼠狼，從上嘴唇裡突出的獠牙總是咬住下嘴唇。

「昨天我連十個銀元都沒有掙到。」第三個人抱怨說。

「還會有新的人來！他們到底都是從哪兒來的？」第四個人說。

納賽爾丁阿凡提不希望自己被另眼相看，所以他提前就準備好了一番甜言蜜語：

「能未卜先知人間命運的大師們，對你們來說，我這個對手並不可怕。我要算的完全是另外一些事，我既不算商運、愛情，也不算喪葬，我只算偷竊和找回被偷的東西。不是吹牛，在占卜這種事情方面能比得上我的人我還沒遇見過。」

「你是說偷竊？」巫師頭目問道，跟著他「噗哧」一笑，大衣下的骨頭架子也突然「嘎吱嘎吱」的響了起來，並且不住的顫抖。「你說的是偷竊和找回被偷的東西？那樣的話隨便坐哪兒都行，反正你一分錢都掙不到！」

「一分錢都掙不到！」其他人都附和著頭目的笑聲說。

「你所要占卜的那種事在我們這座城市裡已經無人重視。」老頭一言概之。「浩罕的偷竊行為已被連根拔了，你最好還是到赫拉特或者是花剌子模去吧！」

「到……」納賽爾丁阿凡提生氣地說：「現在我身邊只有八個銀元，哪兒有盤纏呢？」

納賽爾丁阿凡提裝出生氣的樣子，嘆了一口氣，走到一邊，把小坐毯鋪在石條上。

街市裡四處在喧嘩轟鳴。商舖都已開門了，一排排店舖行列裡熙熙攘攘，廣場上的一切都動了起來。商人、工藝匠、不孕的婦女、祈盼著能嫁給新男人的有錢的寡婦、有了情人而心中燃起愛火的人、希望得到遺產的和其他遊手好閒的年輕人開始圍在橋邊，越聚越多。

事情越來越有趣！許多看來是密不可揭的未來，在這裡都可以揭去面紗，暴露在你的面前，即使隱藏在最深的角落裡，都無法逃過這些天不怕地不怕的巫師們銳利的目光。對我們來說那強大而又不可戰勝、不可逆轉的命運在這裡顯得很悽慘，每天都遭受著各種從未見過的懲罰；命運在這裡不是一位全權公主，只能說是以擺弄著人頭骷髏、滿臉皺皮的老頭為首的無情巫師判官們手下不幸的犧牲品。

「我能從再一次婚姻中得到幸福嗎？」一個成年女人顫抖的問，然後等待著回答。

「是的，如果清晨黑鷹不飛進你的窗戶裡來，那妳就會得到幸福。」巫師說：「還要避免使用老鼠弄髒了的碗罐兒，千萬不要用它們吃飯、喝水。」

就這樣，那個寡婦並沒有去多想那些可怕的黑鷹和令人惡心的老鼠會對她產生重大影響就離去了。然而，威脅那寡婦家庭安寧的危險恰恰來自這些算命的巫師，如果那寡婦指責說你們的預言沒有得到驗證，他們就會用各種花言巧語來辯解。

「有一個撒馬爾罕人要給我十八捆羊毛，這事對我有利可圖嗎？」一個商人問道。

主卜商運的巫師開始數起褐鼠的骨頭，撒著豆粒兒，然後裝出一副深思熟慮的樣子回答說：「買！但是在你付錢的時候，在你周遭一百步以內不能有禿子。」

商人邊走邊發愁，因為在街上要想知道人們裹頭布裡和帽子下的腦袋哪個是禿子並擺脫他們的晦氣是很難的。

　　但是這些算命先生們中的第一把金交椅，毫無疑問，應該屬於那個掌管人頭骨者。他才是這個行業中真正神通廣大、無卦不靈的高手！每當他要動手去觸摸那最重要的神符——人頭骨之前，都先要意味深長的振動起那毫無血色的嘴唇，並以這種可怕的表情把一個乾蛇皮吹鼓，再用眼睛盯著烏龜殼，並把那葫蘆瓢裡盛著的古力庫郁耐爾泉魔水聞一下，最後才輪到人頭骨。這巫師瞪著眼睛，嘟噥著一些讓人聽不懂的話，然後那滿是皺紋、乾瘦如柴的手才慢慢向前伸去。但是他突然像被燙著一樣又把手縮回來，然後再反覆伸出去、縮回來。最後他才把人頭骨拿在手中，慢慢的舉到耳邊。這時被嚇壞了的信徒們的眼前有兩個人頭骨：一個是空骷髏，另一個是被一張乾人皮包著的人腦袋。這兩個腦袋還要進行一場令人毛骨悚然的對話——那骷髏似乎在「嘰嘰咕咕」的說著什麼，皮包骨頭的腦袋在聽，看過這一番表演的人誰還敢不向他扔銅錢呢？於是都不由自主的把手伸向錢袋子，紛紛掏出銀幣。

　　一天、兩天、三天過去了，沒有人要求納賽爾丁阿凡提幫助找回丟掉的東西。他一次都沒有去翻看那本漢文書籍、聞那瓢裡的水。

　　每到傍晚他開始收起自己的小毯子時，別的巫師們就嘲笑他，七嘴八舌的說：

　　「他今天又一分錢都沒掙到！」

　　「唉，你呀，占卜偷盜的巫師，你那八個銀元還剩幾個？」

　　「這位古今中外從未遇到過對手的大師今天晚上吃什麼？」

　　納賽爾丁阿凡提假裝生氣地一聲不吭。

　　第四天，令全城的人們甚至連竊賊們都感到幸福的時刻到來了。從古至今從未聽說過、史無前例的偷盜醜聞使所有的人都感到震驚和恐慌——胖銀號店主春天買來並訓練好準備參加比賽的那些阿拉伯良種馬昨晚被盜了。

　　關於偷盜的消息一大早就不脛而走，人們在街頭巷尾交頭接耳的傳播著，到了中午人們就已經敢於大聲談論了，而到了傍晚，在大街小巷，各處的宣話人則敲著納格拉鼓、吹著喇叭宣告，將對提供線索的人按每匹馬五百銀元的數目給予獎勵。

　　橋上的巫師們陷入了一片慌亂，他們的目光落在了納賽爾丁阿凡提身上。

　　「趕快去把那五百銀元弄到手！」

　　「去把這筆錢弄到手啊，你怎麼不著急？」

　　「他看不上這麼一點兒獎金，他還想等五千銀元的大獎呢！」

　　這些令人討厭的鼓譟快要使納賽爾丁阿凡提窒息了，他心裡開始燃起怒火。

　　但他克制住憤怒，等待著高興時刻的到來。

註①古力庫郁耐爾——地名。

第 十 三 章

這時候，整座城市裡的居民更加激動起來。

銀號店主氣憤至極，因此而病倒臥床了。

關於陣夏瓦爾人先前神祕出逃之事，才剛剛被汗王責問並訓斥過，那大官人已被弄得垂頭喪氣，感到筋疲力盡，可是現在他又面臨著另一個更可怕的質問。聽到這個消息，大官人臉上的表情好像是雷鳴閃電前的烏雲，但是在這些烏雲中好像不時的又露出一絲陽光——他臉上時而流露出一點幸災樂禍的微笑，他那些土庫曼馬的危險對手——阿拉伯良馬不會在賽場上出現了，這正中他的下懷。

夜裡，汗王把大官人叫到了自己的寢宮，質問非常簡短，只是一方發問，另一方只需在必要時低頭稱是、捻一下鬍子、滴溜溜的轉一下眼珠子或舉起雙手和用其他姿勢代替語言，這就足夠了。

大官人從國王的寢宮裡出來的時候臉色黃中帶綠，他下令把手下所有的高級、中級官員都召集來。

大官人與他的下屬們之間的談話比與國王的談話更簡短。

那些高級、中級官員也只是對自己的下屬發號施令，下屬們無非是挨幾句罵人的話。

輪到最低級別的，也就是普通密探和衛兵們的時候已無話可罵了，只有挨拳頭的份了。

長久以來浩罕都沒有出現過這樣的不安之夜了！廣場上和大街小巷到處都是武器的叮噹聲，在月亮冷寒的煞氣下，大刀、長矛、盾牌……刀光劍影齊飛，衛兵們正在巡拿盜馬賊。一個個哨樓的炮台上都點燃了篝火，把寧靜的夜空照得通紅。冒著黑油味兒的火焰沖向天空，煙雲在城市上空形成了一片晚霞。巡邏哨兵用悲傷的喊聲互相招呼，在橋下、在黑暗的角落裡、在塌損了的牆洞裡、在被人遺棄的地方和墳地裡隱藏著成百個密探。

高級、中級官員們帶著衛兵親自來到每一個茶館和商旅客棧搜查。他們也來到了納賽爾丁阿凡提住宿的茶館，燃燒著的火把舉到了他的面前。納賽爾丁阿凡提雖然已經聽

到自己的鬍鬚被燒著了的「吱吱」聲，聞到了被燒焦的頭髮臭味，但他仍然閉著眼睛。

這天夜裡獨眼人不在納賽爾丁阿凡提身邊。

第二天早上這座城裡仍然沒能恢復安靜。

快到中午時，大官人帶著很多隨從來到了斷頭橋邊。他的眼睛裡冒著怒火，嘴裡長吁短嘆以致小鬍子不住的翹動著。

無奈的大官人做了個手勢。騎兵中有一個騎著棗紅馬、一個騎著灰色公馬的兩個衛兵衝向前來。他們中間有一人揮舞著馬鞭、側身騎在鞍上，大吼大叫、口哨聲大作的奔馳而過，讓巫師們感受到一陣熱風和馬的腥臊味；另一人則騎著馬衝到橋下，「嘩嘩」的濺起水花，從淺水河畔跳到對岸，然後鑽進一邊的窄巷裡不見了蹤影。

大官人又向另一邊做了個手勢，其餘的步兵們也都拿著長矛、大刀、盾牌，「叮叮噹噹」、「嘩嘩啦啦」，對巫師們推拉扯罵的朝那邊撲去。

然後大官人來到了首席巫師──那個老者面前，兩人開始悄悄的說著什麼。

納賽爾丁阿凡提坐著的地方什麼都聽不見，但是他可以猜出他們的每一句話。話題當然是尋找丟失了的馬。

老頭兒答應調動這塊地盤上屬於他管轄的所有力量，以及隱伏在那骷髏頭中的魔力，盡效犬馬之勞。大官人發著脾氣，鬍子翹得高高的。他到這裡來不是為了聽那些毫無意義的神話故事的，而是要他們立即行動！

老頭兒需要調動手下的一切力量，開始詢問其他巫師們昨天和前天都給誰算了命，從來算命的人們的面貌上也許就能查出做了無恥偷盜行徑的賊人的蛛絲馬跡。

人們一個接一個的說沒有發現任何跡象。

大官人非常生氣，兩撇鬍子不住的亂動。他那冰冷的眼睛直盯著每一個人，還不住的以趕出這座城市的言語和鞭笞來威嚇他們。

巫師們都不敢出聲。長期在這些人手裡被他們玩弄的命運，突然好像報仇似的捉弄起他們來，要讓他們也嘗一嘗受侮辱的滋味；今天擺在他們面前的豇豆顆粒、褐鼠骨頭、甚至那骷髏頭也都顯得蒼白無力了！

輪到納賽爾丁阿凡提回答問題了。

他也反覆說自己什麼也沒有看到、沒有聽到。

大官人發怒的哼了一聲──仍然毫無線索。但納賽爾丁阿凡提卻預料有事情要發生！

果然，從對面一個石窟裡，不知是誰用略帶憤怒但又膽怯的鼻音說話了。

「算命先生，你不是說在找回丟失的東西方面沒有人能比得上你嗎？」

聽到「找回」這個詞的那個官人一下子坐不住了。

「哎,算命的,你怎麼不出聲?」他那冰冷的眼睛裡凶光直閃。「回我的話!」他正在找發洩那憋了好久的邪火。「我要把你們那骯髒的膝蓋骨統統打斷,碾得粉碎!」大官人咆哮著。「衛兵們,把他抓起來!把這個巫師、這個騙子逮起來!給我用鞭子狠狠的抽!直到他說出被偷的馬在哪兒,要不就讓他在眾人面前招認自己是不要臉的騙子,給我打!」

衛兵們扒下了納賽爾丁阿凡提的大衣,為了把皮鞭浸濕,兩個衛兵跑到橋下。這樣拖下去很危險,納賽爾丁阿凡提作出一副順從的樣子,乞求著那大官人說:

「閣下大人,請求您能聽一聽跪在您腳下的卑奴一言。我真的能卜算失物,算出丟失的馬在哪兒並把牠們找回來。」

「你能找回來?那為什麼還不趕快給我找回來?」

「大人,我算卦時也有要求,那就是被偷的人要親自向我提出要求,否則卦就不靈了。」

「你需要多長時間才能找回來?」

「如果被偷的人在今天太陽下山前來到我這兒,只需一夜。」

這些話引起巫師們議論紛紛,一片騷動。

眼看就要遭受被趕走的厄運而滿面愁容的老頭兒,臉上一下子開朗起來。

大官人又生氣又吃驚的看著納賽爾丁阿凡提說:

「你竟敢對我說假話!對你們所有的花招我都瞭若指掌,只是不願花錢雇用更多的偵探才讓你們在這裡,在這橋上待著,你反倒敢撒謊騙我?」

「小的不敢有半句謊言啊,強大無比的主宰!」

「好,那就走著瞧,如果你說的話是假的,算卦的,那你會後悔來到這個世界上。去叫銀號店主拉黑木巴依快來!」

「尊敬的拉黑木巴依病倒了。」圍在他身邊的中級官員中一人奉承的提醒說。

「什麼!難道我沒有病啊?」大官人怒吼道:「為了找到他那些該死的馬我已兩夜沒有闔眼了!他在家裡高枕無憂,可我卻在替他吃苦頭!把他叫來!用擔架把他抬來!」

兩個中級侍衛官在一個高級侍衛官的帶領下,率領八名衛兵向那銀號店主家奔去。

大官人是標準的中等身高,他的外表與他那大權在握的官位十分不配。為了彌補這天生的不足,他經常腳蹬一雙高跟窄底的美國靴子,這樣可以顯得個頭高而且帥氣。他在石板橋面上「嘎啦嘎啦」的踱來踱去。一會兒停了下來,儼然一副大人物的姿態,用右手扶著擋在橋上的石窟牆,慢慢抬起左手,一會兒捋著、一會兒又捻著那兩撇八字

鬍。周遭的人都膽怯的不敢出聲。他的火氣開始慢慢的消了下去。

在空閒的時候有些高尚的想法對這官人來說並不奇怪，他甚至喜歡把這些想法當成是自己毫無疑問的高於下屬的標誌。「讓自己的手下懼怕並戰慄，這難道不是當官兒的最首要任務？」他想著。「這其中最好的辦法就是對這些人一個不留、不加區分的予以鞭笞，但是在懲罰的同時要好好的勸誡，否則懲罰可能得不到應有的效果。」這想法使那官員靜了下來，他感覺到他好像在自己英明領導的強大的翅膀之上，已經飛到了九霄雲外，在那裡，一切看起來不僅讓人生氣，而且令人憎恨，毫無意義。但他那緊盯著滿臉皺紋的老巫師的目光不但沒有柔軟些，反而讓人感到好像可以穿透一切。「對於那些被懲罰者的真正罪行——」他又想：「這種懷疑不應存在於當官的頭腦之中，因為被鞭笞的人即使在那個問題上沒有罪過，但不管怎麼說，在其他的問題上當然也會有罪過！」想到這裡他甚至都氣得喘起氣來，因為再也沒有比這更高的境界了，再高就要頂破天了。他的心似乎已經見到了那永遠不可達到的耀眼的光明世界！

銀號店主的家就在不遠的地方，半小時後擔架就返回來了。

絲綢單子下蓋著面色發黃、臉上發腫、鬍鬚上沾滿了枕頭羽毛的銀號店主。他摀著胸口，「哎呀——喂喲」的呻吟著向那官人鞠了個躬，然後用有氣無力的聲音但卻話裡帶毒的說：

「向偉大而又高貴的主宰卡米力別克致敬。一切都已軟弱到了這種地步，要想防備喪盡天良的小偷，在這座城市裡竟然找不到一個靠山，把我這不幸的奴才叫來對您又有什麼用呢？」

「把你叫來是想讓你——尊敬的拉黑木巴依親眼看一看，為了找到你丟了的馬我費了多少力氣。我還從來沒有這樣煩、這樣亂過。」

「尊貴的卡米力別克大人，還有什麼事情讓您煩亂呢？如今賽馬時您那土庫曼良馬不是想當然可以拿到一等獎了嗎？」

這明明是給了大官人一記耳光。

大官人頓時變得面無血色。

「丟了東西加上又得了病，尊敬的拉黑木巴依的頭腦已經發昏了。」那官人傲慢而又冷冰冰的說：「據卜卦的自己講，這裡有一個非常精明的巫師，他將負責把丟失的馬找回來。」

「巫師！就因為這個，閣下才把我從病榻中弄到這兒來？偉大的閣下，您還是自己在這裡占卜算卦去吧，我要走了。」

他轉過身去準備走。

大官人傲慢並且板起臉來說：

「在這座城市裡我說了算！尊敬的拉黑木巴依，你現在必須和巫師談一談！」

這個官人總是強迫別人服從自己。店主雖然皺著眉頭，但還是來到了納賽爾丁阿凡提身邊，說：

「我無論如何不會相信算命的，因為當官兒的硬要我這麼做，我才和你說話。我的馬廄裡丟了兩匹阿拉伯良種馬……」

「一匹是白馬，另一匹是黑馬。」納賽爾丁阿凡提翻閱著那本漢文書補充說。

「你說得一點兒都不錯，為此全城的人都給你鼓掌啊，最聰明的巫師！」銀號店主狠毒的說：「我的良種馬從阿拉伯運來那天很多人都見過。」

「白馬的鬃毛下有一個像毛繩一樣粗的小疤痕，黑馬的左耳下有豆粒大小的肉瘤。」納賽爾丁阿凡提不疾不徐的繼續說道。

店主有些恍神了。

這些標誌除了他自己和那個可靠的馬夫，其他人誰都不知道。

他臉上的狠毒相一下子消失了。

「你這個算命的，算你對！但這你是怎麼知道的？」

大官人似乎也清醒了許多，湊了過來。

納賽爾丁阿凡提翻了一頁那本漢文書。

「同時還有，為了辟邪而在白馬尾巴上用白絲線編上了白色的辮子，黑馬的尾巴上用黑絲線編上了黑色的辮子。」

這一點連最可靠的馬夫也不知道！辟邪用的絲線之事是銀號店主親自做的，對此他一直嚴守機密，因為賽馬中嚴禁使用咒語和護身符之類的法術，否則會被關入牢房。

納賽爾丁阿凡提的話使銀號店主大吃一驚。

連卡米力別克大官人也不敢相信這話，他的腦子裡充滿了各種推測：「看來他真的可以算出來！這個我完全沒有預料到。不管這些，我的任務就是在找馬方面多表現自己，其他的與我無關，馬能否找到是阿拉的事，在賽馬前別找到更好！這個巫師真好像是鬼使神差。該怎麼辦呢？啊——哈，巫師！嚇唬嚇唬那銀號店主，抓住他的一個什麼罪名，一開始就把審問的時間拖長一點，這樣他的阿拉伯良種馬就進不了賽場了！」

「尊敬的拉黑木巴依，你還有什麼可說的？」大官人用審問的口氣惡狠狠的問。

「我根本不知道什麼絲綢線的事兒。」銀號店主尷尬的說，這時他的臉色一片慘白。這完全是他自己弄巧成拙。「也許是餵馬的人做的。別問我！或者是馬的原來的主人早繫上的，在阿拉伯……」

但是說到這裡，店主已經明白馬是找不回來了，破案也是不可能的。

「這些都是假的！」店主假裝發怒的喊了起來。「巫師在撒謊，在誹謗！如果我的馬要是找到了的話⋯⋯」

「明天就可以找到。」納賽爾丁阿凡提打斷了他的話說：「等一等，我的書本裡說還有些什麼⋯⋯這書中說⋯⋯白馬右前蹄掌上的釘子裡還有一顆金釘子作為護身符，為了不讓人看出這個釘子與其他釘子不同，金釘子還用土灰色的漆塗過，同樣那匹黑馬的掌上也有一個護身符釘子⋯⋯但是我確定不了到底釘在哪個蹄子上。」

「哼！釘子護身符、絲綢護身符！」大官人笑了。「按我的工作職責，我應該開始調查。」

驚訝萬分的店主一下子變成了啞巴。但他很快穩住了自己，在商場裡多年來慣用的騙人伎倆救了他。

「我不明白這個卜卦的在說些什麼，他也許是在抬高自己的身價。倒是應該讓他說說他算命要收多少錢，以及這些卦如果都不能應驗的話怎麼解釋！」

銀號店主的心也像一本書，納賽爾丁阿凡提對這本書從頭到尾都瞭若指掌，因為這本書不是漢文書！那個銀號店主已經不再懷疑自己眼前的是一位能卜知一切、神通廣大的巫師。要找回丟失東西的慾望和坐監牢的恐懼感在他心裡爭戰著。念了咒語的釘子、絲線，這些都被大官人知道了，對此事除了這巫師誰都幫不上忙。

「價錢方面，以及其他一切相關事情必須只有我們兩人面談。」納賽爾丁阿凡提針對銀號店主最隱蔽而又最希望的想法說道。

「三個人不可以嗎？」大官人不放心的問。

「不行，那樣巫師的卦就會失靈。」

需要給大官人讓出一條道來。他命令衛兵們讓開，自己走到較遠的地方去了。不一會兒，納賽爾丁阿凡提和銀號店主身邊別無他人。那巫師頭目本想隱藏在自己的石窟裡偷聽，但被衛兵踢了過去。

「現在只剩我們兩人了。」銀號店主說。

「只有我們兩個人。」納賽爾丁阿凡提肯定的說。

「那些釘子和絲綢線是從哪兒來的，我不明白。」

「我們現在馬上就可以知道從哪兒來的。」

納賽爾丁阿凡提伸手去拿那本漢文書。

「沒有關係，算命先生。」銀號店主慌忙說：「這是昨天的事，過去的事了，我們應該考慮一下⋯⋯」

「關於未來、明天的事。」納賽爾丁阿凡提一言概之。

「正是如此,算命先生,如果我的馬以這樣的面貌回到我的手中就好了!這樣的面貌,該怎麼說呢?」

「沒有釘子和絲綢線,我明白!」

「小聲點兒,算命的,你現在說你要價多少。」

「價錢很便宜,尊敬的店主,只要一萬銀元。」

「一萬銀元!我無比仁慈的眞主呀,這是他們售價的一半呀!這些馬從阿拉伯運到浩罕的路費才花了兩萬。」

「你對卡米力別克大人說的可不是這個價錢呀!在你的店舖裡,你說的是五萬二千。」

銀號店主的眼珠子都快要從眼眶裡蹦出來了。「這個奇怪的巫師對一切都瞭若指掌,眞是太過分了!」他想。

「這一切都是你那本書告訴你的嗎?」店主先是沉默了一會兒,然後怯怯的問。

「是的,我的這本書。」

「眞是一本奇特的書,你是從哪兒弄來的?」

「從中國。」

「在中國像這樣的書多不多?」

「全世界只有唯一的這一本。」

「感謝保佑我們平安的真主！如果世界上像這樣的書有上個一百本的話，那我們這些商人會成爲什麼樣子，想起來都讓人感到可怕。趕快把它合上，算命先生，快合上那本書，一看到那些漢字我心裡就七上八下的！好，我同意你出的價。」

「別想騙我，店主大人！那你會徒勞而無益！」

「我是手無寸鐵的人，你手中的那本書對我來說就像一把利刃。」

「你明天會得到你那兩匹馬的。按我們的協議你的馬掌上沒有釘子，尾巴上也沒有絲線，把錢準備好，我要金幣，現在談最後一件事。」

納賽爾丁阿凡提把葫蘆瓢的蓋子揭開，然後把神水灑向自己和銀號店主。

大官人和衛兵們、巫師們還有其他人們都不出聲的看著他們。

那個巫師頭目——滿臉皺紋的老頭兒由於忌妒而按捺不住，有兩次想偷偷過去聽他們到底在說些什麼，但都被衛兵們發現並且踢了過來。

但是當聽到算卦的價錢後他的身體都抽搐了起來，並且喊了一聲「一萬！」然後跟著就一頭昏倒在地。

沒有人去扶他，因爲聽到這個價錢後所有的人都驚呆了。

大官人不懷好意的咳嗽兩下並且毫不掩飾的笑了起來，但沒有說什麼。

當那銀號店主走在回家去的路上時，一群賊頭賊腦的探子在他後面跟去了。

「這就是說，他們也不會讓我得到安寧。」納賽爾丁阿凡提想。他沒有估計錯：納賽爾丁阿凡提回頭看了一下，有三個人跟了過來，還有一個離得遠一點兒的人也在走來。

「算命的！」大官人用手指頭示意叫他過來。「你記著，那些馬必須當著我的面歸還，不許用其他模式，對這事你不必那麼著急。還有你還要記住那些釘子和絲綢線。聽著，別讓它們突然消失了，否則的話你會後悔來到這個世界上！滾！」

納賽爾丁阿凡提收拾起毯子，在巫師同行們的怒目和嫉妒的交頭接耳聲中離開了斷頭橋。

密探們隨後跟蹤而去。

第 十 四 章

　　納賽爾丁阿凡提一整天都能聽到跟在自己身後的密探們的腳步聲。密探們跟著他走進飯館，又從飯館跟到茶館。他伸展開身體躺了下來休息時，四個密探總待在他周遭——兩個坐在一邊，另外兩個人坐在另一邊，還隔著中間躺著的人談論他們的薪水太少、差使太多，怨聲載道。納賽爾丁阿凡提聽著這些煩心的話睡著了。當他醒來時，看到周遭的黑暗中有穿著不顯眼的淡黑色大衣的守夜偵探們。但是守夜偵探們的話題也不外乎那一套，什麼自己的差使太重啦，別人有多麼財迷啦，牢騷連篇。

　　夜幕降臨了。晚霞成了碎片，天上升起了細嫩的新月，一個個宣禮人開始對著月亮拉起長長的調子，大聲而又悲哀的喊了起來。納賽爾丁阿凡提準備在夜間算卦，於是他打開了葫蘆瓢的蓋子，倒了一碗魔水，用手指伸到水裡蘸了蘸，向油捻燈彈了一下，並點燃了油燈。茶館的一個角落被跳躍不停的暗淡的燈光照亮，密探們穿著淡黑色大衣的身影看不到了，但湊近看清楚，則可以看到他們那愁容滿面的臉。特別是時而悄悄的走過來，貼近納賽爾丁阿凡提的耳朵、挨著肩膀偷看納賽爾丁阿凡提在做什麼的最老、最壞、最令納賽爾丁阿凡提惱火的密探，他的鼻子還不時會「呼哧呼哧」作響。

　　為了不被人指控為魔鬼和罪人，納賽爾丁阿凡提念起經來。然後翻開了那本漢文書，做出思考的樣子。密探們都以為他在看書，但實際上他是在耗時間，壓根就沒有看書。「我要信守諾言。」納賽爾丁阿凡提想：「我要把那釘子和絲線去掉後再把馬還給他，但是那尊貴的大官人的脾氣不好惹，我把這算卦找馬之事了結之後應該盡早逃離這裡。」老偵探靠近納賽爾丁阿凡提的肩膀坐下，他呼出的臭氣，使納賽爾丁阿凡提的耳朵都癢起來了。納賽爾丁阿凡提用手搧了一下，手碰到了偵探的鼻子尖兒，然後聽見吸溜鼻涕的聲音遠去了。

　　茶館前的路上獨眼人出現了，他見到偵探們立即明白了一切，甚至連看都沒看納賽爾丁阿凡提一眼就走開了。

　　過了一會兒，板床下出現了輕輕的「喀嚓」聲。

　　「我聽見了！」納賽爾丁阿凡提用憂愁的語調說。看上去他好像在跟眼前的鬼魂說話。「我都看見了！」他向著那魔水傾著身子，密探們湊到了離他更近的地方。「我看

到了那兩匹馬，有白馬、黑馬，還有馬鬃毛，我都看見了。我還看見沒有加任何東西的真正的鐵馬掌、粗大的馬尾和用梳子梳過的鬃毛！明天牠們就要以這樣的面貌出現：鐵釘中不摻別的東西，馬尾鬃裡不摻絲線，大自然怎樣造化牠們，就讓牠們以那個面貌出現在我的面前！……外孜安魯基排依達吾貧罕托依，拜海爾初夫出台德切西米迪里安托依！①」

念完這段詩後，納賽爾丁阿凡提結束了占卜，因為他向那些只配聽鬣狗吠、豺狼詭笑的骯髒耳朵吟誦了加米的著名而又神聖的詩句，納賽爾丁阿凡提在心裡向他下跪。其實，密探們對聖人的詩句一竅不通，也正因為這個緣故，密探們把他念的這段艾則里②詩句也當成了咒語。也就是說，詩人神聖的大名沒有在密探們的頭腦裡受到玷污。

板床下傳來了一陣用指甲輕輕搞地板的聲音，這是表示聽到了納賽爾丁阿凡提的話並且明白了一切的暗號；最後一段詩是他們約定好的立即行動的指示。

卦算完了，納賽爾丁阿凡提合上書本並把魔水倒進了罐子裡。

那個老奸巨猾的密探也許是為了遞送祕密情報而站起身來走出門去，只剩下三個密探了。

他們那卑鄙的獵物並沒有什麼了不起，他們只窺探到了很少一點東西。他喝完了茶，吸了一會兒水煙，然後到自己的床上躺下，一覺睡到了大天亮。

黑夜過去了。

五月的清晨，太陽升起時斷頭橋上已經聚集了很多人，這種場面還從來沒有過。

「今天要把馬找回來！」全城的人不約而同的從四面八方向橋頭擁來。河谷兩岸擠滿了人，附近一帶的屋頂上到處都可以看到女人們頭上花花綠綠的頭巾。

大官人和銀號店主早就來到了橋邊。

「嘿，算命的，我的馬在哪兒？」店主看見納賽爾丁阿凡提從窄巷子裡走出來，後面還跟著賊頭賊腦的偵探們時喊著問道。

「我的錢在哪兒？」

「在這兒。」銀號店主從腰帶裡取出一大袋子錢。「都是金幣，整整一萬，沒有必要數了，已經數過三遍了！」

納賽爾丁阿凡提不慌不忙的打開自己的口袋，拿出那本漢文書，坐在毯子上。

大官人在遠處盯著這一切。

銀號店主由於非常激動而發抖了起來。

「快點！」他急不可待的喊著。「嘿，算命的，你還拖什麼時間！」

納賽爾丁阿凡提專心看著書，沒有回答。其實他正在看著落在書上的那個用一個個

小白點兒點綴了自己那一對紅翅膀的瓢蟲。「等牠飛走後我才說!」那瓢蟲根本就沒有想飛走,牠從一頁爬到了另一頁,後來牠鑽到了書下面,也許牠覺得在那黑暗、舒適的地方打個盹兒更好而再也不願爬出來。

店主捂著胸口,喊著叫著,垮著那張似鼓面般的臉,像快要嚥氣一樣的顫抖著,他看起來似乎每一分鐘都在消瘦中。

納賽爾丁阿凡提卻還像剛才一樣一聲不吭的坐在那裡。

瓢蟲終於從書下鑽到了亮處,打開背上漂亮的硬殼,張開藏在下面的灰色翅膀飛走了。

這時納賽爾丁阿凡提才鄭重其事的開了口:

「敬愛的店主,書上說你的馬天生怎麼造化的,現在就怎樣回來。」

店主頓時笑逐顏開。

「唉,店主,你的馬……」納賽爾丁阿凡提繼續說:「在恰麥克村附近的老石礦那個地方,應該在石礦的東邊,走二十來步後向右拐,那兒有一個洞,馬現在就在洞裡……」

他的話還沒有說完,那銀號店主的馬夫們就從橋的一側,大官人的騎兵們從橋的另一側吆喝著、打著哨子爭先恐後的奔上了大路。

他們向人群衝去,人群向後退閃,給他們讓開了一條路,但緊跟著又擁了上來。

騎馬的人們在目光中消失了。

馬蹄下掀起的塵土隨風飄了起來。

留下的只是一片寂靜。

那官人與銀號店主雖然站在一排,但是他們各自為能達到自己的目的而高興不已,不時地看著對方。

圍觀的老百姓有上千人,他們都鴉雀無聲。

在這片寂靜之中,納賽爾丁阿凡提聽見了橋下急流的「嘩嘩」聲和拍打岸石聲,聽到了在碧藍天空中舒展著翅膀、飄在氣流之上小憩的一隻孤獨雲雀的歌聲。

從橋頭到恰麥克村約有八箭多一點的距離。

半小時過去了,騎兵們該回來了。

人群中開始逐漸出現騷動、議論和嘲笑。

店主已經按捺不住自己的焦急,每一個聲音都使他更加不安。

與此相反,大官人卻傲慢、不慌不忙的等待著,那雙高跟鞋不時在石板上發出「咯嚓咯嚓」的響聲。

覆蓋著整個河谷和半座橋的梧桐樹林裡傳出了孩子們的尖叫聲:

「他們回來了！」

周遭的人們都動了起來，人群中讓出了一條寬寬的路，納賽爾丁阿凡提遠遠的就看到了奔馳而來的騎手們。

但是既沒有那白色的、也沒有那黑色的阿拉伯良種馬。

納賽爾丁阿凡提還沒有來得及感到驚訝，衛兵們就已過來抓住了他，連推帶扯的要把他帶走。

「等一等，真主英明，等一等！」店主撕破嗓門兒的大聲喊著。「那些馬曾經在那洞裡待過，你們看，這就是在那洞裡找到的我的馬籠頭，把那算命的放開，他說的八九不離十啦！」

那高貴的大官人的看法也是說這巫師所講的與事實相差不遠。

但是銀號店主的喊叫和哀號都無濟於事。衛兵們沒有住手，瘋狂地拉扯著納賽爾丁阿凡提，在他們手裡他像似一個弱小的乞丐，臉上的表情也和每一個將要被投入大牢的罪犯一樣。

大官人傲慢的轉過了頭去，他面前的銀號店主拚命喊著，左邊站著一個銀號店主的馬夫，他手中拿著那個銀製的馬籠頭，納賽爾丁阿凡提最後在橋上看到的就是這些。

註① 外孜……托依——這兩句詩源於加米的《先賢書》。阿拉伯語意為：你到處可見，又隱匿於到處，什麼能逃避我的目光，那一切都是你！
　② 艾則里詩——源於阿拉伯語的一種詩體，多為抒情韻律詩。

第　十　五　章

浩罕的監獄就坐落在緊靠皇宮城門的外邊，這可以說是修建者們智慧的標誌。如果他們把監獄建在城牆內側，那時讓為數眾多的犯人吃飽肚子的重擔就會落在國庫的肩上，而坐落在宮廷城外的這座監獄就不會給國庫增添負擔了。犯人們靠阿拉賜給的粥水

餬口——有家的人由親人送飯，其他人則只好靠善心人施捨。

　　監獄其實就是很深的大壕溝，其頂部是封閉式的，頂上三處開有天窗，牢中經常發出又熱又臭的氣味，往下面要走四十層很陡的台階。上面的入口處常常是由監獄督察官把守，或是由一個因為個頭非常高碩而號稱「阿布都拉一個半」的重鞭不離手、膀大腰圓、臉色陰沉、滿面皺紋的人把守，有時由他的助手——厚嘴唇、窄額頭、脾氣很壞的阿富汗①把守。阿富汗不拿鞭子，因為他的所有手指頭都由於經常打犯人腮幫子而傷痕累累了。

　　犯人們填飽肚子的所有費心事都落在了這兩人肩上，盛放施捨來的飯食的兩個籃子和裝錢的小口罐子常常擺在監獄大門前。施捨來的所有東西都由監獄督察官自己作主——錢或是好一點的飯他們就自己留下，其餘的才給犯人們吃。向路過這裡的人們乞討一口饢吃的哀求聲、慘叫聲，以及當手持重鞭的阿布都拉、拳頭上已生出老繭的助手阿富汗從台階上走下來時大牢深處發出的令人毛骨悚然的哭喊聲，從早到晚都可聽見。

　　哭喊聲和令人惡心、不可忍受的臭味，沒能使由於滾下四十級台階失去知覺的納賽爾丁阿凡提馬上甦醒過來。等他醒過來而且眼睛能適應黑暗的時候，他看到周遭有很多犯人。

　　他們的每一個人都是那大官人爵位、財富和名望升高一級時充滿血淚的階梯。最後這一個星期裡，這個大官人對台階做了修改，也就是減了兩層——放走了兩個陣夏瓦爾人，增加了一層——關進了一個納賽爾丁阿凡提。但是青雲直上的人有時也會被一個非常狡猾的台階所欺騙，當你踩到這級台階時就會摔斷你的腿，甚至還可能折斷你的脖子——這就是惶惶不可終日的修築官階的人們利令智昏、忘乎所以的時候。

　　憤怒和惋惜使納賽爾丁阿凡提喘不過氣來。他雖然見廣識博，但沒有想到天下竟然還有這麼恐怖、這樣齷齪的地方——他感覺到自己好像掉進了魔窟。

　　他的心又一次被刺傷，但這次是由那顆用無情的武器武裝起來的心所造成的。

　　應該對命運做一番思考，對所發生的一切加以研究。

　　現在納賽爾丁阿凡提自己也遇到了難題。

　　馬到底在哪裡？牠們從石礦中跑到什麼地方去了？馬不是就在那裡嗎？因為銀號店主已經認出了自己的馬籠頭呀！

　　這些馬的第二次丟失是不是由於那大官人偷偷從中做了手腳，或許沒有？

　　他對抓進來的巫師是否僅僅指控犯有欺詐罪，或是還要加上一些什麼其他罪名？

　　那獨眼人現在在哪裡？他的情況怎麼樣了？

　　納賽爾丁阿凡提不知自己應該想些什麼，他腦海裡疑團重重：如果獨眼人把馬趕到

另一個城市去賣掉該怎麼辦呢？如果是那樣，我坐牢對他來說倒是好一點兒！但是想到這裡，他非常生氣的把自己這惡意猜測的念頭打消了。「不！」他自言自語的說：「獨眼人，當然，是一個賊，天生的賊，徹頭徹尾的盜賊，但他還是一個有良心的人，不會是一個叛徒！」

納賽爾丁阿凡提想到這裡停了下來，產生了信心，精神也振奮了起來。

但在事件發生的現場，卻是另一番景象——

還在沸騰中的斷頭橋上，氣得臉紅脖子粗、渾身直哆嗦的銀號店主在大官人面前用沙啞的聲音說著：「馬已經快找到了，有眉目了，在石礦裡已經發現了馬籠頭。這不是嘛！到了最後的關鍵時刻，卡米力別克閣下卻中止了巫師的法術並把他關入牢房，但是尊貴的閣下可不要頭腦發昏，巫師的卦已經真相大白了，感謝阿拉，我在宮裡多多少少還有一點名氣，我會跪在我們偉大的汗王腳下請他幫我主持正義的！」

大官人怒容滿面，但是卻毫無反應冷冰冰的聽著。

有人給他牽來備好了鞍的馬，他跨上了鞍，居高臨下傲慢的說：

「巫師的很多罪行已被揭發，所以才被關進監牢。我應該在昨天就拘捕他，但是我想幫助尊敬的拉黑木巴依找到他的馬才沒有下手。可現在呢，我對尊貴的拉黑木巴依的財產安全所給予的關心卻得到一場惡報！」

店主舉起那又短又胖的雙臂，說：

「對我的財產安全給了關心！哎呀，我無比仁慈的阿拉，我看到你在這一切之中只關心一件事，那就是在賽馬會上勝過我！」

大官人認為沒有必要回答銀號店主，在衛兵們的簇擁下大搖大擺地離開了。衛兵們拿著彎月斧，舉著閃光的大刀，把鋒利的刀斧刃對準目標，豎起手中的長矛，把大頭棒扛在肩上，還有敲著納格拉鼓的衛兵們前簇後擁的喊著「讓開！讓開！」穿過人群大搖大擺地走了。

橋周遭的人越來越少了。

沒有看到自己所期望的事而被欺騙了的人群也開始散去，嘲笑、譏諷、怪話不斷。

來到這橋邊但是被騙了的人真不少，他們揭露著巫師們的圈套，大聲罵著。

巫師們感覺到這樣一來他們的收入將會大大減少，於是一個個都不作聲。自稱可以找到丟失的馬的那個該詛咒的吹牛大王，使這裡的巫師階層名節掃地！

店主從地上跳了起來，在路上邊走邊嘟噥著，揮舞著雙手，不知對誰，也不知在說些什麼，向回家的方向跑去。

當然，他身後的密探們也跟去了。

一個小時之後，特務們向官人報告說那銀號店主把理髮師叫到家裡正在修剪鬍鬚。

又過了一個小時，有人來報告說他正在用沙子打磨他那象徵商人級別的標誌牌，還把商業精英們在最隆重的場面才穿的錦緞大衣從箱子裡拿出來掛在風中晾曬。

這些準備使大官人愁眉不展。「店主看來已經決定要到宮裡去控告我，真是太不要臉了！」

那樣結果會非常不利，特別是在這個時刻——國王的腦子裡對那兩個陣夏瓦爾人的事還沒有忘掉的時候。

必須分秒必爭的採取措施。

大牢裡，大官人舉起手掌拍了兩下，他手下緝拿罪犯的助手——一個垂著眼皮、肥胖、走起路來兩面搖晃、有兩隻黯淡無光的斜眼睛、窄鼻梁的人出現在他的面前。這個人以殘酷無情而著名，以至於任何罪犯落到他手中不超過兩天就會供認一切，並且事後都會一切認帳。經他審訊過的犯人有的非常出奇，如：市場上有一個賣甜瓜的曾供認自己在市場上廉價收購了一批甜瓜，並把甜瓜染成了黃色和綠色，然後冒充新鮮甜瓜高價出售。

「前年被處死的叫亞爾麥提・馬米西・吾古力的造反分子的資料在哪裡？」大官人問。

大肚子獄卒沒有吭聲走了出去，過了幾分鐘拿著一卷紙進來呈給大官人，然後走到門口，兩眼瞪著自己的鼻子尖兒陰森森的站在一邊，也不作聲。

他總是一聲不吭，然而每次審問都是那麼成功，到底他用的是什麼秘訣，這令人不可理解。但是對這個奧祕，只要看一看他的手就可以一目了然——那是一雙鐵鑄一般的大拳頭，像粗繩子撐在一起的手指，一個個關節凸起，每一個指尖都酷似一個鐵鉤。

大官人皺起眉頭，認真的翻閱起那些檔案來，他現在看起來好像是一個正在專心下象棋而陷入思考中的人。

他手中的小卒子就是納賽爾丁阿凡提，應該把分文不值的小卒子拱到王后那兒去。

要給巫師扣一個重罪的帽子，讓他在國王面前成為一個最危險的罪犯。

利用這一步棋，可以一箭雙鵰——店主所控告的羈押巫師是別有用心之詞，對此巫師自己的口供就可徹底推翻；阿拉伯良種馬也不會進入賽場，頭等獎無疑屬於土庫曼良種馬；銀號店主由於自己的粗暴，會受到賽馬後也得不到自己的馬的懲罰；由於這個原因，那個巫師將終生坐牢，或許比這更好一點的是砍了他的頭；如果事情順利的話，除了所說的這些好處外，他自己還可能因立功而得到一枚勳章。

要盡快開始行動，必須非常謹慎才是：國王可能會親自審問那個巫師，在最近才發

生過的那兩個陣夏瓦爾人事件中不就差一點嘛！哎，國王這樣優柔寡斷是多麼嚴重、可惡和可恥的事！他血統低賤，他的親生父親是宮廷馬夫，人們說的沒錯……

大官人想著想著不由得嚇了一跳，故意裝出一副咳嗽得很厲害的樣子，並且想他是不是從我的眼神中發現了什麼，於是用眼睛的餘光掃了一眼大肚子獄卒。

大肚子獄卒的目光始終不離自己的鼻子尖兒，仍像原來那樣站在那裡。那官人安慰著自己，又回到了剛才的思緒之中。

擺在他面前的檔案中所證明的造反者亞爾麥提·馬米西·吾古力的確是一個危險分子，國王毫無疑問還記得他。但大官人又猶豫了起來，是應該扣他個參加造反的帽子呢，還是說他隱藏了造反歹徒呢？或者除此之外還有更可靠的辦法？

大官人想了許久，最後輕鬆地吁了一口氣，一頭躺在了枕頭上。

亞爾麥提的親戚——那巫師無論如何也逃不出這個圈套！好啊，讓他證明造反分子的爺爺不是他的爺爺；如他誓死不肯招認，就算是讓他奶奶從墳裡走出來作證，也沒有人會相信他，因為歷來人們都知道，女人們對自己所做的壞事總是死不認帳。

「把巫師帶到塔樓上來！」那官人命令說。

大肚子獄卒臉上露出了冷酷的笑容，兩手開始抖動，然後慢慢的縮進了大衣的袖子裡。

註①阿富汗——在此做人名用。

第 十 六 章

坐落在監獄塔樓底下的拱頂地窖裡，周遭牆上的鐵鉤上掛著四個火把，火光昏暗，發出嗆人的氣味兒。在火把暗紅色的亮光下，納賽爾丁阿凡提看見了一個角落裡的老虎凳，凳子下面有一個大木盆，盆裡浸著一條條皮鞭。一排擺開的板凳上，夾板、老虎鉗子、錐子、往指甲下扎的鋼針、燒紅了的鐵手套、可以撐小的木靴子，用在鼻子、耳朵、牙齒上的各種刑具，各種擠壓和牽拉用的重石，往肚子裡灌水用的銅管、蘆葦管以

及審問犯人時所用的各種器具擺放得整整齊齊。這麼多的器具只有兩個劊子手掌管；為了不讓這裡犯人們嘴裡說出的話傳到別人耳朵裡，這兩個劊子手都是結巴。

其中的頭兒是一個年齡較大的人。他面無血色，薄嘴唇，大鼻子，總是很嚴肅的繃著嘴，用霧濛濛、醉迷迷的兩眼斜著看人。他正在準備著老虎凳，他的助手是一個小個子、兩隻長胳膊能搆著背上的羅鍋。他正在檢查鞭子——慢條斯理的翻看著每一條皮鞭，然後不忘記用腳踩一踩那施刑用的山羊皮風箱的踏板，並用布巾把它擦得乾乾淨淨。

那官人坐在靠牆邊的寬木板上，臉朝著門，嘴裡叼著水煙鍋的嘴子。他面前的桌子上放著那卷檔案和裝著納賽爾丁阿凡提算命用具的袋子。他腳下的一邊坐著懶洋洋的秘書，那個把審問每一個犯人都當成自己的節日、凶殘無比的大肚子獄卒咧著嘴笑著，站在一邊。

說真的，納賽爾丁阿凡提此時的身體的確在打著寒顫。「啊，我親愛的古力健和孩子們，我們還有再次見面的緣分嗎？」他在心裡哀嘆著。

劊子手頭目按照大肚子獄卒的眼神裸開了納賽爾丁阿凡提的襯衣，用那軟而胖的手輕輕地挨在納賽爾丁阿凡提光著的背上，慢慢的觸摸了一遍。

矮羅鍋子挑選了一條鞭子，往後站了一下。但那官人並沒有立即開始審問。他好一陣子翻閱著那卷檔案，把紙卷從這邊掀到那邊，用手指按住資料中的一個什麼內容，凶狠的笑了起來，並且嘟噥著什麼。

最後大官人把那似乎可以射穿一切的目光轉向納賽爾丁阿凡提，說：

「你自己知道我為什麼把你抓來並把你關進牢房。你的一切我都一清二楚，很久以來我沒有能夠抓到你。現在老實交代你所做的壞事，說出你的真實姓名！」

在納賽爾丁阿凡提一生中，這樣的審問已不是第一次了。他想拖延時間，因而一聲不吭的坐在那裡。

「你的舌頭丟了嗎？」官人瞇著眼睛問：「或是失去記憶了，看來需要使你恢復記憶。」

臉色冰寒的大肚子獄卒眼也不眨地盯著納賽爾丁阿凡提，下巴向前伸著。

矮羅鍋子向後退了一步，舉起鞭子準備抽打。

納賽爾丁阿凡提沒有動彈，臉色也沒有變，但是心裡感覺到自己已經陷入了一片不祥的疑團之中，非常驚詫。

「他好像認出我來了！」納賽爾丁阿凡提心裡嘀咕著。

「難道案卷檔案上寫著我的真名？」

　　如果是這樣的話，那他就沒救了。

　　但是，他是怎樣認出來的？從哪兒認出來的？

　　這會不會是獨眼人做的事？難道他把那些馬和自己的恩人一起出賣了？也許這是他走向那個世界的最後一個罪惡！

　　不論任何人，要是處在納賽爾丁阿凡提的境地都會這麼認為，並且由於惶恐的眼神或是一面哆嗦一面故作笑臉都會露出馬腳，當然，如果被嚇癱在地、絕望痛哭，那毫無疑問會被送上絞架。但是我們的納賽爾丁阿凡提不是那種人，甚至在落入劊子手的手裡時也沒有絲毫慌亂。由於強大精神力量的支撐，他心裡想著的和不斷重複著的就是一個字──「不！」這使他力量倍增。

　　就是這種自信的力量使納賽爾丁阿凡提在回答大官人的問題時沉著穩定，因而救了他。

　　「啊，尊貴的閣下，我的卦算得沒有絲毫虛假。」

　　這回答簡單而又真切，但這只是從表面上看，而實際上他的心裡卻已經設下了圈套──生活中也有兔子給野狼下圈套的時候。

　　「算卦。」那官人惡狠狠的笑了一下。「你的卦只說明你和你所有的同行們一樣也是一個騙子、惡棍。」

　　感謝偉大的蒼天，那官人說出來了！他真的把這被審問的人當成巫師了，也就是說「巫師」的真名沒有寫在那卷檔案裡！

　　納賽爾丁阿凡提感覺到自己如釋重負，兩把劍的第一個回合，以納賽爾丁阿凡提勝利而告終。

　　「大人，您不是親眼看見那個籠頭了嗎？」他努力鞏固著自己的勝利。「我敢說，馬在那洞裡待過，在騎兵們趕到的前一會兒，牠們還在那裡吃了篩過的飼料。」

　　這是他對大官人設下的第二個圈套！那官人已經中了圈套。

　　「但是那些馬為什麼又不在那兒了？」那官人好像是暴露出來的一個目標。

　　納賽爾丁阿凡提又開始進攻了：

　　「因為昨天在斷頭橋上短暫的交談中，我發現有位官人的眼睛裡流露出不想讓這些馬早點兒回到主人手裡的願望。」

　　那官人招架不住了。

　　他感到很難堪，而咳嗽了起來。

　　他不無擔心的把目光投向那大肚子獄卒和秘書。

　　他極力掩飾著自己內心的不安。

他的目光又恢復了先前的鎮靜。這目光中也流露著他的想法：「這是一個危險的人，甚至是非常危險的，必須早點兒把他處死！」

大官人從檔案紙中拿出了一張，並且把它打開，這是他準備證明納賽爾丁阿凡提與亞爾麥提有親戚關係的內容。這無疑是一個打算對受審人判處死刑的不祥審問。

納賽爾丁阿凡提沒等那官人發話就先開了口。

「我——您的巫師，我還發現，在偉大的主宰光芒沒有照耀到的一個地方，有一個揮金如土、被懷疑不忠於自己丈夫的絕色美人兒，由於這種懷疑必然而然會產生忌妒，由於忌妒則又必然而然地會產生仇恨，然後就產生了復仇的念頭。而這最後一點，已經使一位高貴顯赫的人物危險臨頭了，可是他自己卻毫無察覺。」

這一擊讓那官人措手不及！

聽了這話，那官人的氣都差點兒喘不上來了。

他手中的檔案在顫抖，而且下面不住的把一條腿換盤在另一條腿上。

他立即向巫師、向大肚子獄卒和秘書們又掃了一眼。

首先應該讓多餘的人出去！

他敏捷的把檔案中的一張紙藏進大衣的寬袖子裡，然後打著官腔，不滿的問著大肚子獄卒說：「納曼干市阿克木的信在哪兒？」

大肚子獄卒開始翻著那些檔案，他當然是找不到的。

「你不是亂七八糟就是丟三落四！」那官人嗯哼著說：「快去，把它找來！」

大肚子獄卒走了。

等了一會兒，大官人突然想起什麼大聲喊了起來：

「哎呀，我怎麼忘了，秘書，趕快去追他，讓他把夏黑買爾旦清真寺的毛拉開立的收據也帶來。」

秘書也走了。

塔樓裡只剩他們二人，那些結巴劊子手可以不算數。

「你剛才哇哩哇啦說了些什麼，算命的？」大官人自大清高地訓斥著納賽爾丁阿凡提。「看樣子你昨天抽了麻煙啊！什麼絕色的美女、什麼忌妒、什麼對一個官人的仇恨！」

他好像什麼都沒有聽清楚、什麼都不明白似的。

納賽爾丁阿凡提直截了當的把他的伎倆戳穿了：

「我是說銀號店主拉黑木巴依那漂亮老婆和閣下最清楚的另一個人，也就是第三者。」

此刻出現了一片沉靜，並且持續了許久。

取得了徹底勝利的納賽爾丁阿凡提感到自己眼睛裡泛著光。

大官人失敗了，洩氣了，臣服了！他用那顫抖的嘴唇叼起水煙嘴兒。已經熄滅了的水煙鍋雖然一點兒煙都不冒，但還是用「嘰哩咕嚕」的水聲回答著他。納賽爾丁阿凡提看了一眼行刑用的風箱，從那裡拿了一塊炭火放在水煙鍋裡，爲了在大肚子返回之前把話說完並且讓官人盡早清醒過來，而一個勁兒的吹著那炭火。

他的努力終究成功了，大官人吸著水煙，似乎慢慢的從昏迷的大河中向岸邊游來。

現在對他來說只有一條道路──向巫師妥協。

但是那大官人無論如何不肯輕易認輸，他又故作笑容的說：

「你這豪言壯語是從哪兒學來的？看來你喜歡在那橋上與老婆子們耍嘴皮子？」

「是的，有一個老太婆，我經常和她聊天。」

「說一說她叫什麼名字，長什麼樣，家住在哪兒？我也和她聊一聊……」

「就是我的卦書啊，它能告訴我一切，我從那銀號店主的目光裡看到了他已作出決定的跡象。」

「你想讓我相信你靠這本書就可以知道一切祕密？你的這些話還是對小孩子說去吧！」

「大人，我也可以什麼都不說。但是如果明天這個消息傳到偉大的汗王耳朵裡的話，那該怎麼辦？因爲那銀號店主爲了自己家庭的安寧，正在設法從朝廷裡得到保護……」

大官人接連受到打擊，而且一次比一次沉重。

的確，這一天成了大官人最不幸的一天，宮廷御醫那可怕的身影似乎出現在他的面前，他好像正要被一把利刃閹割而坐臥不寧。

也許那店主已經寫了控訴狀？也許他已把狀紙呈交了朝廷？

拖延時間就可能導致滅亡。現在必須停止耍花招兜圈子，趕緊打開天窗說亮話。

「就這樣吧，算命的，現在我的確看到你的卦很靈。」大官人換了一副真誠、友好的表情。「你會得到好處的，聽見沒有？我要把你從這獄中放出去，獎勵你，讓你頂替那個掌管人頭骨的糊塗老頭兒，當首席巫師。」

把掌管人頭骨的老頭兒從洞窟中趕走，納賽爾丁阿凡提可連想都沒想過，但是儘管如此，無論如何應向那官人表示謝意，並無限忠誠的做出許諾。

「是呀！」大官人說：「需要忠誠！巫師，我和你可以商量。我下令把你關進監獄無非是爲了敷衍一下而已，這你也領會到了。我昨天才感覺到你的確是一個與眾不同的精明的占卜師；這樣的人對我有用，就因爲這個原因我才把你叫到了塔樓裡來。你知道問

題在哪兒嗎，我對我的助手——這個大肚子獄卒始終不信任，我想在不久的將來讓他也嘗一嘗耳刑、肚子裡灌水和重石墜體的滋味。我完全是爲了另一個祕密的目的，也就是像現在一樣，在一個偏僻、沒有別人、只有我們兩人的地方和你好好談一談，並且讓他爲此而頭疼才下令在橋上抓你。所以，不久你可能就會在我把這個臭大肚子獄卒處死後坐到他的位子上，條件嘛，當然是你必須表現出應有的努力和對我的忠誠……」

他還在浪費寶貴時間的說著一些假話，顛三倒四，喋喋不休。大肚子獄卒馬上就要回來了，沒有時間再對納賽爾丁阿凡提強調什麼重要問題了。

「從今天開始你就是首席占卜師！」大官人說：「那個老頭兒從他手下的收入中十裡抽一，你可以拿到他的兩倍多。那些騙子們不需要同情，他們在那裡坐下去甚至會發胖的，只有你才能向我提出警告危險！你對他們五裡抽一，如果有人與你爭辯，你就來告訴我，我會讓他們閉口無言。現在我們應該知道那店主將在什麼時候呈遞訴狀？可能就在明天吧？」

「不會這麼快，他還沒有掌握到足夠的證據。他正在等著大人您的疏忽大意呢！」

「現在等也沒用了！但他是怎樣發現的呢？是我的哪個敵人從中挑唆？這你知道嗎？」

「如果我要是能看一看放在那個袋子裡的書的話……」

「快去拿吧！」

　　納賽爾丁阿凡提拿出了那本名氣大噪的書,打開並看著那些漢文的字裡行間,像對自己的親密朋友一樣笑了一下,似乎他從這些文字中又明白了什麼。

　　「怎麼啦?」大官人忍不住的問:「那裡邊說了沒有?」

　　這一卦非常重要,納賽爾丁阿凡提做出似乎能聽到那個世界的聲音的模樣,用神祕的語調說起話來,而且還用力憋著氣,皺起了眉頭。

　　「我已經看見了!」他用小聲哼哼唧唧、拉長音調的說:「我看見了那已落到天邊的太陽,看見了街市,看見了那個銀號的胖店主拉黑木巴依,聽見了納格拉鼓聲和衛兵們凶狠的喊聲。一個達官貴人正向那個店舖走去,我看到了一雙傲慢的目光和兩撇漂亮的鬍子,他從馬上下來,走到了那討厭的店主旁坐了下來。他們在一塊兒喝茶,他們在聊天,他們在談論賽馬——阿拉伯和土庫曼良種馬。但這又是什麼呢?好像天上的夜女神下凡了!那店主的店裡還有這樣一個難以用語言形容、令人陶醉的美人兒!她進來了,真是婀娜多姿、亭亭玉立。她的心裡燃起了火焰,兩眼什麼都看不見了,兩隻腳都邁不開步子了!她的面容雖然被面紗罩著,可是那誘人的粉紅色小臉蛋兒,還有像熟透了的石榴一樣又嫩又紅的兩片小嘴唇透過那絲綢面紗清楚可見。我看見那可憎的店主打開了錢袋子,從裡面拿出了一些貴重的首飾,後來……後來……對嘛,哪裡隱藏著陰謀,哪裡就有圈套!」

　　他向大官人掃了一眼。大官人整個身子都向前傾著,一聲不吭,但那鬍子卻不住亂動,他想說什麼,但是卻有口難言。

　　「唉,那可惡的店主!」納賽爾丁阿凡提裝作非常生氣的樣子挪開那本書說:「哎呀,卑鄙的店主!他讓他老婆戴上了那些貴重首飾,還當著那貴人掀起了她的面紗,故意露出了他老婆的臉。看見了,我看見了,無比強大的太陽和美麗的月亮互相眉來眼去,暗送秋波;兩顆心裡的愛情火花發生了激烈的碰撞。他們已經墜入熾熱的愛火之中,他們的心兒互相飛向對方。他們已經忘記了小心謹慎,他們四目相對時眼睛裡的閃光,已經把他們的祕密暴露無疑,他們臉上泛起的紅暈已經表明了一切!這甜美的祕密已經暴露,面紗已被揭去!這個可惡的店主是個低賤的報馬仔、好吃醋的傢伙、破壞別人好事的小人,就應該讓他受折磨。他想努力抓住這飛眼吊膀,他已感覺到那兩個人的心在撲通撲通的跳著,並好像在暗暗的數著。他已看到了自己的懷疑屬實,並且他那毒蛇一樣的心開始醋勁兒大發!他正在尋找復仇的辦法,但他那狡猾的野心被一副假慈善的面孔所掩飾著!」

　　「繼續說下去!」大官人拉長了聲調說:「我還真沒料到這個滿身肥肉的胖子會這麼敏感!真是一點也不假,算命的,你就好像是在那店舖裡的第四者,並親眼目睹一切似

的！從今天開始，你的任務就是觀察店主的每一步行動，不要睡覺，時時刻刻觀察！對他的每一個目的都要向我報告！」

「他的每一個想法都逃脫不過我的卦。我只要一出獄……」

「你今天晚上就會出獄，但是我要先向國王稟報。」

「如果國王不准奏怎麼辦？」

「這你就別擔心了。」

「我還有一句話，尊貴的大人，您要破費了。」

「一出獄你馬上可以得到兩千銀元，這算是事情的開始。」

「無比強大的閣下所說的一切都會實現。」

上面的門「哐噹」一聲關上了，樓梯上傳來了腳步聲。大肚子獄卒和秘書沒有找到所要的檔案，空手而歸。兩人看到本應脊背上皮開肉綻、血跡斑斑綁在老虎凳上的巫師此時卻眼裡帶著微笑，安然無恙坐在大官人面前，頓時目瞪口呆。

「你把這個人帶走，別向他要任何東西，要好好照顧他。」官人命令大肚子獄卒說：「這兒有一件特別的事需要我親自向汗王稟報。」

大肚子獄卒把納賽爾丁阿凡提帶到了塔樓上層的一間屋裡，這屋裡的石頭地面上鋪著地毯，板床上鋪著軟被褥，甚至還有水煙鍋。有人送上來一盤抓飯，納賽爾丁阿凡提在大肚子獄卒盯視下一口氣把抓飯吃了個淨光。

門「哐」的一聲關上了，這牢房裡陷入了對納賽爾丁阿凡提來說並不可怕的寂靜。

納賽爾丁阿凡提躺在板床上，好像做了一天粗活般疲憊。他閉上了眼睛，但頭腦裡的思緒卻總是不能停下來。他的思緒隨著大官人來到了國王的寢宮。「他們會做出什麼決定呢？當然，這不是我的事，這應該留給尊貴的卡米力別克大人自己去費心。」突然，他好像聽到了遠方商隊的駝鈴在他耳中嗡嗡響起──這是拍著銀色翅膀緩緩飛來的瞌睡蟲，思緒越來越遲緩。「那些馬呢？到底牠們會跑到哪裡去呢，現在應該到哪兒去找那獨眼人呢？」關於那銀號店主的老婆，他這麼想著：「霍拉桑花園裡的那朵芳香的玫瑰花，妳的調皮偷情卻成了我的救命稻草啊！」這些思緒縈繞在他的腦海裡，慢慢變得模糊，最後消失在空中，納賽爾丁阿凡提睡著了！

他像一個勝利者一樣安詳、甜蜜的睡著了。這裡有必要重複一下，在剛剛過去的給他帶來幸運的那一刻，是靠信心的力量、靠高尚這一金盾使他得救的。在這樣的情況下，人們怎能不想起赫拉特的聖人法爾斯·依賓·海塔莆的格言：「世上人們為了得到好的結果，僅靠一點東西，也就是互相信任是遠遠不夠的，可就是這點學問對那些把拚命取得利益當成自己法則良心的敗壞人們來說，也是不可理解的！」

第 十 七 章

「我認為，無論如何應該砍了他的頭，與這麼危險的造反分子有親戚關係會帶來很多危險的。」

「偉大的主宰，卑臣已清楚查明他們之間沒有任何親戚關係，巫師完全出生於另一個家庭，另外一個村莊。」

「如果他們真是親戚呢？即使不是近親，說不定也是遠親啊？」

「他與亞爾麥提甚至連面都沒有見過，密探們就是這樣搞錯了，他被錯抓了。」

「他被抓入獄後為什麼不以防萬一先砍掉他的頭？這是造反，可不是你那陣夏瓦爾人的巫術，不能開玩笑，對我來說有一個亞爾麥提就夠了！他給我帶來的煩惱，使我臉上增加了多少皺紋！」

「啊，偉大的國王，為了保住一個可憎的巫師的腦袋而傷腦筋，對我來說是不可接受的，甚至是厭惡的。卑臣的意思是，我應該是為皇位的穩固而效力啊！」

「繼續說吧！」

「乘陛下高見之東風，今天我把我那思想之駝隊的一隻隻瘦弱的駱駝趕到國王——您那無比強大的商旅客棧前，讓牠們跪下來，從國王那英明的噴泉中汲取智慧。」

「我的大臣，等一等，你還是先把這些話寫下來，然後到下邊念給朝廷宰相們去聽吧，讓他們也好好聽一聽。我已給宰相們增加了俸祿。」

「這些只有國王天子才能垂聽的話念給宮廷宰相……」

「像你這樣的大臣我這有十二個，如果他們每人都這樣囉唆兩個小時，那我還能睡覺嗎？」

「臣遵旨！最後那一年我們砍了很多人的頭，結果王位才得到了鞏固。」

「這話就對了！這樣任何時候都是有好處的。」

「不過在今天，如國王陛下能賜降恩典，豈不更大有好處——如果我們把巫師放了並且讓宣話人向全市百姓宣布，他們就會高興地歡呼：『浩蕩的皇恩就像春天的太陽，多麼溫暖，我們的生活多麼幸福……』卑臣以為這不會有錯吧？」

「把這些話都寫下來，我的大臣，寫在紙上，然後交給宰相，還有沒有？什麼慈祥和

恩情、光輝和榮耀呀，把這些漂亮話都說盡！什麼紅太陽一樣的主宰呀、您王冠上舉世無雙的兩枚光芒四射的寶石呀！」

「這些話全都去對宮廷宰相們說吧！你的話說完了沒有，衛兵統督？」

「卑臣不值一提的思想之箱已經見底兒了，汗王陛下。」

「這樣就好，天已快黑了。你的話使我相信了，衛兵統督，你的意見准奏了。」

「國王大人慈祥的目光點燃了卑臣心中幸喜之燭！我立刻命令釋放那巫師，明天一早就派宣話人向全城宣告汗王的聖旨，這樣王位就可以在人們心中成爲支柱！」

「也許你是對的，萬一他眞是亞爾麥提的親戚的話，這巫師可是一個危險的……」

「消除這個危險輕而易舉啊，偉大的主宰！先把他放了，然後再透過宣話人宣傳。這就叫弘揚皇恩。然後過上兩三個星期，再把他關起來，立即在塔樓下的小屋裡砍頭，那兒的聲音傳不出去，但要小心。前者公開，後者祕密的進行。」

「好吧，就這樣。」

到了做晡禮的時候，納賽爾丁阿凡提穿著新大衣、新靴子，腰間掛著重重的錢袋從獄中走了出來。

他出門後，就朝向籠罩在傍晚斜陽陰影的廣場走去。

經過宮門前時，他遇到的第一個人就是那個胖銀號店主，他穿著錦緞大衣，胸口上別著那顯示商人級別的標牌，手裡拿著那個馬籠頭，爲了要進宮求見皇帝告狀，早就等得不耐煩了。

他那因爲出汗而發亮的胖臉，盤隨著納賽爾丁阿凡提的出現而笑逐顏開。

「把你放出來了，巫師！啊，眞是太幸運了。也就是說我的馬可以找回來了！我已把訴狀準備好了，花了十二個銀元讓人寫的，如果你願意的話，看看吧！」

「我只認識漢人的文字。」

「希望你明白，我已請求在你找到我的那些馬之前，先不急於讓你屍首分家。你看見沒有，我對你是多麼關心呀！」

「怎麼會看不見呢，我非常感謝你！」

「那走吧，繼續把那一卦算完，也許在黑夜降臨之前你還來得及找回那些馬。」

「我們慌慌張張的往哪兒去？我和你一樣，也是躁急的敵人。你既然決定不急於讓我屍首分家，那爲什麼在尋找馬的問題上卻要這麼著急呢？」

「不急著找馬，這是什麼意思？你忘了，三天後的賽馬會！」

「你先和汗王談一談！他也許不那麼著急，並可能把賽馬會延遲一兩個星期。」

說完之後，納賽爾丁阿凡提沒有在城門前停留，告別了正在落山的太陽，向「叮叮

咚咚」敲著納格拉鼓的街市那邊走去。

「多保重，巫師！」銀號店主歪著腦袋說：「我看得出來，你被收買了，誰收買了你我也知道！但是宮廷裡我也有親信，那些大門對我也會敞開，到那時，哼，巫師，我會讓你和收買你的人嘗到苦頭。」

納賽爾丁阿凡提已走遠了，沒有聽到這些恐嚇。

他身後的道路，籠罩在如童話故事中潛行的猛獸般奇形怪狀的斜影裡。但他卻像一個受到偉大國王寵愛的王子，迎著溫暖的太陽，自由自在的走去。太陽鑽進了亂成一團的雲彩裡，向大地保證明天會送來清爽的山風，使他擺脫炎熱酷暑，並用自己火焰般的光芒，淹沒了大地。

納賽爾丁阿凡提晚上躺在茶館裡，透過板炕與獨眼人低聲的交談著。

「我最高興的是我對你的信任沒有錯。」納賽爾丁阿凡提害怕別人聽見而用手捲成一個小喇叭擋在嘴邊說：「現在告訴我，馬為什麼不在山洞裡，跑到哪裡去了？」

「我沒能把牠們圈在洞裡，周遭有偵探們在巡察，他們還來到了石礦附近。我只好趁著黎明的塵暴把馬從那兒趕到了城邊的空房子裡。」

到天亮時這談話才結束。獨眼人聽明白了下一步的行動命令之後，在日光中消失了。

納賽爾丁阿凡提在原來趴著的地方換成了仰臥的姿勢躺下，長長的吁了一口氣，不一會兒就撐起了夢的風帆。

當他一大清早來到斷頭橋上時，這裡的人們已經聽說他被任命為首席巫師。真是天大的變化呀！原先的譏笑變成了諂媚的目光、阿諛奉承的美言和卑賤的笑聲。

滿臉皺紋的老頭——那骷髏頭的主人挪到了另外一個窄小、黑暗的石窟裡，他在那裡好像一隻掉了牙的老狗坐在窩裡呻吟著，怨聲載道。

他最喜歡、最親近和最信任的三個巫師，昨天還奴才般的向他低頭稱是、為他效勞，但是今天就放棄了他，站到了他的敵人一邊。他們手拿著掃帚和濕抹布，在首席巫師的洞窟周遭跑前奔後的給新來的首席巫師打掃著洞窟。他們在對納賽爾丁阿凡提鞠躬時比別人彎腰更低，其中一個手拿一小塊毯子往地上鋪著，第二個用自己的裹頭布給納賽爾丁阿凡提揮去靴子上的塵土，第三個則揮掉那本漢文書上的灰塵，還用手指摳去書皮上的泥點兒。

不一會兒，大官人自己也出現在了橋上，並且和納賽爾丁阿凡提低聲交談著。他對那些安慰自己的許諾感到悲哀，只不過是聽一聽而已。

「巫師，你對那店主的動向算出來了沒有？對他那卑鄙的目的是否都摸到底了？」

「是的，已經摸到底兒了，閣下，現在還沒有任何可害怕的。」

「盯著他，巫師，不要停下來！」

大官人為了讓納賽爾丁阿凡提當著大家的面吻他的手，而把一隻手伸了過去，這在橋上還是從來沒有過的恩典。

「現在你說說，上次我忘了問你，那些馬從那山洞裡跑到哪兒去了？」

「您是問那些馬跑到哪兒去了？這很簡單，我把牠們搬走了。」

「搬走是什麼意思？你那時在橋上，而那兩匹馬卻在那石礦洞裡呀！」

納賽爾丁阿凡提裝出胸有成竹的樣子，不理睬的拍了拍自己肩膀上的土。

「這很容易，我用氣把牠們挪走了。」

「用氣？也就是說，你還有運用氣功把牠們搬走的本領？」

「這對我來說輕而易舉。騎馬的衛兵們向石礦奔去的時候，我從書上知道了盜馬賊從馬蹄上拔掉了護身符釘子和絲綢線。這就是我之所以暫不讓馬回來的原因，想先把情況向閣下稟告，然後向您請示將來怎麼辦！」

「非常好，言之有理，巫師！就應該把牠們搬走。」

「真有意思——嗯！那你說說，能不能在一剎那間運氣把那個店主搬走？搬到一個比較遠的地方，比如說巴格達或德黑蘭，還有比這更好的地方，如把他弄到拜偶像教國家，讓他成為洋人的奴隸？」

「我做不了這種事，我的功法只能對牲畜有效，也許到時候我再深造一步……」

「太可惜了！我們宮廷裡需要用這樣的辦法處置的人還不少呢！」

這時他的腦海中不由得浮現出應該用氣搬走的一排人，其中第一個就是鬍子亂蓬蓬、總是瞪著眼睛和他作對的亞第凱爾別克——他臉朝著天躺著飛過；他後邊是那店主，好像用腳去勾著前邊的人似的歪著身子飛過；再往後，手拉著手一個接一個飛過的是宰相、稅務大臣、最高哈孜、御璽執掌大臣，還有其他人。這個奇特的隊列飛過之後，使這大官人嚇了一大跳的是，竟然汗王也在他眼前飛過。汗王好像在王位上正襟危坐的傾聽著關於當前財政開支的奏摺，但卻被一陣旋風從王位上掀起，身子稍向前傾著從天上飛過，他的衣服被風吹得鼓了起來，繡著紅花和綠花的寬腿燈籠褲腳管下露出的兩隻又乾又瘦的腳丫子向兩邊翹著，這些都在眼前很快閃過。這樣可怕而又誘人的景象在腦海中飛過之後，大官人感覺到自己頭暈、惡心，耳中嗡嗡的響，好似自己也莫名其妙的出現在剛剛飛過去的那些人的末端。這種荒唐的感覺甚至衝過了理智的大門，直達他心底最隱蔽之處，這使他恐懼不已，不由得一陣劇咳，嘴裡嘀咕了起來。他認為那些荒唐的想法可以就這樣無形、無需言語的實現。這時他又想到了巫師：「這個傢伙透過

巫術就能把這些可怕的景象滲透到我的腦海中！的確，這太危險了，他知道得太多了，運氣移物！對這樣的人到了沒用的時候，就應毫不遲疑的採取謹慎措施！」

大官人走後，橋上寂靜了許久。其他的巫師們陸續給納賽爾丁阿凡提送來各自的禮物。一個前來在他的毯子上放了五十銀元，另一個放了七十，有的依據自己的收入放得更多。這樣，頭一天納賽爾丁阿凡提就明白了一個處在中層職位上的人有兩件重要的事要做，這就是：要做出能安慰上級的許諾和接受下級的貢禮。

掌管人頭骨的老頭兒最後走過來，往納賽爾丁阿凡提的坐毯上放了一百五十銀元，比誰都多。他的表情非常難過，他的下台使他的心受到了打擊，以至於一下子又瘦了許多。但是表面上還裝得一本正經，不動聲色。儘管如此，他眼睛裡流露出的黯淡憂傷人人可見，人人明白。他把自己最重要的法寶——一大清早就用沙子打磨並又上了油的神祕的骷髏頭放在了醒目的地方，這人頭骨現在是他最後的希望、最後的靠山。

納賽爾丁阿凡提這時惻隱之心油然而生，於是把他的錢推到了一邊說：「拿去……沒有用。」

老頭氣呼呼的瞪著他，眼睛裡冒著綠色的毒焰。

「你是嫌錢太少？你把我的一切都奪去了，現在還嫌不夠？也許你希望我把這個骷髏頭骨也交給你？」

「不，不願意。」納賽爾丁阿凡提慢條斯理的說：「把你的錢拿走，那骷髏頭還歸你，你的任何東西我都不要，現在我要給你算一卦。」

老頭兒氣得好一陣子什麼話都對答不上來。然後說：

「你要給我算一卦？給四十年來坐在這橋上掌管人頭骷髏的人算命，昨天算卦給我們大家丟臉的就是你啊！」

「但是不管怎麼說還是聽一聽為好。」納賽爾丁阿凡提打開了自己的書。「放心吧，你的煩惱不需多時便會過去。過不了月底，你的尊位和應有的收入就會失而復得，盜走你福運的人就會消失，就像春天早上的塵暴一樣煙消雲散，只是關於他的記載將會時代久遠的留在這座橋上。當人們知道他的名字時，話就說到這兒吧，這書中的漢字在閃光，我的眼睛看不清楚，什麼也看不出來了。」

老頭感到危險，用眼睛的餘光看著納賽爾丁阿凡提，不知該說什麼的走開了。這個新人是在嘲笑他呢？還是因這突如其來的福氣而瘋了呢？他走進自己那黑暗的洞窟裡，憂傷的沉著臉，不再作聲。

但是，又有新的不幸降臨到了這老者的頭上，那就是昨天還曾奴才般奉承他的狗腿子們所開的惡毒的玩笑。

「嘿！」他們譏嘲的喊道：「現在你怎麼不拿你該收的那十分之一抽成了？」

「他留到明天才收呢！」

「他在等待大官人授權收我們的五成收入呢！」

「不是那麼回事，他是首席巫師當夠了，自動讓位！」

由於他們自己低賤、無恥，所以也那樣猜測別人，並且深信這些話能迎得納賽爾丁阿凡提的歡心。他們聽了按那本漢文書算出來的卦之後，因為他們本性卑劣，想當然地把這一卦看成是對失敗者的又一毒諷。

「趕快把這早就令我們討厭的骷髏頭扔掉！」他們拚命的喊著，一個比一個賣勁的向新首領諂媚著。「你說那是人頭骷髏，但人人都知道它是猴頭骷髏！」

「當然啦，就是猴頭！」

「而且都發臭了！」

老頭兒除了有關這頭骨的損詞外，什麼侮辱的話語都能聽下去。

「該讓你的頭髮朝腦袋裡面長，透過腦蓋骨鑽進你的腦子裡才是。阿克木[1]，是我可憐你才把你養大成人，你這條翻臉不認人的毒蛇！」老頭坐在自己的洞窟中用沙啞的聲音埋怨著。「你別忘了，你小的時候，飢寒交迫，穿著一身又髒又破的衣裳，是我把你從這個橋下抱出來，像對我親生兒子一樣的把你摟在懷裡，餵你吃的，給你衣服穿並教你算卦，但是今天你卻在用什麼報答我？你呢，阿迪力，讓你腸子炸裂，讓毒蠍去叮咬你那壞透了的心肝，別忘了前年是我花了七百四十四個銀元把你從皮鞭下和大牢裡贖出來的！」

納賽爾丁阿凡提聽了這番話才知道這外表難看、所做之事無疑與密探一樣的巫師之流的瘦老頭，那百污盡納的心底裡還隱藏有一點仁慈之心呢！但他又想到這個老頭兒很快就會復位，並要對這些恩將仇報的人進行無情的報復，因而沒有替老頭兒說話。

接近中午了，越來越直射的陽光曬得一個個圓屋頂像鏡子一樣，四處閃光。橋上的石板就像剛從窯裡燒出來的一樣熱烘烘的，空中一絲風都沒有，樹葉兒都曬蔫了。鳥兒們各自鑽進陰涼裡不再作聲。

遠處傳來了納格拉鼓聲、喇叭聲和宣話人的喊聲。過了一會兒，他們出現在了橋上，宣讀起汗王的聖旨——新的法令。巫師們聽了一時都目瞪口呆、面面相覷，為了他們的新頭目竟然會有這麼大的聲勢。但是納賽爾丁阿凡提自己心中早已有底：在這嚷嚷聲越來越大、吉祥之兆頻頻閃爍的祕密之下，他心中感覺到那巧妙的辦法越來越接近了。

註① 阿克木——在這裡是人名，不是官位名稱。

第 十 八 章

　　納賽爾丁阿凡提預料在賽馬前的這些天裡，那銀號店主為了找到馬會到橋上來糾纏。

　　結果並非如他所料，那銀號店主一次都沒有來，因為心中的煩惱使他無心顧及利益得失。他現在既不願要那一等獎，也不願聽汗王的表揚，只想報仇。他一心想把那狡猾的大官人揭發出來，將他踩在腳下，讓他粉身碎骨，讓他從這個世界上消失。當然，那個騙子巫師也不例外。

　　賽場上的比賽已經開始，哪還有必要討論大官人的土庫曼馬是否能獲勝——那些馬已經超過別人五百肘遠，在風中揚起尾鬃，像出弓之箭一般疾馳，場景非常壯觀，人們一飽眼福。

　　賽場上喇叭聲震耳欲聾，嗩吶聲快要刺破人們耳膜，大小納格拉鼓「叮叮噹噹」敲得響亮。勝利者被帶到了擺著裝飾很華貴的汗王御座的看台前。土庫曼馬不住的晃動著脖子，耐不住性子的咬著馬嚼環，前蹄用力刨著地，牠們剛烈不羈，急著再次奔上賽場，躍躍欲試。牠們已經圍著跑道飛馳了十二圈，但只是呼吸稍有加快，牠們的身上、屁股上還是乾的，一點兒汗都沒有出。

　　汗王對此非常欣賞，不住的微笑。

　　圍在後面的宮廷學人們中間傳來了一片低聲的讚許和誇獎。

　　大官人因為得勝而高興得眉開眼笑，兩手扠著腰，端著肩膀，時而捋著那對八字鬍，一會向左向右的前傾著身子，還不時的搖動穿著細高跟兒靴子的腳。

　　汗王的首席宣話人走到王台前邊，舉起了手，讓所有人注意。

　　喇叭聲停了下來，鼓聲也靜了下來，圍到王台前面來的百姓大眾頓時鴉雀無聲。

　　「我們尊貴的汗王——浩罕以及所有伊斯蘭領土上主宰一切的紅太陽。」宣話人用粗大的嗓音開始說：「真主親密的使者，穆罕默德先知在今世的繼承人，榮耀四海、天下所有統治者中最英明的統治者……」

　　汗王用手向宰相作了個手勢，宰相走到宣話人身邊，接過他手中的聖旨，並用指甲將紙面上四分之三的字都劃了去，留給自己念，為的是領取額外報酬。宣話人開始慢吞

吞的念了起來，最後他好不容易把目光移向最後幾行的結論部分：

「根據吾皇聖旨，四萬銀元的一等獎，獎給那些最英俊、跑得最快的……」

「我要求公正，我要求申冤！」人群中不知是誰突然大聲喊了起來。「我請求偉大的汗王，對搞鬼作弊的人予以處罰！」

汗王皺起了眉頭。宮廷學人們非常不安的議論起來。在這種時刻、這樣隆重的場面，這是非常不禮貌的！

人群向兩邊分開，給一個頭上沒有裹頭布、光著腳，但卻穿著錦緞大衣、胸口上掛著擦得錚亮的商人級別標牌的銀號店主讓開了一條路，讓他走向王台。他用手指甲搔著自己的臉，揪著自己的鬍子來到王台前，一頭跪在地下並抓起一把土撒在自己的頭上。

「我要求公正，給我申冤作主呀！」他喊著。

那個大官人的黑鬍子頓時變得好像從臉上掉下來然後又掛上去似的，臉色也驟然變得毫無血色！

「把他拉起來！」汗王大怒。「把膽敢破壞今天這大喜大慶日子的骯髒之輩拉起來，拉到我跟前來！」

衛兵們架著那店主的兩隻胳膊，把他拖到了王台前。他們的動作是那麼俐落，以至於那銀號店主垂吊著兩條短腿，都來不及挨到台階。

宮廷學人們非常生氣，他們認出這是銀號店主。商務大臣在汗王前躬下腰，低聲說了些什麼。

「是很富有的商人嗎？」汗王好奇的又一次問道：「屬於應該特殊照顧的？那他為什麼這副模樣？把他帶近一點，有什麼要說的讓他說出來。」

衛兵們把店主拖了過來，他像一個布袋一樣被衛兵們提起，他想說什麼，但又說不出來，鬍子裡的厚嘴唇無聲的動彈著。

汗王和宮廷學人、高僧們在等待著。大官人也連氣都不敢喘的呆望著一切，他那射向店主的目光是那麼凶狠……

這時候，土庫曼馬獲勝的消息已傳到了街市、傳到了各處茶館和客棧，也傳到了斷頭橋上。

「這會兒那店主當然要來了。」納賽爾丁阿凡提想：「賽馬會的一等獎已被奪走，他那些非常昂貴的馬也已失去，現在他是否還會為此增加開支，值得懷疑。」

納賽爾丁阿凡提又錯了，那店主並沒有來。取而代之的是一群騎馬的衛兵，還牽著一匹沒有馱人的空馬。他們馳上前來，抓住納賽爾丁阿凡提，二話不說地把他帶走了。這一切都發生在一瞬之間，慌忙之中他沒有忘記把那本書、葫蘆和其他東西塞進口袋裡

帶著。

首席巫師坐的洞窟空了。

橋上的人都驚訝萬分，好一陣鴉雀無聲，然後巫師們開始了各種猜測：

「他們要把他帶到哪裡去？」

「關進監獄嗎？或是押去處死？」

「或許他回來的時候就會變成別的樣子？」

但是，大家一致認為他的事無疑就此終結了。背叛了老頭兒而與他為敵的三個狗腿子為自己草率行事、特別是對那骷髏頭所開的狠毒玩笑後悔不已。

首先來到了老頭兒洞窟前的是阿克木，老頭兒曾像對自己的兒子一樣呵護他，並把他在自己家裡養大。

「您在這裡太潮濕了，我英明的擎天柱。」他用假惺惺的口吻，好似兒子關心父親般的說：「如果您願意，我把我那新的棉軟墊拿來給您？」

其餘二人擔心阿克木的巴結會超過自己，於是也都跟了過來。

「英明者中的英明者，我們的祖師爺。」其中一個用甜言蜜語低聲說了起來。「昨天有一個很富有的寡婦來找我占卜，她的事難卜難算，我自己說什麼也沒能算出其所以然，就請您親自為她解答疑難，並收下她的那份卦錢，懇請您允許我今天在她來到這兒之後把她引荐給您。英明超凡的⋯⋯」

「您的學問天下無敵！」另一個也湊上來了巴結的說。

「您的見解非常高明！」第一個人又趕忙說。

「這真是一個神奇的骷髏啊！」另一個大聲說。

阿克木這時跪在地上，不時乘機大聲插著話。

「真是一個胸懷無量的人！」他大聲說：「昨天您臉上的微笑是那麼高尚而又光明，啊，無所不知的老人家。您對我那幼稚的玩笑、單純的心靈和愛說笑的性格是知道的嘛⋯⋯」

老頭兒沒有抬起眼皮。他那乾癟的嘴唇上帶著憂傷的微笑，一聲不吭。這正是自古以來人們常說的「英明不是上等人的財富，而是其崇拜者們的⋯⋯」這話真是一點也不假。但是他們那些吹捧虛誇之詞，被老頭兒那張躲在陰影裡的自恃英明的表情所接受。

「對你們每一個人我當初都好心相助，現在我卻因此而被懲罰。我們這個忘恩負義的世界上的規律就是如此——每做一件好事的結果就是對做好事的人恩將仇報。」他說。

他自己，還有那些聽著這些話的人對這番話的貶毀之意是否能完全理解呢？這些話，如果是真理的話，那他們的生命就應該終止了。但生命的空間又是很寬廣的！老頭

兒的這些話並不是眞理，而只是喪失了信心的人或是像這個老頭兒一樣失望的人們的一種辯解。

衛兵們比對那店主更俐落的將納賽爾丁阿凡提拉上王台，把他扔在了汗王前的地毯上。

跟前沒有一個普通百姓！場地周遭看熱鬧的人群被衛兵們用棍棒和鞭子趕到一邊去了。

納賽爾丁阿凡提第一眼便看出那店主和大官人之間剛剛發生了激烈的衝突。

兩人都面紅耳赤，汗滿額頭，眼裡冒著怒火，連手都在不住的發抖。

汗王自己也氣得滿臉通紅。

「從來沒有過……」他由於大怒而上氣不接下氣的用沙啞的聲音說：「從來沒有人敢用這樣醜陋的爭吵來詆毀皇帝！這還嫌不夠，還當著全體百姓，讓所有人都聽見。爲了達到你們各自卑鄙的目的，難道你們不可以選個其他時間和場合？」他氣得一陣「呼嚕嚕」喘過之後，勉強恢復了過來。「難道連皇帝都不能擺脫你們那骯髒的爭吵、誣蔑和誹謗，都不能得到短暫的專心觀賞和娛樂？」

這時他的目光落到了納賽爾丁阿凡提身上：

「這又是誰？」

「是巫師。」商務大臣回稟說：「這就是剛才提到的那個巫師。」

「他是從哪兒出現的？他爲什麼在這兒？」

大臣的臉色一下子變得刷白，嚇破了膽似的。

「我不是讓你自己先審問、提出你們的看法，然後再提上來嗎？」

他不知該說什麼好，然後用乞求的目光看了一眼宮廷學人們。

沒有人願意幫助他，誰都不作聲。

「看來他有自己的看法！」汗王更加生氣了。「他早就有了主意！……也就是說，在他之後，你還會想出比這更無聊的點子，把街上所有運垃圾的、掃馬路的人都召集到我的御座之前，讓他們與我友好交談。你既然下令把這個騙子巫師押來了，那你就親自和他談去吧，我請求你把我從這種『光榮』之中解放出來。讓這巫師當著我的面馬上把那些該死的馬找回來，否則的話，讓他供認所有的騙人妖術，然後當著我的面給他應有的懲罰！」

說完這番話，汗王停頓下來，帶著非常不滿的表情，靠在了身後的大枕頭上。

這時候納賽爾丁阿凡提與那店主互相用目光看了一下對方，納賽爾丁阿凡提友好的朝他擠了擠眼睛。店主氣得像死人一樣，清著嗓子，又揪掉了一把鬍子，但在這個時刻

沒敢再說什麼。

「巫師！」商務大臣說：「尊貴的汗王陛下的聖旨你都聽見了，你要準確、明瞭、不得有半點陰謀詭計的回答我的所有問題。」

納賽爾丁阿凡提於是準確、明瞭、毫無陰謀詭計的回答了問題。他真的答應當著汗王的面立即把馬找回來，他還大膽的提醒店主許諾過的那一萬銀元獎金。

「你們是那樣談妥的嗎？」大臣問店主。

店主沒說話，從大衣裡掏出了一個錢袋，交給大臣。

「看見沒有，巫師！」大臣搖晃了一下錢袋，清脆的金幣撞擊聲傳到了人們耳朵裡。「但是在拿到金幣之前，你必須先把馬找回來；其次，你的叛逆行為可能受到嚴屬的懲罰，你必須予以反駁。如果你能在今天找到那些馬，那為什麼不在昨天、前天或是更早的時候找回來，而是在賽馬舉行之後才答應找來，把這個原因說清楚！」

「星相中陰氣十足，凶邪暗伏……」納賽爾丁阿凡提開始把在布哈拉曾經說過的那一套老話又故伎重演的說著。

「這裡。」商務大臣打斷了他的話。「從馬主人的陳述看來，你敢說你沒有故意剝奪我們偉大的汗王一睹那些阿拉伯良種馬的動機？如你的確是包藏禍心，那你必須老實交代是誰教你的。」

商務大臣的言外之意是指那大官人——自己歷來的老對手。

「老實交代，巫師！」那大臣像是期待著什麼似的大聲喊道：「老實交代！是誰教你對我們的紅太陽——偉大的汗王陛下要花招兒的？那披著忠誠外衣而內心卻像毒蛇一樣狡猾的幕後敵人是誰？如你老實交代，獎金還會增加，而且我也會給你加碼獎勵。對從實招供並敢於揭露出我們偉大汗王的所有隱蔽敵人的人，我要從我的口袋中掏出兩千甚至三千銀元，與這錢袋子一起獎勵給他。」

一心想把那官人推下水的大臣就是再添上五千或是一萬元也在所不惜。

但他的對手並不是一個嘴上沒毛的小孩子，而是在宮廷鬥爭中飽經風霜、具有實力而又老練的梟雄。

那官人衝著王台向前邁了兩步，他的眼睛裡冒著火星，鬍子就像是戰象的牙齒一樣凶狠的向上翹著。

「偉大的汗王陛下對剛才所發生的一切都已親自耳聞目睹！用金錢來誘供，這本身難道還不算是行賄行為？」

「我是奉汗王的聖旨在這裡審問巫師的。」大臣怒目相對的回答說：「沒有人能夠指控我行賄，也不能像指控某些人那樣指控我對偷馬之事負有責任。」

　　「偉大的真主保佑啊！」大官人一邊喊一邊跳了起來，用那高跟鞋踩著地，兩手朝天上舉著。「唉，我的天呀，為什麼，為什麼總讓我聽到這些誣蔑之言！還說別人呢，有人一方面沽名釣譽，另一方面卻利用職權巧取豪奪，比如去年大集貿市場都快被搞垮了，有人為達到中飽私囊的目的，卻還在法律規定之外擅自收斂捐賦……」

　　「什麼捐賦？」大臣雖然紅著臉反問著，但卻兩眼呆滯，眼睛裡一下子失去了凶光，因為所揭露的捐賦他自己一清二楚。「尊敬的衛兵統督閣下說的可能是去年撥給用於更新炮台的專款，但實際上是至今連一塊磚都沒有換、然而那筆錢卻一分也沒剩的花個乾乾淨淨吧！」

　　「您還說炮台呢！」城市建設事務大臣用尖細的嗓音說：「如果要提炮台的事，首先應該提起清理艾孜里提聖人廣場前的那個湖和在湖岸鑲磚的事！結果怎樣了，磚鑲了沒有，清理了沒有？我要說，這事開工已有四年多了，金庫已經撥款四次了！」

　　管理全國河流管道和湖泊的水利大臣開始插話，他提到了至今還沒有鋪上石頭的城市廣場。聽了這話的城市街道總監察官一下子激動了起來。他是一個滿臉麻子、有一對像貓頭鷹一樣的圓眼睛、高個子、乾瘦的老頭兒，他嘴裡噴著唾沫開始講起到浩罕來的一個什麼商隊途中被強盜搶劫、運給布哈拉艾米爾但是後來沒有收到的三袋黃金的案子。說著說著他開始喊了起來。然後更夫隊總監「唧唧喳喳」的發起言來，他也指控由於喪盡天良的強盜進攻商隊才導致黃金丟失。他們那些振振有詞的指控被大官人的一陣哈哈大笑所打斷，因為那些人是什麼樣的強盜，他透過自己的特務們知道得最清楚。商務大臣、水利大臣也都不時插著話幫腔，然後城市總監、國庫大臣和其他人都爭相參言。

　　瞬時間，互相揭短和譏諷的聲音在汗王周遭此起彼伏，開了鍋似的。

　　大家都把店主、巫師和丟馬的事忘得一乾二淨。

　　宰相、大臣、官員們一個個臉紅脖子粗，瞪著眼睛、捏著拳頭，在厚厚的大衣裡汗流浹背的跳著辱罵和貶低對方，手指都快要扯到對方的鬍鬚了。

　　不知是誰提起了在薩依河上修建的那兩座橋的事，這事汗王早就瞭若指掌。

　　汗王在寶座上不知不覺的也稍微坐起身來，參與到了他們中間並且大聲喊道：

　　「是呀！你們這些無賴、盜賊，給那些橋上運送石板的那些滾木到哪裡去了？說呀，你怎麼不吭聲了，卡迪爾！二百六十棵榆木檁子都到哪兒去了？結果一查都是楊樹，還是朽了的。這是誰做的事，說呀，尤努斯！」

　　這一場舌戰看來還要由納賽爾丁阿凡提來平息。

　　他把那本卦書舉起來，搖晃了一下，說：

「關於丟失了的馬的事，我的書上是這樣說的……」

他的話好像是豪雨澆滅了荒灘上的野火一樣，立即平息戰火。

首先是汗王鎮靜了下來，他用憤怒的眼光向四周掃視了一番。

大臣、謀士、高官們也都靜了下來，然後滿懷著心中的不滿和怨恨在汗王寶座後邊各自的位子上坐了下來。

「破壞禮貌和秩序的骯髒傢伙們！」汗王勉強喘著氣兒開始說：「對你們這種破壞秩序的行徑我還要忍耐到何時？今天的醜事不會就此了結，等我回宮後再說！由於你們的惡行而在全國造成的混亂局面，我要在真主面前發誓，決不會饒恕你們。我為你們辦了多少好事，給予了多少關懷，但這一切在你們那放肆、傲慢、好鬥、一意孤行和偷偷摸摸的行為面前竟然一分不值！等我的忍耐到了極限，總有一天會把你們的所有贓物都收繳國庫，把你們一個不剩的統統趕走，那時只有怨你們自己！」他把那怒氣沖沖的臉轉向了商務大臣，說：「對那巫師說，讓他繼續！讓他快點供出他的詐騙行為和謊言，然後給以應有的懲罰。那些馬在哪兒？」

「馬在哪兒，巫師？」商務大臣學著汗王的腔調問道。

「馬在城邊上，乃曼琴路邊有一片房子，就在其中一個房院的馬棚裡綁著。」納賽爾丁阿凡提說：「這房院在兩條大渠的匯合之處，在一片園子裡，園子的大門上有彩色裝飾，與其他房舍截然不同。」

「你說是有裝飾的大門！」那店主喊了起來。「兩條水渠匯合之地？那是我自己城外的夏季別墅呀！但那裡是沒人住的。那大門是被釘著的，馬怎能進到裡面去呢？」

宮廷學人們聽了這番話不知該說什麼好，交頭接耳的議論開來。

汗王的話消除了人們的懷疑：

「那裡根本就沒有什麼馬，而且從來沒有過。這巫師想逃避懲罰而在蒙騙我們。給他準備好鞭子，同時為了證實他說假話，趕快派人到城邊的那房院去！」

騎兵們向乃曼琴路方向飛奔而去。

「那裡什麼都沒有，不但沒有馬，什麼也都沒有啊！」宮廷學人們在汗王身後亂哄哄的說著。

但是人們中間的三個人：在王台前用冷眼看著那些正在準備鞭子的衛兵們的納賽爾丁阿凡提，以及深知這巫師精明超凡、能未卜先知的店主和大官人都心中各有所思。「在我自己家裡，哼！」那店主心裡在咆哮著，各種疑慮和猜測越來越充斥頭腦，心中惴惴不安。「那些馬難道真的會出現奇蹟！」那大官人幾乎害怕相信這種幸運事會出現，緊張得喘不出氣來，靜靜的愣在一邊。「要是巫師算得準確，那些馬真的在那房院裡找

到就好了！然後呢，然後……我就知道自己該說什麼、該做什麼了！」

過了一小會兒之後，離賽馬場最遠的那邊——靠乃曼琴路邊上的地方出現了返回的騎兵。

「他們把馬趕回來了，把馬趕回來了！那不就是牠們的身影嗎，我的馬！」那店主喊了起來，不由得跑著迎了上去。

但是衛兵們按照大官人的手勢在他還沒有下完台階之前就把他抓住，又把他推上了王台。「我的話還沒有說完，尊敬的拉黑木巴依！」大官人心裡嘀咕著，又是憤怒又是慶賀，以至於他都打起冷顫來。

那些騎兵來到了跟前。他們把兩匹沒有備鞍具的光背馬牽了過來，一匹像貝殼兒一樣潔白，而另一匹像燕子翅膀一樣烏黑。

人們在賽馬場上還沒有見到過這麼英俊和步伐矯健的碩壯大馬！

宮廷學人們中間傳出了陣陣驚嘆和讚賞聲。

那店主的渾身上下顫抖不止的向王台下面望著，但衛兵們的手狠狠的抓著他。

「我要毫不誇張的說，這些馬是世界的造化！」汗王說。

「真是造化！簡直神了！」宮廷學人們用各種語調紛紛附和著說。

馬被牽到了王台前，接下來是一陣寂靜，所有人都忘記了剛才的爭吵和煩惱，欣賞著牽過來的阿拉伯駿馬，嘆為觀止。

這時突然又傳來了那店主的「哼哼唧唧」的喊聲：

「我要求公正，要求主持公道！」

人們一下子都轉向這邊。汗王繃著臉說：

「對他，這該死的店主還有什麼可不依不饒的？讓他把馬牽走不就結案了嗎？」

「應該給我的獎金呢？」納賽爾丁阿凡提趕忙提醒說。

「關於巫師的要求。」汗王連看都不看巫師一眼的補充說道：「他應該得到所承諾的獎金。」

商務大臣高高舉起裝有一萬銀元的錢袋，為了讓大家都看見、聽見而在頭頂上搖了一會兒，然後扔到了納賽爾丁阿凡提腳下！

「巫師，拿去吧，我們偉大的汗王是無比公正的！」

但是在一邊的銀號店主卻像一隻老鷹一樣撲了過來，兩隻手緊緊的抓住了錢袋。

「那行賄的事呢，偉大的主宰！」他邊喊邊拚命從納賽爾丁阿凡提手中搶著錢袋，並且做出一副凶狠、猙獰的樣子。「造成我天下無敵的駿馬不能參賽的那些骯髒的賄賂行為該怎麼處置？他們都在這兒，行賄和受賄的兩個人都在場！」他緊緊抓住錢袋不肯撒

手，朝著那大官人和納賽爾丁阿凡提兩人用鬍鬚指了兩下。「我要求公正和主持公道！這兩匹馬今天這麼容易就被找到了，爲什麼昨天不能找回來，爲此賄賂了多少錢，是誰給的，這些應該讓巫師交代！騙子，把錢還給我，聽見沒有，給我！」

那店主猛地一拽錢袋，由於用力過猛而摔了個四腳朝天，但還是死也不肯放開那錢袋子，連納賽爾丁阿凡提也身不由己的被拉倒在店主身上。

王台上一時「鬧烘烘」的響了起來。

宮廷學人們亂哄哄的嚷嚷著。

當著汗王的面，出現了一片無禮的打鬥。

衛兵們把打架的人們拉開了。

錢袋子落在納賽爾丁阿凡提手中。

店主「呼嚕呼嚕」的急喘著，捂著胸口。

這時，正是大官人報仇、發洩、顯威風並且擊潰敵人的時機！他非常堅定的向前邁了一步，面向汗王，壯著膽子說：

「稟請聖上允許下臣也進上一言！這店主極盡誣陷之能事，說我行賄了。現在首先應該讓他把這些被盜的馬，是怎樣到了他自己家的郊區別墅之事作出解釋！」

在這出乎預料的情況下店主有什麼話可以回答的呢？他已理屈詞窮。

大官人大聲喝問道：

「我們在等著你的回答，這才是眞正的狡猾！首先，你擔心那些表面上看起來很漂亮、但並不善奔跑的阿拉伯馬不能在賽場上取勝並在大眾百姓面前出醜，而把那些馬藏在城邊自己的空房院裡，然後假稱被盜而鬧得全城一片混亂，這才是你的良苦用心！你驚動了全城的衛兵爲你找馬，破壞了安定，還扔掉裹頭布、光著兩隻腳闖入這歡樂喜慶的場合，裝成可憐兮兮的樣子亂喊亂叫，掃了我們汗王大人的雅興。做這些你只有一個目的——就是想當著汗王的面誣蔑汗王最忠誠的和最孝敬汗王的愛卿！」

大官人的聲音在顫抖，他用衣袖擦著眼睛，然後兩眼做出更加悲傷的樣子繼續說：

「難道這些還不夠狠毒？如果要是說有誰應該乞求我們偉大的汗王主持公道並予以翼庇的話，這絕不是罪大惡極的銀號店主，而應該是無故受冤、忍辱負重的我！可誰知道呢，也許明天又會誣陷我搶了他的店舖，或許還會更凶險的說我和他的老婆有關係，這誰能保證？」

這眞是老奸巨猾、深謀遠慮！爲了讓汗王聽清這一套謙詞，那大官人稍停頓了一下，然後才繼續說完自己的話：

「馬是誰偷的呢？人們不禁會問：這麼長時間沒有能夠抓到的神祕大盜到底是誰呢？

我們抓不到的原因現在已真相大白，要想抓住這個盜賊，我們其實不必到別處去，因為他就在這裡，在我們大家面前！」

大官人做出一副氣勢凌人的樣子，昂著頭，挺著胸，背略朝後傾著，伸出手指頭指著那面色蒼白、躬著腰的店主。

「是我偷的？難道我是賊？你竟然說我自己偷了自己的馬？」店主哽哽咽咽的嘟噥著。

他可憐不堪的微弱的話音被大官人粗壯的嗓音淹沒，好似瀑布旁的小溪之聲不被聽聞。

「現在讓他說！」大官人怒吼道：「看他還敢與我怎麼狡辯！」

按照慣例，在這種情況下店主要是張嘴反駁，則在大家面前是不可饒恕的罪過，而大官人的粗聲質問就是他有理的不可辯駁的證據。

但在這場惡鬥中也有替店主說話的人，他們是那大官人的宿敵——以商務大臣為主的一夥。他們一下子嚷嚷了起來：

「誰能偷自己的東西？」

「這真是太荒唐了！」

「從沒聽過這樣的事！」

「他是全浩罕有名望的人士！」

替那大官人說話的人們都站出來反對。有人則說還會有比這更離奇的盜竊案發生，同時又把在通往布哈拉的路上被劫的三袋黃金的事又揭了出來。道路夜巡總長格外激動，大喊大叫的說起那用石頭鋪設街道之事；然後又提到了艾孜里提聖人湖、炮台、大集貿市場、苛捐雜稅之類的事。總之，不久一群人又像剛才那樣陷入互揭瘡疤、挖苦、譏諷的浪潮，不可開交。宮廷學人們各自替自己的人說著話，個個大汗淋漓、臉紅脖子粗，向對方撲著身子，台上亂成一片，越發不可收拾。汗王那薄薄的嘴唇流露出憤怒和失望的苦笑，一聲不吭。他慢慢的轉了一下身體，拍著肩膀，面向著賽馬場，無話可說。

這一切又像剛才那樣，他們忘記了店主、馬和巫師啦！

有一個上了年歲而且比較遲鈍的衛兵頭目走上了王台。他多年來一直侍奉汗王、效忠效力而白了頭，他無所不見並習慣了一切。他為人並不凶狠。被這個大家庭的煩惱折騰得不亦樂乎的他，只要不是身邊有人的話，在用刑時也絕不過分整人。他小心的從高級地毯上走過，來到那銀號店主跟前，說：

「店主，把你的馬帶走吧！現在這裡沒有你的事了，這混亂局面一時半時結束不

了。」

　　這衛兵頭目為了維持秩序，只朝那店主的脖子上沒用勁的搗了一拳，把他從台階上推下，把馬的韁繩塞到他手裡，並派兩名小兵把他押回家去了。然後，他又準備用同樣的方法把巫師送走而走上王台。

　　但是當他走上王台時，納賽爾丁阿凡提已不見了——納賽爾丁阿凡提總是那樣神不知鬼不覺的悄然消失。這時的納賽爾丁阿凡提已經在賽馬場的另一端，在一片小桑樹林稀疏的蔭涼中，躺在混有白色石子兒的金黃色沙地上。身邊的小溪在歡快的流淌，樹上的綠葉在沙沙作響，鳥兒們在歌唱，一隻小老鼠跑了過去，水中的游魚時而閃現，傍晚來臨前的寂靜天空中一片湛藍，雲朵飄飄。納賽爾丁阿凡提貪婪的俯向小溪，乾枯的嘴唇任溪水滋潤著，他又用這水洗了手和臉，然後拉起襯衣擦乾了臉，露出肚皮，享受著清爽的風。他向賽馬場那邊望去。那邊的王台上就像憤怒的海洋、燃燒著的地獄——五顏六色的衣服交混在一起，標牌、勛章、大刀不時的閃著光。人們大喊大叫互相辱罵，那怒濤聲甚至連樹林裡都可以聽見。納賽爾丁阿凡提微笑了一下，摸了摸腰間沉甸甸的錢袋，邁著他那特有的自由的步伐，在鳥兒們不住的歌聲中，沿著小溪不慌不忙的走了。

　　裝著算命用具的口袋此時對他來說已是多餘的了。在路邊上，他遇到了一片老樹，樹下腐爛了的枝葉發著臭氣，旁邊有一塘死水。納賽爾丁阿凡提鑽進那樹蔭裡，周遭的蚊子「嗡」地一下子圍了過來，向他那滿是汗水的臉上、脖子上、袒露的胸口上叮咬著。納賽爾丁阿凡提又來到一棵歪向一邊、長出很多樹杈、上邊有一個樹洞並且已經發黑了的老桑樹下，把錢袋子塞進樹洞裡，為了更放心一點，他用拳頭把那錢袋又往裡搗得更隱密一些。他的雙手騰空之後，這才放心地坐在從地底鑽出長滿了苔蘚的粗樹根上。他一邊轟趕著討厭的蚊子，一邊對那老桑樹說：「喂，老傢伙，可不要洩漏機密了，斷頭橋上首席巫師的蹤跡在全城只有你知道！」納賽爾丁阿凡提到哪兒還能找到比這更可靠的保管者呢。當然了，在這水坑邊上的一切東西之中，這老樹是最陰森、最沉默的了。老樹洞的深處對人們來說是最可怕的，因為習慣上人們總是對它疑懼和迴避，不知道它為什麼不從光明的地面上，而是把自己的根脈從冰冷的地下向四面八方伸出地面，盤踞在這地上並且生長了多少個年代。

第 十 九 章

　　關於與那老桑樹的對話，成了納賽爾丁阿凡提生平故事中非常奇特的一頁。凡是納賽爾丁阿凡提執意要做的事，都能如願以償，那店主的皮錢袋在他面前打開了。現在裝有一萬銀元的錢袋和大官人給他的另一個小一點的錢袋子牢牢地繫在腰間。儘管看起來現在納賽爾丁阿凡提似乎完全有理由考慮休養生息的事了，但新的煩惱正在包圍著他。

　　這裡我們無須贅述納賽爾丁阿凡提的明天，簡而言之：他所見到的東西，只要是孩子們喜歡的就買，如絲綢的小衣裳、帶花穗的小鞋子、嬰兒鞋、玩具、甜果汁、一串串項鍊和小銀手鐲。那獨眼人背著沉重的大口袋、彎著腰跟在他身後，他背著滿滿一口袋東西走進位於城邊上一個窄巷內的一間空屋裡，然後又返回來，這時又有一個裝了大半袋東西的袋子在等著他。

　　在市集上的採買一直持續到傍晚。獨眼人一直背運這些東西，都快累倒了。後來納格拉鼓開始敲了起來，市場上最後的嘈雜聲進入高潮，西沉的太陽仍然投下很熱的光；斜陽下，北起賣馬的市場，南至漢人村，大片的暴塵在空中飄浮，並慢慢落在櫃台上。一個個店舖涼棚關閉時的「噹啷」聲、門板的碰撞聲使人感到那麼親切；人群開始散去，駱駝和車馬各自向客棧走去。一個個貿易客棧敞開大門等待著他們，無數的飯館、茶館裡冒出的親切的炊煙，在無風的空中不是一股股升向天空飄散，而是停在高處的陽光裡時泛著淡黃色、瀰漫在低處時呈現出藍色。

　　納賽爾丁阿凡提和獨眼人把最後的兩個口袋背在肩上，向回家的路上走去。納賽爾丁阿凡提走在後邊，手裡還拿著在納格拉鼓已經敲響時才買的一捆小手鐲向前走去。躲開了市場裡那令人頭昏的嘈雜和喧鬧，欣賞著小銀手鐲清脆悅耳的碰撞聲的他還不時搖晃手中的那一捆小手鐲。

　　這些事都發生在圖拉汗老人節日的除夕。小巷裡充滿了節前的繁忙。所有八歲、九歲、十歲的孩子們都跑出家門，紛紛來到街道上，臉上流露出神祕的表情，眼睛裡閃爍著喜悅的目光，忙著做那些不能拖到明天的事——有的拿來彩色線繩掛帽子，還有的跑來跑去做著今天必須做完的好事。雖然他們十分忙碌，但是沒有一個人忘記向行路人鞠

躬並大聲問候：

「晚上好，祝您明天一切順利！要不要我們替你們把口袋扛到家？」

「謝謝！」納賽爾丁阿凡提回答道：「祝你們今夜一切順利，事事都能如願以償！至於這口袋嘛，這一個口袋可以裝下你們三個人，你們怎能背得動呢？有你們的問候就可以了，請相信我，在圖拉汗老人眼裡，你們就像幫助了我們一樣啦！」

聽了納賽爾丁阿凡提的話，孩子們高興的跟在後邊送著他們。納賽爾丁阿凡提和獨眼人在一群穿著鞋的和光著腳的、長頭髮的和短頭髮的、矮鼻梁的和高鼻梁的、有雀斑的和無雀斑的、黑臉蛋兒、紅臉蛋兒、黃臉蛋兒和其他各種面容的孩子們的喧嚷和簇擁下回到了家裡。一捆手鐲在這裡派上了用場，這些手鐲每人發給一個，還多出兩個。

「把手鐲放在你們夜裡掛在外面的帽子裡。」納賽爾丁阿凡提教著他們怎麼做。「這是你們送來這口袋的標誌。」

納賽爾丁阿凡提和獨眼人在屋子裡的地上，在滿地的東西——童鞋、童裝、玩具、甜果堆中打發了剩下的時間，他們在橘紅色的晚霞中喝了晚茶。

夜幕降臨了。

只有藏在大片雲朵後邊的月亮看見了他們後來所做的一切。他們二人背上口袋，隱祕的穿過一條條在月光下變得令人陶醉而又神往、昏暗而又幽靜的小巷。路旁小渠中的流水在淅瀝瀝的歡唱。落在牆上和房屋上的影子就像是圖拉汗老人，或是像穿著表面破爛不堪而裡面卻鑲滿鑽石的龍袍的不朽的哈里發——訶倫·拉西德走來一樣。

他們一次又一次的背著空了的口袋回到家裡，又背上裝滿東西的沉重口袋，彎著腰走出去。

往常，在那天夜裡家家都不鎖院門，而院門常常「咯吱」作響，一會兒被打開，一會兒又被關上。

時而可以聽到獨眼人不耐煩的低聲埋怨：

「住在這些家裡的賊小子們都把帽子藏到哪兒去了？等等，我再到這個葡萄架的那頭兒去找找看。」

不管在哪兒，小帽子總能在一個黑暗角落裡找到；有些帽子裡還可以聽到熟悉的手鐲聲，這時納賽爾丁阿凡提給幫助送了口袋的這些孩子們的帽子裡再加一點哈勒瓦。

五月的夜是很短的，而小禮品卻準備得很多，他們必須馬不停蹄的緊張運送才是。

他們是在臨近黎明——早上的塵霧開始升起時，來到那寡婦家的小園子裡的。

在高高的山脊背後剛剛露出寶石冠、山海之間霞光初放、披著紅紗的太陽開始探頭的時候，他們才一邊不住向東方張望，一邊跑著送完最後一口袋東西。

他們恰到時機的完成了一切。當他們來到位於城市最邊上的窄巷中一個打掃得很乾淨而且又寬敞的園子裡時，今夜要做的事都已經做完了。他們必須跳牆從這裡逃走，因為有一個小孩子由於按捺不住，提前跳下床，跑進園子裡，差一點在掛著帽子的地方撞見他倆。他們的心「怦怦」直跳，蹲在滿是露水的牛蒡草和蒼耳草的草叢裡，聽著牆裡邊那個小孩兒激動的叫聲和緊跟著傳來的在酣睡中被驚醒的孩子們興高采烈的呼喊聲。隨著陽光的出現，空中淺白色的塵霧消失了，穹蒼裡逐漸映出碧藍色，蒼耳草向他們伸開那一片片酷似在海底採集珍珠的漁民手掌一般的葉子，滴滴露珠兒在上面顫抖。

他們沿著來時的街巷走在回家的路上，不過這時他們已經走在輕柔、和煦的陽光下了。一路上都能聽見家家戶戶傳出來的愉快喊聲。「啊，這真是一個不平凡的夜！」獨眼人說：「這是我一生中最偉大的一夜！」納賽爾丁阿凡提由於累了，踉踉蹌蹌的向前走著。

他們所租住的房子還很遠，路上有的茶館已經開門了；睡眼朦朧的茶館老闆們打著呵欠、伸著懶腰在灶前點著火，拍打著地毯和墊子。

「屋子已經騰空了，還有什麼必要回去呢？」納賽爾丁阿凡提說著轉向一個茶館走去。

茶館老闆特別恭敬的接待了他們，因為他們是開張的第一批客人，所以給他們沏上了香茶，在稍暗一點兒的地方給他們鋪上了鬆軟的被子。

納賽爾丁阿凡提躺在床上，說：

「如果圖拉汗老人每次都要這樣勞累的話，那他在這之後要整整睡一年就不足為奇了。」

「我在想他陵墓前我種下的那些樹苗。」獨眼人回答說：「你認為那玫瑰花活了沒有？」

納賽爾丁阿凡提沒有回答，他已經睡著了。只要能給頭下放一個枕頭，在任何地方都可以像在家裡一樣入睡的遊子此時已經進入了夢鄉。過了一會兒，獨眼人也睡著了。成群結隊進城來的馬車、牛車發出的慢悠悠的「咯吱咯吱」聲、從茶館前經過的一支支商隊的駝鈴聲、羊群中羊羔們此起彼伏的「咩咩」叫聲、趕著羊群的牧民們不時的喊聲、在大街小巷裡和家家門前突然出現的一群群賣水人和賣　人們的叫賣聲都沒能吵醒他們的酣睡。茶館周遭和房頂上的一切東西都被曬得開始發燙，閃著亮光，好像在開始融化——這涼爽的大地一大早在陽光下就變成了一片「火海」。

他們不僅僅給附近的孩子們，也給大人們帶來了極大的快樂，然而他們自己卻還不知道，也沒有看見這一切，仍然在睡著大覺。孩子們互相出示著圖拉汗老人送來的禮

物，交頭接耳，驚喜不止。這喜悅並不只是在一兩家，而是出現在成百個家庭裡，他們該怎樣解釋這奇特、從未有過的事件呢！父母們深信不疑的說：「原來這一切都是真的！至高無上的真主啊！善良仁慈的圖拉汗老人的確永遠活在我們中間。」

這一夜給世上留下的影響是非常巨大和久遠的，甚至到今天人們也還都把它牢記在心！經過這一夜之後，很多浩罕人都相信，世間的確有慈愛存在，天下還有什麼事能比這更高尚的呢！

全城都沸騰了起來，人們到處都在談論著。在那寡婦一貧如洗的家裡也充滿了笑鬧、令人不敢相信的歡樂。她的三個兒子除了得到放在地上、為了不讓露水打濕還嚴嚴實實蓋著麻布（這是獨眼人所為）的三堆很實惠的禮物外，每個孩子還從自己的帽子裡發現了一千個金幣。這可憐的婦人都不知該怎麼想、怎麼說！她什麼都沒有說，也不再去想，只是熱淚如注，她相信這一切。希望、救助、慈愛之光把長久以來籠罩在她生活中並使她遭受艱難困苦、使她窒息的黑幕撕得粉碎。

大人們對昨晚出現的事很吃驚，但是孩子們卻毫無察覺。因為除了他們的老朋友和終日呵護他們的人之外，他們什麼也不期待；他們毫不懷疑善良是永存的，與他們的生命一同誕生的這種信心還沒有被虛假奸詐所玷污，這種信心在他們的心中放射著最純潔的光芒。孩子們成群結隊，在花園裡的嫩草地上圍成圓圈，用稚嫩的嗓音真切的唱起他們那最喜愛的歌謠：

> 南風緩緩拂面來，
> 吹醒李樹花兒開。
> 黎明曙光開天宇，
> 旭日映紅滿天際。
> 朱北雀兒聲聲脆，
> 祥雲飛至鳴春雷。
> 慈祥的老人圖拉汗，
> 走出陵園笑開顏。

當天傍晚，納賽爾丁阿凡提和那獨眼人在這此起彼伏的歌聲中離開了浩罕。

他們踏上了尋找那山間湖泊的征途，關於這方面，納賽爾丁阿凡提在浩罕一無所獲。

在主人這忙亂的日子裡無所事事的毛驢兒，此刻精神抖擻的邁著輕捷的步伐向前邁

進。

納賽爾丁阿凡提坐在鞍上，向那獨眼人埋怨說：

「牠現在肥得像個圓木桶，看樣子再過幾天我就不能再騎牠行路了，說不定我會把牠賣給一個吉爾吉斯癟子。」

歌聲不斷傳來，一群孩子們的歌聲過去之後，另一群孩子又唱了起來，然後又有一波孩子送來了他們的歌聲。這歌聲傳到了很遠很遠的地方——

> 在展開雙翅的春天，
> 慈祥的老人怎能眠。
> 襯衫送給小男孩兒，
> 花裙送給女孩兒穿。

他們從上面有三個天窗、被臭味兒熏黑了的宮廷監獄前的廣場上走過，來到了那斷頭橋邊。納賽爾丁阿凡提為了最後看一眼那些巫師們，而兩手扶著鞍子，在鐙上稍微站起身來。那首席巫師的位子還空著，但那老頭兒坐著的洞窟前還是亂哄哄的，人們跑來跑去、忙亂不堪，爭先恐後的恭維著他，那出了名抹過油的骷髏頭骨仍在遠處泛著光。

納賽爾丁阿凡提騎在毛驢兒的背上，稍微翹起兩腳；獨眼人則脫掉靴子，把褲腿兒捲到大腿上，從陽光可以直接照射到底部、河床裡那些五顏六色的石子兒和圓鼓鼓的鵝卵石清澈可見、湍急而又冰涼的河水裡淌過。河對岸也有熟悉的歌聲在歡迎他們：

> 五月的玉盤掛山前，
> 可愛的老人圖拉汗。
> 健步走出那小陵園，
> 來到孩子們的夢裡邊。

在經過悶熱的條條窄巷和一個個擁擠的十字路口後，城牆外清新的空氣和寬廣的平原包圍了他們。他們眼前出現了一座座果園、片片曠野和條條道路。那些道路向左、向右、向正前方伸延著……

獨眼人用乞求的目光望著納賽爾丁阿凡提，說：

「難道我們不去那陵園，也不去看看那些花苗就走？」

說真的，納賽爾丁阿凡提不願去拜訪那陵園。因為他擔心看到那枯乾了的花苗會對

獨眼人造成很大的打擊，使他心中那剛剛得到鞏固的信心又喪失殆盡。但是由於馬上又找不到一個什麼藉口，也只好去了。

他們向右邊的一片黑壓壓的榆樹林方向轉了過去，一會兒就來到了涼爽的樹蔭下。

獨眼人一聲不吭，時而唉聲嘆氣的向前走著，他心中的顫抖也波及到了納賽爾丁阿凡提的心。他雖然知道不會有什麼奇蹟出現，但他可以感覺到那獨眼人的心中有一束不同尋常的顫抖的希望之火。

他的感覺不是沒有道理的！當他看到墓台前挺立著一簇鮮紅的玫瑰花時，頓時感到震驚不已。

一看到這種景象，那獨眼人頓時驚叫了起來，跟著就是嚎啕大哭，不一會兒就失去

了知覺，倒在了墓室前的石階上。

第 二 十 章

守墓人就是前面說過的那個老人,他穿著像是用前來瞻仰聖人的人們綁在樹上的布條和布帶子縫製的奇特大衣。他一眼就認出了來人,說:

「你們怎麼進來的,路上沒有衛兵?聽說城裡掀起了一股與圖拉汗老人名字有關的動亂。」

「該過來的人自然可以過來,衛兵們怎能擋住他呢?」說著納賽爾丁阿凡提指了指趴在墓室門前的自己的夥伴。

老人向他又走近了一點兒,內心在微笑,但卻又戰戰兢兢的小聲說:

「你還記得嗎,我曾經說過這次的花苗可以活下來,我沒說錯吧?」

老人好像年輕了許多,眼裡閃爍著一種內在的光。他的眼睛是那樣清澈,好像在這眼睛的背後沒有任何邪念可以隱藏。

「你這老狐狸!」納賽爾丁阿凡提對老頭大喊道:「你的一切花招都瞞不過我的眼睛!你是從哪兒弄來這麼漂亮的一簇鮮花並把它連根移了過來?」

「這對我並不那麼容易。但是我這顆老心又該怎麼辦呢?如果這個人再看到他所種的樹苗乾枯了,那我的心也就會隨之而撕裂。所以我就決定創造這樣一個小小的奇蹟。」

「你所創造的不是一個小奇蹟,而是一個大奇蹟,因為這個世界就是靠這種奇蹟存在的。」納賽爾丁阿凡提回答道。

獨眼人站起身來,走進了墓室。

「好吧,那就讓他們二人同時做祈禱。」老人說。

「你說兩個人?也就是說那裡邊還有一個人?」

「有這麼一個女人,是個寡婦,我看她是個瘋子。她說圖拉汗老人除了送各種小禮物外,還給她送去了三千金幣。她是來做祈禱感謝圖拉汗老人的。她大概在做夢吧!」

「老頭兒,別嘲笑人!我剛從城裡來,我可以鄭重的發誓,她的話沒有一句是假的。你應該學會相信奇蹟,你是每天都目睹這一切的人,並且你自己不就是奇蹟的創造者嗎?」

「那麼好吧，我相信！」老頭兒嘟噥著說。由於納賽爾丁阿凡提的反對，他顯得很尷尬的說：「也許，圖拉汗老人夜裡在我入睡時真的出去周遊過，甚至也到我這小屋裡來過了。」

「他甚至可能走得更深——還到過你的心裡，並在你心中留下一片永恆的善心。」

老頭兒沉思了許久，沒有說什麼。他用那雙朦朧的眼睛望著在墓室圓頂上方的藍天裡輕柔的振動翅膀飛來飛去、忙著哺育幼鳥的斑鳩。

「這寡婦為了向圖拉汗表示感謝，準備收養一個孤兒做第四個兒子。」

「這又是一個奇蹟！」納賽爾丁阿凡提大聲說：「現在你都親眼看到了，世界上所做的每一件好事都會帶來第二件好事，而第二件好事又會帶來第三件好事，這樣好事就會沒有止境。好事的力量是無窮的，世界上只有善良才能取得最後的勝利！」

「的確是這樣！」老頭喃喃的說著，心情也放鬆了。「自從我們相識之後，你的話使我思考良久，並且覺得這些話無疑是對的。但你不要因為我前面的過錯而急於指責我，你應該明白，這些都壓在我的心頭。真主造就了我一副軟心腸——看到別人受苦時，我心中比他們還難過；不幸者們的眼淚和受苦受難者們的呻吟在我的心中是無法隱瞞的。為了躲避生活的無情折磨，我曾在一個偏遠、僻靜的小山村裡度過了幾年時光，在那裡我給一個山間湖泊當守湖人，那湖水被引來灌溉周遭的農田，那是多麼好的年景啊！我這顆蒼老的心在那裡曾得到過些微安寧。但是沒過多久，邪惡就像在追趕著我似的，也降臨到了那個地方。邪惡化作那個湖的新主人，他名叫阿卡別克。那個凶殘的人猶如妖龍和蜘蛛精的化身，不像是娘養的，而像是從腐爛的樹洞裡孳生出來的毒蘑菇……」

「等等，老爺子，等一下！」

納賽爾丁阿凡提的心一下子跳到了喉嚨裡，幾乎連氣都喘不過來了。「你說的是阿卡別克？就是那個山間湖泊的主人？對灌溉用水的村民們拚命欺詐、給他們帶來了從未有過的負擔的那個人？」

這時納賽爾丁阿凡提就像一個多年來在山崖、溝壑中尋找雪豹並已經失望了的獵手，但是現在，他看到了在一眼冰涼噴泉旁潮濕的沙灘上剛剛踩過、還沒有被風吹散的獸蹄印。

「是呀！就是他沒錯。」老人非常難過的哀嘆了一口氣。「你已經聽說過關於他的事？」

「你知道不知道他是從誰手中用什麼方法得到這個湖的？」

「聽說是賭博贏來的。」

納賽爾丁阿凡提找到了阿卡別克。

讓我們繼續打那個比方：獵手發現了雪豹，看到了灌木叢中躡手躡腳、一躍而過的黃色影子，發現了在風中搖擺著的草叢後面一閃即逝的斑點。

納賽爾丁阿凡提拉著老人的手，讓他坐在了冒著煙的篝火旁的毯子上。

「老大人，請坐下！坐下來告訴我，我要向你問很多的事和很多東西——那個湖在哪裡？在哪座山上？阿卡別克的外表什麼樣兒？多大年齡？不必對我這急切的心情感到奇怪，請相信我，在這背後不僅是感興趣，這個阿卡別克是從哪兒來的？又在哪兒待過，做過什麼？」

「蜂群從蜂窩裡飛出來有多快，你的問題問得就有多快，我能一下子記住這麼多問題嗎？」老人央求著說：「讓你那烈馬慢一點兒跑，對像我這樣年紀的人應該一件事一件事的問，這樣我才能有根有據、一個一個的回答你。」

過去的人們都相信，如果有人做了壞事，人家背後議論他時，儘管相距很遠，他的鼻子也會發癢，不住地打噴嚏。這個阿卡別克假如害怕那寒冷的山風，儘管緊閉所有的門窗，但這時也許他也至少要連續打上五十個噴嚏。

這可惡的阿卡別克錯了，對他來說那危險的風——懲罰和復仇之風並不來自山頂，而是來自山下！

「今天是一個幸福的日子！」納賽爾丁阿凡提問清一切之後高興的說：「人人都得到了圖拉汗老人的禮物——那寡婦、我的獨眼人、還有我。可你卻沒有得到禮物，老人家。但是不會這樣就了事的，接著！」

他把自己從監獄裡出來時得到的新大衣脫下來，扔在老頭兒面前。

老頭兒連聲道謝的婉言相拒，然而納賽爾丁阿凡提硬是要他收下了。

「現在我把這多餘的衣服該放在哪兒呢？」老頭兒不知所措的穿上了新大衣並把那已成為爛布條的破大衣翻過來調過去的看著，這大衣從他身上脫下來後，怎麼看都不像一件人穿的衣服。「這可以用來做褲子，也許可以做枕頭。」

「把它燒掉。」納賽爾丁阿凡提勸他說。

「燒掉？」老人不解的問。

「當然了！你看它都成什麼樣子了。」

納賽爾丁阿凡提從他手中拿過了舊大衣並扔進篝火裡。

風助火勢，一時黑煙四起，一股嗆人的味兒冒了過來。

「這就對了。」納賽爾丁阿凡提說著，並且開始咳嗽起來，咳得越來越向前彎下腰去。「你看，這熊熊的火焰，這顏色，多嗆人的煙味兒；這種煙不應該經常見到，特別是不應該經常聞到！」

老頭兒也在咳嗽著、喘著；他很惋惜，但毫無辦法，破爛大衣已經燒得沒有了。

風兒又送來了遠處孩子們的歌聲：

> 陽光照耀春風暖，
>
> 最好的禮物是春天。
>
> 我們放聲來歌唱，
>
> 感謝老人圖拉汗。
>
> 歌聲傳來傾耳聽，
>
> 無比欣慰回墓中。
>
> 歡樂五月的日子裡，
>
> 笑容滿面入夢中。

　　納賽爾丁阿凡提和獨眼人在離開浩罕很遠之後，迎來了天上出現的第一顆星。他們的路向著西邊，向著聳立在前方並以自己那模模糊糊、彎彎曲曲的山峰爲界線把天地分開的大山的方向延伸去。靠山那邊的空中亂雲飛渡，構成了一幅神奇的圖畫：深藍色的天空好像一片耀眼的大海泛射著光芒，那海邊有神祕的島嶼和海灣，海浪拍打著懸崖峭壁；剛剛露出的那顆晶亮、翠藍色的孤星，就像飛馳在遙遠的雲霧裡一艘飛船上的明燈。

　　一會兒天黑了下來，湛藍色的大海和奇妙的島嶼都不見了，無數顆星擠上了天空，第一個出現的那顆星此時已消失在群星之中；後來，這穹蒼裡又充滿了烈火——那碩大但是已經開始有點缺虧了的粉紅色的月亮出現了，她從群山之巔升起；在她那暗紅色的光芒之中，高低不平的山峰分界線又顯露了出來。

　　涼爽的風揚起，夜幕降臨了。沒有了大衣的納賽爾丁阿凡提開始縮成一團。「前方的路邊要是有一個溫暖、寬敞的鄉村小茶館該多好！」他心裡想著，於是不住的踩在鐙上站起身來向前張望。

　　這樣，他們三個夥伴——毛驢兒、獨眼人和納賽爾丁阿凡提開始踏上了他們新的征途。如果那天晚上我們要是在那映著暗淡亮光的青石路上遇見他們的話，那我們就會感覺到在這漫長的征途中還有第四個夥伴——圖拉汗老人也在無形地與他們一道前進呢！

第 二 編

啊，威力無比、至高無上的阿拉，我的主，把這個年輕人的命運交給我吧！讓我來保他安然無恙！……

摘自《一千零一夜》

納賽爾丁阿凡提傳

*

第 二 十 一 章

　　撒瑪爾罕的著名僧人克力木・阿不都拉赫，在洞察了人類的內在本質之後教導人們說：「有的人像霧濛濛的夜晚，有的人像日出的白天。月亮永遠主宰第一種人，太陽主宰第二種人。」根據人們出生的時間，這位名僧是這樣解釋這種差別的：「月亮和太陽是互相對立、相沖相剋的，這兩個星體，誰的光芒首先滲入新生兒的血液，那個新生兒就會一生至死忠於那個星體。人的血液在月亮的影響下會變成冷性，而在太陽下則會變得熾熱。因此，他的靈魂中對這個世界環境的認識或是屬於太陰性的，或是屬於太陽性的。屬前者的，感覺世上一切東西對他都是寂靜的、帶悲哀色彩的、被煙雲所籠罩而模糊的，這種人在接受一切事物時，甚至對現在眼前的東西，都要按照過去的印記來接受，好像是第二次來到這個世界上，所有的事物都好似在夢中重複著；但是屬後者的則覺得一切東西都是明瞭的、充滿勝利之光、清楚可見並且是永生的，沒有任何東西會毫無痕跡的消失，一切東西都在運動之中，洶湧澎湃，好像彩虹一般鮮豔，在這裡生命是主宰，他不與任何人分享任何東西，不允許黑夜存在並把一切東西據為己有，要求人們每一分鐘都要對他慷慨的千謝萬謝，要求人們每次都要為他的選擇做出犧牲。」這裡難

道不需要人們心智的勤奮和心臟的強有力的搏動？在這樣多動、美麗、喧鬧、熱火朝天的漩渦中生存是不容易的。但是，生命是給那些忠誠和有信心的人們的最高獎賞，從這個意義上講，它對心靈是大有好處的。這裡沒有昨天，只有永不改變的今天；這裡沒有「曾經」之說，只有「現在」。也就是說，對毫無價值的死亡而言，這裡的門是關閉的。

也許有人會猜想納賽爾丁阿凡提是在正午，也就是在太陽從頭頂上垂直照射的陽光下出生的——太陽在那時燃燒得多麼熾熱，那永不熄滅的火焰就那樣滲透進了他的血液之中。正因為如此，在他的一生中，從來沒有過中午睡覺的現象，否則的話會像太陽「噹嘟嘟」的砸在銅盾牌上一樣，把他吵醒，他那烈火一般的滿腔熱血也會做出響應，在全身血管裡沸騰，使他的心臟鏗鏘有力地跳動，在這樣的時刻瞌睡又何用之有呢！

當他在大山這邊的最後一個鄉村茶館裡醒來的時候，已經到中午了，遠處的山口附近連一處人們居住的房屋都沒有。

他與獨眼人胡亂吃了些東西就啓程上路了。

山上沒有路，只有羊腸小道，這裡不能走馬車，只有人和馬才能過。這條只能落下一隻腳的彎曲山路向前伸延著，有些地方迂迴彎轉、互相交錯——路程相差兩個小時的行人往往可以一個在上面的一條路、一個在下面的一條路毫不費力的聊天兒。越往上走，谷地裡的果園、田地和村莊就越是隱匿在雲霧之中。前方的山脈有的猶如近在咫尺，伸手就可摸到，有的卻好似矗立在永遠不可達到的遠方。下方是一片黑壓壓的，看起來似乎有些悲哀的直指穹蒼的群峰，酷如一字排開、參差不齊的巨大牙齒，呈現出白色、青色。

次日一清早，他們順著羊腸小道來到了一個懸崖邊上，懸崖下邊是看不到底兒的大峽谷。這裡是一個山嘴，懸崖邊上只有一條三肘①寬的小路，四周被濃霧籠罩著，什麼也看不見，好像我們的行路人腳下的大地在翻騰、在傾斜，現在只有貼著那山嘴邊的岩石才能走過去。

走在前面的是納賽爾丁阿凡提，他身後是左肋緊擦著懸崖峭壁、邁著小步子走來的毛驢兒，毛驢兒之後，獨眼人跟著走來。身後不斷傳來他們踩下去的山石滾落跌進無底深淵的長時間的回音。

沿著山崖走了約莫兩個小時後，羊腸小道開始慢慢變寬，見不到底兒的令人膽戰心驚的大峽谷被拋在右邊，似乎要把他們吸下去的那朦朦朧朧的白色雲霧也已不再使他們頭暈目眩，大地好像又回到了他們的腳下；河裡的冰流和水流打著漩渦，冒著泡，水中裹脅著的冰塊、山石不住的翻滾，不時從水底發出沉悶的碰撞聲，然後沖進狹窄的山谷裡，猛烈的宣洩而去。

　　從這兒往下看，前面有一條小路彎彎曲曲的一直爬到山脊。雲霧散去了，山峰之上露出了一片晴空，天空是那樣的藍，以至於見到這碧藍色天空的人，都會不由得聯想到那個叫做胡瑪依的神祕的幸福鳥②！天空好像從來沒有這麼青翠、那麼亮麗過，在這無限的光明之中，納賽爾丁阿凡提的思緒和感覺飄散得無影無蹤，於是他仰著臉躺在鋪在地上的衣服上，讓涼風吹著自己的胸口，忘卻了自己……

　　下山的時候他們走得很快，沒過多久便轉彎拐進了垂直通向低矮的灌木林的小路。空氣悶熱、充滿了蜂蜜的香味，到處都有蜜蜂在「嗡嗡」的忙碌著，蝗蟲發出「呲呲」的叫聲。道路開始越來越陡，毛驢兒因蹄下打滑而不時坐在地上，納賽爾丁阿凡提一手抓著路邊的灌木枝，一手拉著毛驢兒的韁繩，說：「慢一點兒，慢一點兒，否則你全身的肉會被掛得一點不剩，只剩下腦袋滾到谷底裡去。」

　　這條下山之路雖然很危險也很艱難，但是卻很短。到了中午他們就踏上了通往到達站——恰拉克鄉的馬車路。剛才那巨大的灰色山石遍布山坡的景象，此時好像被從天落下休息的白色巨鳥般的座座氈房，和在氈房間猶如散落海灘上的貝殼般的羊群在綠茵茵草地上吃草的景象所取代。

　　又轉了一個彎之後，一個山村和靠那山村稍遠一點兒的一個山間湖泊映入了他們的眼簾。

　　讓納賽爾丁阿凡提罔顧家小、單槍匹馬來到這裡所要進行的那場絕無僅有的競爭就應該發生在這裡。像古代故事傳說中為了鏟除十二個頭的妖龍而勇敢上山進行殊死搏鬥的英雄一樣，納賽爾丁阿凡提也來到了這裡。不過這次的妖龍是以人的面貌出現的，英雄所騎的天馬也只不過是一隻大肚子的小毛驢兒。在較量中，無論哪一方能智高一籌、深謀遠慮並克敵致勝，都將被寫入這本書而不會被遺忘——這是善與惡面對面的撞擊，這種撞擊往往充滿了決定世界命運的偉大意義。這正如伊本·阿克木那精闢、一針見血的論述，他說：「無論何時何地，無論是哪一方，無論是在宮廷還是在小茅屋，更無論是在北或是在南所發生的事有沒有人看見，都不可能不對後代產生或善或惡的影響。無論是善是惡，凡事不因其價值低而意義淺，因為小的緣由匯聚起來可以形成巨大的結果……」

　　納賽爾丁阿凡提放眼遠眺那一片片翠綠的果園、葡萄園和冒著煙的煙囪，還有那些黃色的屋頂，心裡估量著說：「這個村子並不大，有一百五十來戶人家。」這時正值中午時分。他們腳下的白石路在進到這片綠色之後就消失了。從聳立在道路兩旁的楊樹林帶可以判斷出，這條道路迂迴蜿蜒地通向村莊的另一頭，在那裡還可以看到它先是通向田地，然後通向酷似波浪般起伏的山坡上，一直通往山谷方向，越來越遠。在楊樹林帶

的那一邊可以看到有一個不很高的寺塔，現在是應該聽到號召人們做正午禮拜的呼喚聲的時刻，但說真的，由於宣禮人實在是太老了，他的聲音很弱，所以傳不到這裡。

　　納賽爾丁阿凡提向湖泊方向望去，它坐落在一個長圓的蛋形盆地中。遠處湖的對岸布滿懸崖峭壁，光禿禿的，與片片果園相連接的近處的湖岸上則長滿茂密的青草。草地上，一棵棵老榆樹黑裡帶黃的圓樹根從半樹腰裡垂吊到地面上。往上方看去，這個湖的兩根動脈——泛著亮光的兩條跳躍的山渠奔忙著匯入湖中；然而這個湖的下方，只有一根黑呼呼的動脈——通向田地裡的乾涸了的引水渠。在湖與村子之間可以看見有一座與其他果園遙不相鄰、孤苦伶仃、四面被高牆圍著的大果園。那條妖龍的窩——阿卡別克的家就位在那濃密的樹蔭中。

　　「我們已經到了！」獨眼人高興的說。

　　「坐一會兒，休息一下。」納賽爾丁阿凡提說：「我們應該商量商量。」

　　路邊一塊巨岩的石縫中不斷冒出冰涼的泉水，岩石上奇蹟般的長著一棵葉子發亮的青楊樹，孤獨的聳立在那裡。樹的下部被纏人的蒼耳草包圍著，周遭是一片草地，如同綠絲毯一般。片片岩石上到處都長滿了翠嫩而又快活的小草，像祖母綠寶石一樣豔麗——生命在任何時候、任何地方，甚至石頭上都可以顯示自己的力量，一塊空隙都不留！毛驢兒站在草地裡，用尾巴給自己搧著風；蒼耳草帶刺的果實沾在牠那漂亮的尾巴上，使牠的尾巴變成了一個難看的滿是刺的疙瘩團。

　　「你還有時間採集刺蒼耳子？」納賽爾丁阿凡提拉起牠那不時搧著風的尾巴挖苦的說。

　　一路上承擔了照料毛驢一切的獨眼人從兜兒裡掏出一個木梳，開始給毛驢兒清理沾

在尾巴上的蒼耳子。

「除了這個湖之外，這裡沒有其他容易偷到的東西，真讓人感到可惜。」他梳理完毛
驢兒的尾巴之後一邊想著一邊說：「自從我最後一次瞻仰慈祥的圖拉汗老人墓地以來，
我感到渾身有一股使不完的勁兒，總想更多、更快的做好事，為他爭光。」

「說得好！」納賽爾丁阿凡提回答說：「但是為什麼你總是改不了偷的想法，就連這
個湖你都除了偷之外不想別的。」

「難道跪在阿卡別克的腳下，求他開恩他就會親手捧給我們？」

「當然會這樣，會讓他親手捧給我們的，你看這兒！」

納賽爾丁阿凡提指著濃密的蒼耳草的草叢。獨眼賊彎下腰去，看見一個大蜘蛛正在
吃著一個黃蛾子。那蜘蛛非常醜陋——渾身長著黃毛，腿很長，背上有紫紅色的斑點，
拖著又圓又光滑的白白的大肚子，好像裡面裝滿了膿。一切事情都早已結束，蛛網上只
掛著蛾子的空殼和僵硬的翅膀。蜘蛛的渾身好像腫了似的鼓了起來，然後爬進牛蒡草葉
子下的窩裡，用兩條短一點的前腿像手一樣地搭在能傳遞信號的蛛網上，藏在那裡不再
動彈。

「你看明白沒有？」納賽爾丁阿凡提問。

「這有什麼可明白的？不就是蜘蛛把蛾子吃了嘛。」

「你再看，過一會兒將會怎樣。」

納賽爾丁阿凡提把小花帽摘下來，拿在手裡準備好，繞到了那蒼耳草叢的後邊。他
為了逮住一個什麼東西而撲了好幾次，但都白費力氣。他繼續尋找著，後來找到了。他
的兩手動作非常敏捷，猛地扣了一下，同時立即傳出一陣憤怒的「嗡嗡」聲——他用小

花帽逮住了一個什麼東西。

這是一隻胡蜂，一隻碩大有力的胡蜂——牠很年輕，沒有經驗，但是已經發育得很強壯，滿身是勁兒，毒性很強。這身子很長、有著黑黃兩色斑紋的漂亮胡蜂簡直就是一隻長了翅膀的小老虎！納賽爾丁阿凡提折了一根細嫩的小草，用這小草從小花帽裡夾出了那漂亮的胡蜂，然後讓牠轉圈兒的飛來飛去，並且津津有味的長時間看著牠。胡蜂那淡黑色透明的翅膀在抖動著，發出憤怒的「嗡嗡」聲，憤怒之餘還不住的咬那夾住牠的嫩草、蜷縮著肚子、「嗖嗖」的亮出牠那黑色的毒刺，向人示威。

「你要把牠怎樣？」獨眼人不解的問：「你打算把牠裝進阿卡別克的褲襠裡啊？」

納賽爾丁阿凡提沒有回答他的話，從另一邊的灌木叢中挑起一個被主人遺棄的蛛網，並用牠纏住胡蜂的翅膀，不讓牠抖動。於是那「嗡嗡」聲小了下來。然後納賽爾丁阿凡提把自己的俘虜輕輕的放在剛才那隻樣子很醜陋的蜘蛛的網上。

胡蜂拚命的掙扎，想脫身，蛛網被振動了。信號傳到了蜘蛛那裡。蜘蛛從牛蒡草葉下跳了出來。這樣的戰利品對牠來說還從來沒有見過！就像從大繩上爬過山峽的獵人一樣，那蜘蛛敏捷的翹起大肚子，透過傳遞信號的蛛絲，從牛蒡草下衝到了俘虜前。在牠用那黏性很強的蛛絲將胡蜂團團捆住並在胡蜂周遭轉來轉去時，牠是那樣的高興！最後牠終於把自己的戰利品牢牢捆住。現在已經可以享用一頓美餐了，蜘蛛張開了牠那可怕的巨齒，抖動著肚子，撲在了胡蜂身上。「剛才比這第二個俘虜還要肥大的蛾子就是這樣落網的……」但是，當牠的巨齒剛剛挨到自己的戰利品身上時，那胡蜂突然靈巧的彎了一下肚子，猛地向那蜘蛛螫去！胡蜂那鋒利的尾刺像一道黑色閃電呼嘯而出，其勢迅雷不及掩耳！那刺扎進了蜘蛛的下胸，又從背上穿了出來，並把所有的毒液都注入到了蜘蛛的身體裡。

被擊暈了的蜘蛛吊在了網上，過了一會兒牠的長腿慢慢的一隻接一隻的軟了下來，離開了蛛網——蜘蛛掉在了地上。牠胡亂的扭曲著身子，勉強動彈了兩下，微微的顫抖一陣，然後就永遠的安靜了下來。

那張孤零零的蛛網仍留在原地。

胡蜂從蛛網上掙脫之後，整理了一下翅膀，雄赳赳的發出一陣「嗡嗡」聲，然後朝著充滿陽光的空中飛去了。下面留下了牠光輝的戰績——被撕毀的蛛網和敵人冰涼的屍體。

「現在我明白了！」獨眼人望著飛去的英雄說。

他們開始討論即將要採取的行動，他們商定兩人分別進村，如果要是在茶館或是別的什麼地方碰面，要裝成互不相識，其他暫且不談，遇事再說。

　　納賽爾丁阿凡提緊了緊鞍下的肚帶，騎上了毛驢兒，像往常一樣用鞭子在牠耳朵根上杵了一下，那毛驢兒立即向山下連成片的翠綠果園進軍了。

　　獨眼人仍留在泉口附近沒動。

註①肘——古代長度單位，一肘約合現在的0.5公尺。
　②叫作胡瑪依的神祕的幸福鳥——烏茲別克族以及中亞一帶民間神話故事中傳說的一種象徵藍天和幸福的鳥。

第 二 十 二 章

　　恰拉克的鄉民們至今還清楚的記得，很久以來，他們所在農地工作的這片大地上一切生命的唯一源泉——這個湖，本來不屬於阿卡別克，而屬於一個有名的大富豪——一個無憂無慮的納曼干人。這個人來到這山上之後，對自己的這筆財富不屑一顧。這個大富豪選擇了一條享受世界上最奢華的生活、終日吃喝玩樂的道路——那時他距離一個沉默者和追隨者的賢德還差得非常遙遠。而那個湖泊則由一個外來人以他的名義掌管。那個滿頭白髮的管湖人成天躺在茶館裡，聽人講述世界上一些背棄仁義道德者的故事。對澆灌農田用水，管湖人只收很少一點水費，對特別窮的人他總是說一句：「別忘了！」便讓他們賒帳用水。他不為那些小事傷腦筋，也不記帳，到了秋天收莊稼時，賒帳戶們講良心的來還錢時，他也很知足。他每年給自己在納曼干的主人有時送去三百銀元，有些年景比這還少一點，有時除了自己留下一部分外，其餘的都散給那些圍在他家門口的各種窮人、孤寡和無家可歸的人，一點兒都不上繳。說實在的，他所散的這些錢都是以主人的名義給的，回報而來的感謝和祈禱也不是針對他自己，而是針對主人的。納曼干的富豪念著長長的名單上感恩戴德和祈禱的話語時，總是在朋友們面前笑著說：「說真格的，我的管湖人看來把我當成犯下大罪過的人了，否則的話有什麼必要這樣費盡苦心的從罪過之中拯救我的靈魂呢！」

　　恰拉克人的生活遠離風暴和憂愁，在平坦大道上沒有溝溝坎坎和動盪不安，過著平穩的日子。年月就像皚皚雪峰之上的輕雲，一片接一片的流逝而去。喧鬧的婚禮一場接

一場的辦，孩子一個接一個的出生，老人們一個接一個的走進墳墓。他們在茶館中的尊位，被那些像他們一樣不知何時鬢眉變白、接著留起長長的白鬍子的老人們所繼承。一成不變的安穩日子一直是這樣過著，每一個特殊的日子都讓人感覺很長，然而年月卻像摔了跟頭一般飛快的滾動著。眨眼之間一年又過去了，樹枝斷了用泥巴糊一糊，枯死了的楊樹還沒砍掉，一晃又過去了三年，再看那老楊樹已在大風中躺倒，砸在那需要花好幾個月才能築起、一時半時修不完的殘牆斷壁之上。然而這時候，你的兩鬢也開始變得像銀子一樣白，看墳人對你越來越和藹親切，和你相遇時，總是提醒你墓地裡有塊好地方，這地方對最大的官員都很合適，所以要早點在那塊地頭種上梧桐樹苗，好讓它長出枝葉、扎牢根基，到時候能有一片蔭涼。

邪惡的力量好像忘記了通往恰拉克的路，沒有什麼來破壞這裡的安寧生活。盆地保護著這個小山村不受狂風和來自那雪嶺洪水的襲擊，莊稼地不遭破壞，牲畜草料豐盛；就是有蝗蟲，也都從天上路過，飛到別處。太陽把自己的光芒拋向整個天空，在雪峰上留下了一層淡淡的粉紅色，然後開始慢慢的沉下去；寺塔上的宣禮人每到這時，總是用悲哀而又非常親切的喊聲打破傍晚的寂靜，讓這聲音傳到霧濛濛的田野和人們居住的一座座園子裡。深藍色的天空在夜鶯們歡快的歌聲裡、在夾雜著甜睡在果園裡的對對情侶們的呼吸聲的晚風中，慢慢的黑下來了。

一生經歷了無數苦難的巴力赫①浪人謝赫迪的「春兮秋之所伏，晝兮夜之所隱，福兮禍之所藏」之說雖然令人心底悲哀，但卻是真言。不幸降臨到了恰拉克，這個不幸以那個湖泊的新主人——阿卡別克的面貌出現了。

在那個寧靜的中午，納賽爾丁阿凡提和獨眼人坐在泉眼旁，居高臨下的欣賞著恰拉克鄉片片靜謐而又美麗的園林時，村子裡正在遭受一場從未有過的劫難。所有的男人都聚到茶館裡，家家的女人們則都在院子裡大聲嚷嚷著。

阿卡別克今天公布了第二次春灌用水的價格。但這次他不願意收錢，而是要求娶那個人人都尊敬的老農麥麥代力正要出嫁的女兒佐麗裴葉為妻。她有著一對烏黑的大眼睛、年齡還很小。被這個要求驚嚇了的恰拉克老人們決定拒絕他的這個要求。阿卡別克用嘴角冷笑了一下，說：「那樣的話，就讓他們付四千銀元。」

四千銀元！把所有恰拉克人的錢都加起來也不夠那麼多！德高望重的老者們在阿卡別克面前站了整整半天。他們穿著用自己織的土布縫製的舊長衫和磨得發白了的靴子，彎著腰，向前鞠著躬，一張張布滿皺紋、黝黑的臉龐上的白鬍子不住的顫抖著，恭敬的把兩手合在腹前，傷心而又憤怒的站在那裡，而阿卡別克卻堅持說，要不就把佐麗裴葉嫁給他，要不就交四千銀元。

聽了這話的老人們回到了茶館裡。

憤怒和不滿的情緒高漲了起來！這個消息像是在恰拉克鄉颳起了一股熾熱的風暴，人們捏起了拳頭，神情嚴肅，眼睛中冒著怒火，好像再過一分鐘他們就要手拿長叉、斧子、坎土曼，衝進阿卡別克的老窩，把一切砸個稀巴爛，把他也剁得粉碎似的。

但是事情並沒有這樣。這風暴沒有給阿卡別克帶來任何損失，而是一颭而過。每一個恰拉克人的腦海裡都產生了明哲保身的想法，並且占了上風。人們私下裡交頭接耳的說：「阿卡別克又沒有要娶你的妹妹！」、「感謝阿拉，幸虧這樣的災難沒有降臨到我女兒的頭上！」、「把你自己要娶的姑娘看管好就行了，少管別人的閒事！」……憤怒很快消失了，人們心中的怒火也熄滅了，捏著拳頭的手鬆開了，肩膀鬆垮下來了，腰也躬下來了。如果現在阿卡別克出現在茶館的話，人們會像昨天一樣奴隸般的把兩手合放在腹前站到兩邊。

佐麗裴葉的老父親麥麥代力坐在茶館的土炕台上，愁容滿面，眉頭緊鎖，眼睛望著地面。

人們都在等他開口，這種等待早就清楚表示要求他把女兒交出來。但誰都不吭聲——這裡的每一個人好似都願意聽到這句話從別人嘴裡說出來，而自己則閉口不言，只是唉聲嘆氣，服從別人的決定。這就是長期以來欺騙自己良心的辦法。人們要求麥麥代力做出犧牲，同時還要求他把一切罪過都承擔起來。這時，對他來說已經沒有別的辦法了。

佐麗裴葉的未婚夫——賽依德坐在遠處一個黑暗的角落裡，他還完全是一個年紀很輕的男孩子，心靈還沒有成熟，還不懂得如何應對命運的打擊；他只知道，五十分鐘或十五分鐘後麥麥代力就會張口說出那非常可怕的話來。但他也不是那種逆來順受、輕易聽任命運擺佈的人。

沉默持續了很久。年輕人再也按捺不住自己，從角落裡走到亮處。

「你們為什麼沉默？你們中誰將是第一個跪在阿卡別克腳下的人？」他轉向麥麥代力。「您是做父親的，您最近還說要像對親生兒子一樣對待我，您許下的諾言呢？」

「該怎麼辦呢？賽依德，該怎麼辦呢？」麥麥代力喃喃的說著。「我們勢單力薄，而他卻富有並且強大。」

「你們不是勢單力薄，而是害怕！膽小鬼！」

他的話語中充滿了苦楚，以至於麥麥代力的眼睛都濕潤了。

但是其他老人們卻不高興的發起火來。

「你們都聽見沒有！」眉頭緊鎖、黃臉龐、高個子並且瘦一點的鐵匠奧瑪爾喊著說：

「你們難道沒有聽見他是如何糟踐我們的！哎呀，這個私生子、後娘養的。」

賽依德是一個無依無靠的孤兒，被一個名叫賽帕爾的恰拉克茶館老闆收養為義子，現在鐵匠的話提醒了他們。

「謝謝，我的兒子！」獸醫亞爾麥提說：「我們收養了你，這就是你對我們的報答？」

「我們收養你，不提起你的身世，在我們村子裡把你養大成人，你竟然就這樣報答我們！」彈毛工阿力木補充說。

其實，收養賽依德的是茶館老闆賽帕爾，不管是養活他還是照料他的都是賽帕爾，而其他人對這個可憐的孩子連個碎銀元也沒給過，賽依德與他們毫無關係，但他長大之後，人們卻都爭先恐後的宣稱是他的救命恩人並且要他感謝他們。他忍耐著，知道自己無奈流落到如此地步，對這苦楚，他雖然不對人提起，但心中卻充滿哀怨。

這次如果佐麗裴葉不嫁給阿卡別克，那麼全村每一家的經濟都會受到很大的損失，並將不得不賣掉自己的馬、牛、羊。面對這些老人，他不知說什麼好，也無力改變他們的決定。

賽依德甩了一下手，誰都沒看，無聲的從後門兒走出了茶館。

他在這裡獨自一人。賽依德向前走去，陽光下，他那短短的影子落在了發亮的石子路上，好像孩子們玩兒的絨線球似的與他一道向前滾動著。籬笆牆和房子那邊死一般的寂靜。走到這裡，賽依德好半天才能喘上一口氣來，他把牙咬得「咯咯」直響，樣子慢慢變得非常怪異、非常冰冷，這時如果有人遇到他的話，一定會嚇得面色蒼白。

註①巴力赫──地名。

第 二 十 三 章

就在這時候，納賽爾丁阿凡提正騎著自己的小毛驢兒經過恰拉克的片片果園，來到了村子裡。他為了躲避炎熱沒有走大道，而是走進了一條偏僻的小巷──正是這條在座座果園中盤來繞去的小路把他引到這裡的。他為了將來的事情能順利進展、防備遇到不測而選擇了自己也不認識的這條唯一的小路。

當他從半坍塌了的院牆外邊走過時，看見這是一個圍牆被鹽鹼朽蝕了的果園。那裡的一個老樹墩旁有一個漂亮的小伙子正光著上半身跪在地上大聲做著祈禱。他的身後，有一把尖兒朝上、把子插在樹墩裂縫裡的很長的匕首，刀刃在陽光下泛著刺眼的寒光。

「啊，強大無比而又仁慈的真主啊，您可憐的奴隸就要自殺了，請饒恕我的罪過吧！」小伙子說：「讓我做您在天堂裡所穿長袍上的一粒塵土吧！在這個世界上只有死了才能得到安寧！為什麼要讓這樣的痛苦來折磨我，我真是太命苦了。我的蒼天呀，請您不要這樣嚴厲的懲罰我——我這一輩子從來都沒有得到過快樂，現在他們又要奪走我唯一的最後的東西！」

納賽爾丁阿凡提想像這裡一定發生了什麼事，拉住驢子，悄悄的來到了小伙子的身後，拔去緊夾在樹墩上的匕首，把它扔進了草地裡，自己則坐到了那樹墩上等著他。

小伙子做完祈禱，站起身來，緊閉雙眼，好像是一個要跳進水裡的人一樣深深的吸了一口長氣，雙手伸向兩邊，猛地轉身用胸口朝樹墩撲去。

他估計得很對，如果納賽爾丁阿凡提不在，那要命的匕首尖就插入了他的心臟了。

但是他卻一頭撞在了納賽爾丁阿凡提的肚子上，他以為自己已經死了，一動不動，手臂下垂著，手指尖挨著地。就這樣過了好幾分鐘……

「你打算就這樣趴到什麼時候？」納賽爾丁阿凡提問。

小伙子聽到人的聲音一下子愣住了——因為現在他唯一準備聽到的就是天使的聲音。他慌忙向周遭張望，當他看見一個與天使完全不同、面色稍黑、滿身塵土、留著黑鬍子、面帶笑容、大眼睛的人彎著腰向前看著他時，他更加吃驚了。

「我在哪兒，你是誰？」小伙子用微弱的聲音說。

「你還會在哪兒呢？當然在你要去的陰間嘍！我是陰間的總劊子手，對你這樣年輕的傻瓜予以懲罰全都由我負責。」

小伙子現在全都明白了。納賽爾丁阿凡提本應聽到的是感謝，然而此時聽到的卻是大聲的埋怨：

「你為什麼，為什麼不讓我去死！這個世界上沒有我的立足之地，幸福也與我絲毫無緣——對我只有不幸、痛苦和訣別可以選擇！」

「未來給你準備了些什麼，你怎麼知道？」納賽爾丁阿凡提打斷了他的話。「現在我已活到了四十五歲，但對未來我還是什麼都不知道。像你這樣年齡的人輕生是極端的玩世不恭！到底出什麼事了，說說看，也許我能幫你？」

「誰都幫不了我！」

「不對，人至死都可以得到幫助，相信我，快說。」

「難道你就是訶倫‧阿里‧拉西德，你能給我捐助四千銀元嗎？沒有這筆錢我就沒法挽回我的幸福。」

「是不是你賭博輸了四千銀元？」

「你別拿我的痛苦開心，外來人！」

「我在拿你開心？不是這樣，雖然在我自己遇到悲傷痛苦時我會笑，但在別人痛苦之時我卻從來沒有笑過！我怎麼也不明白：你要四千銀元有什麼用？」

「我愛上了一個姑娘……」

「我明白了，全都明白了！她可能出身富豪門第，她那無情的父親要向你要嫁妝。」

「她爸爸並沒有向我要任何東西，他和大家一樣真心希望我們能在一起生活，但這事被那個湖的主人阿卡別克破壞了。」

「阿卡別克破壞了！」納賽爾丁阿凡提大聲的喊了起來，把小伙子都嚇了一跳。「你說是阿卡別克破壞了？你今天應該感謝真主讓我們在這裡相遇，你得救了，繼續說下去！」

他躍躍欲試，摩拳擦掌，恨不得馬上投入戰鬥；他都還沒有見過阿卡別克，但一聽到阿卡別克的名字就又是憤恨又是高興！而四十五歲的年齡對他來說好像不算什麼，鬍子和鬢角裡的銀白色對他來說也好像只是一個影子。

納賽爾丁阿凡提聽了賽依德講述的我們所知道的上面那段事後，氣得按捺不住的問：

「距離澆灌期還差幾天？」

「十天。」

「時間還來得及。放心吧！你那舉世無雙的未婚妻不會嫁給阿卡別克。如果他要破壞這件事，我絕不會等閒視之！」

賽依德對這個外鄉人越來越感到吃驚，並且開始相信他，說：

「對我心中的疑慮，請你不要生氣，請原諒，但是這個灌溉季節之後還有下一個，下一個灌溉期完了還會有下下一個，到那時阿卡別克會再次提出要我的戀人或是四千銀元，也許比四千還要多。」

「你認為我是為了你們每次澆水都給阿卡別克送去四千銀元，或更多的錢而到這裡來的？我是為了別的，完全是別的目的而來。這都是將來的事，過來，我們好好商量一下。我的第一個條件：對我們兩人的相遇以及我們所說的話，不得對任何人提起，但是對你那無與倫比的美人兒──莎達特還是帕提麥什麼的，我不知道她的名字，她的名字叫──」

「佐麗裴葉。」小伙子笑著說道。

「你早晚要告訴你那位美人兒佐麗裴葉的，但是要警告她，讓她管住自己那個——據我的猜測——那個紅紅的長舌頭，這可不是鬧著玩兒的。第二個條件——」

但是就在此刻，他看見在賽依德身後牆那邊的凹口處獨眼人向他神祕的打著手勢。

「第二個條件過一會兒再告訴你，現在你先坐在這裡，哪兒也別張望。」

小伙子一切遵命照辦了。好奇心雖然在心裡衝動著，但是他一次也沒有回頭看。「這個神祕的外來人和另一個人在說些什麼？」他想。被希望、懷疑、害怕和高興所纏繞的賽依德不管怎麼努力都聽不清身後那邊的談話。

納賽爾丁阿凡提和獨眼人談論著突然需要四千銀元的事。

「四千銀元！」獨眼賊喊了起來。「從這山下搜到山頂上連四十個銀元都搜不出來！」

「你需要回浩罕一趟。」

「仁慈的真主！」

「你必須在浩罕弄到所需要的四千銀元，然後馬上就帶到這兒來。從這兒到浩罕來去需要六天，在浩罕待三天，包括今天，這樣，你必須在第九天回到這裡。」

「從今天開始？也就是說，我一個鐘頭都不休息馬上返回?!」

「是的，現在就從這兒出發。」

「哎呀，無比英明的穆罕默德[1]！另外，如果我要是用通常的方法弄到這筆錢，那我不是又背離善良和高尚之路了嗎？」

「你必須這樣做，你弄到的錢也必須是聖潔的。」

「你是說聖潔的？四千銀元！啊——克爾白[2]，啊——麥加[3]，啊——宗教之源泉！我還沒有見過聖潔的錢是什麼樣子，難道為了聖潔的錢要我到清真寺裡去收斂施捨？」

「我說了，你也聽見了。浩罕那仁慈的圖拉汗老人在等待你勇敢的為他的榮耀增光添彩，祝你一路順風！」

「那你就好好休息吧！」獨眼人沮喪的說。他雖然想著那涼快的茶館，但當他又想到納賽爾丁阿凡提所講的關於好事都有好報應的那番話時，他又高興的轉回身去，朝來時的路上走去。

他雖然非常生氣，很不高興，但他從來沒有過不再返回恰拉克、欺騙納賽爾丁阿凡提的念頭；經常犯一些小罪過的這個賊人，不像那些又想與人交朋友、可是當遇到強人要挾時又第一個出賣朋友的人，他在大事上還是講義氣的。

納賽爾丁阿凡提回到了賽依德身旁。

「聽著我的第二個條件，你對我是誰、為什麼到你們這裡來、過去做過什麼和今後想

做什麼都不能問。」

小伙子咬了咬舌頭，表示絕不多問。這個外鄉人好像知道他的心裡好奇、猜透了已經到了他嘴邊上的話才提出這個條件的。

「我現在到茶館去。」納賽爾丁阿凡提最後說：「傍晚我們到外面再談，這把刀應掛在你的身上，丟掉心中那些煩惱，記住：像你這年齡的人不應該丟卻任何東西，而應得到一切。」

他們告別了。小伙子用朦朧目光送著自己的救星，然後坐在了樹墩上，沉思起來。已經斜落的夕陽從側面照耀在他的臉上，照亮了他那高高的前額、直直的鼻梁、清楚的唇線和那俊俏的下巴。想著想著他微笑了起來——現在應該擺脫失望的折磨，勇敢的活下去。在他那充滿朝氣、鏗鏘有力的搏動著的心中永遠印下了納賽爾丁阿凡提的形象。

當天晚上，在小茶館敞開的爐灶前，他們繼續交談著。

賽依德的養父賽帕爾——或許可說是親生父親，因為雖然他不是按照大自然的血統法則當上他的父親，但是因為他非常善良而真正成為了他的父親，在一天繁重的辛勞之後，這時已經鑽進被窩，一個勁兒的打著呼嚕睡著了。茶館裡沒有別人，他倆自由自在的交談著。爐灶裡不時的向外迸出鮮豔的火星，像金子一樣的炭火在燃燒，外圈的炭慢慢的變成了灰，在熄滅前還發出「滋滋」的響聲。月亮才剛剛升上天空，接著就颳起了風，筆直的白楊樹從下方到樹頂都在閃動著片片銀光。遠處的山坡上，牧羊人點起的一簇孤獨的篝火好像一顆正在熄滅的星，時而迸起一團紅色的大塊火星。

「失去勇氣的人還會失去生命，小伙子，要相信你一定會成功。已故的納賽爾丁阿凡提常這麼說……」

「他已經去世了？」

「很遺憾，他已經死了。有的說巴格達的哈里發剝了他的皮，也有的說是布哈拉的艾米爾把他扔在水裡淹死了，反正我在浩罕這麼聽說過。」

「但是這話也可能不對？」

「誰知道呢，也許不對吧！在我遇到他的年月裡，他常說：嚴冬之後總是春，人絕不能忘記這個規律，與之相反的東西則最好忘卻它。不過我想我不會在這裡對你白費口舌吧？」納賽爾丁阿凡提看著賽依德說：「你好像腳掌上扎了錐子似的待不住，現在已是深更半夜了，你要急著到哪兒去？」

回答是那樣的慢，納賽爾丁阿凡提從賽依德那微微動彈的嘴唇裡勉強聽到了「佐麗裴葉」幾個字。

「請原諒！高尚的小伙子。」他大聲說：「我真是老了、糊塗了，所以才讓你在這兒聽我自吹自擂。佐麗裴葉才是最高明的，快到她那兒去吧！請相信我，世界上所有的科學書籍加在一起都不值你今晚在果園裡的月光下聽到的一句話！」

每一個年齡層的人都有自己特有的高明之處，對於一個四十五歲的人來說，他的高明之處就是不能餓著肚子睡覺。納賽爾丁阿凡提送走了賽依德，立即把上路前準備的乾起司和小圓饢拿出來充飢，然後就去睡覺了。他一邊躺著一邊想著那一對戀人，祝願他倆能在果園裡幸福相會。

「賽依德，我們私奔吧，我爸爸要把我嫁給阿卡別克了。」

「放心，他不會把妳嫁給阿卡別克的，親愛的！」

「咱們跑吧，逃跑！跑到山上那些茨岡人或是吉爾吉斯人那裡去，反正要跑到一個什麼地方去。我已準備好了路上吃的小圓饢、乾起司和甜瓜乾兒，有一包裹。」

「等一等，也許我們還沒有必要私奔。」

「賽依德，難道他們像說服我爸爸一樣也說服了你？」

「別哭，我不會讓任何人把妳娶走。聽我說，現在有了為我們說話、保護我們的朋友了。」

「保護我們的朋友？他是誰？」

「我不能告訴你他是誰，說真的，我也不知道他叫什麼名字，但是我知道他會救我們。」

「你什麼時候見到他的？」

「今天。」

「今天一見到他就相信了他？」

「哎呀，佐麗裴葉，如果妳要是看到他的目光，聽到他的聲音的話，妳也會相信！他身上散發著一種鼓舞人心的強大的力量。」

佐麗裴葉脖子上的銀元串兒④「叮鈴鈴」的響了起來，黑夜裡傳來了蜥蜴的叫聲，還有一個什麼東西也發出了響聲──整個夜裡都充滿了一片隱隱約約而又神祕的聲音。佐麗裴葉不希望天亮，她祈禱大地永遠這樣芳香、寂靜，祈禱空中的黑幕不要拉開。但是東方的晨曦已經微微泛起，山峰已從黑暗中露出了模模糊糊的背影──黎明已經來到了。

註 ① 穆罕默德——這裡指伊斯蘭教的奠基人穆罕默德。
　② 克爾白——天房。麥加一清眞寺內被伊斯蘭教教徒們所崇拜的建築物。
　③ 麥加——伊斯蘭教的聖地，位於現沙烏地阿拉伯王國境內。
　④ 脖子上的銀元串兒——按中亞和中國新疆一帶民族習俗，女孩子們往往把各種漂亮的金屬錢幣綁在辮子上，
　　或串成項鍊掛在脖子上作爲飾物。

第 二 十 四 章

　　賽依德在喝早茶時告訴了納賽爾丁阿凡提，阿卡別克這幾年來沒有給那個湖派遣守湖人，也述說他自己親自給農田放水的情況。

　　「開始的時候，他不讓那個以納曼干湖主人名義管水的好心老頭兒負責放水了。你自己也知道，阿卡別克和那個老頭兒沒有搭檔幾天。那老頭兒免費把水放給了一個什麼人，阿卡別克知道後就把他趕走了。從那之後那個好心的老頭兒再也沒有到這裡來過，也許他已經去世了，願眞主讓他的靈魂安息，升入天堂。」

　　「他還活著！」納賽爾丁阿凡提回答說：「就像我們二人一樣活著，他現在已成爲了一個創造奇蹟的人，由於寂寞，他正致力創造各種小的奇蹟。但是爲什麼阿卡別克沒有安排另一個守湖人呢？」

　　「他不相信本地人，我們這裡很少有外來人，他們只是路過，就是來了也會很快就離去。」

　　「他常到這個茶館裡來嗎？」

　　「他每天中午都來喝茶並和我養父下象棋。他喜歡下象棋，但我們村子裡除了我父親外沒有他的對手。」

　　「現在他有對手了。」

　　「你也會下象棋？」

　　「我不但會下象棋，還會其他各種好玩兒的遊戲，比如『蜘蛛和胡蜂』的遊戲。」

　　「我還從來沒有聽說過這種遊戲。」

　　「這次你不但可以聽說，而且還可以親眼見到。」

　　白天的炎熱開始了，陽光從上空直射下來，好像要燒穿大地似的；田地裡、燒製瓦罐的窯裡和煙熏火燎的鐵匠舖裡的夥計更是連想都不必去想。恰拉克的人們——農民、藝匠從四面八方紛紛向茶館匯集而來。他們走進門來，與茶館老闆問候過，然後又與納賽爾丁阿凡提互相問候。「祝你們一切順利，尊敬的勞動者們。」納賽爾丁阿凡提不住的回答著。「願真主保佑你們休息好！」他還對每一個人都用不同的話語問候——祝農民有好收成，對燒窯的人祝他們燒出漂亮精美的碗，祝磨房主的麵磨得更細，祝牧民的牲畜接出更多的羔羊。他透過人們的手、在炎熱中焦黑了的面龐和他們穿著的無領對襟長衫上的汗漬，就可知道他們是來自田地裡還是來自窯爐旁，是打鐵人還是熟皮革工，通常一眼就能看出個八九不離十。

　　賽依德去做自己的事去了。滿臉皺紋的賽帕爾忙著招呼客人，他穿得很破舊，因為他的茶館每天只有兩個銀元的收入，有時多些也不超過三個銀元。偶爾老人看見正在燒著的那些茶壺旁賽依德的空位子，那布滿皺紋的臉上隨即流露出膽怯而又不高興的樣子。因為他對自己的養子正在戀愛之事全都知道，並且為他也操盡了心。

　　賽帕爾把茶壺遞給了納賽爾丁阿凡提，說：

　　「你為什麼用辦不到的話來哄我的賽依德？最好你還是教給他怎樣讓一顆年輕的心忘掉那個戀人。」

　　「為什麼要忘掉她呢？」納賽爾丁阿凡提驚訝的問道：「應該讓這件事成長、開花、結果，不是很好嗎？」

　　「如果這果實非常苦澀、隱藏著不可忍受的悲傷的話呢？」

　　「那種果實只有什麼都不懂的果農才有，尊敬的老人家，只有他們那兒才有！」

　　賽帕爾想說些什麼反對的意見，但是他卻猛地站起來走開了，手裡一會兒拿起象棋，一會兒拿起掃帚，一會兒又拿著毛巾，手忙腳亂的。

　　這時客人們突然都站起身來，眼睛望著道路那邊各自散去了。

　　納賽爾丁阿凡提也向路上望去，心裡一陣劇烈的跳動，因為這時挺著大肚子的阿卡別克正向茶館走來。

　　賽帕爾把最後一個動作不俐落的客人從後門打發走，又把納賽爾丁阿凡提的茶壺拿到最遠的一個角落放下。因為行路人無處可去，只好就叫他在這兒待著。

　　阿卡別克走了進來，好像整個茶館的空間一下子被他的身體占滿了。他像皇上一樣勉強回答了賽帕爾的問候，竟然完全沒有看見納賽爾丁阿凡提。阿卡別克走路的姿勢和體態、肥厚多肉的腦門下向裡眍著——隱藏在陰險之處的一雙昏暗的小眼睛、濃而黑的鬍鬚和手指上戴著有印章的戒指，都可使納賽爾丁阿凡提得出這樣的結論：他過去是一

個不很大但又不小的人物，大概是一個管印的、管法的或是一個稅官兒什麼的手下。看樣子是一個鄉下人，不能回去從事原來的職業；也就是說，犯了一個什麼罪，而且不是什麼小小不言的罪。在這個地方，下層人們如不像奴隸般的對他們恭恭順順、頂禮膜拜，好像就沒有上層人物可言。這就是他失去的最大的東西和無法得到慰藉的隱衷。

阿卡別克出身於官人階層，這倒成了一件很好的事。現在對納賽爾丁阿凡提的良心上來說，當然也就可以放心了。因為一般說來，商人或是什麼精明的郎中、星相術士之類的人成為他的敵人的話，所得到的結果就會像以往每次出現的情況一樣，可是現在他的良心上無需又一次在被懲罰者的頭顱和大刀之間為難了。他也會留心這些敵人時而流露出來的有人情味或有良心的一面，這時他的大刀則不會置他們於死地，只是給予應有的懲罰罷了；而對另一些人，他則是非常無情的。

這時候阿卡別克像摔倒了一樣重重的坐了下來，側身靠在枕頭上。他像看一隻蒼蠅一樣的用眼角掃了一眼納賽爾丁阿凡提，然後吐著長氣，邊休息邊給自己的碗裡倒茶。

賽帕爾拿來象棋，坐在了他的面前，遊戲開始了。

納賽爾丁阿凡提坐在自己的位子上可以清楚的看清棋盤，所以他注意著棋局中的每一個微小著數。

兩個棋手的性格在棋盤上像在鏡子上一樣反映得一清二楚。賽帕爾由於膽怯而走得不好，一會兒摸摸這個子兒，一會兒手又伸向那個子兒，猶豫不決，舉棋不定，然後又放到原處，最後他好像從懸崖跳入了冰冷的水中，糊裡糊塗的連著走了一些不利的步子。他既害怕丟兵又害怕捨將，所以不敢回擊對方，總是躲躲閃閃，猶如被關進籠子裡面的老鼠一般，在棋盤上一會兒跑到那頭兒，一會兒奔向這頭兒，結果，他的棋子總是被吃掉。

阿卡別克則正好相反，接二連三地吃著對方的子兒。他就如一條貪婪的狗魚，遇到什麼吃什麼，一會兒吃卒，一會兒吃象，一會兒又吃馬，接著又吃了一個車。他一口氣的吃著對方的棋子，但是由於太貪心，而忽略了兩個贏棋的步子。

賽帕爾走的是白棋。半小時後，他只剩下一個士和三個大子兒：國王、王后和馬，他們太分散了，無法相互救助。其餘的子兒都被阿卡別克吃掉了，而阿卡別克只讓老頭兒吃了一個卒。

被從自己老巢裡趕出來的白方國王四面都已被包圍，面臨著敵人的最後打擊。

「投降吧，老頭兒，認輸吧！」阿卡別克大聲說著。他那鼓鼓的肚子在他的笑和喘氣時顫動著。「你看，你還有什麼？我把你的全部人馬都俘虜了，我卻只損失了一個小卒。走呀，你怎麼停下來了，不管你走馬還是走士都救不了你，你的國王已經在我王后

的嘴裡了，這張嘴裡可是滿口利齒的！」

這樣無恥的喜悅使賽帕爾很生氣，這從他那雙淚珠不斷的老眼裡、從那夾雜著憤怒的目光中就可以看出來；他咬著嘴唇，吊著臉，想繼續抵抗。他拿起了士，準備向前走一步，但是他手裡拿著棋子，呆了一會兒又放回了原處。然後他又拿起馬來，一會兒又摸了一下王后，然後又摸了摸國王，都沒能走出步子來。

「你怎麼不走了，走呀！」阿卡別克喊道：「我用我老子的鬍子發誓，我這盤棋下得不錯。」

「的確不錯，要是有人押一個銀元，我敢下兩個銀元！」

這是納賽爾丁阿凡提從角落裡發出的聲音。

「一比二！」阿卡別克叫了起來。「稍微會走幾步棋的人連一比五都敢賭！可惜呀，老頭兒，太可惜了，我和你沒有賭錢，如果剛才要是賭了錢的話，那你早就輸掉了你的茶館，輸光了身上的衣裳，光上屁股了！」

「有我在，我這個人賭錢從來不後悔。」納賽爾丁阿凡提從角落裡走了出來，大膽的來到了正在下棋的人們面前。「我要把我的二百銀元全都賭上。」

阿卡別克把他那沉重的頭向後仰起，傲慢的向來人看去。

「你好像是四方遊走尋訪賢士的人，先生？好吧，如果有一個傻瓜願意下一百個銀元的注走白子兒的話，那我坐在這兒連動都不動的跟上五百銀元走黑子兒奉陪！」

「就有這麼一個傻瓜，我下注二百銀元走白子兒。現在就看你的了！」

走白子兒？他為的是什麼，這麼有把握？他雖然明擺著要輸，可還是僥倖想贏？

不，納賽爾丁阿凡提並不是為了贏，相反，他早就把這二百銀元置之度外了。他不是想贏錢，而是在打著其他的主意——與阿卡別克接近。他已經把自己口袋兒裡的錢全部都為自己那無比強大的命運做出了犧牲。啊，命運，請你幫助他，永遠保佑他！

「你要賭白子兒？」阿卡別克吃驚的問道：「賽帕爾，這個外鄉人是從哪兒來的，他要不就是瘋子，要不就是在茶館裡吸了麻煙想逞能啊！」

「別說廢話！」納賽爾丁阿凡提把錢袋子舉得高高的，然後把錢都倒在了盤子裡。「如果你要是不害怕的話，先生，把你的錢押上！」

「我害怕？」阿卡別克擤了一下鼻涕，手伸向腰帶，掏出一個裝著錢的黃袋子，扔在了盤子裡。「這裡面是七百五十塊銀元！從現在起你別再嚷嚷，收斂起你的舌頭，像你這樣一個一錢不值的東西開口說我害怕，這太不像話了！」

「開始下棋！」納賽爾丁阿凡提宣布說。

賽帕爾站起身來，退到了一邊。他吃驚而且又難過的看著納賽爾丁阿凡提，心裡

想：「這個奇怪的客人難道真的喪失理智了？」

　　他突然想起來這個客人還沒有付客房錢、毛驢兒的草料錢和茶飯錢。他甚至連這令人心驚肉跳的遊戲都忘了——對他來說，丟掉六個銀元比丟掉盤子裡的二百銀元和這場賭博還重要啊！

　　「外鄉人，你拿什麼錢付我的帳呢？」

　　納賽爾丁阿凡提生氣的瞪了老頭兒一眼。他最恨那些在世界大難臨頭之時捨不得自己分文的吝嗇鬼！但是這次他想錯了，要知道，這六個銀元足夠老頭兒三天餬口的費用。這時的納賽爾丁阿凡提已經注意到了老頭兒的處境，愣了一下說：

　　「別擔心，茶館老闆，如果我輸了的話，我把靴子賠給你，然後我就走人。」

　　「沒有必要。」阿卡別克插話說：「他是為了顯露豪爽而來的，賽帕爾，你要的錢我會付給你的。」

　　他從盤子裡拿出了十來個銀元，交給了茶館老闆。

　　這時納賽爾丁阿凡提突然覺得連氣都喘不出來了，甚至臉色發白。好像一個什麼東西在燒著他的心。也許是怒火？

　　不，完全是別的原因造成的——他看見在棋盤上，命運在向他微笑，命運好像對他所做的犧牲給予了報償，不但要慷慨的把那二百銀元還給他，而且還要加上比這多得多的獎賞。

　　從棋盤上他看到了白棋的勝利——自己勝利了！開始他還不敢相信自己的眼睛，他再一次跳起來又看了一遍。毋庸置疑，這把贏了！

「你也太著急了，先生。」他衝著阿卡別克說：「一個穆民是不能慷他人之慨的。」

沒有什麼別的東西更能激怒阿卡別克了。

「慷他人之慨！」他氣紅了臉，帶著很重的鼻音說：「我要教你怎樣好好尊重別人，你這個四處遊蕩的混混！賽帕爾，把他的銀元放在盤子裡，然後把他的靴子拿過來當抵押，讓他光著腳從我們村裡滾！該你走了，聽見沒有，該死的窮光蛋！我剛才還想贏了之後送給你二十銀元做盤纏，但你卻不知好歹，這下子我一個子兒都不給你了！」

「我也沒有向你要呀！」

「走呀！先把你的靴子脫下來，交給茶館老闆。」

納賽爾丁阿凡提脫下靴子，交給了茶館老闆，然後大膽的把自己的王后從一個角落移到了另一個角落。

「你看，將軍了！」

「我的真主呀，你仁慈些！」阿卡別克故意做出害怕的樣子，譏諷的喊著。「真的，我的膽都被嚇破了！好厲害的將軍啊！但是你好像是瞎了眼睛，我的象在這裡等著你呢！走啊，走啊，你的王后呢？」

他一邊說著這些話，一邊用自己的象把白棋的王后吃掉了。

「看你現在怎麼辦？」他問著納賽爾丁阿凡提。「你現在是輸光了錢又輸掉了靴子的叫化子！王后被吃掉後你就必敗無疑了，只有一條路能讓你苟延殘喘。」

對他的回答很簡單。

「將！」納賽爾丁阿凡提用自己的馬從黑格子裡走到白格子裡。

阿卡別克還沒明白怎麼回事，愣在那裡，兩眼直盯著棋盤。所發生的這一切在他的面前越清楚，他的滿臉的橫肉就越發青紫。

「這一盤棋結束了！」納賽爾丁阿凡提說：「我贏的錢在哪兒？」

賽帕爾戰戰兢兢的用手把盤子推到納賽爾丁阿凡提跟前。他用害怕的目光看著納賽爾丁阿凡提把錢裝進自己的袋子、把剛才脫下來的靴子又穿在了腳上。雖然他僅僅是這件事的見證人，但這位老人還是嚇得連舌頭都不聽使喚了。他是那麼膽小，以至於平時總是戰戰兢兢，有生人來到或是發生什麼事情，總是埋怨自己。「真不得了了，要出事了。」他暗自嘀咕著，知道一場風暴就要到來。他想阿卡別克一定會把一切怒氣都發洩在自己的頭上，並且會破壞自己舒適的生活。他所擔心的所謂舒適生活，只不過就是那在市場看好的時候連大方的顧客都不肯出二百銀元買下的這個用泥團、蘆葦和乾草修起的茶館。賽帕爾除此之外沒有什麼房屋、果園和田地，他把這茶館看得就像埋藏在地下的金子一樣珍惜。他雖然很窮，可是卻擁有無價之寶——自由，但是他又不知道利用

它；他把自己拴在鎖鏈上，捆住了自己的心的翅膀！由於貧窮，他的軀體承受著困苦，他的財富就是他的靈魂，即永遠的膽怯。無論是前者還是後者，他都選擇了對自己不利的那一部分。

阿卡別克瞪著眼睛，視線不離棋盤，仍然一聲不吭，他那青紫色的臉現在開始變得發黑。

「茶館老闆，你們村子裡有沒有大夫？」納賽爾丁阿凡提問：「為了以防萬一，也許要給他放一點血？」

沒有必要叫大夫，危險已經過去了。阿卡別克勉強「呼嚕嚕」的喘著氣兒，總算緩過勁兒來了。他向自己那憋得通紅的脖子上搧著風，臉上氣出來的青紫色也消失了。

「我怎麼沒看見這一步呢？你這個行路人，一定是你玩弄巫術，蒙住了我的眼睛！」

「要不然再下一盤？」

「今後我如再與你下棋，就讓七頭妖怪把我吞了。快滾，贏了七百五十銀元也該夠了吧！」

但是納賽爾丁阿凡提不想這麼快就丟下這個小鄉村離去。

「又在趕我，到處都趕我！」他做出一副悲傷的樣子，然後低頭苦笑著說：「與其說走，倒不如說逃跑更合適。唉，我的命真苦啊，真是不走運！」

他的這番話像箭一樣正好射中靶心。

「看來是有一個什麼人在趕你？」阿卡別克警惕了起來。

「不幸、煩惱、一事無成，這些始終在糾纏著我！」

「如果你的一事無成經常像今天這樣的話，那就有趣了。」

「這是成百次不幸之中的一次萬幸。」

「你打算往哪兒去？」

「我自己也不知道。轉到哪兒算哪兒，不管是南還是北，是東還是西，反正對我都……」

「但是這次你到這兒來總該有一個什麼目的吧？你又不是把這種旅行當成享樂的有錢貴族。」

這是他們之間的第一次交談──蜘蛛和胡蜂的遊戲也就開始了。

阿卡別克想：不管怎麼說，也許這個行路人是一個罪犯，如果是這樣的話，把他抓起來交給衛兵，就可以把那七百五十銀元弄回來了。於是他不住的詢問著。納賽爾丁阿凡提猜透了他的希望，微笑了一下，但是他並沒有急於打散他的這些希望。

「幹什麼要在這裡享樂！你應該知道，先生，我在前不久也是一個有家有業、衣食不

愁的人，但是由於慘遭厄運，一下子變成了一無所有的人，現在就這樣過著連一個一文不值的窮酸叫化子都不如的日子。」

「你遇到了什麼不幸？」

「我經歷的苦難一言難盡！我住在赫拉特。在那裡我是市場總監的首席秘書，收入不少。」

「你是說赫拉特？我在那裡待過，繼續說下去？」

「感謝千真萬確的阿拉，我的上司對我還算滿意，我在為他收費時按市區中等地段的價格收取偏遠地段的錢，按照黃金地段的價格收取中等地段的錢。我把從那些憤怒的農民和手工業者們手中收來的每一分錢，都如數交到了我主人的家裡，把我忠實的心交給了真主。我的上司拿到錢後往往說：『啊，吾扎克巴依，如果我有一千罈子金子的話，那倉庫的鑰匙不用說也會放心的交給你！』他的確沒有說錯，他的財產在我心目中比我的財產還要貴重。我的父親曾在一個貴族手下當過司庫，是他教導我這樣做的；我這一生也正是這樣做的，因為我這樣忠實的工作，我的主人把他收入的二十分之一分給我。」

「那給得很少啊！」阿卡別克說。

「已經足夠了，我在八年之中也積攢了不少財富。除此之外，我對這個職位非常珍惜的原因是，他還給了我搞學術研究的時間。當然，這方面就沒有必要說了。但是，突然我的主人遇到了不幸。」

阿卡別克很注意的聽著，納賽爾丁阿凡提由此看到自己的這番話並沒有白說。

「我的上司在工作中犯了一點錯誤。」

「嗯！」阿卡別克有所預料的說著，好像要把什麼東西裝進衣兜裡，手指似猛獸的爪子一樣的揣動起來。

「敵人誣告了他，我的主子被撤了職，財產被沒收，上繳了國庫。」

「可以理解，可以理解。」阿卡別克好像有點傷心似的點著頭。「這種錯誤有時會付出非常沉重的代價。」

納賽爾丁阿凡提生平中的另一頁就這樣開展了。

「降臨到我主人頭上的不幸也沒有放過我，現在連我的棲身之地，甚至連放一根拐杖的地方都找不到。如果不是今天我這麼走運，我想我這一輩子到死都要四處流浪了。」

阿卡別克皺了皺眉頭，擤了一下鼻涕，因為納賽爾丁阿凡提觸及了他最疼的傷疤。

「現在我要把這錢花在刀刃上。」

「你還想再和別人去賭嗎？」阿卡別克歹毒的譏諷說。

「真主保佑我別再作孽，這種幸運之事不會再來。我正想選一個合心意的事做。」

「你想經商？」

「我不那麼喜歡經商。我喜歡在一個安靜的角落裡一邊兒搞學術研究，一邊兒工作，我所追求的就是這些。然而，像我這樣一個不知根底的外來流浪漢，誰又敢不收押金就給我事做呢？現在我終於有足夠的錢付押金了。」

「你正在找工作？」

「我不應該留在這兒，我的毛驢兒也已經歇夠了，我該上路了。先生，多謝您這七百五十銀元了。哎，茶館老闆，我應付多少住宿錢和茶錢？」

納賽爾丁阿凡提拿起了夜裡當枕頭用的鞍子，向毛驢兒那邊走去。他這樣一來，更加有力的拉動了拴在阿卡別克那貪婪之心上的繩子。

「等等！等等！」阿卡別克這才明白七百五十銀元落入了魔鬼的手中。「回來，我有重要的話要說。」

這拴在那貪婪之心上的繩子又粗又結實，扣兒也結得很牢。

「你不是正在找事做嗎，我就是要和你說這事兒。」

「哎呀，我的先生！」納賽爾丁阿凡提趕忙回到了茶館裡。「您好像知道有那樣的地方，如果您能幫忙，那我會對您感謝不盡。」

「當然知道。」

「真是貴人貴言啊！」

「並且這個地方不遠，甚至是非常近。」

納賽爾丁阿凡提臉上流露出尊敬而又驚訝的表情。

「對尊貴的談話對象應該態度得體才是，但我愚笨的頭腦對您這話還有不得其解之處。」

「你先回答我幾個問題，然後我再解釋我的話。」阿卡別克說。他心裡想：我就是要打啞謎。「說吧，不管什麼時候，以前你來過我們村子沒有？」

「不，沒有來過。」

「你在這裡有沒有什麼親戚？」

「不，沒有親戚，我所有的親戚都在赫拉特。」

「有沒有朋友？也許在我們村子裡有你的老朋友或新認識的朋友。」

「我在這裡沒有認識的人，朋友也都在赫拉特。」

「也許這裡有你在赫拉特的親戚的朋友，或是赫拉特的朋友的親戚？」

「我以我父親的名義發誓，我的親朋好友、朋友的親戚和親戚的朋友、甚至我的親戚的朋友們的親戚和朋友們的親戚的朋友都不在這裡，他們對這個地方連聽都沒有聽過，

誰都不知道這個村子。」

「最後一個問題：你有沒有對別人發善心的毛病？」

「他想起來給圖拉汗守陵的那個老頭兒了。」納賽爾丁阿凡提心裡想。

「我的慈善之心都用在自己身上，絲毫都不留給別人。」他回答說。

「多聰明的話！現在，你準備好，聽一聽最讓你高興、你最喜歡聽的話：你看見這裡的那個湖沒有，你知道不知道它的主人是誰？」

「湖我見到了，但是不知道它的主人是誰。」

「湖的主人就是我，你不是要交押金找一個謀生之地嗎，如果我把守湖人的差使交給你的話，你覺得如何？」

納賽爾丁阿凡提長時間以來一直等待的這句話，終於從阿卡別克的口裡說出！「守湖人！」這句話在賽帕爾耳邊就像滾雷一般響起。「守湖人！」屋脊下的斑鳩也跟著一遍又一遍的說了起來；「守湖人！」籠子裡的鵪鶉也學著說；「守湖人！」水壺裡的水一下子開了起來，向四面噴著熱氣「咕嚕咕嚕」的嘟嚷著；「守湖人！」外面的樹木也都搖晃著身體瑟瑟的絮叨不休。

十分鐘後，這個消息在全村已是老幼皆知。「守湖人」這個名字傳向四面八方，從田間地頭到打掃得很乾淨的小院，人人皆知。男人們在互相傳聞，女人們在交頭接耳，孩子們在低聲談論。

納賽爾丁阿凡提跟著阿卡別克從茶館裡出來向湖那邊走去時，人們對他們的問候聲、致敬聲都快要把他們淹沒了，並且用畏懼的眼光打量著新守湖人。而納賽爾丁阿凡提則垂著眼皮，傲慢的走去，甚至連禮都不還，不屑一顧。

他們走了之後，賽帕爾老人的茶館裡一會兒就聚滿了人。恰拉克人從四面八方雲集而來，衝著老人連珠炮似的問起新守湖人和阿卡別克談論了些什麼，他們訂了什麼合約，守湖人將如何收費等等。茶館的板炕被壓得「咯吱咯吱」響，爐灶上方掛著的一個個茶壺直搖晃，碰得「叮叮噹噹」，天棚上的塵土都掉下來了。

「你們要把我的茶館擠翻了！」賽帕爾喊了起來。「多餘的人都從板炕上下來！你們快點下來，否則我不告訴你們！」

多餘的人為了給十來個德高望重的老者讓座而從板炕上下來，站到了地上。賽帕爾開始說了起來。這裡就沒有必要再重複那些我們已經知道的故事了。

他最後生氣地說：

「我們這麼多人直到今日還沒有找到如何擺脫那一個人的辦法，現在他們又變成兩個人了，今後等待著我們的將是什麼？」

回答他的是一片寂靜和深深的嘆息。人們面前出現了一片深不可測而又無法避免的不幸陰影。

賽帕爾低了一下那白花花的頭，他好像很欣賞自己剛才那番恫嚇之詞，然後又大聲的說：

「要不了多久將會出大事！恐怕不會有什麼好結果，不會有好結果！」他肯定的說。

不知是誰用嘶啞的聲音附和著說：

「不會有什麼好事⋯⋯」

第 二 十 五 章

阿卡別克把納賽爾丁阿凡提帶到了側面的洩洪渠前，這裡有用巨大的厚木板做成的閘門水槽。

「你看！」阿卡別克邊說邊指著牢固的建在兩個榆木支柱中間、由於年久而變成黑色、長滿了苔蘚的閘門。這些用榆木做的支柱上鑿出了可以讓閘門升降的槽。「你就守住這個，不經我的同意不論任何時候都不許你給任何人放水。」

水槽的上面有用生了鏽的鐵鏈拴著的大門，在門的下邊一點的地方有一個大銅鎖鎖住兩個大鐵環，在這個大銅鎖稍微上邊一點的地方，清澈的水珠不住的從木板縫隙中向外滴著，然後流入水槽而去。「水閘在流淚！」納賽爾丁阿凡提想到那些不幸的恰拉克鄉民時心裡說。

「不要相信任何人而給他們賒帳，哪怕是半個銀元的水！」阿卡別克向新來的管湖人叮嚀道：「這是那個鎖子的鑰匙，不要讓任何人看見，要是讓一個狡猾的人看見的話，他就可能記住鑰匙孔裡的印記，再配一把鑰匙。」

納賽爾丁阿凡提把鑰匙裝進口袋兒裡，然後把裝著贏來的銀元的袋子交給了阿卡別克，說：

「這就是我的押金。」

在稍遠一點兒的土坡上，有一個門朝著湖泊方向的小屋。

「你就住在那裡。」阿卡別克說：「每天晚上你要到這閘上來檢查鎖子是否完好，明白了沒有，全都記住了嗎？」

「明白了，全都記住了，主人。」

就這樣，納賽爾丁阿凡提當守湖人的事決定了。

阿卡別克的嘴角上露出了笑容，對自己腰帶裡的七百五十銀元又巧妙的失而復得感到高興的回家去了。「過一兩個月之後我就找一個藉口把他趕走，把押金留下，守湖人有什麼用，有這個可靠而又結實的大鎖子！沒有他，我至今不是也管得很好嗎？我的錢又回來了，最重要的就是這個！」他心裡想著。

錢是重新到手了，這方面無需贅述，但是這件事將使他失去的是什麼，他卻沒有料到！

納賽爾丁阿凡提傍晚在那個土坡上的小屋裡落下腳來。他把屋裡亮一點的那邊留給自己，在角落上支了一張簡易木床，修好了已經倒塌了的爐灶，用楊樹枝把黑暗的那邊隔了開來，當作驢舍。

「這個新家園合不合你的心意？」他把大麥從驢背上卸下來時說：「這是一個有趣的問題：對你和我同住在一間屋子裡當鄰居，這應該怎麼理解呢，或者你會說我已陷入驢的境遇，或者我會說你變成人了？」

他的這些話並沒有白說：這話裡蘊含著一個有待實現的隱蔽之意。但是這些事情什麼時候、如何實現，納賽爾丁阿凡提也不知道。

世界慢慢的轉向光明，黑夜好像在丈量著大地和天空，一邊思考著什麼，一邊把那柔和的天幕慢慢的拉開。納賽爾丁阿凡提坐在自己小屋門檻旁的石頭上，在黑暗中看著那淺白色的湖。當他從深深的思緒之河裡抬起頭來時，周遭已是一片漆黑；空氣是那麼清新，露水的芳香沁人肺腑。該睡覺了，他伸著懶腰、打著呵欠，向湖邊走去。

在路上的岔口處他聽見了一個輕輕的「簌簌」響聲。

「是我，賽依德。」

黑暗中隱隱約約可以看見小伙子的身影。

「你在這兒做什麼？」納賽爾丁阿凡提吃驚的問。

「我聽人家說你當上了守湖人，我想問問你是真的嗎？」

「是真的，你好像對這有點擔心，為什麼？」

小伙子尷尬難言的說：

「現在你當了這個差……就不會再惦記……」

「關於你和你那無與倫比的美人佐麗裴葉的事兒嗎？」納賽爾丁阿凡提接過他的話說：「唉，不相信自己朋友的沒有頭腦的小伙子，你怎麼會有這種疑問呢？你應該學會相信別人！這是人生最重要的學問，命運這個東西就像珍貴的阿拉伯駿馬，牠不喜歡膽小的人，但是卻服從勇敢的人，明白了沒有？」

「明白了，請原諒。」

「別再和我見面，我不叫你的時候你就別來找我。別讓任何人看見我們倆在一起，不要破壞我的遊戲。我說的話你都聽見了，現在你趕快走吧！」

靜悄悄的果園裡又傳來了夜鶯的歌聲、蜥蜴那稚嫩的叫聲和涼爽的水池邊傳來的陣陣悄聲細語。

「我昨天從我們家的門縫裡看見了，他和阿卡別克一道從茶館裡出來。他看起來是那麼嚴肅、傲慢。就在那時我在想他所說的要幫助我們的許諾……」

「哎呀，佐麗裴葉，妳怎麼對朋友沒有信任感？妳應該學會相信別人，這是人生最重要的學問！打個比方說，命運就像是珍貴的阿拉伯駿馬，妳知道嗎？牠會把膽小的人摔在地上而服從勇敢的人！」

「你說得多好、多漂亮，賽依德！連我們的老毛拉都說不出這樣的話來。」

「應該永遠記住，佐麗裴葉，嚴冬過後就是陽光明媚的春天。妳唯一應該記住的就是這個法則，相反的東西最好忘掉。」

「賽依德，這些詩句你是專為我編的？」

夜鶯們的歌聲停了下來，會叫的蜥蜴也鑽進自己的窩裡睡起大覺來，天上的星星明顯的移到了另一邊，湖上開始升起霧氣，夜幕慢慢向西邊移去。

兩天之後，新的守湖人來到了茶館。這時正是下午，阿卡別克與茶館老闆已下完棋回家了，恰拉克人照例坐在這裡休息。

守湖人也不理睬人們的問候，逕自來到烤饢人那裡。烤饢人開始忙亂地把饢一個個的往大木盤上碼著，並且把那些烤得又白而且又熟透了的饢擺在上面。守湖人不只是買一個兩個或是三個，而是把木盤裡的饢全都買了下來。

同時，他還從賣杏人那裡買了一筐杏子，並且把買來的所有東西連提帶抱的拿走了。

這時的茶館裡，人們想當然的開始議論起來。他為什麼要買那麼多？饢會變乾，杏子也會變壞的！也許他懶得走路，這下子他會躺在自己的小屋裡長時間不出來吧？

但是，這樣的情況第二天又出現了。中午時分，守湖人拿著大木盤和空筐子來到了茶館前；他往木盤裡裝滿饢，往筐裡裝滿杏子，和昨天一樣，不理睬人們的問候，逕自

走了。

茶館裡開始出現了一陣議論和熱鬧。他昨天買的那些東西幹什麼用了？都吃掉了？那些東西五個人都吃不完！真是一件怪事！在少見多怪、膽小怕事的恰拉克人生活中，這成了一件讓人既生氣而又神祕的事。

這時村子裡來了一個牧羊人，他給這個製造謠言的紅爐裡又火上澆油。這個牧羊人到村子裡來買大麥麵時，無意中走進了那個土坡上的小屋裡，看見了一種讓人不可理解的情況：新的守湖人正在剝杏核，並用刀子把蟲咬了的地方切掉，然後用這杏肉和白麵饢餵他的毛驢兒。這個牧羊人買之麵後當然就把這個奇聞告訴了糧食販子；糧食販子立即關上了店舖，急不可待的跑著跳著把這熱得燙嘴的新聞帶到了茶館。

他是在餵驢！用白麵饢和杏子餵驢！聽了這話的茶館老闆賽帕爾面色蒼白；有點傻頭傻腦的彈毛工拉合曼‧圖拉笑得從凳子上仰面倒向後方，上氣不接下氣；水磨房主和榨油工都不相信。

有一個大膽的年輕人為了看個究竟而向那邊跑去了，結果他如願以償——他悄悄的來到了小屋旁，他來得正好，那毛驢兒正在吃晚餐。毛驢兒像牧羊人說的那樣吃的是白麵饢和杏子，新守湖人則在牠面前向牠鞠著躬，用手掌捧著杏肉讓牠吃，嘴裡還不住地說著：「我的先生！」、「我的聖人！」、「我的王子！」

大膽的小伙子回到了茶館，在他離去時安靜下來的茶館這時又變得亂哄哄一片。也就是說，一切都是真的！但這裡面有什麼奧祕呢？製罐人謝爾麥提不吭聲的用手指敲著自己的腦門兒。這種揣測好像不無道理，但是那老奸巨猾的阿卡別克為什麼沒有發現新守湖人的這些情況呢？是呀，還有不久前的象棋遊戲呢？就連瘋子也不那樣下棋！也許他和阿卡別克是祕密勾結，其他的事都是為了蒙蔽人們耳目所為？但他們是怎樣勾結的？要反對誰？要達到什麼目的？他們不是為了別的，而是想霸占這裡的所有土地和果園？

「也要奪走我的茶館！」賽帕爾傷心的說：「去年有人要出一百五十五個銀元，那時我要是答應賣給他該有多好！」

納賽爾丁阿凡提制訂的計畫是對的，茶館主人賽帕爾在下棋時把那土坡上小屋裡毛驢兒吃飯的事告訴了阿卡別克。

阿卡別克為了親眼看見納賽爾丁阿凡提買饢和杏子，今天坐在茶館裡的時間比平時要長得多。

他也看到了這一切！納賽爾丁阿凡提在他的注目下特意買了兩筐和兩大盤子，而不是一筐一盤，以至於他不得不讓烤饢人幫忙給他拿去。納賽爾丁阿凡提一邊做著這些

事，一邊裝作沒有看到阿卡別克，心裡想：「他今天一定會到我的小屋裡來。」

傍晚，他在屋裡地上灑了水，拿來了新割的蘆葦，給毛驢兒鋪好了地方，然後把杏子分成兩堆，並整整齊齊的擺放在花了八個銀元從賽帕爾那裡買來的帶彩釉的瓦盆裡。

他從那半開著的門縫裡看見阿卡別克正在向小屋走來。

天空中充滿了火焰——西下的斜陽把四面八方燃得通紅；太陽的餘暉在阿卡別克的身後留下了長長的影子，使他看起來酷似一個巨大的石雕。但是對任何一種石頭都有一種鐵錘去制伏它！納賽爾丁阿凡提背朝著門口，面對著毛驢兒站著，把盛著饢的木盤子拉到了自己的面前。落向大地的太陽把他面前的那堵牆裝飾得一片粉紅。毛驢兒聞到了饢的香味兒，豎起了兩個長耳朵，牠那耳朵上的毛亂蓬蓬的泛著光。

「別忙，來得及！」納賽爾丁阿凡提生氣的推開伸到木盤子前的毛驢兒的嘴。

牆上的陽光消失了，黑暗降臨了，阿卡別克仍在門檻兒外站著。

「啊，聖人，我的王子！」納賽爾丁阿凡提一邊不動聲色的說著，一邊給毛驢兒端著饢。「我在這荒山上的小村子裡沒有能夠找到更好的東西。這裡的賣饢人能烤出什麼饢來呢？他們甚至連宮廷烤饢師都沒見過！但是這兒的杏子很好，個個都沒有蟲子，我想杏子還是合您心意的吧！」

杏子的確很合牠的心意，因為沒用多長時間，筐裡的杏子就被吃了個淨光。然後「聖人」又把目光投向饢，並且把四個饢吃了下去。牠的胃口大開，不住的要吃。納賽爾丁阿凡提雖然生氣的皺著眉頭並小聲埋怨，但仍像原來一樣鞠著躬。

這時候，一個影子閃了過來擋住了晚上微弱的亮光。納賽爾丁阿凡提似乎聽到了一個什麼動靜，急忙轉過身去，整理了一下儀容，並且顯出一副為剛才所做的事而害怕的表情，然後再假裝很尷尬的用自己的身子擋住正在吃饢的毛驢，那饢的一半還露在驢嘴外邊。

阿卡別克向門裡邊邁了一步，朝納賽爾丁阿凡提瞪著眼睛，用審問的目光看著他。

毛驢兒還在嚼著饢，饢在驢嘴邊動彈著，並且很快進入了嘴裡。

「這到底是怎麼回事！」阿卡別克拉著長長的聲調問。雖然他什麼都不明白，但他好像明白了一切，擺出一副以前當哈孜時的樣子說：「你原來把成盤的饢和成筐的杏子就這樣糟蹋了！」

「我……我沒有糟蹋。」納賽爾丁阿凡提羞澀難言的說：「我在給牠上餐！」

「上餐！」阿卡別克笑了起來，笑得連鬍子都跟著直動彈。「每天兩盤饢、兩筐杏子！別想騙人，也不要隱瞞，老實講！」他挺著胸口，向納賽爾丁阿凡提走來，因為他認為這些事無論如何屬於犯罪行為。「老實交代，我都看見了，原來你在用饢和杏子餵

驢。」

「安靜，噓——噓！」納賽爾丁阿凡提做出一副愁眉苦臉的樣子，好像牙疼的嘴裡又灌進了冰水一樣，一下子坐在了地上。「眞主英明，尊敬的主人，不要這樣說粗話，這些話在這裡說可不合適。」

「什麼不合適？這裡不就是一頭驢嗎？我只看見一頭驢，就因爲這個——一頭驢？！」

「您好像是故意的，您已經重複三遍了！主人，最好我們到外邊去吧，外邊可以隨便怎麼說。」

「在這裡也可以隨便說，你不是在說這頭驢能作爲第三者參與我們的談話吧？」

「您已經說了第四遍了。啊，仁慈的眞主！我們到外邊去吧，主人，到外邊！」

他把阿卡別克從小屋裡推了出來，關上了門。他揣摩出來之後一定會受到嚴厲的審問。

「請您不要太逼我，我的主人，這是一個偉大的祕密，這與世界上大多數偉人都有關係。」

「世界上大多數的偉人？那樣的話，對另外一些偉人中的我，把你那祕密說給我聽一聽。」

「我很尊敬您，我的主人，在這裡，在恰拉克您的確是偉人，但與這些偉人比起來，您只能說是一隻蒼蠅或螞蟻。」

「我是螞蟻？你恬不知恥，信口雌黃，應該讓你的舌頭爛掉！」

「請原諒，主人，如果話說到王子……」

「說到王子？……」阿卡別克的心裡好像水煙袋鍋裡的火一般亂糟糟的。「你是我的僕人，因此你不得對我隱瞞任何事。」

納賽爾丁阿凡提流露出進退兩難似的表情低下了頭，說：

「我該怎麼辦呢？我的確不應向我的主人隱瞞任何事情，這是我的慈父臨死前的叮囑。」

「他給你留下的遺言很好，也許他是一個很好的人。」

「但是，另一方面，若是這些偉人的祕密一旦洩漏，觸怒了他們，最終會使我們兩個人的那個湖化爲烏有。」

「我不對任何人透露。」

「如果我要求您發誓，您可別責怪我。」

「我如對別人說出去，那就讓地獄之火燒死我！」

說了這話之後，阿卡別克為了要聽這偉大的祕密而走到納賽爾丁阿凡提跟前。

但是納賽爾丁阿凡提覺得還沒有到告訴他這個祕密的時候——還沒有到瓜熟蒂落之時，因此，他決定還是讓這個祕密繼續在藤上待著。

不管阿卡別克怎麼問，納賽爾丁阿凡提都堅持不說。納賽爾丁阿凡提說寧願丟掉守湖人這份差使離去，他也要堅持在一個星期之內緘口不談。

「需要丟下這個湖而去？你在說些什麼，為什麼？」阿卡別克害怕了起來，立即停止了追問。「那樣的話，我可以等待。」

被這神祕的「蚯蚓」所迷惑了的阿卡別克，看來是已經上鉤並且被牢牢釣住的魚。

第 二 十 六 章

所有的一切都在流逝著，那敲得熱火朝天的鼓聲和這到處都是人頭攢動的我們這個人生大市集慢慢靜了下來。惶惑、盲動的一個個店舖都紛紛關上了門，貪婪、奢欲的廣場和巧取豪奪的漩渦都漸漸平靜。天地六合一片沉寂，天空上降下了憂愁的黑幕，計算是盈利還是虧損的夜來臨了。其實這只不過僅僅是計算虧損的時刻而已，拿我們來說吧，我們把經受了千辛萬苦和作為歷史見證的一生都注入到這人生大市集裡去了，但是誰又敢誇口自己已經成為這個大市集上真正的贏家了呢？

生命仍按自己的軌道行進著。時間一分一秒的向前追逐著，醞釀著每一天、每一月和每一年。但是經受了不盡苦難的我們——最有權發言的人們，在這永恆的生命鏈條之中，好像除了在那日漸消融的冰面上留下自己的印跡之外，什麼也抓不住，什麼也留不下。如果誰能在生命下沉之時留下那樣的印跡，並且讓它永不消失，那就是無限的幸福。這印跡就好像是給予他的獎賞，成為他的第二次青春——第一次青春的無形再現。這種再現並不能使人們臉上的皺紋消失，重新賦予肌體力量，再次使人走起路來大步流星，說話聲音宏亮，但它可以永駐於人們的心中。可否見過耳聰目明、眸子閃光的老人？那時你們會感覺到那老人心中的青春之火，這恰似劃空而落的流星與天之吻，這是

他那琴弦發出的曾經聲貫環宇、環繞四方然後又回音而歸的強勁旋律。願真主對我們所受的苦難給予善報，願那青春之火在我們心中永不熄滅，因為在我們生命最後的日子裡，它終將回歸到那曾經孕育過它的小屋——我們的心扉。在這個世界上，有一個我們永遠永遠離別了的，但是又永生永世不會忘記的那個叫作費爾干納的地方，那裡有一片讓他的心靈永遠安息的美麗的草地。我們還能再回到那兒去嗎？還能再見到那兒嗎？不，永遠不能了。但是，我們有言在先：這是我們的第二次青春——我們無法再回到過去，也許我們會懷念……

讓我們暫且擱置心中的憂思吧！重新度過一次老年，也就是預知第一次，而讓第二次在一邊袖手旁觀又有什麼用呢？讓將來吃掉現在，對這種愚蠢之念誰曾給過我們那麼多時間。雖然已經半天過去了，但距敲響落日的更鼓還有好一段時間，而市場仍在沸沸喧嘩之中：所有的店舖都還在做著買賣，一排排的商號仍舊淹沒在人群之中，廣場上還在沸騰轟鳴，送水人們的尖叫聲、乞丐們那悲泣的哀求聲、僧人們的歌聲①交織在一起；馬車在吱吱扭扭的響，駱駝在嘶嘶的鳴，銅匠的榔頭在叮噹作響，逗笑的小丑和跳舞的藝人們的手鼓聲嘀嘀嗒嗒；一個個飯館的炊煙向四處飄散著；陽光下一匹匹絲綢閃著光，一卷卷金絲絨猶如火焰在燃燒，地毯的花紋圖案依舊分外奪目——市場還沒有出現收攤的跡象，它的財富也是無窮盡的。

但是一想到人生旅途，我們仍然坐在令人厭煩的茶館裡，喝著從茶壺裡流出的沒有實現的願望，對著水煙鍋吮吸那些往事的怨恨。還是快點回到市場上去吧！回到那熙熙攘攘、滿天飛塵、擁擠不堪、奸詐無窮、充滿各種聲音和氣味、像漩渦一樣轟轟隆隆轉動著商業這個大磨盤的市場上去吧！獨眼人就在那裡，看一看他是如何完成納賽爾丁阿凡提交給他的任務的。

四千銀元，要乾淨的錢，聖潔之錢！獨眼人兩天以來在浩罕的攤販們中間溜來轉去，不知該怎麼辦，一邊走一邊發愁。周遭有成百上千個錢袋子，那些錢袋子在浩罕傻瓜們的腰袋裡和衣兜兒裡鼓鼓囊囊的，讓經驗豐富的獨眼人眼紅，讓他的手指不由得發抖，這使他感到很惱火。這些錢袋子裡的錢好像一邊動彈一邊在對他悄悄的說：「把我們拿去吧！拿呀！真主千真萬確，快快把我們這些俘虜從這些窄小的袋子裡解救出去，我們也願意呼吸自由的空氣，在陽光下生活——唉，在陽光下，我們這些金子、銀子會多麼光彩奪目！」當然，獨眼人完全可以毫不費力的拿到錢。他的動作非常敏捷，甚至那些被偷的人，那些穿著條紋土布衣裳和戴著有紅穗兒的小花帽的呆子們絲毫不會察覺，只有在他們與攤主說好價錢，解開腰帶付錢時才會發現原來裝著錢的袋子現在卻變成一塊包著土疙瘩的破布，於是只好驚奇的睜圓眼睛，眼珠像核桃一樣，呆呆的愣在那

裡。這樣的事對獨眼賊來說已經不足爲奇了。但是所要弄到的錢必須是聖潔的，這使他感到很爲難。這種命令對他來說就等於是讓他找到「乾水」或是「冷火」。

他在一個中國商人身邊轉了許久，但是他無論如何也找不到偷中國商人的錢比偷別人的錢更聖潔之處。就在他感到一籌莫展的時候，他從一個頭上纏著很厚的裹頭布、上面插著一個金製羽毛的印度貴族公子身邊走過。從這公子身旁走過去之後，又來到了一個出售沙金的長著黑鬍子的山裡人身邊。那山裡人是沿著羊腸小道，攀懸崖、翻峭壁，爬過冰川雪峰和噴射泥土、石塊的火山，然後鑽進漆黑的山洞裡，在那裡才淘出來這點兒沙金的。這些沙金就應該屬於那山裡人，這天經地義，所以獨眼人毫不停留的從他身邊走了過去。

由於他一直在這麼想，所以他沒有向任何一個錢袋子下手。再者，那位用豪言壯語鼓勵他的納賽爾丁阿凡提也不在身邊。獨眼人一會兒猶豫這、一會兒擔心那的幾乎要崩潰了。就在這時，他看見遠處的櫃台裡邊，那個胖胖的銀號店主正在給一個阿拉伯商人數著碎銀元。

偷這個錢不就是聖潔的嗎！就連納賽爾丁阿凡提本人也會毫不客氣的使用這種錢。如果這些錢第一次是聖潔的話，爲什麼第二次就是骯髒的呢？「我不必再到別的地方去了！」獨眼人自言自語的說著來到了一個茶館裡，坐在一個能看見那個銀號店主的地方。

他的事還算順利——銀號店主在距打烊的鼓聲敲響還有一段時間之前就關上了店舖，把鼓鼓囊囊的錢袋子掛在身邊，朝著回家的方向走了。

獨眼人偷偷地跟在後面窺探著他。

上方沒有遮掩的市場裡，陽光傾洩，非常炎熱。銀號店主滿頭大汗，氣喘吁吁的走著。他很快就轉進一條窄巷，這裡家家都有核桃木雕花的大門和安靜的高牆大院。這條街可以說是富人區，不時可見到伸出牆外、被果實壓彎了的高碩的樹枝，上面結滿了金黃色的杏子或是從片片綠葉下探出頭來、在陽光裡晶亮透明的一串串葡萄。市場上的喧鬧聲在這裡只微微可聞。這裡聽不到女人們慌亂、無緣無故的喊聲和窮人家孩子們經久不息的哭聲，到處都是一片寂靜。甚至牆邊的小溪流水都溫文爾雅、悄聲細語，絕不掀起漩渦和波瀾，迂迴蜿蜒的順著木水槽緩緩流進院子裡的水池中。

獨眼人雖然很熟悉浩罕，但從未到過這條小巷。爲了謹慎起見，他牢記著每一個轉彎和十字路口。他們經過了一個老清眞寺和一個高坡上的窄橋，在其後的一個十字路口處，這條街就到了盡頭。在稍遠一點的地方可以見到一片周遭被大樹和野草包圍著的墓地，那銀號店主的家就坐落在這裡，他家的對面有一個四面種了樹的小水池子。

　　銀號店主敲響了用兩個大鐵環鎖住了的臨街的院門，一個老頭兒從裡面打開了大門。「這可能是他的傭人。」獨眼人想，「是只有一個傭人還是好幾個？等等看，一會兒就可以知道。」

　　他來到了水池邊，躺在樹蔭下，把小花帽扣在眼睛上，裝成正在睡覺的樣子。

　　他不得不在那裡躺很長時間。太陽落到了很低的地方，開始把自己那又寬又矮的光影斜射向水池，透過綠色的池水，陽光一直照到池底。池底裡的各種小生命好像被寶石一般的陽光從太空帶到這裡來的一樣在游動。

　　獨眼人在等待著。耐心等待，是做他這一行的人所必不可少的本領。如果需要的話，他會像一隻等待老鼠出洞的貓一樣，在那裡窺視一夜而紋絲不動。

　　他的耐心使他達到了目的，門「吱」的一聲打開了。這時他看見了那銀號店主。這次銀號店主沒有提著錢袋子出來，但是他那無領對襟長襯衫上綁著的綢子腰帶裡由於裹了些錢而沉甸甸的墜在兩邊。

　　銀號店主身後的門裡閃現出一張沒有戴面紗的女人的臉蛋兒——那臉上有一雙又大又黑的眼睛、塗著很濃的黑色奧斯瑪的眉毛，還有一條長長的辮子。獨眼人馬上就意識到這美人就是銀號店主的老婆，看到她所佩戴的那些最珍貴的首飾的同時，他的腦海中立即浮現出那個失去了自己珍寶的可憐的寡婦，還有那大官人和他那向上彎鉤兒的漂亮鬍子。在他那鬍子尖上好像串著十來顆春潮湧動、形似貝殼一樣的美人兒們的心兒。

　　獨眼人屏住呼吸，悄悄的聽著。

　　「你什麼時候回來？」阿爾孜比薇生氣的大聲問：「是不是又要讓我三更半夜擔心你什麼時候回來、在那邊出了什麼事，嗯？」

　　「我會出什麼事呢？」銀號店主回答說：「我要到尊敬的瓦希德家去賭上兩把，上次我輸給了他三百七十銀元，現在我要去把它贏回來。」

　　「也就是說又要玩到半夜！」婦人大聲說道：「真主都看到了，你早晚把我們都輸成窮光蛋！你去吧，我已經習慣這種孤獨了。你抽不出一晚上的空兒和我在一起，哪怕一晚上！」

　　她成天到晚都想著把自己那令人厭惡、不中用的胖男人支到一個什麼地方去，但誰又會懷疑她那蘊含著醋勁兒的話語和那淚汪汪的眼睛背後還藏有別的東西呢？

　　「整天賭博、馬、生意，你那無情的心裡根本就沒有我！」那女人非常生氣的說。也許這痛苦不是假的，因為女人們的假話往往非常動人，不僅能使男人們相信，甚至還可以使她們自己也相信，這樣她們的狡猾就更加難以識破。

　　她「砰」的一聲關上門，走進屋裡。銀號店主氣喘吁吁，用手絹擦著臉和油呼呼的

脖子，他好像仍在家裡和老婆說話一樣的動彈著那又厚又肥的嘴唇，邊哼哼邊甩著手，為了贏回那三百七十銀元而向瓦希德家走去。

獨眼人一直沒有動彈，一秒鐘都沒有停下那假裝的酣聲。如果有人碰巧看見那花帽下蓋著的那張臉的話，一定會被當場嚇得愣住，並且大叫：「哎呀我看見的是什麼！如果不是鬼的話，人的眼睛裡怎麼會冒出這種黃色火焰？」獨眼人由於就要動手偷盜而不住的戰慄；他的腦海裡好似七月的閃電一般，閃現出一幕又一幕驚險的念頭，也就是說，裝著錢的袋子留在家裡了！他把它藏在哪兒了呢？不管什麼時候，如果屋裡哪怕五分鐘沒有人的話……

院門又打開了，走出兩個人來：一個是剛才獨眼人看見的老守門人，另一個跟在他身後，拖著兩條腿，打著哈欠、伸著懶腰，他是稍年輕一點的另一個僕人。他手中捧著中國雕花瓷缽，睡眼昏昏。

「都這會兒了，夫人卻想要新摘的蜜棗！」老頭生氣的說著，一邊從小葫蘆中往手心兒裡倒出一小撮納斯瓦②。「夫人還說快去，不管到哪兒也得找來！」然後他張開了嘴，很靈巧地把納斯瓦倒進嘴裡，並把它壓在舌頭下面。「讓她和她的蜜棗見鬼去吧！我上哪兒去弄來蜜棗呢？」這時這老頭就像一個癱了的病患，只有嘴唇在動彈說話，因為嘴唇的幫凶——舌頭在忙著壓住納斯瓦。

「她讓我去買印度果汁。」年輕的僕人用拳頭揉著腫了的兩眼說：「也不讓人打個盹兒！」

老頭對準樹枝上的一隻蜜蜂吐掉了嘴裡的納斯瓦，但沒有吐著，蜜蜂飛跑了。

「我想，」老頭兒說：「我們最好到一個茶館去坐一會兒，然後我們不要一起回來，就說沒有找到。」

「你先去坐一陣兒，讓我睡上個把鐘頭！」年輕僕人高興的說。

這樣商妥之後，兩人各自走了。

獨眼人還沒有來得及弄明白他們的這些話，院門又打開了，把面紗拋在腦後的兩個年輕女傭人一閃而過，走了出來。她們就好似從籠子裡逃出的鳥兒一樣，立刻開始調皮起來，不住的打扮，嬌聲嬌氣的嘰咕著什麼。好像她們那一張張小嘴裡像珍珠般排列的牙齒後面不是長著一個而是十個舌頭，非常快的說著什麼！獨眼人雖然很討厭的繃著臉，但還是在注意聽著她們所說的話。

「這個婦人好像是瘋了！」第一個女傭人說：「她派我到住在克孜爾街的她的繡花工那兒去！妳瞧她說的，繡花女工明天不就來了嗎，這點時間都等不及！」

「我呢，她派我到住在阿拉伯廣場的織網人家裡去。」第二個女傭嘰嘰喳喳的說：

「眞奇怪，她怎麼就這麼急著要一張網啊？」

「怎麼能不著急呢？難道妳忘了那位尊敬的卡米力別克了嗎？」

兩個人「噗哧」一聲笑了起來，一邊還滾動著亮晶晶、嬌滴滴的眼珠做起怪相來，用整個街道都能聽見的聲音笑著走了。

「依我說我們哪兒都不必去。」第一個女傭說了句聰明話。

「我的表姐就住在附近，我們到那兒去做客吧。我們在那兒聊上一兩個小時，然後回夫人一個什麼話不就行了。讓她一個人待一會兒。」

「讓她也寂寞一陣子。」另一個女傭也附和道。

「一個人」這句話就像閃電一樣從獨眼人頭頂一下子穿到腳心！一個人……如果有個什麼辦法能把那女人從屋裡引出來就好了！

女傭們的說話聲已經遠去了。

就在這時，獨眼人又屏住了呼吸。

門再次被打開了。

是的，今天是獨眼人成功的日子！阿爾孜比薇走了出來。

獨眼人一動都不敢動，甚至連大氣都不敢喘一下。他那藏在心裡已有很長時間了的願望能否實現？

阿爾孜比薇向四周看了一下，沒有看見獨眼人。她把能遮住整個臉的大面紗蒙在頭上，鎖上了大門，整個腰身都在輕柔的扭動著，沿著街道向市裡快步走去。

獨眼人的一隻手肘輕輕抬了一下，他那唯一的一隻眼睛的目光落在阿爾孜比薇留下的腳印上。

時機到了！路上沒有人，屋裡也沒人。偉大而又仁慈的眞主啊，我們相信祢無比公平，為祢所給予的佑助而祈禱——前進！獨眼人大步跳向牆邊。啊，穆罕默德聖人，求祢佑，前進！不到一秒鐘的功夫獨眼人已經跳到了牆上。又過了一秒鐘他已進到了院子裡。

他聽了一會兒，沒有動靜，也沒有喊聲。沒有人看見他。

註 ① 僧人們的歌聲——僧人們用某種曲調誦經或乞求施捨。
　　② 納斯瓦——用菸葉、柏樹灰、鍛石等合製而成的一種土煙，一般含在舌下食用。

第 二 十 七 章

　　按照當時的習俗，所有屋子的窗戶和門都修在朝向院子的一側。窗外還有一層木板窗扇，木板窗扇是從窗戶裡邊閂住的，而門則用鎖子鎖住。那個年代裡哪有能抵擋這樣有本事的大盜的鎖子和窗插梢呢？他手中那閃光的利刃輕巧的插入最邊上的板窗縫裡，只上下撥動了一兩下，不知是什麼東西「啵」地響了一聲，板窗就被打開了。

　　通往那神聖的錢袋子的路打開了！

　　獨眼人從那又矮又寬的窗台上跳進屋裡，又關上了板窗。為了萬一跑的時候方便，他只從裡面把窗板上方的梢子插上，然後在屋裡巡視了一番。

　　他來到了客廳。從屋頂上的天窗裡斜射進來的陽光照在後牆上五顏六色的土耳其壁毯上，十分豔麗。一個個壁窟中擺放著的艾提勒絲綢和絲綢枕頭一層疊一層的，中間的小壁窟中放著四周都用銀子裝飾了的水煙鍋。

　　獨眼人迅速把各處都搜看了一遍，錢袋子不在地毯和褥子中間。他的目光落在了箱子上。他打開了所有的箱子，然後又一個個的關好，這只用了不到兩分鐘時間。箱子裡裝滿了艾提勒絲綢、金絲絨和錦緞，但是獨眼人還是沒有找到錢袋子。他來到了第二間、第三間屋子……一會兒跑向這個箱子，一會兒奔向那個箱子，箱子裡裝著的都是些什麼絲綢啊、緞子啊、金絲絨啊，還有上等的山羊革之類的東西。錢袋子在哪兒？

　　再搜一間屋子，這屋裡充滿了麝香和紅花油的芬芳，壁窟中擺放著漂亮的小盒子、小壜子。由於七零八碎的東西太多，屋子就像鳥窩一樣窄小；屋角處的絲綢簾子後邊有一張又寬又矮的木床，床上有一面鑲了銀邊兒的鏡子，反著暗暗的光。

　　獨眼人想這可能是阿爾孜比薇的臥室，於是開始搜看盒子。多令人高興啊！閃亮的金子和各種珠寶銀器映入了他的眼簾。他第一眼就認出來這些是那可憐的寡婦的東西。他滿懷喜悅，有什麼戰利品能比這再聖潔呢？

　　把這些東西拿到手就可以走了，但吸引著他的那個錢袋子總是在他的眼前閃現。他看了看木床上的枕頭下。對面的角落裡有一個大箱子，也許就在那個箱子裡？甚至連鎖都沒有上，獨眼賊打開了箱蓋。裡面什麼都沒有，只有一箱彈好的碎羽毛，見鬼去吧！還到哪兒去找呢！會在煙筒裡嗎，嗯？當然，他搜遍了煙道，到處敲著牆，他也該找到

那錢袋子了，因爲銀號店主臨走時不可能把它扔到天上去！既然如此，獨眼賊就該找到並拿到那錢袋子⋯⋯

可是突然院子那邊傳來了一陣鎖子的「叮噹」聲和門的「咯吱」聲⋯⋯阿爾孜比薇回來了！緊接著又傳來了鎖子聲，這聲音很近⋯⋯這是屋子的門！

跑吧？但是往哪兒跑？獨眼人就是再有本事，也無法穿透這厚厚的牆，留了後路的窗戶還在遠處，在別的屋裡。

箱子——這不就是藏身之地嗎！

獨眼賊鑽進了箱子，絲毫沒有出聲的蓋上了蓋子，靜靜臥在了裡面。

以前他曾有不少次做過這種藏進箱子的事，所以他很有把握鑽進了那個大箱子。他在箱子裡躺得很舒服，還伸開了胳膊腿。他摸了摸衣兜兒，那些珍寶都在衣兜兒裡。

他吁了一口長氣，準備在箱子裡待上一陣子。

旁邊屋裡傳來了腳步聲，又是一陣聲音。門打開了。那夫人——漂亮的阿爾孜比薇和一個男人進屋了。

獨眼賊在箱子裡氣惱的苦笑著，心想：這就是女人！

隨著這個男人的腳步聲發出的是什麼聲音，當他聽到來人那壓低了的動人的聲音時，獨眼人立即聽出了他是誰。這正是那大官人——漂亮的卡米力別克——城防衛兵統督，這奇怪的聲音正是他那一個個勛章和大刀的碰撞聲。

「您爲什麼要用那些刻薄的話來刺我的心呢？」卡米力別克繼續著剛才的話題。「再說一遍，我心中那愛與情的烈火都是爲了您而燃燒！」

「說假話有什麼用！」阿爾孜比薇打斷了他的話，她那從心底裡發出的嬌柔之聲在顫抖。「這是我們最後一次幽會了，今生今世哪怕只有一次，你也要說眞心話。」

「最後一次幽會？爲什麼要這樣，哎呀，我的心肝兒，我的公主？」

「爲什麼您自己知道。」

「小點兒聲音說話啊，我舉世無雙的美人兒阿爾孜比薇！會被人家聽見的。」

「這屋裡除了我倆之外沒有別人。」

「您完全這樣相信？」

「您眞是個膽小鬼！」阿爾孜比薇挖苦的笑著說。

「不然的話您自己看一遍。」屋裡傳來一陣女人輕快的腳步聲。木床上方帷帳上的銅環「叮叮咚咚」的響了起來。「看見沒有，沒有人吧！要不再看看箱子裡。」

獨眼人頓時感到一陣不寒而慄。

「再看看這罐子裡。」阿爾孜比薇的玩笑拯救了獨眼人。「我還以爲尊敬的卡米力別

克是一個非常勇敢的人。原來您只不過膽小如鼠……」

　　生著氣的大官人胸口上的勛章撞擊聲弄得滿屋亂響，他在屋裡從那個角落到這個角落踱來踱去。

　　「我不是膽小鬼，但是我必須謹慎。如果被抓住的話，您知道將會有多麼可怕的懲罰等待我們……」

　　「我在愛情傾注之時，從來不去想什麼懲罰！」阿爾孜比薇傲慢的回答說：「帕爾哈德為了得到西琳①的愛而把一切危險置之度外，麥吉儂為了來到萊依麗的身邊而不惜忍受酷刑。但是我並沒有把深情濃意而又非常謹慎的卡米力別克與帕爾哈德或是麥吉儂相提並論。我是為了別的話而請您來的：我要聽您的真心話！」

　　「我也正想對您說真心話，我在想可能給我倆帶來的危險和威脅，向您發出警告……」

　　毫不示弱的阿爾孜比薇沒有傾聽大官人的話。非常尖刻的譏諷一句接一句，她的每句話都在忌妒之火中燒煉過。

　　「我想知道以前您為什麼就不考慮什麼懲罰，隨心所欲的大膽到我身邊來。為什麼現在一下子害怕起來，兩個禮拜以來──整整兩個禮拜了！您一次都沒來看我！今天我罔顧羞恥和尊嚴，為了您而去了城裡，並讓原來的那個窮老太婆把您從哨樓中叫了出來。您為什麼突然躲著我，迴避與我見面？如果我沒有搞錯的話，以前我們的幽會一定使您得到了快樂，但是也許，是我弄錯了，大概以前您就是那樣認為我……您怎麼不說話呀，好吧，我替您回答。您現在不喜歡我了，因為您那忘恩負義、像石頭一樣的心裡已經有另一個人取代了我！原因就在這兒！不，現在您不必辯解，別想騙我，您的行為比您的任何語言都更能說明一切！」

　　「哎呀，我的絕色美人兒阿爾孜比薇，您真是一錯千里了！唉，我的命根兒，我的心肝兒，玫瑰花兒的蓓蕾，難道我瞎了眼，看不見您那愛的烈焰，難道我還會另有所愛？」

　　「但是恰恰如此！」

　　「我要用我的良心發誓，我要向我祖宗發誓……」

　　「那樣的話為什麼您一次都沒有來？是什麼原因？」

　　「您那尊敬的丈夫才是這原因所在。」

　　「我丈夫？……他以前不是也在嗎，但是他從來沒有妨礙咱們的事呀！」

　　「現在已經出現了很大的變化，您還記得為了丟失了的那些馬我與他翻臉的事嗎？」

　　「是的，他對我說過一些什麼，但我當時睏得屬害，所以什麼也沒有聽見。您與我丈夫吵翻了臉，怎麼能對我生氣？」

「請您聽我說完。他已經開始懷疑了……」

「已經懷疑了，他？」

「是的，他已經發現了我們的愛情並且正在注意我們。雖然我的心對您就像衝上藍天的雄鷹一往直前，但是自賽馬之後就是由於這個緣故一次都沒到您這兒來！」

「我不明白，我丈夫的馬、賽馬和其他傻裡傻氣的問題與這事兒有什麼相干？對我們的愛情有什麼影響？」

大官人把自己與那個巫師在哨樓地下室裡的談話簡單的告訴了她。

「您還記得他當著我的面揭開了您的面紗嗎，魅力無比的美人兒阿爾孜比薇？您認為他是無目的那樣做？不，他是在考驗我們。當我們充滿愛火的四目相對之時，他觀察到了我們的每一個神情，甚至還感覺到了我倆那怦怦亂跳的心！」

「不可能那樣！」阿爾孜比薇說：「您的那個巫師是個過時的騙子，對我丈夫的脾氣、他有什麼詭詐、愛動什麼心眼兒我瞭若指掌。您說他跟在我後面窺視我？好吧，看他敢不敢那樣做……」

「他已經做了，偷偷地窺視了。」

「沒有，沒有！」阿爾孜比薇輕輕的笑了一下。「沒有！您連他的影子和聲音都害怕，卡米力別克。」阿爾孜比薇的笑聲非常嬌嫩誘人，心中的醋勁兒也全然消失。「就因為這個騙子巫師而讓我受這麼多折磨？」

「阿爾孜比薇，如果我們身敗名裂的話呢？」

「不，我們將永遠躺在心花怒放的愛的花園裡！坐到我身邊來，卡米力別克，現在讓我來論證您的這些話和您的謹慎是毫無意義的。坐近一點，哎呀——還是把您這大刀和扎人的大衣脫掉吧！」

「如果突然有人進來該怎麼辦呢？」

「誰也不會進來，這裡只有我們倆。」

「您丈夫呢？」

「他到高利貸主瓦希德家裡賭博去了，他們要賭到半夜。」

獨眼人聽到了皮帶的「唰唰」聲和緞子大衣重重的摩擦聲：那大官人摘下了寶刀、脫掉了大衣。然後美人阿爾孜比薇開始論證他的所有擔心是沒有根據的。至於她是如何論證的，我們就不贅述了，我們只需說這論證是多種多樣的而且用了很長時間。

這時候，箱子裡的悶熱已經達到了極限。獨眼人滿身大汗的臥在裡面，碎羽毛沾在他的眼睛上和臉上，鑽進了他的嘴裡和鼻子裡，弄得他的喉嚨直發癢。他趁阿爾孜比薇激動之時三次推開了箱蓋，貪婪的吞嚥著新鮮空氣。

但在他第四次想打開箱蓋的時候，他不得不等待很長時間。由於沒有空氣，他都快悶死了。他恨不得從箱子裡跳出來幫一幫那大官人而罔顧自己對女人們的極度厭惡。

已是最後的時刻了！他還是把箱子打開了一道縫。空氣，空氣，這會兒太舒坦了！他罔顧別人聽見喘氣聲而深深的吸著氣。這時突然出現了一個奇怪的聲音，這是什麼聲音？這聲音是從這屋裡發出的還是從院子裡傳來的？

這聲音是從院子裡傳來的，那是能摧毀一切的風帶來的一場虛驚！獨眼人蓋上箱蓋，箱內又陷入一片黑暗，而屋子裡也陷入了一時的沉寂，連喘氣聲都能聽見。但就在這時，大門鐵環的敲擊聲又響了起來，接著傳來了銀號店主的聲音：

「怎麼不開門呀，你們都怎麼了？全都睡著了嗎？」

與此同時，屋子裡也颳起了一陣旋風，這旋風在屋裡打著轉兒，把一切都颳得飛了起來，周遭的東西一片狼藉。

這旋風把大官人從床上捲起又扔到了地下，他們好像在屋裡抓兔子似的團團轉。

「是您的丈夫！拉黑木巴依！」大官人用沙啞的嗓音低聲叫苦的說著，一邊在鋪了地毯的石頭地面上輕輕地踩著那光著的腳丫，嘴裡還念叨著說：「哎呀真主呀，發發慈悲吧，我的天呀！他就是在跟蹤我！我完蛋啦，我的一切都完了！」

在這危險的時刻他僅僅想到了自己，為自己擔心，只想自己如何脫身，為了保全自己而隨時準備把阿爾孜比薇當成替罪羔羊！任何美言愛語都不算，大凡好色之徒都是這樣。

在這危急關頭阿爾孜比薇卻大不一樣，她表現出了一個久經沙場的老兵所特有的飽滿士氣和勇敢，而且沉著。這不正如人們所說的那種在情場上格鬥的勇士嗎？

在緊急時刻她只需兩三秒鐘即可使自己鎮靜下來。

木床上的愛所造成的混亂，一小會兒時間便無影無蹤了。

「請您等一會兒，別這麼拚命敲門，我的頭疼得非常厲害！」她故意裝出病患的聲音朝站在門外大發雷霆的銀號店主喊著，然後扭過臉來朝那大官人說：「別跑，腳底下別出聲音，他會聽見的。哎呀，快點把褲子穿上，這多難看呀——您怎麼還不明白！您拿我的面紗做什麼呀！快穿上褲子！不，不是那面，穿反了！」接著她一邊又朝窗戶外喊道：「馬上，馬上就來啦，我的鞋到哪裡去了，怎麼找不著了！」說罷跑過來對那大官人低聲說：「趕快鑽進那個箱子裡！快點兒，半小時後我就把他打發走！」然後又跑到窗戶那邊對他丈夫喊道：「我來了，我來了！天呀，哎呀我的真主，這家裡一會兒都不得安寧啊！」

那大官人害怕得兩眼發直，什麼也沒有看見，糊裡糊塗的坐進了箱子裡。

「這裡面怎麼有一個軟軟呼呼的東西。」

「那是碎羽毛，別管它，快鑽進去！」

大官人鑽進了悶熱的箱子裡。箱子蓋上了。

阿爾孜比薇走出屋去。

那大官人開始在箱子裡吸著鼻涕，扭著身子。他好像是縮在媽媽腹中的胎兒，下巴被夾在兩個膝蓋中間。那個軟軟的東西，準確的說是羽毛裡又粗又大的東西擋著他伸不開腿。

他背靠著箱子的邊，兩腳伸進那個軟軟的東西裡面，踩著它。

突然在箱子裡的黑暗中出現了說話聲。

「慢一點兒，閣下！」大官人聽見跟前出現了憤怒的說話聲。「慢一點兒，您踩著我的肚子了！」

那大官人的驚恐之狀此時不可言表，他被嚇得從臥著的地方坐起身來，腦袋重重的碰到了箱蓋上。

「啊！這是什麼？是誰？哎？……」他戰戰兢兢的喊了起來，喪失了理智，手指向前伸去，在黑暗中亂摸。

「安靜！」那黑暗中的聲音又出現了。「您的手指都伸到我耳朵裡來了！」

黑暗中那看不見的人抓住了大官人的手，使勁兒掐了一下。

「哎？……這是什麼……」那官人一邊喊著一邊咧著嘴瑟縮的哆嗦，想使勁掙脫被抓住的手。「這是誰？嗯？……誰？……」

「別說話！別出聲！他們來了，千萬別害怕，卡米力別克閣下，我不會傷害你。」

又驚又怕的大官人還是什麼都不明白。

他的腦門兒和眼睛被一個看不見的拳頭狠狠的擊了一下。

「不要出聲音，否則的話，阿拉在上，我要動刀子了！」

那官人這才一動不動，甚至連氣兒都不敢喘的靜了下來。

銀號店主和阿爾孜比薇走進屋來。

「今天您提前回來真是太好了。」

「瓦希德不在家，說是有一件重要的事兒出去了。」

銀號店主用那胖胖的身子一下子坐在了箱蓋上。

這樣一來獨眼人和大官人躲著的箱子裡連一點兒透氣兒的地方都沒有了。

「我生病了。」阿爾孜比薇向前傾著身子說：「您能不能把賽都拉大夫叫來，他的家就在附近，兩分鐘的路程。」

「我們的傭人們都到哪兒去了？」

「我讓他們出去了，他們哇哩哇啦的令人厭煩。我想睡一會兒，獨自一人安心的……」

「那樣的話，我在這兒也是沒有必要的了。」銀號店主好意的笑著說：「妳睡得眞香啊，我怎麼都叫不醒妳，也罷，我去叫大夫來。」

他站起身來向門那邊走去，但就在這時，箱子裡那晦氣的大官人由於不習慣臥在箱子裡而動彈了一下。

獨眼人立即憤怒的抓住了他的手。

但是已經晚了，銀號店主已經聽見了。

「那是什麼聲音？」

「一定是老鼠。」阿爾孜比薇漫不經心的說。

更準確的說，阿爾孜比薇的大膽老練不僅可以在銀號店主這樣小小的家庭裡應對自如，就是對付那些宮廷裡的勾心鬥角、爾虞我詐也綽綽有餘！

「眞的，你聽到了什麼消息沒有？」銀號店主在門口停了下來繼續說：「你還記得那個賣皮革的尼格麥圖拉嗎？那個在大市集的清眞寺旁開了店舖、胖子並且是黃皮膚的人。那天晚上他抓住了他的老婆……妳猜她和誰？和城市湖泊水渠總管！」

「和別的男人？」阿爾孜比薇驚叫著說。

「這事可能會鬧到汗王那兒去。那時水官兒就大事不好了。」

「他既然做了那種壞事就應該受懲罰！」

「被抓住的女人將受到鞭笞，不多不少，五百鞭子。」

「那也不夠！對那種女人應該把她燒死或者是放進油鍋裡煎死！」

「妳說得太過分了，阿爾孜比薇！對那個女人一百鞭子也就夠了。尼格麥圖拉自己也後悔把這事張揚了出去，他可憐他老婆，正在想方設法救她，但現在爲時已晚了。」

「對那種破爛貨有什麼可憐的！」

「依我的看法。」爲了以防萬一，店主把聲音壓低的說：「我的看法，政界人士不應參與一切家庭事務……」

獨眼人在箱子裡抓著大官人的胳膊，感覺到他正在哆嗦——這哆嗦是因爲他恨不得把跟前的賊人立刻判爲奴隸！他甚至在這個箱子裡，在自己快要一命嗚呼的時候還想著自己那維護秩序的至高無上的權力，不由得怒火中燒。

「如果妳什麼時候做出背叛我的事。」銀號店主用開玩笑的口吻繼續說：「我可不願意看到妳落到劊子手們的手裡。可憐的尼格麥圖拉！怎麼還有動靜。是從箱子裡發出來

的？」

「不是箱子，是從地板下發出來的，可能就是那些老鼠。」

「應該養貓，也許大夫那兒會有隻多餘的貓，如能找到的話我就順便帶回來。妳不用起來了，沒關係，回來時為了不麻煩妳，我從外邊把門鎖上。」

這時銀號店主的喉嚨突然被噎住了似的，不再出聲。

一陣寂靜。

一定是出事了，但是獨眼賊在箱子裡無法詳知。

銀號店主那沙啞、一個字一個字蹦著發出的不依不饒的聲音又傳了過來：

「這緞子大衣是從哪兒來的？這把金柄寶刀又是誰的？」

獨眼人的心一下子懸在了半空中，氣都喘不出來了。哎，這些笨蛋！看看他們做的事，把外衣和大刀都忘了！還放在顯眼的地方！

箱子上面霎時出現了暴風驟雨。

「這……這……」阿爾孜比薇結結巴巴什麼都答不上來了，這一擊真可謂突如其來，甚至連那麼大膽而又老練的她都無言以答，非常尷尬。

「嗯——那個——好像那個！」銀號店主惡毒的學著她，他用又生氣又奇怪的語調說。

「這是禮物，是我給你準備的禮物……」

「禮物！給我？一把大刀？還有別滿了勛章的緞子大衣？妳撒謊！」銀號店主大聲吼道：「說，這是誰的外衣和大刀？」

「真的，這是您的，是您的！」阿爾孜比薇開始央求起來。「別那麼大喊大叫的，鄰居們會聽見。」

「聽見就聽見！應該讓他們也都知道！」銀號店主大叫道：「我這才知道，淫蕩下流不光在尼格麥圖拉家裡有！我不在家時誰到這屋裡來過？妳為什麼不說話！喂，妳這該詛咒的，魔鬼的女兒，是誰？說，誰？」

阿爾孜比薇無計可施，垂頭喪氣的不再吭聲。

大官人在箱子裡嚇得暈了過去，軟成一堆，無力的癱在了獨眼人的身上。就連經受過各種考驗的獨眼人這時也嚇得魂飛膽喪。「我的一切都完了！銀號店主馬上就要叫人來搜屋子，然後就是監獄、拷打、劊子手、絞架……我的一切全完了！」

「是誰？說！」銀號店主在地上跺著腳，用沙啞的聲音拉著長聲調兒大聲吼道。

陷入恐懼和悲哀之中的獨眼人此時臥在箱子裡，心中向納賽爾丁阿凡提念叨著：救救我吧，快點讓奇蹟出現吧！

　　就在這時奇蹟出現了！他那已經呆了的腦子裡好像出現了閃電般的一道亮光——一個果斷的想法——脫身之計產生了。這不是他自己的想法，而是從外界飛進他腦子裡的。獨眼人開始還沒有完全明白這想法，再因為他從來沒有這樣做過。但就在這時，這個想法給了他巨大的力量。

　　在這之後所發生的一切都不是獨眼人的語言和行動，而是暗中的一個力量在指使他。按照這個力量行動的獨眼人好像是一個昏睡中的人，不知道自己在做什麼，糊裡糊塗的打開了箱蓋，把羽毛打得像雲彩一樣亂飛，在銀號店主和他老婆的眼前從箱子裡站了起來。

　　阿爾孜比薇「哎呀」叫了一聲，然後只有往裡吸的氣兒，不見出來的氣兒，頓時像死人一樣面色蒼白。她臉上唯一能標誌她還活著的東西，就是那雙一動不動的又大又黑的眼睛……當然會這樣啦——因為他關進箱子裡的明明是漂亮的卡米力別克嘛，可從裡面出來的卻是這麼一個大瘌臉、只有一隻獨眼、甚至在荒漠中可以把乞丐都嚇傻的殘疾生靈。

　　那股外來的力量迫使獨眼人從箱子裡走出來，讓他「咯咯」一下關上了箱蓋，接著又讓他說出了如下這番話：

　　「阿爾孜比薇，一切都露餡兒了！我們倆不應該欺騙您這麼可敬的丈夫，我們面前只有一條路：那就是認罪和跪下求饒。」

　　銀號店主跺著腳，哆嗦著，牙齒咬得「咯咯」直響。

　　阿爾孜比薇身子靠在牆上，語無倫次的說：

　　「這是……誰？……這……是誰？」

　　「誰？」銀號店主號叫了起來。「難道妳還不知道他是誰？」

　　「我發誓，我從來沒有見過他，今天……現在才……這輩子頭一次見到！」

　　對獨眼人來說沒有必要再找什麼詞兒使他相信。但下面的話又一句接一句地從他嘴裡自己蹦了出來：

　　「聽了您丈夫對您那和藹、寵愛之言，我

心中充滿了悔恨和羞愧……」

「他在撒謊！」阿爾孜比薇大叫道：「別相信他的話！在這之前我從未見過他！」

「淫蕩！」銀號店主怒火中燒、顫抖不止的罵著。「偷漢子！妳想欺騙把妳從貧民窟中救出來的恩人？哼！想騙我！妳還要和什麼人，嗯？這麼骯髒、這麼生理殘障的人妳也和他胡來？妳看看他，他哪一點兒比我好？」

「女人總是讓人莫名其妙，甚至會放蕩不羈。」獨眼人打起一副官腔說。

阿爾孜比薇也不回答，只是嚎啕大哭。她在這第一次打擊後才剛剛緩過來，所有的話都聽明白了；由於她非常惱火，她那兩隻黑眼睛不時的閃著凶焰，隨時準備把獨眼人燒成灰！但是她這時有口難言，不能爭辯。因為箱子裡還有另一個人。

「他在撒謊！」阿爾孜比薇說完又閉口不言了。

「別再隱瞞了，阿爾孜比薇。」獨眼人說：「只有說實話我們才能得救，您說您丈夫為了贏回輸掉的三百七十銀元到高利貸主瓦希德家賭錢去了，要到半夜才回來，並且把我領到這兒來，難道不是嗎？」

「妳連這些話都對人家說了！」銀號店主一邊揪著自己的鬍子，一邊叫著苦。「連這些話都對人家說了——哎呀！」

暗中的神奇力量在繼續教著獨眼人該怎麼說、怎麼做：

「千真萬確的阿拉，厚著臉皮隱瞞又有什麼用，一切醜事都已經露餡兒了，就算我沒有進過妳這個臉兒白心兒黑的女人的屋、也沒有看過妳的臉，我的心也被氣涼了，我走……」

獨眼人垂著頭，好像是在告解又好像在生氣，慢慢的從屋裡走出去。

他走之後又發生了沒完沒了的爭吵。

「不！不！我不認識他！根本不認識他！根本不認識！」阿爾孜比薇大串大串的掉著淚珠兒，不住的喊著。

「撒謊！」他丈夫也喊了起來。「妳在撒謊，該死的！他已經親口供認了！」

獨眼人身後響起了「叮叮噹噹」的大刀和緞子外衣飛過來的聲音。

「拿走！聽見沒有，玷污別人老婆的髒貨，別再讓我見到你！」

這對獨眼人來說正是求之不得。

當他一來到街巷時，那暗中的力量立刻就消失了。現在他自己的力量也足以應付了！他跑得飛快，像一陣旋風一樣一溜煙兒的遠去了，連他的影子都好似勉強能跟上他。不一會兒他就穿過空地，來到了一片墳場，在舊墳堆中間滿是塵土的一塊草地上躺了下來。

銀號店主家裡的風暴也在慢慢平靜下來。有氣無力、怒氣略消、鬍鬚亂蓬蓬、身上落滿羽毛、裹頭布歪向一邊的銀號店主坐在箱子上，生氣的大聲說：

「我一直是相信妳的，太相信了！」

他兩手抱著頭，由於嚥不下這口窩囊氣，向前傾著身子，開始搖著腦袋。

因為過度憤怒，他一頭倒在了屋子中間，瞪著雙眼，揪著自己的鬍子，不住的說：

「竟然和他？就連這樣的人？那麼醜陋的東西，妳從哪兒找來的！」

心中的苦惱已使他四肢無力，除了這些話他什麼都說不出來了。

他會怎樣懲罰這放蕩不羈的老婆呢？是交給劊子手們？他做不出來，因為他非常愛他的老婆。另外他不願意鬧得滿城風雨。親自用鞭子抽她一頓？趁著家裡沒有別人時可以做到，但他想起了「打老婆的人自己反會被人恥笑」那句話，又不得不立刻打消了這個念頭。

他打算今後把老婆鎖在屋裡，讓她從此再也得不到恩愛。他滿面怒色而且嚴肅，他翻起身來，使勁在鼻子裡哼了一聲，把牆上鑲了銀框的鏡子和壁毯拿了下來，然後又把罈子、盒子和一些零碎東西全都搬走了，把壁窟全都騰空了。

他把床上的所有東西也都搬走了，只剩下一個枕頭。

屋子裡空得好像沒有人住似的。

阿爾孜比薇躲在角落裡，一動不動的一雙大眼睛看著他丈夫所採取的一切報復行動。

他看了一下頂棚和四壁，還應該拿走什麼呢？喔，還有木床上方的絲綢帷帳！他揪下了帷帳，扔在了那些準備拿走的東西堆上。

各種東西集成了一大堆。「應該把這些東西放在哪兒呢？」銀號店主的目光落在了箱子上。「噢，差點兒忘了，這不是一個很好的地方嗎！」

阿爾孜比薇這時意識到一場新的風暴即將來臨，好像頭上澆了一瓢涼水。

這些將要發生的故事情節只有尼扎米②或是菲爾多西③那波瀾壯闊的筆下才能描述得了！箱子裡魂飛膽喪、喪失了理智、在悶熱中只剩下最後一口氣兒的大官人心想這一切

馬上就要露餡兒了，又是惱火又是失望。他好像一隻黑夜裡受了驚嚇的鳥兒，渾身大汗淋漓、沾滿羽毛，怪叫一聲，猛地從箱子裡跳了出來，正巧撞在銀號店主的大肚子上，還咬著了一下他的手指，又暈頭轉向地一頭撞碎了窗戶上的中國彩色玻璃，栽出窗外。

臨街的門是開著的，他沒有看見。他想翻牆而逃，但是摔了下來，然後又拚命往上爬，並且大聲喊叫著，最後連滾帶爬地翻上了牆，但由於用力過猛而一頭栽到了牆外的地上，渾身沾滿塵土，接著又從地上跳了起來，不顧前面有什麼，也不管是什麼方向，落荒而逃……急不擇路，只是跑得越遠越好！

這並沒有使他擺脫困境，他惶恐不安的朝著墳場方向逃去，結果也來到了獨眼人藏身的地方。他上氣不接下氣，心跳得像要撕裂一般，重重倒在距離獨眼人只有兩步遠的墳頭石台另一邊的蒿草叢裡。他喘了一會兒氣之後，開始壯著膽子向四周張望。

「哎呀我的阿拉呀！」那兒有一張從未見過的又瘦又寬的臉，還有一隻黃黃的眼睛正在向他擠弄，並且還在向他友好的微笑。

但是那壓低了的說話聲對他卻是熟悉的。

「哎，我說，那個人家裡後來怎樣了，你的大刀和勛章都在我這兒，閣下，你可以拿走了。不過這衣服我可要留下做紀念了。」

「這裡哪來的大刀和勛章！」那大官人渾身直哆嗦，一邊驚叫著一邊從地上跳起來，一口氣兒跨過幾個墳頭，跑得比野黃羊還快，從山李子樹林中央穿過，鑽進了墓群之中。獨眼人平靜地跟在他身後，說要跟他商量，但都無濟於事。那大官人連頭也不回，一溜煙兒地向後跑去，消失在墓群的野蒿草地裡。

那官人安然無恙的從箱子裡出來並且逃之夭夭以後，阿爾孜比薇便無所顧忌，開始反守為攻，向他丈夫發洩著一切憤怒：

「老滑頭！」她拚命喊著。「你這個又肥又胖的老滑頭，為什麼要像對待娼婦一樣的對我瞎吃醋！最好還是看看你的錢袋子在哪兒！直到現在你還不明白他們是賊人，這些賊人趁我熟睡之機藏進屋裡，哼！你的錢袋子在哪兒？」

提到錢袋子，銀號店主一下子清醒了過來。他奔向另一間屋，阿爾孜比薇則奔向自己存放珍寶的盒子。

錢袋子仍在原地兒，但是那些珍寶卻不見了蹤影。

這使阿爾孜比薇所說的是賊人闖入的話得到了證實，這也就證明了她並沒有背叛丈夫，也不應受指責。

珍寶的丟失成了一件大好事：阿爾孜比薇心中為此而高興，因為她知道銀號店主對失去的東西不久就能成百倍賺回來。

　　其他的不必贅述了，當然，阿爾孜比薇顫抖著肩膀，上氣不接下氣的撒起潑來。銀號店主對自己的所作所為非常後悔，非常內疚的求她原諒。他汗流浹背把盒子、罐子放回原處，把壁毯掛端正，把帷帳收拾整齊。他這時已經臣服於占了上風的老婆，並把作為她的奴隸當成一種幸福。雖然這種臣服已經很讓人感動了，但被逐出這香氣四溢、分外潔淨的閨室之災，在這老醋鬼的心裡卻仍然隱隱可以感覺到。

　　天黑了，月亮出來了。月光照亮了整個浩罕城，照亮了靜悄悄的街市，照亮了銀號店主的家，照亮了正在甜睡中的阿爾孜比薇那潔白、嬌嫩、玉盤一般美麗的臉蛋兒，也照著躺在旁邊屋裡翻來覆去睡不著、為自己所做之事後悔不已、心疼著自己老婆的銀號店主。他不時的踮起腳輕輕走過來，想進入那盼望已久的閨房而滿面溫柔、兩眼含著淚的向裡屋張望，但聽到的只是那反覆一個調兒的微微喘氣睡覺的聲音，於是只好輕輕的做一個空吻的動作，點點頭，長嘆一口氣，回到自己的床上……

　　在離城市已經很遠的一條靜靜無人的小路上，月光灑在獨眼人身上，投下了一個孤單的身影。他腰裡裝著那些貴重物品，背著裝有緞子大衣和寶刀的口袋，向納賽爾丁阿凡提正在等待著他的大山那邊走去。

註①帕爾哈德為了得到西琳的愛——這一段中的「帕爾哈德」是尼扎米筆下的愛情悲劇故事《帕爾哈德與西琳》中故事主角的名字。同一故事在波斯語中為《赫斯拉維與西琳》；還有下一句「麥吉儂為了來到萊依麗的身邊」中的「麥吉儂」和「萊依麗」，也都是尼扎米筆下的愛情悲劇故事《萊依麗與麥吉儂》中的故事主角。「尼扎米」請見本章註解　。

②尼扎米——(1141-1202或1209) 古代波斯詩人，生於占貫 (現阿塞拜體共和國境內)，出生於藝匠家庭，精通波斯語和阿拉伯語，研究天文學、數學、醫學和古代哲學。其代表作有《神祕的寶庫》、《赫斯拉維與西琳》、《萊依麗與麥吉儂》、《七個美人》和《伊斯坎迪爾的公主》。這五卷長篇詩用波斯文寫就，總稱為《五詩集》；主要反映了民眾在封建和宗教雙重壓迫下的艱難生活，歌頌了他們勤勞勇敢的品性，揭露了封建專制。他還寫有不少抒情詩。在哲學上他傾向唯物主義，認為世界是由地、水、火、風四種元素構成，強調理性能認識真理，但不可能認識神的存在。

③菲爾多西——(940-1020) 古代波斯詩人，真名為艾布勒·喀斯姆·曼蘇爾·伊本·哈桑·伊本·伊沙拉夫沙赫，因生於現伊朗伊斯蘭共和國霍拉桑專區境內的菲爾多西 (有的譯為費爾道斯)，故後來自名為菲爾多西。出生於貴族家庭，早年受到良好的教育，後用五年時間寫成了歷史史詩《列王紀》(有的譯為《王書》)。這部具有代表性的神話史詩描述了從開天闢地至西元651年阿拉伯人滅波斯帝國時期的重大歷史事件，其時間跨度在6400年以上，與歷史事實基本相符，成為歷史上曾經出現過後來又消失了的古波斯王國唯一一部詩歌體史記，給當代學術界考察研究提供了寶貴資料。該書被譯成世界多種語言；在中國已用漢文譯出了《列王紀選》，主要選譯了其中的四大悲劇。菲爾多西選取材於《古蘭經》著有《尤素甫和孜萊依哈》等。其作品對波斯文學的發展影響很大。

第 二 十 八 章

祕密！納賽爾丁阿凡提知道這句話具有吸引人的巨大魅力。目的達到了：現在阿卡別克每天都到他的小屋裡來做客。

「現在還早，主人，您再等上幾天吧！」納賽爾丁阿凡提對他那令人討厭的追問回答說。

阿卡別克「嗚哩哇啦」的催促著，雖然非常生氣，但也只好依了。

話題不斷的變換著，這些話雖然表面上看來與那祕密無關，然而實際上拐彎抹角的還是落到那件事上。

「也就是說，在前往赫拉特任職之前，你還去過許多其他地方，吾扎克巴依。那時你追求的是什麼？」

「知識是打開世界上一切奧祕的鑰匙。」

「聽你說這話，你也去過麥加了，那你爲什麼不纏綠色的裹頭布？」

「我沒有資格那樣做，因爲當時我正忙於一件事，而沒有能夠參加那場，圍著天房的黑石頭繞行的朝覲儀式。」

「你就那麼忙？忙著做什麼？」

「爲了找一本古書。」

「那你找到了嗎？」

「是的，找到了。」

「那書中說了些什麼？」

「請不要問了，主人！是關於一些非常偉大的事業——一些善與惡之間的鬥法之事。」

「也就是說，原來你是一個巫師？」

「不，我不是巫師。我的目的不是製造邪惡，而是要消滅邪惡。」

「那到底是什麼法術，說呀！」

「現在爲時尚早，主人，再等幾天。」

這些問題稍有改頭換面之後又重新提出。當然，納賽爾丁阿凡提在對自己不利的時

候，是不會白白浪費時間的——他從阿卡別克的提問中知道了不少東西，這正如古人所言：「愚者多言，而智者聽其言便可觀其心。」

納賽爾丁阿凡提細心觀察阿卡別克這個人的秉性，以及他內心深處隱藏的每一個祕密、每一個微妙的動機、每一個細微的舉動和每一次沉默，暗暗的尋找掌握他內心祕密的鑰匙。此時他對阿卡別克的內心、對他那肥胖的軀體的了解，猶如看到一個從湖裡撈出來的死屍一般清楚——雖然開始時水裡混濁，什麼也看不清，但錨鉤終於鉤住了他，水面開始動盪，水下可以隱隱約約的顯現出一個東西來，你再稍微用勁一拉，屍體就會從那污濁的水中浮上來，最後那泡腫了並且發綠了的臉原形畢露，令圍觀的人群恐懼不已！永遠不會被高尚所感化的阿卡別克的心，很像在水裡淹死的人。如果給這又臭又髒的湖立上一個「臭名昭彰」的牌坊的話，是再恰當不過的了。

阿卡別克唯我獨尊，好自賣自誇，喜歡各種拙劣的阿諛奉承。在他當哈孜的時候，總是對別人惡言相誣、製造冤案，把自己扮成眞主派到這個世界上，且至高無上的哈孜。在與納賽爾丁阿凡提的交談中，他說到自己的時候，總是做出一副眉飛色舞的樣子，然而一提到過去任哈孜之事卻又語調悲哀，一次都沒有笑過，甚至連一句玩笑話都沒有。納賽爾丁阿凡提知道這一切都是由於他一是蠢、二是笨、三是狠毒、四是渴望回到那名利雙收的哈孜之位上去。

阿卡別克想當哈孜的慾望，成了納賽爾丁阿凡提對他實施打擊的最大的王牌。

納賽爾丁阿凡提不知不覺的把話題引向了宮廷、官位、獎金和稱號上來。

「哎呀，我的主人，阿拉賜予了您智慧的頭腦！」他假裝欽佩的說：「花剌子模①眞是有眼無珠，讓您這樣的人才棄任而去，眞讓我吃驚！」

這話正中阿卡別克下懷，他在任的時候曾經因爲太多的糾紛而被貶黜。

「當然，我明白，當一個城市的哈孜，這樣的職位對您來說實在太低微了。」納賽爾丁阿凡提繼續說：「他們難道不能任命一個高一點兒的職位給您？比如宮廷金庫總理大臣什麼的，稍微有一點辨別能力的皇帝都會雙手贊成這樣的金庫總理大臣，絕不放過。那樣金庫裡就總會裝滿珍寶，各種賦稅都會按時收繳入庫。」

「還會增添各種新的捐賦！」聽了這些話的阿卡別克更是燃起慾望之火，忙補充著說，「比如實行哭稅……」

「眞是高見，實行哭稅就會有新的哭聲，新的哭聲就會帶來新的稅收。就這樣不斷的滾動……這是多麼少有的英明！因這個高見就應該立刻任命您爲第一宰相。」

阿卡別克又絞盡腦汁的想著第二個高見，然後說：

「是的，還有……應該實行笑稅！」

「笑稅！看呀，花剌子模的汗王竟然忽視這樣的宰相，也許他已經從頭頂後悔到腳後跟了！」

就這樣過了一個星期。烈日炎炎的夏從谷地上升到了這裡，來到了山腰上，使這裡到處都是一片熾熱和死寂。好像風兒已經永遠衰亡，再也颳不起來似的，空氣都靜止了。那湖泊好像化了妝似的泛著亮光，只有像玻璃一般平直的銀色湖面上，時而泛起片片被吹動的陰影，隱約可見。一切東西都在燃燒著的陽光下靜悄悄的。一隻孤獨的雲雀在空中振翅飛翔，一條條小蜥蜴閉著眼睛，在潔白的岩石上一動不動。野草已經開始發黃、乾枯了。有一天，納賽爾丁阿凡提朝遠處的那片丘陵望去，山腳周遭的座座氈房已經看不見了——吉爾吉斯人昨晚已把氈房遷移到草原上去了。

山嶺上的皚皚白雪和藍色的冰川在消融，谷地間，條條管道裡的山水騰瀉四溢，但是恰拉克的人們卻一滴水也得不到，這水全都被阿卡別克截流並蓄入湖中了。

恰拉克的土地由於缺水而荒蕪，灌溉期已經來臨。

阿卡別克對納賽爾丁阿凡提誇耀起即將娶到家裡來的姑娘。

「她，當然是一個普通的鄉村姑娘，但是如果你見到她的話，吾扎克巴依，你一定會以為她是一朵含苞待放的玫瑰花，我最近就要讓這個蓓蕾綻開。」

「但是，也許她已經有未婚夫了？」

「未婚夫？嗯？」阿卡別克好像對姑娘的心願從來都沒有想過，更沒有想到她還會有未婚夫。這些恰拉克人對他來說無異於蛆蟲，似乎他們命中注定要把自己的幸福和心願當成他尋歡作樂的犧牲品。

納賽爾丁阿凡提明白了他吃驚的原因，其他什麼也沒有問。

夜裡，山那邊雷聲大作。

夾雜著遠處洪水濃郁濕氣的大風，似乎不把那小屋的舊門吹開絕不罷休似的。吹進屋裡來的風把爐灶裡的灰颳得團團轉，正在睡夢中的納賽爾丁阿凡提感受到了一陣濕潤的涼氣；半夜裡正要叫喚的毛驢兒好像在等待這風的吹來，但這風兒卻使那毛驢兒感到一陣不安。

納賽爾丁阿凡提醒來了，他抬起頭來傾聽著那由遠而近的響雷，從敞開的門裡向那時而被道道閃電、又時而被黑暗所糾纏的夜空望去，好像黑雲就在那片山峰的巨岩上不時的噴出道道火光。在那白熾又略呈藍色的閃電下，雪嶺、黑色的山岩和懸崖峭壁一會兒驟然出現，一會兒又突然消失。「我那獨眼夥伴此刻在哪裡？也許正在趕路？」納賽爾丁阿凡提想。「也許正在山裡的羊腸小道上，在雷雨中向這裡走來，啊真主，請您保佑他吧！」

　　在最後兩天的時間裡，獨眼人的行蹤不出納賽爾丁阿凡提所料。高山峻嶺好似在傳遞著他們的心靈感應。這感應雖然不能用言語來表達，但足以使他們感覺到對方的心聲。「我和他已經這麼親密了，嗯？」納賽爾丁阿凡提想。他回憶起自己過去浪跡天涯的生平中，很少與別人有過這麼親密的交往，如果有的話也只是非常知心的人。

　　昨天傍晚，這種感應顯得更加清楚。納賽爾丁阿凡提心中突然感到一陣隱約的煩亂和焦慮。「難道他在浩罕出什麼事了？」他自問道，但究竟出了什麼事，當然，他無法猜到。

　　就在那時，獨眼人正和那大官人臥在箱子裡。「他遇到危險了！遇到危險了！」納賽爾丁阿凡提心裡在呼喚著，坐立不安……

　　他的不安到了沸騰的地步，以至於他把一半心力都用在了浩罕那銀號店主家的箱子裡，就是那股無形的力量指使獨眼人打開箱蓋，把羽毛弄得滿天亂飛，在驚呆了的銀號店主面前得以逃生。其後銀號店主家所發生的事我們都已知道，所以我們沒有必要再重複；這感應的另一頭在那間小屋裡，那裡除了納賽爾丁阿凡提心中的不安之外，沒有什麼事發生。他好像已經知道在浩罕的獨眼人毫無疑問的度過了危險似的，輕鬆的噓了口氣。心中的煩亂已經過去。他又好像感覺到獨眼人回來後，會有一個非常有趣的故事要說給他聽，不由得笑了起來。

　　然後，納賽爾丁阿凡提直到半夜都這樣高興，連做夢都夢到了高興事兒。

　　被雷雨閃電驚醒了的納賽爾丁阿凡提躺在那裡，長時間的惦念著獨眼人，但是沒有感到有什麼可擔心的跡象。也就是說，一切都很好，希望他不久即將回來。

　　納賽爾丁阿凡提起身去關上那被風吹得時開時關、乒乒乓乓直響的門，這時他突然看見了賽依德。

　　年輕人滑了一腳，一進屋就央求地說：

　　「請原諒，我罔顧您的禁令跑到這兒來了，但是我實在憋不住了。距農田的灌水日只有三天了。」他低聲說。

　　「我記得，賽依德，我記得。」

　　「佐麗裴葉已經哭乾了眼淚，絕望了。」

　　「絕望了？這很不好。」

　　「也許我們倆趁著還有點時間私奔更好。」

　　「你是說私奔？那樣的話我們三人一起『奔』吧——我也與你們一起跑。哎，真的，不是三個，而是四個，因為我不能把毛驢兒扔在這裡呀！嗨，不是四個，而是五個：我忘了還有一個，忘了馬上就要回到恰拉克來的另一個人。不過，那時就不是跑了，而是

事情會得到解決啦！」他用手按住賽依德的肩膀，說：「去跟你的佐麗裴葉說，一切都順利。」

「她不會相信的。」

「以我的名義跟她說。」

「她不認識你。」

「你現在不相信我了，賽依德？」

納賽爾丁阿凡提用可以穿透賽依德那閉著的雙眼、照亮他鮮紅的血液、驅散黑暗並直抵心扉的陽光一般熾熱的目光看著他。這目光是不可抗拒的！

「我相信。」賽依德慢慢的說。

「那樣的話，佐麗裴葉也就會相信。你的信心就會感化她，去吧！記住：我們會永遠在一起，不管發生什麼事，我們都會在一起！」

天濛濛亮時，賽依德和佐麗裴葉見了面。他的信心感化了佐麗裴葉，從那兒之後，佐麗裴葉也放下了心來……

註 ①花剌子模——地名，位於中亞阿姆河下游；在這裡是暗指花剌子模的朝廷。

第 二 十 九 章

又過了一天，獨眼人還沒有歸來。

納賽爾丁阿凡提掐著手指算著他的路程：去三天，來三天，在浩罕待上兩天。「如果明天他還不到，那時我們當然要一逃了之！難道我的內心感應會欺騙我，嗯？不，不可能那樣！他已經快到了，他正在全力以赴的趕路，他已經到山嶺這邊了。」

正在這時，獨眼人趕了回來。他好像從天而降一般出現在小屋的門前。就在一分鐘之前納賽爾丁阿凡提還到門外張望過，但是連個人影都沒有看到。可這時他卻一下子出現在眼前！他可能累了，因為他渾身上下、滿頭滿臉都是塵土，但他那張扁平的臉卻在微笑，納賽爾丁阿凡提無言的看著如期歸來的他，明白了一切。

這事發生在下午。獨眼人把在浩罕的經過講完時，太陽已經西垂。夜幕正在降臨，這是灌溉期之前的最後一個夜晚，應該快一點兒辦他們要辦的事。

「談一談將來的事吧！」納賽爾丁阿凡提說：「這些珍寶應該屬於那個可憐的寡婦，所以應物歸原主。對此你同意不？」

「這想法我也有。」

「但是我們現在要暫時用一下它，當然是用於善事。」

「我明白！」獨眼人激動的說：「爲此我還要告訴你有一個方便的地方，聽說在那邊，在離恰拉克鄉稍微遠一點的谷地裡有一個客棧，是個大客棧，那裡從早到晚都有人賭博。那是一個大賭場，如果我們倆都去賭的話……」

「不，我們不能幹那種事，我們要用這筆錢來採取更容易的方法，我們要玩一個不輸的遊戲。你跟我走，但不要讓任何人注意你。」

他領著獨眼人穿過沒有人的小巷，走進一個死胡同，來到了麥麥代力家。他們先是藏在濃密的沙棗林和田旋花的草叢裡，然後來到牆邊，向園子裡望去。

老人正在園子裡給蘋果樹鬆土。園裡的蘋果樹中有一棵是他女兒出生時種下的紀念樹，這一切納賽爾丁阿凡提已經知道。聽賽依德說，爲了讓這棵小樹更美麗，她每天都要給樹綁上一個不同的布條：星期六綁紅布條，星期天綁白布條，星期一綁黃布條，星期二綁天藍色的，星期三綁粉紅色的，星期四綁綠色的，星期五則六種顏色各綁一條。佐麗裴葉十年以前想出了這種做法，從那時起每天早上與自己的這個伴侶在這裡互相問候，從不忘記打扮它，默默照護它。

今天是星期五，本應在蘋果樹上掛上六種顏色的布條。但怎麼沒有布條？納賽爾丁阿凡提無論怎樣看都沒有在那片蘋果樹中找到那棵獨一無二的樹。佐麗裴葉怎麼會忘記了呢？

不，佐麗裴葉沒有忘記。納賽爾丁阿凡提定睛細看後，才發現遠處一棵蘋果樹下，老人正在鬆著土，樹上綁了一塊黑色的長布條。

佐麗裴葉沒有忘記，今天早上已經與自己心愛的蘋果樹告了別，還繫上了黑布條，留下了哀傷的標誌。

納賽爾丁阿凡提感到一陣淒憐，好半天沒能喘上氣來——這黑布條所表明的痛苦甚至勝過一本長篇悲劇詩。這可憐的姑娘，這些天來不知受了多少苦啊！他發現自己雖然一次都沒有見過佐麗裴葉的面，也沒跟她說過話，但感覺到她已經像是自己的朋友一樣親切可愛了。他全身心分擔著她的痛苦，並且爲即將要帶進這個園子裡的突如其來的喜訊而高興。

「你看見那棵果樹上綁著的黑布條沒有？」他低聲問獨眼人。「不到一刻鐘的時間後，她就會用六色布條裝扮她的果樹！相信我，你應該為這一時刻的到來而活著！」

獨眼人沒有弄明白！對他來說，不僅這布條是黑的，而且連這樣做的意義也是漆黑不明的！

「你想說什麼？」

「往下看，你會明白的。」

果園裡那棵樹的年輕主人——佐麗裴葉出現了。然而，她此刻在這裡並沒有把自己當成主人。悲傷的陰雲使她的表情黯然。她用告別的眼光緩緩的環視著果園：灌木叢、樹木、園中小路、花朵……納賽爾丁阿凡提遠遠地看見她的眼睛裡淚光閃爍。

「看呀！」獨眼人小聲說著並用胳膊肘尖兒搗了一下納賽爾丁阿凡提。「還有一個人……」

這是賽依德，他不願讓老頭發現自己，於是從大門進來穿過灌木叢，向佐麗裴葉走來。

佐麗裴葉向他奔去。

納賽爾丁阿凡提猜到了她的問題：「事情怎麼樣了？」

「今天一切都會得到解決。」他搶先說道：「要不有錢，要不就逃跑，妳準備好了嗎？」

佐麗裴葉堅定的點了點頭說：「是的，準備好了……」她雖然無力馬上解決，但她可以徹底解決。納賽爾丁阿凡提看見她在勇敢的點著頭，一對眸子中閃過一道亮光。

在蘋果樹下幹著活的老人看見了賽依德和佐麗裴葉，他低著頭，思考著什麼似的放下了坎土曼，有氣無力的拖著兩條腿向他們走來。

賽依德鞠躬向他行了禮。

老人無聲還了禮，覺得無臉開口，也不知該說什麼。然後他振作了一下，說：

「我的孩子，聽著，趕快走吧，別再折磨我的心、折磨佐麗裴葉的心和你自己的心了。佐麗裴葉現在已經不再是我們的了。」

納賽爾丁阿凡提沒有時間繼續聽他的下文。

「快點！」他對獨眼人說：「把那些珍寶埋在蘋果樹下，上面用土和石頭蓋好，像一條蛇或像幽靈一樣，既要隱蔽又要迅速！」

獨眼人立即從牆上跳進了果園，好像鑽進深水裡，又好像鑽進地裡一樣很快消失了。納賽爾丁阿凡提只看見乾涸了的水渠周遭的野草有微微晃動。獨眼人無聲、快速的向蘋果樹那邊移動著……

蘋果樹下好像有個什麼東西隱約的一閃而過，乾涸了的水渠上的蒿草又向後晃動了一下。

獨眼人跳進果園時碰了一棵石榴樹的樹枝，他返回時那樹枝還在晃動。

現在我們該做什麼，他有些顫抖的低聲問道，他的顫抖當然不是因為害怕，而是因為他擔心自己熱心做的這件好事被別人看見。

斜陽下，果園裡的陽光分外明媚，麥麥代力說完了那段傷感的話之後，眼前一陣昏暗，好像黑夜降臨一般。

賽依德走出門檻兒時又停下來揮手告別。

佐麗裴葉哭了起來。

老頭回到那棵蘋果樹下。他拿起了坎土曼，一下、兩下、三下。他翻著樹下的土，把地面修整得像鏡子一樣平整。每挖起一坎土曼土之後，他都要用坎土曼的背面把土疙瘩打碎，然後再把每個碎塊兒仔細地打鬆。雖然好像有一塊一百頓重的巨石壓在心頭，他那蒼老的眼睛裡也失去了最後的光芒，但是這並沒有影響他那天天都要勞動的習慣。勞動是麥麥代力生命的根，是他活在人世上重要的基礎。他和往常一樣高高舉起重重的坎土曼，然後向下鋤去。老人整過的土地沒有必要再修整。

不知是什麼東西被坎土曼碰上了。老人彎下了腰，但是好半天都沒能看見放著珍寶的袋子。納賽爾丁阿凡提在心裡呼喊著：「再彎低一點兒，老頭！拿呀，就在那兒，拿呀！」

老頭終於看見了。他拿起袋子，打開了袋口，當他看到那些金光閃閃的珍寶時，一下子愣住了。他把那些貴重的珍寶倒在了如土地一樣黑的手掌裡，有一個手鐲掉在了地上。麥麥代力想撿起來而彎下腰去，結果把手中其他的珍寶也都撒在了地上。寶石項鍊從他手中就像一條紅色的蛇一樣滑了下去，金幣從他手中掉下來時泛著金光，然後這金光很快就不見了，藍中帶綠的寶石酷似夜空中冰一樣透明的星星，晶瑩閃爍，祖母綠寶石則向四面八方射出道道綠光，然後掉在地上。

「佐麗裴葉！佐麗裴葉！」老人低聲喊了起來。

她聽到喊聲，不安的向爸爸這邊跑來。

「您怎麼了，爸爸？是哪兒不舒服嗎？」

當她看見那些珍寶時也頓時愣住了，雖然她這輩子也見過一兩次金幣，但還從來沒有見過這樣碧光閃爍的石頭。

「這是從哪兒來的？」

老頭兒這時才明白過來，恢復了知覺似的說：

「撿到的。剛剛才從這果樹下挖出來的……就是妳喜歡的這棵蘋果樹下……哎，佐麗裴葉，無比強大的蒼天聽到了我們的呼喚！派天使給我們送來了這些東西，是妳的小天使送來的，佐麗裴葉！」

納賽爾丁阿凡提拉了一下獨眼人的袖子，說：

「聽見沒有，你成了天使了。」

獨眼人好像被閃電擊中一樣，心中激動的笑著，他笑得縮成一團，滾倒在納賽爾丁阿凡提的腳下。

果園裡開始有了歡慶和快樂。「賽依德！賽依德！」佐麗裴葉用嬌嫩的嗓音喊著。小伙子還沒有走遠，聽到喊聲跑了回來。他們三人中知道這珍寶來歷的只有他，但他卻弄不明白這些東西是怎樣來到這樹下的。

要慶賀今天這個大喜的日子，還有一樣東西令人感到缺憾，那就是樹上要掛的布條。「動腦筋想一想，想一想啊！」納賽爾丁阿凡提在心裡一遍又一遍的向佐麗裴葉重複著。佐麗裴葉的心中似乎感應到了納賽爾丁阿凡提的呼喚，像一顆流星似的跑進屋裡，一分鐘之後又高興的跑了出來，拿來了許多五顏六色的布條。太陽已經落山了，那些綢子布條此時好像泛起了光芒，在微風中飄舞。佐麗裴葉用這些非常美麗的布條裝飾起自己的那棵蘋果樹，而那黑色的布條好像被黑夜吞沒了一般，沒有了蹤影。

在回來的路上，獨眼人說：

「我原以為這個姑娘像仙女一樣美麗，但是說真的，她並沒有那麼美，她與阿爾孜比薇比起來，還差得很遠。」

「你想一想薩迪的話──」納賽爾丁阿凡提回答說：「要想欣賞萊依麗所有的美，必需要有麥吉儂的眼光。」

在小屋裡，他把五個饢、舊褥子和茶壺拿出來給獨眼人，說：

「你在附近找一個住處。別讓任何人看到你，甚至都不能讓恰拉克人懷疑你是新來的。吃的飯只有晚上到我這兒來拿；你隨時準備好，我一叫你，你就立即過來。你看見那門前的木頭棍兒沒有？我給那上面綁上白頭巾並舉起來時，那就是暗號。那時你一分鐘也不要耽擱，立即趕過來！」

「是，好的。」

於是獨眼人尋找藏身之處去了。

尋找藏身之處對獨眼人來說是內行。他毫不費力的在附近找到了一個小巧而又舒適的洞穴。那洞口被濃密的灌木和蒿草遮住，不易被人發現，很可靠。這個洞至今還在，當地人稱其為「廉潔的小偷之家」。但是現今的恰拉克人不能令人信服的說出它是哪個小

偷的家，和這個流芳數個世紀的賊是個什麼樣的人。那就讓我們這本書來解開世界上這個角落的黑暗吧！因為要了解這個世界需要一點一滴的累積，任何一個枝節都不能忽略。

　　獨眼人在天黑之前拔了些乾枯了的田旋草，給自己鋪好了睡覺的地方，修爐灶和其他事明天再說。深夜來臨了，薄薄的雲片遮住了月亮的臉蛋兒，很快就把月光變成了發亮的雲霧；月光下，罩上了一層銀色的灌木叢裡不知是什麼，一個很小的東西，用那柔軟的小爪子「窸窸窣窣」的慢慢跑了過去；被驚醒了的一隻鳥兒，睡意濃濃的「啾」地叫了一聲。

　　獨眼人一頭躺在了草窩裡，展開身體躺了下來。他閉上眼睛，雙腳由於往返了三趟路程而似針扎一樣的疼，兩條腿感到很沉重。

　　不到一分鐘，他就進入了香甜的夢鄉。他邊睡邊露出微笑，也許他夢見了圖拉汗老人呢！

　　納賽爾丁阿凡提也在自己的小屋裡進入了夢鄉。夢中他眼前那綁著六色布條的蘋果樹在輕輕搖擺。

　　阿卡別克也在睡著：他那肥厚的嘴唇裡流著口水——他夢見了第二天就要落入自己那張網裡的佐麗裴葉。這個愚蠢的蜘蛛，白日做夢！他那骯髒、凶殘的蛛網上，將要降臨的不是來給他當作美食的蛾子，而是胡蜂。在這個夜裡，徹夜不眠的人是誰呢，他們不僅是往常的那兩個人，還有第三個人——把珍寶牢牢的枕在頭下的麥麥代力老人也無法入睡。

　　賽依德和佐麗裴葉在果園裡照舊坐在老地方——水池邊的榆樹蔭下，卿卿我我。

　　「妳現在該相信了吧，佐麗裴葉？」

　　「親愛的賽依德，我一點兒都不明白！關心我們的人，我們的陌生朋友，他到底是誰？」

　　「我也不知道，佐麗裴葉，他不願說出自己的名字……噢，我是多麼的幸福啊！」

　　「我也很幸福，賽依德！」

　　「這會是永遠的幸福嗎？」

　　「永遠的！這棵老榆樹可能變成一棵中國葦子[①]，但我對妳的愛卻永遠不會抹滅？」

　　老榆樹聽了他們的話並沒有感到驚奇，因為它見過多少對戀人偎依在這長凳上，聽過多少代情人們溫柔的悄聲細語和肺腑衷腸，在那些世紀裡又見過多少對含苞欲放的情侶們眨眼之間就變成了年邁無力的老頭兒和戰戰兢兢、牙齒掉光的老太太，並且一步步的走向墳墓。他們當初那滿懷朝氣、像剛剛倒出的酒一樣充滿氣泡的年華，瞬息之間就到了今天這個地步，不是在夜裡，而是在陽光下，吃力的張開那血管裡勉強流淌著血液的、冰涼的翅膀。

註① 中國葦子——　這裡指竹子。

第 三 十 章

「灌溉農田的大忙時刻已經到了。」阿卡別克一大早就沾沾自喜的來到總渠旁說：「是的，對這次灌溉我不收錢，而是要收另外一個東西，但是，將來還會有無數次灌溉機會——在錢上吃的虧隨時可以追回來，我並沒有輸。」

湖裡一片寂靜，湖面呈現出湛藍色，湖的上空也如湖面一樣靜悄悄的，死氣沉沉。布滿了夜間寒冷、潮濕的雲霧的天空，在窺視著半睡中的大地的呼吸，高空深處是那樣碧翠。

「今天看來只有你一人主持放水的事了，我顧不上了。」阿卡別克繼續說：「現在他們要把那姑娘送來。看哪！他們正帶著她向這邊走來。」

納賽爾丁阿凡提向村子那邊望去。

路上有一群人正向湖這邊走來。

「但是我怎麼沒有看見那個姑娘？」

「你怎麼能說沒有看見？」

阿卡別克注視著路上，然後莫名其妙的看了納賽爾丁阿凡提一眼說：

「好好看一看，吾扎克巴依，你的眼力比我的好一點兒！」

「來的全都是老人。」納賽爾丁阿凡提肯定的說。

「明白了！」阿卡別克狠毒的說：「他們又來求情了！但我可不是見了眼淚就心軟，和肯聽從別人求情的傻瓜。你看著，我要好好地收拾他們一頓！」

他皺著眉頭，繃著臉，兩手扠著腰，瞇著眼睛，翹起鬍子，腦袋向後直立並縮著那多毛的脖子。

老人們越走越近。

走在最前面的是麥麥代力。昨天還在垂頭喪氣的麥麥代力老人，一夜之間就像返老還童似的，邁著穩健的步伐，一邊用似乎要與阿卡別克決一高低似的目光大膽的看著阿卡別克，一邊向他走來。

緊跟在他身後的是兩個農民，鐵匠、製罐人、獸醫以及在眾人之後的茶館老闆賽帕爾都一同向這邊走來。

麥麥代力沒有像奴隸那樣低三下四，而是老身子骨一點兒都不彎的向阿卡別克敬了個禮，說：

「灌溉的時間已經到了，我們是來放水的。」

其他人紛紛捋著鬍子，祈求真主賜予豐收，心裡念叨著阿拉。

「來放水的？」阿卡別克凶狠的問了一句。「你們想用什麼來付水費？我的條件你不是都知道了嗎？老傢伙，那就是你的女兒！」

「我女兒不是可以賣的貨物！」麥麥代力立即予以回答並維護著自己的尊嚴。這種表情在昨天還沒有出現。

納賽爾丁阿凡提見到老人這樣勇敢的回敬阿卡別克，恨不得上去擁抱他、親吻他。老人的話裡說出了最可貴的東西：從飢餓和膽怯中解放自己──這是人們消除自身不可改變的奴性的必要原素。

阿卡別克驚奇的看著麥麥代力，心裡想：「這老頭兒從哪兒學來這麼粗野的話！」

「你打算用什麼來付水費？」

「用這個！」

老人從腰帶裡拿出了舊羊皮袋子。

「這是什麼？」

「你自己看！」

阿卡別克接過袋子，解開了袋口。

站在眾人後面的賽帕爾伸出瘦長的脖子向前張望著，這次他才相信自己的眼睛。今天早上在茶館裡他還曾預言這事不會有好下場，那些珍寶肯定是假的。他雖然心裡一時高興，但他還懂得在這時不能流露出來。

其他人都不吭聲，有的暗暗慶賀，有的也已經準備好丟臉的退卻。

阿卡別克看了看那些金子和珍貴的寶石，一改容顏地說：

「這些東西你是從哪兒弄來的？」

「撿到的。」

「撿到的？……在哪兒？」

「在我自己的園子裡，在蘋果樹下。」

「麥麥代力，你在對我撒謊！」

「我這把年紀，不會說假話，再說，無論我是從哪裡弄到的，對你來說不是都一樣嗎?!」

「奇怪！這真是一件可疑的事。」阿卡別克一邊嘟噥著說，一邊把珍寶倒在手掌上。

在清晨的陽光下，那些珍寶比昨天晚上看起來更加耀眼奪目。

「行家都說這些東西至少值四千多銀元。」麥麥代力開始說話了。

「行家？」阿卡別克打斷了他的話。「在和你一樣愚蠢的農民中那裡能找到行家！」他把貴重的東西放進口袋兒裡。「好吧我同意，吾扎克巴依，放水！」

鑰匙串兒「嘩啦啦」的響了一陣。納賽爾丁阿凡提把鎖子拿了下來。兩邊各有兩個老人向上提著閘門的提手，生了鏽的鐵鏈被拉了起來，閘板開始從被水泡得膨脹了的木槽裡向上升起。清澈得像玻璃一樣的湖水開始旋轉起來，形成一個個大漩渦，從閘門邊上湧入水槽。開始流出的水是「嘩啦啦」的，到了後來就變成「轟隆隆」的巨響。水沿著乾涸了的管道奔流著，把泥土、泡沫、落入渠裡的乾樹葉、小樹枝、羽毛，把前方遇到的一切東西都沖向下方。站在水渠的另一頭一眼望去，渠裡好像鋪上了一層閃光的緞子。

水！遠處傳來了一陣坎土曼互相碰撞的聲音——水流進了農田。一分鐘後這坎土曼聲就在四面八方響了起來。水滋潤著樹木，滋潤著莊稼，澆灌著給予了人們生命的田野。麥麥代力向前彎著腰，痛痛快快的洗著頭和鬍子。老人們都做起祈禱來。

一整天了，賽帕爾的茶館裡沒有人來。男人們都在地裡工作。只有到了晚上才把看水的事兒交給被人們認為公正可靠的老人們，然後各自回家。老人們按眾人的囑託，必須輪流在總幹渠值守看管，保證讓水能澆好每一塊田地、每一座果園，一滴都不能浪費。因為偷水而從小在這鄉裡挨過不少棍棒的偷水賊卡米力這次被交給毛拉監督，按照毛拉的英明判決，卡米力將被關押在寺塔下，直到次日早上才能解開他身上的枷鎖。

升到空中的月亮，剛才看到的還是下面的那片田野和果園，現在看見的卻是把這些田野和果園連接起來又伸向四面八方、像銀子一樣粼光閃閃的絲帶。它們一會兒在管道中奔向各處，一會兒又交匯在一起。夜，是那樣寂靜，只有「嘩嘩」的流水聲和「咕咕」的滲水聲；酷似飢渴的大地在咂著嘴、在沉睡中還貪婪的吮吸著這清涼的湖水，不住的喘息著。

田裡的人們已經累成那個樣子，以至於他們一進家門兒就一頭躺下，立刻進入夢鄉。茶館裡只有四個老人，他們捲起大衣下襬，坐在那裡談論著什麼，他們應該在半夜裡到渠邊值守。他們談論的話題當然是麥麥代力昨天撿到的那些值錢的珍寶。麥麥代力自己沒有參加他們的談話，只是對到這裡來的每一個恰拉克人都重複著所發生的事，最後都說得累了，再也不想說什麼，只是用點頭和搖頭回答，坐在那裡動彈一下舌頭。

「這些珍寶不會自己跑到蘋果樹下去吧！」賽帕爾大聲說。

「也許是多少個世紀以來一直就埋在那裡。」老人回答說。

　　麥麥代力的舌頭動彈了幾下。埋了不知多少個世紀？難道他每年不給果樹鬆土？那麼為什麼早先沒有發現？

　　「也許你以前沒有發現那個錢袋子，把它當成土疙瘩……」

　　這些猜測對麥麥代力來說使他感到羞恥，因為他不是那種鬆土時會留下土疙瘩的人。

　　「這種猜測有什麼用？」他再也按捺不住的說：「這些值錢的珍寶能從哪兒來呢？當然，是阿拉給的！只有無比強大的阿拉才能做到，才能創造出這樣的奇蹟！」

　　賽帕爾害怕的說：

　　「阿拉？你還清醒吧，麥麥代力！你是想說阿拉昨天晚上來到了你的園子裡？」

　　「難道非得他親自來？他可以派一個使者，比如圖拉汗老人。」

　　圖拉汗老人！正是這樣，他的節日才剛剛過完嘛。恰拉克鄉的孩子們和浩罕還有其他地方的孩子們一樣，把小花帽掛在自己園子裡的葡萄架下，然後「圖拉汗老人」這名字一下子鑽進了老頭兒們的腦子裡，他們心裡又是崇敬、又是興奮，定下神來回憶起自己在童年時給小花帽縫上彩色絨線的那些不平凡的年月。雖然老人們對這年代已久的稱呼可能已經忘卻，但在心裡留下的印跡卻是永遠不會消失的！

　　到處都被熏黑了的小茶館裡，時間好像在倒流，老人們回憶著過去的時光，重新感覺到了自己那已經一去不復返的童年！牙齒已經掉光、滿臉皺紋、衰老無力的人們只是表面上看起來老了，已經到了人生的暮年，但此時他們的心裡卻充滿了孩提時代那金色的陽光！誰要是能仔細讀懂這些人，當然他對此就不會感到奇怪，他也就能讀懂我們的青春是五彩繽紛的。

　　「也許真是圖拉汗老人！」一個老頭兒一邊沉思一邊說。

　　「但是麥麥代力家裡沒有小孩子呀？」另一個老人懷疑的說。

　　「那又有什麼？！」麥麥代力大聲說：「如果他喜歡我的佐麗裴葉小時候的模樣，那他現在為什麼就不再喜歡她呢？」

　　最後，老人們終於贊成麥麥代力說的話，認為那些珍寶是圖拉汗老人帶來的……

　　到了深更半夜，茶館裡的這番閒聊結束了，老人們也都各自到田地裡去了。麥麥代力還在沉思之中，他用那不時流出淚水的一雙老眼，良久的遙望著夜空那些好像離他很近而且又那麼和藹的群星，深深的吸了一口氣。

　　按分工他應看管的園子和田地就在渠首附近。他把坎土曼扛在肩上，細心檢查與幹渠相連的條條支渠，看看有沒有被沙子或灌木枝什麼東西給堵塞，擋住流水。有時他停下來用坎土曼挖上一兩下，把遇到的障礙物清除乾淨，然後又繼續向前走去。渠水有時

鑽進大樹的黑影中，有時又從亮處穿過，恰似空中那銀色的星河向四面八方展開。

一條大道橫在前方，他看見旁邊的橋上有兩個人影，於是停了下來，隱蔽在一個地方悄悄的聽了一下。他聽出來其中一人是阿卡別克，估計另一個是守湖人。

「這麼說，吾扎克巴依，明天你要當著我的面把這個偉大的謎底揭開？」

「是的，就在明天半夜，主人。」

「你可別忘了你的諾言。」

「不會忘記，我會信守諾言的。」

他們從橋上下來，逕自朝麥麥代力這邊兒走來。老人不願與他們見面，但已經來不及了。

「誰？」阿卡別克喊道。

「是我，麥麥代力，我在看水。」

「嗯，是麥麥代力！好啊，看吧，看吧。哎，可別忘了把你女兒也看好，因為今後還有灌溉期到來……」

老人的臉色一下子氣得緋紅，他抬起頭來想回答什麼，但什麼都沒說。阿卡別克的血液中都滲透著毒汁，他一大早就在路上放毒，現在已經開始報復了。這種人的每一滴毒血都是他及世界上與他同類的人們行凶作惡的根源。「人不為己，天誅地滅！」這類毒血之輩們離不開的口頭禪。這無疑是在撒謊！按照這種哲學活著的人在遇到大事之時必然自身難保！

老人坐在石頭上，陷入沉思。他還沒有逃過第一個憂愁，而這未來的第二個憂愁已經又使他招架不住了。

如果阿卡別克再次要娶佐麗裴葉的話，當然，麥麥代力會拒絕他的要求。他完全有權拒絕，因為這一次他已經為大家付了錢。下次該輪到別人了。但是阿卡別克也可能再次說要不就把佐麗裴葉嫁給他，要麼就得不到水，他不要錢。而老人們也會再次坐在茶館裡說：「麥麥代力，只有你能拯救我們！」怎麼辦呢，該怎麼辦啊？

「擺脫這個災難是有辦法，辦法也很簡單。」不知是誰，突然在他身邊不遠的地方說。

老人嚇了一跳。

守湖人出現在他的面前，只有他一個人，阿卡別克已經走了。

「有什麼辦法？擺脫什麼災難？」

「你剛才想到的災難。」

「我什麼都沒有想，我打了個盹兒……」

「好吧，就算你說得對。就是擺脫你剛才打盹兒時夢見的那個災難的辦法，趕快把佐麗裴葉嫁給賽依德，然後你就會擺脫一切麻煩。他們一旦成為夫妻，誰還能拆散他們？」

老人一陣慌張。這個守湖人是怎麼知道他的想法的呢？

「別奇怪。」守湖人繼續說：「我既不是聖人，也不是巫師。你剛才陷入沉思時，不知不覺的叨念出聲來了。」

把心裡想的事都說了出來，這真是太大意了！老人坐在石頭上支支吾吾的想說什麼。太大意了！明天一早這話就會傳到阿卡別克耳朵裡！

「我沒有想任何事，阿拉保佑我平安無事！你為什麼要為我、還有我的孩子們操心？」

「是的，你是說你的孩子們，也就是說你心裡早已給他們訂了親，只剩下請毛拉來了！」

「我又露了馬腳，這個守湖人是一個非常危險的人物，我一張嘴他就能抓住我的要害！最好離他遠一點兒！」老人想。

老人假裝打了一個呵欠，扛起坎土曼，說：

「我要去察看一下水……」

想擺脫守湖人並沒有那麼容易，他與老人並肩走著。

「麥麥代力，說句良心話，那些珍寶是從哪兒撿到的？阿拉在上，我會誓死保守祕密。」

「他在套我的話！這是阿卡別克派他來的！」

「那些珍寶是我從蘋果樹下挖出來的！」老人很生氣，甚至有些粗聲粗氣的回答說。

「是誰把那些珍寶放在那裡的？」

老人再也忍不住了，狠狠的瞪了守湖人一眼，說：

「你說是誰放在那兒的？是和你還有你的主子不一樣的人，是大名鼎鼎、世世代代無處不有、無人不知的偉大而又仁慈的人！你明白了？」

說完這話之後，他覺得已經把守湖人嗆得夠凶了，再沒話可說了，於是轉身向後走去。

但守湖人並沒有離去——他擋住了羊腸小道，仍然站在那裡。

「讓開，我要走了……」麥麥代力平靜、溫和的說，並用手把納賽爾丁阿凡提向旁邊推了一下，打算走過去。

這時出現了他沒有料到的事，守湖人抓住老人的肩膀，用力拉了三下：

「當然是圖拉汗老人啦！我怎麼會不明白呢，我怎麼會看不出來呢！」他大聲說道。

然後他突然從麥麥代力的肩上收回了自己的手，順著那條路快步走了。

難道他是個瘋子？老人除此之外，再也找不到任何理由解釋。但這裡有一個問題令人費解：是阿卡別克瞎了眼，還是沒有注意到？就算是他沒有注意到，這一切與麥麥代力有什麼相干呢？這守湖人總不會到頭來冷不防用坎土曼，把阿卡別克的頭砍成兩半兒吧！對這兩個傢伙都要離他們遠一點兒才是，讓他們想做什麼就做什麼去吧！然後，老人不再想什麼，不慌不忙的沿著水渠向原來的方向走了。

納賽爾丁阿凡提不是在走，而是飛快的向自己的小屋跑去。

藏在小屋旁茂密的牛蒡草草叢裡的獨眼人正在等待著他。

這是一次不尋常的相遇，聽到了剛才那一切的獨眼人不住的向他道謝，流著熱淚。納賽爾丁阿凡提則說：

「嗯，你已被寬恕了，甚至還得到了特殊的恩賜。你還準備繼續為圖拉汗老人爭光添彩、再立新功嗎？」

獨眼人抽抽搭搭的哭了起來，他吸溜著鼻涕，用拳頭打著自己的胸口，說：

「現在，我隨時準備為做這種善事而獻出我的生命，甚至能把那銀號店主、把他那敗壞了的老婆和她的野男人都偷來！下命令吧！」

「要是讓你變成一頭驢怎麼樣？」

「你說的是讓我變成一頭驢？」獨眼人哼唧了一陣子然後停下來，非常恐懼的看著納賽爾丁阿凡提問：

「是長期的？」

「不，只是一會兒，注意聽……」

他們一直聊到黎明。開始天邊只出現了一絲亮影兒，黑夜開始與黎明進行著一場搏鬥，黑夜似乎不願意投降，做了長時間的反抗，但結果還是光明取得了勝利，與退向西邊、鑽進那模模糊糊的群山之中的黑暗截然分開了。光明萬歲！太陽升入了空中，向無邊無垠的大地、向四面八方放射著光芒；鳥兒們開始放開喉嚨，唱起歌來。

獨眼人被照亮了的心靈中又燃起了新的希望，離開小屋出去了。

第 三 十 一 章

太陽伴隨著不盡的煩惱離去了，白天又被掛滿鑽石的天空和披著黑紗的夜所代替。

納賽爾丁阿凡提坐在屋前的大石頭上，心裡想著是否已為今天的決定性的行動做好了一切準備。

羊腸小道那邊傳來了一陣笨重的腳步踩斷灌木枝的聲音，這是想知道那個偉大的祕密的阿卡別克來了。

納賽爾丁阿凡提的臉上流露出今晚要有重大事件發生的表情，溫文爾雅的等候著阿卡別克。他照舊鞠躬問候，神情莊重，動作不慌不忙，言語簡練而又意味深長。

他請客人坐在床上，自己蹲在冒著火的爐灶前，開始用勺子攪拌著小鍋裡煮著的有一種什麼味兒的草。

「這是什麼？」阿卡別克問。

「奇蹟湯。」納賽爾丁阿凡提用一半被爐火照亮、而另一半在黑影裡的臉，衝著他回答說。

爐灶中慢慢燃燒著的火，逐漸熄滅了下來，時而忽閃一下又迸出一陣火花，小屋裡一片黑暗。角落裡的毛驢兒在這黑暗裡，好像沉入了無底的湖中，只有那呼哧呼哧的喘氣聲和時而發出的響鼻聲標誌著自己的存在。

納賽爾丁阿凡提把鍋從灶上端下來，蓋上了鍋蓋，然後說：

「讓它慢慢涼著，我們先聊一會兒，主人。我應該為您準備好您永遠享用不盡的靈丹妙藥。」

「這有沒有危險，嗯？」

「對沒有準備的人來說是危險的。」

納賽爾丁阿凡提吹著了一塊炭火，點燃了油燈，把它放在了壁龕裡。微光閃爍之下，角落裡有一個模模糊糊的驢影子。開始只能看見牠那灰亮的眼睛，後來慢慢的才可以看見那兩個長耳朵，最後那尾巴也可以看到了。

牠今天只吃了半木盤饢，其餘的饢都掛在對面的牆角那邊；從那邊冒過來的香味兒一個勁兒地饞著牠。毛驢兒按捺不住的在原地跺著蹄子、打著響鼻，用蹄子刨著地面。

但納賽爾丁阿凡提卻不予理睬，甚至都沒有向毛驢兒那邊看一眼。

納賽爾丁阿凡提正在全神貫注的考慮著別的什麼事。

「艾利莆！拉姆！萊姆！」

他突然大聲念起咒語來，把阿卡別克嚇了一大跳。「艾利莆！拉姆！拉！……喀巴海斯、吉納扎、屯祖胡、群祖胡！……」

他把兩手高高舉起，對著每一個牆角都停頓一下，在小屋裡轉了一圈，然後把門關緊，回到原地坐了下來。

「現在沒有別人能聽到我們的話了。」

「在這之前，有誰能聽到我們的話？」阿卡別克問：「除了毛驢兒之外，只有我們倆呀！」

「別出聲──噓──噓，主人！我不止一次的求您不要使用這種市儈之詞！」

他站起身來，向著毛驢兒必恭必敬的鞠了個躬。

毛驢兒高興的動了起來，豎起耳朵，甩著尾巴。

但牠還是沒有得到饢！

「不，主人，這裡不僅僅是我們倆，也不是三人。」納賽爾丁阿凡提說：「世界上除了能用眼睛看到的東西之外，還充滿了眼睛看不見的、但是能聽懂人話的東西，這難道您不知道嗎？」

「眼睛看不見的東西？能聽懂人的話？那是什麼？」阿卡別克笑起來。他想用笑來表明自己的足智多謀和無所畏懼。

「那是人們的靈魂，被屈死的人，特別是被吊死的人們的靈魂！」納賽爾丁阿凡提解釋說：「他們直到在來世的審判開始之前，都還要在這個世界上要求人們給他做祈禱。他們常在活人之間轉來轉去，如果活人不為他們做祈禱，他們就會作孽，糾纏不休，尤其可能會附在您的軀體之上。」

「為什麼要糾纏我？」阿卡別克皺起眉頭，繃著臉。

「那麼請您說說看，您在花剌子模出任全城首席大哈孜時，是否判處過什麼人以絞刑？」

這話就像鞭子抽在阿卡別克的頭上，這一擊還算是比較輕的，只是把他打了個不知所措。他臉上那故作的笑容一下子變得無影無蹤了，他不由得感到一陣恐懼，立即向那對他來說，已是活生生的、神祕而又可怕的黑暗處望去。

「當然，由於職務的緣故，需要做出那樣的判決……」

「您看！您是否請人為他們念了送亡靈的《古蘭經》？」

「送亡靈的《古蘭經》？對那些人我要是都叫人念《古蘭經》送葬的話，那我不早就成窮光蛋了，因爲花刺子模那個地方可以抓到的壞人太多了！」

「正因爲如此，這些肉眼看不見的東西已經附在您身上了。」

「你怎麼知道那些東西已附在我身上？」

「因爲仔細觀察的人都可以隱約看見，說不清是什麼，模模糊糊，好像玻璃似的小蟲，在您的頭上飛來飛去。我早就注意到牠們在您的頭頂上方；也許您自己也看見過，但您並不知道那是些什麼。」

由於阿卡別克是一個又高又胖的人，當然，經常可以見到頭頂上有飛來飛去的玻璃似的小蟲，特別是他向前彎腰，然後猛地直起身來時看得更清楚。

「是呀，見到過！但是我以爲那是因爲我的血液太多的緣故。」

「如果是因爲血液太多而見到的話，牠們當然應該是紅色的，而您看見的卻是晶亮透明的。」納賽爾丁阿凡提分析著說。

在這確鑿的論證之後，阿卡別克不知說什麼好，沒再張口。納賽爾丁阿凡提的話已經使阿卡別克那似乎充滿了肥肉的軀體裡的智慧消失得無影無蹤了。

他想看一看那些像玻璃一樣的小蟲子是否徹底消失而向後仰過頭去。這時，由於他那胖胖的脖子繃得太緊，血液流通突然減慢下來──於是眼前冒起了一片金星，這使他感到一陣恐懼！

「聽著，吾扎克巴依！」他滿面愁容的大聲喊道：「牠們在，牠們就在這兒，沒有消失！」

「請別害怕，請您大膽一些，主人！」納賽爾丁阿凡提說。他原本沒有打算讓阿卡別克太害怕。「這不是我所說的那些，這些只不過是一些小不點兒的，那些危險的已經消失了，剩下的這些並不危險。」

「那就好，今後應該怎麼辦呢？那些危險的什麼時候回來？我總不能在這小屋裡坐到我生命的最後一天，害怕得哪兒都不敢去吧？唉，吾扎克巴依，沒有頭腦的，你爲什麼要對我說這些話？以前我不知道的時候……」

「也許您能比較容易地擺脫牠們，主人。您可以破費一點，請這裡的毛拉給亡靈們做一次布施，吟誦《古蘭經》。在您給錢的時候要當即說明這是爲全年所支付的。要想擺脫牠們，這樣做就夠了。」

納賽爾丁阿凡提出這個點子的目的，是想用阿卡別克的錢把恰拉克的清眞寺修葺一新。因爲清眞寺的牆已經倒塌，牆面和雕花已經脫落，柱子已經朽蝕，號召使用這個清眞寺的部落族人解囊捐助爲時已久。阿卡別克是使用這個清眞寺的人中最富有但又最吝

嗇的人，所以應該懲罰他。

「當然我要破費！」他大聲說道，並且好像感到輕鬆了一點似的吁著一口氣。「就算這要花一千銀元我也同意！你看看，這些人犯下的罪過是那麼大，甚至他們死了之後還在作孽！但是，遺憾的是……」

「遺憾的是不能第二次絞死他們。」納賽爾丁阿凡提接過來說。

「不僅僅絞死了事，阿拉還會用其他的方法懲罰他們。」

他那有如劊子手一般的心，甚至要下到陰世間去逞凶作惡似的！

現在阿卡別克的心裡已經做好了各種準備，並且要求納賽爾丁阿凡提告訴他那件事，也就是令他今晚來此與納賽爾丁阿凡提見面所要知道的那個謎底。

「這個謎，的確，可以使任何智者都為之所迷惑，非常奇特。這個謎就是──那立在牆角裡的毛驢兒不是一頭真的毛驢兒，而是當代埃及國王胡笙‧阿里的被魔法變成了一頭小毛驢兒的獨生子──埃及王位的繼承人──王子。」這些話對阿卡別克說完之後，連納賽爾丁阿凡提自己也對自己的信口開河感到吃驚。

「我用杏子和白麵饢給牠上餐的原因就在這裡，我為在這偏僻的鄉村裡找不到更好的飯食侍奉牠而感到非常遺憾。唉，如果我能天天給牠貢上一籃子灑了玫瑰花瓣的果汁的話，那該多好呀！」

阿卡別克那剛才就已經一塌糊塗了的腦袋，這會兒更加暈頭轉向。他雖然相信那些好似玻璃一樣透明的小蟲子的說法，但卻絕對懷疑這件事的可能性。

「你的腦子還正常吧，吾扎克巴依，牠怎麼可能是王子呢？那明明是一頭真正的驢呀！」

「安靜──噓──噓，我的主人！說個別的什麼詞兒不好嗎？比如說『這個四條腿兒的』，或是『這個有尾巴的』，或是『這個長耳朵』的，或者是『這個長毛兒的』。」

「這個四條腿兒的、有尾巴的、長耳朵的、長毛兒的驢！」阿卡別克糾正著說。

納賽爾丁阿凡提好像已經無可忍耐，只好低下頭，說：

「如果您克制不住自己的話，主人，您最好不要吭聲。」

「不吭聲？」阿卡別克吸了一下鼻子。「我不吭聲？在屬於我自己的領地上，嗯？你這該死的……」

「請克制一點，主人，求求您了，克制些！」

「拿驢來壓人，哼！」阿卡別克就像喉嚨裡扎進了釘子一樣，怒不可遏的把話說完。

寂靜延續了一分鐘。

納賽爾丁阿凡提脫下了長衫，把它撐開掛在楊木椿子上，好像一個簾子，把毛驢站

著的地方擋了起來。

「現在我們可以隨便交談，請您別總像喇叭一樣大聲說話，小聲兒點。如果在說話時還要用那些不合適的稱呼，請您小聲說。」

「好！」阿卡別克哼了一聲。「我會努力那樣做，但是說真的，我什麼都不明白⋯⋯」

「您很快就會明白。您覺得奇怪？您對這一身灰毛、長耳朵、長尾巴的這張皮裡面隱附著一個人的靈魂，也就是隱附著王子的靈魂的事實還不能明白？您以前從來沒有聽過人變成其他東西的事兒？」

在這裡我們有必要指出，那時的穆民民間，類似這樣的傳說十分盛行，甚至還出現了一些撰寫出厚厚的這類書籍的聖人。在巴格達早就出現過一個名叫艾勒・法魯赫・伊本・阿不都拉的人，他稱自己曾經幾次變成各種東西並得到了人們的信任：他開始變成了蜜蜂，後來又從蜜蜂變成了鱷魚，然後又從鱷魚變成了老虎，最後又變回自己的原形。我們所回憶到的那個艾勒・法魯赫・伊本・阿不都拉只不過是一個騙子，他只剩下沒有試驗能否把騙子變成善良的人了。但這應另當別論，所以在這裡無須贅述，還是讓我們再回到那小屋裡來吧。

「聽倒是聽過，但是我一直認為那些話都是謊話。」阿卡別克說。

「現在您自己都見到了。」

「你用什麼來證明呢？」他低聲問：「你有什麼證據證明這頭驢具有國王的血統呢？」

「牠的尾巴！尾尖上的白毛！」

「白毛！僅僅如此？這種白毛我可以從任何驢的尾巴上找到上百撮！」

「輕一點兒，輕一點兒，主人，小聲點兒說，您是不是想要有點能讓人相信的證據？」

「當然。這頭驢是王子嗎？那樣的話，你當著我的面把牠變成人，或者反過來，把一個人變成驢，那時我才會相信。」

「我今天正好想要做這件事──儘管是短時間的，我打算把牠恢復成王子的面貌。至於把一個人變成毛驢，也許，有真主的保佑和幫助，也能行的。」

「那樣的話趕快開始吧，都深更半夜了！」

「是呀，已經深更半夜了，我現在就開始。」

說著他已經開始了，他知道要想使皮肉很厚、身體肥胖的阿卡別克信服不是那麼容易，所以他不敢輕易了事。他用沙啞的嗓音喊叫起來，念著咒語，從小屋的一個角落奔到另一個角落，時而自己往牆上撞去，然後像不倒翁一樣被彈回來，倒在地上，兩腳跺著地；一會兒又猛地撞向地面，渾身哆嗦不止，嘴裡吐起白沫來。後來他全身大汗淋漓

地來到毛驢兒前，為了開始施法術而把奇蹟湯灌進了毛驢兒的嘴裡。毛驢兒根本不喜歡喝這東西，立即噴著嘴唇和鼻子，晃起頭來。

「喀巴海斯！」他撕破嗓門兒猛地喊了一聲，然後走進毛驢兒站著的那塊地方。「蘇夫！齊麻扎！大齊麻扎！開來麥，贊姆尼卡孜！……」他又接著大聲念起咒語。

他一邊念著一邊趁阿卡別克看不見之際把香噴噴的饢從襯衣裡掏了出來，放在驢的頭頂上，不讓驢吃到嘴裡。這簡單的方法一下子使驢獸性大發，牠開始大叫起來，翹起尾巴、亂躥、亂跳、不斷碰撞木椿子。

「蘇蘇古！力姆奇祖！」納賽爾丁阿凡提最後喊了一聲，然後他汗流浹背的來到阿卡別克身邊，說：

「主人，快走！現在我們到外邊去！出現奇蹟時不能有人看見，否則人的眼睛會變瞎的！永遠好不了！」

他把阿卡別克推出小屋，牢牢的關上了門。

「跟我來，主人，跟在我身後！我們走遠一點，待在這兒很危險！」

被各種咒語搞得糊裡糊塗的阿卡別克沒有反對。

他們拐進了通往幹渠的羊腸小道。

納賽爾丁阿凡提假裝著咳嗽了一陣，黑暗中一陣好似鵪鶉的叫聲做了回答。這表示「我已準備好了，一切順利。」

他們來到了湖邊，坐在湖水閘門頂上的大樹幹上。

納賽爾丁阿凡提施了巫術之後還沒來得及休息，所以他貪婪的、大口大口的吞嚥著夜裡那純淨的空氣。他的心跳慢慢的恢復了平靜，呼吸也平穩了。

涼颼颼的夜風使阿卡別克也清醒多了，他那肥厚的腦殼兒裡由於看了巫術而塞滿了的霧團也煙消雲散。從來就不相信任何東西、把別人做的事都說成是耍花招、懷疑一切的這個阿卡別克對小屋裡所發生的事沒怎麼相信。在咒語和巫術中並沒有徹底崩潰的他，呼吸了新鮮空氣後已經完全恢復過來了，並且在想：「這個人藏有野心，打算愚弄我。」於是心中又氣又惱。

他狠毒的笑著說：

「你的奇蹟在哪裡，吾扎克巴依？」

「不行，主人，再稍等一等。」

「有什麼必要再等呢！你的騙局和花招不會有任何結果的，這早就明擺著了。毛驢仍然還會是驢的樣子，但是你這守湖人的職位會怎樣，我看很難說！」

他心裡想：「沒收你的押金並把你趕走的時刻已經到來！你想捉弄我，自欺欺人！」

納賽爾丁阿凡提早已摸透了他的心思，對他的心裡是怎麼想的瞭若指掌，他在心裡冷笑了一下，但是沒有吭聲。

他們面前的水嘩嘩的流淌著、冒著泡沫、打著漩渦，以巨大的力量向水槽裡噴瀉著，使橋身不住的顫抖，橋身又帶動著他們坐著的那棵大樹幹震動起來。

納賽爾丁阿凡提不吭聲的坐在那裡，於是阿卡別克用他那當哈孜的眼光揣摩著，說：

「也許你已理屈詞窮？現在你說說看，如果你真是能創造奇蹟的人，那麼是什麼迫使你為了每天一個銀元的錢在我這兒做這個差使？利用你的巫術不是可以掙到上千銀元的錢嗎！你怎麼不說話呀，你大概忘記了你正在和一個曾經識破比這更深奧的妖術邪法的花剌子模城大法官打交道，吾扎克巴依！」

阿卡別克的這番話不是針對什麼具體的罪犯和罪過，而是用來顯示自己的威嚴，流露出了所有那些先盤算自己的上司或自己能得到什麼好處，才下判決的哈孜們所特有的傲慢和虛偽；如果這些哈孜們不懂得隨機應變、故作威嚴，那他們怎能把自己打扮成正義和良心的化身，怎樣才能一邊傷天害理而又一邊心安理得呢？

「嗯，被逮住了吧？」阿卡別克越來越著急的繼續說：「從你的第一句話我就發現這完全是一個騙局，你以為我直到現在還沒看出來？我已經看出來了！我早就看透了你這徹頭徹尾的騙術。我只是想看看你的葫蘆裡裝著什麼藥，然後揭穿你的底兒，現在一切都明白了。你是一個無恥的騙子！你那像玻璃一樣透明的小蟲子也都……」

但是當他說到這裡的時候，突然覺得舌頭變得發硬！那僵硬了的舌頭怎麼也說不出話來了，他感到一陣恐懼透過心裡。

因為在這賜給人們以歇息和寧靜的夜空裡，突然出現了一個酷似人類的怪叫聲，這聲音頓時使阿卡別克血管裡的血液都變得冰涼。

這叫聲是從那小屋裡傳出來的。

納賽爾丁阿凡提立即跪在了地上，嘴裡大聲念叨著說：

「啊，無比強大的真主，感謝您的仁慈和佑助！」

然後他站起身來對阿卡別克說：「奇蹟出現了！快跟我來，主人！」

第 三 十 二 章

在小屋裡所見到的東西使阿卡別克感到非常恐懼，他全身上下顫抖不已。原來毛驢兒所站著的那個地方現在卻站著一個人！

——這個人身上穿著昂貴的緞子大衣，胸口上掛著許多勛章並且在叮噹作響！

——他頭上還套著驢嚼環！

——腰上還配著一把大刀！

——這儼然是一個身佩純金刀柄的寶刀的人！

納賽爾丁阿凡提趕忙頭挨到地面地鞠起躬來，然後像爬行一樣的向那人靠近，說：

「啊，光榮的王子，我今天能見到您恢復人形真是無比幸運！」

那人沒有回答。他從頭到腳都好似在抽羊角風一樣劇烈的抖動。他的牙齒在不斷發出「咯咯」的響聲，一隻眼睛直瞪著阿卡別克，閃爍著黃色的凶光、咄咄逼人，嘴裡還向外冒著綠色的唾沫。

這個人想說些什麼，顫抖的向前伸出了一隻手，但是當他張開嘴剛要說話的時候，從他嘴裡出來的卻不是說話的聲音，而是震耳欲聾的驢叫聲。

阿卡別克這時已經被眼前的一切嚇破了膽，渾身上下瑟縮顫抖不止，他趕忙扶住了屋門；要不然他早就丟下一切逃之夭夭了，但這時他全身上下的骨頭好像酥了一樣，兩條腿直打彎兒，兩隻腳似乎被油漆黏住了一般。

納賽爾丁阿凡提在剛剛由一頭驢變過來的那人周遭，忙得不可開交，給他身上灑著魔水。

那人身上的哆嗦慢慢停了下來，嘴上的綠色泡沫也沒有了。納賽爾丁阿凡提立即給他餵水。那人貪婪的大口大口的喝著水，以至於水順著他的下巴流到了緞子大衣上。然後他開始用像老太太一樣又尖又細的嗓門兒說起話來：

「嘿，愚蠢、懶惰的奴才，你還要用這種短時間把我變成人的巫術折磨我到幾時？難道你不知道每次把我變成人時，我要忍受多少痛苦，嗯？」

納賽爾丁阿凡提不住的鞠躬，說：

「萬請尊貴的王子——多多恕罪，至今仍未能找到有長期效力的奇蹟藥。」

「這件事已經拖了四年了！」

「不過我終於在這個村子邊上，找到了能使那種藥產生長期效力的草。現在，偉大的王子，事情就要結束了，您徹底恢復人形的事，等到秋天我們回到埃及時，在到達您那如同太陽般的父親──天下無敵、戰無不勝的蘇丹胡笙・阿里身邊時就可實現了。」

「難道要讓我在這骯髒的驢皮待到那個時候？」

「對此我的法力還無能為力，仁慈的王子，您只有在埃及，當著父王和王后的面才能徹底恢復人形。只有經過您父王的親吻之後，才能使我的法術得到力量，而您才能像出生時那樣，變成您自己的模樣。」

「沒有別的辦法，也只好等待了！」王子深深的嘆了一口氣。「真的，你為什麼還像泥菩薩一樣的杵在那裡！趕快給我把驢嚼環和大刀解下來！把它放在我看不見的地方，否則的話，那些東西在我變回去的時候鑽到我的身體裡，又要讓我受更多的罪！」

納賽爾丁阿凡提趕緊把他的驢嚼環和大刀解了下來，放在一邊。

「你為我效勞已經足足四個年頭了，但你什麼也沒有學會！」王子繼續說：「你在王子面前一點都不知道收斂自己，如果你被任命為埃及宰相或是國庫總管的話，那也許太難了。我的父王──蘇丹胡笙・阿里對自己朝廷的官員，在禮儀道德方面的要求非常嚴格，在宮廷裡對敗壞朝風、品德下流、作奸犯科的宰相和其他高級官員，有一個專門用於對他們處以鞭刑的祕密的小屋，我擔心你會被關進那個屋子裡！」

「啊，偉大的王子！」

「你連在別人面前怎樣站著都不知道，在王子面前誰敢像你這樣站著？你眼睛裡的忠誠到哪裡去了，真失禮！你那些奴才所必須持有的姿態、奉承、謙詞和笑聲都到哪兒去了？」

「啊，仁慈的王子！」

「別打斷我的話！」王子用尖細的嗓音呵斥道：「不要打斷我的話……為什麼今天的一個　　又乾又硬？為什麼今天的一些杏子熟得過火，都壓爛了，而有的卻還是生的？上次我現人形的時候向你要的蜜棗兒呢？蜜棗兒在哪兒？我想吃蜜棗兒，你聽見沒有，又笨又懶的奴才！對你的那些辯解我一點兒都不想聽！你到現在還沒有明白這麼簡單的道理，就是說我──埃及王位的繼承人想吃蜜棗兒，甚至直到我回到埃及、回到我的祖國去的整個途中，都要吃蜜棗兒的話，你也必須給我弄來！」

然後獨眼人──因為這個王子的確不是別人──正是我們早就熟悉了的那個獨眼人，他正用一隻眼睛轉向阿卡別克，直盯著他說：

「這又是誰？他是什麼人？從哪兒來的？這裡有他什麼事？」

「他是這個地方的人！」納賽爾丁阿凡提鞠著躬回稟說：「他在尋找奇蹟草方面，給我幫了不少忙，他爲偉大的王子多少效了一點勞。所以他得到允許來這裡拜謁王子一面……」

「你叫什麼名字？」獨眼人衝著快要癱倒、靠雙手扶著門框勉強支撐著自己、臉色像死人一樣蒼白的阿卡別克問。

「塔……塔……巴……巴……大……別克……」那可憐蟲結結巴巴，舌頭勉強的動彈著。

「嗯？……什麼……我沒有聽清……」獨眼人用好像大官與奴才說話的口氣，慢慢吞吞、故作斯文的問：「塔塔別克？還是塔拉別克？」

「查……哇……卡……別克……」

「什麼？嗯……菲達別克？……你說的是麥卡別克？」

「阿卡別克。」納賽爾丁阿凡提彬彬有禮的替他回答。

「你說是阿卡別克？現在我聽清楚了！」獨眼人故作雅態的繼續說。

「也就是說，你名叫阿卡別克，好吧，阿卡別克就阿卡別克吧！走近一點兒，別害怕。」

阿卡別克向前走了兩步並且一頭跪在了他的腳下。

「你看！」獨眼人衝著納賽爾丁阿凡提說：「這個人雖然是鄉下人，但卻懂得拜見王公貴族的禮貌。你看他鞠躬的樣子多麼文雅，雖然他那麼胖，可是他卻如此恭敬的跪在我的腳下，可你呢？」

「偉大的王子，請允許卑奴我稍作解釋：這個人並不一直在鄉下，不久前他還是個大官員，所以才懂得如何侍奉達官貴人，我當初也……」

「王子」降恩對阿卡別克說：「當過官兒？這可以看得出來。你要以他爲榜樣，好好學著點兒，不要等當了宰相後總是進那間祕密的小屋裡……平身！你的長相我很喜歡。你有空多教給這個蠢貨一些宮廷禮節，我要從埃及派人賜予你獎金……唉！……嗨！……喔──喔──喔！哦──哦──哦！」

獨眼人開始合不上嘴，發出驢叫的聲音並且又開始全身哆嗦，向屋角那兒靠去，嘴裡再次冒起了泡沫，開始發出像小驢兒一樣的叫聲。爲了使阿卡別克更加害怕，他把小時候學會的快速動彈耳朵的本事都用上了。

「開始了！」納賽爾丁阿凡提喊道，同時向呆若木雞的阿卡別克的背上搗了一下。「開始變回去了，請您快一點，快！如果不趕快離開這裡，我們倆的眼睛都會瞎掉！」

阿卡別克的兩條腿此時已經毫無移動之力，就像他也要變成一頭驢一樣，全身上下

哆嗦不止，肥胖的臉蛋上大汗淋漓，呼哧呼哧的勉強能擠出一口氣兒來。

納賽爾丁阿凡提趕快把他從屋裡拖了出來，讓他背靠著牆，坐在門前的石頭上。

屋外的新鮮空氣讓他得以喘息，阿凡提幫他按摩，並且把裹頭布沾上涼水敷在他額頭上，然後往他鼻子裡捻了小草逗癢……弄了老半天才起了作用——阿卡別克終於甦醒過來。

他的第一句話就是：

「王子怎麼樣了？他變完了沒有？」

「也許已經變完了吧！走，我們去看一看。」

阿卡別克猶豫了一會兒，又恐懼但是又好奇，最終還是好奇心占了上風。

「那必須你先去看第一眼！」

納賽爾丁阿凡提把門微微打開了一條縫，向屋裡望去，說：

「變完了！」

然後阿卡別克也跟著向裡面望去。屋子裡一片寂靜，剛剛在一分鐘前自己親眼見到並跪在他腳下，甚至用自己的鬍鬚擦過他的靴子的那位埃及王子站著的地方，此時卻站著那頭與早先見到的一模一樣、與所有驢子沒有任何區別的毛驢兒。

但這只是外表上而已，牠的內裡卻是那樣奇特不凡，以至於阿卡別克站在原地，「咕咚」一聲跪下去，前額碰響地面磕起頭來。

　　直到納賽爾丁阿凡提又給毛驢兒餵了一次饢和杏子，阿卡別克的驚恐才算平靜下來。但這時他那老哈孜所特有的充滿詭詐的腦筋也開始動了起來。要想知道他心裡的鬼主意並不難——他想很快得到王子的恩典。他是個幸運兒，得到了王子的注意，甚至王子還對他多有叮囑；如果不趁此撈一點便宜，那就是傻子。所以需要一分鐘也不耽擱的行動起來。

　　所有當官兒的人都有一個共同的經歷，那就是從低三下四階段開始，盡快爬升到最無恥的階段。在這方面阿卡別克比別人還要高一籌。他大膽的走進屋裡，跪在毛驢兒跟前，說：

　　「啊，偉大的王子，我沒有能夠為您備置御餐，請您多多原諒，這個人在您面前表現多有不尊，使我非常悲憤。對王子怎能這樣伺候？」他用很嚴肅的表情瞪了納賽爾丁阿凡提一眼。「把饢拿來！按照偉大的王子的意願，這作為對你的第一次教訓。把杏子拿到這邊兒來，看著，學著點兒！」

　　真的，還真是有點可看又可學的東西！阿卡別克一邊餵著饢，一邊以一種特別的姿勢躬著腰，那麼仔細的洗著那些杏子，把杏子切成兩半兒，還把杏核剝出來，他的言辭又是那麼甜蜜和恭維！說真的，世界上還沒有任何一頭毛驢兒享受過這樣的崇敬，甚至連猶太人的救世主耶穌到庫都斯城去時，所騎的那頭毛驢兒都沒有受到過這樣的禮遇。

　　兩個筐子空出來之後，阿卡別克要來一條毛巾，必恭必敬的給毛驢兒擦了嘴。毛驢兒則以為又端上了一道飯，一口把毛巾咬在嘴裡嚼了起來，但發現自己上當之後，又生氣的把那毛巾噴了出來。

　　「偉大的王子吃飽了！」阿卡別克猶如打了勝仗一般，盛氣凌人的看了納賽爾丁阿凡提一眼。宮廷裡往往就是這樣：輔佐帝王上台的人被趕走，阿諛奉承者卻得以高官厚祿。

　　然後，他們倆在小屋前的石頭上坐了很長時間。取得第一次成就的阿卡別克此時頭昂到了天上，像沾在驢尾巴上的蒼耳子一樣，糾纏著納賽爾丁阿凡提。他現在似乎已經明白這裡所發生的事非同尋常，從這個孤獨的小屋裡出來的這條路可以直通埃及，到達埃及皇宮的大門口。構成他心靈的所有感覺，即：那永無滿足的功名慾望、貪婪和升官兒發財的動機，為他帶來了難以形容的興奮。他忘記了自己已經很累、天色已經很晚了，開始不住的反覆詢問納賽爾丁阿凡提有關王子的一切事情：王子是在什麼時候怎樣變成驢身的？在這不幸的事件發生時納賽爾丁阿凡提在哪裡？埃及國王遇到的這不幸之事納賽爾丁阿凡提是從誰那兒聽到的？是在哪裡遇到王子的？如何從其他毛驢中辨認出王子來的？如果納賽爾丁阿凡提對這些問題沒有提前準備，那麼回答起來可就不那麼容

易了。事實上，納賽爾丁阿凡提的答覆既長又囉嗦——納賽爾丁阿凡提給他講出了一段與當時年代聽起來挺相符的歷史。對這段歷史我們在此就不贅述了，因為那樣的歷史每一個人都可能各自隨便編出一套來。

「自從我在旁遮普附近的山間小路上，看見牠馱著一捆乾柴時算起，四年來一直為牠忍受著這份罪過。」納賽爾丁阿凡提嘆了一口氣說：「現在要千謝萬謝阿拉，這受罪的日子已經不長了。我在這鄉村裡最多再留兩個星期，也就是等備用的奇蹟草收集足夠之後，因為只有這個地方才生長這種草。然後我就要去埃及，當著偉大的蘇丹的面完成我的使命，使他的繼承人恢復原形的那一天，就是我一生中最幸福的日子。」

「你還想說什麼？」阿卡別克打斷了他的話。「無非是想當埃及國王的宰相和國庫總理大臣！」

「我將出任那個職務的事是誰跟您說的？就算蘇丹收回他的恩賜，我也並不把那個看在眼裡。」

「不看在眼裡？這話怎麼講？難道，你不想當宰相？」

「當然不想當，我只渴望等待一樣東西——這就是自由、一人獨處；我想如果都像我一樣那麼了解王子的性格的話，任何人都不會想當。」

他走近小屋，向裡邊望了一下，然後把門緊緊的關上，說：

「王子正在睡覺，小點兒聲音說話我們不是也能聽見嗎？請相信我，主人，他是這世界上生長著的四條腿的生靈中，最可怕的兩條腿的生靈，他的那個彆勁兒就和驢子差不多！如果牠不是王子的話，我是無論如何不會把他變成人的，因為現在這副模樣才更匹配於他。他非常暴戾、荒唐、愛吵架、無賴。總之，他是集驢子所有壞毛病於一身的人。據說，他那至高無上的父母比他還要厲害。現在您想想看，不懂得皇宮裡那一套勾心鬥角、陰謀詭計的我，怎樣能勝任宰相的職務呢？難道今天當宰相，明天掉腦袋不成？」

阿卡別克好像不相信自己的耳朵似的一聲不吭的坐在那裡，他似乎覺得幸福之河在向他流淌，流向他的手心兒裡。

「出任宮廷官職的事怎麼會輪到我的頭上呢！」納賽爾丁阿凡提繼續說：「我生來就不是治理國家的材料，而是一個獨來獨往、獨立思考的人。我的事業就是揭示奧祕。二十年來，我的生命都獻給了研究魔法事業和學問上，這些工夫沒有白費，今天您已經都看到了，對於我的事業不可能徹底洗手不做的，為什麼要放棄它呢？難道就為了將來每天把我自己關進那祕密的屋裡？」

如果這些話不是從一個深思熟慮和為學術而獻身的人嘴裡說出來，而是從其他人嘴

裡說出來的話，那阿卡別克是絕對不敢相信的。但在這兒他卻信以爲眞，因爲和這個守湖者一樣的人，都是些星相術士、學人、詩人、尋找長生不老藥和神石的人以及煉鉛爲金者，在那些年代裡，這些人對普通生命一無所知。正因爲如此，這些人亦步亦趨的追隨一些智者，把自己也扮成危險的智者模樣，探索出他們的意圖，然後加以利用，在這世上巧取豪奪、盡謀私利，或是善於對那些無言的意圖也能心領神會，得到一雙削剪過了的小鞋，這些人不外乎是那些心甘情願接受騙局的傻瓜。

「你是有道理的。」阿卡別克嚴肅而又意味深長的說。他現在認爲納賽爾丁阿凡提是自己合法的戰利品，並且開始布下自己那黏性很強的網，而且還在俘虜的周遭轉來轉去的捆著他。「至於宰相的職位嘛，說眞的，你已經力不從心了。」

「這我也有自知之明。現在我已經決定：我把蘇丹的長子還給他，放棄一切功名利祿，請求他獎給我一個獨居的處所和給我終生的薪俸。」

納賽爾丁阿凡提看見阿卡別克那貪婪的雙眼在不住的眨動，便把一切擔心都拋在了腦後，像那黑蜂一樣把翅膀和腳都放在了蛛網上，對準自己的目標衝了上去。

「我還沒有弄清楚世界上所有的奧祕。」他說：「所以還要在僻靜之處去思考鑽研。我已經學會當場把人變成如螞蟻、蜜蜂、跳蚤、甲蟲、蛆和蒼蠅之類的小動物，也學會了怎樣把人變成大動物，這您今天都看見了，但是對於如何把人變成青蛙、魚和水中的貝類動物，還沒有進行研究。」

「也就是說你可以把人變成蒼蠅、變成蜜蜂、變成螞蟻？」

「沒有比這更容易的了！您怎麼不試一下呢？」

「那有什麼用呢，沒有用！」

「變的時候您不會有什麼痛苦的，您連怎麼變成跳蚤的都不知道，只需要一天即可，明天就能使您恢復人形。」納賽爾丁阿凡提感到困倦了，所以他在設法早點送走客人。「我現在就去把魔藥拿來。」

「等到哪天再說吧！」阿卡別克趕忙站起身來。他的確不願變成跳蚤，特別在這個時候——在他眼前的迷霧中已經隱隱約約可以看到埃及皇宮的時候，更不願變成跳蚤。「我們倆都累了，今天就到這兒吧，再見。」

納賽爾丁阿凡提一直把他送到渠邊。黎明已經到來，東方開始透出一絲紅色。

像玻璃一樣的小蟲子還在他周遭飛著。

阿卡別克心中惶恐的轉動著那胖胖的短脖子。這不眠的黑夜使他更加嘀咕——他周遭有很多小蟲在飛舞。把這樣的「送行者」帶上那麼遠的路途一點用都沒有，因爲在埃及，就像他所預料的那樣，一批新的，不用說，一定還會出現。

「今天就去找毛拉，預交一年的什一稅①。」

「讓他們用這筆錢把清眞寺修葺一新。」

「我要對他事先說好。」

這下子恰拉克人擺脫了裝修清眞寺費用的負擔。這是納賽爾丁阿凡提給予他們的最小的實惠，接下來還會有不少非常偉大的恩惠。現在講這些還爲時尚早，還是讓有智慧的人自己去想吧！其餘的還必須等待。納賽爾丁阿凡提與阿卡別克告別之後，高興的抬起又寬又黑的雙眉，好半天看著他的背影，然後回到屋裡。他的眼睛都快睜不開了，一邊打著瞌睡一邊把大衣和靴子脫了下來，扔到一邊。他進門的時候門是半開著的，他雖然想把它關上，但此時他連關門的力氣都沒有了。

在閉上眼睛入睡之前，他聽到了遠處傳來宣禮人的喊聲——號召教民們爲感謝眞主賜給這個世界新的一天和新的光明，而做清晨祈禱的呼拜詞。這喊聲很大而且清楚，向著由崇山峻嶺之後騰空而出、永不熄滅的一輪紅日，駕著飛雲，乘風而去。宣禮人拉著那長長的調子高喊著：「阿拉乎——艾克拜爾，阿拉乎——艾克拜爾，艾謝都阿拉依拉海依拉拉②！」同時，天下的一切生靈——人、獸、鳥類都在念叨著阿拉，甚至連沒有舌頭的樹木都在風中沙沙作響，每一片樹葉都爲能在陽光中獲得溫暖而祈禱。

從大地的一端到另一端，晨曦在行進著，晨風吹遍了南北東西。山嶺上白雪皚皚，清澈的湖水碧光浩渺，條條山溪自崇山峻嶺間奔騰咆哮，宣洩而下。田裡的莊稼低著頭，園子裡的樹木由於果實豐滿而彎下了腰，一串串金黃而又透明的葡萄在醞釀著甜蜜的瓊汁。

納賽爾丁阿凡提忘記做凌晨的祈禱，還在甜睡之中。這種情況對他來說已經習以爲常。但是他的這種罪過也許會輕易得到寬恕，因爲這時陽光從那半開著的門洞裡照進屋來，落在他的臉上，透過他的眼睛，照亮了正像最英明的心靈大師艾勒‧卡迪爾所說的掌管感覺和做夢的那片心田，所以他的夢裡充滿了光明，像彩虹一樣明快。

註①什一稅——伊斯蘭教宗教稅的一種，其稅率一般爲5%～10%。
　②阿拉乎……依拉拉——伊斯蘭教《古蘭經》的召拜詞。阿拉伯語，意爲阿拉是唯一的神，阿拉至高無上，唯阿拉是尊。

*Nasreddin
Efendi*

第 三 編

世界為了好人而造就，壞人將消亡而去！……

再尼丁‧依本‧阿不都‧賽依德

*

納賽爾丁阿凡提傳

第 三 十 三 章

在阿拉伯史丹有這麼一種河，人們只能看到這種河流的中部，而其源頭和下游都潛伏在地下。納賽爾丁阿凡提的一生就好像這種河流一樣：我們所了解到有關他的事蹟，都是他中年時期的，也就是他從二十歲到五十歲之間的，他的兒童時代與他的老年時代都是祕密度過的。

在世界上一些偏僻角落裡，有八個地方被稱爲是他的墓地，並且享有他的大名，這其中到底哪一個是他眞正的墓呢？也許，這八座墓地裡都沒有安葬他；也許，在某一座舒適的墳墓裡他正安睡著，不過這座墳墓可能在大海邊或是在雲霧繚繞的山谷中，那墓地的上空海風勁吹，或是隆隆的滾雷盤旋，不願離去，爲他而服喪哀鳴……

說到他的生命之源，人人皆知。他出生在布哈拉並在那裡長大，但是他的童年時代是如何度過的，是怎樣剛強的鐵匠鍛造了他的心靈，是哪些工藝大師雕琢了他那智慧的頭腦，是什麼樣的聖人賢士爲他揭示了大自然的奧祕，這些至今還沒有人知道。

但書上說：「今天被認爲是奧祕的事，明天就會被揭開。」我們看到納賽爾丁阿凡提那浪跡天涯時所留下的足跡，確信這話是千眞萬確的。我們所搜集到的「傳說故事」

中只有一點點是關於他的生命之源的東西。僅以此作爲一本反映他童年時代的傳記書來說是不夠的，但是作爲我們關於這方面的一個話題來說則是足夠的，甚至是綽綽有餘的。關於他童年時代的故事，我們在這裡開闢了一塊園地，就讓它來打開我們這本書的第三編吧！

也許有些人會笑言：你們已經背離初衷，帶著話題走上了歧途。但是在這件事上，我們要用詩人的一句話來回答：「路邊有金不拾，視而過者智障。」也許有人還會說這段故事純屬杜撰，應該另找更合適的題材。我們無需與他們爭辯，暫且讓我們用「銀元不會因爲從右邊兜兒裡掏出來，放到左邊兜兒裡之後就變成金子」這句諺語來回答。

現在讓我們說一說他童年時代的故事。

我們首先應該否定那已成定論的「納賽爾丁阿凡提出生於布哈拉貧窮的製鞍匠謝爾麥麥提的家庭」的說法。這裡有兩個錯誤：其一，謝爾麥麥提不是製鞍人，而是製罐人；其二，納賽爾丁阿凡提不是在他家裡出生，而是在他家裡長大的。問題在於，至今被認爲是納賽爾丁阿凡提生父的謝爾麥麥提，實際上是他的養父。

讓我們把這一情況作爲我們這段故事的根據。製罐人謝爾麥麥提是一個技藝高超的大師，特別是他對燒製與人一樣高的盛水的大瓦缸身懷絕技。大師的可貴之處就在於，他所燒製的瓦缸盛放的水可以經常保持冰涼和清澈，天氣越熱，缸中的水就越清涼。謝爾麥麥提往往在陶土中摻上一定分量的沙子、磨成粉的石頭和綠礬灰，並深知在窯裡燒製後冷卻降溫的訣竅。從他的窯裡燒出的瓦缸，一個個敲起來聲音宏亮，瓦缸的周身有彎曲的波紋，夏天缸體就像纏上了鉛色的絲線一樣順著波紋「流汗」。製缸給謝爾麥麥提帶來了不少收益，小日子過得衣食無憂，還爲晚年生活多多少少留下了一點積蓄：有房子、園子、葡萄架和兩箱滿滿的財物。儘管如此，他卻常常認爲自己不幸、命苦，因爲他家沒有孩子。

謝爾麥麥提每次做禮拜時都要祈禱，多年來經常到清眞寺去布施，花錢請人念咒語、念經。總之，什麼辦法都試過，但是都沒有奏效——他老婆始終未懷身孕，因就這樣，他們倆雙雙進入了老年。家裡總是非常整潔並且十分安靜，碗碟總是擺在壁窟裡，一年到頭也不用買新的，因爲從來沒有碗碟會被打碎；艾提勒絲綢的褥子看起來總像昨天才買的一樣。這種寂靜只有除了自己之外誰都不愛的鐵石心腸的人才會喜歡，但是謝爾麥麥提不是那種人；要是有一天有那麼一個頑皮的孩子把他那些碗兒呀碟兒呀都打碎、把那些艾提勒絲綢褥子都踩髒或玩火燒掉的話，那他們會多麼高興啊！

早些年每當他與妻子談起孩子時，總是雙雙憂心不已；當他們步入老年，沒有希望再有孩子的時候也就不再提起孩子的事了，因爲他們總在對方面前感到內疚，於是都不

吭聲的自責。在一個四月末的日子裡，在他們那小小的園子裡，桃花、杏花和蘋果花盛開之後，花瓣撒落滿地，只有那嬌小、嫩綠的新葉在枝條上，伴著雖已經稀疏但仍很漂亮的花朵。這天傍晚，謝爾麥麥提從夢中醒來，打破了不再提起要孩子的事的君子協定。

「你知道我夢見了什麼嗎？」他說：「夢見我們生了一個兒子——一個胖嘟嘟的、還很愛哭的男孩兒！」

老奶奶駝著背、彎著腰，她好像在祈求說「原諒我」似的看著老伴兒。謝爾麥麥提深深吸了一口氣，然後把臉轉了過去——也許應該請求原諒的正是他自己。

整個晚上誰都沒開口，兩人都在沉思之中度過。

老奶奶開始做晚飯去了，謝爾麥麥提則去檢查隔天要賣的排在柵欄邊的六個瓦缸，這些瓦缸比一般的瓦缸要大得多。「也許一輛馬車裝不下三個，裝兩個還湊合。」他心裡琢磨著要把這些瓦缸運到市場上去一定會花很多運費。

晚飯後他們便睡覺去了。

謝爾麥麥提半夜醒來，看見老伴兒跪在開著的窗口前。明媚的月光照亮了老伴兒臉上的每一條皺紋，她在做祈禱。謝爾麥麥提仔細傾聽著她的祈禱，她竟然在乞求阿拉賜給她孩子！真沒有頭腦，都六十歲的人了，唉！正因為如此，她叨念出來的話語聽起來才是那麼沒有理智。她控制不住自己的心情，不無怨氣的向阿拉乞求著。她低聲傾吐著多年來心中的苦衷——一個母親對孩子的企盼、孤寂、一次次失望的捉弄……一件又一件事。但是她罔顧一切，也罔顧什麼理智和明擺著的現實，話語中流露出一種信心。她呼喚著：「啊，無比強大的……」一邊用手揪著自己那一股股乾枯而又蒼白的頭髮。骶當她把前額挨到地面磕頭時，白長衫裡露出了她那已骨瘦如柴的身體和凸起的骨。然後她嗚嗚的哭了起來，哭過之後又無言的發起愣來。謝爾麥麥提的心裡一陣酸楚，心裡感到對老伴兒很是內疚。他為了不哭出聲來而咬住了枕頭布，忍住眼淚，一動也不動地躺在床上。

老奶奶不一會兒回到了自己的被窩裡，躺在老伴兒的旁邊，謝爾麥麥提沒有動彈，老奶奶也沒有再動彈；雖然都知道對方沒有睡著，但都為了不打擾對方而各自裝作睡著了，想騙對方，也是想騙自己。他們的沉默直到天明，他們雖然沒有互相說什麼，但卻在各自的心裡傾訴著一切。由於兩人同命相連，所以也互相諒解：他為了老伴兒而活著，而老伴兒也是為他而生。這些年來老兩口就是這樣，他們都不是為了自己而生。

這一夜對謝爾麥麥提來說是一個沉重的夜晚，但他把苦衷隱藏在心底，把一切瑣碎煩愁丟在腦後，睡了個好覺。

次日凌晨，濛濛亮的天空還沒有趕走那深藍色的天幕，朝霞才剛剛露出自己的身影，離趕集的時間還有兩個多小時，謝爾麥麥提開始又一遍敲起瓦缸，聽著聲音。每當他用小棍兒輕輕敲一下，瓦缸就會發出清脆的轟鳴聲，這說明缸體沒有裂縫和瑕疵。這樣他已檢查完了五個瓦缸，該檢查最邊上的第六個了。

這是怎麼了？當他敲到第六個瓦缸時不但沒有「嗡嗡」的回聲，反而發出了「咿咿呀呀」的聲音。謝爾麥麥提非常吃驚的用木棍兒又敲了一下，這時又聽到了一陣「咿呀」聲。這不是瓦缸的聲音，而是其他什麼的——是瓦缸中一個有生命的小東西發出的聲音。

什麼東西會掉進這裡來了呢？是小貓仔兒嗎？要不就是小狗仔兒？或是一隻雛鳥？這怎麼可能呢？但那東西的確在缸裡，還在哭！

謝爾麥麥提往缸裡看了看，只見裡邊漆黑一片。需要伸手進去摸一摸。由於缸很深，謝爾麥麥提趴在缸邊上伸手去抅——要不然他的手是抅不到底兒的。老人的手碰到了一塊棉布似的東西，他頓時渾身打了個寒噤，不由得把手縮了回來，仔細看了一下自己的手指。

是牙咬的印跡！瓦缸裡的東西把老人的手咬了一下，這個東西不但會哭，還會咬人！

現在，缸裡的東西是什麼已經清楚了。但是謝爾麥麥提還是不敢相信自己。他非常害怕並且不知所措，他拿來了鑿子和木槌，為了拿出那東西而開始在那瓦缸上鑿洞。老人的手在顫抖，甚至抓不住那鑿子，時而掉在地上，錘子也打不到點子上。缸裡的那個東西靜悄悄地待著，一動也不動。但是當瓦缸的邊上被敲開，碎片掉進瓦缸裡，新鮮空氣和亮光一下子湧進缸裡的時候，裡面傳出一陣宏亮而又奇特的哭聲。謝爾麥麥提從缸裡拉出了一個粗布包著的長長的小生命，那東西在他手中動彈著，蹬著腳、發著脾氣，大聲哭著。

惶恐不安的老奶奶跑了出來，問：

「那是什麼？從哪兒來的？哎呀我的阿拉呀，你看他是怎麼抱著的，快給我！」

老奶奶從謝爾麥麥提手中抱過那粗布包著的長東西，那東西好像被施了魔法似的，立刻安靜了下來。

「您是從哪兒抱來的？快告訴我呀？從哪兒？」

臉色都變了的謝爾麥麥提被這事兒弄得話都說不出來了，只是用手指著那個瓦缸。

周遭的鄰居們被哭聲驚醒了，這一邊的隔著矮牆向院裡張望；另一邊，睡在屋頂上的人們則站在高處用帶著睡意的話音問：

「您們那兒這是怎麼啦？是進來小偷了嗎？要不是失火了嗎？」

老奶奶繃起臉，向四周提防的看了一下，把撿來的小生命往那已乾瘦了的懷裡牢牢的一抱，快步走進屋裡去了。

好奇的鄰居們開始多了起來。還有兩個人從院牆的另一邊向裡頭張望著，紛紛問：「怎麼了。」

「這個……我在瓦缸裡發現的！」謝爾麥麥提重複著說：「在瓦缸裡放著，只好把缸鑿開……」

除此之外，他沒有再說什麼，因為他不善言辭。這樣的事經常發生，得趕快解釋，說出個所以然來。他這一大清早就沒得安寧，一直向人們解釋著。

過了一分鐘，跟著又有兩個鄰居來看熱鬧，他們「哐——哐」的敲著大門，說他們都等不及了，後面接著又來了兩三家鄰居……

小小的院子裡站滿了人！人們說一定會有個腳印什麼的，於是在瓦缸上、地上和門那邊察看著，但是沒有任何痕跡！好像這嬰兒是從天上掉進這缸裡去的。

屋子裡傳來了老奶奶的聲音，她喊著謝爾麥麥提。為了擺脫鄰居們沒完沒了好奇的提問，他趕緊來到屋裡。

在屋裡，他看見孩子躺在箱子上鋪著的艾提勒絲綢縫製的褥子和枕頭上，一眼就認

出這就是自己夢中見到的那個男孩兒。

「你看呀！」老奶奶和藹的說：「你快來看，快看，他都長牙了！」

謝爾麥麥提來到木箱旁邊。孩子看見他走過來，於是蹬起了一對小腳丫，搖晃著兩隻小手，眨著一雙大眼睛，小嘴張得大大的。不知所措的謝爾麥麥提看見他的小嘴裡有一排像珍珠一樣潔白、又尖又結實的小牙……這真是一件令人驚奇的事情：這個還在吃奶的嬰兒就已經長出了一排牙齒！謝爾麥麥提想起在夢中見到的那個嬰兒就是已經長了牙的，一時好像兩腿發軟，心跳都快要停止了。

謝爾麥麥提和老奶奶心裡都清楚，家裡出現了奇蹟。老奶奶把臉貼在謝爾麥麥提的肩頭上，一邊哭泣一邊低聲說：

「我一直相信會有這麼一天……我知道會這樣，只是不知道什麼時候、怎麼實現。」

那時布哈拉的法律規定：被人撿到的孩子，如親生父母，若三個月內不來認領，撿到孩子的人就有權把被撿到的孩子作為自己的孩子。

宣話人連續三個月在城裡的大街小巷和邊遠的地方，宣布陶罐街的製罐人謝爾麥麥提家的缸裡撿到了一個大約五個月的嬰孩。嬰孩的特徵是——剛剛五個月就長滿了全口的牙。宣話人每天三遍宣告這一消息，即早、午、晚各宣布一次。的確，沒有任何一個人來到這個世界上時有這麼熱鬧。這轟轟烈烈的景象似乎預示著幼小的納賽爾丁的未來。

好似沒有盡頭的這三個月的每一天，對謝爾麥麥提來說都度日如年，老奶奶幾乎成了完全的駝背。她天天嘀咕：「一會兒人家就要來把孩子認走了……」每當門「吱」的一聲被打開，她的血液幾乎就要沸騰一次，就像一隻要拚到最後一口氣也要保護好自己幼仔的母狼。老奶奶按照鄰居們的建議，把丈夫結婚時送給她的金耳環拿到市場上一個寫字先生那裡，讓他寫出護身符，用這些護身符保佑小納賽爾丁不被那些狡猾的人冒領，老奶奶很痛恨那些人，對他們不屑一顧。面部像狐狸一樣朝前凸出，黃皮膚、臉上長滿麻子、滿臉皺紋愛吵架的寫字先生對自己的行當非常精通。他寫出了由八十六個非常狡猾的問題組成的護身符，如果用這些問題連續向任何一個人發問，都可使他變成比夜間攔路打劫的強盜、比害死人家孩子的人更壞的土匪和無惡不作的罪犯。

這些擔憂均屬多餘，最後的一天——第九十天也過去了，沒有人來認領這嬰兒。到了第九十一天，由毛拉當著幾個證人的面，在清真寺裡舉行了把孩子交給老兩口的儀式。

納賽爾丁阿凡提就是這樣來到了製罐人謝爾麥麥提家的。據後來的人們說，陶罐街裡凡是有嬰兒的媽媽們，都給小納賽爾丁餵過奶。我們雖然不知道他有幾個同胞兄弟姐

妹，但與他同吃一個母奶的兄弟姐妹們卻有很多。在這裡，讓我們再回顧一下他的特點：他早在搖床裡的時候就與陶罐街的人們，後來又與全天下的人們成爲了同胞、成爲了骨肉親人！據說，他在小時候曾患上了愛磨牙的病，不管見到什麼東西都要用牙咬一咬，但對給他餵奶的媽媽們卻從不咬她們的乳頭。

他成長得很快，在三歲時看起來就像五歲了，非常聰明。他三歲時就懂很多話，並能一句接一句的連成長句。由於他說的話句句準確無誤而使大人驚奇不已。他很伶俐，對周遭的事物，如：紡輪、斧頭、鋸子、鉗子、園藝剪、鑽子、熨斗，以及其他東西的特點和做什麼用的都一見就通。他四歲那年，第一次坐在製罐用的轉盤前時，就使謝爾麥麥提吃驚的看到他竟然做出了一個陶罐，並且是可以拿到市場上去賣的成品。沒有什麼神祕的東西可以難倒他，他似乎不是一個正在學習一切的人，而是把自己所懂的東西顯現出來的人。他對於一切東西似乎都是了解的、熟悉的，只是稍有遺忘，猶如經過多年浪跡生涯後又返回故鄉而重新認識這個世界的人一樣。

人們說他童年時期還有一個特點，就是愛思考，時常在傍晚一人獨自沉思。每當這種時刻，他好像在全神貫注、目不轉睛的看著北斗七星，目光格外明亮。人們還傳說他非常喜歡太陽，甚至達到了頂禮膜拜的程度。在他還是嬰兒的時候，就能不瞇眼睛直視太陽，眼睛也不花。這種本領在世界上只有山鷹才有。

他和世界上的一切動物，如走獸、飛禽、各種小蟲都是心靈相通的朋友。幼小的納賽爾丁可以從花瓣上毫不害怕的拿起各種螫人的蜜蜂，仔細觀看，就連毛絨絨的大肚子野蜂遇到他，也都不用那凶猛的毒刺自衛，而是靜靜等待他把牠放飛。謝爾麥麥提看到這些情景總是很吃驚。

鳥兒們也不怕這個孩子。有一天中午，他把梯子靠在牆邊，爬上去幫助燕子做窩，活潑的燕子也很高興的接受他的幫助。凡是親眼看見這些鳥兒們是那麼喜歡這個窩的人都會讚不絕口。鳥兒在這窩裡孵出了小寶寶，到小鳥兒長大的時候，小納賽爾丁還很靈巧的幫助鳥爸爸、鳥媽媽教小鳥兒們飛翔。對那些飛不高而掉在地上的小鳥，他總是把牠們拋向空中，讓牠們振翅高飛。在園子角落裡的那棵老杏樹下，住著他的老朋友刺蝟，他每天早上用小片的葫蘆瓢殼給牠送去奶喝；另外，老鼠中也有他的相識！有一天，小納賽爾丁和謝爾麥麥提走在墓地邊的小路上，在來到蒿草地邊的轉彎處時，光著腳的小納賽爾丁不慎踩著了一條蛇。那條蛇立即「嘶嘶」地叫著迅速纏住了他的小腿。謝爾麥麥提被嚇呆了，然而這孩子卻沉著的抬起了腿，只見那蛇鬆開了閃著寒光的身子，也不咬他，只是生氣的發出「嘶嘶」聲，然後離去，因爲牠的尾巴被踩疼了。他和幾乎所有四條腿的生靈、爬行動物和鳥兒們都能那樣親密相處，只有對那些在髒水坑裡

和臭氣熏天的地方生長出來的蚊蠅，他才感到厭惡而無情地折磨牠們。

他好像知道世界上的一切東西都是由微小的顆粒所生成，它們又連成一個整體，並且不斷匯合在一起，它們的任何一部分都不會永遠屬於任何人。這些微粒由太陽過渡到胡蜂，由胡蜂過渡到雲，由雲過渡到風或水，由水過渡到鳥，然後為了讓自己那永恆的運動從人開始繼續下去而再由鳥兒過渡到人；他明白自己永遠擺脫不了是這個宇宙的一分子，同宇宙中的萬事萬物像骨肉同胞一樣相處，正因為如此，小納賽爾丁很容易就能與蜜蜂、與太陽、與風、與燕子等事物心靈相通。因為他自己就是由所有這些東西的一小部分融合而成。與世界融為一體——這種偉大的境界，有多少聖人賢士經過多年的辛勤努力和探求，到老暮之年才能理解；然而這個奇蹟般降生的小小少年在他來到這個世界上那一天就全都理解了。

他與自己的同齡人——同吃一個母奶長大的陶罐街的孩子們相處時，雖然早就發現人們的天性並不盡善盡美，但對他們仍是善良相待。雖然他也可以自恃清高，但他並不要求人人都成為天使，因為他知道那是不可能的。過了很多年，到他長大後，有一次他在大聖人依布拉欣·伊本·海塔莆的書中讀到了一段話：「人在一切生物之中處於最高的地位，這毋庸置疑，但是人的天性不能盡善盡美的原因，就在一切生物僅僅給了人完美的可能；針對人而言的『不完美』本身，就是對人既富有才能但又必須不斷昇華的承認……」小納賽爾丁讀完這段話後立即大聲叫好，說：「這話真是千真萬確，我也正是經常這樣想！」

童年時代的納賽爾丁阿凡提在經商方面就很有才能，才剛剛八歲時就能親自製作各種陶器。謝爾麥麥提在天氣炎熱的日子裡就能信賴的把工作都交給他，自己到茶館裡去安心的休息。買賣到了少年納賽爾丁手裡，很快就可以做成，老人從沒有因為交代給他的事再操心煩惱。

有一次，少年納賽爾丁獨自一人坐在店舖裡掌櫃時，來了一個商人，挑選了一個小瓦罐想裝蜂蜜。他看了看那些能裝進兩個小孩兒大的瓦缸，索味的笑著說：

「瓦缸個個大又圓，夥計卻是小不點兒。」

少年納賽爾丁當即也以兩句對仗詩回敬，說：

「僱客老爺大人物，買的東西小如鼠。」

那商人無言以對。

一有空兒就愛讀詩吟詩，對詩歌很精通的這個商人，對這機敏伶俐的孩子既感到驚奇又無比喜愛，不再與這個小孩子討價還價，隨即又買下五個瓦罐，花了很多錢。

在送客人走時，少年納賽爾丁又以詩相送：

「瓦罐區區不比白銀，盛滿蜂蜜馨沁人心。」

聽了這話的商人更加高興，喜愛之情不可言表。商人不厭其煩的把這些對仗的詩句寫在紙上記了下來，於是這些詩句就這樣流傳到了現代。

他的確是商場的健兒。喧囂沸騰、擁擠不堪的市場都不能使他感到勞累。在這從早到晚永不停息的人流漩渦中，他總是低著頭，快步穿行。就在這商市的海洋裡，發生了一件讓他的智慧和心靈得到錘鍊的事。

有一個下午，他來到了賣駱駝的老市場。正值收攤的時候，商人和顧客們為了避開酷熱都去休息了。周遭有很多駱駝臥在熾熱的陽光下，已經汗水濕透。少年納賽爾丁絲毫不怕駱駝，在牠們中間穿行，他的身影被駱駝群擋住了，但是那繡有紅穗的金絲絨小花帽還時而在座座駝峰間露出來。半沉睡著的這個場地裡沒有一樣東西能使他產生興趣。他想惹怒一隻駱駝羔，但那駱駝羔由於天氣太熱而困倦不已，只是不理會的看了他一眼，沒有發怒，也沒有噴他[1]，然後扭過了頭去。

少年納賽爾丁想了想，於是向坐落在被人們稱作凱干迪門那邊的貼木爾蘭橋方向走去。當他從一個大貿易客棧旁邊走過時，聽見十字路口那邊傳出來陣陣喊聲和笑聲，於是停下腳步。他心中很高興，當然，也就朝那邊走去了。

他看見這裡有一群自己的同齡人——街頭孩童們正在做一個有趣的遊戲。在貿易客棧牆邊的路上，烈日下坐著一個所有茨岡人中最可惡的部落裡出來的一個乞丐老婆婆。孩子們哈哈大笑著，喊著叫著，給她起著各種難聽的綽號，向她扔著土疙瘩，故意惹她發怒。

這個老婆婆格外的醜陋，甚至令人作嘔：她那什麼都沒有圍的頭上，已是滿頭銀髮了，從那青紫色的嘴唇裡露出幾顆黃色的獠牙，鷹鉤鼻子是藍色的，兩張眼皮又腫又紅，眼睫毛全都掉光了，睜得圓圓的雙眼裡放著毒光；除此之外，這個老婆婆的懷裡還抱著一隻老得渾身上下掉了毛、和她一樣令人惡心的黑貓。一句話，她的這副相貌就和專門拐騙小孩兒、偷喝小孩兒鮮血的女妖一模一樣。

少年納賽爾丁立刻加入了這個遊戲：他也衝著她喊著、叫著、嚷著，伸著舌頭和別人一起用一隻腳圍著她跳，向她學狗叫。老婆婆伸出那又乾又瘦的拳頭嚇唬和咒罵著他們；那隻貓也躬起腰來「呼嚕呼嚕」的發怒。這一切都是那麼可笑，孩子們時而爆發出一陣哈哈大笑。

最後老婆婆已使他們感到無聊，這時在貼木爾蘭橋上還有別的遊戲在等待著他們。他們互相追逐著跑到橋邊，為了在一場高空走繩作秀開始之前搶先到達那裡。孩子們很快就忘記了那老婆婆和她那隻貓，因為這時突然一片震耳欲聾的納格拉鼓和其他大鼓小

鼓的叮咚聲、嗩吶聲和喇叭聲一齊響了起來。他們看著高空走繩的人手持橫桿在空中作秀，早把前面的事忘得淨光。小納賽爾丁腦子裡這時忽然模模糊糊的浮現出那個老婆婆的身影，這使他的心感到一陣刺疼，好像是要在他心裡留下一個印記，但是這種感覺剎那之間又消失了。

他玩了一整天，然後從另外一條路回了家，沒有再見到那個老婆婆。他對謝爾麥麥提講述著今天是如何度過的，這時他想起了那個老婆婆，於是一下子閉上了嘴。

「你怎麼啦？」謝爾麥麥提問。

「我今天見到一個茨岡人的叫花子老婆婆。」小納賽爾丁回答說：「她手中還有一隻黑貓，後來我們都到貼木爾蘭橋那兒去了……」

他說的話不真也不假，這只是一半真話──這比說假話還壞。所以這時他的心又被什麼刺了一下。

然後他就去睡覺了。由於從早跑到晚累了，小納賽爾丁睡得很香。夜裡他被噩夢驚醒，他夢見路上那個老婆婆憤怒的跳著過來把他抓住，並把他推向一個大坑，大坑中有一隻大黑貓在怒吼，眼睛裡冒著凶光，躬著腰衝著他。這個夢使他難過不已，少年納賽爾丁聽著謝爾麥麥提那大聲的呼吸和鼾聲，內心裡越來越難過。他好像感到老婆婆的那隻貓跳到了自己的胸口上，用爪子撕著他的心。

這樣，他感到了第一次良心的責備，感到了他心中有一個看不見的神祕的天秤，這天秤對他行為中的每一顆不良的微粒都毫不留情的予以衡量，也體會到了這天秤的壓力是多麼的殘忍。

為了擺脫良心的責備，他力圖把自己的思緒轉移到玩樂、刺蝟和燕子身上去，但都無濟於事！他雖然不願再去想那老婆婆，但是腦子裡卻總是充滿了老婆婆的身影。

這時出現了這樣一件怪事：他越想那老婆婆內心就越是受到責備，似乎自己也變成了那老婆婆──快到黎明時，他的四分之三已變成了老婆婆，剩下四分之一也變得跟自己完全相反，就像那老婆婆一樣孤獨而又不幸，到後來剩下四分之一甚至變得比那老婆婆更加醜陋不已，以至於他痛哭了起來，哭得滿臉熱淚。

他明白了一切──那老婆婆無比孤獨、苦寂，在這世界上沒有一個親人。難道她因為出生於茨岡人部落就應該受人鄙視，難道她天生就這麼醜陋，否則她為什麼要終生受到這種懲罰呢？被成千上萬的人所充斥的這些街市對她來說就是荒漠……不，比荒漠還可怕，因為那些街市對她來說是可惡的、充滿敵意的。為什麼她總是瞪著眼睛、駝著背向四周環顧？因為她經常遭到鞭打和惡言譏笑──這一切無論哪一種對她都是無情的打擊。她除了那隻黑貓之外，什麼都沒有；她和那隻黑貓就這樣相依為命，兩者都已老弱

無力，經常忍飢挨餓，一無所有，但是他們兩個之間卻親密無間。

當他明白了這一切時，他現在用什麼眼光來看待自己呢，如何看待自己對老婆婆的那種不道德的喊叫、捉弄和嘲笑呢？他害怕了起來。他感到很沉重，越想對自己就越生氣，甚至對自己所做之事禁不住嗚嗚的哭了起來，然後把頭埋在枕頭下。

次日早上他非常不愉快，總是發愣的想著什麼。他糊裡糊塗的吃了些饢，喝了些奶，然後就到街上去了。他往腰帶裡放了一個錢袋，裡面有一些價值兩個半銀元的一分和半分的銅錢。別人可能會說這不過是他平時節約下來的一點錢，其實不然，正是這點錢後來在這個遊戲中為他帶來了好運。

他急忙向老婆婆那裡走去，一路上他遇到很多吸引人的東西：酸奶、冰飲料、玩具、甜食……但他克制住了自己，在路上沒有解開腰帶，而是把錢留下，勇敢的走了過去。在路過那個死胡同口時孩子們正在興致勃勃的玩著中國遊戲——踢毽子，但他還是沒有停下來。小納賽爾丁的毽子踢得非常好，沒有人能比得過他。儘管如此，他還是扭過頭去，快步走過。

他在原來的地方，即貿易客棧前找到了那個老婆婆。那隻貓臥在她的膝蓋上，乞討錢的泥碗和昨天一樣空空的。人們一個接一個的從她旁邊走過，但是老婆婆的碗裡仍然分文沒有。老婆婆撫摸著那隻貓，嘴裡念叨著什麼；貓用微弱的咪咪叫聲作回答，是的，牠已經餓了。

少年納賽爾丁來到一個半塌了的牆後邊，藏在那裡。他突然感到有些害怕，怎樣到老婆婆跟前去，應該對她說些什麼？他想還是把錢袋往她面前一扔就跑。但這樣做與那個嚴肅的時刻格格不入。

形形色色的人從老婆婆面前走過，但是沒有人給她碗裡放一分錢或是一塊已長了綠毛的饢。少年納賽爾丁看著這種情形，心裡在驚嘆：這些人怎麼這樣鐵石心腸！

他的驚奇慢慢變成了憤怒。人們一個又一個的走過去，老婆婆的碗裡還是空的。少年納賽爾丁的血液沸騰了起來，小臉蛋兒通紅，心裡想為什麼連一個小孩子都能明白的事情而這些大人卻不能明白？今天他的眼裡沒有看見老婆婆的藍色的鼻子、齜露著的黃牙和不值一提的小毛病，而只看到她的孤苦伶仃和淒楚無助。

由於他非常生氣和難過，終於戰勝了自己的膽怯，他把錢袋拿了出來，向老婆婆跟前走去。

越走近老婆婆，他的兩腿就越沉重，腳底好像被粘在地上一樣。

老婆婆認出了少年納賽爾丁。少年納賽爾丁看見老婆婆帶著害怕的樣子望著他，大概是唯恐他像昨天一樣，用石頭扔她或是用壞話嘲笑她，因而把頭縮進了衣服裡。

「這個，您拿去吧，老婆婆。」他結巴的說著，並把袋子裡的錢倒在老婆婆的懷裡。銅錢碰著了貓的身子，貓一下子朝他「呼嚕嚕」的吼了起來。

這下子弄得他的勇氣不見了，失魂喪膽似的跑了開來，直跑到貿易客棧那頭兒賣鐵器的市場時才算緩過神兒來。

雖然他已勇敢地洗清了自己的罪過，但是他一整天都獨在一處想著什麼。他想到了兩種人：一種人是那老婆婆；另一種是迴避幫助老婆婆的那些鐵石心腸的人們。他對第一種人感到憐憫，對第二種人感到憎惡。如果他僅僅是痛心和憎惡的話，那他就不會有光輝的未來。現在要做實事，但是應該怎麼辦呢？

想到這裡，他首先想到了要運用自己智慧的力量。開始他把自己的感覺和思維分開了，因為感覺還沒有催促思維；後來他又仔細理清了自己的想法，按事情產生的順序，大概分為大事小事並使它們各歸其位。他的這種思考方法是從茶館裡常見的棋手們那裡學到的，並且他還常在自己的小棋盤上演練琢磨。在演練中，他有時專門研究對方吃掉自己國王的步法和使自己損兵折將的招數，在這時往往需要將計就計。少年納賽爾丁所做出的決定正是這樣：如果布哈拉的居民們不願施捨，那就應該迫使他們行善！

他明確了自己首先要做的事和未來的辦法，那就是找出一種比布哈拉人更會玩兒的遊戲。他想，與其和成千上萬的鐵石心腸的布哈拉人打交道，不如合眾為一，把他們變成一個布哈拉巨人。

於是事情簡單了——雖然這個布哈拉巨人很巨大，但事情卻好辦得多了。他開始研究這個鐵石心腸的布哈拉巨人的本性是怎樣的。這樣做的目的，就是要找到阻擋正義和仁慈進入少年納賽爾丁所想的布哈拉人的理念和心靈之中去的盾牌。

布哈拉巨人的內在本性並不複雜，也不是深不可測——少年思考了兩三個小時就找著癥結了。他找到了在那裡已經發臭了的吝嗇、貪婪和自高自大的根源。這時的布哈拉巨人對他來說已經非常清楚，他那令人作嘔的面貌在少年納賽爾丁面前暴露無疑。這個巨人的個子像寺塔那樣高碩，但是非常之肥胖，他的長布腰巾纏在腰上時，這一頭勉強能夠著那一頭。他的臉蛋兒又胖又紅，肉眼泡，小眼睛，無光的眼睛裡那愚蠢的眼神麻木不仁的看著這個世界，在昏睡中流露出傲慢和空虛的微笑。他張開嘴時，嘴唇裡邊就會露出臃腫、笨拙的舌頭。他總是吸溜鼻涕，由於鼻子裡也都長滿了肥肉而艱難的喘息呻吟。他的手中拿著像車輪一般大的抹了蜂蜜的饢，大口大口的咬著，由於饢很香甜，他還得意的叫著、哼著，同時又好像在害怕有人來奪走一半或是分享一口似的，把饢護在懷裡。

少年納賽爾丁因想到布哈拉人對那老婆婆的鐵石心腸，心中非常生氣，這使那個布

哈拉巨人在他眼裡顯得那樣可憎。但是，惱怒是公正的壞參謀，持這種說法的，當然，的確是很少的。因為真正的布哈拉人的多數是好的、仁慈的。他們不是因為自私而不願幫助那老婆婆，而是沒能透過她那醜陋的外表去體會她所遭受的深重苦難；要是知道的話，那他們不會等待別人讓他們去做，而會去主動幫助她，他們只是深透思考不夠。但是對少年納賽爾丁來說已經沒有考慮的時間了——他已經準備好與這個布哈拉巨人決鬥一番，也就是說，他已經做好了各種戰鬥準備，勇氣十足。

次日早上，少年納賽爾丁又出現在那個客棧前。經過深思熟慮，他一大早就來到這裡。老奶奶還沒有到來，需要等半個多小時。少年尋找著老婆婆，在客棧周遭和這一個四方塊的街巷裡找來找去，跑得累了。早晨的太陽還不十分炎熱，天氣晴朗，而陰涼處還有夜裡留下的濕氣，潮濕的地面才剛剛開始冒起蒸氣，在呼吸。但是雕了花紋的寺塔拱頂在陽光下已經刺得人眼睛睜不開，他的上方，標誌著又是一個酷熱日子的碧藍色天空好似在向這邊飄來，在熱浪裡抖動。周遭街市裡沉悶的喧鬧聲越來越大，充滿整個城市的每一個角落。這聲音裝飾著阿拉的一座座豪華天宮，淹沒了天使的歌聲，與黎明的暴塵一起飄到穹蒼深處。這聲音就是那個布哈拉巨人為了饞而發出的吶喊。

沒有多久老婆婆也來了，黑貓跟著她。少年後悔沒有帶來一塊熟羊肝兒，現在這隻掉了毛、令人惡心的貓，已經成了他對抗那個布哈拉巨人的親密同盟。

少年納賽爾丁沒有耽擱，直接朝著老婆婆大膽走去，問了安：

「讓真主賜予您健康，老婆婆！昨夜過得還平安吧！」

「也讓真主賜予您快樂！」老婆婆一邊回答一邊用瞇著愛淌淚水的眼睛回答說：「昨夜過得還算平安，但是這白天，我看，倒不一定能平安了。」

雖然少年納賽爾丁明白她的這話是指何而言，但他只是裝作沒聽見。

應該繼續說下去。他第二次鞠了躬，問道：

「您喜愛的這隻貓昨晚過得還安好吧？」

「貓捉了老鼠，所以牠沒能睡好覺。」她一邊回答，一邊雙眼盯著少年，好似要看穿他。

她的目光使少年納賽爾丁很尷尬，他不時把身子的重量從一隻腳換到另一隻腳上；他的勇氣一下子不知跑到哪裡去了，同時原來準備好的那些話也都忘得一乾二淨。

一陣寂靜開始了。納賽爾丁阿凡提不僅感到臉上，甚至感到全身都在發熱，急促的喘著氣。最後他終於小聲的勉強說出：

「我就是那個小孩。昨天和前天……」

老婆婆目不轉睛的看著他，沒有說什麼。納賽爾丁鼓起全身的勁兒，用連自己都聽

不見的聲音說：

「我惹您生氣了，您還記得嗎？」

如果這回老婆婆再不作聲的話，他就會轉身而去，像昨天那樣一逃了之。

但是老婆婆回答說：

「你說我還記得不記得？怎麼能不記得，你拚命的向我伸舌頭，我看到你的舌頭有那麼長，都使我感到很吃驚。」

如果不是老婆婆面容像太陽一樣開朗，帶著微笑說這番話，這話早就讓他羞得無地自容了。

「走近一點兒。」老婆婆說：「你是一個心地善良的好孩子，但據我看，你好像也是一個格外調皮的小孩兒。現在別隱瞞，說真話，你為什麼要到這兒來？你需要什麼？我有話在先：如果你還跟昨天一樣帶來兩個銀元的話，最好拿你的錢早點離開。幫助窮人，當然是高尚的好事，但是有的孩子為此而從父母口袋兒裡偷出錢來，這就不好了。否則的話你每天從哪兒弄到兩個銀元？」

少年納賽爾丁尷尬得滿臉通紅，但是他想到由於老婆婆是茨岡人，而話語中已把他當成自己部落的孩子那樣教訓。

「根本不是那樣！」少年納賽爾丁說：「我今天沒有帶兩個銀元，我從不掏爸爸的口袋兒。他常常留下我一人在店裡賣瓦缸，我每次都把賣貨的錢全都交給爸爸。」

「這很好！」老婆婆肯定的說。

「過節的時候他就給我半個銀元的一半，甚至半個銀元。」

「你可以把這拿走。」老婆婆說：「這不算錯，我為我冤枉了你而高興，別生我的氣。」

後來他們的交談就這樣繼續了下去，聊得很投機，兩個人都打開了話匣子。少年納賽爾丁坐在老婆婆的身邊，撫摸著那隻貓，傾聽著牠的叫聲，不住的誇獎。

「您的貓喜不喜歡吃羊肝兒和牛奶？」

「這我可不知道，因為我還從來沒有給牠餵過羊肝兒和牛奶。」老婆婆笑了起來。「連我自己都有很多年頭沒見過那些東西了。」

這令人心酸的回答為少年納賽爾丁轉入主要話題開了路，他激動但是又膽怯的向老婆婆說出了自己關於「反對」那個布哈拉巨人的想法。

老婆婆開始只是略感興趣的聽著，後來相信了他，最後並且放聲哭了起來。

「是阿拉把你派到我這兒來的。因為是你給了我這無家可歸的老太婆一點安慰！你真是一個有巧心慧思的孩子；如果你出生在我們的部落，你一定會成為首領。你的心靈比

任何正義者都純潔，願老天保佑你的聰慧在你的心中永駐。」

依少年納賽爾丁的想法，大約需要十五個銀元或是稍多一點。老婆婆是那樣相信他，以至於毫不猶豫的從那破爛不堪的舊衣服的一個什麼地方把錢掏出來捧給了他。

「這是我最後的一點錢。」老婆婆說著，她的雙手在顫抖著。

「別擔心，老婆婆，這筆錢會與利潤一同回到您手裡。」少年納賽爾丁說。

他開始向賣破爛兒的漢人市場那邊走去，那裡的東西便宜一點。他用了半個銀元買了一個雖然有點破但是很大的籠子，茶館老闆往往用這樣的籠子餵養會叫的石雞。

少年又來到了木製品市場，找到了製籠匠，在這裡又花了半個銀元。還有半個銀元又付給了漆匠，漆匠用舖子裡的各種染料：綠色、天藍色、紅色、黃色和白色把籠子漆得非常漂亮。油漆匠最後還大方的用金色的顏料水把籠子外框描上了寬寬的金邊，說：

「孩子，現在你可以去捉人言鳥②來養了！」

「我早就捉到了。」少年納賽爾丁回答說：「是一隻在布哈拉還從來沒有見過的四隻腳的黑毛鳥兒。」

少年納賽爾丁把籠子交給老婆婆之後，又向街市走去。看到這樣漂亮的東西，老婆婆睜大兩眼驚呆了。

這次他到了中午才回來。他對老婆婆說：

「走吧老婆婆，一切都準備好了。」

老婆婆呻吟著站起身來，勉強睜開那對黃眼睛，把半睡著的貓抱了起來。少年提著那籠子和她一起走了。

他們在三岔路口交匯處的漢人市場附近的一個地方停了下來。這裡到處都擠滿了人，有小攤販、土布商、靴鞋匠和鐵皮匠舖子行列。在離交叉路口稍遠一點的地方，老婆婆看見有一個小帳篷。這帳篷由四根椽子支著，頂上面用竹子和草鋪蓋著，前後有對著臉兒的兩個門，門上掛著兩個很簡陋的土布門簾。帳篷的一邊坐著搭帳篷的人——街市上的一個老頭兒；他從少年納賽爾丁那兒得到了兩個銀元，說了聲「謝謝」就走了。

少年把老婆婆領進了帳篷裡。裡面的地上有一根短柱子，柱子上平釘著一塊寬寬的板子。這是為了放那鳥籠而準備的。帳篷裡沒有什麼別的東西，亮光從上面篷頂的窟隆中透射進來。

「您坐在這兒，老奶奶。」少年納賽爾丁說：「我還有一件事要做，最後一件事。」

他讓老婆婆留下，自己又來到靴鞋店舖行列，然後他又來到了當時給人繕寫各種訴狀、申請，特別是以代寫各種祕密書信為生的寫字先生們聚居的老湖邊。

這個地方是鎮上那些不三不四的人和造謠與是非者的老巢。這裡經常發生糾紛，人

們互相揭短、咒罵、勾心鬥角而又互相吹捧，這裡充滿誘惑和欺詐。這裡的寫字先生們無一不是以前在一個什麼地方，在伊斯坦堡、在德黑蘭或是在花剌子模的宮廷官人手下當過奴才，爲國王、宰相、貪官污吏們當狗頭參謀出壞主意的人，最起碼的都獲得過《雄獅獎》以上級別的獎勵⋯⋯

　　一般情況下，相信他們的人到了下午才開始到湖邊來。那時這裡的吵鬧聲才會弱下來，因爲寫字先生們要用腦來工作。但是少年納賽爾丁是正值中午，也就是最吵鬧的時候來到這裡的。這裡，人們互相爭論，互相侮罵，開了鍋似的，所說的一切讓人不可理解；一會兒一個人壓過大家的聲音，一會兒大家又壓過了他的聲音；吵嚷聲是那麼凶，以至於在這誹謗、侮辱和謾罵風暴下的湖面能平靜不起波浪都讓人感到吃驚。

　　「哎呀，你這隻癩野狼的崽子！」一個乾瘦無力的老頭兒對著他的鄰居把身子彎成一個「ς」字母似的喊著。「哎呀，連『拿走』這句話都不會寫的傻瓜！你去年多天給我寫的狀子人人都知道：本該寫成『我們尊貴的虔誠的頭人』，你卻寫成了『麻痹的閣下我們的頭人』！」

　　「誰給你寫『麻痹的閣下』了？我給你寫『乃克瓦達爾──麥西乃勒』這樣的錯別字了嗎？」他的鄰居氣得上氣不接下氣的衝著那個像「ς」字母一樣的鄰居怒吼道。這個字母像什麼，要想說清楚很難，因爲阿拉伯字母都很相似，它們總是隱藏自己的形狀，身體的每一個微小地方──頭、腳、手、手指直到脊背都在顫動，甚至連它的內裡也在亂動，肚子裡也在不住地翻騰著。「你自己去年替你那最可靠的人抄寫的那份呈遞給艾米爾的奏摺中還把『閣下』寫成了『美人』，因此差點惹出大禍來呢，你好好想一想！」

　　周遭的人一下子都忍不住的笑了起來，各種笑聲連成一片。把身子彎成「ς」字母狀的寫字先生氣得斜瞪著眼、咬著牙，準備做出相應的回擊。

　　少年納賽爾丁沒等他做出回擊，從他身邊走了過去。

　　這時少年納賽爾丁發現，有一個老寫字先生與眾不同，他沒有加入這唇槍舌劍的憤怒的風暴。不過這不是因爲他比別人高明或是討厭讒言中傷，而是因爲某個原因，他只是在傾聽著這一切。他伸長脖子，好像由於太重而歪向一邊的光頭在陽光下發亮，全神貫注的傾聽著人們脫口而出的污言穢語、誹謗和譏嘲。爲了不讓別人看出來，他不時把聽來的祕密用一些外國字母記錄下來。就在他寫這些外國字的時候，少年納賽爾丁來到了他身邊。他嘴裡念叨著「美人」這個詞，並用竹子做的筆桿「吱吱」的記著。他那薄薄的嘴唇上露出一絲陰毒的微笑，可能他已經預料到不久就可以從「美人」中撈到好處、得到甜頭。

　　他抬起頭來，看著少年納賽爾丁，問：

「你需要什麼,孩子?」

「我想找人寫一個很短的東西,要用黑墨汁,用中國紙。很短。」

「你說很短的東西!」寫字先生對面前這年幼、可能對大人撒謊的孩子高興的大聲說:「感謝阿拉吧,我的孩子,是命運把你帶到我面前,因爲在布哈拉沒有人能比我更會用毛筆在中國紙上蘸墨汁寫字了。想當年我在巴格達皇宮裡當秘書時,我的錦緞大衣上掛滿了鑲著鑽石的雄獅勛章,那是哈里發親自獎賞給我的……」

少年納賽爾丁不得不從頭到尾聽完這些假話,我們沒有必要聽這些,因爲我們每一個人都聽到過許多類似的故事。生活已經淪落到人生最低點的人誇耀的談著自己的過去,這些大話改變不了他們的處境,只不過是一代又一代的照說下去。寫字先生說到厄運和敵人的狡猾時,停頓下來說:

「需要給你寫什麼,我的孩子?說說看,我也會讓你滿意的。」

「總共只有三個詞兒。」少年納賽爾丁說:「要把字寫得大大的,寫『叫做貓的猛獸』。」

「什麼?再說一遍……叫做貓的猛獸?」

寫字先生緊閉嘴唇,他那敏銳的雙眼直盯著少年納賽爾丁。

「這樣的字對你有什麼用?說給我聽一聽。」他說。

「付給你錢的人自然有其用途。」少年納賽爾丁迴避著他的話。「要付多少錢?」

「一個半銀元。」對方回答說。

「怎麼這麼貴呀?一共就三個詞兒嘛!」

「那你怎麼不看看是些什麼詞兒呢?」寫字先生回答說:「貓……」說著他用臉做出一副神祕、發怒的貓的樣子。「叫做……」說這話時他先裝出一種罪惡之相。「猛獸!……」他好像被蛇咬了一口似的假裝害怕,全身都向後仰去。「這樣的話誰願意以便宜的價錢給你寫?」

少年納賽爾丁雖然沒有明白寫字先生所說的那些凶險,但是同意付給一個半銀元。

寫字先生從地毯下拿出一張中國黃紙,用刀子裁開,拿起毛筆,心裡想著寫那三個詞兒絲毫顯示不出自己的才華,因而開始不高興的寫了起來。

少年納賽爾丁回來的路上去了鞋店攤,在那兒用粘鞋的膠把這幾個字粘在一塊刨光的木板上。

帳篷門框上掛上了一個非常引人注目的牌匾。

「現在您可以收錢了,老婆婆。」少年納賽爾丁說。

放了貓的籠子擺在帳篷裡,由於孤獨而拚命叫喚的「咪——嗷咪——嗷」聲不斷傳

出來。

　　老婆婆端著自己的碗坐在帳篷門前。

　　少年納賽爾丁站在離她三步遠的路旁大聲喊了起來，他的喊聲是那麼宏亮，甚至老婆婆的耳朵都快被震聾了。

　　「叫做貓的猛獸！」少年納賽爾丁憋紅了臉使勁喊著。「就在籠子裡，牠有四隻爪子！每隻爪子上有針尖一樣鋒利的趾甲！他的尾巴能做出各種動作——可以變成鉤狀、捲成圓圈，可以隨便向左、向右、向上、向下彎動！這是一隻叫做貓的猛獸！牠會躬腰、動鬍子，渾身毛兒都是烏黑色的！牠的雙眼在黑暗處能發出像火一樣的光！牠在飢餓的時候叫得很凶，在吃飽了的時候叫得很甜美！叫做貓的猛獸！牠關在籠子裡，籠子很結實！兩分錢就可以看一次，不必害怕，都來瞧、都來看啦！籠子非常結實可靠！叫做貓的野獸！……」

　　沒過三分鐘他的做法就得到了獎賞。鐵器攤店行列中走出來一個呆頭呆腦的人，他停下了腳步，順著喊聲向帳篷這邊走來。他的模樣像是那種「布哈拉巨人」，只是個子矮了些——是布哈拉巨人的「小弟弟」。他很胖，紅臉蛋兒，懶洋洋的，沒精打采。他來到了少年納賽爾丁面前，垂著兩隻手，好似一尊佛像。他那胖臉蛋兒上露出一種呆滯的傻笑，兩隻眼睛直盯著少年納賽爾丁。

　　「叫做貓的野獸！」少年納賽爾丁衝著他的臉蛋兒大喊了起來。「就在籠子裡！看一次兩分錢啦！」

　　這個小布哈拉人被這喊聲迷住了似的站了好一會兒，然後向老婆婆那邊走去，把那胖胖的手指伸進腰帶裡掏了起來，然後向她的碗裡扔了兩分錢。錢落在碗裡發出叮噹聲，少年納賽爾丁的喊聲由於驚喜而停頓了下來，這是一個勝利。

　　小布哈拉人掀開門簾子，邁步走進了帳篷。

　　少年納賽爾丁在靜靜等著他出來。小布哈拉人在帳篷裡待上好一會兒，不知他在裡面做什麼，也許是在欣賞。他從帳篷裡出來時，臉上帶著非常不高興的樣子，好像被人捉弄了似的。他來到了正在大喊大叫的少年納賽爾丁面前，仍舊兩手耷拉在兩側，又好像一尊泥佛像似的愣在那裡，原來傻笑的臉上現在露出了生氣的表情，他知道自己受騙了，但不知是怎樣受騙的。

　　就這樣那小布哈拉人走了。現在帳篷外又來了三個人，他們爭著要先進去一睹為快。他們還算是有些辨別能力的人，最後進去的人從帳篷裡出來後忍不住的笑了起來。因為任何一個傻子都不願別人比自己聰明，所以這三個人出來之後看著等在帳篷門外的另外兩個人什麼都沒有說。

　　觀看野獸的遊戲進行了一整天。商人、手工藝人、從農村來的農民甚至頭上頂著雪白裹頭布的伊斯蘭教有學問的人都進來看過。他們欣賞到了那隻貓在飢餓時的怒吼和吃了羊肝兒後安靜地撓癢、在身上捉跳蚤的遊戲。

　　帳篷到了鼓聲響起來的時候才關上。老婆婆數著她這一天掙來的錢，一共十九個銀元！僅僅第一天掙來的就比開銷的多出了許多，這預示著第二天還會有好的收入。

　　老婆婆的生活有了很大的改變。她有了自己的「窩兒」，因為帳篷毫無疑問是她的財產。她將在這裡住下去。從籠裡放出來的貓豎起尾巴，用鼻子嗅著新房子的味兒，從這一頭到那一頭來回跑著玩。

　　少年納賽爾丁連續在帳篷前喊了三天，後來他告訴老奶奶應該另外找一個人來，自己家裡還有別的事。他找來了一個原來在寺裡當過宣禮人的老頭兒，談好每天付三個銀元。這個人雖然大聲喊，但仍像號召人們做禮拜那樣拉著長調。為了吸引更多的人，需要買一個納格拉鼓配合他的喊聲。

　　少年納賽爾丁沒有忘記老婆婆，每個禮拜都來看她一次。這種相會使雙方都很高興。老婆婆告訴他說錢越來越多，一定要他分享一半。少年納賽爾丁怎麼也不肯要，為了不使老婆婆生氣，只收了一個銀元的酬勞。

　　少年納賽爾丁每當告別時都要在帳篷裡巡視一番、欣賞一番。那隻貓由於每天都吃羊肝兒，也日趨好轉起來，後來甚至變得懶了，整天躺在給牠鋪好的枕頭上睡覺。少年納賽爾丁打開籠子，喜愛的撫摸著貓身上那像絲綢一樣發亮了的絨毛。黑貓微微的睜開一隻眼，尾巴輕輕動彈一下，然後又繼續睡覺。

　　冬天快到的時候，少年納賽爾丁與老婆婆告別了。老婆婆要搬到住在納曼干的茨岡人親戚家裡去了。她坐的是帶篷子的馬車去的——她已經有不少錢了！她臨走時把少年納賽爾丁摟在懷裡大哭了一場！少年最後一次用那對閃光的眸子望著在籠子裡的枕頭上睡著了的「猛獸」，馬車緩緩的離開了……

　　後來，納賽爾丁阿凡提——這時人們就開始尊稱他為納賽爾丁阿凡提了！有一天來

到了設拉子——偉大的詩人薩迪的祖國，偶然聽見了喊話人在大喊「叫做貓的猛獸！猛獸就在籠子裡！」他非常激動的向喊聲方向走去，看見場地上有一個帳篷。門前坐著一個耳朵上戴著耳環、脖子上掛著串珠項鍊、笑逐顏開的漂亮的茨岡姑娘，她面前放著一個接錢用的發亮的銅盤子。她對面的門前坐著一個已經有氣無力、連自己是否在做夢都分不清的老婆婆……納賽爾丁阿凡提往盤子裡扔了一個大的銀盧比。他是為了讓這個漂亮的茨岡姑娘找零錢而能在這姑娘身邊多留一會兒才這樣做的。那個姑娘，當然立即就看出來了，所以也故意不慌不忙把錢撿起來，睜大那對長著似天鵝絨一般烏黑而又濃密的睫毛的眼睛，那紅紅的嘴唇上流露出微笑。納賽爾丁阿凡提走進帳篷，看見了那隻貓。真是怪事！那隻貓也像老婆婆一樣已經老得病厭厭。納賽爾丁阿凡提叫了那貓一聲。牠沒有咪咪叫，也沒有聽見什麼。是呀，由於太老，牠已經聾了。

納賽爾丁阿凡提從帳篷的另一個門走出來，又到了入口處。年輕的茨岡姑娘以為他是為自己而來，因此不加掩飾的露出了她那亮麗的牙齒，無拘束的笑了起來。但是納賽爾丁阿凡提的行徑卻讓她非常生氣、吃驚甚至是憤怒，原來阿凡提只是打算和老婆婆說話。他向前彎著腰，輕聲的說：

「妳好，老婆婆！想想布哈拉，想想那個叫納賽爾丁的街頭小男孩……」

老婆婆被這話驚醒了，臉上閃過一道短暫的亮光，但是接下來她卻好半天連氣兒都沒能喘上來。她在喉嚨裡微弱的喊了一聲什麼，又用顫抖的雙手在空中揮了幾下，接著整個身體都向前倒了下去。但是納賽爾丁阿凡提這時心裡想：「還是讓這段往事，成為從她老人家身邊輕輕飛過的一片夢——在她不久的將來、就要閉上眼睛的長眠之中的一段夢中回憶吧！……」他向前走了幾步，然後又轉過身來看著那老婆婆。老婆婆仍然沒有清醒過來，還在用雙手哆哆嗦嗦的在空中揮動著。那年輕的茨岡姑娘十分驚奇不安，一會兒急著看看老婆婆，一會兒又用目光尋找著那個突然出現、而後又突然消失在人群中的少年。

納賽爾丁阿凡提沒有再回頭。市場用那由千千萬萬個聲音匯集成的沸騰一般的轟鳴聲吞沒了他……

在他的童年時代，在布哈拉的街市裡還發生了一件事。

有一次他正在各種店舖行列裡流連，難耐的炎熱使他不由得向湖邊走去，這時他身後跟著走來一個渾身上下披著白紗的婦人。納賽爾丁阿凡提聽到身後的腳步聲，向後看了一眼。

「等一等！」那婦人用不同尋常的語調說著來到他跟前，掀起了面紗，露出了自己的面容，向他鞠了個躬，然後用她那很瘦但是卻充滿溫暖的手撫摸了一下他的臉，又用自

己那滿是皺紋、充滿哀傷的臉向他的臉上貼近，好像要把自己心裡的一個什麼寄託附在那孩子的心裡，又像是心裡有什麼事要向他表白似的，兩眼不住的看著他的眼睛。這婦人有一雙烏黑的大眼睛，眼睛裡盈滿淚水。納賽爾丁阿凡提感到很不好意思，這個婦人需要什麼？

「去吧！」婦人輕輕推了推他說：「無比強大的阿拉隨時隨地保佑你免遭災難，去吧！」

那婦人放下面紗，好似有人追趕她一樣，快步拐進一條小巷走了，納賽爾丁阿凡提感到很驚奇，什麼都沒有明白，望著她的背影。一小時之後，在街市的嘈雜聲中，他把這婦人忘得一乾二淨，以後也沒有再想起這件事。

又過了好幾年，他挺像個大人樣兒了。有一次，在貝魯特通往巴士拉途中某個地方的商旅客棧裡過夜時，他夢見了那個婦人——看到了她的面容、她的眼睛，並且又聽見了她那「願無比強大的阿拉隨時隨地保佑你免遭災難……」的話語。

突然他的全身一陣不寒而慄，心裡冰涼，猛地驚醒過來，這時他才感悟到她就是自己的親生母親。這種感悟絕不是無根據憑空想像出來的，而是從一個未知的地方向他飛來的，既毋庸置疑、真實而又清楚的東西。他想到自己此生此世沒能跟自己的親娘說過一句話，那已逝去的孩提時代的大門此時好像又重新打開了一樣，對慈母的無限內疚和熱愛，頓時充滿肺腑，他用天下所有孩子們對母親最愛說的話和最深情的語言，一遍又一遍的呼喚著、哭著，這些話不由得從他嘴裡喊出，他深信，與他一道呼吸著同一個夜空裡的空氣的慈母，一定能感受到兒子的思念之情，並會用一片慈母之心遙遙的回應他的呼喚。

就這樣，他在夢裡見到了母親，但是卻沒有能夠知道母親的名字，更沒有能去給母親掃墓；到哪裡去尋找這無名的墳墓呢？再則，如果母親對他來說是永生的話，還要去尋找她的墓做什麼呢！

關於納賽爾丁阿凡提少年時代的故事講完了。當然，我們的這段故事太短了。我們所收集到的這些片段也是不夠詳盡的。但是我們所走過的這些路別人也要走，每一個走過這段路的人都會收集到新的片段，這些新片段又將匯入到這個故事寶庫中來，最後由這些收集到的所有片段和在所有收集者的努力之下，關於納賽爾丁阿凡提——關於他童年時期的新書才能問世。我們在這一本書中所做的貢獻雖然不那麼大，但卻可以起個拋磚引玉的作用；當將來可能會寫出那本書，但是現在還沒有出生的、未來的那位大作家，在給自己的著作最後蓋上自己的印章之時，他一定不會不提到我們的付出——這就是我們所期待的獎賞和我們的希望，並使我們能聊以慰藉。

第 三 十 四 章

現在讓我們再回到納賽爾丁阿凡提在恰拉克的日子，以及有關他的事蹟的故事中來，我們的話題還是從那毛驢兒談起吧！

那毛驢兒過著從未有過的舒適生活。命運從來沒有像現在這樣露出珍珠般美麗的牙齒，充滿幸福和奇蹟的向牠微笑。一則牠已從那小屋搬到了阿卡別克家面向果園修建的正房裡，牠可以從這正房裡順著寬寬的台階來到果園，隨心所欲的品嘗各種鮮花和嫩草；二則為了使牠的一切意願都能夠得到滿足、令牠感到舒適，牠的面前總是擺放著裝滿豐收了的恰拉克大地上長出的各種杏子、水蘿蔔、甜瓜和白麵饢，以及其他水果的盤子。牠喝的水都是撒了花瓣、香氣四溢的。納賽爾丁阿凡提使阿卡別克相信王子變成了那頭毛驢兒，竟然達到了如此程度，以至於阿卡別克甚至於還想給牠找一個妃子。但是有一個疑點他自己也解釋不清，即要做的這件事應以什麼為根據，是根據王子變成毛驢兒後的外形呢？還是根據牠的靈魂，他無從得知。

在剩下來的時間裡，阿卡別克從不荒廢時間——他的一切努力、一切言語、一切陰謀都是為了一個目的，即把變成了毛驢兒的王子的心從納賽爾丁阿凡提身上轉移到自己身上來。為了達到獻媚取寵的目的，他整天圍著那頭毛驢兒忙個不停，隨時打掃那些不時拉在地上的驢糞，因為：屬於馬廄裡的東西不可出現於宮廷。他想盡一切辦法阻止納賽爾丁阿凡提與毛驢兒單獨在一起，儘量減少他和牠見面的時間。他經常用「王子殿下已經累了」或是「王子正在忙於國家大事」這類冠冕堂皇的話，把納賽爾丁阿凡提打發到山坡上的小屋裡去。

納賽爾丁阿凡提雖然很想知道阿卡別克一天到晚在那屋裡對毛驢兒都說些什麼，但也只好服從。不過有一次他也偶然聽到了。那次他在規定之外的時間到來，碰巧阿卡別克正和毛驢在園子裡說話。花園裡百花怒放，爭奇鬥艷，毛驢兒正在石竹花的花田裡用

蹄子刨著、用鼻子噴著那似地毯一般鮮豔的花朵，「吧唧吧唧」的吃著阿卡別克給牠呈上來的甜瓜，肚子裡「嘰哩咕嚕」直響，而阿卡別克則湊在牠的長耳朵旁邊狡猾的唧咕著什麼。

「從那之後，哎呀，王子殿下！」阿卡別克低聲說：「他成了那種從來沒有見過的不講禮貌的人，這不外乎給您這王子的臉上抹黑，也就是等於給您那威嚴的父王和母后臉上抹黑。他還……不，我的舌頭沒法學他那種髒話。他還說王子愛吵架、愚蠢。這可不是我說的……他還說您荒唐、愛造謠生事、拗脾氣，說您冷漠的外表和內心一模一樣。我想他的野心就是把偉大的王子丟棄在去開羅的路上的某個地方，或是做出比這還壞的事——像賣掉一個普通的有兩個長耳朵、四隻蹄子的驢子一樣把您賣給驢販子，讓您無法戴上那埃及國王的皇冠，繼承王位。他還說……」

藏在可以開出三層花瓣的中國花花叢後面的納賽爾丁阿凡提，沒有驚動阿卡別克，悄悄的走了。

夜裡他對獨眼人說：

「我聽見了他對毛驢兒說的話，事情已經成熟了。」

「你總是做得天衣無縫。」獨眼人回答說：「為了這個遊戲的成功，你到底把他的哪條魂勾引上了？」

「嫉妒。」在人們特有的愚昧和無止境的慾望中有一條就是嫉妒，這也許就是最致命的。關於這方面，印度有這樣一個神話故事：「阿拉對一個人說『你想要什麼我就給你什麼，但是有一個條件，即我要給你鄰居的是我所要給你的兩倍。如果我給你一座園子，那我就要給他兩座；如給你一匹馬，那我就要給他兩匹。現在告訴我你想要什麼？』那個人回答說：『無比強大的阿拉啊，我想要的是，挖掉我的一隻眼睛！』……」

雞叫了第三遍，天亮了。獨眼人一起床就向納賽爾丁阿凡提鞠躬，說：

「現在我要走了，您還有什麼馬上要我完成的任務嗎？」

「需要再到浩罕去一趟。」

「哎呀，我的阿拉呀！每去一趟都要穿破一雙靴子，連硬皮革的靴底都被這裡的石頭路磨光了！」

「最後一次。你不必再回到這裡來，我會在浩罕趕上你。」

「我能有什麼可說的呢！我時刻準備著。您需要我什麼時候上路？」

「我會告訴你的……」

阿卡別克的園子裡的最邊上有一個小小的葡萄架。這裡沒有寶石般五顏六色的鮮花，園丁也從未來修剪過，田旋花和野葡萄在這裡自由生長，順著架子往上爬，它們的

藤葉交織在一起；由於早上的露水和新鮮的空氣可以保留很長時間，這裡常散發著薄荷香味兒和潮濕的氣味，鳥兒們也在這裡放聲歌唱，久久不肯離去，因為早上的太陽照不透這厚厚的綠色屏障。一天早上，就在這葡萄架下，納賽爾丁阿凡提和阿卡別克談起了一件重要的事。

兩眼半瞎、耳聾、從不作聲的老傭人，拿來了一壜子酒和兩個杯子。這是留下來的唯一的一個老家奴，阿卡別克為了不讓別人知道這條驢是人變的，把其他傭人都打發回家了。這樣他就可以毫無顧忌的向那毛驢兒做小會報，大耍其卑鄙手腕兒，極盡誣陷之能事，並且把納賽爾丁阿凡提也扯了進去。這從今天早上就開始了。

「主人，您對王子交給您的任務完成得很賣力啊！」納賽爾丁阿凡提從阿卡別克手裡接過滿滿一杯酒說：「離我走的時間不遠了，可是您還沒有準備讓我去接任埃及國王的宰相和宮廷金庫總理大臣的職位。」

「你準備走？」

「去開羅的路可不是一個很短的路程。」

「但是最近你不是還說你不準備去出任宰相職位，只想從事你的學術活動，有個僻靜的地方和餬口的費用就行了嗎？」

「我現在也是這樣想，但是蘇丹也許會不同意。他可能會說：『要不就上任，要不就去當農民！』也不能向他辯解，為了多方謹慎，所以我決定還是去走馬上任。」

阿卡別克眨著那昏朦朦的雙眼，吸了一下鼻涕。

「那祕密的小屋呢？」阿卡別克提醒說。

「我正是為此事而來，想與您商量，找出一個擺脫它的最好的辦法來。您是智多星，英明高見，請您指教。對於您的指教，阿拉在上，我要從埃及派人給您送金製的水煙鍋和銀製的酒壜子來。」

水煙鍋和酒壜子無異於是給在沙漠裡的飢渴之人許下兩滴水的願望。阿卡別克的眼裡看見的不是水煙鍋和酒壜子，而是開羅宮殿之下那裝滿黃金的寶庫。除此之外還有比錢更貴重的名望和高官之任。

納賽爾丁阿凡提垂著頭，他雖然沒有看阿卡別克的臉，但卻一直注視著他的手。從他那顫抖的雙手和手背上暴起的青筋，就可以看出他此時心裡打的是什麼鬼主意。所以當阿卡別克說：「吾扎克巴依，如果你把王子交給我行不行？」說這話時，他一點兒也沒有感到意外。

不能馬上就表示同意，要讓他著急一下才是！

「讓給您？」納賽爾丁阿凡提笑了起來。「比您還德高望重的一些人也曾向我提出過

這樣的要求。但是，第一，王子只願意讓我護駕到開羅；第二——」

「我會讓王子習慣的。除此之外，他現在仍然是以驢的面貌……」

「您的意思是可以欺騙他？騙王子？哎呀，我的主人！……」

「我根本沒有那種意思。但是對王子的旨意可以隨我們解釋。反正牠也不能像人那樣說話……」

「牠會用甩尾巴、搖耳朵來表示的。」

「那就可以用搖動牠的尾巴和耳朵的方法讓牠同意！」

「說真的，主人，您是天生的當官兒材料！但是還有第二個障礙，那就是您自己。」

「我？」

「您為此要付給我什麼呢？」

阿卡別克急著想當埃及宰相，已經利慾薰心，於是他開始找一些漂亮話來說。

「你不是渴望一個人嗎？」他向前躬著身子對納賽爾丁阿凡提說：「哪裡還能找到比這兒更安靜、更偏僻的地方？——這周遭的安逸恬靜就如同夢境一般。你願意不願意得到夠你這一輩子花的錢？我這個湖的收入足夠你吃喝享樂一輩子。」

「這倒也是，但是這湖的麻煩事很多，要經常供水，這會把人累死的。」納賽爾丁阿凡提為了不露馬腳而故意執拗。「那些事會影響我的學術事業。」

「僱一個管家。稍給一點兒錢他就會給你料理好一切。」

「對呀，我可以僱一個管事的人呀！我怎麼沒有想起這個主意來呢！」

「當然啦！你可以把一切事務都交給管家，你自己儘管去收集奇蹟草。」

「奇蹟草！」納賽爾丁阿凡提故作高興的說：「那對我收集奇蹟草就非常方便了！」

「是呀，是呀！」阿卡別克在話說到關鍵之時高興的讚許說。他那早已變黑了的心，此時更是無孔不入。

「這樣的草在這裡數不盡，只是我不願在這兒一樣一樣的說給你聽，到處都有！你才找到了一種，只不過是百中之一！……」

「竟然只是百中之一啊？」納賽爾丁阿凡提低聲議論了一句，然後不再吭聲。

「千中之一！一千種裡頭的一種！你不知道這裡生長的奇蹟草是那樣的多！」

喝了酒而頭腦發熱了的阿卡別克這時直瞪著兩眼，也不怕說走了嘴，假話連篇，信口開河。因為在他看來，坐在他面前的只不過是一個遇事像小孩子一樣、輕而易舉就可以騙過的只知道做學問的呆子。但是他哪裡知道，坐在他面前的這個人正是那個從不向世界上任何惡棍、騙子示弱，有著高尚靈魂且智勇雙全的納賽爾丁阿凡提。所有學人、聖賢、詩人都應該以這樣的人為榜樣活著。

「比如，你看見那個田旋花沒有？」阿卡別克故作難言的說：「它也是奇蹟草！就是那棵牛蒡草也是！這周遭長滿了奇蹟草——可以說沒有普通的草，都能創造奇蹟。在你到這兒很久之前，有一個巫師也到這兒來過，他把這些都給我解釋過。除此之外，這裡的石頭也能創造奇蹟。這種石頭遍地皆是，只需你動手撿！那個巫師就拿走了一袋子！另外還拿走了兩壜子奇蹟水！我還忘了告訴你，距離這兒不遠的地方還有奇蹟水，很近。這裡的一切，所有的東西都可以創造奇蹟！」

奇蹟草、奇蹟石和奇蹟水，對這樣的假話誰能反對呢？

納賽爾丁阿凡提同意了他的話。是的，他要用王子來換那個湖、園子和湖的所有附屬物，另外再貼上一萬銀元。

「我現在手頭上沒有一萬銀元的現金。」阿卡別克說：「只有七千，但是去開羅的途中還需留些盤纏。」

「你最近從麥麥代力手裡得到的那些珍寶呢？」納賽爾丁阿凡提提醒說。

這樣他們談妥了五千銀元。其餘兩千元和珍寶留給阿卡別克做盤纏。

「王子也不會反對！」阿卡別克說：「這些日子牠對我已經有所了解。否則你會後悔的，甚至後悔得昏死過去。我們就這麼辦了，牠不會懷疑，也不會知道。」

無論真假，納賽爾丁阿凡提都是不想死的。

「這是多餘的。」他說：「對這樣光明正大的事有什麼必要撒謊呢？我們要試著讓王子同意。」

他們為了讓王子准奏而向那邊走去。

牠甩著尾巴，搖著耳朵，用這種方法表示了自己的旨意，然後又回到那葡萄架下去了。

「現在我們該談點兒小事了！」阿卡別克慶幸的說：「每年春天有一個叫阿布都‧拉合曼的哈孜，要從一個叫做英馬扎的大鄉鎮到我們這兒來一次。他平常就住在那個鄉。這個人給我們處理一些財產交換之類的事，還給人家寫立合約字據。他現在可能已經在附近的一個什麼地方了；我今天就要派人騎馬去找他。你呢，吾扎克巴依，多準備一點兒奇蹟草。另外，把一切起魔法作用的經句咒語全都寫在紙上，我可不能忘了。」

「我已把王子交給了你，但我應得到的新房子我還沒有過目。」納賽爾丁阿凡提說。

「走，一塊兒去看看不就是啦！」

他們把房子都看了一遍。那些都是可以住很多年、修建得很結實的房屋。「這就是送給那對幼稚的年輕人——賽依德和佐麗裴葉的禮物。這些房子連他們子孫後代都夠用了！」納賽爾丁阿凡提一邊跟在阿卡別克後面，一間又一間的看著那些房屋一邊想。房

屋裝飾得優美整潔、寬敞明亮。從敞開的一個個大窗戶裡投射進來的陽光照在各處，納賽爾丁阿凡提腳下好像鋪上了一層陽光織就的花地毯；窗扇被那從園子裡吹過來的風兒輕輕搖動，追逐著自己在牆上無聲的影子做遊戲。

第 三 十 五 章

從那天起阿卡別克已經不再是原來的阿卡別克。他走在慢慢流逝的時間前頭，做著開羅的美夢，他感覺自己現在就是宰相阿卡別克‧伊本‧穆爾塔孜‧花剌子模[1]，肩上也已感覺到了宮廷大官兒們才穿的沉重緞子大衣，想著胸前將要佩戴的各種勛章和腰間將要配著的金鞘的寶刀，並且甚至好像已經聽見它們在叮噹作響。現在他感覺在恰拉克鄉每拖延一天，就是對他未來官職的耽擱，流逝的每一分鐘都可能錯過各種機運和利益，而且失不復得。他令人不可忍耐的繃著臉；想與他交談對納賽爾丁阿凡提來說的確已經成為一種痛苦。他逼著自己那唯一的眼半瞎耳又聾的老傭人每天早上頭挨著地面、彎成兩折的給他鞠躬。現在他再也不讓納賽爾丁阿凡提靠近那頭毛驢兒了。

這些日子裡，鄉裡的人們照舊過著自己的日子：園子裡的果實正在灌著糖分，蠶仔兒已經變成了蠶，草原上的羊已經開始第一次和第二次產羔。每一個恰拉克人都又開始為夏季的事兒發愁了。到賽帕爾茶館裡來的人少了下來，常常不過四五個人，其餘的人由於起早貪黑的勞累，夜幕剛剛降臨就都去睡覺了。

對新的守湖人和他的奇怪行徑，恰拉克的人們都習慣了。茶館中有時也偶爾談到他。但他們仍然沒有擺脫阿卡別克那暴政的陰影──距離下一個灌溉期──那令人恐怖的日子已經為期不遠了。

就在這時，突然，好像驚雷般的一個又一個新聞接連傳來。

第一條新聞是依瑪木[2]在星期五清晨禱告之後宣告說，阿卡別克為了安慰亡靈而給清真寺提前一年捐款一千五百銀元，用以僱人做祈禱。

一千五百銀元！在灌溉之前──哎呀！他賣水澆地才能收回多少？安慰亡靈，哼！恰拉克人可從來沒有想到過什麼像玻璃一樣的小飛蟲，正因為如此，他們無法明白這個

謎底。「也許他是爲了那些快要餓死的人而做的。」賽帕爾像聖人一樣生氣的說。

第二條新聞是阿卡別克自己傳出的。他說他最近要丟下恰拉克，到克爾白去朝覲。阿卡別克這樣說當然是爲了不讓人們知道他要去埃及。

新的不安和怪事越來越多。他是在莊稼澆水前走呢，還是在澆水後走？最重要的一點就是這次灌漑他要收多少水費？

第三條新聞則非常恐怖而且凶險：阿卡別克派出三個人騎馬分赴三個地方去尋找阿布都·拉合曼哈孜。他把哈孜請到恰拉克來，要做什麼？他在即將離開之時要與什麼人打官司，簽訂什麼合約？

關心這些事的人越來越多的聚集在茶館裡。他們忘記了園子、田地和草原。賽帕爾又裝模作樣的說：「你們別著急，他臨走之前還來得及把我們都榨成窮光蛋！……」在這一片不安之中只有麥麥代力心中高興：不管怎麼樣，阿卡別克不會再要求娶佐麗裴葉了！

人們決定面對自己的命運，向阿卡別克問個究竟，這次灌漑到底要付多少錢。於是他們派去了四個老人。

老人們沒能見到阿卡別克，他不肯開恩。新的守湖人以他的名義與老人們交談了一陣子。他的話令人懷疑，沒能讓大家相信。

「你們會得到水的。」他說：「你們先不要賣什麼東西，你們口袋裡的錢就夠了。」

他們的口袋裡能有多少錢呢？把所有恰拉克人的錢都湊起來也不過就是一百五十來個銀元。老人們對新守湖人說了這個情況後，他笑著說：

「你們口袋兒裡有多少錢我都清楚——就像擠光了奶的山羊乳房一樣。儘管如此，我還是要再說一遍：你們什麼東西都不要賣，去跟所有其他人都這樣說，尊敬的各位。」

這種回答不但沒能使他們安下心來，反而讓他們更加不安。

這時去找哈孜的那些騎馬的人回來了，他們帶回來的消息說哈孜阿布都·拉合曼在六棵樹那個地方附近的一個鄉村裡辦完事後，明天晚上就要到恰拉克來。

鄉民們等待著將要發生的重大事件，幾乎被壓得連氣兒都喘不過來了。

恰拉克人中只有兩人——佐麗裴葉和賽依德沒有跟著慌亂。爲什麼他們沒有加入這慌亂的行列，每一個人都能很容易的找到答案。當年伊本·米尤菲爾德在他的大作《清晨的玫瑰花香》一書中說得好。他這樣寫道：「愛情如果很強烈的話，往往會使人神魂顛倒，失去理智，但也不必對此太擔心，因爲它並不可怕，也沒有害處，否則怎麼能行呢，因爲愛情本身是無比偉大的阿拉賜給我們的天生的感覺——難道眞主所締造的東西能是有害的嗎？所以當你見到成爲戀人的年輕人們如痴如醉的樣子時，沒有必要見怪。

他們的心靈和感覺已經交織在一起，誰都無法把他們分開，就連他們自己也都無法解開這種情結。所以在與他們談論他們所選擇的心上人時，千萬不要與他們爭論，應該非常謙虛的傾聽他們的話語，因爲他們彼此相愛，也就是說，與他（她）爭論是沒有好處的；爲此而指責他們，那是蠢人才做的事。」按照這位聖賢的哲言，我們也應該謙虛地看一看我們自己的這一對情侶。這裡沒有必要重複他倆那已經交織爲一體、在感覺和心靈中所迸發出來的「誰也無法區分的」的話語，還是把那果園裡寧靜的夜留給這四目相對的人們去吧！

老哈孜阿布都‧拉合曼多年來一直過著邪惡的生活，冤枉了多少無辜好人，到頭來他的心、他的整個身體、眼睛和臉甚至整個人都變成了歪的。他那掛著一個大疙瘩的脖子[3]是歪的；他的鼻子又尖又細，兩個鼻孔分得很清楚的歪向一邊；他的嘴也很奇特的朝一邊歪，鬍鬚也順著歪嘴向一邊垂著；除此之外，由於他的左腳殘廢，每走一步都要前顛後簸、左歪右傾。所以人們簡稱他爲「歪瘸子阿布都‧拉合曼哈孜」。再有，他經常用一隻眼睛——左眼或右眼來審查哈孜事務，而另一隻眼睛總是瞇起來；當他處罰別人時他就瞇住右眼，收拿別人賄賂時就瞇住左眼。他就這樣一成不變的生活在這兩種狀態之中，也就是處罰的這邊或是那邊。否則他只用一隻眼睛看世界。

他坐著一輛馬車向這裡走來。上面有遮陽篷、已經老掉了牙的這輛馬車，由於轂轆歪著轉而經常走斜路，不喜歡走平坦大道；每到一個轉彎處，那車轂轆都發出很難聽的吱扭聲。套在車轅裡的雜花馬又矮又小，總是豎起短鬃毛、瞪著眼睛，牠的尾巴短粗，眼球上還有一層白膜。坐在鞍上的車夫也是一條腿向裡收回去，另一條腿伸在車轅上，歪著身子。哈孜本人以大官兒的派頭坐在前面吊著門簾子的車裡；車外，一邊的車轅上坐著曾參與過這個哈孜一切骯髒交易的秘書。這個老秘書雖然不歪，但卻完全散了架似的，就像一塊洗過擰乾而忘記用熨斗燙平，就那樣縐縐巴巴地晾在繩子上的土布卷一樣。他那像甜瓜一樣的長圓形腦袋上纏著的花裹頭布也纏繞得像一卷繩子一樣。

阿卡別克派人請哈孜到家裡來作客，但是哈孜爲了保護自己聖潔的聲譽不被各種流言蜚語所玷污而婉拒。他下榻在茶館，賽帕爾把那些愛聽閒話、愛湊熱鬧的人都趕走了，把招待哈孜的事都安排給了賽依德，自己挨門挨戶的去找褥子。按照當時的習慣，對到來的每一個大人物，都要給他們鋪上很多層褥子——賽帕爾的意思給這位哈孜至少要鋪上十層褥子。

哈孜洗浴並喝過茶後，一聲不吭的只用右眼看了一下他的秘書。

秘書也不吭聲的站起身來，向阿卡別克家出發了。

他回來時已經挺晚了，茶館中間已經擺了一大堆褥子。這些褥子不是十條，而是十

四條。哈孜側著身子躺在上面，用第十五條褥子蓋在身上。秘書像剛才那樣不出聲的伸出了兩根手指，然後又伸出了半根手指。這表示二百五十個銀元。哈孜吸了一口氣，閉上了右眼，睜開了左眼，這表示已經從「至少」達到「可以」了。

然後他們之間繼續進行了一段很簡短、茶館老闆聽不見的悄聲交談。

「是什麼糾紛？」哈孜問。

「不是糾紛，是合約。」秘書回答說。

「合約？」哈孜驚奇的說：「對一個合約就那麼慷慨？」

「他真走運。」秘書說：「我覺得好像抓住了一個很大的好處的尾巴。」

「應該是真正合法的好處。」哈孜補充說：「完全合法，明天就知道了。」哈孜說完話翻個身，臉朝另一邊躺著，閉上了左眼，因為「至少」和「可以」的事都不能占用他的睡覺時間。

老哈孜阿布都・拉合曼在自己一生中所遇到的、和親手寫過的最邪門兒的合同中，最不可思議的就屬這次。用一個有這麼多收入的湖、房屋和莊園換來的就是一分不值的這麼一頭小毛驢兒！這個合約這樣看來有一個潛在的目的。按照法律，應該嚴禁這種具有潛在目的而私下簽約的行為。所以，這種合約草擬時要達到不被由國王派出的專門監督哈孜們行為，而又經驗豐富的官員們看出破綻的水準才行。

當阿卡別克大聲宣布他鄭重決定要用他的湖、房屋和莊園換來一頭小毛驢兒時，茶館前圍觀的人們都大驚不已，一片騷動，好像被捅了的馬蜂窩似的「嗡」的一聲亂了起來。茶館的板炕前出現的這「嗡嗡」聲片刻就傳到了後邊，後邊的人一下子也跟著動了起來。這聲音就好似一陣呼呼的旋風，颳到牆外，傳到了各處孩子們的耳朵裡，然後又颳進家家戶戶，傳到了圍著各種花頭巾的女人們的耳朵裡。用那座湖換了一頭小毛驢兒！他用那個湖換了一頭驢！恰拉克人的心裡好像被煙霧蒙住了，沒有一個不訝異、不心驚的。

但是老奸巨猾的歪瘸子阿布都・拉合曼哈孜對此卻毫不驚奇，甚至連眉頭都沒有皺一下。他坐在茶館板炕上的由賽帕爾給他鋪好的十五層褥子上的樣子，就好像坐在皇帝寶座上似的，神氣十足的臉朝著眾人。他的秘書坐在他的下方，兩眼直盯著手中的哈孜公署文記簿，長長的鼻子尖兒都挨到了文記簿上。他學著他的主人，也旁若無人地坐在那裡。

哈孜用嚴肅的目光向眾人掃視了一下。

「哄哄嗡嗡」的聲音好像一下子滲進了大地，最後人們全都靜了下來。

人們焦急的等待著，四周鴉雀無聲。

「吾扎克巴依‧巴巴江‧吾古力！」哈孜喊道。

納賽爾丁阿凡提抓住轡繩，牽著毛驢兒來到了板炕前。

「你對阿卡別克‧穆爾塔孜‧吾古力的話有什麼異議？」哈孜問：「你對這種交易滿意嗎？」

「滿意。」

恰拉克人中又發出了一陣哄聲。他同意了！怎麼能不同意呢——在最搶手的市場上賣上三十銀元都沒人要的一頭驢，卻換來了這麼多財富！

私下裡的幕後交易仍在進行著，人群中不知是誰忍不住尖叫了一聲。

哈孜仍像剛才那樣保持著平靜。

「雙方對這筆交易都表示滿意！」哈孜宣布說：「這符合法律的第一步要求。現在，鄉民中如有反對這個合約的，可以當著眾人的面拿出足夠的證據來！」

沒有這樣的人站出來。

哈孜等了兩分鐘左右的時間，然後做出判決說：

「我證明，這份合約沒有任何人反對，因此我批准這份合約成立。」

現在只剩最後一件事，也就是寫出判決書。所要書寫的這個文書必須是沒有一點破綻的。

這時老哈孜開始要他那判官的手腕兒和狡詐了。

他想了約莫五分鐘，要想猜透他那老腦袋裡有些什麼鬼點子，並且將採用什麼方法是很難的。這時，他頭上的裹頭布似乎配合著他腦袋裡邊的思路歪向左邊，垂到了耳朵上。接著他的眼鏡、他的身體和被賽帕爾用肩膀勉強頂住的那十五層褥子也都向左歪了過去。

哈孜在說話時，對自己的英明感到驕傲，這從他的語調中就可以聽出來。

「記錄下合約雙方當事人的姓名！」他向秘書命令道。

　　秘書好像在用自己的長鼻子尖兒寫字一樣，向前趴得很低，他手中的筆在文記簿上發出「咯吱咯吱」的響聲。

　　這時哈孜的腦子裡正在醞釀著能表示這份合約合法，並且雙方交易的東西價值相當的詞句。

　　「收入豐厚的湖及其所屬的房屋、莊園。」他意味深長、胸有成竹的抬起身來說：「非常好，寫！」他向秘書命令似的做了個手勢。「按照這樣的順序寫吧：房屋、莊園及其所屬的湖，因為誰能說它不是湖——水坑呢？再則：如果上列房屋、莊園從屬於那個湖或是說附屬於那個湖的話，那麼反過來，也就是說，湖也就屬於房屋和莊園啦。我怎麼說你就怎麼寫：房屋、莊園及其所屬的湖！」

　　這樣寫過之後，已經巧妙的完成了事情的一半：僅僅簡單的移動一下詞句的順序，那個湖就變成了人家房前院後的小水坑。對這種院子進行估價時，當然，占主要分量的應該是房屋，然後是園子，水坑只不過按慣例順便提一下，因為水坑是不值什麼錢的。

　　一方的財產價值縮小了幾十倍。但是合約看起來仍然嚴重的偏向左邊。為了使雙方平衡，英明的哈孜開始努力審查另一方的財產。

　　在這一方他又換了個新花招，說：

　　「吾扎克巴依・巴巴江・吾古力，你帶來的用以交換的那頭驢的名字叫什麼？快說！」

　　「我常叫它蒲外克——魁吾克。」

　　「蒲外克——魁吾克！」哈孜大聲說道：「換了這麼多東西的這個生靈的名字怎麼這樣難聽！如果給牠起個其他的好聽一點兒的名字我看才合乎情理，要是不叫阿勒屯[4]，至少叫個庫姆西[5]怎麼樣？」

　　「那樣也可以。」納賽爾丁阿凡提立即理解了哈孜的意思並表示滿意。「對我反正都一樣，對牠倒是更好。」

　　「記下來！」哈孜要求秘書說：「寫：上面所提到的財產——房屋、莊園及其所屬的湖由阿卡別克・穆爾塔孜・吾古力方交給吾扎克巴依・巴巴江・吾古力方，用以換取他的……普特銀子，說說看，吾扎克巴依，」哈孜用傲慢、自我陶醉的語調和好像是從喇叭裡發出的聲音說：「快說呀，你的那頭毛驢兒有多重？」

　　「嗯——也許有四普特重吧。」

　　「我需要準確的重量。」

　　「那麼好吧，牠沒有工作，又吃了那麼多饢，就算四普特七卡達克[6]半重吧！」

　　「記下來！」哈孜大聲命令秘書說：「交換四普特七卡達克半庫姆西。對上列事宜由

本人阿不都‧拉合曼‧哈孜‧萊蘇勒‧吾古力⑦以汗王的名義，按照法律特寫出，並批准此文書！」

納賽爾丁阿凡提十分吃驚的望著哈孜：雖然事情本是一個騙局，但這事兒卻處理得那麼精準毫無破綻，真令人讚嘆。

「故此，本人特簽名並蓋章！」哈孜又大聲說。他的頭頂衝著茶館和茶館前擠滿人群的上空，然而他自己卻越來越歪向左邊；這時賽帕爾好像老得甚至忘記用肩膀支撐住那些褲子，哈孜還沒有來得及說完最後一句話，就和那十五層高的褲子一塊兒慢慢的歪著倒了下去。

交換結束了。現在那個湖屬於納賽爾丁阿凡提，毛驢兒則屬於阿卡別克了。

哈孜給雙方每人一份蓋了大印的判決書。

驚奇不已的恰拉克鄉民們議論著今天發生的事件，紛紛回家去了。

茶館前的路上空了下來。

沒過多久茶館裡也空了下來。老哈孜離開了恰拉克，向積案累累、等待他去處理的其他地方出發了。

他臨走之前，納賽爾丁阿凡提低聲的問他：

「尊敬的哈孜大人，能否想個辦法在盡短時間內再來一趟恰拉克？」

聽了這話的哈孜立即閉上了左眼，並且用睜開右眼的暗號表示「至少」。

「處理完附近村子的事務，約莫四天後我就可以回來。」他一邊回答，一邊踩著馬車轂轆呻吟著上了車。

秘書又坐在了自己的老地方，也就是車轅架上。

馬車夫一條腿圈著，另一條腿伸在車轅的一邊，歪坐在馬鞍上，「駕！」地吆喝了一聲，並用鞭子抽了一下那拉車的馬。

馬車順著道路「咯吱——咯吱」地向前移動了起來，車身兩邊搖晃、顛顛簸簸的越走越遠，消失在楊樹林中。

這一天，納賽爾丁阿凡提和阿卡別克都度過了一個不眠之夜。

被穿上埃及宮廷官袍的慾望沖昏頭腦的阿卡別克，一天都不願在恰拉克多留。天快亮時他就開始準備啓程了。

他上路用的布袋在頭一天晚上就準備好了，只剩再帶兩罐子奇蹟水了。

半夜時分，他已把盛滿了奇蹟水，並且口兒用蠟封得嚴嚴實實的罐子準備妥當。

阿卡別克把納賽爾丁阿凡提給他寫在中國紙上的咒語紙符，綁在上路人才用的貼身布腰帶裡。這腰帶裡還裹著從麥麥代力那兒收來的貴重珍寶和錢。

天濛濛亮了。

「時間到了！」阿卡別克說：「再見，吾扎克巴依，等著吧，我會從埃及派人給你送很值錢的禮物來。我要派人給你送來金製的水煙鍋和銀酒壺。」

納賽爾丁阿凡提雙手交叉在腹前，鞠著躬回答說：

「謝謝您！啊，埃及大地上偉大的統治者、宰相，請允許我最後再爲您效勞一次。」

他走進屋裡，過了一會兒，拉著那四蹄蹬地、拗著不願出來的毛驢兒走了過來。

毛驢兒的蹄子落在石頭台階上，「喀噠喀噠」的走下台階，逕自朝園子裡已被吃掉一半的花圃走去。

納賽爾丁阿凡提拉了一下韁繩，讓牠停住，很俐落的把布袋搭在了牠的背上。

「你這是做什麼?!」阿卡別克大喊一聲並從驢背上拿下布袋。「這會把王子壓壞的！說真的，你的頭腦糊塗了，吾扎克巴依！」

「否則的話我做些什麼呢？」納賽爾丁阿凡提驚奇的問道。

阿卡別克沒有回答他，而是生氣的瞪他一眼，然後吭吭哧哧的把布袋背在了自己的肩上。

「您是不是想這樣走到開羅？」納賽爾丁阿凡提問。

「到浩罕我要買一匹馬，用來馱這些布袋。我自己要步行去，因爲王子步行，不然的話那多麼不好啊！我，當然，完全可以僱一輛馬車讓王子坐車去，但是他現在這個樣子坐馬車上路，路上會有很多蠢人恥笑我，說不把毛驢兒套在馬車邊上拉車卻讓牠坐馬車。」

「這真是英明之言啊，宰相，您真是智慧無窮！」

黎明的曙光很快衝破黑暗，天空披上了一層粉紅色的柔紗。園子裡的每一個角落都開始傳出鳥兒的歌聲。

毛驢兒、阿卡別克和納賽爾丁阿凡提上路了。遠方的山腰還矇在霧幕之中，但那山巔之上的雪嶺卻早已和剛剛探出頭來的太陽無聲的交相輝映。山谷裡，懸崖下的雲朵也夾雜著芳香冉冉升起。這清晨的空氣使人感到格外清爽。

「路上最好有阿拉伯迪納爾。」納賽爾丁阿凡提告訴阿卡別克說：「這種錢到處都可按價通兌，因爲阿拉伯金幣與其他金幣一樣，不與低價物品通用。但在兌換中您可要注意，銀號中大多有假，他們可能把含金量少的假金幣換給您。啊，尊敬的宰相大人，您在浩罕辦完事之後，在上路之前，去找一找拉黑木巴依的店舖，這個店舖就在大市場的水塘邊，那修了十五年都沒有竣工的水渠左側。您一問拉黑木巴依，所有浩罕人都能告訴您，人人都認識他；他是一個非常守規矩的銀號店主，對他，您不必懷疑。」

「也許他會收購我的這些珍寶？」

「是的，當然，只有他會收購！另外，他比別人給的價錢好。」

「就是說，他住在那個大水塘的水渠左邊？」

「是呀、是呀，沒錯！是眞主的造化，讓您這麼足智多謀，啊，宰相大人！」

「那麼再見了，吾扎克巴依！」

「再見了，宰相閣下！」

「等著我的禮物吧！」

「好的，我會等待，偉大的宰相！」

「你給尊貴的王子鞠個躬，告別。你和王子殿下長時間在一起相處，對這樣偉大的幸福，應向他表示感謝。」

「我要頭挨到地面鞠躬致敬，表示我的感謝之意。」

他們分手了。

納賽爾丁阿凡提好一陣子望著他們的背影。這就是人性中有趣兒的另一面！——阿卡別克是他的敵人，但是儘管如此，現在他對阿卡別克將面臨的事卻有一絲絲的不忍，離別對人具有多麼強大的影響力呀！

沒有必要對那毛驢兒多加贅述！牠走了五十來步之後就停了下來，歪著嘴唇、愁眉苦臉、不無奚落的看了納賽爾丁阿凡提一眼。納賽爾丁阿凡提忍不住流下了熱淚。「嘿，飯桶！」他在心裡喊道，「你竟然會以為與你一道漂泊四方、浪跡天涯的老朋友眞的願意把你送給一個什麼叫做阿卡別克的人，捨得與你分手？不，我絕不是那種叛徒小人，我們還會在一起很多年！」

上路的人們從視野中消失了。他們的腳印被那高聳入雲的雪峰投下的紫紅色清涼而又透明的陰影所淹沒。

納賽爾丁阿凡提回到了高坡上的小屋裡。

獨眼人按照昨天商量好的，已在那裡等候。

「我已準備好了。」他乾脆的說：「為了我在浩罕不再去找錢用，得給我一點錢。」

納賽爾丁阿凡提數著錢，說：

「你要跟蹤阿卡別克，注意他的每一步動向。從今天開始不到一星期他離不開浩罕，到那時我也趕到浩罕了。」

「如果你走得快……」

「特別要看好我那頭毛驢兒 如果我要是失去牠的話，我眞不知道該怎麼辦！」

「我不會讓牠丟掉，那是不可能的，因為牠對我來說也非常高貴——我也已經跟牠相

處無間了！這個拗脾氣、肚子裡總是『嘰哩咕嚕』叫的長耳朵夥計，還挺讓我捨不得呢！」

「好，那就去吧！願無比強大的真主保佑你！」

「多保重！真主保佑你的所有想法都能實現！」

這樣，納賽爾丁阿凡提在這黎明時刻又送走了獨眼人。

註 ①阿卡別克‧伊本‧穆爾塔孜‧花剌子模—— 阿卡別克的全名。其中「阿卡別克」為本人名；「伊本」是阿拉伯語，表示某人「之子」的意思（有的譯為「本」、「賓」等。隨著伊斯蘭教的傳入，中亞、中國新疆一帶的突厥語各民族人名文化受到了較強的阿拉伯語影響，具有較強的伊斯蘭教色彩）；「莫爾塔孜」為父名，與前面連起來意為莫爾塔孜之子阿卡別克；「花剌子模」為地名。中亞以及中國新疆一帶一些突厥民族歷史上都有把出生地名加在自己名字之後的習慣，如：薩迪‧設拉子和馬赫穆德‧喀什噶里中的設拉子和喀什噶里都是地名（喀什噶里即現中國新疆境內的喀什一帶，現代漢語中的「喀什」一詞是維吾爾語「喀什噶里」這一地名的簡稱和縮寫）。舊時一般在鄭重場合成年男子用全名。
②依瑪木——對伊斯蘭教大學人和穆民領袖的尊稱；教長。在這裡是指清真寺裡帶領伊斯蘭教徒做禮拜的人。
③掛著大疙瘩的脖子—— 俗稱大脖子病，即甲狀腺腫瘤，嚴重時可長得像茄子一樣大小，突出體外，好似掛在脖子上；是距離海洋較遠的中國新疆及中亞一帶由於碘缺少引起的一種地方病。
④阿勒屯—— 金子。
⑤庫姆西—— 銀子。
⑥普特—— 中亞及中國新疆一帶歷史上曾經通用過的重量單位，在一些國家和地區的民間至今仍在沿用。現今的重量一普特約為16.38公斤；卡達克磅，古各地的衡製中標準不一，約在300～1070克之間。
⑦阿布都‧拉合曼‧哈孜‧萊蘇勒‧吾古力—— 這裡是阿不都‧拉合曼把哈孜這一官職名稱加在了自己的全名中，以顯示自己的地位和權力。

第 三 十 六 章

　　儘管燕子是這個世界上最小的生命之一，但也應該讓牠在我們這本書中，占有自己的一席之地。生存在這個世界上的所有的生命中誰又能在牠的面前自恃高碩、稱孤道寡呢？這種傲慢自負雖然只屬於某些人，但這也無益於他們聲譽的提升，只能表明他們的短見、偏執和狂傲。而我們則可以坦然而又明確的說，比起那些驕傲自大、動輒吹鬍子瞪眼、沒有翅膀和尾巴、只有兩隻腳的生靈來，那些有翅膀、有尾巴、兩隻腳的小動物倒是更令人感到親切可愛；讓我們用我們自己的語言、用同胞一般的愛心來繼續關於這隻燕子的話題吧！

這隻燕子住在賽帕爾的茶館裡——在屋頂下兩根椽子間築成的溫暖的小窩裡。牠像恰拉克的其他家燕一樣生活著：夜裡吱吱喳喳的叫個沒完，轉動著小腦袋，用嘴清理翅膀下面的羽毛；白天豎起全身的羽毛，在路上蹦跳，在暴土中打滾兒，然後到渠裡用嘴銜上水，噴在自己的身上，最後飛到水磨房去吃穀粒，或是飛到葡萄架上啄食葡萄。母燕每年兩次——初夏一次、仲夏一次產出很多小寶寶。牠總是高興、敏捷、活潑並且好鬥；牠雖然有自己的安樂窩，但還總是想去搶占別人的窩，並且常常鑽到土燕喜歡的洞裡，與土燕大聲吵鬧，直到最後翅膀被抓爛，頭被啄破，被土燕趕出來才算了事。然而對那些灰燕的窩，由於牠知道他們非常厲害而不敢去冒犯：因為進到灰燕的窩裡之後，灰燕會把牠鬥得焦頭爛額。這樣牠才按照與世界上所有生物共同生存、平等相處的規矩生活，但又像其他生物一樣每天小錯誤不斷的長期住在這個茶館裡。就這樣，牠盡情享受著一隻鳥兒所能有的幸福生活。這方面沒有什麼大事可言。當然啦，因為牠並不具有高度的智慧和精神，時候一到，牠的末日來臨，就會變成隼鷹爪下或貓嘴裡的不起眼兒的食物，和牠那成千上萬個黑色朋友一樣，不留任何痕跡的丟下這個世界而去。但是這無比強大的世界選擇了牠，並且用手指著牠說：「你！」於是這句話讓牠把自己的一段光輝記載留到了下一個世紀，成為不朽。世上雖然有很多很多人為了在一些偶然的事件中獲得這句話而做了不懈的努力，但都徒勞，可這小小的燕子卻得到了！牠的生命軌跡像一條黑色的絲線被編織在納賽爾丁阿凡提的事蹟中，編織在他那氣貫長虹、壯麗多彩的掛毯中，並將永遠留在這掛毯的畫卷裡。

最有趣的是，在霍間特那座破舊的古哈爾霞特清真寺中的老乞丐的事並沒有結束，那個老乞丐是如何、又為什麼要到那個坐落在大山之中的偏僻鄉村裡來的呢？也許有人會這樣問。所有這一切的關鍵就在於他在這裡的出現。準確的說，他是為了尋找納賽爾丁阿凡提而來的。他們之間進行了一段長時間的對話，更確切的說，應該是心靈的交流。因為老乞丐只是在納賽爾丁阿凡提腦海中出現。這裡要說的是，納賽爾丁阿凡提可以清楚的看見他，並且可以清楚的聽見他的話音，很難說這是否發生在夢裡；作為混沌思想家的這個遊星僧是怎樣出現的，他是虛幻之身還是半隱半現之人，請您來澄清一下如何？對他的出現看來有必要特別說一說——否則就不容易明白了。對那燕子，讓我們稍後再回到牠身上來。

納賽爾丁阿凡提送走了阿卡別克和毛驢兒，接著又送走了獨眼人，然後向新換來的房子走去。他在這裡一整天都在和阿卡別克留下來的罈子裡的酒「談心」，獨自坐在那裡思考著。他命令那老傭人對所有人——不管是為了澆水的事而來的老人們，還是賽依德都不讓他們進來。

　　他這樣思來想去不是沒有道理的：今天早上在他面前出現了一件有關那個湖的事。這是出乎他意料之外的。

　　他把阿卡別克趕跑了，湖也奪過來了，當初向霍間特老乞丐許下的諾言也實現了。但是今後對這湖應怎麼辦呢？難道為此要搬到恰拉克來住？可以把它贈送給賽依德作為結婚的禮物，當然。但是那老乞丐會怎麼說呢，他會同意這個決定嗎？也許他對這湖會有個什麼意見，但他什麼都未曾說過。現在你願意怎麼想隨你！說真的，這個順從者和追隨者僧人就是為了讓人頭腦糊塗而到這個世界上來的！

　　壜子──這個狡猾的談心對象總是把最寶貴的珍珠、最重要的真理藏在最底下，並且讓人越喝越感到親切。但是當勇敢的探索者透過奮力打撈到達它的底部時，不要說得到珍珠，甚至連稍微清楚一點的看到它都不能。納賽爾丁阿凡提也正是如此，這一天，他兩次到達了壜子底兒，兩次都空手而歸，沒能得到珍珠……這樣，他直到晚上都沒有想出什麼結果來，甚至一邊和壜子說話，一邊忘卻了自己腦子裡曾出現的一個個想法，智慧也顯得渺茫起來，心裡感到很不滿。在老傭人恭敬的攙扶下，他向園子最邊上鋪著被褥的葡萄架那邊走去。

　　這就是一個星期前他和阿卡別克一道說服王子時，那個葡萄架的地方。奇蹟田旋花、奇蹟牛蒡草仍然長在那裡，葉子上的奇蹟蚊子仍在嗡嗡的叫著。納賽爾丁阿凡提一邊打著盹兒，一邊在想：「現在要是有一個關於如何處置這個湖的好辦法飛進我的腦子裡就好了，唉！」他開始是為了得到這個湖，現在是為將來如何使用這個湖而憂心。這時他想起霍間特的那位讓他絞盡腦汁的老人，不由得心裡在詛咒著他。他來不及想得更多：他的頭腦更加昏矓，思緒撩亂，他睡著了。

　　這葡萄架的確是神奇的──納賽爾丁阿凡提對此也深信不疑，因為這天夜裡發生了一件奇特的事：霍間特的那位老人來到了這裡。

　　在快到半夜的時候，那老人出現了，葡萄架下頓時充滿了蔚藍色的亮光。亮光中，老人好像是在繚繞瀰漫的雲霧之中、在靜靜閃爍著的星光裡出現的。納賽爾丁阿凡提本應對此感到驚奇，但此時他卻像正在等待著老人一樣，一點兒也沒有感到奇怪。

　　老僧人坐在了他面前的板凳上，猶如在祈禱似的用手拊著那時而被雲團擋住、時而又在微微的閃光中露出來的長鬍子。

　　「你好！納賽爾丁阿凡提，你今天想念我了，所以我來了。」

　　「您好！尊敬的老人。」納賽爾丁阿凡提回答說：「您是我的客人，請您嚐嚐我的酒吧！」

　　「我不需要酒。難道，你忘記了我是一個僧人，已經戒除了這種吃喝之樂？對於你所

做的好事，我是特來向你道謝的。現在我就是重新在星際間遊方、修行，也不會再有任何凶孽使我感到不安了！」

納賽爾丁阿凡提擔心老人會否再次向他做勸誡。

「我所做的不值一謝。」他打斷了老人的話。「我還沒有把事情徹底做完。您來得正是時候，要不然我都不知道該怎麼辦才好。現在我應該如何處置這個湖呢？關於這，我們商量商量吧！」

「關於今後這湖應該怎麼辦？這你還不知道？」

「尊敬的老人，我從哪兒知道呢？您在我們的最後那次談話中並沒有指示我該如何處理這個湖呀，因爲那時公雞已經開始啼鳴了。」

老人微笑了一下，謙虛的眨著那閃亮的雙眼，說：

「記得，記得，怎能不記得呢？那時我在關於時間方面犯了一個大錯誤，我規定了時間。對此你不必生氣，納賽爾丁阿凡提。」

「我絕不會生氣，只要我們不再犯第二次錯誤就好了。快到半夜了，您的時間不多了，所以最好還是言歸正傳，然後再談別的。」

「好，就這樣。」老人贊成他的意見。「那麼，就言歸正傳吧──這麼說，你已經找到了自己的信仰？」

「難道您以爲我還有時間去尋找它？」納賽爾丁阿凡提壓住心中的不悅，因爲老人在把納賽爾丁阿凡提的思緒從那個湖的事上引向別處。「尊敬的老人家，我已經沒有時間再去尋找什麼信仰了，因爲一則我要尋找您所說的一個不知在什麼地方的湖，二則我要把它奪過來，現在我又必須考慮如何處置這個湖，關於信仰問題我們以後再談也來得及！現在請您談談您對那個湖的高見。」

老人思考著，不再吭聲。在他那像雲霧一樣的身體中間，從心窩兒裡燃起了一點淡綠色的火焰，彎彎的火焰形成一股細流，火焰在微微跳動，蔓延匯集，直升向他的嘴唇；與這火焰相反，從老人頭頂上一股藍色的焰流開始向下流動。納賽爾丁阿凡提看見這景象，心裡在判斷：那藍色的焰流代表思想，綠色焰流代表感覺，在它們到達那緊閉的嘴唇處匯合時老人才能說話。

恰恰正是如此，老人開始說話了：

「納賽爾丁阿凡提，你距離一個眞正的聖人還差得很遠。解開關於你的信仰和人生道路上所遇到的重重疑難，以及現在解開關於那座湖的謎團的鑰匙，就在你自己手中。」

「請您指點迷津，尊敬的老人家！恕我大膽提醒您，快到半夜了，您能說話的時間只有幾分鐘了！」

「啊，納賽爾丁阿凡提，這樣是不是更好一些。」老人在熱烈而又莊重的粉紅色亮光中眨著眼睛，抬起一隻手，說：「爲了使它更加完美，所以把那關於湖泊的思考交給你自己的靈魂不是更好嗎？」

這時納賽爾丁阿凡提已經明白，自己這次仍然聽不到關於那個湖泊必要的答案了。

「我可能在信仰方面給你一些幫助，這就算作爲我對你的答謝。」老人繼續說道。他周遭那粉紅色的閃光變成了透明的銀白色，後來又變成金黃色，最後突然變成五顏六色交相輝映的一道彩虹，泛出耀眼奪目的光芒，甚至連納賽爾丁阿凡提都瞇上了眼睛。「無需直言，我只在尋求信仰方面給你指出路一條。」

「這樣做當然沒有什麼不好，尊敬的老人家。」納賽爾丁阿凡提出於禮貌而表示滿意。

「用你的右手拉住我的左手！」

納賽爾丁阿凡提抓住他的手時沒有感覺到有什麼手，只感覺到有一個冰涼、濕漉漉的東西。從老人身體裡發出的光越來越強，那光芒下的彩虹把自己的亮麗盡灑在葡萄架下。

「閉上你的眼睛！」老人用宏亮的聲音莊嚴的說：「跟著我！」

這時他們都開始飛了起來——飛得是那樣快，甚至納賽爾丁阿凡提連氣兒都喘不出來了。

「現在睜開眼睛！」又傳來了老人的聲音。準確的說，他並沒有聽見，而是早已從另外的一個途徑感知到了老人的聲音。

他睜開了眼睛。

葡萄架不見了，周遭好像充滿了老人釋放出來的濃郁的藍色雲霧。

「看一看並且好好領悟領悟！」老人說。更準確的講，老人沒有說出聲來，只是嘴唇在動，因爲從他那動彈著的口中發出的不是聲音，而是飛出的一道道長長的彩雲狀的閃光，彩雲上出現了一些人們看不懂的話語，但是納賽爾丁阿凡提不用聽就已感悟到了。

「我現在什麼也看不清、什麼也不明白！」納賽爾丁阿凡提回答說。同時發現自己也和老人一樣只是嘴唇在動，他看著自己驚呆了：自己已經失去了常人的形狀，僅僅有靈魂的影子——酷似一條模模糊糊隨風飄逸的布幔。

要想讓納賽爾丁阿凡提害怕是沒有那麼容易的。但是現在他害怕了！也許這位遊方星際的老僧人在和他開著一個非常危險的玩笑。

「這……是怎麼回事？……怎麼了？」納賽爾丁阿凡提驚慌的說著，但是只感覺到自己在艱澀難言、斷斷續續的嘀咕。「這是在哪裡，我這是在哪裡呀？……我的軀體在哪

兒？……喂，尊敬的老人，我要對你說，這太過分了，您這是把我帶到哪兒來了？」

老人為了讓他安心，兩眼像祖母綠寶石一般閃爍著回答說：

「別害怕，納賽爾丁阿凡提，你就在我身邊，說真的，我真不明白你為什麼這麼害怕；難道，你那庸俗的軀體就那麼寶貴？」

「尊敬的老人家，我們之間的區別是非常大的！」納賽爾丁阿凡提趕忙央求著說，但從他嘴裡冒出來的卻是淡淡的紫羅蘭色的雲朵。「我怎麼可能像您那樣聖賢或達到那樣完美的精神境界呢？」

為了以防萬一，他想用這話來討好老人，擔心老人會使他永久成為沒有軀體的靈魂。就在這時，他急忙眨著眼睛，視野裡出現了一片讓人感到不親切的、模模糊糊的黃色。幸虧老人沒有看見他，也許雖然看見了，但是為了不讓他傷心而沒有吭聲，也沒有用嘲笑的眼光責備他。

「放心吧，納賽爾丁阿凡提，你的軀體就要回歸於你了！你看。」

失去了軀體的納賽爾丁阿凡提向下望去，在下邊一個很遠的地方有一個葡萄架，他看見自己正在那葡萄架下睡覺。

「你的軀體毫無異樣的在原地沉睡著，但是現在你的靈魂並沒有睡覺，而是在星際間漫遊！」老人說：「你會知道很多東西，但你必須弄明白！」

可是不論納賽爾丁阿凡提怎麼使勁向老人釋放出的雲霧裡張望，結果還是什麼都區分不開來，也沒能夠明白。眼前的一切都在顛簸著，遮在雲霧之中。腦子裡什麼都想不起來。一切看起來都是明白的、平等的、自由的、清楚的，一切的一切都可以從這樣或那樣，或是另外一種什麼形式去思考。納賽爾丁阿凡提在這雲霧中想找到地面上的一個什麼東西，但都徒勞，因為他想以那個東西為原點，構築自己一貫的思路，可是他在四下裡沒有能夠找到那樣一個東西。

「我什麼也不明白！」他重複說著。「尊敬的老人，這裡只有問題，沒有答案。大地在哪兒，人們在哪兒，他們的歡笑和悲哀，還有我按照您的囑託在大地上做了好事而回歸了的那個湖在哪兒？我在這什麼也辨認不清的雲霧裡怎能幹好事呢。因為這裡的一切都是不可靠的並可疑的，這裡又沒有人，我要為誰奉獻我的生命呢？我要與之戰鬥的那些凶神惡煞在那裡，向誰、到什麼地方去戰鬥？難道要反對那些星星？不！尊敬的老人，高遠的星空不屬於我，求求您，送我回到下面、回到地上去吧，我的歸宿在大地！……」

他越說，那沉默的老人就變得越模糊，後來就像融化了一樣，頓時消失得無影無蹤。周遭的雲團也都散去了、消失了！納賽爾丁阿凡提也回到了自己原來的地方，又可

以看到、聽到、感覺到這個世界上的一切事物了。把自己的願望凝結在一起的人類就生活在這裡，他們自願的互相幫助，甘心情願的從事著各種活動；他們每一個人爲了自己的幸福，也爲了包羅萬象的大眾幸福而永遠努力向前；只有在這大地上他們每一個人才有可能快樂地生活，才能看到一切、聽到一切、感知一切、了解一切，他們屬於這大地。

納賽爾丁阿凡提醒來了，睜開了眼睛。他被周遭的黑暗和潮濕所包圍：吹進葡萄架下的冷風撫摸著他的臉。透過葡萄葉間的縫隙，太空裡的星星靜靜的眨著眼睛。午夜已經快要過去了。

他的頭仍然在隱隱作痛，但思緒仍與往常一樣清楚。納賽爾丁阿凡提微笑了起來：不，他不能與那老僧人一起當星際遊魂，他的歸宿是親愛的大地。當然，那種追求很好並且高尚，但他還是選擇了對自己的思想和事業自己當家作主這一最簡單的理念——大地的理念。

他又回到了關於那個湖的思緒之中，感到自己好像已經從昨天的猶豫不決中超脫了出來。一切都似乎變得清楚、簡單、沒有任何疑問了。「眞奇怪，原先爲什麼沒能明白呢！」納賽爾丁阿凡提大聲自言自語的說。與不適合於自己的夥伴——那壞子和雲霧中的老人是怎麼打上交道的，對此，他的智慧也顯得不夠用了。

現在我們該說說那隻燕子和納賽爾丁阿凡提如何相遇以及使他們相遇的原因了。

在半小時前，他們還沒有想到彼此有任何關聯，雙方都各自按照平等的權利忙於自己的事情：燕子正在茶館的屋頂上享受著夕陽那桃紅色餘暉的最後的溫暖，用非常親切的「唧唧」叫聲送別那正在向著西邊漸漸沉去的紅日；納賽爾丁阿凡提則坐在下邊的茶館裡，周遭的恰拉克人緊緊圍在他身邊，與他交談著。

當他由一個守湖人變成了湖的新主人之後，首次來到茶館時，人們議論著他將把大家的艱難日子帶向何方，說起他來——他還會活很多年。他從與茶館挨著的玉米地裡突然出現，出人意料的來到茶館裡。他好像是爲了能與他們相見而特意走莊稼地而沒走大路。

賽帕爾慌忙跑了過來，客人們爲了不影響貴人喝茶而開始急忙起身離去。

但現在進來的不再是阿卡別克的助手和繼承人吾扎克巴依，而是納賽爾丁阿凡提！

「尊敬的人們，你們要到哪裡去？」納賽爾丁阿凡提大聲說：「我什麼地方惹你們這麼不高興了，你們爲什麼不願和我一塊兒坐？賽帕爾，給你二十五個銀元，儘管給大家上茶！」

恰拉克鄉民們對這親切的語話感到非常吃驚，他們靠牆邊站著，看著熱情的賽帕爾

遞上來的滾燙的茶壺，誰都不敢伸手去接，然後互相挨緊著坐了下來。

納賽爾丁阿凡提的心中充滿了對他們的愛，同時又為他們而難過，心潮起伏——這些人被壓榨到了這樣的地步，膽怯到了這種程度，他們連喝茶都不敢，又怎麼能敢說話呢！甚至連那隻小小的燕子——納賽爾丁阿凡提的目光這時落在了那燕子身上，他們的相遇就是從這裡開始的，都比這些人們活得幸福並且自由！

賽依德來了。在一片驚奇的恰拉克人面前，湖的新主人和他就像老朋友一樣擁抱相見。這對恰拉克人來說是完全不可理解。他們面面相覷，不明白賽依德為什麼至今都沒有透露一點兒消息，也無從知曉他們是在何時、何地相識的。

膽怯慢慢消失了，恰拉克人紛紛伸手接過茶壺，有的開始慢慢挪到離納賽爾丁阿凡提較近的地方坐著，甚至跟他攀談了起來。

他住在山坡上自己的那個小屋裡，這些天來一直渴望著和人們在一起，由於被迫生活在那討厭的世界裡，所以此時此刻，他全心全意享受著這些發自內心的最純樸的話語，盡情的放鬆休息。他詢問著恰拉克人們的生活，話著家常，還問到最近水磨房附近的橋斷了的情況，和製罐人巴巴江幾天前患了病的母馬。恰拉克所發生的一切對他來說都瞭若指掌。他談笑風生的一會兒和這個、一會兒和那個搭著話，還向麥麥代力低聲祝賀他那漂亮的女兒佐麗裴葉的婚期臨近，同時對茶館主人賽帕爾也祝賀了一番。

他只對一件事，一件最重要的事——水和將來農田灌溉的事隻字未提。這是所有恰拉克人都心照不宣而又迫切想知道的事，但誰都不敢開口。

最後，麥麥代力壯著膽子發問了。

「尊敬的吾扎克巴依，您能說一說您打算什麼時候開閘給水及要收多少水錢嗎？」

茶館裡頓時鴉雀無聲，只有屋頂上不斷傳來的「唧唧喳喳」的叫聲清楚可聞。

幾十對眼睛一齊注視著納賽爾丁阿凡提。

「你們會按時得到水的，三四天之後。」他說道：「收水費的事兒到給水時再談吧！」

茶館中的人們異口同聲「喔！」地鬆了一口氣。

「那如果我們的錢不夠呢？」麥麥代力又開始說了起來。

「會夠的。」納賽爾丁阿凡提打斷了他的話。「你們的田地裡會有水澆的，這我說過了，你們也都聽見了。」

人們又發出了第二次驚嘆聲。也就是說水不用愁了。人們的心一下子放鬆下來，都在心裡暗自思忖：吾扎克巴依也許是個心地善良的人！

屋頂上的燕子好像在報告莊稼將得到水、各種行業都能得到新生的吉祥消息一樣，興高采烈的叫著，不住的抖動翅膀跳來跳去。

恰拉克的鄉民們用陣陣感嘆聲和閃亮的目光來表達心中的欣慰。

「是的，你們會得到水的！會有水灌溉的！並且將來你們的莊稼也會一直有水，沒有任何人能阻擋你們引水灌溉？」納賽爾丁阿凡提的話音有些結巴，渾身都在微微的顫抖，頭髮和鬍鬚裡一陣發癢；如果他身上長了羽毛的話，那全身羽毛一定都會豎立起來。「請相信我，你們不幸的日子已經結束了！」

他沒再說什麼，此時無言勝有聲。人們一動不動，四下裡一片寂靜，只是他們的目光更加明亮。

土地就是土地，它有自己的法則和規律，要懂得學習它、利用它；我們的靈魂只有在大地上才能煥發出朝氣和力量。納賽爾丁阿凡提沒有貪圖在那一塵不染、光明透徹、無邊無垠的太空裡仙遊，而是靠智慧的力量回到了大地上，回到了萬物交織而又凝結──好與壞、完善與欠缺、高尚與低俗、美與醜、喜與悲、潔淨與骯髒混雜在一起的大地上，回到了真正的生活之中。他應該在這針鋒相對、縱橫傾軋的亂世之中靠自己的本領──膽略和智慧，為實現自己的目標而戰鬥。

他把這些恰拉克人從頭到尾掃視了一番。是的，他真心實意、滿腔熱忱的愛著他們，但這並沒有阻礙他看到這些人們心中既有高尚與純潔，也藏有不可改變的野心和凶惡。他對他們的愛好就好在他並沒有把這些人都當成天使，而是他們的本來面貌是什麼樣他就能看出什麼樣來。

「你們說說看，昨天晚上謝爾麥提和亞爾麥提為什麼打了起來？」他問道。

「因為一棵只能當柴燒的枯桑樹。」賽帕爾解釋說：「他們各自都說那樹是自己的並且大打出手。」

「什麼，從中間鋸開各分一半他們都不會？」

「可以平分，但兩人都想全要！」

對人們的這種品行，納賽爾丁阿凡提早就知道。

他停了一會兒，然後問：

「你們說說，路邊的那棵空了心兒的楊樹是誰的？」

「那楊樹是我的！」製罐人達達巴依大聲回答說：「誰都知道那是我的！」

他瞇著眼睛，緊閉著嘴唇，下巴向前噘著。對這棵不值兩個銀元的空樹幹誰會與他相爭呢！

「是的。」納賽爾丁阿凡提說：「好，就算是你的，我不與你相爭。那棵歪向水渠一邊的垂柳又是誰的呢？」

「是我的！」油坊主拉合曼忙說。

「爲什麼是你的？」農民奧斯曼不滿的說：「怎麼會是你的呢？」

「在我的地裡，就是我的！」

「你們看看！」奧斯曼喊著。「你們聽見沒有，好心的人們！他竟然說是在他的地裡！」

「當然是在我的地裡啦！」

「我們走著瞧！」奧斯曼爭辯著，臉都氣白了。「那只不過是樹枝向你那邊歪了過去，但是樹根，根在我的這邊！」

「在你的地裡嗎？」油坊主放聲著說：「從什麼時候開始是你的，嗯？」

「等等，別爭了！」納賽爾丁阿凡提大聲說著，盡力防止他們打起來。「我說你們別爭了！我既不想搶、也不想買這棵不值半文碎銀、誰都不想要的樹。不管屬於誰，還是讓那棵樹繼續生長在那裡。還有那棵鳥兒都不落的枯樹呢，它也一定會有主吧？」

「那樹在我的地裡！」麥麥代力回答說。

這時候太陽落山了，它那與大地告別的光影最後也離開了樹梢；寧靜、黑暗、不再有影子的藍色夜幕靜悄悄降臨了大地。隨著太陽光影的離去，燕子的歌聲也停了下來——對那燕子來說，白天已經結束了，黑夜即將開始。牠最後一次豎起羽毛，抖了抖身子，把頭縮進了頂棚下的小窩裡。

納賽爾丁阿凡提的目光落在了眼睛和尾巴露在窩外的燕子身上。

「這個已經進了窩的燕子是不是也屬於什麼人？」

這話被當作玩笑，人們一下子哄笑了起來。

「牠有沒有主人？」納賽爾丁阿凡提問。

「誰能當牠的主人呢？」麥麥代力笑著回答說：「牠在自己高興的時候，自己喜歡的地方，無需經過任何人的允許，隨意飛來飛去，到各處去啄食葡萄，到各家院子裡去吃穀粒。牠不專屬某一個人，而屬於大家！」

納賽爾丁阿凡提正好需要這樣一個不屬於某一個人，而是屬於大家的燕子。

「賽帕爾，也許，你對牠有點什麼特殊權力吧？」

「有什麼權力呢？」他咧開嘴笑了起來，笑得露出了掉光了牙齒的牙床，笑得滿臉皺紋。「牠生活在屋頂上，我也不去動牠，牠也不來碰我，就讓牠待在那兒，我們井水不犯河水。阿拉造就的燕子，牠是自由之鳥……」

「賽帕爾，把梯子拿來給我！」

麥麥代力向製罐人、油坊主和獸醫做了個手勢，茶館裡的人們立即面對面地站到了兩邊。

　　賽帕爾不解的把梯子拿了進來。納賽爾丁阿凡提把梯子靠在牆上，上了三個檔子之後，他把手伸進了燕窩裡，然後抬起眉頭來好像在聽，接著又開始小心的摸了一陣。一隻燕子驚恐的拚命叫了起來——牠被拉出了窩來。

　　「拿鳥籠來！」

　　從茶館兒的破舊家什堆裡找到了一個舊籠子。

　　「賽帕爾，我把牠交給你保管。」納賽爾丁阿凡提把燕子放進鳥籠。「你要時刻看好牠，餵牠穀子吃，經常給牠換水，真主保佑牠別生病。你要記住，這是一隻很寶貴的鳥兒。這你很快就會相信。」

　　納賽爾丁阿凡提用這些話結束了茶館裡晚上的聚會，並祝恰拉克人度過一個吉祥的夜晚、做一個好夢，然後回家去了。

　　賽依德出去送了納賽爾丁阿凡提。一會兒又滿心歡喜的回來了，但他不想告訴別人什麼。恰拉克鄉民們還是不知道他對這湖的新主人為什麼這麼高興，感到十分納悶兒。

　　但佐麗裴葉知道。她當然知道啦！

　　「他說所有這些——房子和園子都是我們的了。」

　　「他是在開玩笑吧，也許是。那樣的話，他給自己留下什麼呢？」

　　「唉——呀，佐麗裴葉，他是一個特殊的人——他所說的每一件事都實現了！他不是已經把最寶貴的妳送給我了嗎！」

　　「我們沒有這些房子和園子也可以得到幸福，賽依德，難道我們自己不會蓋房子？」

　　「不管怎麼說，我覺得他不是在開玩笑。」說這話時他的一對眸子顯得格外明亮。

　　「是真的，你遇到了一個特殊的人，賽依德！自從他出現在我們恰拉克鄉以來，好像太陽撥開了烏雲，陽光照到了大地，我們的生活完全變了。

　　他是誰？是哪裡人？他要在恰拉克待很長時間嗎？……」

　　黑夜籠罩著大地，由四個方向揚起的風，從地面一直吹向穹蒼，好像要把在那裡勉強眨著眼睛的群星吹滅似的！北風非常寒冷，它衝著那些藍色的星而去；南風格外酷熱，它向著那些紅色的星勁吹；西風向著那些白色的星疾馳；東風則向著那些綠色的星而起。在這夜幕之下，還有四種顏色的酣睡：黑色的屬於那些暴戾、險毒的人；暗黃色的屬於那些膽小如鼠、或是為了自己的利益而對前者為虎作倀的人；藍色的屬於普通勞動者和不懂得奸詐與狡猾的所有的人；而紅寶石般透明的鮮紅色則屬於善舉之路上的勇敢戰士。

　　老哈孜——瘸子阿布都·拉合曼在回來的路上拐向了通往恰拉克的路，在那個茶館前停了下來，然後又側身躺在十五層高的褥子堆上，貪婪的睜大右眼，為了不浪費時間

而等待著被派到湖的新主人那兒去的秘書回來。

天黑後他才回到茶館，不吭聲的向老哈孜伸出了五個手指。這是五百個銀元的意思。

老滑頭深深的吸了口氣，好像掉進了蜜缸裡一樣一下子笑逐顏開。這時他又要重新審視世界，於是睜開了左眼。

他已經做好了明天早上為穆民們判決哪怕是秋毫之爭的案子、毫不驚奇的在任何卷宗上簽批的準備，然後接過秘書給他遞上的沉甸甸的錢袋子，塞進腰袋裡。

他的確沒有感到驚奇，甚至在他聽說納賽爾丁阿凡提要把那座湖劃歸不屬於某一個人，而屬於所有恰拉克人的那隻燕子時都不覺得驚訝。

籠子就擺在那兒。燕子在裡邊兒已經習慣了：牠歡快敏捷的跳躍著、叫著，啄食著這幾天賽帕爾餵給牠的芝麻粒兒。

哈孜用左眼看了一下那隻燕子，好像還滿意的點了點頭：他沒有發現能阻礙這次交易的理由。

站在路上的人群擠在一起，發出亂哄哄的喧嘩——在恰拉克人看來這裡出現了一個再好不過的奇蹟。他們所有人，無論是老人還是小孩兒對此都不再懷疑。在他們的心目中，來到這個鄉裡的吾扎克巴依就像是圖拉汗老人降臨到了這小山村。

老哈孜對這類案子已經司空見慣，處理起來得心應手、輕而易舉。於是那燕子得到了一個叫做阿力瑪斯[1]的美名，牠的重量只有三個銀元那麼重。在案卷裡也是那麼記錄的。

秘書列出了三份合約：一份的內容是納賽爾丁阿凡提得到一隻與三個新銀元重量相等的「阿力瑪斯」；另一份的內容是那座湖泊永遠歸恰拉克全體鄉民們所有，一同使用。

納賽爾丁阿凡提在兩份合約上都簽了名。後來恰拉克人開始向「王台」這邊走來。由於他們中沒有識字的人，所以他們一個接一個的把手指伸進墨盒裡蘸上中國墨汁，然後在合約上按上手印。秘書在每個手印下邊寫上那人的名字。

「來呀，過來呀，別害怕！」納賽爾丁阿凡提對他們說：「快一點過來呀，在我吃掉這隻肥燕子之前我都等得望眼欲穿了，你們不慌不忙的，簡直是在耽擱我的美餐！」

但是他們的人很多——謝爾麥提、亞爾麥提、尤努斯、拉蘇萊爾、達達巴依、居拉巴依、巴巴江、阿合麥提江、還有……但是無論如何，這件事在中午之前可以了結。最後一個是奧斯曼·吾古力·穆罕默德按上了手印。哈孜用好像是從喇叭筒裡發出來的聲音莊嚴宣布：合約簽署完畢。

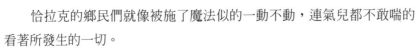

第三份合約也沒有浪費多少時間。這是一份普通的捐贈書，內容是批准那房子和園子過給賽依德。

恰拉克的鄉民們就像被施了魔法似的一動不動，連氣兒都不敢喘的看著所發生的一切。

秘書合上了卷宗簿，哈孜呻吟著從十五層高的褥子上爬了下來，忙著向他的馬車走去。

車夫喊了聲「駕！」那馬的兩隻後蹄用力蹬了一下地，然後邁開了步子——馬車搖搖晃晃、吱吱扭扭的離去了。路仍和以前一樣，馬車也是老樣子，但這次那車輪卻沒有歪，也沒有斜向一邊，多年來第一次走出了一條筆直的路線。平常習慣於歪著身子坐在左邊的老哈孜今天說什麼也不明白這馬車怎麼讓他感到不舒服、不習慣。

納賽爾丁阿凡提正在湖邊的大渠旁與恰拉克人們告別著。

他任賽依德為守湖人，並對他說：

「你的莊稼放在最後，等大家都澆完水之後你才能澆。對此你別不高興，這樣做非常重要，為了大家的幸福多出些力氣沒什麼。這是那把大鎖的鑰匙，要把這水看得非常神聖——這就是你們的命根子。」

賽依德打開了鎖子。他和納賽爾丁阿凡提一道提起了閘門。水捲起漩渦、冒著泡沫瀉進大渠裡，像從前曾有過的那安居樂業的年月一樣，充滿了管道的水自由自在的騰瀉而去；在正午的陽光下，渠水與陽光交相輝映，晶瑩閃爍，浪花飛濺；由於渠邊的垂柳深深的彎著腰，把枝條伸進水裡，所以它們無可奈何的顫抖著，然而樹葉卻變得清新嫩綠，羞怯的順著水流向一邊翻滾。

「你們得到水啦！」納賽爾丁阿凡提朝著恰拉克鄉民們大聲說：「這水會使你們擺脫飢餓、貧困和長久以來的欺凌。這對人們能像人一樣的活著是非常重要的東西，但是僅僅有它是不夠的。滲透到我們每個人身體裡的那些對私利的慾望是我們的自由和進步的最大的敵人！應該把它趕走，把它消滅，否則，在世界上，這樣的人就不配稱其為人。在恰拉克這個地方要少說只顧自己利益的『我』這句話，取而代之要說那句高尚和偉大的『我們』。再見了，祝你們每一個人，無論在田地裡、還是在家裡，都永遠幸福！」

隨即人群中發出了一片感謝之聲，很多人熱淚盈眶。

納賽爾丁阿凡提把籠子拿了過來，把燕子從籠子裡捧

出，然後使勁向空中拋去。吃了很多穀粒而肥胖起來的燕子差一點兒掉在地上，但牠很快振起了雙翅，飛向空中。

「牠又飛回茶館裡的燕窩裡去了。」納賽爾丁阿凡提說：「把這個『阿力瑪斯』留給你們作為紀念吧！」

納賽爾丁阿凡提解放了那隻燕子的同時，也完成了在恰拉克鄉的一切事情，現在他在此地已經再也沒有什麼牽掛了。

他與恰拉克的鄉民們又一次告別，祝他們一切順利、生活幸福，然後來到了站在一邊的麥麥代力、賽帕爾、賽依德和佐麗裴葉身邊。

「你們都叫我吾扎克巴依。但是我要告訴你們，這不是我的真名，而是化名。因為我不得不用這個名字。你們在想起我的時候應該用別的一個什麼名字。」

「要不我們應該怎樣稱呼您呢？」

「你們想想看，也許你們會猜到。」

他沒有讓人們送他───一個人沿著激流飛奔的水渠走了。

時間好像停止了下來。

恰拉克的鄉民們，遙望著自己永遠不會忘記的這位奇特的客人背影，良久的、靜靜的目送著他。

突然賽依德喊了起來：

「我知道了！我猜到了！」

他如夢初醒、如盲人見到光明一般，雙手拂著自己的臉，說：

「真的，他的真名叫納賽爾丁阿凡提！」

霎時間，所有的人都明白了這一切。他，當然就是納賽爾丁阿凡提！人人都悔嘆自己沒有早點猜到。其中雖然有一個人猜到了，但也由於不敢確信而……

賽依德沿著水渠邊的羊腸小道跑著追去，大聲喊著：

「納賽爾丁阿凡提！納賽爾丁阿凡提！」

遠處傳來了很微弱的回聲，但是納賽爾丁阿凡提沒有回答。

註①阿力瑪斯──鑽石；也有拿不走、誰也得不到的意思。

第 三 十 七 章

阿卡別克平安無事的到達了浩罕之後，想到自己隻身一人長途跋涉很危險，覺得應該加入一個順路的商隊才是。這樣他需要在浩罕再待上幾天，這時納賽爾丁阿凡提也趕到了浩罕。

獨眼人對他說：

「如果再晚來一天，您就趕不上了，去伊史丹布爾的商隊明天就要出發，阿卡別克明天也要隨行。」

「也就是說，明天我們要做的事很多。」納賽爾丁阿凡提說：「我那忠實的毛驢兒的情況如何？」

「牠安然無恙，只是很煩惱，牠非常想念您。」

「怎能不想呢，我們分別得太久了！沒關係，明天我們又會在一起了。也就是說，阿卡別克還沒有到拉黑木巴依家去賣那些珍寶？」

「還沒有，我一直在跟蹤並窺探他的行蹤。」

「真主在保佑著我們！」

他們沒有住在鋪著高級地毯、擺著銅茶壺、點著清油燈的茶館，而是住在鋪著又髒又舊的毛氈、擺著生鐵茶壺、點著羊脂燈的茶館。這茶館就像人家的宴會上突然闖進來的一個極不相稱的乞丐，受了侮辱而羞得躲進偏僻小巷，與大街遙遙相望。說真的，那些為了吸引眾人而敲著鼓、吹著喇叭和嗩吶，周遭點著很多燈，把黑夜照得如同白晝一般的漂亮的茶館對他們是不相稱的。

但是阿卡別克就住在這樣豪華的一個茶館裡。獨眼人把阿卡別克所住的位置指給了納賽爾丁阿凡提看。

「他是宰相呀，就應該住在這樣豪華的茶館裡。」納賽爾丁阿凡提說。

宜人的晚風吹了過來，一整天都在熾熱的陽光下烘烤得疲憊不堪的城市，此時此刻盡情享受著涼爽、清新的空氣，舒暢地歇息著；正是月初的日子，夜空裡，正如古代大詩人哈菲茲所描寫的那樣，如墨一般深邃的穹蒼裡，彎彎新月，羞美倚臥，細嫩而又嬌柔，使人不由得想起「設拉子的突厥姑娘的眉毛」……納賽爾丁阿凡提常常在沸騰的生活中短暫歇息、爲了下一個清晨的新的生活浪潮積蓄力量的時刻，欣賞這些有千千萬萬人口的大城市。他早就明白了偉大的生活的所有的謎都是互相衝突的，也就是說，好逸惡勞得不到快樂，沒有經過危難的勝利也得不到快樂。這終日沸騰的大市場裡令人不可忍受的片刻黑暗和寧靜只能使他得到短暫的欣喜，正因爲如此，那沉睡中的霍間特對他來說卻是很美麗的。

他滿懷對生活的感激之情，迎接著每一個充滿了由各種人和各種聲音組成的轟鳴、喧嘩、嘈雜、混亂、擁擠、沸騰和五顏六色的清晨。這時塵土飛揚，天空昏暗，沙土飛進人們嘴裡，在牙齒間咯咯作響，鼻孔裡也鑽滿飛塵。地面好像由於不斷吮吸著越來越強烈的陽光而格外炎熱，塔樓上的雕花琉璃瓦被曬得發燙，周遭的空氣也越來越悶熱。再過半小時之後，街市上將達到讓人難以喘氣的程度。

正在這時，阿卡別克在一個非常豪華的茶館裡剛剛喝完茶，身子側臥著，然後從大枕頭上坐起身來。

「燒茶的，收下我的住宿錢。把我的那個長耳朵、渾身長毛的生靈牽出來！」

他甚至背著毛驢兒時都不把牠叫做驢，而是用其他的尊稱代替，因爲如果不這樣，當到達開羅宮廷之後，要是這個稱呼不小心從嘴裡冒出來的話，說不定一開始就有可能喪失良機，連那神祕的小屋都進不去了。

一大早就等著阿卡別克從茶館裡出來的納賽爾丁阿凡提和獨眼人藏在十字路口處。

「埃及未來的宰相」沒有看見他們，擺出一副雅相，牽著毛驢兒的韁繩從他們身邊走過。渾身長毛的長耳朵生靈看起來無精打采——牠的嘴垮到地面，垂著兩個長耳朵，尾巴有氣無力地掛在屁股上，只是尾巴尖在稍微動彈著。

看牠那悲傷的樣子，獨眼人對納賽爾丁阿凡提說：「牠真是一個忠實的朋友，很多人都應該以牠爲榜樣。」

他們跟在阿卡別克後邊，向人群中，向最熱鬧、最擁擠、上面有頂棚的市場行列裡走去。這裡的空氣似乎都不夠用了，灑水人灑出的水重重落在地上，即刻蒸發了的水氣

好像把空氣都擠跑了；皮革、染料和一些什麼刺鼻的香味兒、發臭了的垃圾味兒、買東西的和賣東西的人們被汗水濕透了的衣服裡冒出來的汗味兒都夾雜在一起，匯成了一片千味兒的海洋。阿卡別克走過製鞋業、染整業和鞍具市場行列，向市場的大渠那邊走去。納賽爾丁阿凡提用胳膊肘搗了一下獨眼人，說：

「他在找銀號店主拉黑木巴依的店舖。」

胖銀號店主拉黑木巴依今天還沒有開張，坐在舖子裡感到很無聊，不住的嘆氣。他那張與原來一樣胖得發圓的臉、修得很好看的鬈曲鬍子和由於覺睡得太多而發腫了的兩眼，都說明他在那些亂七八糟的事件發生後心情沒有受到什麼影響。事實上也是如此：被冤枉了的老婆已經原諒了他，並且依然和他卿卿我我；那些阿拉伯良馬由三個保鏢守護著，安然無恙，正在準備參加下一屆賽馬會；雖然那個大官人與他相遇時對他的問候只是冷冰冰的應付而已，但銀號店主的生活依然如故。

從今天這熾熱的早晨到現在，還沒有什麼可以使他高興的事兒；甚至相反，他想一到中午就關上店舖回家，躺在老婆身邊睡大覺才是一種享受。但是這個願望沒能實現，他那高枕無憂的頭上又降臨了新的不幸，好似一股旋風席捲而來。

店舖前走過來一個牽著毛驢兒、很有派頭的人，那人停了下來，說：

「願眞主保佑您平安，您的大名是叫拉黑木巴依嗎，先生？」

「您要找的人正是我，我就是拉黑木巴依，行路人，您來我的店裡有何貴事？」

「我在大山那邊就聽說您是一位很仁慈的商人，所以我沒有到別的銀號去，特意慕名而來。」

拉黑木巴依跟所有壞透了頂的騙子一樣，對奉承話特別感興趣。由於阿卡別克的美言而對他產生好感，並且沾沾自喜的拉黑木巴依便和他距離拉近了。說眞的，他對阿卡別克的親近發自他那天生的欺騙本性。他表面上裝成友好的樣子，和藹可親，但這只是爲了蒙騙而做的表面功夫。

「哎，行路人，說這樣的話慕名而來的人不只您一個。」拉黑木巴依說著，做出一副自高自大的樣子，哼哼唧唧的拉著長聲調，撫摸著圓鼓鼓的肚子。「感謝眞主，所有費爾干納的居民，甚至更遠的地方的人們都知道我是一個仁慈的人，我想今後也會如此。」

「好的名聲比任何財富都更貴重！」阿卡別克向拉黑木巴依尊敬的鞠了個躬說。

店主也趕快還了個禮，說：

「與一個有智慧、受人尊敬的人相遇更寶貴。」

「這話說得好！」阿卡別克大聲說：「今天眞主就賜給了我這樣一個相遇的機會。」

「這眞是英明之言。」店主說。

「眾人像是一面鏡子，面前有什麼就能照出什麼來。」阿卡別克說。

他們爭相誇讚著對方，互相鞠躬，互相吹捧，這樣持續了好半天；這時店主的眼睛——智慧的真正的窗口瞇縫了起來，裡面的小眼珠子滴溜溜的轉來轉去，透過這位來者的腰帶，想揣測出裡面裹著多少東西。

最後他們言歸正傳。拉黑木巴依給了阿卡別克一撮金幣，所給的這些金幣按浩罕市場上金幣兌換迪納爾或銀元的價格算要少五個金幣。他嘆了一口氣，說近來市場上的阿拉伯金幣價格上漲了，這當然是赤裸裸的謊言。阿卡別克自己也是騙子，他的兩眼直盯著拉黑木巴依，微笑了一下，但是沒有爭辯，因為埃及皇宮的金庫在等著他，五個金幣又算什麼呢？

「現在，先生。」他打斷了故作憂傷的店主的話。「我還有一件事。」他把迪納爾裝進黑色軟皮革的錢袋子裡並把錢袋子裹進腰帶裡，然後又掏出了第二個袋子，說：「這是一些貴重的東西，有項鍊、手鐲、戒指，也許您會收購？」

「噓！」拉黑木巴依把頭伸向屋外左右看了看，沒有偵探和衛兵。「行路人，在浩罕沒有當官的批准這種東西是不允許買賣的，難道您不知道？讓人家知道就大禍臨頭了；不但您會失去這些貴重的東西，連我也會被關進牢房！」

「我聽說了，但是我想，兩個有智慧的人……」

「而且是兩個仁慈的人。」店主忙補充說。

「最主要的是小心！」阿卡別克又說。

他們微笑著結束了吹捧。現在對他們來說，語言已經沒有用了。

拉黑木巴依害怕衛兵們萬一闖進來，為了分散衛兵們的注意力而在櫃台上撒了一把銀元，然後解開了綁著袋子的繩子，打算不把那些貴重物品倒出來，就在袋子裡看看而把袋口兒歪向懷裡。

就藏在跟前十字路口處的獨眼賊和納賽爾丁阿凡提看到店主的表情驟變，他的臉色唰地一下變得蒼白，一會兒又變得緋紅，怒容滿面，連頭髮都豎了起來，鬍鬚也抖得很厲害。

「說說看，行路人，這些財寶是什麼時候、在什麼地方，怎樣到你手裡的？」

「尊敬的店主。」阿卡別克說：「還是把這些與我們的交易不相干的問題留給別人去吧，不管它們是從哪裡來的、是怎樣到我手裡來的，對您來說不是都一樣嗎？您現在需要決定的是要或者不要，如果想要就付錢，六千銀元！」

「錢？」店主像被噎了一口氣兒似的。「六千！付給從我家裡偷走的這些珍寶？」

阿卡別克的心裡產生了疑問：「難道這個店主想找藉口從我手裡把這些東西騙走？」

他迅速把袋子拿在了手裡。

但店主也並沒有睡大覺。他把袋口的繩子繞在了手上。

兩人隔著櫃台拚命拉扯了起來，一時僵持不下。那袋子把他倆緊緊連在一起，就是用鋼鏈也不能把他們捆得這樣牢！

他倆就像瘋狗一般地相持不下，互相用眼睛瞪著對方，恨不得把眼前的人一口吞下去；那兩對眼睛酷似兩隻發怒的公雞的眼睛，瞪得圓圓的，似乎眼珠子都快要從眼眶裡蹦出來，大大的白眼球一動不動。他們很費力的喘著氣，喉嚨裡發出「呼嚕呼嚕」的聲音，還伴隨著顫抖。

他們爲了不引起衛兵的注意，儘量不出聲的拚命爭奪著。

「放開！」阿卡別克壓低聲音說。

「給我！」店主喊著。

「你是個騙子！」

「你是該死的賊人！」

一場別人看不出來的短暫的惡鬥已經過去。從外邊看，他們好像是兩個很有派頭的人正面對面地趴在櫃台上，信心十足的進行著一場談判。只有聽見那上氣不接下氣的「呼嚕嚕」的喘息聲、喝令聲和「咯咯」的切牙聲的人才能明白這裡正在發生什麼事。

爭奪中兩人不分上下。

抓住袋子的兩人都已累得喘不上氣，但仍然相持不放。

「哎，你這魔鬼變的貪心的豺狼，這難道就是你的仁慈？放開，聽見沒有！」

「骯髒的傢伙，放開你的手！」

一分鐘之前還爭相誇獎、吹捧對方的兩個人，此時卻又惡言相辱。

「玷污了你的祖墳和清眞寺的敗類！」店主怒不可遏的說著並且滾動著兩隻瞪得很大的眼睛。「哎，你這個壞透了頂的魔鬼！」

「住嘴，昨天才娶了母猴子當老婆的壞胚子！」阿卡別克用鼻子噴著氣兒說。由於又恨又惱，他的牙齒都咬得「咯咯」響。

突然，阿卡別克趁店主不備把袋子朝自己懷裡猛地一拉，好像他腳下的地都晃了起來。

阿卡別克不僅把袋子，甚至把緊緊抓住袋子的店主都差點兒從櫃台裡拽出來。

但是店主趕忙收回兩膝，用兩腳蹬住櫃台，雖然他的身子被拉得抬了起來，但是還沒有飛到路上去。

這猛力一拉使阿卡別克失去了重心，向一邊歪去。店主乘機用那胖胖的肚子趴在櫃

台上，開始像吞食一樣，不慌不忙的慢慢把袋子往自己身子下面拽著，連阿卡別克那僵硬了的手，甚至胳膊肘也被拽進店主的肚子下面。

別人從表面上看去仍然和剛才一樣，什麼都看不出來。但是獨眼人和納賽爾丁阿凡提卻不僅看到了表面，而且了解這裡的每一個聲音、每一個動作及原因，並且在不斷的關注著。

「店主朝阿卡別克臉上吐了一口！」

「他咬住了店主的鬍子。你快看，看呀，把他的一撮鬍子咬下來了！」

「現在他們開始互相吐起來了，鬍子粘了他們滿臉都是。」

「我看見了，店主想咬住他的鼻子，以牙還牙。」

「他沒有咬著，只咬了一口空氣……」

由於激動，獨眼賊的黃眼睛閃著亮光，說：

「納賽爾丁阿凡提，時間到了，是時候了！你怎麼不著急呢？」

「沒關係，讓他們再打一會兒。」

除了打架的和看熱鬧的四人之外，還有第五者，即那頭毛驢兒也與這爭鬥有關。更準確的說，牠是這場爭鬥的罪魁禍首：一切麻煩都是由牠開始的，並且還在為牠而爭鬥著，因為納賽爾丁阿凡提把阿卡別克騙到店主這裡來的目的，也就是要領回自己心愛的小毛驢兒。

然而那毛驢兒對這一切卻漠不關心，仍舊嘴唇垮拉到地面，耳朵垂向兩邊，尾巴好像掛在那裡似的沒有生氣；只有在阿卡別克爭吵十分激烈，狠狠的牽動韁繩時牠才偶然晃一晃頭。

櫃台上的爭鬥越來越激烈。

如果再拖延下去將是危險的，街上的衛兵們可能會跑過來。

納賽爾丁阿凡提輕輕吹了一聲口哨。

毛驢兒膽怯的伸了一下嘴唇。牠可以在任何時候、任何地方和任何混亂、喧鬧之中聽出這口哨聲。牠在這短促的口哨聲中聽到了老朋友的呼喚、主人的命令和阿拉的聲音，因為從某種程度上說，納賽爾丁阿凡提就是給牠帶來好處的阿拉嘍！

哨聲又響了起來，緊接著納賽爾丁阿凡提探出頭來，露出了他那張親切的面孔。

那長耳朵生靈全身都激動了起來，興奮得難以形容！牠又找到了自己失去了的阿拉，對牠來說世界又重新充滿了光明和喜悅。牠四蹄跺地，豎起尾巴叫了起來，並且向十字路口那邊的亮處跑去。

很結實的皮韁繩被拉得像彈布爾琴的琴弦一樣直。

這時阿卡別克正呼哧呼哧的拚命從店主身上拽著那袋子。毛驢兒突然使勁一跑給他增加了很大的力量。「這是王子在幫助我！」阿卡別克心裡想著，最後他使出全身的勁兒拉了過來。店主敵不過這兩股合一的力量，一下子被他們從店舖裡面拉到了店舖外的路上，但是手中還在抓著那袋子——在這種情況下誰都沒有撒手。

現在他該叫衛兵了。

「哎呀有賊啦！」他拚命喊著。他用又氣又怕、震耳欲聾的聲音大喊道：「幫幫我啊，搶東西了！……」

阿卡別克的處境更爲不妙，一邊店主在拽著他，另一邊毛驢兒的力量銳不可擋。於是毛驢兒拖著他們二人，順著大路跑了起來：前邊是向後蹬住四蹄、低頭使勁拉著跑去的長耳朵生靈，後邊是好像被釘在毛驢兒和錢袋子之間、伸著雙臂牢牢抓住錢袋子的阿卡別克，他的後邊又是鬍鬚蓬亂、不住大喊大叫的店主。他被拖倒在地，大肚子和短腿在地面上磕絆著跟去。葉爾坎①的籠頭結實得出名，果然名不虛傳。

應該幫一幫那長耳朵，納賽爾丁阿凡提站在十字路口那邊，第二次露出了自己的面孔。長耳朵更加激動，後腿刨起

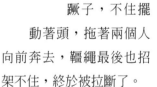

蹶子，不住擺動著頭，拖著兩個人向前奔去，韁繩最後也招架不住，終於被拉斷了。

店主摔得趴在地上，下巴磕在了地面。跟著阿卡別克也摔倒在他身上，好像騎在雪橇上一樣，向前衝去。

四面八方盾牌、大刀、彎月斧、長矛的響聲大作，人們發出一陣陣喊聲和哈哈大笑聲，衛兵們和騎警們從四面八方趕來。

　　阿卡別克擔心把王子弄丟而放開了錢袋子，向長耳朵跑進的那個十字路口追去。但是衛兵們把他抓住並綁了起來，然後把他團團圍住。

　　「滾開！」阿卡別克用嚇人的聲音喊著。「你們都給我滾！知道不知道你們面前站著的是誰？難道你們看不出來站在你們面前的是埃及的宰相，該詛咒的蠢貨們！我要剝了你們的皮！」

　　「他是一個賊！賊人！」店主喊著說：「我作證！卡米力別克閣下見過這些財寶，他能認出！」

　　「放開我！」當阿卡別克發現，埃及宰相的官職與那頭小毛驢兒一起從手中失去時，大聲喊道：「我讓你們放開我，聽見沒有！」他好似一隻被網捉住的豹子一樣，咆哮著向前撲去，不停地掙扎。「都滾開，聽見沒有？否則我立刻把你們全都變成驢！」

　　另一個衛兵從他身後一下子跳到他的背上，猛地抱住了他的脖子。

　　格外憤怒的阿卡別克從腰帶下掏出了裝著奇蹟水的葫蘆。

　　「立木奇祖！普提蘇古！佐民霍茲！」他拚命喊著咒語，並開始把葫蘆裡的水向衛兵們頭上灑去。「卡拉瑪依，多奇羅扎，奇魔扎，蘇朴卡巴海絲！」

　　「抓住他！抓住，捆起來！拉到這邊來，別讓他跑了！……」衛兵們用各種語調的喊聲和辱罵聲回答著他的咒語。

　　事情的結果比他們所咒罵的更慘：沒過多久，阿卡別克就被壓倒在地，連手帶腳被捆得結結實實。

　　人們拿來了一根橡子，穿進阿卡別克被捆著的兩手和兩腳之間；兩個很魁梧的打手衛兵，一頭一個把橡子扛在了肩上。這「埃及宰相」阿卡別克猶如被獵人打來的野獸一般，肚子朝天、脊背朝地，在橡子上搖來晃去的被人扛走了。他的裹頭布散開並拖在地上，衛兵們立即撿起來，一人一塊的分了。

　　阿卡別克向他們吐著唾沫，唾沫從他嘴裡「噗噗」的飛出；他罵著、威脅著，但是有什麼用呢？衛兵們高興不已，慶賀著、自誇著；他們把他團團圍在中間，連納賽爾丁阿凡提都無法看見他。衛兵們敲著納格拉鼓，抬著他向市裡最熱鬧的地方——卡米力別克閣下新上任的官府走去。

　　後邊跟著兩條腿已經不聽使喚了的店主，他手捂著胸口，一瘸一拐的在兩個衛兵的押解下走去。第三個衛兵手裡拿著那財寶袋子，一邊走一邊把那袋子舉得高高的示眾。因為法律要求這樣做，這樣一方面可以使衛兵避免各種閒言閒語，另一方面可以防止別人打壞主意。

　　圍觀的人群跟在衛兵們後面走去。

店舖前的路讓開了，塵土也消散了。

納賽爾丁阿凡提把驢交給獨眼人，說：

「你要把牠藏在一個可靠、安全的地方。然後去找到那個寡婦，把她帶到審訊的地方。」

第 三 十 八 章

哨塔前闢出了一大片空地。這裡不准進行商業買賣，除了每星期二之外，人們不准在此聚集。這是卡米力別克專門用來親自審問，和處罰每個星期抓到的新犯人的地方。

今天正好是星期二。穿著緞子大衣——這些都是他在鑽箱子事件之後好不容易又縫製的，掛著很多勛章、配戴著寶刀的大官人，坐在用絲綢搭起的涼棚下法官的位子上，不住的翹動著鬍子，居高臨下的用傲慢的眼光掃視著人群。風兒從場地那邊吹過來兩種難聞的氣味：一種是汗臭味兒，另一種是刺鼻的蒜臭味兒，因此，他露出一副感到惡心的樣子，皺著眉頭，用鼻子噴著氣兒。犯人阿卡別克坐在下邊——甚至比下邊還低的像井一樣狹小的宰牲畜放血用的坑裡，人們只能看見他那被刮得很光的肉頭。在普通百姓看來，這樣的位置一方面可以顯示政權永遠處在人們不可逾越的高處，另一方面還能顯示壞事是非常卑下的。坑口上邊站著一個拿著長長的大頭棒的衛兵，大頭棒的頭兒上用布條纏著。為了防止罪犯用那骯髒的眼睛向上方——向大官人的臉上直接望去，他隨時準備給犯人一棒子。這種場面是普通百姓能見到大官人一面的幸運時刻，壞人的這種幸福則一概被剝奪。阿卡別克的腦袋上已經挨了兩棒子，被打得蒙頭轉向，兩個黑眼珠像呆子一樣一動不動的盯著地面。

在大官人和罪犯之間，放著檔子很寬的梯子，為了能聽到兩方面的話，拿著紀錄本的秘書坐在梯子中間的梯板上；他的一側，在兩步開外的地方，有專門的衛兵看押著那店主。

其他的衛兵——步兵和騎兵們圍成裡外兩圈，把人群擋在法場外。人們向前擁擠著，並且十分好奇地伸著腦袋張望，衛兵們的鞭子不時地落在他們的頭上和肩上、在他們眼前「嗖嗖」的飛舞，片片大刀寒光閃閃。

納賽爾丁阿凡提好不容易才擠進法場的人群裡，皮鞭立即向他頭上揮舞過來，但他避開了。他稍微向後退了一點，並藏身在一個大鬍子的胖子身邊，在這兒他可以聽見、看見這裡所發生的一切，大鬍子可以擋住那大官人的視線。

「現在，你自稱是阿卡別克·穆爾塔孜·吾古力的人，對此你要交代清楚。」那大官人發問了。「你所說的用來頂繳水費的這些貴重財寶是怎樣到那個農民麥麥代力手裡的，他是從哪兒弄到的？爲什麼他不交現金而要用這些貴重物品頂繳？」

「他是個窮人。」阿卡別克低聲回答說：「他哪能弄到那麼多現金呢？」

「你說他是窮人？」大官人惡毒的笑了一下。「既然他很窮，又怎麼能替全村人付水費呢？窮人還能用這麼多珍寶頂繳水費？記下來！」他命令秘書說：「把這無恥而又愚蠢的謊言記下來！這有助於今後揭發這個罪犯！」

「這不是假的，閣下！」

阿卡別克因忘記而抬起了頭來，但是頭上立即落下了一棒，這一棒磕在了坑邊上，同時也打在了他的下巴上，他咬住了自己的舌頭。雖然棒子打得並不很重，但也使他昏眩了好一陣子，一句話都說不出來，只是瞪著眼睛，嘴裡冒著沫子，鬍子挨著地面，有氣無力的呻吟著；後來他恢復了知覺，又開始說話了。

「這不是假的！」他看著自己的腳，好像在一個桶裡說話一樣，不住的嘟囔著。「這個麥麥代力的確是一個窮人，沒有錢！這些貴重財寶是他在他家蘋果樹下鋤土時挖出來的……」

「閉嘴，該死的騙子！」那大官人一邊喝令他，一邊動彈著嘴上的小鬍子。「你的話沒有一句是眞的，從果樹下挖出來的，這太荒唐了，你想讓我們相信黃金和寶石可以像蘑菇一樣從地下長出來，嗯？」

「啊，法官大人！啊，公正的明燈！我向《古蘭經》發誓！」

「你還敢說向《古蘭經》發誓！你踐踏了《古蘭經》，還想罪上加罪？你們把這些話都給我記下來，把他的欺騙行爲都記錄下來！現在讓我來問最後一個問題。」

秘書們把這些話記了下來。那官員開始問下一個問題：

「如果像你剛才所說的那樣，你是一個收入豐厚的湖的主人的話，那你爲什麼丟下那個湖而到埃及去？你的湖在哪兒？」

「我已經把它換了出去。」

「換了出去？！換了什麼？換給誰了？」

「我換來了埃及國王的繼承人——王子……也就是說，那頭驢是真正的王子……」

「什麼？」大官人一下子從座位上跳了起來。「你再說一遍……不，別再說了！你竟敢在我面前用謊言把埃及王子說成是一個一文不值的、長耳朵、全身是毛的生靈？」

「是的！是的！」阿卡別克高興的說：「長耳朵、全身是毛……」

人們終於明白他是怎麼一回事兒！他忘記了大頭棒而再次抬起了頭來。落到頭上的大頭棒又打得他有口難言，不再作聲。他眼前一陣發黑，失去了知覺。那官員的臉也好像被雲團遮住了似的。

「罪上加罪！」那官人大聲說：「他竟然敢在本官面前侮辱汗王！紀錄人，一定要寫上這一條，但是要用別的、合適一點的詞兒來代替！」

「絕沒有絲毫的侮辱啊！」宰血坑裡的那個可憐蟲喊道：「我要把王子變成人，他們就會任命我為埃及宰相和宮廷金庫總理大臣，所以我正在前往埃及。我要把被妖術變成了長耳朵的驢的王子……」

「閉嘴，該詛咒的騙子，污蔑，我讓你閉嘴！」大官人怒不可遏的喊著，從大枕頭上跳了起來。「說真的，我還沒有遇到過這樣壞到極點和天生的罪人！他還嫌這從未聽到過的罪行不夠，還要再加上一條，那就是想篡奪我才剛剛得到的偉大的宰相職位！紀錄人，記下來！全都記下來：第一偷盜；第二在街上無禮滋事打架；第三侮辱王子；第四冒稱自己是宰相……」

秘書們一個勁兒的「吱吱」的記錄著。阿卡別克從這吱吱聲中感覺到了不可避免、無法逃脫的災難已經越來越臨近。

他懇求大官人發發慈悲、公正審判並聽他把話講完，但這都無濟於事。那官人沒有發慈悲，也不聽他那傷心而又不值一文的央求。他高高在上，用那冰涼、無光的眼睛望著眾人的上空，好像只有他才能看見法律至高的威嚴。

阿卡別克心中充滿恐怖，有氣無力，嚇得不敢再吭聲。

就在這個曾經當過哈孜的人自己落到這種境地時，他才明白有時在哈孜的眼前明擺著的真理也會變成陰謀，對此自己現在也無能為力，自己雖然清白無罪，但又拿不出任何東西來證明；他今天也落到了這種地步，有多少無辜的人正是這樣曾經被他草草了事的審判，然後落入冤獄變成階下囚。這不，他也輪到了這一天，冤讎報應之時已經到了！

判處得很嚴厲——終生監禁。

阿卡別克喊著叫著，揪下了自己的一把鬍子。衛兵們把他從宰血坑裡提出來，向牢

房拖去。在那裡，他落入了阿布都拉·吾俊土蘭的手中。他對新犯人給了十鞭子見面禮，然後把他交給了自己那無情的助手阿富汗。阿富汗又踢了他一陣子並朝他的嘴和鼻子上給了幾拳頭，後來他被推著滾到那四十級台階之下又黑又臭的大牢裡，在一層層台階上，摔得他直咬牙，還不時的大喊大叫。這就是他在這個世界上做盡一切壞事所得到的天理報應，命運安排他將永遠待在那裡。

審判仍在進行，店主要求歸還那些財寶。當然，稍動動腦筋就可以找到把這些財寶收繳國庫的藉口，但是如果店主向汗王告狀的話，大官人也得不到什麼好處。可是這些財寶在店主看來，應該屬於他那漂亮的老婆。阿爾孜比薇雖然兩次派老媽子去找那大官人，但自那次鑽箱子事件之後，大官人一次都沒有再到她那兒去，因此大官人在她面前又要受到奚落。他十分了解她是一個放蕩不羈、桀驁不馴的女人，因此大官人決定透過她男人把這些珍寶作為禮物「贈送」給她，於是打算在審判中偏向那店主。

「記下來，紀錄人！」那官人大聲說：「上面的證言無疑可以肯定，貴重物品，應該屬於在銀號行列中那個叫拉黑木巴依·卡迪爾·吾古力的所有……」

但是他的話被一個像是從大砲筒裡迸出來一樣的聲音所打斷：

「我要求公正的判決，要求申冤！」

衛兵們雙眼殺氣騰騰的搜尋起來，並向人群中說話的方向走去。大官人幾乎氣得一口氣沒上來——還從來沒有一個老百姓膽敢參與他的審判。

儘管如此，法律允許人們列席參與這類事務。對此這大官人還記得。另外，他立即想到：這也許是宮廷裡的哪個政敵知道自己在執法犯法，為了今後能在汗王面前奏一本而特意派來的人？

他搖了一下手發出命令，制止了衛兵們的行動，說：

「繼續說！那是誰在說話，到前面來！」

當他看見納賽爾丁阿凡提時，他的驚恐之狀無法形容，並說：

「是你嗎，巫師！你跑到哪裡去了？我們在城裡的每一個角落都把你找遍了！」

更準確一點講，他應該說：「我們正在尋找你的腦袋。」因為他尋找納賽爾丁阿凡提的目的就是這個，只是沒有明說。

他向衛兵們做了個手勢。衛兵們偷偷地從外衣裡掏出早已準備好的繩子，從後面向納賽爾丁阿凡提接近。

納賽爾丁阿凡提把這一切都看在眼裡，但仍然不慌不忙站在原地，因為對那大官人的這種狡猾伎倆，他已經準備好了堅固的盾牌。

「你好，尊敬的拉黑木巴依！」他向銀號店主敬了個禮。「願真主今後也保佑你！」

　　店主沒說話，把臉轉了過去。他沒有忘記，白白落到這個造謠生事的巫師手中的那一萬銀元。

　　「你跑到哪裡去了？」大官人重複著自己的問題。

　　「我因為有事，離開了這座城市，閣下。不過現在，也就是在這審判之時，我特地趕來作證。」

　　「你要作證？作哪方面的證？」

　　「作關於那些財寶的證，並且指出財寶的真正主人。」

　　「財寶的主人很清楚，就在我們面前。」大官人指著焦急不安的拉黑木巴依說著。他的第六感已察覺到這個巫師來者不善。

　　「錯就錯在他那兒！」納賽爾丁阿凡提說：「我非常清楚的知道，這些財寶的主人不是尊敬的拉黑木巴依，這些東西是別人的。」

　　「怎麼會是別人的呢？」店主眼睛裡和臉上紅得好像潑了鮮血似的大叫起來。「我怎麼會不是那些財寶的主人呢？不然的話財寶的主人是誰？要不然是你嗎？」

　　「既不是我，也不是你，而是另外一個人。」

　　「哪兒來的另外一個人？」店主又大吼起來。「為什麼要讓這赤腳混混摻和審判？」

　　大官人讓人們遵守秩序而抬起了手來。他停了一會兒，說：

　　「巫師，你的謎語在這裡是多餘的。你想說什麼？那些財寶的真正主人是誰對我來說已經很清楚，因為我原來親眼見過，在很久以前，就在我認識的一個女人那兒……」

　　他說著說著結巴了起來，再說下去就要說出阿爾孜比薇的名字來了。因為他怕露出馬腳，所以當著那店主的面沒敢再說下去。

　　「正是如此！」納賽爾丁阿凡提說：「早在您那次見過之前，閣下還在一個非常熟悉的女人那裡見過這些財寶。再往前說一點兒的話，這東西不屬於拉黑木巴依，而屬於另外一個人，拉黑木巴依是從那個女人手中非法強行據為己有的。」

　　「撒謊！」店主喊了起來！「這是一個惡棍、是一個下流的騙子！」

　　「那個女人現在就在這裡！」納賽爾丁阿凡提繼續說著，對那店主的喊叫毫不理會。「哎，那位寡婦，到哈孜大人面前來，靠近一點兒。」

　　寡婦立即從人群中走出，來到了納賽爾丁阿凡提身邊。

　　大官人不知該怎麼是好，支吾難言的說不出話來。巫師的出現、作證和這寡婦都出乎他意料之外。

　　這時候人群中開始出現激憤的情緒。對此應該立即予以制止。

　　「巫師！」大官人怒吼道：「除了對拉黑木巴依的蓄意誹謗之外，我從你嘴裡沒有聽

到別的東西。你哪裡懂得正義？你的證據在哪兒？我憑什麼相信你？這女人是從哪兒跑出來的？」

「撒謊！」店主在下邊喊道：「他說的都是假的，是他精心編造的謊言，他企圖在百姓中破壞安定！」

「巫師所說的話足以證明他自己有罪惡的陰謀。」大官人繼續說著，並且先向秘書們、後向衛兵們做了個手勢。衛兵們立即從大衣內拿出了繩子。「對這種事……」

他的話還沒說完。

「你是在問我的證據？問我是從哪兒知道的？」納賽爾丁阿凡提向前邁了一步。「這些都是我從卦裡算出來的。我的卦算得很準，對此閣下大人和這位店主都知道！現在我手中沒有那本神書，但是儘管如此，我們照樣開始！」

他沒給那官人思考的機會，做出一副非常凶險的樣子，一道眉毛向上、一道眉毛向下地轉動著，好像肩上扛著一個很重的東西，開始喘起粗氣來，然後做出一副猙獰的面目，好似魂不附體的樣子，接著用沙啞的聲音說：

「我在扛著！……那個箱子和臥在裡邊的兩個人都在我肩上！這是什麼？想蒙混過我靈魂的眼睛？高貴的、尊敬的大官人怎麼這樣一副醜態！他的緞子大衣、勛章和大刀在哪兒？箱子裡和他在一起的怎麼還有一個……」

大官人的氣都快喘不上來了，臉色一陣陣發白，渾身都在發燒，好像頭上潑了一瓢冷水，渾身瑟縮的哆嗦了起來。這時宮廷太醫的身影浮現在他眼前，他感到自己血管中的血液快要凝固了。似乎腳下有一個無底大深坑。

再過一分鐘，巫師繼續再說上兩句他就要徹底敗露了！那將是不可避免、無法逆轉的失敗！哎，該死的巫師！無論如何要制止他繼續說下去，要制止他！

幸虧，那巫師像是了解他的心情一樣，說到這裡停了下來，沒再繼續往下說。

大官人明白這正是使自己解脫的好時候，否則的話自己只會落得身敗名裂。

「既然這些財寶的真正主人已經在你的卦裡算了出來，那你為什麼不早點說出來？」他故意裝出友好的姿態大聲說：「你開頭怎麼不說，那樣不就可以免去這麼多廢話了嗎！你算的卦又準又靈，這我已經查實，一切無可否認……」

「除此之外我還有別的證據。」納賽爾丁阿凡提說：「閣下，請您向人群的左邊看一看。」

當那官人朝那邊望去的時候，他頓時變得像石頭人一樣僵硬的愣住了。哎呀阿拉呀，你發發慈悲吧！人群中站著一個只有一隻黃眼睛的人，那人在衝著他微笑，還不住的擠弄著那隻獨眼，這就是曾經在墳地裡見過的那個相貌醜陋的生靈！他不僅在朝他微

笑，而且還在大衣下方露出了那把寶刀的金製刀柄！

大官人好不容易才倒吸上來一口氣兒，他臉色蒼白，只有那小鬍子還是黑的。他不敢正視這副骯髒的臉，但又不敢避開那個目光。

納賽爾丁阿凡提說：

「如果需要的話，閣下，還可以再拿出其他證據。」這話使那官人清醒了過來。

「夠了，這些已經足夠了！」大官人努力振作。「事情已經完全清楚，現在進行判決。」

不知是一股什麼奇怪的力量再次強迫他向那張醜陋的面孔望去，他忍不住用眼睛的餘光向左邊瞟了一眼，於是又開始哆嗦了起來。

納賽爾丁阿凡提注意到他心裡想的是什麼，向獨眼人發出了一個暗號，讓他離開這裡。

獨眼人消失了。

大官人這時才算喘出氣來。

「紀錄人，剛才記下的那些關於財寶的事都給我畫掉！」他命令說：「最好把那一頁扯掉，重新換一頁。要這樣寫：根據可靠並不可否認的證據，上面所說的貴重財寶屬於寡婦——」

「沙阿黛提！」納賽爾丁阿凡提告訴他說。

「應該屬於寡婦沙阿黛提的。」那官人繼續說：「因此，按照法律和情理這些東西應該立即歸還給她……」

這時那店主突然喊了起來：

「這些東西怎麼應該退給她呢？這些財寶屬於我，絕不屬於那寡婦！」

他雖然感到這時事情對自己不利，但因為他只知其一不知其二，所以剛才一直沒有吭聲。可是當說到財寶時，他再也忍不住了。

「這叫什麼審判？」他喊道：「那些不可否認的證據在哪兒？我怎麼一個也沒有看見！……這是針對我的新陰謀！哪怕拿出一個證據來也行，哎呀，好心的人們！」說著他向人群望去。「你們都聽見沒有、看見沒有！當著你們的面就這樣掠奪一個善良的人。好心的人們，你們給我作證！」

人群用尖刻的語言、嘲笑和詼諧的話回答他。有一個小孩兒學起了鵪鶉叫，另一個學起狗叫，還有一個學著貓叫；法場上出現了大官人不能允許、不可忍受的哄亂。

「店主拉黑木巴依，靜下來！」那官人大喊道：「你在煽動人們反對法律和政府！」

「我偏不安靜！」他怒氣沖天的說：「那些財寶是我的，因為是我花錢買來的！」

　　法場上的哄亂、激憤更加高漲。應該讓店主安靜下來。但是那官人卻找不到一個好辦法，因為店主十分激動，任何勸阻對他都已經起不了作用。

　　這時大官人為了自己能解脫，只好使出了最後的招數。

　　他向手裡拿著大頭棒的衛兵打了個暗號。

　　「我要到宮裡去，要請偉大的汗王親自處理我的事！」店主喊道。這時一個像妖魔一樣的打手衛兵偷偷來到了店主身後，高高舉起大頭棒，猛地朝他頭上打了下去。

　　「讓我們偉大的汗王看一看他的法官是些什麼樣的！」這是他說的最後一句話。

　　大頭棒落在了他的腦袋上。店主的舌頭從嘴裡冒了出來，吊在外頭，眼珠子也從眼眶裡向外崩著，臉色發青，開始不住的打嗝兒，要不是衛兵們及時拖住他的胳膊，他早就倒在地上了。

　　其他的衛兵們很快制止住了人群中的吵鬧聲，恢復了秩序。

　　大官人利用這一陣子的安靜宣讀了判決，並親手把貴重的財寶交給了那寡婦。

　　這一切都當著店主的面進行著，但他現在已不再大喊大叫，也不再妨礙公正的審判了。他那半睜開的眼睛裡，黑眼珠翻向腦後，只能用白眼球看著這一切，不知他看見了什麼沒有。他又打嗝兒又打呼嚕，胖胖的身體在哆嗦著，就這副樣子被三個衛兵拖回家去了：兩個衛兵架著他的胳膊，另一個衛兵在後邊抬著他的腿。

　　他來到家門口時，衛兵們怕他摔倒在地而讓他背靠著牆，然後走了。店主這時才醒了過來，但是他好半天什麼都想不起來，好像鑽進了煙雲之中，霧濛濛的眼睛無神的看著周遭。法場在哪兒，那個誣陷人的巫師呢？難道這一切都是在做夢？

　　錢包在哪兒？！

　　他摸了摸左邊的肋間。

　　錢包已經不在了。

　　錢包早已被扔進了附近的一個水坑裡，灌滿了沙土，沉底兒了；裡面的錢則進了衛兵們的腰包。

　　店主跳了起來，喊著叫著，裹頭布歪到一邊，步履蹣跚的又向法場那邊跑去。

　　那裡既沒有那大官人，也沒有那巫師，更沒有那寡婦。審判結束後人們都已走光了。被陽光曬得發燙的法場在他眼裡看來很寬、很荒涼。這裡就像從來沒有人聚集過，他感覺半小時之前發生的事這時已經消失得模模糊糊。哨塔上，兩個士兵懶洋洋的從這邊到那邊走過來、又走過去，第三個衛兵則伸著長腿坐在木床上，用土布條纏著自己的大頭棒。

　　「我的錢包！」店主喊著。「裡邊裝著錢的我的錢包！」

回答他的，只是一串串哈哈大笑和不堪入耳的髒話。

「他還想吃棒子！」拿大頭棒的衛兵喊著。「吃了一棒子還嫌少，別讓他跑了，我馬上再去……」

聽了這些話的店主這時才想起剛才發生了什麼事和脖子為什麼疼得這麼厲害。

「土匪！你們這些強盜！」他邊喊著邊向宮廷那邊跑去，衛兵們用哈哈大笑聲和敗壞的辱罵聲送走了他。

在這之後發生了些什麼事，他是否能進宮、向偉大的汗王告狀，以及他和那大官人之間的糾紛得到了什麼樣的結局，這一切正像被投入到大牢裡的阿卡別克、調皮的阿爾孜比薇和其他人的命運一樣，不可得知。

關於納賽爾丁阿凡提永不磨滅的大名，和由他那閃光的事蹟所帶來的一段段故事，實在太多太多了，只是因為我們涉足到一些篇章才在我們這本書中占有一席之地，還有很多關於他的故事沒能收進我們這本書，那些故事則將會與納賽爾丁阿凡提告別，被漸漸淡忘，並且將在黑夜裡被人們遺忘。

或許是因為，那些片段的內容在傳說中已經被漸漸遺漏、消失，無力讓人們看出自己的一點點的痕跡。

這樣，納賽爾丁阿凡提在回家的路上，與命運給他的這個旅途上安排的一個又一個夥伴一一分手，現在身邊只留下獨眼人了。

這兩個人一大早就丟下喧鬧不已的浩罕離去了。

為了經商而剛剛醒來的城市，用街市裡那不斷傳來的時起時落、時高時低的尖利的叫賣聲和喧嘩聲許久的為他們送行。浩罕所有的九座城門外，一排排馬車、商隊還有騎馬的人們從四面八方匯集而來，他們都趕在巴扎開市前到達這裡。新的一天正在準備重複昨天所做過的每一件事。為了致富發財而向阿拉所做的禮拜和祈禱開始了，欺騙和奸詐也開始了。

然而，城市邊上的一座座果園裡卻依然充滿幽暗、潮濕、涼爽和安寧——這裡才剛剛露出一絲曙光；夜幕和晨曦之間，被煙雲繚繞的座座果園看起來好像是從雲霧中降臨的一般。就在這裡，浩罕用她那最後的告別遙送著納賽爾丁阿凡提，那就是片片矮牆後、座座小果園裡傳出來的孩子們稚嫩而又嘹亮的歌聲：

南風吹來暖洋洋，
李子花開滿山香。
長空黎明大地醒，

一輪紅日躍空中。

朱北雀兒高聲唱，
陣陣春雷隆隆響。
墓中老人早聽到，
圖拉汗爺爺在微笑。

納賽爾丁阿凡提讓毛驢兒停下來，自己趕忙向一片矮牆那邊跑去，低下頭來向著這歌聲的方向敬禮，這歌聲是浩罕對他那崇高的勞動的獎賞，納賽爾丁阿凡提向著浩罕深深的鞠躬。

他們路過了最後一座園子，然後進入了谷地。在陽光下呈現出白色、時而波浪起伏的稻田顯得格外亮麗。這裡距離圖拉汗老人的陵園已經不遠了。

納賽爾丁阿凡提擁抱著獨眼人，說：

「我們該分手了，代我向圖拉汗老人問好。請他保佑你繼續做好事。」

接著獨眼人和那長耳朵做了長時間的告別。

他親著牠的嘴唇，最後一次用木梳子給牠梳理尾巴。

「我什麼時候能再次見到你們倆？」他問。

「我不知道，不知道。」納賽爾丁阿凡提說：「你要記住：世界上的每一個角落，對你、對我都是敞開的。也許我們會再見面的，任何離別都是再一次相見的開始啊！」

他們就這樣分手了。獨眼人垂下了頭，緩緩的邁著步子，順著旁邊的羊腸小道向圖拉汗老人的墓地走去。

納賽爾丁阿凡提快步向前行進著，已經可以聽到前面大路那邊的喧鬧聲和轟鳴聲了。又過了半小時之後，一條大道把納賽爾丁阿凡提拉進了自己揚起的塵土和那熱火朝天的漩渦之中。

尾　聲

　　故事只剩一點點了：那就是古力健是如何返回家園的和他們是如何見面的。

　　納賽爾丁阿凡提比古力健早到一天。他是在天黑的時候到家的。由於路上非常疲勞，所以他一進門就躺下睡起大覺來。他把被褥鋪在了房頂上。第二天早上太陽升起的時候他才醒來；當他向下邊看去的時候，不由得扯起嗓門狠命的大喊起來：

　　「你在做什麼，該詛咒的飯桶！難道你現在又想靠吃無花果來飽食終日？」

　　這喊聲是針對他那頭毛驢兒的。納賽爾丁阿凡提忘了關上小果園的門。毛驢兒鑽進園子裡，不但盡享了無花果，還啃吃了那些葉子和枝條，並且把其他果樹都糟踐得一片狼藉。

　　毛驢兒被一頓棍子趕了出去。為了不讓人一進門就看見這被糟踐了的景象，納賽爾丁阿凡提必須好好下一番功夫修整這棵無花果樹的枝條。

　　眼前有無數的事情要做：把茶壺拿到銅匠那兒去修補，還掉欠屠戶的債，挖出葡萄藤。但是最重要、最緊迫的就是首先要把那堵牆修好。

　　他毫不遲疑的開始首先做起這件事來——在地上挖了個坑，把碎麥草拌在土裡和好了泥。

　　除此之外他已經顧不了別的事了，因為路那頭的拐彎處已經出現了一輛馬車，車上「唧唧喳喳」的有七種嗓音，但是位居最大統治地位的第八種嗓音即將響起，那就是古力健的聲音。

　　「你好，我親愛的寶貝兒！我不在時，你在這裡過得怎樣？」

　　「還算不壞！」納賽爾丁阿凡提一邊把孩子們從車上接下來，一邊親吻著說。

　　「我非常想念你們，望眼欲穿地盼你們歸來！」

　　古力健扶著他的肩膀從馬車上下來，向四周巡視了一番，看見了那堵倒塌了的牆。

　　「這牆怎麼還是老樣子？」

　　納賽爾丁阿凡提尷尬的看著地面。

　　「你不知道，我的確沒有時間。一會兒這個事，一會兒又是那個……所以我沒能…

……」

「你們看呀！」古力健喊了起來。「你們看看這個人！三個月了……整整三個月的時間裡，就連這麼一件小小的事都沒能完成！」

……

我們要衷心的說，請相信，在關於納賽爾丁阿凡提的這第二部書結束時，我們介紹給讀者的這些人，其中也包括追隨者和順從者、朋友會的聖人——那位老僧人都有各得其所的幸福結局。

但是有一件令人傷感的事，它使我們不得不告訴您——那老僧人沒能等到納賽爾丁阿凡提回來就與世長辭了，或者用他自己的話來說，是從這個世界上到那個世界裡去了。也許，那位老僧人並不把自己的逝去看成是悲哀的，抑或不然。但是當還沒有達到他那聖賢境界的我們站在他那無名的墳前時，仍然無法隱藏那纏繞在我們心頭的哀衷。

因為他作為一個真正的僧人，沒有向任何人透露自己的姓名，沒沒無聞的死去了。現在這座墳墓突然告訴人們：這裡有一座廣博的精神世界，這裡安葬著一個人。

納賽爾丁阿凡提正是這樣認識這座墳的。他是透過眼看著這位聖賢的老人逝去，安葬了他的一名乞丐知道他去世的消息的。

這位乞丐把納賽爾丁阿凡提領到他的墳前。

「尊敬的客人。」他說：「我在他身邊守著，直到他最後的時刻。他堅守著自己的信條，安靜無言的閉上了眼睛。只有在斷氣之前才用微弱的聲音說：『把我頭底下的錢拿去，簡簡單單的把我的屍體埋掉，剩下的錢全都散給窮人……』他的臉上泛著那樣祥和的光芒嚥下了最後一口氣，使我非常驚奇。」

「請讓我獨處一會兒。」納賽爾丁阿凡提請求說。帶他來的人走了。納賽爾丁阿凡提跪在連一塊普通石頭都沒有擺的墳前。修飾墓地之事自有大自然來關懷——墓地周遭長出了翠綠的青草，墓的正前方有一塊在昨天剛下過的雨水中變成綠色的大石頭作為他的墓誌。

納賽爾丁阿凡提在這墓前一直跪到天黑，與那長眠中的人在心裡交談著。

黑夜籠罩了墓地，群星開始眨著眼睛出現在漆黑的穹蒼裡。

「再見了，聖賢的老人，我會常來看你的！」納賽爾丁阿凡提沒有用語言，而是用自己的心對他說；也許他感受到了一股股親切的熱流在回答著他的心聲。「關於那座湖，請放心吧！我已竭盡心智做了一切，而且每件事都如您所願。如果我所做的，對你那不朽的靈魂昇華到超凡境界有些微幫助的話，那時我將不勝欣慰。但有一件事我是有罪過的：我至今仍未找到我自己的信仰。說真的，對你要告訴我的那些諾言我曾深信不疑，

可是，你已經到那個世界……去了。你沒有等我歸來……現在，我當然要自己去尋找，但是我不知道，會有一個什麼結果。」

大地氣勢磅礡、雄壯而又威嚴的與群星一道在穹蒼的黑暗中飛行著。風兒吹拂樹梢，發出沙沙的響聲，夜鶯在歌唱，被露水滋潤了的嫩草散發著芳香。納賽爾丁阿凡提胸膛裡的那顆心在「咚咚」的跳動著，對這每一次鏗鏘有力的搏動聲，他雖然不能逐一清楚解釋，但毫無疑問，他猛然發現自己是有信仰的。這信仰充滿了他的心胸，甚至已經溢向四面八方，但他又找不到一句簡明的話來形容；這句話雖然就在他嘴邊，卻一時又想不起來。他傾全力的想啊想。他的心裡燃起了烈火，那個偉大的詞語在錘鍊著他。由於他強迫自己去思考、去想，這時他已經無法約束自己的思路。就在這時，他看到了那個詞語所碰撞出來的火花，那火花越來越明亮，並且飛到了他面前，落在了他的嘴唇上。他的全身頓時好像被看不見的烈火燒得沸騰起來。

「生命！」納賽爾丁阿凡提喊道。他不知不覺的流下了熱淚，微微的顫抖著，跺著腳。好像是對他做出回答似的，周遭所有的東西：風、樹葉、青草甚至連那些星星也都被跺得震撼了起來。

這真是一件奇特的事，對這句很普通的話雖然他時刻都可以感悟到，但是直到現在他才明白這句話的意義的深遠是無止境的。當他明白之後，這句話對他來說，就成為了蘊含一切、無止無終的箴言。

就從那個值得紀念的日子起，也就是在老人墳前聽到那神奇的話語之後，他不再像往常那樣生活，而是開始了另外一種生活。他不再用各種疑慮折磨自己，開始生活在不追求迷濛和無始無終的表相的光明之中。因為他得到了讀懂一切事物的真正的鑰匙。

但是關於他後來的生平的故事，還會有新書出現。這些書將由我們那些一個腳印、一個腳印的跟著我們走過來的後人之中的一位寫就。

我們的工作就到這裡為止，我們要和納賽爾丁阿凡提在這裡分手了。我們當然會在心中一次又一次地懷念他！當我們在人生道路上遇到各種困境和迷茫時，我們會和他商量。然而，我們無法用筆和紙繼續再寫下去，因為關於他，我們所知道的所有一切，都已盡情盡興的寫成了故事；並且，這個故事，已經講完了！

後　記

　　阿凡提的故事在歷史上主要在東起中國新疆，西至小亞細亞半島的土耳其，包括中亞、西亞甚至更遠地區的突厥語系各民族中，以民間口傳文學形式廣爲流傳。它在不同的民族中有一些不同的故事情節，對故事主人翁的稱呼也不盡相同。如在中國維吾爾民間稱爲「納賽爾丁阿凡提」，在鳥茲別克民間稱爲「霍迦納賽爾丁」，在哈薩克族民間又稱爲「霍迦納賽爾」，等等。上面提到的「霍迦」、「阿凡提」都是附加在人名前或人名後，表示愛戴的尊稱，「納賽爾丁」或「納賽爾」才是人名。在國內外廣大讀者中家喻戶曉的「阿凡提」這一稱呼，實際上就是由中國維吾爾民間口傳文學中所流傳的「納賽爾丁阿凡提」一詞演變而來。由於最早期的翻譯緣故，其中的人名「納賽爾丁」被逐漸省略或遺漏，「阿凡提」一詞便成了故事主人翁的代名詞。「阿凡提」一詞意爲先生、老師、學識淵博的人等。

　　您手中的這本書原名爲《霍迦納賽爾丁傳》。爲了明確告知廣大讀者《霍迦納賽爾丁傳》實際上就是「阿凡提傳」，也爲了尊重在廣大讀者心目中早已形成、並深入人心的「阿凡提」這一稱呼，我們在翻譯時，直接將原文中的「霍迦」二字省略，在「納賽爾丁」之後加上了「阿凡提」這一稱呼。除對個別語句予以靈活處理外，力求忠實於原著，如實反映原作面貌。

　　關於阿凡提故事的形成時間，從故事中所描述的事件背景看，約在十九世紀、十八世紀或更早一些的時期，但從作者展現在我們面前的文化背景分析，又可追溯到西元九世紀甚至更早一些的時期。

　　這部書以納賽爾丁阿凡提在中亞烏茲別克史丹一帶，所度過的人生經歷爲主線，以中世紀以後的一個歷史階段爲背景，內容著重介紹了充滿艱辛和苦難，被暴君及其幫凶們迫害而不得不四處流浪的納賽爾丁阿凡提，一心一意保護窮苦百姓，不畏強暴，嫉惡如仇，不怕犧牲自己的生命，敢於向暴君、貪官污吏、高利貸主、惡霸等邪惡勢力展開殊死搏鬥，並以超凡的智慧和幽默、滑稽的手法，戰勝一個又一個敵人、爲民除害的故事。全書故事情節環環相扣，迂迴跌宕，險象環生，始終緊扣讀者心弦，令人愛不釋手，心靈受到震撼。

　　書中涉及的範圍非常廣泛，囊括了以中亞爲中心的整個穆民世界的政治、歷

史、宗教、經濟、文化等學科範疇的知識，同時又貼近自然、貼近生活、貼近社會底層民眾，不愧為一本中亞知識的百科全書。此書原著出版後半個多世紀以來，在世界各地各民族中受到極大的歡迎，書中的故事情節在各國民眾中有口皆碑，阿凡提的形象也由此成為世人心目中智慧和正義的化身。

然而由於時代久遠等種種原因，現在這部書的原版本已經非常稀少而珍貴。為了幫助國內外廣大讀者，可以更全面的了解阿凡提故事，也為了給有志研究「阿凡提」文化現象的人們提供幫助，我們決定擔負起對該書進行翻譯的重任。經過多年夜以繼日的努力，在原著出版半個世紀後的今天，該書的中文本終於譯出，而且您現在正在閱讀著它，這使我們甚感欣慰。同時，由於原著所涉及的範圍極廣——包括了中亞古典文學、藝術、詩歌、舞蹈、民俗、醫學、天文學、自然、地理、宗教等諸多學科知識，又由於原著中採用了大量的古代阿拉伯語、古代波斯語等語種的詞語和語句，為了幫助廣大讀者能夠更好了解書中所涉及到的一些文化、宗教、語言、歷史背景、事件、人物等，在翻譯中儘可能的對一些知識，在相關章節中以註解予以詮釋，全書共有九十四條註解。希望透過這些努力，能夠幫助您身臨其境的與我們——作者和譯者，更準確的說是我們和納賽爾丁阿凡提一起做一次歷史的旅行、人生的旅行，並與您一起親炙中亞秀美奇麗的山川大河與自然風光，共賞古代中亞多姿多彩的民族風情。

由於上面提到的諸多原因，翻譯的難度可想而知，故譯文中一些謬誤和不足在所難免，誠望您能給以斧正。

邱曉倫

納賽爾丁阿凡提傳

2007年1月初版　　　　　　　　　　　　　　定價：新臺幣380元

有著作權・翻印必究

Printed in Taiwan.

著　　者	列昂尼德・	
	瓦西里耶維奇・	
	索洛維耶夫	
譯　　者	邱　曉　倫	
	楊　冰　皓	
發 行 人	林　載　爵	

出　版　者　聯經出版事業股份有限公司　　叢書主編　黃　惠　鈴
台 北 市 忠 孝 東 路 四 段 5 5 5 號　　　　　　　　陳　逸　茹
編 輯 部 地 址：台北市忠孝東路四段561號4樓　校　對　吳　淑　芳
叢書主編電話：(02)27634300轉5046、5229　　　　鄭　秋　燕
台北發行所地址：台北縣汐止市大同路一段367號　排　版　陳　巧　玲
　　　　電話：（0 2）2 6 4 1 8 6 6 1
台北忠孝門市地址：台北市忠孝東路四段561號1-2樓
　　　　電話：（0 2）2 7 6 8 3 7 0 8
台北新生門市地址：台北市新生南路三段94號
　　　　電話：（0 2）2 3 6 2 0 3 0 8
台 中 門 市 地 址：台中市健行路321號
台中分公司電話：（0 4）2 2 3 1 2 0 2 3
高 雄 門 市 地 址：高雄市成功一路363號
　　　　電話：（0 7）2 4 1 2 8 0 2
郵 政 劃 撥 帳 戶 第 0 1 0 0 5 5 9 - 3 號
郵　撥　電　話：2 6 4 1 8 6 6 2
印　刷　者　文鴻彩色製版印刷有限公司

行政院新聞局出版事業登記證局版臺業字第0130號

國家圖書館出版品預行編目資料

納賽爾丁阿凡提傳/列昂尼德・瓦西里耶
維奇・索洛維耶夫著．邱曉倫、楊冰皓譯．
初版．臺北市，聯經，2007年（民96）
472面；18×26公分．
ISBN　978-957-08-3110-8（平裝）

880.57　　　　　　　　　　　　95026505

聯經出版公司信用卡訂購單

信用卡別：　　　　　□VISA CARD □MASTER CARD □聯合信用卡

訂購人姓名：＿＿＿＿＿＿＿＿＿＿＿＿＿＿＿＿＿＿＿＿＿

訂購日期：　　　＿＿＿＿＿年＿＿＿＿月＿＿＿＿日

信用卡號：　　　＿＿＿＿ ＿＿＿＿ ＿＿＿＿ ＿＿＿＿

信用卡簽名：　　＿＿＿＿＿＿＿＿＿＿＿（與信用卡上簽名同）

信用卡有效期限：＿＿＿＿＿年＿＿＿＿月止

聯絡電話：　　　日(O)＿＿＿＿＿＿夜(H)＿＿＿＿＿＿＿

聯絡地址：　　　□ □□＿＿＿＿＿＿＿＿＿＿＿＿＿＿＿

訂購金額：　　　新台幣＿＿＿＿＿＿＿＿＿＿＿＿＿元整
　　　　　　　　（訂購金額 500 元以下，請加付掛號郵資 50 元）

發票：　　　　　□二聯式　　　□三聯式

發票抬頭：　　　＿＿＿＿＿＿＿＿＿＿＿＿＿＿＿＿＿＿

統一編號：　　　＿＿＿＿＿＿＿＿＿＿＿＿＿＿＿＿＿＿

發票地址：　　　＿＿＿＿＿＿＿＿＿＿＿＿＿＿＿＿＿＿

如收件人或收件地址不同時，請填：

收件人姓名：　　　　　　　　　□先生
　　　　　　　　　　　　　　　□小姐
＿＿＿＿＿＿＿＿＿＿＿＿＿＿＿

聯絡電話：　　　日(O)＿＿＿＿＿＿夜(H)＿＿＿＿＿＿＿

收貨地址：　　　＿＿＿＿＿＿＿＿＿＿＿＿＿＿＿＿＿＿

· 茲訂購下列書種·帳款由本人信用卡帳戶支付 ·

書名	數量	單價	合計
		總計	

訂購辦法填妥後

直接傳真 FAX：(02)8692-1268 或(02)2648-7859

洽詢專線：(02)26418662 或(02)26422629 轉 241

網上訂購，請上聯經網站： www.linkingbooks.com.tw